21世纪外国文学系列教材

WAIGUO WENXUE
JINGDIAN JIEXI

外国文学
经典解析

廖四平 ◎ 著

北京大学出版社
PEKING UNIVERSITY PRESS

图书在版编目（CIP）数据

外国文学经典解析 / 廖四平著. — 北京：北京大学出版社，2022.9
21 世纪外国文学系列教材
ISBN 978-7-301-33295-5

Ⅰ.①外… Ⅱ.①廖… Ⅲ.①外国文学–文学评论–高等学校–教材 Ⅳ.①I106

中国版本图书馆 CIP 数据核字 (2022) 第 154682 号

书　　名	外国文学经典解析 WAIGUO WENXUE JINGDIAN JIEXI	
著作责任者	廖四平　著	
责 任 编 辑	朱房煦	
标 准 书 号	ISBN 978-7-301-33295-5	
出 版 发 行	北京大学出版社	
地　　址	北京市海淀区成府路 205 号　100871	
网　　址	http://www.pup.cn　　新浪微博：@北京大学出版社	
电 子 信 箱	zhufangxu@pup.cn	
电　　话	邮购部 010-62752015　发行部 010-62750672　编辑部 010-62754382	
印 刷 者	三河市博文印刷有限公司	
经 销 者	新华书店	
	720 毫米 ×1020 毫米　16 开本　23.5 印张　382 千字 2022 年 9 月第 1 版　2022 年 9 月第 1 次印刷	
定　　价	76.00 元	

未经许可，不得以任何方式复制或抄袭本书之部分或全部内容。
版权所有，侵权必究
举报电话：010-62752024　电子信箱：fd@pup.pku.edu.cn
图书如有印装质量问题，请与出版部联系，电话：010-62756370

序言
让外国文学走进千家万户

吴学先[①]

当今中国，关于国学的书籍，书店里比比皆是；关于国学的课程，讲堂和网络里随处可见。然而，"西学"还驻足在大学的象牙塔里。虽然外国的小说很畅销，但是，如何理解这些作品，几乎没有学者详细、具体地回答过。

也许是为了解决这个问题吧，廖四平教授写了这本书。

这是一本可以用作大学教材，也可以走进千家万户的书，书的内容就是告诉大家：对于外国文学作品，要这样读，要有这样的认知，而后，你才可以有自己的独特理解；你的理解需要建立在这些基础知识之上，否则，有可能就是囫囵吞枣，或未解乃至曲解。

一、背景、历史

《红与黑》是法国著名小说，其主人公于连是流传了近200年的英俊少年。

[①] 吴学先：北京师范大学文学博士，主修西方文论，曾任高等教育出版社编审、香港华润集团研究部研究员、南方科技大学教授、英国诺丁汉大学荣誉教授。

廖四平教授这样评价于连:"历史为于连设置的成长环境是:他被养育在英雄辈出的时代,却不得不在门第和金钱主宰的和平年代里生活。"

拿破仑26岁时被任命为法兰西共和国意大利方面军总司令,至1814年滑铁卢战役前打遍欧洲没有失败记录。然而,滑铁卢,那条天然壕沟吞噬了他的千军万马。他从此走下神坛。此后,法国人民选择了休养生息。

于连在少年时代最钦佩拿破仑。等于连成长为十八九岁的青年,法国进入了一个相对和平的时期。于连作为一个平民子弟,他的理想,受到阶级和等级的压制、伤害、陷害直至迫害,他的理想变成了野心。

作为普通读者,如果不了解这段法国历史,就很难理解于连为什么会被送上断头台。

二、语言、情节

700多年前,但丁写作的《神曲》(约1307—1321),是一部伟大的剧作,这部作品让意大利语得以从"日常口语"升华为"意大利语言"。就是说,意大利的书面语在这个时候得以完善。从情节上看,《神曲》关心的是"身后"的事情——人死后,是上天堂,还是下地狱。

那么中国呢?700多年前,我们这里产生了轰动华夏的《西厢记》(约1295—1307)。在唐诗、宋词繁荣的基础上,这部作品加进了动人的戏剧情节、人物对话、人物心理,剧中的唱词都是精彩绝伦的诗词,剧中的情节也成了后人模仿的对象。比如:

  才子佳人,一见钟情;
  诗书往来,英雄救美;
  长亭送别,千里相思;
  金榜题名,情敌败退;
  衣锦还乡,终成眷属。

从情节上看,《西厢记》关心的是"今生今世",要恋爱,要科举,要衣锦还乡。700多年前的文学情节,是不是在当今作品里都能找到化身,得到再现?

三、中国、西方

我国的古老神话，有精卫填海、夸父逐日。那时，应该还没有文字。到了3000年前，我国的文字和语言都很成熟了。

司马迁出生在公元前145年，公元前90年去世。他的《史记》距今已经2000多年了。司马迁用他的写作向皇帝和天下人解说他的生死观；他用写作反抗皇帝的淫威，宫刑之后，他的写作本身也成了自己对死亡的心理体验。我把《史记》当成文学作品来读。残酷的战争和狡诈的政治慢慢退去，留下的是人物命运和人物性格。

花木兰替父从军，那是北魏时期的故事。1500多年前的女人，因为那首诗的记载，流传至今。"将军百战死，壮士十年归。"一个女人，与敌人打了十年仗，多么豪迈。一个女人的故事，被后世不断改编成戏剧和电影。

2000年前，1500年前，美国还在蛋壳里，没有诞生。

西方的文明史始于希腊文明。最初的文学更像"神话"，如荷马史诗里面的《伊利亚特》和《奥德赛》，口口相传，在公元前6世纪正式以文字形式记录下来。英国和法国，是欧洲的两个古老国家。它们步履维艰，在7—8世纪有了文学。《贝奥武甫》是英国的古代史诗，里面的英雄是半人半神的形象——作品反映的是人类在其童年时代面对大自然和强敌无能为力，于是借助"神力"实现自己的愿望。

在英国和法国之间，发生过"百年战争"。1337—1453年期间，两个国家打打停停，停停打打。它们隔着英吉利海峡，双方打架靠的是"轮船"，我们现在所说的海军当时都叫皇家卫队，估计还没有军兵种的分类。

就在这一百年里，英国和法国的轮船超越了郑和下西洋的船队。

就在这一百年里，英国和法国的妇女觉醒了。法国有个圣女贞德，在1429年指挥法军打败了英军的围困。女人都拿起枪了，这个民族将战无不胜。

也是在"百年战争"时期，英国出现了一个绿林好汉，他叫罗宾汉。这是一个"人"的形象，不再是半人半神。他的雕像至今站立在英国诺丁汉。

文明的进步总是伴随着战争，文学在记录英雄的奋斗时得以发展和丰富。

我们分不清，是人类文明推动了文学发展，还是文学发展推动了人类文明。

四、中国文学、外国文学

1616年,是一个不能不记住的年份。这一年,世界上有三个文学大师相继去世。

西班牙的塞万提斯,其《堂吉诃德》嘲笑了在当时欧洲盛行的骑士制度和骑士精神,引导人们从虚幻的梦想中清醒过来,正视客观现实。

英国的莎士比亚,其作品极其丰富。我最喜欢《哈姆莱特》(1602)和《李尔王》(1608)。在这两部作品里,莎士比亚有意无意地提出了"政权传递"和"家产继承"等问题。我们都知道,文学家以敏锐的观察力提出问题,然后,政治家用扎实的研究解决问题。1640年英国革命爆发,开始实行君主立宪制,设计了三权分立的政治模式。莎士比亚提出的问题得到了解决。

中国的汤显祖,其《牡丹亭》描写了可以超越生死的爱情,悲悲切切,心心念念,这种浪漫的力量感天动地,女主人公居然死而复生。

这三位文学家所写的主题不尽相同,但都歌颂了"人的力量",而不是"神明的主宰"。塞万提斯用走火入魔的人物嘲讽旧的制度;莎士比亚用国土的毁灭完成对现实的批判,发出反抗的呐喊;汤显祖用少男少女的真诚爱情讴歌人生。

当文学里有了"人物",有了"情节",有了"对话",有了"心理",文学的诸多因素就形成了,并且有了逐步完善的前提。

舞台戏剧,借助印刷术,其文本得以广泛传播,成了文学作品。

中国发明了印刷术。16世纪,印刷术传到英国。

伊丽莎白一世是一个文艺青年。在她的时代,《圣经》从拉丁文翻译成英文。《圣经》走出教堂,不需要牧师的讲解,百姓可以自己阅读《圣经》了。说实话,我也把《圣经》当成文学来读,里面的一些英语诗词、歌词,都会背。在伊丽莎白一世之后,外国文学界的大师就数不胜数了。弥尔顿,彭斯,托尔斯泰,肖洛霍夫,易卜生,司汤达,高尔基,福楼拜,勃朗特姐妹,雨果,海明威,小仲马,歌德,毛姆,等等。他们的作品汗牛充栋。

五、共鸣、思考

读文学作品会有强烈的"代入感"。年轻的时候读《茶花女》,会觉得自己就是恋爱中的青年,会流泪。等到年近半百再读,会觉得自己就是里面的父亲,不再同情阿尔芒和玛格丽特。

可见,共鸣,不是一直为谁而鸣,而是会变的。就是说,不同年龄的人对作品的理解会有所不同,这就是文学的魅力所在。

一千个读者心中会有一千个哈姆莱特,一千个读者眼里也会有一千个林黛玉。可是,林黛玉就是林黛玉,即使有一千个林黛玉,那也不会变成薛宝钗。

自文艺复兴以来,西方的文学得以迅猛发展。作品中关于"人""人性"的思考,不断深入。读《静静的顿河》,格里高利真诚的探索能打动,乃至震撼到每个读者,可是我掩卷只有长叹,却流不出同情的眼泪。

有的作品让读者流泪,有的作品让读者思考。

共鸣,思考。读名著,悟人生。

300多年前的《红楼梦》让中国古典小说抵达顶峰,后人再没有超越。小说里,中国的女人走出爱情,摆脱"花瓶"地位,开始了"管理"和"当家作主"。她们的结局依然是悲剧,但是,她们是多姿多彩的女人,会写诗,会作画,有血有肉。每个读者都能从《红楼梦》里找到自己喜欢的人物,找到自己的心情、自己的影子。

我为什么会推荐廖四平的这本书,就是因为:我们不仅需要了解"国学",而且还需要阅读"外国文学"。

外国文学作品是一个值得挖掘的宝藏。这些作品可以帮助我们感悟人生。

引言
细读文学经典是学习文学最好的方法

  文学是人学，因此，应该是人的一门必修课。但是，究竟应该怎样学习文学呢？这个问题可谓言人人殊。不过，在我看来，细读文学经典是学习文学最好的方法。

  细读文学经典有助于细读者全面、深入、透彻地理解、把握文学。文学经典凝结着人类的经验、情感、智慧，往往内容丰厚甚至博大精深，形式精美，具有高超的艺术性，因此，读懂不易，这就需要细读——"品味""咂摸"其内容、形式及每一个元素，"发掘"其独特性，进而获得全面、深入、透彻的理解。

  细读文学经典有助于细读者精准地理解、把握文学。古今中外，文学作品汗牛充栋，而且随着时代的发展和科技的进步，还会在每时每刻都以世人难以想象的速度增加，因此，任何人都不可能通读世上所有的文学作品；同时，文学经典是文学的精华，具有穿越时代的魅力和价值，因此，阅读文学经典往往能事半功倍地理解、把握文学，对文学做到"窥一斑而知全豹"；在阅读基础上进行细读，才能把握文学所蕴含的时代意义和内涵。

  细读文学经典能让文学的社会作用得以充分、有效地发挥。一般来说，文学具有三大基本社会作用：认识作用、教育作用、审美作用。所谓"认识作用"就是帮助人们识别真假、善恶、美丑。所谓"教育作用"就是告诉人们不仅要识别真假、善恶、美丑，还要进而做到去假存真、去丑存美、去恶存善。所谓"审美作用"实际上就是"教育作用"的实现，尤其是去丑存美、去恶存善的实现，从而获得美的享受。文学经典既然是文学的精华，其认识作用、教育作用、审美作用当然也是文学社会作用的"精华"；细读文学经典，让其社会作用得以发挥，实际上也是让文学的认识作用、教育作用、审美作用得以充分、有效的发挥。

细读文学经典能造就或提升阅读者创作或欣赏、批评能力。文学经典实际上也是文学的范本，就像"熟读唐诗三百首，不会作诗也会吟"，细读（熟读）文学经典，受其熏陶，阅读者便自然而然地可以产生或提升创作能力及欣赏、批评能力。

文学经典不仅要细读，而且需要反复细读。文学经典的意蕴是无限的，其艺术魅力是无穷的，能让人常读常新。因此，一个人需要在一生中反复阅读乃至细读，一个民族则需要世世代代地阅读乃至细读；一个人往往正是在反复细读文学经典的过程中提高自己的人文素养，一个民族也往往正是在世世代代阅读文学经典的过程中成长、成熟、发展、壮大。

因此，人们学习文学，最好的方法是阅读乃至细读文学经典。"知识分子有责任向年轻的一代解说经典，解说传统，用他们能够理解、喜爱的方式展示经典及其精神的魅力。"（李书磊语）——本书便是细读经典的一种尝试。

目　　录

第一章　荷马史诗	1
第二章　《俄狄浦斯王》	17
第三章　《神曲》	25
第四章　《源氏物语》	52
第五章　《堂吉诃德》	70
第六章　《哈姆莱特》	89
第七章　《伪君子》	106
第八章　《浮士德》	122
第九章　《傲慢与偏见》	150
第十章　《巴黎圣母院》	167
第十一章　《红与黑》	185
第十二章　《叶甫盖尼·奥涅金》	219
第十三章　《简·爱》	237
第十四章　《德伯家的苔丝》	257
第十五章　《玩偶之家》	276

第十六章 《安娜·卡列宁娜》…………………………………… 291

第十七章 《红字》……………………………………………… 316

第十八章 《了不起的盖茨比》………………………………… 338

后　记……………………………………………………………… 362

第一章
荷马史诗

一、作者简介

荷马的生平无可靠记载。"古代曾传下多篇荷马传记,但内容互相矛盾,可信性不大。关于荷马的生活时期,古代作家的推测由公元前12世纪至公元前7世纪不等。根据现有史料,古希腊作家中最早提到荷马的是公元前7世纪的哀歌诗人卡利诺斯,并且是把荷马作为一位闻名的诗人提到的。关于荷马的籍贯,古代传下来两行诗,第一行称有七座城市争说是荷马的故乡,第二行列举七座城市的名字,由于抄本异文,一共出现了十几个城市的名字,包括巴尔干半岛上的雅典、阿尔戈斯等城市和爱琴海中的一些岛屿。"[①]

关于荷马的故乡人们也有很多说法。"人们较为倾向于接受的有两个,即伊俄尼亚的基俄斯(Chios)和埃俄利亚的斯慕耳纳(Smurna)。开俄斯诗人西摩尼得斯称荷马为Chios anēr(基俄斯人),品达则认为基俄斯和斯慕耳纳同为荷马的故乡。哲学家阿那克西墨奈斯(Anaximenēs)认定荷马的家乡在基俄斯;

---

① 王焕生:"前言",荷马:《荷马史诗·伊利亚特》,罗念生、王焕生译,人民文学出版社2003年版,第1页。

史学家阿库西劳斯（Acusilaos）和赫拉尼科斯（Hellanikos）也表示过同样的意向。此外，在古时归于荷马名下的'阿波罗颂'里，作者称自己是个'盲人'，来自'山石嶙峋的基俄斯'。萨摩斯史学家欧伽昂（Eugaion）相信荷马为斯慕耳纳人，荷马问题专家、萨索斯人斯忒新勃罗托斯（Stesimbrotos，生活在前5世纪）不仅认定荷马是斯慕耳纳人，而且还说那里有诗人的词龛，受到人们像敬神般的崇仰。在早已失传的《论诗人》里，亚里士多德称荷马卒于小岛伊俄斯（Ios），这一提法可能取自当时流行的传闻。"①

"自17世纪末起，随着对民间创作研究的深入，荷马史诗作为古代口传诗歌作品，受到人们广泛的关注，人们就史诗的形成过程和历史上是否确有荷马其人等问题，展开了激烈的争论，提出了各种设想和猜测，不过大部分人仍然坚持传统的看法，即荷马确有其人，两部史诗是他的作品。直到今天，围绕着荷马和荷马史诗，仍然存在许多争议，不过一般的看法是：荷马是一个历史人物，约生活在公元前9至［前］8世纪，根据史诗的内容和语言特点，他可能是小业细业西部的伊奥尼亚人，最后可能死在爱琴海中的伊奥斯岛。公元前9至［前］8世纪是古希腊口传文学流行的时代，游吟诗人辈出，荷马显然是其中一位技艺超群的佼佼者。"②

但也有人认为："将荷马的生活年代推定在公元前8世纪（至［前］7世纪初），应当不能算是太过草率的。"③

二、荷马史诗

荷马史诗包括《伊利亚特》和《奥德赛》，是古希腊最早的史诗。

---

① 陈中梅："前言"，荷马：《伊利亚特》，陈中梅译，北京燕山出版社1999年版，第4页。
② 王焕生："前言"，荷马：《荷马史诗·伊利亚特》，罗念生、王焕生译，人民文学出版社2003年版，第1页。
③ 陈中梅："前言"，荷马：《伊利亚特》，陈中梅译，北京燕山出版社1999年版，第5页。

(一)形成过程

荷马史诗的形成大致经过了两个时期:口头流传时期和文字流传时期。

史诗中所描写的特洛亚战争,按希罗多德推测,发生的年代"约在公元前1250年……而根据Marmor Parium的记载,希腊人攻陷特洛伊的时间应在前1209—[前120]8年间。近代某些学者将破城时间估放在前1370年。希腊学者厄拉托塞奈斯(Eratosthenēs,生于前275年)的考证和提法得到一批学人的赞同——他的定取是前1193—[前11]84年。大体说来,西方学术界一般倾向于将特洛伊(即特洛亚,下同——引者注)战争的进行年代拟定在公元前13到[前]12世纪,即慕凯奈(或迈锡尼)王朝(前1600—[前]1100年)的后期。"①

战争结束后产生了许多有关这次战争的传说和短诗,在民间口耳相传的过程中又加进许多神话色彩和传奇故事。到前9世纪至前8世纪,盲歌人荷马把有关特洛亚战争的种种传说和民间口头流传的短歌巧制精编,编成两部具有统一思想和完整艺术风格的史诗。

"继荷马以后,诗人们又以特洛伊战争为背景,创作了一系列史诗,构成了一个有系统的史诗群体,即有关特洛伊战争(或以它为背景)的史诗系列。'系列'中,《库普利亚》(*Kypria*,十一卷)描写战争的起因,即发生在《伊利亚特》之前的事件;《埃西俄丕斯》(*Aethiopis*,五卷)和《小伊利亚特》(*Ilias Mikra*,四卷)以及《特洛伊失陷》(*Iliupersis*,两卷)续补《伊利亚特》以后的事件;《回归》(*Nosti*,五卷)叙讲返航前阿伽门农和墨奈劳斯关于回返路线的争执,以及小埃阿斯之死和阿伽门农回家后被妻子克鲁泰奈丝特拉和埃吉索斯谋害等内容。很明显,这三部史诗填补了《伊利亚特》和《奥德赛》之间的'空缺'。紧接着俄底修斯回归的故事(即《奥德赛》),库瑞奈诗人欧伽蒙(Eugamōn)创作了《忒勒戈尼亚》(*Telegonia*,两卷),讲述俄底修斯和基耳凯之子忒勒戈诺斯外出寻父并最终误杀其父,以后又婚娶裴奈罗佩等事件。《库普利亚》和《小伊利亚特》等史诗内容芜杂,结构松散,缺少必要的概括和提炼,其艺术成就远不如荷马的《伊利亚特》和《奥德赛》。亚里士多德认为,

---

① 陈中梅:"前言",荷马:《伊利亚特》,陈中梅译,北京燕山出版社1999年版,第1—2页。

史诗诗人中,惟有荷马摆脱了历史的局限,着意于摹仿一个完整的行动,避免了'流水账'式的平铺直叙,摈弃了'散沙一盘'式的整体布局。从时间上来看,《库普里亚》等明显的晚于荷马创作的年代,它们所描述的一些情节可能取材于荷马去世后开始流行的传说。"①

荷马史诗在前6世纪由雅典的学者们删改完善,用文字记录下来,整理成书;大约在前3世纪,经亚历山大城学者校订,史诗才有了流传至今的定本。

荷马史诗虽然被称作"荷马史诗",但实际上是古希腊民间口头创作的总汇。

(二)"荷马问题"

"所谓荷马问题,主要指近代对荷马及其史诗进行的争论和研讨。古代希腊人一直把荷马及其史诗视为民族的骄傲,智慧的结晶,肯定荷马本人及其作为两部史诗的作者的历史性。古希腊晚期,开始出现了歧见,公元前3世纪的克塞诺斯和革拉尼科斯提出两部史诗可能不是出于同一作者之手。亚历山大城学者阿里斯塔尔科斯不同意这种看法,认为两部史诗表现出的矛盾和差异可能是同一位诗人创作于不同时期所致,《伊利亚特》可能创作于作者青年时期,《奥德赛》可能创作于作者晚年。他的这一看法为许多人所接受。在中世纪和文艺复兴时期,人们对荷马作为真实的历史人物和史诗的作者未提出疑问,但丁称荷马是'诗人之王'。17世纪末18世纪初,有人开始对荷马发难。法国神甫弗朗索瓦认为《伊利亚特》不是一个人的作品,而是许多游吟歌人的诗歌的组合,全诗的整一性是后人加工的结果,'荷马'并不是指某个人,而是'盲人'的意思('盲人'之意最早见于古代的荷马传)。稍后,意大利学者维科在他的《新科学》里重复了弗朗索瓦的观点。真正的争论出现在18世纪后期,1788年发现的《伊利亚特》威尼斯抄本中的一些注释使荷马问题成为许多人争论的热点,对民间诗歌创作的研究促进了这一争论的深入。此后各家的观点基本可分为三类。以德国学者沃尔夫(1759—1824)为代表的'短歌说'认为史诗形成于公元前13世纪至公元前9世

---

① 陈中梅:"前言",荷马:《伊利亚特》,陈中梅译,北京燕山出版社1999年版,第2—3页。

纪，各部分由不同的游吟歌人创作，一代代口口相传，后来经过加工，记录成文字，其中基本部分属于荷马。'统一说'实际上是对传统观点的维护，认为荷马创作了统一的诗歌，当然利用了前人的材料。'核心说'是对上述两种观点的折中，认为两部史诗形成之前荷马创作了两部篇幅不长的史诗，后经过他人增添、扩充，逐渐变成长篇，因此史诗既有明显的统一布局，又包含各种若隐若现的矛盾。虽然现在大多数人对荷马及其作为两部史诗的作者的历史性持肯定看法，但争论并未完全止息，问题远未圆满解决。由于历史的久远，史料的缺乏，要想使问题彻底解决是困难的，但探讨本身并非毫无意义。"[1]

（三）特洛亚

特洛亚，又译特洛伊，也被古希腊人称作伊利昂，古希腊殖民城市，前16世纪前后由古希腊人所建。

"根据故事和传说，特洛伊（即伊利昂）是一座富有的城堡，坐落在小亚细亚的西北部，濒临赫勒斯庞特的水流。"[2] 公元前13世纪至公元前12世纪时，特洛亚颇为繁荣。公元前12世纪初，迈锡尼联合古希腊各城邦组成联军，渡海远征特洛亚，战争延续十年之久，史称"特洛亚战争"，特洛亚也因此闻名。特洛亚在战争中成为废墟。"希腊人远征特洛亚的真正原因是为了获取财富和奴隶"[3]，但在荷马史诗中，这场战争的起因却被说成是为了美女海伦。

三、《伊利亚特》和《奥德赛》

《伊利亚特》，由于古希腊人把特洛亚又称为伊利昂，所以又名《伊利昂纪》，"意为'关于伊利昂的故事'或'伊利昂诗记'，作为诗名，最早见之于

---

[1] 王焕生："前言"，荷马：《荷马史诗·奥德赛》，王焕生译，人民文学出版社2003年版，"前言"第4—5页。
[2] 陈中梅："前言"，荷马：《伊利亚特》，陈中梅译，北京燕山出版社1999年版，第2页。
[3] 王焕生："前言"，荷马：《荷马史诗·伊利亚特》，罗念生、王焕生译，人民文学出版社2003年版，第2页。

希罗多德的著作"[1]。

《奥德赛》，又名《奥德修纪》《奥德修斯纪》，意即关于奥德修斯的故事。

（一）内容梗概

1.《伊利亚特》

"《伊利亚特》全诗一万五千六百九十三行，现今传世的二十四卷本是公元前3世纪亚历山大城学者根据古代抄本考订、划分留传下来的"[2]，直接地描写特洛亚战争。

（1）战争的起因

"神话传说把这场战争的原因归结于神明之间的争执，争执又涉及凡人。据说主神宙斯从普罗米修斯那里得知，他若同女神忒提斯结婚，生下的孩子将会推翻他的统治。宙斯为了保住自己的地位，决定把忒提斯下嫁凡人。在忒提斯与米尔弥冬人首领佩琉斯举行婚礼时，争吵女神因未受邀请而行报复。她向席间扔下一个写有'给最美的女神'的金苹果，引起天后赫拉、智慧女神雅典娜、爱与美女神阿佛罗狄忒的争吵。宙斯让三位女神去找特洛亚王子帕里斯裁判。帕里斯因出生时有异兆，被父王普里阿摩斯抛弃伊达山中，长大后在山中放牧。三位女神分别许给帕里斯权力、武功、美女，帕里斯把美誉判给了阿佛罗狄忒。帕里斯一次去希腊做客，在阿佛罗狄忒的帮助下，把斯巴达王墨涅拉奥斯的妻子、世间最美的女子海伦拐回特洛亚。希腊人对特洛亚人和平交涉不成，于是以墨涅拉奥斯的兄长、迈锡尼王阿伽门农为统帅，组成联军，包括忒提斯和佩琉斯的儿子阿基琉斯等著名希腊英雄，进军特洛亚，从而开始了特洛亚战争。"[3]

当人间发生战争时，天上的神也分为两派，阿佛罗狄忒帮助特洛亚人，赫拉和雅典娜帮助古希腊人。战争进行了十年，古希腊军始终未能攻占特洛亚。最

---

[1] 陈中梅："前言"，荷马：《伊利亚特》，陈中梅译，北京燕山出版社1999年版，第5页。
[2] 王焕生："前言"，荷马：《荷马史诗·伊利亚特》，罗念生、王焕生译，人民文学出版社2003年版，第3页。
[3] 同上书，第1—2页。

后，奥德修斯设木马计，古希腊军里应外合，攻破了特洛亚。史诗在全体特洛亚人为赫克托尔举行的盛大的葬礼中结束。

引起这场战争的金苹果的神话，在史诗描写海伦和帕里斯时有所提及；木马计和特洛亚的陷落，则见于《奥德赛》中奥德修对往事的回忆。

（2）阿基琉斯的两次忿怒

史诗《伊利亚特》虽然取材于特洛亚战争的传说，但主要描写了古希腊联军主将阿基琉斯的两次忿怒。

第一次忿怒是战争已经打了九年零十个月（战争最后五十天左右的时候），还是胜负难测，这时，古希腊联军因瘟疫而发生内讧。瘟疫是联军统帅阿伽门农拒绝归还一个女俘而引起的。古希腊军攻占了克律塞城，该城阿波罗庙祭司克律塞斯的女儿被俘，阿伽门农将之占为己有，祭司想赎回女儿反遭辱骂，于是，就祈求阿波罗惩罚古希腊联军；随后，阿波罗便降下瘟疫。这场瘟疫如果蔓延下去，就会使古希腊联军丧失战斗力，无法战胜特洛亚人。因此，阿基琉斯要求阿伽门农把克律塞斯的女儿还给克律塞斯，免得瘟疫继续蔓延。阿伽门农很不情愿地归还了克律塞斯的女儿，同时又抢走了阿基琉斯的女俘布里塞伊斯作为抵押。阿基琉斯深感屈辱，一怒之下退出了希腊联军攻打特洛亚的战争。

在古希腊联军中，只有阿基琉斯才是特洛亚方面的主将赫克托尔的对手，因此，古希腊联军因为阿基琉斯不参战而抵御不了特洛亚军队的反攻，只好退而固守海滨的战船，在那里构筑了防守性的壁垒，这对古希腊联军来说可谓情况十分紧急。阿伽门农后悔自己对阿基琉斯不公，只好派奥德修斯等人去向阿基琉斯求和；但阿基琉斯忿怒未消，坚决不接受阿伽门农的求和——阿基琉斯只是在特洛亚军队已经突破古希腊联军的壁垒、纵火焚烧他们的战船的危急情况下，才把他的铠甲和战马借给他的好友帕特罗克洛斯，让帕特罗克洛斯前去应敌。帕特罗克洛斯虽然击退了特洛亚军队的攻击，但为赫克托尔所杀，还被夺走了阿基琉斯借给他的铠甲，而这铠甲原是佩琉斯送给阿基琉斯的、由匠神赫菲斯托斯制造的。

战友之死与铠甲之失引起了阿基琉斯的第二次忿怒，他也与阿伽门农和解，并在他母亲请匠神给他制造了一副新铠甲之后，重新回到战场。他一上战场就扭转了战局。经过激战，他杀死了赫克托尔，并把其尸体绑在战车上拖行。特洛亚老王普里阿摩斯为讨回赫克托尔的尸体，向阿基琉斯求情，阿基琉斯答应了他的要求。随后，特洛亚为赫克托尔举办了盛大的葬礼。

2.《奥德赛》

与《伊利亚特》一样，《奥德赛》所叙述的故事所发生的时间也是十年，也采用了倒叙的手法——"叙述从接近高潮的中间开始，叙述的事情发生在奥德修斯漂泊的第十年里，并且只集中叙述了此后四十天里发生的事情，此前发生的事情则由奥德修斯应费埃克斯王阿尔基诺奥斯的要求追叙。"① 全诗也分24卷，不过，比《伊利亚特》略短——"全诗一万二千一百一十行，叙述希腊军队主要将领之一、伊塔卡王奥德修斯在战争结束之后历经十年漂泊，返回家园的故事"②。

"史诗第一卷前十行是全诗的引子，点明主题。点题之后，诗人即以神明决定让奥德修斯归返为起点，分两条线索展开。一条线索是，在奥德修斯家里，向奥德修斯的妻子佩涅洛佩求婚的人们每天饮宴，耗费他的家财，佩涅洛佩势单力薄，无法摆脱求婚人的纠缠；奥德修斯的儿子愤恨求婚人的胡作非为，在雅典娜女神的感示下外出探询父亲的音讯。另一条线索是，女神卡吕普索得知神明们的决定后，放奥德修斯回家；奥德修斯回家途中遇风暴，落难费埃克斯人的国土。以上构成史诗的前半部分。史诗的后半部分叙述奥德修斯在费埃克斯人的帮助下返抵故乡，特勒马科斯探询父讯归来，两条线索汇合，父子见面，一起报复求婚人。"③

奥德修斯向费埃克斯王阿尔基诺奥斯讲述的自己在十年间所经历的事情主要有：他和他的部下到过食椰枣人的国家，到过独眼巨人波吕斐摩斯的洞窟，损失了许多同伴；到了风神岛，风神送他一个口袋，拘住恶风，让他顺风而归；正当故乡在望的时候，好奇的同伴们打开口袋，放出恶风，他们又被刮回原处；以后，他们又碰到种种艰难险阻，如到过吃人的巨人的岛，到过把人变成猪的女巫基尔克的岛屿，在女巫帮助下游历了冥土，遇到过用歌声迷死人的女妖塞壬、每

---

① 王焕生："前言"，荷马：《荷马史诗·奥德赛》，王焕生译，人民文学出版社2003年版，第2页。
② 同上书，第1页。
③ 同上书，第2页。

天吞吐三次海水的海怪卡律布狄斯等。到了太阳神岛，剩下不多的伙伴因偷吃神牛而受到惩罚，只有奥德修斯独自一人来到了海洋女神卡吕普索的岛上，被她扣留了7年，直到宙斯下令才放他回家。

阿尔基诺奥斯听了奥德修斯的故事，很受感动，便给了他一批礼物，送他回国。奥德修斯回到伊塔卡岛，先化装成乞丐试探了他的儿子、妻子和家仆，证明了他们的忠诚，然后，与儿子商量好计策向求婚者报仇。他设计比武射杀了聚集在他宫中向他妻子逼婚的求婚者，夫妻团圆。

（二）人物形象

1. 阿基琉斯

阿基琉斯是《伊利亚特》的主人公之一，也是史诗极力颂扬的理想英雄人物之一。他勇敢、善战、雄辩、坦率、真诚、重义气而又武功盖世，然而，他最引人注目的特点是他那烈火般的易怒性格。诗的第一行诗就点出了"阿基琉斯的忿怒"："女神啊，请歌唱佩琉斯之子阿基琉斯的/致命的忿怒"①。

史诗主要描写了阿基琉斯的两次忿怒。第一次忿怒是他出于正义感与阿伽门农争吵，并为了部落利益将自己的女俘交给阿伽门农，但也因此而怒气冲冲地退出战场，结果使得古希腊联军溃不成军、伤亡惨重。第二次忿怒是他在自己的好友帕特罗克洛斯阵亡后古希腊联军到了危急关头时，一方面为朋友悲痛，另一方面大怒，重新回到战场，杀入敌阵，使特洛亚人尸积如山，河水不流，引得河神发怒而与他厮杀。

阿基琉斯爱名誉胜过自己的生命。阿基琉斯的母亲忒提斯曾预言，他有两种命运：其一是居安长寿，乐享天年；其二是捐躯沙场，赢得千古英名。阿基琉斯选择了后者，亚里士多德因此而认为阿基琉斯是悲剧英雄的先驱。

阿基琉斯的性格弱点很明显：残忍、任性、过分执拗。比如他眼睁睁地看自己的同胞流血，无动于衷，其傲慢的自尊心高于对自己民族的忠诚；他在杀死赫

---

① 王焕生："前言"，荷马：《荷马史诗·伊利亚特》，罗念生、王焕生译，人民文学出版社2003年版，第1页。

克托尔之后拖着其尸体绕城三圈。

不过,阿基琉斯也时时流露出善良的一面。例如,当他遵奉宙斯的旨谕允许普里阿摩斯赎回赫克托尔的尸体时,他的人性恢复了——他望着普里阿摩斯的白发,流下同情的眼泪,答应了其请求。

所有这些都表现了阿基琉斯的英雄品质和鲜明个性;同时,在他身上也在一定程度上体现了古希腊人的集体主义和英雄主义精神。

2. 赫克托尔

赫克托尔是《伊利亚特》的主人公之一,是特洛亚军的主将,特洛亚王普里阿摩斯的长子。他稳重冷静,作战英勇,指挥英明,是一个保家卫国的英雄;但他又是一个更成熟的悲剧英雄。他的悲剧性表现在两个方面:其一,他预知特洛亚以及他的整个民族、整个家庭(包括他自己)都注定要在这场战争中毁灭,而他依然悲壮地肩负起保家卫国的大任,誓死与命运抗争;其二,他富有正义感,认为自己的弟弟帕里斯诱拐海伦的行为是奇耻大辱;他明白古希腊人师出有名,而特洛亚人是理屈词穷的一方,但是,他又不得不站在自己民族的利益上违心地、义不容辞地战斗。正因为如此,他的感情世界比阿基琉斯的感情世界要更为复杂、深沉。阿基琉斯和赫克托尔都是民族英雄,然而,阿基琉斯是傲慢的凌驾于民族之上的英雄,赫克托尔则是热爱其民族并为其民族拥戴的英雄。赫克托尔在迎战阿基琉斯时,虽有其父母的劝阻、妻儿的哭声,但还是忍住悲痛,走上战场,为了部落而英勇牺牲。

赫克托尔虽然不如阿基琉斯骁勇善战,但是与后者相比,他有更强的责任感和刚柔相济的本性,因此,他可以说是史诗中最为丰满的人物形象。

3. 奥德修斯

奥德修斯是《奥德赛》的主人公,是人类智慧的体现。他聪明、勇敢、坚毅且足智多谋。无论是经历惊涛骇浪还是遇到妖魔鬼怪,无论是身临绝境还是面对诱惑,他都能依靠自己的机智和勇气化险为夷。他不但是聪明的领导者、勇敢的战士、生产的能手,而且是受人爱戴的奴隶主和好丈夫。

他坚韧不拔、不怕困难。在海上漂泊期间,他凭着自己非凡的智慧,闯过了一道道难关,表现出了坚韧不拔的一面;漂泊中不但有艰险,而且还有荣华富贵、美女的诱惑，但那一切都动摇不了他一心返乡的决心。

他也狡猾、残酷和自私。他好不容易回到家乡，却又怀疑妻子的忠贞，假扮乞丐刺探家中实情，在设计杀死那些求婚者之后，又将不忠于他的奴隶割耳、削鼻以泄私愤；他的财产观念颇重，归家之前先把所带财物藏起来才去见家人。"诗人通过奥德修斯这一形象，表现了处于奴隶制发展时期的古代希腊人的世界观的主要方面。"①

奥德修斯是一个"智多星"，被认为不仅是荷马史诗而且是整个欧洲文学的中心形象。

（三）主题

《伊利亚特》以特洛亚战争为题材，描写古希腊联军攻打特洛亚的故事，突出"阿基琉斯的忿怒"，广泛地反映了以战争为中心的"荷马时代"的社会生活，体现了古希腊人的集体主义和英雄主义精神。

《奥德赛》歌颂了人：其一，史诗通过对奥德修斯经历的叙述，"歌颂了人与自然奋斗的精神，歌颂了人在这种奋斗过程中的智慧"②，歌颂了人的进取精神和百折不挠的坚强意志。其二，奥德修斯的12次历险，次次与海相关，而在古希腊，海被视为自然力的主要象征和代表，所以，史诗反映的其实是经过幻想加工的古代人类与自然界的斗争，歌颂的是人类智慧的伟大力量，歌颂的是征服自然的英雄主义精神。

同时，《奥德赛》深刻地反映了荷马时代的社会和奴隶制逐渐形成时期的特点。在史诗中，既有争夺和维护私有财产的斗争，又有对忠贞爱情的歌颂，它们都是当时奴隶制度下新的道德规范——保护私有财产和一夫一妻制——的体现。奥德修斯热爱故土，忠实于自己的妻子，关爱自己的儿子，对奴隶仁慈为怀，勇于维护自己的利益；同时，他又是理财好手、生产专家，从这些方面来看，可以说，奥德修斯不仅是英雄，而且是奴隶制萌芽时期理想化的奴隶主典型。

---

① 王焕生："前言"，荷马：《荷马史诗·奥德赛》，王焕生译，人民文学出版社2003年版，第3页。
② 同上。

（四）艺术特色

第一，《伊利亚特》的开场颇具匠心。

《伊利亚特》从古希腊最勇敢的将领与最高统帅之间的冲突开始展开故事，极富戏剧性；而冲突又主要与争夺女人相关——阿伽门农争夺阿基琉斯的女俘，由此点出阿基琉斯的忿怒这个中心主题；同时，这又与史诗最初的冲突原因——墨涅拉奥斯与帕里斯争夺美人海伦，由此引发十年战争——相呼应。

第二，题材裁剪和结构安排十分精当。

《伊利亚特》和《奥德赛》中所发生的故事，分别跨度十年，但它们都不是采取全面铺叙的模式从头到尾地描写战争和漂泊过程，而是截取其最后最富表现力的场面和情节。

"《伊利亚特》虽然叙述特洛亚战争，但诗人并没有像历史叙述那样叙述它的全过程及其多方面，而是撷取其中的一段进行叙述，集中叙述了发生在战争进行到第十年时约五十天里所发生的事件。对于此前发生的事件，诗人把它们作为尽人皆知的事件在适当的地方加以补叙或略加提及，对于此后的事件，诗人也只择其重要者，在适当的地方略作预言式的或回顾式的交代。对于发生在约五十天里的事情，诗人又使它始终围绕一个人——阿基琉斯，围绕一个事件——阿基琉斯的忿怒展开，叙述了忿怒的起因、忿怒的后果和忿怒的消解，把其他有关事件统统作为穿插，从而做到情节的整一性。《伊利亚特》的这种精心的题材裁剪和结构安排，表明当时的史诗叙事艺术已达到很高的水平。"①

"《奥德赛》……叙述的事情发生在奥德修斯漂泊的第十年里，并且只集中叙述了此后四十天里发生的事情，此前发生的事情则由奥德修斯应费埃克斯王阿尔基诺奥斯的要求追叙。诗人对这四十天里发生的事情的叙述又有详有略，有的一笔带过，一卷包括数天的事件，有的叙述详尽，一天的事情占去数卷。由于上述结构安排，使得诗中所有的情节既如亚里士多德称赞的那样，围绕着一个人物的一个行动展开，整个叙述又有张有弛，有起有伏，详略相间。由此可见，当时

---

① 王焕生："前言"，荷马：《荷马史诗·伊利亚特》，罗念生、王焕生译，人民文学出版社2003年版，第3页。

的史诗叙事艺术已达到相当高的水平。"①《奥德赛》同时也叙述在奥德修斯家里,奥德修斯的妻子佩涅洛佩"被求婚",这就使很散漫的两条线索变得清晰而集中。

史诗的情节贯穿人和神两条线索。神话的因素在史诗情节中具有制造或解决冲突、推进情节变化发展的作用。

第三,《伊利亚特》对大小战斗场面的描写十分精彩,《奥德赛》对"发现"手法的运用十分精妙。

"《伊利亚特》叙述战争,对大小战斗场面的精彩描写构成叙述的一大特色,《奥德赛》则叙述主人公在战争结束后回归故乡,叙述主人公回归过程中充满各种艰难险阻的漂泊经历、归家后与家人相认并报复求婚人的故事,这些情节为诗人安排'发现'提供了有利条件。诗中的'发现'安排同样受到亚里士多德的称赞。这里有奥德修斯被独目巨人'发现',使独目巨人知道自己受残是命运的安排;有费埃克斯人对奥德修斯的'发现',引出奥德修斯对自己的漂泊经历的追叙。不过诗人最精心安排的还是奥德修斯抵家后的'发现',这里有父子相认的'发现',为以后的行动作准备;有老奶妈对故主突然归来的意外'发现',给故事带来神秘色彩;有牧猪奴、牧牛奴的'发现',为即将采取的行动准备条件。其实,上述这些'发现'又都是为构成史诗高潮的夫妻'发现'作准备。这一'发现'涉及发现者双方,情感与理性交织,一步进一步,一层深一层,其构思之周密、巧妙,令人叹服,无怪乎受到亚里士多德的好评。如果说荷马史诗包含着古代各种文学体裁和艺术技巧的源头的话,那么《奥德赛》中的'发现'显然给后来的悲剧中的类似安排作了很好的启示,提供了很好的示范。"②

第四,人物众多而又个性鲜明。

"《伊利亚特》塑造了一系列栩栩如生的人物形象,其中不仅主要人物形象鲜明,各具个性,而且许多次要人物也都给人深刻印象"③,如战场上的英雄虽

---

① 王焕生:"前言",荷马:《荷马史诗·奥德赛》,王焕生译,人民文学出版社 2003 年版,第 2 页。
② 同上书,第 2—3 页。
③ 王焕生:"前言",荷马:《荷马史诗·伊利亚特》,罗念生、王焕生译,人民文学出版社 2003 年版,第 3—4 页。

然个个英勇善战,但个性各不相同且突出,如阿伽门农傲慢、阿基琉斯任性、埃阿斯直率、狄奥墨得斯急躁、涅斯托尔老成持重、安德罗马克贤惠、佩涅洛佩忠贞、瑙西卡娅天真、卡吕普索痴情。"《伊利亚特》歌颂氏族英雄,歌颂氏族英雄的美德,但他们并非完美无缺。诗人不仅赋予他笔下的人物高大的形象和正面的特点,同时也指出他们的弱点,这些弱点成为他们个人悲剧的根源,使全诗贯穿着一种悲剧气氛。"①

在《奥德赛》中,佩涅洛佩"不仅外表美丽,而且具有美丽的心灵,聪明、贤淑、忠贞。她严守妇道,在丈夫离家期间勤勉治家,对丈夫忠贞不渝,始终盼望久别的丈夫归来,夫妻团圆。诗人通过佩涅洛佩这一形象,显然树立了一个受世人推崇的妇女道德的典范"②。

第五,通过人物的语言(独白或对白)、行动和环境衬托来刻画人物。

"诗人刻画人物主要通过人物的语言(独白或对白)、行动和环境衬托,不注重白描。这方面最鲜明的例子是对海伦的描写。海伦上城观战,第一次出现时,诗人对这位盖世美人的外貌未做任何直接描写,而是通过特洛亚长老们见到海伦后赞叹不已,让读者自己去体会。"③

海伦是绝代佳人,两军交战为的是争她。在《伊利亚特》第三卷中,海伦初次来到特洛亚城上观战,史诗没有直接描写海伦如何美,而是通过特洛亚"领袖们"的窃窃私语展示了她的美:"特洛亚人和胫甲精美的阿开奥斯人/为这样一个妇人长期遭受苦难,/无可抱怨;看起来她很像永生的女神。"④

第六,细节描写出色。

史诗在细节描写方面非常出色,如《伊利亚特》第二卷中对双方军容的描写,既写到了古希腊联军的组成、船只的数目、船只上士兵的数目、带队将领及其身世等,也写到了特洛亚军事实力的大致情况。

---

① 王焕生:"前言",荷马:《荷马史诗·伊利亚特》,罗念生、王焕生译,人民文学出版社2003年版,第4页。
② 王焕生:"前言",荷马:《荷马史诗·奥德赛》,王焕生译,人民文学出版社2003年版,第4页。
③ 王焕生:"前言",荷马:《荷马史诗·伊利亚特》,罗念生、王焕生译,人民文学出版社2003年版,第4页。
④ 同上书,第64页。

此外，史诗对阿基琉斯盾牌的描写十分精细，写出了匠神的技艺的高超；对战斗场面、战斗武器、日常用具等描写很具体，"基本反映了迈锡尼文明时代的社会真实"①。

第七，运用了想象和比喻。

史诗诗句的优美，得益于丰富瑰丽的想象和出色的比喻。

狄奥墨得斯"像一匹狮子/在跳羊牢的时候，被一个在野外保护/毛茸茸的绵羊的牧人打伤，但没有毙命"②；"狄奥墨得斯拿获普里阿摩斯的儿子……/有如狮子跳进母牛群，趁它们在林间/啃食苜蓿，咬破小牝牛或小牡牛的脖子"③；"两位女神像胆怯的斑尾林鸽步行，/急于要前去帮助阿尔戈斯战士"④；"埃阿斯也这样不情愿地在特洛亚人面前退却，/心怀失望，因为他还担心阿开奥斯人的船舶。/但他又像一头走进庄稼地的驴子，/执拗地嘲弄顽童，任凭顽童们打折了/多少棍棒，它仍啃着茁壮的禾苗"⑤；"他（波塞冬——引者注）自己则像一只翱翔迅捷的鹞鹰/腾空而去"⑥；"特洛亚人正有如一股猛烈的火焰或风暴，/呐喊着跟随普里阿摩斯之子赫克托尔/继续冲击"⑦；"佩琉斯之子凭藉快腿迅速追赶。/如同禽鸟中飞行最快的游隼在山间/敏捷地追逐一只惶惶怯逃的野鸽"⑧……这些想象、比喻往往与神话结合在一起，特别富有表现力。

第八，史诗采用六音步长短短格的诗体，不用尾韵，节奏感很强。

所谓"六音步长短短格"，就是每一行诗句包括六个音步，每一音步包括一个长元音、两个短元音，按照"长短短"的规律反复进行，每句中间可以稍有停顿，形成一种诗歌的节奏。这种诗体适合吟诵，读起来庄严缓慢，具有雄伟高昂的风格。它与史诗所要表现的内容是很协调的。

---

① 王焕生："前言"，荷马：《荷马史诗·伊利亚特》，罗念生、王焕生译，人民文学出版社 2003 年版，第 3 页。
② 同上书，第 102 页。
③ 同上书，第 102—103 页。
④ 同上书，第 126 页。
⑤ 同上书，第 256—257 页。
⑥ 同上书，第 287 页。
⑦ 同上书，第 286 页。
⑧ 同上书，第 504 页。

第九，叙事风格多样。

《伊利亚特》描写的是战争生活，风格雄健、悲壮；《奥德赛》描写航海和家庭生活，风格绮丽、温和。《伊利亚特》以第三人称顺叙，《奥德塞》以第三和第一人称交错倒叙。《伊利亚特》抒情成分少，《奥德赛》抒情成分多。

第十，民间口头创作色彩浓重。

史诗的有些手法与朗诵艺术有着密切关系。

比如，史诗常用反复的修辞手法，有重复的形容词、重复的句子，甚至是重复的段落，如："英雄们敢作敢为，盛怒时'恶狠狠地盯着'对手，阵亡后猝然倒地，'轰然一声，铠甲在身上铿锵作响'。他们先是全副武装，接着冲上战场，跳下战车，和对手互骂一通，撂倒数名战将，把敌人赶得遑遑奔逃，然后自己受挫负伤，举手求告神佑，重新获得勇气和力量，继续战斗，阵杀敌方的犹首。接着，两军围着尸体展开恶战，伤亡惨重，凭借神的助佑，从枪林箭雨下救出阵亡的将领和伴友。《伊利亚特》中描述了五次这样的'壮举'（aristeiai），用了类似的模式，虽然在某些单项上略有出入。大段的复述（如2·11—15，23—33，60—70，9·123—57，364—99等）有助于减轻诗人的劳动强度，加长史诗的篇幅，深化听众对某些内容的印象"[①]，也便于吟唱者记忆。

有些则是套语或程式化用语，如"集云的神宙斯""提大盾的宙斯""牛眼的赫拉""白臂女神赫拉""银脚的忒提斯""捷足的阿基琉斯""人民的国王阿伽门农""足智多谋的奥德修斯""擅长呐喊的墨涅拉奥斯""头盔闪亮的、伟大的赫克托尔""戴胫甲的阿开奥斯人""酒色的大海""城高墙厚的特洛亚"等。

有人统计，这类诗句约占全诗的三分之一，这是民间口头创作的重要特色。

---

① 陈中梅："前言"，荷马：《伊利亚特》，陈中梅译，北京燕山出版社1999年版，第6页。

第二章
《俄狄浦斯王》

一、作者简介

　　索福克勒斯（约前496—前406），古希腊三大悲剧作家之一。他出生于雅典西北郊科罗诺斯乡，父亲索菲罗斯是个兵器制造厂厂主。他受过很好的教育，特别在音乐和体育方面受过严格训练，据说他的音乐教师是当时的名家兰普洛斯；他后来在音乐和体育比赛中获得过花冠奖赏。他少年时正逢希腊波斯战争；萨拉弥斯（萨拉米）之役胜利时，他大约十六岁；雅典人围绕着战利品举行庆祝大会，叫他赤着身体，抱着弦琴，领导歌队唱凯旋歌。他的中年正逢雅典最繁荣时期，老年则在雅典和斯巴达打内战的时期中度过。他曾积极参加政治活动，早年和土地贵族寡头派领袖客蒙交往；客蒙战死后，他和工商业界民主派领袖伯里克理斯交情甚笃。他于公元前443年被选为税务委员会主席，向盟邦征收贡税，据说他曾改革过贡税制度。公元前440年，他被选为雅典十将军之一（据说，他是因为悲剧《安提戈涅》上演成功才获得这荣誉的），曾经同伯利克里率领海军去镇压雅典盟邦萨摩斯（萨摩斯的寡头派反对民主派），企图使萨摩斯退出以雅典为首的提洛海军同盟。萨摩斯被攻下之后，他代表雅典逼使萨摩斯人接受了苛刻条约。公元前420年,雅典人迎接医神阿斯克勒庇俄斯到雅典祛除瘟疫,他以雅典英雄阿尔孔的祭司的资格迎接医神;他死后被雅典人尊称为"迎接者",和阿斯克勒庇俄斯一起受雅典人崇敬。他于公元前413年参加了反民主的政变,被选为西西里战败后成立的"十人委员会"委员,于公元前411年和其他委员们一起被控赞成寡头派提出的限制公民权利的宪法,他在答辩中说是"迫不得已",因此被判无罪。他和希罗多德交情很深,有诗送后者远行;他时常借用希罗多德的史料。他和诡辩派哲人阿那克萨戈拉和普罗泰戈拉是朋友。他很尊敬埃斯库罗斯,但批评埃斯库罗斯太骄傲,说埃斯库罗斯在戏剧比赛中被他赢了一次,就气愤不平。他对欧里庇得斯也很敬重,听闻欧里庇得斯的死讯后,便叫自己的歌队为他志哀。他死于公元前406年,当时雅典和斯巴达还正在进行战争,交通受阻,他的遗体不得归葬故乡。斯巴达将军莱山德听说诗人死了,特别下令停战,让雅典人把他的遗体埋葬在阿提刻北部得刻勒亚附近。他坟上立着一个善于歌唱的人头鸟的雕像。阿里斯托芬称他禀性温和,另一喜剧诗人弗鲁尼科斯赞慕他一生幸福——他死于"灾难来临之前",因为两年后雅典即被斯巴达人攻占。据说,他一生演过两次戏,其中一次是演他的悲剧《塔密剌斯》中的盲歌者,演得很成功,因此,有人把那个剧景画在雅典画廊上;另一次是演他的悲剧《洗衣少女》中的公主瑙西卡娅,打球的姿势博得观众的称赞。他二十八岁左右在城市狄俄尼西亚悲剧比赛中初次赢了埃斯库罗斯。那次的评判员是临时由客蒙和他的九个同僚担任的,据说埃斯库罗斯为这事很生气,愤而离开雅典,前往西西里。大约过了二十七年,他在戏剧比赛中输给了欧里庇得斯。他一共得了24次头奖和次奖,且从来没有得过第三奖。他在六十年左右的创作活动中,大约写了130部悲剧和"笑剧"[①],但流传至今的只有7部完整的悲剧,即《埃阿斯》(公元前442年左右演出)、《安提戈涅》(公元前441年左右演出)、《俄狄浦斯王》(公元前431年左右演出)、《厄勒克特拉》(公元前419至公元前415年之间演出)、《特剌喀斯少女》(公元前413年左右演出)、《菲罗克忒忒斯》(公元前409年

[①] 也有人说"他一生中写过123出剧作",参见郑克鲁主编:《外国文学史(修订版)上》,高等教育出版社2006年版,第38页。

演出，得头奖）、《俄狄浦斯在科罗诺斯》（公元前401年演出，得头奖）。[①]除悲剧外，他还写过一部散文体的《论歌队》。他将演员人数增至三位。

索福克勒斯是个虔诚的诗人，他曾和欧里庇得斯各写一出《厄勒克特拉》，后者抨击阿波罗神谕的道德内涵，而他则把重点放在人物性格塑造上，这便加深了克吕泰涅斯特拉的罪过，拔高了厄勒克特拉的形象。随着伯罗奔尼撒战争的展开，雅典人对神谕产生了渐多的怀疑；史学家修昔底德否认神谕的效应；欧里庇得斯公开宣称神谕是一场骗局，而索福克勒斯仍信从神谕的正确，写作了《俄狄浦斯王》。

古代的批评家一般都认为索福克勒斯是最伟大的悲剧家，如亚里士多德认为《俄狄浦斯王》是悲剧的典范，"情节的安排，务求人们只听事件的发展，不必看表演，也能因那些事件的结果而惊心动魄，发生怜悯之情；任何人听见《俄狄浦斯王》的情节，都会这样受感动"[②]。罗马演说家西塞罗和希腊批评家朗吉弩斯把索福克勒斯比作荷马，罗马诗人维吉尔称赞索福克勒斯的艺术，歌德对索福克勒斯的技巧评价很高，法国诗人拉辛认为《俄狄浦斯王》是一出完美的悲剧。

二、《俄狄浦斯王》

《俄狄浦斯王》是索福克勒斯最重要的作品，取材于一个传说。

（一）内容梗概

忒拜城国王拉伊俄斯因为没有儿子，到得尔福去问阿波罗他到底会不会绝

---

① 罗念生："译本序"，索福克勒斯：《索福克勒斯悲剧二种》，罗念生译，人民文学出版社1961年版，第3页。也有人说"他的悲剧现存7部，即《埃阿斯》（前442）、《安提戈涅》（前441）、《俄狄浦斯王》（前431）、《特拉基斯妇女》（前429）、《厄勒克特拉》（前418）、《菲洛克忒忒斯》（前409）、《俄狄浦斯在科罗诺斯》（前401）"，参见郑克鲁主编：《外国文学史（修订版）上》，高等教育出版社2006年版，第38页。
② 亚理斯多德：《诗学》，亚理斯多德、贺拉斯：《诗学·诗艺》，罗念生、杨周翰译，人民文学出版社1962年版，第43页。

嗣。阿波罗答应给他一个儿子，但预言他会死在那儿子手中。后来他妻子伊俄卡斯忒果然生了一个儿子，三天以后，他让一个仆人把那婴儿丢在喀泰戎山上。那婴儿的左右脚跟上钉着一颗钉子——即使那残废的婴儿没有死，被人发现之后也不至于被收养。

那仆人是拉伊俄斯家里的奴隶，拉伊俄斯每年叫他上喀泰戎山牧羊——从3月到9月，他都在那山上。他在那山上结识了一个牧人，那人是科任托斯（旧译作科林斯）国王波吕玻斯的仆人。拉伊俄斯的仆人可怜那婴儿，便把那婴儿送给了科任托斯牧人——后者把那婴儿带到科任托斯。波吕玻斯和王后墨洛珀因为没有儿子，便把那婴儿作为自己的儿子抚养，科任托斯人都称他为太子。他一直长到成人，从没有怀疑过他不是国王的亲生儿子。

有一天，一位客人在宴会上喝醉了，说出俄狄浦斯并不是国王的亲生儿子。俄狄浦斯随即去问国王和王后，他们痛责那醉汉并安慰俄狄浦斯。可是俄狄浦斯觉得到处有人在议论，便亲自去向阿波罗求问。阿波罗没有指出他的父母是谁，只说他会杀死父亲，娶母亲为妻。俄狄浦斯决定不再回科任托斯。他向着东方走去，从福喀斯（旧译作佛西斯）到玻俄提亚（旧译作比奥细亚）去。

这时候，拉伊俄斯正从忒拜赴得尔福，去问他从前抛弃的婴儿到底死了没有。他只带了四个侍从，他们五个人在福喀斯境内的三岔路口遇见了俄狄浦斯。他们叫他让路，结果与之起了冲突。俄狄浦斯把拉伊俄斯及其三个侍从打死了。拉伊俄斯剩下的一个侍从逃回忒拜，撒谎说是一伙强盗把他们四个人杀死的。那生还的人正是从前伊俄卡斯忒打发去抛弃婴儿的仆人。

忒拜人曾经追究过这件凶杀案，但没有结果。国王死后不久，他们又遇到新的灾祸。赫拉为了向她的情敌塞墨勒（酒神的母亲）报复，打发了一个人面狮身的妖怪来为害忒拜。这妖兽坐在城外的山上，背诵一个谜语，问什么动物有时四只脚，有时两只脚，有时三只脚，脚最多时最软弱。凡是回答不出的人都被它吃掉了。正在忒拜人失望的时候，那流浪的狄浦斯前来道破了这谜语，他说是人，因为一个人生下地时是四只脚，年老了以后加上根拐杖，又成了三只脚。那妖怪听了，便跳崖自杀了。感恩的忒拜人立俄狄浦斯为王。俄狄浦斯娶了拉伊俄斯的寡妻伊俄卡斯忒。之后，两人生下了二男二女。

俄狄浦斯登位的时候，那先前逃回来的仆人恰好在城里，他跑来跪在伊俄卡斯忒面前，拉着她的手，求她把他派到远方的牧场上去重操旧业。一个忠心的老仆人只有这一点小小的请求，王后立刻就同意了。

大概又过了十六七年忒拜城发生了瘟疫。俄狄浦斯从神谕中得知，天神降灾是由于杀死老王的凶手至今逍遥法外，未受惩罚。俄狄浦斯为了拯救国家和人民，向预言者追问凶手。预言者起初不肯说出实情，俄狄浦斯认为他就是凶案的参与者，预言者才不得不说出凶手即俄狄浦斯本人。

俄狄浦斯大为吃惊，怀疑预言者受人指使，图谋王位。王后伊俄卡斯忒出面劝解，还回忆老王的死情，以证明神谕未必灵验。但王后对于老王死情的回叙引起了俄狄浦斯的疑虑——他预感到凶手可能确实是自己。

此时，科任托斯国王去世，国人派使者来忒拜，要求俄狄浦斯回国继位。俄狄浦斯声称自己不愿去犯神谕所说的娶母之罪，拒绝回国。使者本是当年收养他的牧人，当面证明他并非科任托斯先王的嫡子，不必担心神谕。可是这恰好证实了俄狄浦斯很可能是忒拜老王之子，他可能已经犯了杀父娶母的大罪。

最后，当年奉命把他丢在喀泰戎山上的那位仆人上场，几方对证，终于真相大白。俄狄浦斯按照先前的诺言，刺瞎了自己的眼睛，并自我放逐，离开了忒拜。

（二）人物形象

俄狄浦斯是一个理想的英雄形象。他体察下情，关心人民疾苦，爱护人民，对臣民有着高度负责的精神，他的一切努力都是为人民谋求福利；为了城邦的利益，他坚决要把拉伊俄斯的被杀案追究清楚，即使追究的结果可能于他不利，他也要追究到底。他正直、诚实、勇敢——他并不独揽大权，而是同伊俄卡斯忒和克瑞翁共同治理城邦；他虽然杀父娶母了，但也是没有罪的——因为他杀父是出于自卫，且当时并不知道自己面对的老人是自己的父亲。再说，即使按照公元前621年雅典立法家德剌孔的"用血写成的"严厉法典来判断，他也是没有罪的，因为他不是蓄意杀人，只不过他既已杀人，手上有了血污，将被放逐罢了。他娶母是出于不知不觉，所以也是没有罪的；只不过他既已玷污了母亲的床榻，后果应由他担负。他曾叫人给他一把剑,想要自杀;但是他转念一想,认为自己没有罪,加上觉得无颜在地下见父母,所以没有自杀,只是弄瞎了自己的眼睛,这样日后死了也不至于看见他的父母,同时,他请求被放逐。他对自己的这种惩罚,其严厉不下于自杀。他遵循高尚的道德原则,有坚毅的力量和积极行动的精神,有独立的意志和不屈服于命运的反抗精神,力图掌握自己的命运,敢于承担责任。他尽管已意识到自己落入了命运的罗网,但仍然对凶手一查到底,百折不回,最后实践诺言,自我惩罚,真诚地为城邦消灾造福。他行动果敢、办事迅速,"赶快""要快"是他的常用词语——他当天要办的事不会拖到第二天,想要牧羊人来证明时便下令让牧羊人马上过来。他也冲动,当预言者忒瑞西阿斯最终说出他就是不洁的罪人时,他怒不可遏,拒不相信;他当年在三岔路口也是因一时冲动才杀死拉伊俄斯及其随从……冲动无疑是其性格上的弱点。

(三)主题

第一,剧作通过对俄狄浦斯与命运抗争的描写,表现了人的意志与命运的矛盾,展现了俄狄浦斯的勇敢、坚毅、正直、善良、敢于承担责任等优秀品性,强调了人的独立意志和坚强毅力,赞颂了人不屈服于命运的反抗精神,反映了雅典民主政治极盛时期人们对神和命运的否定以及对理想君主的要求,表现了雅典自由民反对僭主专制、提倡民主精神、鼓吹英雄主义的思想和行为。

第二,通过俄狄浦斯悲剧性的反抗结局,表现了偶然和必然的复杂关系(命运"无常""无奈",阐述的是西方神话中命运主宰一切的观点),指出了命运的邪恶性——这也是当时人们在面对理想的民主制走向衰落,对社会灾难无能为力时的惶惑与悲愤情绪的反映。

(四)艺术特色

第一,采用了"回顾式"的结构。

《俄狄浦斯王》最成功也是历来最受称道的地方,是它的布局结构——"回顾式"。其特点是并非按照事件发展的顺序从头到尾地组织剧情,而是在事件已经发展到一定的阶段，即临近高潮的那一刻落笔，事件的起因和前情则在剧情发展的过程中用回顾和倒叙的方法交代出来。

剧本以俄狄浦斯的悲剧命运即将到来的时刻开始，以俄狄浦斯追查杀老王的凶手为悬念和线索，通过剧中人物对话剥茧抽丝般地展开故事。剧本主要通过五个人陆续上场交代五个关键性的情节：克瑞翁带来预言、忒拜城的先知忒瑞西阿斯被迫说出凶手名字、伊俄卡斯忒劝慰俄狄浦斯时泄露拉伊俄斯的被杀地点、科任托斯使者说明俄狄浦斯不是科任托斯王后亲生和拉伊俄斯的仆人证明他曾把尚为婴儿的俄狄浦斯交给一个牧羊人，即眼前这个科任托斯国的使者。剧作的全部矛盾一一被揭开，几十年发生在不同地点的事情压缩在不到一天的时间里发生在忒拜王宫前的一个事件之中，这样，既节省了大量的笔墨，又突出了戏剧矛盾冲突的尖锐性。

第二，双线并行。

"忒拜牧人曾说拉伊俄斯死在三岔口；伊俄卡斯忒曾提及拉伊俄斯被杀的时间，他的相貌，年龄和他的侍从人数。这一切已经证明拉伊俄斯是俄狄浦斯杀死的，但是俄狄浦斯还没有想到那人即是他的父亲。这是第一条线索。科任托斯牧人告诉俄狄浦斯说，他并不是科任托斯国王波吕玻斯的儿子，而是他自己捡来的。这是第二条线索。当这两个牧人相遇的时候，这两条线索便交叉在一起，于是真相大白，证据是婴儿（俄狄浦斯）是伊俄卡斯忒交给忒拜牧人的，而杀害拉伊俄斯的凶手的人数则用不着问了。"①

第三，运用了"发现"和"突变"的手法。

"发现"巧妙地处理了剧情发展与往事交代两者之间的关系，往事交代是剧情发展的必须，同时又是一个新的发现推动剧情进一步发展，两者互为因果，互相促进。如伊俄卡斯忒说出老王的死因，这是对往事的交代，却又引出俄狄浦斯的发现——自己正是在三岔路口杀死过一个老人，从而，推进剧情的发展；俄狄浦斯要见这一事件中的幸存者，于是，又导致了新的发现。

在不断的新的发现中，"突变"起了重要的作用。"突变"，或称"转

---

① 罗念生："译本序"，索福克勒斯：《索福克勒斯悲剧二种》，罗念生译，人民文学出版社1961年版，第18—19页。

变"，"指出乎意料的转变，即所谓'事与愿违'，效果与动机恰恰相反，'例如……报信人本是在安慰俄狄浦斯，解除他害怕娶母为妻的恐惧心理的，但由于他泄露了俄狄浦斯的身世，以致事与愿违。'又如俄狄浦斯是为人民，为自己好而诅咒凶手，结果却是诅咒了自己"①。一次又一次的"突变"，把剧作导向了令人惊心动魄的结局。"除报信人突然而来之外，其他事件每一件都是前一件的自然后果。"②

---

① 罗念生："译本序"，索福克勒斯：《索福克勒斯悲剧二种》，罗念生译，人民文学出版社1961年版，第9页。
② 同上书，第19页。

第三章
《神曲》

一、作者简介

但丁·阿利吉耶里（1265—1321），意大利诗人，意大利现代语言的奠基者。"据他自己在《天堂》第十五篇所述，他的远祖卡洽圭达（Cacciaguida）于1090年居住佛罗伦萨，是一位骑士，死于1147年十字军之役。卡洽圭达之妻是阿利吉耶里（Alighieri）氏，因此他们的子孙有叫阿利吉耶罗（Alighiero）的，但丁的父亲就是阿利吉耶罗第二。阿利吉耶罗第二的前妻叫贝拉（Bella），就是但丁的母亲。但丁原名杜兰丁（Durante），简名但丁（Dante），连姓称为但丁·阿利吉耶里。"[1]他母亲的"姓氏阿利吉耶里（Alighieri）后来成为家族的姓氏"[2]。

关于但丁的生平，从薄伽丘以来记述的人很多，但可靠的很少，不过，一般认为他出生在意大利的佛罗伦萨的一个没落的贵族家庭（或城市小贵族家庭），生于1265年，具体的出生日期不清，按他在自己的诗中的说法——"生在双子座

---

[1] 王维克："但丁及其神曲"，但丁：《神曲》，王维克译，人民文学出版社1997年版，第505页。
[2] 田德望："译本序"，《神曲·地狱篇》，田德望译，人民文学出版社1990年版，第2页。

下",应该是5月下旬或6月上旬。"他五六岁时,母亲贝拉(Bella)去世"①,父亲续弦,后母为他生了两个弟弟、一个妹妹;父亲因家道中落而长期经商,于1283年去世。但丁可能并没有受过正式教育,但大概"在著名的波伦亚大学听过修辞学课"②,从许多有名的朋友兼教师那里学习不少东西,如师从著名学者布拉蒂尼系统地学习拉丁文、修辞学、诗学和古典文学。"当时佛罗伦萨有一位著名的学者,叫做拉蒂尼(Brunetto Latini),据说教过但丁的拉丁文和古代名著,而且他知道但丁的才能,极力鼓励他。但丁在《地狱》第十五篇里写着对拉蒂尼说的话:'在我的脑海之中,刻画着你亲爱的,和善的,父母一般的面貌……你在世的时候,屡次训导我怎样做一个不朽的人物;因此我很感谢你……应当宣扬你的功德。'由此看来,拉蒂尼虽不一定是但丁面命耳提的教师,但至少受过他的'训导'了。但丁也很爱音乐,曾结交当时著名的音乐家。在放逐以后,他也许更加用功,对于天文,地理,历史,神话,神学,伦理学无不研究。《神曲》几乎包罗中世纪的一切学问,所以但丁研究者奥扎纳姆(Ozanam)说:'《神曲》是中世纪文学哲学之总汇,而但丁乃诗界之圣托马斯。'但丁对于拉丁诗人维吉尔(Virgilio),奥维德(Ovidio),卢卡努斯(Lucano),斯塔提乌斯(Stazio)最有研究,《神曲》中时有引述;他的伦理学大致是亚里士多德(Aristotle)的,天文学是托勒密(Ptolemy)的,神学是圣托马斯(Saint Thomas)的。他对于说教者的言论也采取了许多,对于阿拉伯的科学也吸收了一点。"③但丁对罗马大诗人维吉尔极为崇拜,称其为导师;年轻时可能做过骑士,参加过几次战争;"大约是1291年(在贝雅特丽齐死后的一年),他听从朋友之劝和一个女子杰玛(Gemma)结了婚。但丁和她生了四个孩子(有的说六个,五男一女,后死去二男),长子彼埃特罗(Pietro),次子雅各波(Jacopo),后来都有声名,且注释《神曲》;有一女儿亦名贝雅特丽齐,则做

---

① 田德望:"译本序",但丁:《神曲·地狱篇》,田德望译,人民文学出版社1990年版,第2页。
② 同上书,第3页。
③ 王维克:"但丁及其神曲",但丁:《神曲》,王维克译,人民文学出版社1997年版,第508—509页。

了女修士。"①有人猜想,《天堂》最后十三篇是他的儿子创作或修改的②。但对其文学创作影响最大的是两件事。

一是他对贝雅特丽齐热烈神秘、终生不渝的精神恋爱。

贝雅特丽齐是佛罗伦萨一个名叫福尔科的富人的女儿。但丁在9岁时在一次宴会上结识了贝雅特丽齐,9年以后又见了她一次,她的美丽形象便深深地刻在他的心上,他为她写下了一系列诗歌。贝雅特丽齐后来嫁给银行家西蒙奈·德·巴尔迪(Simone dei Bardi),在1290年去世。之后,但丁写了一些诗悼念她。大约在1295年,但丁把那些赞美、怀念贝雅特丽齐的诗进行了整理,并用散文连缀起来,编成一本书,并且每篇诗均附以记事和注解。这本书就是《新生》,是用意大利语写的,也是但丁的第一部作品和青年时期最重要的作品,其中提及天堂中的幸福者和地狱中的罪人,因此,它实际上是《神曲》的"先驱""根源"。"全书的末尾说,作者经历了一番'神奇的梦幻'之后,'决定不再讲这位享天国之福的人,直到自己更配讲她的时候',到那时,关于她要'讲人们关于任何一位女性都未讲过的话'。"③但丁在放逐后,增加了人生的经验,于是,这"先驱""根源"便"抽枝发芽""开花结果"了,并最终变成了《神曲》。

《新生》对贝雅特丽齐并无具体的描写,没有把她的真面目写出来,只说她的微笑怎样动人,声调怎样柔和,她有怎样神秘的妩媚,她有怎样无上的纯洁;换一句话说,但丁把她理想化了,即把她看作"善心""德行""和气"等的象征。但丁心目中的贝雅特丽齐,无异于教徒心目中的圣母。"但丁对她的爱情是精神上的爱情,带有强烈的神秘色彩,在歌颂她的诗中,把她高度理想化,描写为'从天上来到人间显示奇迹'的天使,充满精神之美和使人高贵的道德

---

① 王维克:"但丁及其神曲",但丁:《神曲》,王维克译,人民文学出版社1997年版,第508页。但也有另一种说法:"1277年,他由父亲作主,和杰玛·窦那蒂(Gemma Donati)订婚,婚后至少生了两个儿子……一个女儿……"参见田德望:"译本序",但丁:《神曲·地狱篇》,田德望译,人民文学出版社1990年版,第2—3页。

② 参见王维克:"但丁及其神曲",但丁:《神曲》,王维克译,人民文学出版社1997年版,第508页。

③ 田德望:"译本序",但丁:《神曲·地狱篇》,田德望译,人民文学出版社1990年版,第3—4页。

力量。"①不过,但丁在诗中也表现出摆脱禁欲主义的束缚、追求纯洁爱情的愿望,风格清新。这是欧洲文学史上第一部向读者剖露作者最隐秘感情的自传性作品。

贝雅特丽齐死后,但丁为寻求精神寄托,大量阅读哲学和文学著作——除熟读《圣经》及波伊修斯、西塞罗、阿奎那、塞内加、大阿尔伯图斯、阿威罗厄斯等的作品外,还研究了亚里士多德的《政治学》《伦理学》等,精读了维吉尔的《埃涅阿斯纪》、贺拉斯的《讽刺诗集》和《诗艺》、奥维德的《变形记》、卢卡努斯的《法尔萨利亚》等②。这些为他后来的创作打下了坚实的基础。

二是但丁投身于政治,1302年在党派斗争中被判处终生放逐。

当时佛罗伦萨政界分为两个政治派别:其一是效忠神圣罗马帝国皇帝的吉伯林派,另一派是效忠教皇的贵尔弗派。1266年后,由于教皇势力强盛,贵尔弗派取得胜利,将吉伯林派放逐。贵尔弗派掌权后,1294年,当选的教皇卜尼法斯八世想控制佛罗伦萨。一部分富裕市民希望城市独立,不愿意受制于教皇,分化成"白党";另一部分没落户,希望借助教皇的势力翻身,成为"黑党"。两派争斗。"但丁的家族是贵尔弗党,但在政治上没有什么地位,家庭经济状况也不宽裕"③;但丁热烈主张独立自由,因此,成为白党的中坚,并于1300年夏天被选为佛罗伦萨最高政权机关——执行委员会的六位委员之一。

1301年,教皇特派法国国王腓力四世的弟弟瓦洛亚伯爵查理去佛罗伦萨"调节和平"。白党怀疑此行另有目的,派但丁和另外两名代表去教廷交涉,希图能说服教皇收回成命,但没有结果。查理到佛罗伦萨后立即组织黑党屠杀反对派,控制了佛罗伦萨。1301年1月27日,但丁被判交巨额罚金和在托斯卡纳境外流放两年。但丁拒绝此判,之后遭终生放逐——他一旦回佛罗伦萨,就将被烧死。于是,他从此便再也没有回到佛罗伦萨。

1308年,卢森堡公爵亨利七世当选为神圣罗马帝国皇帝,但丁久闻亨利七世公正贤明,因此,想趁亨利七世光临佛罗伦萨之际,联合一班流亡者,要求亨利

---

① 田德望:"译本序",但丁:《神曲·地狱篇》,田德望译,人民文学出版社1990年版,第3页。
② 同上书,第4页。
③ 同上书,第2页。

七世主持公道，让他们返回佛罗伦萨。1313年，亨利去世，但丁的希望落空。

1315年，佛罗伦萨被军人掌权，宣布如果但丁等逐臣肯付罚金，并于头上撒灰，颈下挂刀，游街一周就可免罪返国；佛罗伦萨的一位朋友给但丁写信告知此事，但丁回信说："这种方法不是我返国的路呀！要是损害我但丁的名誉，那末我决计不再踏上佛罗伦萨的土地！难道我在别处就不能享受日月星辰的光明么？难道我不向佛罗伦萨市民躬身屈节，我就不能亲近宝贵的真理么？事有可断言者，我不愁没有面包吃！"①

但丁在流亡的最初企图同吉伯林派、白党的流亡者使用武力打回家乡，失败之后便离开了那伙人，自成一派，四处流浪，"'走遍几乎所有说这种语言（指意大利语）的地方'，好像'既无帆，又无舵手的船，被凄楚的贫困吹来的干风刮到不同的港口、河口和海岸。'他深切感到'别人家的面包味道多么咸，走上、走下别人家的楼梯，路多么艰难'"②。1303年，他的儿子们年满14周岁，按照法律，也得和他一起遭到放逐。在被放逐时，他曾在意大利几个城市居住。据记载，他去过维罗纳、巴黎，以著作排遣其乡愁，并将一生中的恩人、仇人都写入其《神曲》中，揶揄嘲笑教皇，将贝雅特丽齐则安排到天堂的最高境界。

但丁晚年生活趋于安定。大约在1318年，他定居于意大利东北部腊万纳，和那里的主人小圭多·达·波伦塔关系很好，《神曲·地狱》中的弗兰齐斯嘉就是后者的姑母。他的长子、次子和女儿都来此看他。《神曲·天堂》刚脱稿，但丁就受小圭多·达·波伦塔的委托，去威尼斯谈判，不幸染上疟疾，回腊万纳不久于1321年9月14日去世。

但丁的作品基本上是以意大利托斯卡纳方言写作的，对现代意大利语以托斯卡纳方言为基础而形成起了相当大的作用。除了拉丁语作品外，在古代意大利作品中，但丁的作品是最早使用活的语言写作的，它们对意大利文学语言的形成起了相当大的作用，也对文艺复兴运动起了先行者的作用。

但丁的著名作品有爱情诗歌《新生》、哲学诗歌《飨宴》（用俗语写成，借

---

① 王维克："但丁及其神曲"，但丁：《神曲》，王维克译，人民文学出版社1997年版，第507页。
② 田德望："译本序"，但丁：《神曲·地狱篇》，田德望译，人民文学出版社1990年版，第7页。

诠释自己的一些诗歌,把各种知识通俗地介绍给读者,作为精神食粮①)、抒情诗《诗集》、长诗《神曲》、拉丁文文章《俗语论》(或《论俗语》,目的在于引起知识界对民族语言的重视)、拉丁文诗歌《牧歌》、政论文《王国论》(或《帝制论》),被人收集的作品有《书信集》十三篇。

但丁的文学创作是中世纪文学的总结,是文艺复兴的曙光,是中世纪文学向近代文学过渡的标志,在欧洲文学史上占有特殊的地位。

二、《神曲》

《神曲》(约1307—1321)以较通俗的三行诗体写成。全诗分《地狱》《净界》(或《炼狱》)、《天堂》(或《天国》)3部,每部33歌,加上序曲,一共100歌,14233行;原稿已佚,各种抄本的文字颇有出入,现在最佳版本是佩特洛齐(G. Petrocchi)的校勘本(意人利但丁学会的国家版《神曲》)②。

《神曲》的意大利文是La Divina Commedia,意为"神圣的喜剧"。但丁原本只给自己的作品取名《喜剧》,有两个原因:

"第一,喜剧(Commedia)和悲剧(Tragedia)这两个字在中世纪并不一定含有舞台剧本的意味,前一个字指逃脱于祸患的叙述文,后一个字指大人物没落的故事。凡由平静开始而结局于悲惨的故事,可称悲剧;凡由纷乱和苦恼开始而结局于喜悦的故事,可称喜剧。《神曲》开始于悲哀的地狱,结局在光明仁慈的天堂,由以上定义而称为'喜剧',自无不合。第二,但丁用这两个字指'文格',并非指'文体'。在《地狱》第二十篇中,但丁称维吉尔的'史诗'《埃涅阿斯纪》(Eneide)为'悲剧',因为他的文格是高雅而尊贵的;至于'喜剧',则文格以通俗为特点,因欲通俗,故《神曲》不用拉丁文写,而用意大利口语写。《地狱》中的对话有许多地方是粗鲁琐碎的。至于《净界》,尤其是《天堂》,文格就逐渐提高了。因此在《地狱》中也只有二处(第十六篇之末,

---

① 参见田德望:"译本序",但丁:《神曲·地狱篇》,田德望译,人民文学出版社1990年版,第7页。
② 同上书,第13页。

第二十一篇之首），但丁称他的著作为'喜剧'；在《天堂》中（第二十五篇之首），但丁称他的著作为'神圣的诗'（Poemasacro）。至于Divina一字，但丁原来没有用它，这是他的'喜剧'出世后别人加的，当初表示读者的赞赏。"① 第一次给这部作品冠以"神圣"一词的是薄伽丘（《但丁赞》——1555年威尼斯版本第一次以《神圣的喜剧》为书名，随即被普遍使用），其原因也有两个：其一，作品写的不是人间生活，而是来世之事，以"神圣的喜剧"相称比较恰当；其二，作品之伟大，前所未有，似出自神人之笔。

就创作动机而言，"但丁对于贝雅特丽齐的热情既无由发泄，而对政治的抱负，又被小人所挤，竟至终身放逐，精神学问，无所用之"②。同时，在长期的流放生活中，但丁目睹了新旧历史交替时期意大利的种种黑暗、腐败、混乱的社会现象，扩大了眼界，认识到和平统一是意大利的唯一出路，对意大利四分五裂的现状感到不安和担忧；深深感到自己肩负着揭露现实、唤醒人心、给意大利人民在政治上和道德上指出一条复兴和统一道路的使命。于是，他以笔为武器，创作了《神曲》，希图以此告诉意大利和人类只有在理性的指引下，经过各种苦难的考验，涤除各种罪恶，在道德上得到净化，再经过信仰的引导，才能走出迷惘，达到至善至美的崇高境界，从而，得到永恒的幸福。

《神曲》是但丁从政治上、道德上探索意大利民族出路的寓言性的总结，在宗教性的构思中反映了中世纪晚期意大利的现实生活，而且表现出强烈的爱国精神和反教会的倾向；是中世纪文化的总结，又是人文主义思想的最初的萌芽；所表现的但丁对人和事的观点和态度是矛盾的，这种矛盾体现了但丁作为中世纪的终结和新时代的开端这一过渡期的伟大诗人的特点。

（一）内容梗概

《神曲》写的是但丁神游地狱、净界（炼狱）、天堂（天国）三界的故事。但丁自叙在1300年春天，自己正当35岁的人生中途。这年4月8日，他迷失于一座

---

① 王维克："但丁及其神曲"，但丁：《神曲》，王维克译，人民文学出版社1997年版，第511—512页。
② 同上书，第512—513页。

黑暗的森林之中，极力想从里面走出来。天亮时，他来到一个小山脚，那小山顶上披着阳光，他想爬过小山，可前面来了象征淫欲、强暴和贪婪的母豹、雄狮和母狼。他被拦住了去路，进退维谷，惊慌呼救。这时，古代罗马的大诗人维吉尔的灵魂出现了。他是奉但丁已死去的青年时代的恋人、死后为天上圣女贝雅特丽齐的委托，前来解救但丁的；他带领但丁游历了地狱和净界。

在维吉尔的带领下，但丁首先进入地狱。

北半球是大陆，地狱的入口在大陆的中心点耶路撒冷，最底层是地心。地狱上宽下窄，像一个大漏斗，共分为九圈，外加地狱前庭（走廊）；有些圈又分若干环、断层，圈圈下降，越往下越小，插入地球的中心。凡生前有罪的灵魂，按生前罪恶的大小，发配在不同的地狱层里受刑，罪孽越深便越往下，处罚也越重。

地狱以古希腊哲学家亚里士多德的《尼各马可伦理学》《政治学》中的有关理论——把罪恶分成无节制、暴力、欺诈三类——为依据而被设计为对应的三部分。

第一部分在作为冥府首都狄斯城之外（狄斯原是罗马神话中的冥神，但丁用来指地狱之王卢奇菲罗，也就是撒旦），一共分成五圈，关押的是犯有无节制者的灵魂。但丁们来到地狱，看见大门上写着："到了此地，一切的恐怖和畏怯都要放在脑后了。"①走进大门，只见风卷黄沙，遮天蔽日。此即地狱前庭，生前一生中无所作为、醉生梦死的懒汉、懦夫的灵魂在这里接受惩罚。那些灵魂既不为上帝理睬，又不被地狱收容。穿过前庭，但丁们乘坐小船渡过阿刻隆河（冥河），来到地狱的第一圈——候判所，即等候上帝审判的地方。那些出生在耶稣之前因而没有接受基督教洗礼的古代异教徒，如诗人荷马、贺拉斯、苏格拉底、维吉尔等曾立德立功的先哲们和未受洗礼的婴儿的灵魂都在此等待上帝的判决。因为他们本身无罪，所以无需受罚；他们要说真有痛苦的话，那便是永远无法去天堂。真正的地狱开始于第二圈，里面是好色之徒的灵魂。他们因生前沉湎于肉欲而抛弃理性，在那里遭受在深谷里爬行、遭冰雹痛击的惩罚，痛不堪生。古斯巴达王后海伦、迦太基女王狄多、埃及艳后等永不停息地在狂风中飘荡、颠

---

① 但丁：《神曲》，王维克译，人民文学出版社 1997 年版，第 12 页。

倒着，时不时撞在断崖绝壁上，悲惨地呼号痛哭。两个灵魂向但丁飘来，他们是情侣弗兰齐斯嘉和保罗的灵魂，但丁听罢他们的哭诉，感动得晕倒在地。但丁再次醒来时，已到了地狱第三圈。犯了饕餮罪的灵魂躺在恶臭不堪的污泥里，听凭风吹雨打。长了三个狗头的恶魔刻尔勃路斯用爪把他们撕成了碎片。第四圈为贪吝者和挥霍者受惩罚处。但丁看见两队幽灵，胸前堆满重物，面对面地辱骂、厮打。他们生前贪婪成性，挥霍无度。其中有一些是贪得无厌的教士、主教和教皇。地狱第五圈是一潭污泥浊水，生前易怒的灵魂在污泥黑水中赤身露体，满面怒气你撞我咬，一个个被打得皮开肉绽、鲜血淋淋。无节制罪比较轻，所以犯有此类罪的灵魂在第二、三、四圈这三圈浅层地狱里受刑。

　　第二部分在狄斯城内。这里共分成三圈，即第六至八圈，是深层地狱，收容的是罪孽深重者——犯暴力之人、较轻的欺诈者——的灵魂。在第六圈，三名满身污血、头上盘着青蛇的复仇女神把守着狄斯城。城里坟墓林立，各种邪教徒在烈火燃烧的坟墓中被炙烤而号叫。邪教徒所犯的罪——信奉异端邪说——是教会定的，和亚里士多德的理论无关。第七圈分为三环，对三种类型的强暴者施以酷刑。第一环，对他人（同类）施以暴力者——杀人放火者和暴君、破坏者和纵火者、强盗和土匪等，在沸腾的血湖中受煮。第二环，对自己施以暴力者——信仰不坚定而自杀者、倾家荡产者等被罚变成长满毒瘤的树木。第三环，对上帝、自然、艺术施以暴力者——渎神者、违反自然好色者、不劳而获的重利盘剥者在火雨和热沙之间受刑，眼里喷出苦恼的泉水。一条小溪从沙漠附近流过。维吉尔和但丁沿着小溪一直走到溪水注入的深渊。维吉尔唤来人面蛇身、象征欺诈者的怪物格吕翁，维吉尔、但丁骑在它的背上飞翔而下到达深渊。这里是地狱第八圈——恶沟。这圈地狱地势向里倾斜，分为十个断层，一层套着一层，形似十个同心圆。层与层被堤岸隔开，层上有岩石形成的天然石桥。这圈地狱的中心是一个巨大的竖井，直通第九圈地狱；十个断层被统称"恶囊"。这里关押着许多先前为非作歹、危害人民的灵魂，诸如淫媒及诱奸者、阿谀者、买卖圣职者、预言者、贪官污吏、伪君子、窃贼、劝人为恶者、离间者、伪造者等，他们分别接受各种酷刑。如在第三断层中，买卖圣职的教皇——刚去世的教皇尼古拉三世和当时在位的卜尼法斯八世，身子倒栽着或活埋在石缝里，只露出着火的小腿和脚。

但丁认为欺诈罪要比暴力罪重，因为杀人是动物也会做的事，而欺诈是用智力害人，是人类特有的；欺诈的对象一是与自己无关的人，二是相信自己的人，欺诈前者的罪行比欺诈后者的罪行轻，所以在第八圈里受刑，欺诈后者的则在第九圈受刑。

第三部分即第九圈，是一个分成四环的巨大的深井，其底部是一个冰湖，生前犯有残杀亲人或各种背叛罪行——犯严重欺诈罪者——的灵魂都在这里受刑。四环为：该隐环——谋杀亲族者所居；安特诺尔环——叛卖国家者所居；托勒密环——叛卖宾客所居；犹大环——卖恩主所居。犹大环是地狱底层，也是世界的中心，魔王卢奇菲罗就在此处。深井的壁极为陡峭，在靠近地心处的井底——冰湖，只见那号称悲哀之国的"皇帝"的卢奇菲罗的半个身子冻在那里的冰中动弹不得——冰在这里象征背信弃义者的冷酷无情；卢奇菲罗有三副面孔，正面面孔的嘴中咬着出卖耶稣的犹大，左、右面孔的嘴中各咬着谋杀恺撒大帝的布鲁都和卡修斯，撕裂着，咀嚼着。卢奇菲罗是万恶之源，既受上帝的惩罚，又被上帝用来惩罚罪大恶极的犹大和布鲁都、卡修斯。

"地狱中的刑罚大都是报复刑（Contrapasso），报复可能采取和导致罪人犯罪的欲望相似的方式，例如，犯邪淫罪者因被肉欲驱迫不能自制而犯罪，就被地狱里的狂飙席卷着旋转翻滚，迅猛奔驰；也可能采取和导致罪人犯罪的欲望相反的方式，例如，犯占卜和预言罪者因企图预知未来之事，在地狱中就被罚把头扭到背后倒着前进，如同我国神魔小说《封神演义》中的申公豹一样。"①

但丁在地狱中每过一圈都会变化容貌，一方面象征着人类的这些罪孽一层一层地被撕碎，赤裸裸地展现在人类的面前；另一方面，表达了但丁希望人类能抛弃一层一层的罪孽而最终获得新生。

在《地狱》《净界》《天堂》三部中，《地狱》篇最为丰富多彩，动人心弦，最能使人联想到人生的悲惨——那是一个可怖的同时又充满了人情味的王国，那里的灵魂在黑暗与绝望中挣扎。他们仍被人世间的感情和欲望所迷惑，眷恋着以往的生活。

维吉尔背着但丁，从卢奇菲罗背后沿着他身上的毛爬过地心，在他臀部掉转

---

① 田德望："译本序"，但丁：《神曲·地狱篇》，田德望译，人民文学出版社1990年版，第23页。

头来，此后便在南半球的地面之下了，他们二人顺着螺旋的裂缝走出地狱来到净界下。

"神学家和中世纪传说都认为炼狱在地下。但丁从道德意义上着眼，想象炼狱为一座雄伟无比的高山，和由巨大深渊构成的地狱对比。这座高山是卢奇菲罗被逐出天国向地球坠落时，南半球海底的土地为了躲避他而从水中涌出形成的。"①卢奇菲罗从天上降到地球上，地球上随之发生了两种变化：一是本在南半球的大陆不肯接受他，没入水中，逃到北半球再露出水面；二是当卢奇菲罗的头触及地球时，所有的水土、泥石都不敢碰着他，只有逃避他，于是，从地面（耶路撒冷的对面）到地心形成了一个洞，在卢奇菲罗经过之后闭合起来，但还是留下了裂缝，那些逃避的土和岩石就从海洋中隆起，成为净界。它周围是碧蓝的海波，不是生人所能接近之地。由海滨抵净界山门（圣彼得门），是一条岩穴及崎岖的山路，为净界的外部（包括海滨地带和悬崖地带），凡是忏悔太晚者，其灵魂不能立即进入山门——必须在外面停留等待若干年。一种是被逐出教会、在弥留之际蒙神恩赦免了罪的，这种灵魂须等待三十倍于他们被放逐的年月。另一种是在临终才知道忏悔的，他们延迟的原因是因为或愚昧或暴死或忙碌于尘世的利禄，这种灵魂须等待的时间与他们在尘世的寿命相等；假如尘世有人为他们祈祷，他们可以提早进入山门。他们都因为悔悟太迟，所以不能立刻进入山门。山门之内为净界的本部。通过山门，才能进入净界。地上乐园为净界的顶部。净界的主体是七层——越往上越小，这七层是灵魂受到磨炼净罪之所；犯重罪者在低层受磨炼，越往上，犯罪者所犯的罪越轻；主体加上净界外部和山顶的地上乐园（伊甸园）共九层。

生前犯有过错但临终时忏悔了罪过、可以得到宽恕的基督徒的灵魂，按人类七大罪过倾向，分别在各层修炼，洗涤罪过，接受改造，然后，升上山顶的乐园——伊甸园，喝勒特河的水，把人世中所做的事全忘记了，再到欧诺埃河洗涤净身后，升入光明的天堂。

净界里受痛苦的灵魂和地狱里受刑罚的灵魂是不同的——前者"已经得天之

---

① 田德望："译本序"，但丁：《神曲·地狱篇》，田德望译，人民文学出版社1990年版，第23页。

恕，可免罪罚，只须校正他们在地上的恶习惯，使折纹平复，使污迹洗净"①，所受的痛苦是有限的，后者所受的刑罚是无限的；"前者自甘痛苦，有趋善的愿心，有接近上帝的希望，后者则正相反"②。

但丁和维吉尔走出地狱后，一会儿便看见一只由天使驾驶的船，当中坐着一群被带到净界的灵魂。但丁认出其中的一个是他朋友——音乐家卡塞拉——的灵魂。但丁和维吉尔走到净界山脚下，在那里经过精灵的指点，他们爬上岩穴和崎岖的山路，这是净界的外部。在净界的外部，但丁除遇上卡塞拉外，还遇上皇帝腓特烈二世的私生子曼夫烈德、好友懒汉贝拉夸、暴死者雅各波、波恩康特、毕娅、行吟诗人索尔戴罗等人的灵魂；索尔戴罗是维吉尔的同乡和崇拜者，因此，他陪伴他们走到净界门。

净界门前有三层阶石。第一层是白云石做的，平滑而光亮；第二层是暗黑色的粗石，纵横都是裂纹；第三层是云斑石，鲜红得像血管里射出来的血。一位天使坐在最高阶石上，他面上放射出的光辉让人张不开眼睛，他手中握着一把拔出鞘的剑，把守着山门。但丁很恭敬地跪在他的足前，请求他发发慈悲，让他走进山门去。天使用剑锋在他额上刻下七个P——这七个P象征着人类七大罪恶：骄、妒、怒、惰、贪财、贪食、贪色。天使对他说："你进去以后，把这些污点洗净了罢。"③然后，天使拿出一把金钥匙、一把银钥匙，打开了净界大门。但丁和维吉尔登上一条迂曲的石缝小径，时而向左弯，时而向右弯。绝壁两边都有许多精美的雕刻，使人叹为观止。

净界的第一层，为骄傲者的灵魂赎罪的地方。这些灵魂生前高傲自大，目中无人。现在他们背负着大石头，弯着腰走路，以便把傲气压下去。但丁在这里遇见了以艺术才能和成就自负（傲慢）的画工欧德利西，并和他谈了话。游完净界第一层，天使便跑过来，用翅膀在但丁额上抹了一下，他额上的P便掉落了一个——以后每层均如此，象征着但丁不断洗涤自己的罪孽。但丁每洗涤一种罪孽，浑身都感到轻快一些。净界的第二层山壁是空的，眼前所见只是一片铅

---

① 王维克："但丁及其神曲"，但丁：《神曲》，王维克译，人民文学出版社1997年版，第521页。
② 同上。
③ 同上书，第200页。

色的岩石——这是妒忌的灵魂所居之处。这些灵魂都背靠着山岩坐着,身披斗篷,那斗篷的颜色和岩石一模一样。他们嫉妒的眼睛不能张望,因为每个人的眼皮都被铁丝缝合了。他们唱着祈祷文赎罪。他们往净界第三层攀登,一阵黑烟滚滚袭来,山上顿时如同昏夜,眼前的一切都看不清了。但丁连忙搭着维吉尔的肩膀,免得从山崖上掉下去。第三层是忿怒者的灵魂赎罪的地方——那些灵魂在浓烟中向上帝祷告,口里不断叨念着"上帝的羔羊"。但丁继续往上攀登,天已经黑了。月亮如着火的吊桶挂在天边。净界的第四层是懒惰者的灵魂修炼的地方。那些灵魂总是不停地在奔跑着,而且互相鞭策,以改变生前的懒惰习惯。由此往上,山崖更加陡峭,一位天使展开双翼如同天鹅一般,在前面引路。净界的第五层为贪财、浪费者的灵魂悔罪的地方。这里的灵魂都躺着,嘴亲着地面。他们自怨自艾,并且唱着诗篇。但丁在这里见到了教皇安德利亚诺五世、法兰西王休·卡佩。休·卡佩谈起自己贪鄙的身世,心情十分沉重。但丁还遇见了古罗马诗人斯塔提乌斯,他生前过着十分奢侈阔绰的生活。净界的第六层是贪食者的灵魂忏悔的地方。那些灵魂瘦得皮包骨头,面色灰白。在他们身旁有一棵结满果子的树,那果子清香扑鼻,树叶间有声音喊道:"这些食品你们尝都不能尝!"①一道清泉从山间流下来,灵魂也竭力克制着不去喝水。但丁在这里遇到了他的朋友和亲戚福来塞·窦那蒂,这位朋友懊悔生前只图口腹之欲,却不顾灵魂受罪。净界的最后一层——第七层是贪色者的灵魂修炼的地方。山壁上冒出一团团火焰,灵魂成群结队地行进在火焰中,唱着赞美诗。但丁要到达山顶,也必须通过这堵火墙。他把两手交叉在胸前,注视着熊熊的火焰,开始犹豫起来。维吉尔要他鼓起勇气来——到了山顶便可以会见他心爱的贝雅特丽齐了。于是,维吉尔在前,斯塔提乌斯在后,把但丁夹在中间,一同穿过了火焰。但丁走出火焰后,他额上的P全被揩去了。

　　根据阿奎那的学说,这七大罪过倾向源于"爱"的反常:傲慢——喜人皆不如我;嫉妒——喜人之有祸;愤怒——喜把错事都归于别人;怠惰——爱的欠缺,即对于一切都冷淡,无热情;贪——爱得太过,便贪财、贪食、贪色。"如若一个灵魂已经把这些罪恶洗刷干净,便可到地上乐园。乐园在净界山顶,那里

---

① 但丁:《神曲》,王维克译,人民文学出版社1997年版,第265页。

是永久的春天，鸟语花香，微风吹着树木的叶子。"①

但丁对《净界》的描写远不及《地狱》那样生动，《净界》没有《地狱》那么多与人间生活紧密联系的具体故事。这是因为在净界中，人的感情已经淡漠，人世间的事情已逐渐遥远。《净界》的气氛不再是可怕而压抑的，而是温和而平静的。尽管惩戒仍很严厉，但人们知道，痛苦之后便是上天安排好的永恒的幸福。

但丁跟着维吉尔沿着石阶一步一步向山顶攀登。山顶上有丛花、浅草、古树林，加上初升的太阳，一切都使人赏心悦目——这里便是地上乐园。但丁漫步走进古树林，那里有一条清澈的溪流，沿溪是一条花团锦簇的小径，一位叫玛苔尔达的仙女，一面唱着歌，一面在采摘花朵。她亲切地向但丁介绍眼前的一切美好的景象。忽然，天空出现了一片光明，并传来了柔和的乐声。这片光明是由七个金烛台放射出来的光芒，烛台后面是一个穿着洁白衣裳的队列，护卫着一辆凯旋的车子。拉车的是一个半鹰半狮的怪物，象征着耶稣。车轮右边有三个贵妇人在舞蹈，左边有四个，她们象征各种美德。一位有三只眼睛的仙女走在前头当向导。随后又出现了百来个天官和天使，向神车抛掷花朵。在花雨缤纷中，但丁看见了一位美丽的穿红衣的贵妇人。她蒙着白面纱，头上戴着米纳伐的树叶，这便是但丁日夜思念的女子贝雅特丽齐。

贝雅特丽齐让玛苔尔达引导但丁到勒特河去喝水，喝完水，但丁便把人世中所做的事全忘记了；她又引他到欧诺埃河洗一洗，洗完澡，但丁焕发了青春和美德。但丁回头看看维吉尔，发现他已经不在身边了，原来他在完成导游使命后就回去了。

贝雅特丽齐带领但丁游天堂，庄严、光辉的天堂充满了欢乐和爱。天堂分九重，有月球天、水星天、金星天、太阳天、火星天、木星天、土星天、恒星天、水晶天（原动天）九重（以托勒密的天文学理论为依据来划分的），九重天形成九个透明的、围绕着固定的地球旋转的同心圆圈。九个圆圈的运转一圈比一圈快，因此，离地球最远的第九重天水晶天转动得最快。水晶天为天堂中的灵魂暂时显示之处。水晶天之上便是天府（净火天），它永远是静止的，是上帝和其他

---

① 王维克："但丁及其神曲"，《神曲》，王维克译，人民文学出版社1997年版，第523—524页。

精灵的居地，为天堂中的灵魂永久居住之处。他们按照在人间所建立的功德，被分成不同的等级，不同程度地接受上帝的光辉，享受瞻仰上帝圣容的幸福。

贝雅特丽齐带领但丁踩着云层上升。第一重天是月球天，那里居住着正人君子（曾起誓贞洁和决心从事宗教生活但被迫违反誓言的人）。但丁进入月球天时，他感到自己被密集的云所包裹，这些云彩发着光，好像太阳光下的金刚石一般。这里居住着未能坚守信誓的灵魂，他们具有人形，但影影绰绰，好像在透明的玻璃上反射出来的影像。但丁在这里见到了福来塞·窦那蒂的姐妹毕卡尔达·窦那蒂和日耳曼皇帝亨利六世的王后康斯坦斯。贝雅特丽齐向但丁解释了"誓愿神圣"的道理，她告诫世人切勿以许愿为儿戏，而要忠实，不要出尔反尔。天堂的灵魂不受苦刑，他们行动自由，因为他们是对生前的过失进行了洗心革面才升迁到这里的。第二重天是水星天，那里为力行善事者的灵魂所居。他们的形状无法被人看见，因为幸运者都是这样的。但丁感到该重天本身比第一重天更加明亮。一千多个光辉奔向他们，当光辉接近他们时，但丁看见了那些影像都有着充满喜悦的面容。其中，罗马皇帝查士丁尼的灵魂向但丁谈起了罗马鹰旗的历史，谴责了贵尔弗派和吉伯林派，因为他们并不是在维护鹰旗的光荣，而是为了争权夺利。第三重天是金星天，那里居住着多情者的灵魂。在那里，但丁了解了许多精灵的美德。但丁看见了一片火光，有无数的光辉依着圆圈行动，有的快些，有的慢些。那里的灵魂同样没有形体，只有光圈。但丁在那里和生前友人查理·马德罗的灵魂、钟情于行吟诗人沙台罗的库妮萨以及感情丰富的福尔盖·德·马赛谈了话。第四重天是太阳天，那里居住的都是学者——哲学家、神学家——的灵魂，他们对神学和哲学有精湛的研究。每个灵魂放出的光芒绕着但丁转了三圈，像北方的群星绕着那不动的北极一般。但丁在这里倾听了圣芳济各所讲的故事。圣芳济各原为意大利一个富商的儿子，他曾当众脱去华服，把他的家产分给贫民，于1209年创立教团，其团员皆腰束绳子，过着苦行僧的生活。第五重天是火星天，这里居住的是为信仰而战死者的灵魂。但丁从远处就看见两条长长的火光，带着微红色，像银河一般罗列着大小不等的光点。那两条火光为灵魂所聚，在火星上排成一个很大的十字架，把火星划作四个等分。但丁的远祖卡洽圭达住在这重天上。卡洽圭达原是个骑士，死于1147年十字军东征之役。他向但丁讲述了旧时代的佛罗伦萨及那时的生活和斗争。但丁全神贯注地听着，为自己的祖先感到光荣。第六重天是木星天，那里住着公正贤明的君主的灵魂。那些灵魂排成35个字母，最后又排成一只老鹰。他们像是烈日下的红宝石，把他们那辉煌的亮光反射到但丁的眼里。第七重天是土星天，那里为隐逸寡欲者的灵魂所居。但丁看到一架金色的梯子竖着，那梯子很高，看不到尽头。无数光辉从梯子上降下来，那些灵魂都集中在梯子上。但丁在这里和神学研究家、修道士比尔·达明讲了话，还和本尼狄克教派的始祖圣本尼狄克谈了天。第八重天是恒星天，那里为圣灵居住的地方。所居住的圣灵有基督、圣母、圣彼得、圣约翰、圣雅各、亚当等。恒星天像是一个明月之夜，那些幸福的灵魂像几千盏灯，装饰在天空各个部分。其中一颗亮星犹如太阳，它照亮一切，在它那活泼的光芒中，透出明亮的本体，这便是基督放射出的光芒。但丁还看到了圣母玛利亚的幻象，她是天府最美丽的宝石；看到了四个辉煌的光圈——他们是圣彼得、圣雅各、圣约翰和亚当。圣彼得考问但丁："什么是信仰？"但丁回答说："信仰就是所希望的事物之本质，也是未见的事物之证据。"[①]圣雅各则考问但丁："什么是希望？"但丁回答说："希望是一种对于未来光荣的预期，此种光荣生于神恩和在先的功德。"[②]圣约翰考问但丁关于"爱"和"善"的见解，但丁回答说："由于哲学的证据和自天而降的威权，这样的爱就深深地印在我的心里。一个人要是明白善之为善，善就会煽动爱，愈有德者愈甚。"[③]最后，亚当出现了，告诉但丁创造第一个人的经过、他在天堂的生活、他的失足及原因。圣彼得为其使徒继承者所表现的贪婪而感到万分悲痛。所有圣徒都同意他的意见。第九重天为水晶天，这里是九种天使居住的地方。那些天使布满天空，排成一圈一圈，有九圈之多。他们以极快的速度在那里旋转，那九圈就是天使所分作的九级，包括三部分，各分为三组。第一部分：撒拉弗级、基路伯级、德乐尼级，他们都是上帝的直接使者；第二部分：神权级、神德级、神力级；第三部分：王子级、大安琪儿级、安琪儿级。贝雅特丽齐说这些天使都很和顺，他们的眼光远大，他们的意志

[①] 但丁：《神曲》，王维克译，人民文学出版社1997年版，第454页。
[②] 同上书，第459页。
[③] 同上书，第464页。

圆满而坚定。

九重天之外是天府，这里为圣洁灵魂居住的地方。灵魂们有形体，穿着白袍，保持着人类的面目，不过他们显得更美丽、更有精神。他们排列在一个极大的圆形的剧场座中，犹如幸福者的玫瑰花环，每个灵魂就是一枚花瓣。他们陶醉在上帝的光和爱之中，没有忧虑，没有饥渴，尽情享受安宁和欢乐，没有一个人会提出过分的要求。

贝雅特丽齐领着但丁到天府。从这个高处，以贝雅特丽齐的目光做引导（借助她的视力），他目睹了天使们和在天堂享福的灵魂们的喜悦。他被这种景象弄得如此眩惑而入迷，以致并未发觉贝雅特丽齐已离他而去。

当他清醒过来，发现身边来了一位老人。老人告诉他，贝雅特丽齐已回到御座。他又告诉但丁，假如愿意看到更多天堂里的幻象，他必须和老人一起为圣母玛利亚祈祷。但丁接受了这个恩赐，沉思冥想上帝的荣耀，并由圣伯尔纳引导但丁去见天神的本体。圣伯尔纳请圣母允许，但丁遂得一见上帝之面，并一窥三位一体的神秘——他瞥见了三个灿烂的光圈，这便是三位一体（创造者、道、爱）的上帝的影像。但丁只见电光一闪，全诗就在这里结束。

《天堂》比《净界》更缺少对具体人物的生动描写，因为它的主要目的是宣扬天堂的整体和谐和众圣所享受的神奇的安宁，所以，不可能再有人的感情波澜和对尘世生活的眷恋。

（二）主题

《神曲》在中世纪最先广泛地反映了时代生活，透露出新的人文主义思想萌芽，具有划时代意义。同时，它也受基督教观点的支配，从而具有中世纪文学作品的特点。因此，它在许多方面都存在着新、旧两种思想的矛盾，具有两重性——既表现了人文主义的萌芽，又具有神学观念和中世纪文学的偏颇；不过，前者是主要的。

第一，人文主义的萌芽。

人文主义是早期资产阶级在反封建、反教会斗争中形成的思想体系。它针对基督教所鼓吹的以神为中心、贬低人的地位的观念，提出以人为中心，强调人权以反对神权，主张个性解放以反对禁欲主义，崇尚理性以反对蒙昧主义。

《神曲》具有人文主义的萌芽，主要表现在以下几个方面：

（1）批判教会、教皇、皇帝。

《神曲》通过对但丁游历地狱、净界和天堂的描写，广泛而深刻地反映了中世纪封建社会向资本主义社会过渡时期意大利的社会生活，揭露了教会僧侣的卑鄙、伪善与贪婪。如《地狱》第十九篇中对买卖圣职教皇们的描写，首先描写了那些为非作歹的祸国殃民之徒在地狱中倒插在火穴里受刑，又借尼古拉斯第三的灵魂之口，揭露了在人世间以财宝装满自己口袋、搜刮民脂民膏的教皇们的罪行。接着，该篇直接谴责了教皇给人类带来的灾难："因为你的贪心，使世界变为悲惨，把善良的踏在脚下，把凶恶的捧在头上……你把金银当作上帝，试问你和那些崇拜偶像的有什么分别？他们崇拜一个偶像，你崇拜一百个罢了。"①《天堂》第十七篇写道："他们这班人，日夜在那里用基督的名义做着买卖。他们把一切罪过归于弱小的一边，这是向例如此；然而天刑将为真理的见证，报复就要落在他们身上了。"②

《神曲》描写了这些人类的败类所遭受的极其严酷的刑罚，为教皇卜尼法斯八世、克力门第五在地狱预留了位置，严厉谴责神圣罗马帝国皇帝卢道夫一世和阿尔伯特一世父子只顾在德国扩充势力而不去意大利行驶皇权，充分表现了反教会、反教皇、反皇帝的进步倾向。

（2）肯定人的现实生活，赞美人的智慧和才能，反对蒙昧主义。

《神曲》虽是一部充满隐喻性、象征性的作品，但又洋溢着鲜明的现实性、倾向性。它虽然描写的是来世，但来世又正是现世的反映：地狱是现世的实际表现，天堂是争取实现的理想，净界是从现实到达理想的必经的苦难历程。

《神曲》肯定现世生活的意义，认为现世不只是为来世永生做准备的，它本身也有自己的价值。它强调，人富有理性和自由意志，对自己的行为负有道德责任，在生活中和斗争中应遵循理性的指导，要像一座坚塔一般。它肯定人，赞美人的智慧、理性和自由意志，歌颂人的奋发进取精神。如《地狱》第二十四篇这

---

① 但丁：《神曲》，王维克译，人民文学出版社 1997 年版，第 82 页。
② 同上书，第 420 页。

样写道:"你现在应当避开懒惰,因为一个人坐在绒毯之上,困在绸被之下,决定不会成名的;无声无臭度一生,好比空中烟,水面泡,他在世上的痕迹顷刻就消灭了。"①

(3)肯定世俗的爱情,批判禁欲主义。

封建教会宣扬禁欲主义,目的是要人们克制欲望,放弃斗争,放弃现世的享受,忍受剥削与奴役。但丁在理智上接受并宣传中世纪基督教的禁欲主义,但在感情上,在对待具体人、具体问题时,又突破了禁欲主义的束缚,宣传追求现世幸福,热情地歌颂现世生活的意义,认为现世生活自有本身的价值。《神曲》赞扬爱情的自由,反对禁欲主义。

如《地狱》第五篇,一方面按照宗教观念把弗兰齐斯嘉和保罗这对恋人放在地狱里受刑,另一方面又把他们的爱情故事描写得凄婉动人。在现实生活中,他们大胆地追求爱情;在冥冥阴界,他们的灵魂在凄风冷雨中飘来荡去,永不分离。但丁目睹这对为爱情而死的灵魂,听了他们的爱情悲剧,"竟昏晕倒地,好像断了气一般"②。这实际上表达了但丁对他们的无限同情,否定了禁欲主义的合理性。《地狱》第五篇这样写道:

> 好比鸽子被唤以后张翼归巢一样,这两个灵魂离开狄多的队伍,从险恶的风波里面飞向我们,我的请求竟生了效力。那女的灵魂向我们说:"宽和的、善良的活人呀!你穿过了这样的幽暗地方,来访问我们,曾经用血污秽了地面的我们。假使宇宙之主听从我们,我们愿意请求他给你太平日子,因为你对于我们的不幸有着怜惜之心呀!趁现在风浪平静的一刻,我们可以听你的说话,并且回答你的问题。我的生长地在大海之滨,那里波河会合群流而注入。爱,很快地煽动了一颗软弱的心,使他迷恋于一个漂亮的肉体,因而使我失去了他。这是言之伤心呀!爱,决不轻易放过了被爱的,使我很热烈地欢喜了他;你看,就是现在他也不离开我呀!爱使我们同时同地到一个死;该隐环里等着那取我们生命的凶手呢。"

> 我听了这些受伤害的灵魂的话以后,我把头俯下,直到诗人对我说:

---

① 但丁:《神曲》,王维克译,人民文学出版社1997年版,第103页。
② 同上书,第23页。

"你想什么?"我答道:"唉!什么一种甜蜜的思想和热烈的愿望,引诱他们走上了这条悲惨的路呢?"①

(4)提倡学习文化、追求知识,反对蒙昧主义。

封建社会为了愚弄人民,宣扬蒙昧主义,垄断教育权,强使整个思想文化领域都成为神学的奴仆。《神曲》提倡学习文化、追求知识。如《地狱》第二十六篇以赞美的笔调,描写了荷马史诗中的英雄尤利西斯(即奥德修斯——笔者注)受求知欲的推动,在远征特洛亚胜利后不肯还乡、坚持航海探险的动人故事,并借他之口指出,人"不应当像走兽一般地活着,应当求正道,求知识"②。

《神曲》对古典文化十分推崇,对古希腊罗马文化和学者怀有崇高的感情,如称荷马是"诗国之王",称亚里士多德为"大师",称贺拉斯、奥维德、卢卡努斯为"尊敬的大诗人"③,对维吉尔说:"你是众诗人的火把,一切的光荣归于你!"④他们生活在幽静的环境里,不受受仟何苦难,维吉尔还成为但丁游历地狱和净界的向导,但丁称他为"导师"……这些都闪烁着人文主义的反蒙昧主义的思想。

(5)反映中世纪文化领域里的成就和重大问题,传播知识。

"《神曲》通过但丁和他在地狱、炼狱、天国中遇到的著名人物的谈话,反映出中古文化领域里的成就和重大问题。例如和卢卡诗人波拿君塔的谈话(《炼狱篇》第二十四章)反映了意大利抒情诗发展的情况;和圭多·圭尼采里的谈话(《炼狱篇》第二十六章)反映了当时对普洛旺斯诗人的评价;和手抄本彩饰画家欧德利西的谈话(《炼狱篇》第十一章)反映了意大利绘画发展的情况;维吉尔的话和但丁自己的叙述(《地狱篇》第四章)反映了中古对希腊、罗马诗人和哲学家的认识和评价。尤其是维吉尔和贝雅特丽齐这两位向导,用答疑的方式广泛地阐述了当时哲学、科学和神学上的重要问题和理论。因此,《神曲》除了是一部政治倾向性强烈的长诗外,还起了传播知识的作用,被法国学者拉莫奈

---

① 但丁:《神曲》,王维克译,人民文学出版社1997年版,第22—23页。
② 同上书,第113页。
③ 同上书,第17—18页。
④ 同上书,第4页。

（Lamenais）称为'百科全书性质的诗'。"①

（6）深切关怀祖国的命运和前途，表达了统一意大利的愿望和要求。

但丁是一个爱国主义者，他反对祖国的分裂和纷争，渴望意大利能和平和统一。到了地狱里，他和灵魂们谈论的中心仍然是意大利的政治形势和国家兴亡问题，甚至有时禁不住搁下故事的叙述来抒发自己的感情。《净界》第六篇中有一段描写他对祖国分裂和动乱的哀痛之情的文字：

> 呜呼！奴隶的意大利，痛苦的住所，暴风雨中没有舵工的小船，你不再是各省的女主了，而是一个娼妓！……而今日活在你那里的一班人，他们正做了战争的牺牲品，真所谓"祸起萧墙，戈操同室"了。可怜虫！请你环海一周找找，再看看你的腹部，在你的境内是否还有一块干净的和平土地？②

正是怀有这样一种爱国主义感情，所以，他一碰到那些能够维护意大利和平与统一的灵魂就加以赞扬，而对那些生前危害国家、制造纷争的灵魂，则加以痛斥。

在《地狱》第十篇中，但丁见到佛罗伦萨吉伯林派的领袖之一法利那塔的灵魂。此人生前曾在吉伯林派人打算荡平佛罗伦萨的时候持反对意见，但丁的故乡从而免遭一场浩劫。因此，尽管他是但丁的政敌，但丁仍然对他抱着尊敬的态度，把他的形象写得很高傲和威严——"他昂首挺胸，对于地狱的威权似乎表示一种轻蔑"③，并为他的后代祝福。

《地狱》第三十三篇描写乌格利诺祖孙饿死塔中的故事，把那些党派斗争的受害者挨饿受折磨的情景写得凄婉动人，借以说明党争如何造成人间的惨祸，从而谴责党争的残酷。为了表现他依靠皇帝统一意大利的思想及对卢森堡公爵亨利七世的尊敬，他让亨利七世的亡灵进入了天堂。

第二，神学观念和中世纪的偏见。

《神曲》虽然揭露教会的罪恶，鞭挞腐化的教皇和其他高级教士，但其目的

---

① 田德望："译本序"，但丁：《神曲·地狱篇》，田德望译，人民文学出版社1990年版，第17页。
② 但丁：《神曲》，王维克译，人民文学出版社1997年版，第183页。
③ 同上书，第41页。

是为了维护天主教的"纯洁",使教会重新回到禁欲、谦逊、贫寒的"正确轨道上来";同时,不全面反对宗教和教会,甚至把神学放在理性之上,认为理性的力量是微弱无力的。

《神曲》虽然处处洋溢着对现世生活的热忱歌颂,但又把现世生活看作来世永生的准备。

《神曲》虽然同情不幸的情人,但又以贪色罪让他们在地狱里受惩罚。如《地狱》第五篇按照禁欲主义思想,把古往今来许多爱情故事里的人物,诸如海伦、狄多等,都作为贪色者安排在地狱的第二圈——贪色者所居处。狂风暴雨席卷他们,鞭打他们,他们像狂风中的飞鸟一样掠过但丁的眼前。但丁虽然同情弗兰齐斯嘉和保罗这对恋人,但仍然按照天主教的道德标准,将他们也打入地狱的第二圈。

《神曲》以维吉尔作为但丁游地狱和炼狱的向导,以贝雅特丽齐作为但丁游天堂的向导,表明作者还局限在信仰和神学高于理性和哲学的经院哲学观点里。

《神曲》虽然通过尤利西斯所说的话,肯定追求美德和知识是人生的目的,但又通过维吉尔的话指出理性的局限性:"希望用我们微弱的理性,识破无穷的玄妙,真是非愚即狂。"[①]

《神曲》虽然崇尚不畏天命的冒险精神,但又将一些具有冒险精神的人打入地狱。如但丁虽然为古希腊英雄尤利西斯的大无畏的英雄业绩而惋惜,但还是将他打入地狱第八圈第八沟——劝人为恶者沟。

但丁通过维吉尔的话肯定追求荣誉的必要,并且表示要借《神曲》永垂不朽,但又通过欧利西的话说明荣誉的成幻无常:"人力所能得的真是虚荣呀!绿色能够留在枝头的时间多么短促呀!假使不跟着来一个荒芜的年代。"[②]

《神曲》虽然对国王痛加鞭笞,渴望祖国能实现正义与和平,但又把希望寄托在纯粹中世纪的政治力量神圣罗马皇帝身上,将之视为拯救陷于危难中的意大利的救星。

《神曲》虽然屡次揭发卜尼法斯八世的罪行,并在他活着的时候就宣布他要

---

① 但丁:《神曲》,王维克译,人民文学出版社 1997 年版,第 168 页。
② 同上书,第 210 页。

入地狱，但又把他在阿南尼受到的污辱看成是对基督的侮辱而为之义愤填膺。

《神曲》虽然推崇古代文化，讴歌人的理性、智慧和知识，但又把古代文化大师，如荷马、维吉尔、贺拉斯、奥维德、苏格拉底、柏拉图、亚里士多德等放在地狱的候判所等待上帝的裁判——他们虽然不受任何苦刑，但毕竟是在地狱里。

（三）艺术特色

《神曲》在艺术表现手法上具有新、旧交替时代的特点——新文学的特点与旧时代文学的痕迹。

第一，新文学的特点。

（1）浪漫主义和现实主义水乳交融。

《神曲》是一部对未来充满美好理想的作品，其整体构思是从苦难的开端逐步发展到光明幸福的结尾，构成了一部理想的喜剧：《地狱》是苦难现实的写照，《净界》是从苦难现实向美好未来过渡时所必经的艰辛历程，《天堂》则代表着没有邪恶的理想未来。因此，《神曲》是一部具有浪漫主义色彩的作品。

《神曲》不仅是浪漫主义的，而且是现实主义的，浪漫主义和现实主义紧密结合在一起。作品把对具体事物的描写与生活现实紧密地联系在一起，是经过艺术加工后的现实生活的再现。

《神曲》所涉及的问题是当时意大利社会存在的最敏感的问题，与社会现实紧密联系，所以，尽管它的内容是对人死后的三个境界的描写，但仍然十分真实可信。诗歌中的许多人物是真实的历史人物和但丁同时代的人物，讲述的故事也往往来源于历史事实或中世纪晚期发生在意大利的真实事件，如党派之争、统治者的暴政、教皇们的买卖圣职、意大利的混乱和灾难等。

《神曲》中对三个境界中景物的描写，对人物的形象、动作以及感情的刻画和比喻是极其生动逼真的。《地狱》与《净界》中的每一种酷刑和艰辛改造，都使人联想到人世的苦难和中世纪现实中人们的痛苦——因为它们虽然经过艺术渲染，在程度上远远超过真实情况，但终究取材于人世生活。《天堂》中的幸福是人世所未见过的，距真实生活较远；但教会所宣扬的天堂幸福，在中世纪人的心中留下深刻的印象，因此，《天堂》所描写的那些幸福也符合当时人们的思想感情。

《神曲》运用了源于现实生活和自然界的比喻——这一点也使《神曲》更接近于现实。如在地狱前庭中，黄蜂、牛虻驱赶着懦夫的灵魂，蜇得他们鲜血流淌；地帝城传送"敌情"的烽火台一个接一个，霎时连向天边；"在沙地之上，大火球慢慢地落着，和没有风的时候落在阿尔卑斯山上的雪球一样"[①]；灵魂们像年老的裁缝穿针时凝视着针眼儿一样地注视着但丁和维吉尔；两队魂灵相遇，彼此接吻致意，像蚂蚁在路上觅食，彼此相遇时互相碰头探询消息的样子；禁食的魂灵疲得两眼深陷无神，像宝石脱落的戒指；重利盘剥者的灵魂的眼里"喷出他们苦恼的泉水；在上面，要挥开那天火，在下面，要撤开那热沙；好比那夏天的狗子，不耐烦地用爪，用嘴去赶走它身上的蚤虱或苍蝇一般"[②]。火星天上光芒耀眼的十字架上，有无数得救的灵魂的亮光上下左右动来动去，像暗室中从缝隙里射入的光线中，有无数尘埃飞舞一样；基督上升，光芒下射，照耀着圣者们，像日光从云缝透出，射在繁花如锦的草坪一样；但丁听了维吉尔的话以后，疑虑顿消，精神振奋，像受夜间寒气侵袭而低垂闭合的小花，一经阳光照射朵朵挺起在梗上开放一样；但丁喝了地上乐里的欧诺埃河的水，精神上获得了新生，像新树长出了新叶，欣欣向荣等。

同时，"为了加强读者对于诗中描述的旅途见闻的真实感，但丁还通过一些细节说明他游历地狱、炼狱和天国并非神游、梦游，而是真正身临其境。例如：诗中在叙述他和维吉尔乘船渡斯提克斯沼泽时，特意提到，他上船后，那船才似乎装载着东西，比往常吃水更深；在叙述他们二人来到炼狱山下的海滨时，着重指出，新被天使用船接引来的亡魂，一看到但丁在呼吸，得知他是活人，都不禁大惊失色；在叙述他们来到山脚下时，再次说明，一群慢步迎面走来的灵魂，瞥见日光把但丁的影子投射到岩石上，都惊讶得倒退了好几步。这些细节增加了作品的现实主义因素"[③]。

[①] 但丁：《神曲》，王维克译，人民文学出版社1997年版，第60页。
[②] 同上书，第73页。
[③] 田德望："译本序"，但丁：《神曲·地狱篇》，田德望译，人民文学出版社1990年版，第26页。

（2）采用了"三韵句"。

《神曲》的诗体是"三韵句"，这是但丁根据一种民歌格律而创制的新诗体，每三行为一节，按aba、bcb、cdc的方式押韵。这种形式既适于叙述和描绘，又能用来辩驳和抨击，用它来写警句也很得力。《神曲》将"三韵句"运用得出神入化。

（3）人物个性鲜明，栩栩如生。

"作为《神曲》的主人公，诗人自己的性格和精神面貌描绘得最为细致入微。维吉尔和贝雅特丽齐这两位向导虽然具有象征的意义，但并没有概念化和抽象化，而是显示出不同程度的鲜明性格。在各种不同的场合，维吉尔以导师和父亲的形象，贝雅特丽齐以恋人、长姊和慈母的形象出现，训诲、批评、鼓励和救护但丁。诗中常常通过人物在戏剧性场面的行动和对行为动机的挖掘来刻画性格。但丁勾勒人物形象的特征，有时只用寥寥数语，例如：'他昂头挺胸岿然直立，似乎对地狱怀着极大的轻蔑，'这两行诗就使法利那塔的英雄气概呈现在读者面前。《神曲》中人物性格的鲜明程度由于地狱、炼狱、天国三个境界性质不同而依次递减。地狱是绝望的境界，在其中受苦的灵魂，和在世时一样，依然受各自的私欲和激情控制，并在言语和行动中充分表现出来，显得个性异常鲜明突出：弗兰齐斯嘉、法利那塔、勃鲁奈托·拉蒂尼、彼埃尔·德拉·维尼亚、卡帕奈奥、尤利西斯、圭多·达·蒙特菲尔特罗、菲利波·阿尔津提和乌格利诺伯爵等都是令人难忘的人物形象。炼狱是希望的境界，在其中净罪的灵魂，个人的意志都统一在渴望升天的共同愿望中，彼此之间没有什么矛盾冲突，也很少有戏剧性的场面出现，因此人物形象和个性不如地狱中的人物鲜明突出，但也具有各自独特的精神面貌：卡塞拉、曼夫烈德、贝拉夸、波恩康特·达·蒙特菲尔特罗、毕娅、索尔戴罗、欧德利西、斯塔提乌斯、萨庇娅，都会使读者感到异常亲切；尤其是山顶的地上乐园中那个在勒特河彼岸边采花边唱歌的少女玛苔尔达，她的天人般的绰约形象简直可以和《奥德修纪》中的腓依基公主瑙西嘉雅媲美。天国是幸福的境界，那里的灵魂都已超凡入圣，他们的意志已经完全和神的意志冥合，因而不再具有明显的个性，但他们毕竟都曾生活在人间，在天上对人间仍甚关怀，显示出不同程度的人情味，其中如毕卡尔达、卡尔罗·马尔泰罗和卡洽圭达,都会给读者留下不可磨灭的印象。"①

(4)对地狱、净界、天堂的描绘细致深入。

"三个境界的性质不同,因而色调也各不相同。地狱是痛苦和绝望的境界,色调是阴暗的或者浓淡不匀的;炼狱是宁静和希望的境界,色调是柔和爽目的;天国是幸福和喜悦的境界,色调是光辉耀眼的。在《地狱篇》里,但丁只用自然景象作为背景和陪衬,或用来描绘人物受苦的场面,例如,犯邪淫罪者的灵魂被飓风刮来刮去,犯叛卖罪者的灵魂被冻结在冰湖里。在《炼狱篇》里才直接描写了自然景色,例如,黎明时分,两位诗人刚来到炼狱山脚下时,蔚蓝明净的晴空,出现在东方天空的启明星,远方大海的颤动;清晨时分,来到地上乐园中时,茂密苍翠的圣林,拂面的和风,清脆的鸟声,芬芳馥郁的繁花,清澈见底的溪流,这些赏心悦目的美景无不跃然纸上。《天国篇》所描写的是非物质的、纯精神的世界,自然界的景物,除了作为比喻外,不可能在那里出现;为了表现自己所见的情景和超凡入圣的灵魂们精神喜悦的程度,诗人不得不广泛地利用自然界最空灵的现象——光来描写。这些境界的描述都非常真实,使人如身历其境。对自然的描写也往往富有高度的画意,足见但丁对自然之美极为敏感。这一点也是他作为新时代诗人的特征之一。"②

(5)采用了丰富、生动的民族语言。

《神曲》不是用当时意大利作家们常用的拉丁语、法语或普罗旺斯语,而是用意大利俗语写的,因而,它与现实生活更紧密地联系在一起,这有利于意大利民族语言的形成和发展。

第二,旧时代的印痕。

(1)《神曲》使用了具有神秘的象征意义的数字和对称手法,带有一层神秘色彩,使人更能感觉到它是出自身负天命的"预言家"之手。

《神曲》的结构极其严密完整,其中的诗句和材料往往按照三、九、十的数字概念,组织成篇。全诗分为三个部分,每一部分又分成33歌,共99歌,加上序曲,合成100歌。每一部分的诗行总数大致相等。地狱、净界、天堂三界的内

---

① 田德望:"译本序",但丁:《神曲·地狱篇》,田德望译,人民文学出版社1990年版,第20—21页。
② 同上书,第25—26页。

部结构也是精心安排的。地狱分为九圈,外加地狱前庭,共十圈;净界的主体是七层,加上净界外部的两部分、山顶的地上乐园(伊甸园),共十层;天堂为九重——加上天府,合成为十重。在中世纪,三、十等数字在人们的心目中可以引起种种联想,包含着神秘的象征的意义。如"三"和它的倍数,在天主教世界是神圣的数字,代表"三位一体";"十"象征完美、完善,是个吉祥的数字;"一百"代表绝顶的完美、完善,当然也是个吉祥的数字。三部分的最后都以"星辰"一词作结,使《地狱》《净界》《天堂》成为一个有机的整体。这些带有中世纪意识的特点。

(2)《神曲》采用了中世纪梦幻文学的流行手法——象征。

黑暗的森林象征罪恶,披着阳光的山顶象征一种理想境界;豹、狮、狼象征当时阻碍社会前进的邪恶势力,豹象征逸乐,狮子象征野心,饿狼象征贪婪,它们分别是天主教三大美德——禁欲、谦逊、贫寒的死敌;森林迷路象征人类的迷惘;"地狱作为深渊象征灵魂在罪恶中越陷越深,沦于万劫不复之地,炼狱作为高山象征灵魂悔罪自新,努力向上,获得新生,最后得以升入天国"[①]。维吉尔象征理性和哲学,他引导但丁游历地狱和净界,象征个人和人类在哲学的指导下,凭借理性认识罪恶和错误,从而悔过自新,通过锻炼达到道德上的完美境界,获得现实生活的幸福;贝雅特丽齐象征信仰和神学,她接替维吉尔作向导,引导但丁游历天堂,象征着个人和人类通过信仰的途径、神学的启发,认识最高真理和达到至善,获得来世永生的幸福。"天国之行的终极目的在于见到三位一体的上帝。诗人在描写自己所见时,并没有像当时的宗教画家那样,把圣父的形象描绘成白发老人,用一只在圣父和圣子之间展翅而飞的鸽子来代表圣灵,也不像后来弥尔顿在《失乐园》中那样,让上帝作为诗中的一个人物出场说话;他深知那样做势必降低神至高无上的形象。为了解决这个艺术上的难题,他采用了纯粹象征的手法。"[②]

整个故事就是一个象征——从地狱经过净界而进入天堂的过程,就是象征着人类从苦难现实走向理想境界的道路。三部分的最后都以"星辰"一词作结,象征着光明必然照耀人世。

[①] 田德望:"译本序",但丁:《神曲·地狱篇》,田德望译,人民文学出版社1990年版,第24页。
[②] 同上书,第26页。

第四章
《源氏物语》

一、作者简介

紫式部（约978—1015[①]，或约973—约1019至1025），本姓藤原，一般认为其名不可靠，亦有人认为其本名为藤原香子或藤原则子。日本平安时代著名女作家，中古三十六歌仙之一。"紫"取自《源氏物语》中的主要人物紫姬，"式部"来自其父兄的官职"式部丞"。"这是宫里女官中的一种时尚，她们往往以父兄的官衔为名，以示身份"，"紫式部出身中层贵族，是书香门第的才女，曾祖父、祖父、伯父和兄长都是有名的歌人，父亲兼长汉诗、和歌，对中国古典文学颇有研究"，紫式部"自幼随父学习汉诗，熟读中国古代文献，特别是对白居易的诗有较深的造诣。此外，她还十分熟悉音乐和佛经"[②]。

紫式部22岁时秉承父命成为贵族藤原宣孝的第四位妻子，婚后不到三年，比她年长26岁的丈夫因染上流行病去世。

在寡居生活中，紫式部因创作《源氏物语》而文名远扬，受到藤原道长等

[①] 参见叶渭渠："前言"，紫式部：《源氏物语（上）》，丰子恺译，人民文学出版社1980年版，第1页。
[②] 同上。

高官显贵的器重。宽弘二年（1005）12月29日紫式部入宫，担任后宫皇后一条彰子（藤原道长的女儿）的女官，为她讲授《日本书纪》及白居易的诗作等汉籍古书。大约在1013年她离开后宫。

入宫后，紫式部"有机会直接接触宫廷的生活，对妇女的不幸和宫廷的内幕有了全面的了解，对贵族阶级的没落倾向也有所感受"①。她由于才华出众被天皇重视，获得了良好的待遇，但也因此而受到宫中其他女官的不满和嫉妒，常感世态的炎凉，进而由此引发悔恨和孤独之感。

紫式部一生除写有《源氏物语》外，还创作了《紫式部日记》和《紫式部集》等著作。前者又名《紫日记》，属日记文学，主要记述侍奉彰子时的宫廷生活、所见所闻，如宫仪庆典、宫中女官的容貌、才华和性格等。后者又称《紫式部家集》，收和歌作品123首（一说128首），按年代顺序排列，描述了作者从少女时代到晚年的生活和感受，以歌咏生死离别和悲欢离合为主要内容。和《源氏物语》一样，两书充满对人和社会相当敏锐的观察，是研究作者生平和《源氏物语》的重要参考资料。

二、《源氏物语》

（一）内容梗概

桐壶帝在位的时候，出身低微的桐壶更衣，独得桐壶帝的宠爱，并因此遭嫉恨。后来，桐壶更衣生下一位皇子，其他嫔妃，尤其是弘徽殿女御对之愈加嫉恨。桐壶更衣郁闷不堪，生子不到三年便逝。小皇子没有强大的外戚做靠山，很难在宫中立足。为了保护年幼的他不受外界的伤害，桐壶帝将他降为臣籍，赐姓源氏。源氏如桐壶帝一样清秀如玉、光彩照人、才华出众。12岁行冠礼之后，源式娶当权的左大臣之女葵姬为妻，但葵姬不遂源氏之意。于是，源氏追求桐壶帝续娶的女御藤壶中宫，据说藤壶酷似源氏生母。不久，两人发生乱伦关系，生

---

① 叶渭渠："前言"，紫式部：《源氏物语（上）》，丰子恺译，人民文学出版社1980年版，第1页。

下一子，后来即位称冷泉帝。源氏与名分上是婶母的前任皇太子之妃六条御息所（六条妃子）偷情。在某次去与六条御息所幽会时，源氏经过乳母家门口，知道乳母生病，便前往探病，偶然看见了隔壁家的夕颜。夕颜清秀且天真无邪的样子令他一见钟情，两人遂在夜里时常密会。源氏某日决定带她到山上一间隐秘的房子去幽会，六条御息所的生灵出现——她埋怨源氏与夕颜这种下等的女性交往，并袭击夕颜，致夕颜立马断气。源氏为此大病一场，病愈进香时遇到一个女孩——她酷似藤壶中宫，是后者的侄女、兵部卿亲王私生女紫姬。10岁时，紫姬的外婆北山尼君逝世，紫姬无人照顾，源氏趁侍女不备带走紫姬，收为养女，朝夕相伴，以寄托对藤壶中宫的思慕。五年后，紫姬出落得亭亭玉立，高贵优雅，才艺超众，十分可人。源氏便把她据为己有。葵姬生下夕雾小公子时，六条御息所因为嫉妒、怨愤而灵魂出窍，害死了葵姬。六条御息所自知已经不能见容于源氏，便与之分手。借伊势斋宫退位、其女被选为继任者的契机，六条御息所陪伴女儿一同前往伊势，此时，她已经30岁。朱雀帝退位，更换伊势斋宫，六条御息所便与女儿一同回到京都。之后，六条御息所整理了从前居住的六条旧邸，随后，出家为尼，不久之后重病不起。源氏听闻此事后，前往探望她，六条御息所遗言源氏要求他好好照顾她的女儿，并拜托源氏千万不要对她的女儿出手，之后便过世了，时年36岁。源氏收其女为养女，后将其嫁入宫中做冷泉帝的女御，成为秋好中宫。葵姬死后，紫姬被扶为正夫人。桐壶帝退位以后，右大臣之女弘徽殿女御所生的儿子——源氏之兄（同父异母）——登上皇位，即朱雀帝，源氏及岳父左大臣一派从此失势。源氏与右大臣第六女胧月夜偷情之事败露，在右大臣、弘徽殿女御操纵下，源氏被迫远离京城，到荒凉少人的须磨、明石隐居，常常夜不能眠。在明石时，源氏遇到前播磨国守明石入道（明石道人）。明石入道与源氏有姻亲关系，隐居乡野。其女明石姬，从小被悉心培养，仪表不凡（不亚于皇女），琵琶技艺当世独一无二（其琴技是延喜帝的唯一传人），字迹优美流畅（不亚于高贵的贵族）。为排遣寂寞，源氏公子与明石道人的女儿明石姬结合（后生一女，被选入宫中做了皇后）。由于天降异兆，朱雀帝又重病在身，朝政不稳。源氏奉召回京辅佐朝廷。不久，朱雀帝让位给冷泉帝。源氏升任内大臣，源氏及左大臣一门恢复了往日的繁华气派。冷泉帝从僧都处得知源氏是其生父之事后，想援用前例，以源氏内大臣贤能为理由，让位与他，源氏坚决不肯接受，冷泉帝便封他为准太上天皇，并将六条院赐给他，其中也包括六条御息所的旧邸。源氏将六条御息所的旧宅改造成了集四季景物为一体、蔚为壮观的六条院寓所，将昔日恋人统统接到院里来住。他经常与这些妇女赠歌酬答，举行各种"风雅"的活动。后来，他又将旧邸的区域改建为秋之町，作为六条御息所的女儿秋好中宫归宁时的住宅。源氏近40岁时，朱雀帝出家为僧；考虑到源氏的权势，他决定将小女儿三公主（女三宫）嫁给源氏。源氏辞退不得，只好将三公主迎娶过来。三公主身份高贵，从而使得紫姬十分不安，源氏周旋其间，已感苦恼；不料早已觊觎三公主美貌的内大臣（葵姬之兄，最初是头中将）之子柏木趁源氏探病的机会与三公主幽会，被源氏发现。柏木惧悔交加，一病不起，英年夭折。源氏深感自己和藤壶乱伦之罪的报应临头，心如死灰，也没有对外宣扬此事。三公主生下容貌与柏木毫无二致的私生子薰后，因不堪心理折磨，加上六条御息所的亡灵也来纠缠，便在病弱之余决心出家。紫姬身心劳瘁，体弱多病，几次请求源氏允许她出家，源氏不许。源氏51岁时，六条御息所的亡灵纠缠紫姬，使紫姬一度断气。紫姬死后，源氏"晓起夜眠，泪无干时，两眼模糊，昏沉度日"[①]，痛感人世之虚幻，经常想到出家。这样，又过了几年，源氏也死去了。源氏之子夕雾为人方正严谨，并不像父亲一般处处留情。源氏刻意不让夕雾仕途太顺利，意图培养。夕雾从小与表姐云居雁青梅竹马，两情相悦，但云居雁之父葵姬之兄嫌弃夕雾官位不高，又一心想送女儿入宫，因此，不答应夕雾求婚。夕雾思慕云居雁不得，恰逢惟光大夫家送入宫中作舞姬的女儿藤典侍酷肖云居雁，因而与她私通，藤典侍后成为夕雾侧室。后来，夕雾终于在外祖母太君（左大臣之妻）撮合下与云居雁结为连理，生育许多子女。柏木过世后，与之生前交好的夕雾前往安慰其夫人时，爱上了柏木遗孀——朱雀帝的二女儿（二公主）落叶公主。落叶公主自感命运凄凉，一直不肯接受夕雾的求爱。落叶公主在母亲逝世后孤苦无依，夕雾在侍女们的帮助下才得遂心愿。源氏过世之后，夕雾任左大臣，位高权重。薰生性严谨，20岁到宇治山庄，爱上了庄主八亲王的大女公子，不料遭到拒绝。大女公子病故后，他找到外貌酷肖大女公子的浮舟（宇治两女公子的异母妹，桐

---

① 紫式部：《源氏物语（中）》，丰子恺译，人民文学出版社1980年版，第720页。

壶帝八亲王与中将君之私生女），填补心灵的空白。可是，匂皇子（三皇子）深夜闯入浮舟卧房，假冒薰的声音，占有了浮舟。当浮舟意识到自己一身事二主后，毅然跳水自尽，被人救起后削发出家。薰尽管对浮舟一往情深，多次捎信，以求一见，但终未了此心愿。

（二）人物形象

1. 源氏

源氏才貌出众、秉性仁慈、不喜名利、多情多爱，是平安时期贵族的理想人物。

源氏具有古代天子的姿色和才能，一出世便异常清秀可爱，"容华如玉、盖世无双"[1]。"见多识广的人见了他都吃惊，对他瞠目注视，叹道：'这神仙似的人也会降临到尘世间来！'"[2]桐壶天皇曾请朝鲜相士替身为小皇子的源氏看相。相士看了源氏的相貌，不胜诧异，说道："照这位公子的相貌看来，应该当一国之王，登至尊之位。"[3]源氏"七岁上开始读书，聪明颖悟，绝世无双"[4]，规定学习的种种学问自不必说，就是琴和笛也都精通。源氏成年以后更加多才多艺。一次，朱雀帝举行盛大宴会。源氏表演歌舞，"步态与表情异常优美，世无其比"，"歌咏尤为动听，简直像佛国里的仙鸟迦陵频伽的鸣声"[5]。

源氏秉性仁慈。弘徽殿女御曾把源氏流放须磨，是源氏的政敌。然而，源氏对她不是以牙还牙，而是以德报怨。当弘徽殿女御时运不济时，源氏"每有机会，必关怀弘徽殿太后，对她表示敬意。世人不平，都认为这太后不该受这善报"[6]。源氏"身居一人之下，万人之上，然而绝不盛气凌人。其待人接物，均按照地点与身份，普施恩惠。许多女人就仰仗着他的好意，悠游度日"[7]。"扶

---

[1] 叶渭渠："前言"，紫式部：《源氏物语（上）》，丰子恺译，人民文学出版社1980年版，第2页。
[2] 同上书，第3页。
[3] 同上书，第11—12页。
[4] 同上书，第11页。
[5] 同上书，第128页。
[6] 同上书，第277页。
[7] 紫式部：《源氏物语（中）》，丰子恺译，人民文学出版社1980年版，第416页。

穷救弱，拯灾济危，善举不可胜数。"①源氏复官以后的第一件急务，就是举办佛事，为父皇超度亡灵。那盛大的法会，令人"几疑此乃现世的极乐净土"，"源氏公子正是佛菩萨化身"②。因此，世间一切臣民对源氏无不称善；当他获赦，从须磨归来时，普天之下欢呼之声载道。

源氏不"爱名尚利"。源氏任内大臣时，应当兼任摄政，但源氏再三推辞说"此乃繁重之职，我实不能胜任"③，便把摄政的职务让给年迈的左大臣。冷泉帝知道自己与源氏是父子关系以后，"想援用此种前例，以源氏内大臣贤能为理由，让位与他"④，源氏坚决不肯接受。还有一次，皇上要源氏担任权力极大的"太政大臣"职务，源氏亦"暂不受命"⑤。

源氏"任情而动"，对女子用情不专。源氏觉得空蝉风韵娴雅，就半夜闯入她的闺房，强行非礼。源氏与六条御息所有私，"经常悄悄地到六条去访问"⑥。邂逅夕颜后，他就与夕颜频频往来：早晨分手不久，便已想念不置；晚间会面之前，早就焦灼盼待。一次，皇上举行樱花宴会，源氏见朦胧月下站着一位美女，就把她抱进房里，成其好事。在须磨，源氏常与明石道人的女儿幽会。源氏一生中最爱的只有两个女人：藤壶和紫姬。成年以后，源氏和葵姬结婚。婚后，两人性情总不投合，因为那是政治联姻。源氏爱的是藤壶，他想："我能和这样的一个人结婚才好。这真是世间少有的美人啊！"⑦然而，藤壶是他的父亲桐壶天皇的宠妃，"源氏公子这秘密的恋爱真是苦不堪言"⑧。藤壶死后，源氏仍念念不忘，"祈求往生极乐世界，与藤壶母后同坐莲台"⑨。源氏与紫姬的恩爱"与日俱增，两人之间绝无不快之事，也无一点隔阂"⑩。紫姬死后，源氏觉

---

① 紫式部：《源氏物语（上）》，丰子恺译，人民文学出版社1980年版，第246页。
② 同上书，第291页。
③ 同上书，第269页。
④ 同上书，第341页。
⑤ 同上。
⑥ 同上书，第52页。
⑦ 同上书，第16页。
⑧ 同上书，第16页。
⑨ 同上书，第357页。
⑩ 紫式部：《源氏物语（中）》，丰子恺译，人民文学出版社1980年版，第595页。

得失去了存在的意义，不久便撒手西归。

源氏一生看似风光，但实际上是婚事、家事、政事，诸事不顺，是个悲剧人物。

2. 藤壶中宫

藤壶中宫是桐壶帝的中宫，源氏的继母兼情人。

她"身份高贵"[①]。她是先帝的第四皇女，父皇过世之后和自己的兄弟姊妹一起迁出宫廷。在14岁那年，有人向桐壶帝表示，先帝的第四皇女长得很像已故的桐壶更衣，因此桐壶帝便召她入宫。她由于身份是先帝的第四皇女，因此被封为女御，后被封为皇后，住在离天皇所居之清凉殿很近的飞香舍（别称藤壶）。

"这个人没有一点不足之处，也没有一点越分之处，真是十全其美。"[②]藤壶中宫不但美貌，而且个性开朗又聪明，一时之间被称为"辉日宫"；又由于她的闭花羞月之貌，雍容典雅之态，人们称她为"昭阳妃子"或"朝阳妃子"。她和源氏相差五岁，两人在名分上是继母与继子的关系。桐壶帝为了让源氏一解思母之忧，让二人时常有相处的机会。长大后的源氏却对她抱持着恋慕的感情，藤壶虽然知道，但却始终遵守礼数不愿逾矩。直到有一天，她因病回娘家休养，源氏得到机会，在王命妇牵线下前往其住所强行求欢，有了一夜之情。藤壶有了身孕，后来生下一个儿子，即后来的冷泉帝。同时，"藤壶母后在一切贵人之中，心肠最为慈悲，对世人普遍爱护。从来豪门贵族，总不免倚仗势力，欺压平民，藤壶母后则绝无此种行为"[③]。

她生性柔弱，敏感多情。她在与源氏有一夜之情后，一方面对桐壶帝的宠爱感到内疚、恐惧，生怕这种有逆道德规范、见不得人的关系败露，故而时时进行自我忏悔和自我责难，以求心灵的解脱；另一方面又难以忘怀对源氏的思恋，常常情不自禁，"在小心翼翼地回避着心上人的同时，又忍不住暗中与其通信来往。苦恋与犯罪的双重痛苦像只巨大有力的魔掌，时刻晃动在藤壶面前，使她忧戚如焚：'纵使长梦终不醒，声名狼藉使人忧'。特别是当藤壶生下与源氏'一

---

① 紫式部：《源氏物语（上）》，丰子恺译，人民文学出版社1980年版，第13页。

② 同上书，第34页。

③ 同上书，第338页。

如缩图'的小皇子后，这种苦恼与矛盾更使她'痛不欲生'"①。

她头脑清醒、明智、理性、刚强。她与源氏的儿子出生后，不知情的桐壶帝十分高兴，不但封此子为次期的东宫，甚至晋封藤壶为中宫。冷泉帝此时没有强力的保护人，桐壶帝此举意在以藤壶的中宫身份巩固冷泉帝的东宫地位，但这使朱雀帝之母弘徽殿女御十分不满。桐壶帝退位、朱雀帝即位后，朱雀帝之母弘徽殿皇太后的势力日渐增长。桐壶帝退位后没有多久便过世，弘徽殿太后由于素来憎恨源氏与藤壶中宫，千方百计要除去他们。源氏此时想着父皇已死，藤壶已是单身，便不断向藤壶示爱。藤壶知道如果自己这时和源氏在一起，必然会成为被攻击的把柄，不但会使自己和源氏因此受害，而且会使东宫（即冷泉帝）的地位受到威胁（弘徽殿皇太后图谋改立东宫）。于是，藤壶在桐壶帝法会结束后，落发出家，以断绝源氏对她的感情。藤壶出家后，源氏也因为和胧月夜私通的事件，被弘徽殿皇太后、右大臣等人抓为把柄。冷泉帝即位后，源氏一派重掌大权，藤壶获得女院宣下（藤壶已经出家，因而不能受封为皇太后），后来在三十七岁时过世。

总的来看："这个人物着墨不多但用笔含蓄。像她那秘密爱情一样，藤壶的形象也总绰绰约约，神秘飘缈，犹如隔雾之花，具有一种幽玄的神秘感。她是有罪的，可你又不能不承认她是圣洁的；她是矛盾的复杂的，不敢见人的，可你又不能不惊异于她那超乎寻常的一腔纯真，一片磊落。生活在虚伪与污浊中的人们，无法企及她的美而清澄的世界。她的真情、善良，连同她的秘密、她的痛苦、她的夭亡，都构成了这美的一部分。她的生命和她的故事是短暂的，她过世时，小说篇幅还不及三分之一。然而，她的影子却长得无法抗拒，笼罩了光源氏的一生，并投向了全书的各个角落，几乎成为制约与参照所有主要人物的必须背景。"②

3. 紫姬

紫姬即紫之上、若紫，兵部卿宫的庶女，藤壶中宫的侄女；在葵姬去世之

---

① 陶力、宗广：《颜色如花命如叶——试析〈源氏物语〉中藤壶和紫姬的形象》，《新乡师专学报（社会科学版）》，1994年第3期，第27页。

② 同上刊，第28页。

后，她成为源氏实质上的妻子。她与源氏的梦中情人藤壶中宫极其相像，源氏便在她年仅十岁时把她带回家，好好抚养她，无微不至地关爱她，对她进行了很多品格和修养上的教育，待她成人后与她实质上成婚。

她是完美的。她儿时天真烂漫，长大后心地善良，品格高尚，温柔顺从，懂得隐忍，有很好的教养。"从无论哪一点上看来，她的气品都很高雅，周身没有一点缺陷，可使见者自觉羞惭。相貌艳如花月，姿态新颖入时。加之种种优雅的熏香融合集中，这便形成了一种最高的美姿。今年比去年更盛，今日比昨日更美。永远清新，百看不厌。"① "源氏领来玉曼，她'颇有不快'，但却'不动声色'，她本'非常嫌恶明石夫人'，但又能找到许多理由，告诉自己明石'理应受宠'，要求自己'醋意尽释'。光源氏四十岁上迎娶身份高贵的三公主，给她以致命的一击。她万没想到光源氏到这等年龄还会干出'这种难于告人的事'。独寝中，她夜夜烦恼无休，而当着源氏的面，她却要藏起泪衫，'装作和蔼可亲、毫无怨恨的样子'，众侍女为她抱不平，世人也'说长道短'，但她竟'像大姐对小妹一般'，与三公主'和好相处'，使'外间的谣言终于平息，源氏的家声也保全了'。"②她"一方面是个风雅女子，一方面近来又当了祖母，照顾孙子，无微不至。无论何事，都办得十全其美，无可指摘，真是个世间难得的完人"③。也正因为如此，她一生得到了几乎是源氏的独宠；源氏的情人很多，可她们都知道自己没有办法和紫姬相比。不过，紫姬后来也有所变化。在实在无法容忍源氏寻花问柳时，她对他语含指责地说："你倒像是返老还童，比从前更加风流了！教我无依无靠，好痛苦啊！"④

她想获得人生的自由——出家。虽然这一愿望最终也没有实现，但在她三十多岁时源氏迎娶了14岁的三公主——朱雀帝的三女，她开始身体衰弱，最终去世，从而获得了"彻底"的自由。在紫姬去世后，源氏恍惚不可终日，最终出家，没多久就追紫姬而去。

---

① 紫式部：《源氏物语（中）》，丰子恺译，人民文学出版社1980年版，第565页。
② 陶力、宗广：《颜色如花命如叶——试析〈源氏物语〉中藤壶和紫姬的形象》，《新乡师专学报（社会科学版）》，1994年第3期，第30页。
③ 紫式部：《源氏物语（中）》，丰子恺译，人民文学出版社1980年版，第609页。
④ 同上书，第564页。

总的来看:"作为统治者的正夫人,她充分体现了本阶级的伦理道德对'角色'的要求,温顺贤惠、宽容忍让、逆来顺受、唯命是从;作为一个普通女人,她爱着、恨着,她的真情之火还未熄灭,她的朴素的、诚挚的愿望是那样合情合理,顺乎自然;她希望有个忠于爱情的丈夫、希望有个美满而稳定的婚姻生活。前者显示了人性在礼教下的扭曲,是人的非人化;后者则表现了人性的健康的生命力如'野火烧不尽'的'原上草'一般顽强,是人的正常要求。前者是十足的奴性,后者则蕴含着反抗的种子。但是,她要想保住自己的既得地位、求生存、求心理平衡,她便不能不强化前者而压抑后者。其结果当然是前者要占上风,她忍受不了丈夫的不忠行为,却总要花费不少气力来掩饰自己的满腔愁怨,一派无所谓,一派息事宁人。"[1]

(三)主题

第一,反映时代面貌和特征。

小说通过主人公源氏的生活经历和爱情故事,描写了当时贵族社会的腐败政治和淫逸生活,反映了那个时代的面貌和特征[2]:

其一,描写了王朝贵族社会的种种矛盾,特别是贵族内部争权夺利的斗争。

小说中以弘徽殿女御及其父亲右大臣为代表的皇室外戚一派政治势力,同以源氏及其岳父左大臣为代表的皇室一派政治势力之间的较量。这种矛盾和斗争反映的是源氏生活的时代环境,而且决定着他一生的命运。

左大臣与右大臣一向不和。桐壶天皇在世时,左大臣独揽朝纲,任意行事。同时,因源氏是桐壶天皇同更衣所生的小皇子,母子深得天皇的宠爱,弘徽殿女御出于妒忌,更怕天皇册立源氏为皇太子,于是逼死更衣,打击源氏及其一派,促使桐壶天皇将源氏降为臣籍。

在桐壶天皇让位给弘徽殿女御所生的朱雀天皇之后,右大臣因女儿弘徽殿

---

[1] 陶力、宗广:《颜色如花命如叶——试析〈源氏物语〉中藤壶和紫姬的形象》,《新乡师专学报(社会科学版)》,1994年第3期,第30页。

[2] 参见叶渭渠:"前言",紫式部:《源氏物语(上)》,丰子恺译,人民文学出版社1980年版,第1—2页。

女御当了太后而掌政，从此右大臣一族垄断朝政，荣华无可限量，源氏便完全失势。为了打击左大臣一派的势力，弘徽殿女御一派进而抓住源氏与右大臣的女儿胧月夜偷情的把柄，逼使源氏离开宫廷，自我流放到须磨、明石。后来朝政日非，朱雀天皇身罹重病，为收拾残局才不顾弘徽殿女御的坚决反对，召源氏回京，恢复他的官爵，退位多年的左大臣重新出山从政。"他家诸公子以前沉沦宦海，今日也都升官晋爵了。"①冷泉天皇继位以后，知道源氏是他的生父，就倍加礼遇，后源氏官至太政大臣，独揽朝纲。但是，贵族统治阶级内部的斗争并没有停息，源氏与左大臣之子围绕为冷泉天皇立后一事又产生了新的矛盾。作者在小说中表白："作者女流之辈，不敢侈谈天下大事。略举一端，亦不免越俎之嫌。"②所以，小说对政治斗争的反映，多采用侧写的手法，少有具体深入的描写。然而，我们仍能清晰地看出上层贵族之间的互相倾轧、权力之争是贯穿全书的一条主线，主人公的荣辱沉浮都与之密不可分。

《源氏物语》隐蔽式地折射了贵族阶级走向灭亡的必然趋势，堪称一幅历史画卷。

其二，反映了日本平安王朝时代宫廷贵族穷奢极侈的生活。

小说描绘了宫廷贵族豪华奢侈的生活。桐壶天皇举行红叶贺、樱花宴时，"乐声震耳，鼓声惊天动地"③。规模盛大，极尽人间繁华。冷泉帝行幸大原野时，"举世骚动，万人空巷"④；冷泉帝行幸六条院时，"其排场之豪华令人目眩"⑤。源氏兴师动众营造的六条院，极其艳丽精巧，耗尽民脂民膏。贵族们终日饮酒作乐、寻花问柳，过着骄奢淫逸的生活。

其三，揭示了贵族妇女不幸的命运。

女人成为政治的牺牲品。葵姬的父亲左大臣料定源氏日后会发迹，就把女儿作为政治筹码，嫁给了源氏。可是源氏不爱葵姬，常使她独守空房。葵姬满怀怨

---

① 紫式部：《源氏物语（上）》，丰子恺译，人民文学出版社1980年版，第269页。
② 同上书，第340—341页。
③ 同上书，第129页。
④ 紫式部：《源氏物语（中）》，丰子恺译，人民文学出版社1980年版，第469页。
⑤ 同上书，第536页。

恨，终于"丽质化青烟，和云上碧天"①。朱雀帝退位后，在源氏40岁得势之时执意将14岁的三公主嫁给源氏，就连政敌右大臣发现源氏和自己的女儿胧月夜偷情后也拟将她许配给源氏，以图分化源氏一派。地方贵族明石道人和常陆介，一个为了求得富贵，强迫自己的女儿嫁给源氏；一个为了混上高官，将自己的女儿许给了左近少将，而左近少将娶他的女儿，则是为了利用常陆介的财力。

在一夫多妻制下，妇女命运悲惨。源氏在12岁时就因政治原因娶了左大臣女儿葵姬为妻。不久之后，源氏便过起了放荡淫糜的生活。他与多名女子关系密切，如藤壶女御、空蝉、轩端狄、夕颜、末摘花、六条御息所、胧月夜、花里散、三公主等。夕颜先后遭受两个贵公子的戏弄，最后暴死荒凉山庄；六条御息所由于源氏"始乱终弃"而精神失常；浮舟在两个男人的纠缠下，不堪其苦，投入滚滚的宇治川里；紫姬虽居正妻地位，也常常受到冷落，尤其是源氏与三公主结婚以后，更不胜孤寂。小说中众多的妇女形象，有身份高贵的，也有身世低贱的，但她们的处境都是一样，不仅成了贵族政治斗争的工具，也成了贵族男人手中的玩物，被置于一夫多妻制的净界之中。小说着墨最多的是源氏上下四代人对妇女的摧残。源氏的父皇玩弄了更衣，由于她出身寒微，在宫中备受冷落，最后屈死于权力斗争之中。源氏依仗自己的权势，糟蹋了不少妇女：半夜闯进地方官夫人空蝉的居室玷污了这个有夫之妇；践踏了出身低贱的夕颜的爱情，使她抑郁而死；看见继母藤壶肖似自己的母亲，思慕进而与她通奸；闯入家道中落的末摘花的内室调戏她，发现她长相丑陋，又加以冥落。此外，他对紫姬、明石姬等许多不同身份的女子，也都大体如此。在后十回里出现的源氏继承人薰君（他名义上是源氏和三公主之子，实际上是三公主同源氏的妻兄之子柏木私通所生）继承了祖、父两辈人荒淫的传统，摧残了孤苦伶仃的弱女浮舟，又怕事情败露，把她弃置在荒凉的宇治山庄。这些妇女，有的虽然进行了反抗，但最终都没有摆脱悲剧的命运。空蝉出身于中层贵族，嫁给一个比她大几十岁的地方官做继室。源氏看中了她的姿色，她也曾在年轻英俊的源氏的追求下一度动摇，但她意识到自己是有夫之妇，毅然拒绝源氏的非礼行为；在丈夫死后，她失去唯一的依靠，源氏又未忘情于她，为了不妥协，她便削发为尼。浮舟的父亲是天皇的兄弟宇治亲

---

① 紫式部：《源氏物语（上）》，丰子恺译，人民文学出版社1980年版，第168页。

王，他奸污了一个侍女，生下浮舟，遂又将母女一并抛弃。母亲带着浮舟嫁给地方官常陆介。浮舟被许配人家后，又因身世卑贱被退婚。后来她又遭到薰君、匂亲王两个贵族公子的逼迫，走投无路，跳进了宇治川，被人救起后也在小野地方出家，企图在佛教中求得解脱。无论空蝉还是浮舟，她们的反抗都是绝望无力的。这也说明作者在那个社会中，找不到拯救这些可怜妇女的更好办法，只有让她们遁入空门或一死了之。

第二，表达"因果报应"及向往"彼岸净土"的思想。

小说描写了两件似无关联又似有关联的事情：

其一，源氏与父亲桐壶天皇的妃子——自己的继母藤壶私通，生下儿子。但名义上这孩子是桐壶天皇的儿子。这一乱伦之罪使源氏和藤壶的良心备受折磨："藤壶妃子忧心忡忡，生怕因此泄露隐事，以致身败名裂，心中痛苦万状"[1]；"想起了那件隐事，但觉痛心"[2]；"大受良心苛责，痛苦万状"[3]。源氏"想起了自己与藤壶母后的秘密私情，又觉无限伤心"[4]。它像幽灵般盘踞在他们心头，成为永远无法逃脱的"原罪"。

其二，源氏的年轻妻子三公主与柏木私通，生下一子。然而这孩子名义上是源氏的儿子。柏木痛悔罪愆深，郁郁而死。三公主也被犯罪感压得抬不起头来，最后削发为尼。

这两件事之间有内在联系：前者是源氏犯罪，后者是对源氏的惩罚。源氏想："我一生犯了许多可怕的罪孽，这大约是报应吧。在现世就受了这意外的惩罚，到了后世，罪障可以减轻些了吧。"[5] 小说实际上是以佛教"因果报应"的思想，告诫宫廷贵族：犯乱伦之罪会受惩罚，不要重蹈源氏覆辙。

第三，表达"物哀"审美观念。

从日本独特的美学观念看，《源氏物语》的基本精神是"物哀"，即"对人生不如意的哀感"。"物哀"实质上是日本民族独特的一种美学风格。它既不

---

[1] 紫式部：《源氏物语（上）》，丰子恺译，人民文学出版社1980年版，第135页。
[2] 同上。
[3] 同上。
[4] 同上书，第337页。
[5] 紫式部：《源氏物语（中）》，丰子恺译，人民文学出版社1980年版，第642页。

强调气魄、力度和矛盾冲突，也不注重激情和意识，而是在淡淡的哀愁中贯穿着一种缠绵悱恻的情意。这种独特的感受性和抒情性中往往会流露出悲剧意识，这既是《源氏物语》审美理想的核心，也是日本传统美学的一个基本特征。因此，要较好地理解《源氏物语》就必须把握好这一点。这也小说的最大艺术魅力的体现。紫式部以极其细腻的笔触表现人在外部环境触发下所产生的悲凉、凄楚之情。

全书第一回，桐壶天皇自美人更衣死后，"哭声多似虫鸣处，添得宫人泪万行"①，为小说奠定了悲剧基调。源氏被流放须磨前，"渐觉世路艰辛，不如意之事越来越多"②，因此，他想主动离开京都，避居须磨。到了须磨，忧愁之事不可胜数。每当风和日丽之时，源氏追思种种往事，常是黯然泪下。当一轮明月升上天空时，他对月长叹，朗吟"二千里外故人心"③。不久，源氏时来运转，荣华富贵达于绝顶。即便如此，源氏还是痛感人世之无常。他想："试看古人前例：凡年华鼎盛、官位尊荣、出人头地之人，大都不能长享富贵。我在当代，尊荣已属过分。全靠中间惨遭灾祸，沦落多时，故得长生至今。今后倘再留恋高位，难保寿命不永。"④平时，源氏任情而动。他那多情多爱的毛病，既苦了自己，又害了别人。他先为相思所苦，又害怕隐事被人发觉。因此，他每得一个女人，就多一份哀愁。欢悦是短暂的，不安是长久的。源氏爱过的女人，几乎没有一个有好下场：有的暴死荒郊，有的精神失常，有的削发为尼，有的独守空房。在小说中，无论是隆盛的宫廷宴会还是凄凉的流放生活，无论是情场失意之时还是封官晋爵时刻，都伴随着人生的哀伤——小说笼罩在哀怨的悲剧气氛中。

第四，歌颂紫姬与源氏的爱情。

紫姬与源氏之间的关系应该以紫姬的成长为基准的。

当紫姬还是紫儿的时候他们的关系是父女、兄妹之间的情谊；紫儿成长为紫姬，他俩行了夫妻之实，于是变成了夫妻关系。一直到紫姬死去，除少数时间

---

① 紫式部：《源氏物语（上）》，丰子恺译，人民文学出版社1980年版，第8页。
② 同上书，第217页。
③ 同上书，第234页。
④ 同上书，第315页。

外,她都一直伴随在源氏的左右。源氏最开始接近紫姬是因为她长得酷似藤壶妃子,所以才把小紫姬接到自己的住处精心抚养,以慰自己的相思之情。当女孩成长为少女时,他娶之为妻,相伴一生。有人说紫姬是藤壶的替身,其实这一观点很容易就被否决了——源氏和紫姬之间的情感,是在漫长的岁月中一步一个脚印所积累下来的。在紫姬去世之后,源氏也幡然醒悟,他所深爱的早已不是藤壶妃子的影子,而是不折不扣的紫姬本身。在源氏40岁迎娶三公主为正妻这一事件上,是他们之间感情的一个分水岭。在此之前,他们之间的爱情一直是以源氏风流成性、紫姬苦苦隐忍为主。发生了这一事件之后,紫姬开始为自己寻找后半生的其他出路,不想再依附于源氏那多变的爱情。反观此时的源氏,对于紫姬的心灰意懒,他开始焦躁不安,屡次拒绝紫姬出家的请求,一直到她死去。概括地说,就是紫姬在前半生一直在追寻着源氏,在后半生一直在寻找自我,在对源氏的泛爱中结束了自己年轻的生命。小说在很大程度上是在歌颂这两人之间的爱情——小说的主线就是以这两人的感情为主的;后人因爱戴紫姬这一角色,所以才把《源氏物语》这本书的女作者称之为紫式部,流传至今,以至于连作者的原本姓名都忘记了。

(四)艺术特色

第一,规模宏大,内容丰富。

从纵向看,小说写了四代人的爱情悲剧:桐壶天皇独宠更衣,可是这更衣不久病逝,桐壶觉得"此恨绵绵无绝期";源氏一生坎坷,后来看破红尘,出家当了和尚,在无声无息中死去;柏木对三公主有情,可是在"政治联姻"的贵族社会里,有情人难成眷属;薰君爱大女公子,可是大女公子却无意成亲。从横向看,小说写了一个个妇女的不幸遭遇:藤壶自从与源氏发生了不该发生的事情之后,一生在不安中度过;空蝉虽有闭月羞花之貌,却嫁给了又老又丑的地方官,且不断有人对她非礼,最后只得削发为尼;六条御息所被源氏始乱终弃,痛苦万分,精神失常;末摘花父母双亡,孤苦伶仃,且容貌丑陋,遭人取笑;葵姬是政治联姻的牺牲品,婚后常空房独守,珠泪暗弹。此外,紫姬、三公主、明石女、浮舟等人生聚死散、悲欢离合的故事,似一曲曲低沉、哀伤的歌,令人潸然泪下。

第二，心理刻画细腻。

小说往往会以女性特有的视角描绘人物的内心世界，表现她们的情感。

藤壶与源氏私通之后，藤壶分娩前后的心态极其复杂。过了分娩的日期但胎儿毫无动静，这时"藤壶妃子忧心忡忡，生怕因此泄露隐事，以致身败名裂，心中痛苦万状"①。幸而不久平安地产下一个男孩，然而这婴儿相貌酷肖源氏，她便受良心苛责，心想："别人只消一看这小皇子的相貌，便会察知我那荒诞的过失，岂有不加谴责者？"她反复思量，"但觉自身乃世间最不幸之人"②。由此，藤壶的担忧、恐惧、羞愧、负罪感等心态，一一呈露，使人仿佛能触摸到藤壶的思想流程。

小说对紫姬表面上若无其事、内心里愁叹不已的状态刻画得惟妙惟肖。如源氏与三公主结婚后，怕紫姬不高兴，便对她说："即使有天大的事情，我爱你的心决不改变，请你不要介意。"③紫姬满不在乎地说："我哪里会介意呢！"④可是，当见到三公主"姿色既艳，年纪又轻"时，她便不能放心了："紫姬多年以来不曾尝过独眠滋味，如今虽然竭力忍受，还是不胜孤寂之感。"⑤

小说借梦巧妙地表现了柏木的潜意识。柏木"梦见他所养驯的那只中国猫，娇声地叫着向他走来……忽然惊醒"⑥。猫是柏木与三公主相识的信物。柏木梦见猫，既是他对过去的甜蜜回忆，又是对未来的一种预感——他预感到三公主已经妊娠了。这个梦把柏木一瞬间深层的思想活动表现得活灵活现。

第三，语言优美。

"作品语言绵密而又优雅，比较接近当时宫廷贵族的语言。在一般文人尚为汉字所束缚的时候，作者能够自由使用假名文字，写出长篇巨著，为日本文学语言的发展奠定基石，实在是难能可贵的。书中共使用一万二千多个词汇，为日本

---

① 紫式部：《源氏物语（上）》，丰子恺译，人民文学出版社1980年版，第135页。
② 同上。
③ 紫式部：《源氏物语（中）》，丰子恺译，人民文学出版社1980年版，第551页。
④ 同上。
⑤ 同上书，第555页。
⑥ 同上书，第616页。

语言特别是文学语言的丰富和发展作出了贡献。作品产生于1000多年前,语言严密优美,此外,作品还在以散文为主的情况下,大量穿插和歌和汉诗,使叙述的内容更富有感情色彩。作品散韵结合,在叙述中不时插入的和歌和汉诗,使之对推动情节发展,抒发人物感情和加强气氛感染起到了良好的作用。"①

第四,中国文化色彩浓重。

小说描写了一些与中国密切相关的习俗或节日。如第十九章"薄云"所写的七菜是指春天的七种菜,即芹菜、荠菜、鼠曲草、繁缕、佛座、芜菁、萝卜。正月初七把这七种菜剁碎后放入粥里,叫做七菜粥,当时认为吃了能治百病,这是起源于中国的习俗。又如,第四十章"魔法使"中的七月初七乞巧,与中国的七夕一致;除夕夜家家赶鬼与中国人除夕鸣放鞭炮来驱邪避凶、喜迎新年一致。②

小说还运用了大量的中国文化元素。"《源氏物语》深受中国文化、文学的影响。它一方面接受了中国的佛教文化思想的渗透,并以日本本土神道的文化思想作为根基加以接收、消化和融合;另一方面广泛活用了《礼记》《战国策》《史记》《汉书》《文选》等古典中的史实和典故,引用了它们的原文。将《白氏文集》《诗经》《游仙窟》等二十余种中国古典文学的精神融贯其中。如在第34回(下)'新叶续'中,作者在描写射箭比赛时,就以'百步穿柳叶'来形容射箭能手。此典出自《史记·周本纪》。又如作品在第一章'桐壶'中就描写了皇上早上批阅《长恨歌》画册之事。叙述这画册是宇多天皇命画工绘制的,内有著名诗人伊势和纪贯之的和歌及汉诗。皇上日常谈论,也多是此类话题。作者写道:'皇上看了《长恨歌》画册,觉得画中杨贵妃的容貌,虽然出于名画家之手,但笔力有限,到底缺乏生趣。诗中说贵妃的眉毛似"太液芙蓉未央柳"。固然比得确当,唐朝的装束也固然端丽优雅。但是,一回想桐壶更衣的妩媚温柔之姿,便觉得任何花鸟的颜色与声音都比不上了。以前,晨夕相处,惯说"在天愿作比翼鸟,在地愿为连理枝"之句,共交照誓。'此外,《白氏长庆文集》几乎成为当时日本宫廷皇室贵族文化生活中不可缺少的读物。作者深受白居易诗文的影响。紫式部在写到光源氏哀伤紫姬之死时,引用白居易《长恨歌》中的'夕殿

---

① 王玲:《〈源氏物语〉与中国文学及文化的亲缘关系》,《四川外语学院学报》,2008年第5期,第56页。
② 参见武远萍:《中国文化在〈源氏物语〉中的体现》,《林区教学》,2007年第12期,第19页。

萤飞思悄然'的诗句,将主人公内心深处荡漾的感伤情调,细致入微地表现出来。……其接受白氏的影响是广泛而深刻的,作品中体现了许多中国文化及文学的成分。""全书引用和歌八百余首,汉诗一百零八处,其中以白居易的诗句最多。还广泛引用了我国的典故和语句","生动地记录了我国各种文物、思想、典章、制度在日本广泛流传的情况。如儒家、道家的学说和思想,宫廷设置的典章和制度、瓷器、纸张、衣服、丝绸、家具等生活用品,琴棋书画等文化娱乐用具等等。作者在《源氏物语》中提到的从唐朝舶来的物品不下百种,而且有具体的描绘。作品在继承本民族文学传统的基础上,还广泛地吸取了中国古典文化之精华,引用了中国典籍的史实,典故、成语共185处,涉及典籍20余种。其中,特别喜欢引用白居易的诗文,根据日本学者丸山清子的统计,小说中涉及白居易诗47篇,引用次数106次,并在文学观念、作品结构等方面接受《白氏文集》的影响。紫氏部在创作中善于借用《长恨歌》的艺术形象、典故来描写人物的爱情悲剧。有时直接引用诗句来表现人物的心情。在'葵姬'这一回中,源氏因怀念死去的妻子,在纸上写下了'旧枕故衾谁与共',这是白居易用来描写唐玄宗失去杨贵妃的悲伤心情的。在此,紫氏部将源氏的悲痛与唐玄宗的悲哀作对照,写出人物的痛苦心情。"[①]

《长恨歌》对文本的影响非常明显。"《源氏物语》受《长恨歌》的影响,就词句方面来看,一是原句被直接引用于《源氏物语》的文本中。如分别在'桐壶'卷中有二处,'葵姬'和'魔法使'中各有一处,共四处。二是《源氏物语》借用了《长恨歌》的词意原典。其分别在'桐壶'卷中有四处,'夕颜'和'赛画'卷中各有一处,'寄生'卷中二处,共八处。另外,《源氏物语》和《长恨歌》在表现上也有类似的地方,在故事情节上也有很多吸取和借鉴。可以说,《长恨歌》的艺术氛围已渗透到了日本的《源氏物语》中。"[②]

---

① 王玲:《〈源氏物语〉与中国文学及文化的亲缘关系》,《四川外语学院学报》,2008年第5期,第56—57页。
② 同上刊,第57页。

第五章
《堂吉诃德》

一、作者简介

米盖尔·台·塞万提斯·萨阿维德拉（1547—1616）是西班牙伟大的小说家、戏剧家和诗人，西班牙国际声望最高、影响最大的作家，也是欧洲文艺复兴时期杰出的现实主义作家。他出生于马德里附近的阿尔加拉·台·艾那瑞斯城（Alcalá de Henares），生日不详，只知道他受洗的日子是1547年10月9日。祖父胡安·台·塞万提斯是个破落贵族，当过律师。父亲罗德里戈行医。早年上学信息不详，只知道一位深受人文主义影响的教师胡安·洛贝斯·台·沃幼斯（Juan López de Hoyos）曾把他视为自己宠爱的学生。1569年，他随教皇派遣到西班牙的使者到了罗马；1570年投入西班牙驻意大利的军队，充当一名小兵；1571年参加有名的雷邦多（Lepanto）战役，受了三处伤，左手从此残废；1572年伤愈后继续当兵；1575年回国途中被阿尔及尔海盗俘虏，在阿尔及尔做了五年奴隶，曾四次组织基督徒同伙逃亡，都没有成功；1580年才由西班牙三位一体会修士为他募化得五百艾斯古多，把他赎回西班牙。塞万提斯回国时一贫如洗，当兵已无前途，靠写作也难以维持生活，1582年曾谋求美洲的官职，也没有成功。1584年他娶了一位薄有资财的妻子。这位妻子居住在托雷多，塞万提斯经常为衣食奔走，只能偶尔到托雷多去和妻子团聚。1587年，塞万提斯得到一个差事，为"无敌舰队"在安达卢西亚境内当采购员，有机会接触到许多城镇各行各业的人，但工作比较棘手，报酬又菲薄。1590年，他再次谋求美洲的官职，但仍然没有成功。1594年他当了格拉那达境内的收税员。由于工作不顺利，再加无妄之灾，他曾几度入狱；据说《堂吉诃德》的第一部就是他在塞维利亚的监狱里动笔的。1605年，《堂吉诃德》第一部出版。1614年，这本书的第二部才写到五十九章，他忽见别人写的《堂吉诃德》续篇出版了，就赶紧写完自己的第二部，于1615年出版。虽然这部小说享有盛名，但塞万提斯并没有获得实惠，依然是个穷文人，在高雅的文坛上也没有博得地位。最后，他因患水肿病而于1616年4月23日去世，葬在三位一体修道院的墓园里，但没人知道确切的墓址。塞万提斯的作品除《堂吉诃德》外，还有牧歌体传奇《咖拉泰》第一部（1585），剧本如《努曼西亚》（1584）、《尚未上演的八出喜剧和八出幕间短剧》（1615），短篇小说集《模范故事》（1613），长诗《巴拿索神山瞻礼记》（1614），以及和他身后出版的长篇小说《贝尔西雷斯和西希斯蒙达》（1617）等。[①]

二、《堂吉诃德》

《堂吉诃德》，全名《奇情异想的绅士堂吉诃德·台·拉·曼却》，是塞万提斯的一部长篇小说，也是塞万提斯最负盛名的作品。

就创作意图而言，"据作者一再声明，他写这部小说，是为了讽刺当时盛行的骑士小说"[②]。在当时西班牙人民的生活中，虚幻的骑士文学流毒甚广，西班牙王权还有意用骑士的伦理观念禁锢人们的头脑，借助骑士文学来抵制人文主义

---

① 参见杨绛："译者序"（塞万提斯：《塞万提斯全集（第六卷）堂吉诃德（上）》，杨绛译，人民文学出版社1996年版）、"出版说明"（塞万提斯：《塞万提斯全集（第一卷）诗歌·戏剧》，董燕生译，人民文学出版社1996年版）。

② 杨绛："译者序"，塞万提斯：《塞万提斯全集（第六卷）堂吉诃德（上）》，杨绛译，人民文学出版社1996年版，第9页。

文学的发展和影响。塞万提斯痛恨骑士文学，他想借助小说《堂吉诃德》主人公的荒唐行为和遭遇，嘲笑骑士制度和骑士道德，指出骑士小说对人的毒害，从而给骑士小说以致命的打击，启发人们从虚幻的迷梦中醒过来，正视发展变化了的客观现实。

（一）内容梗概

全书一共两部，第一部主要叙述堂吉诃德的两次出游。

在拉·曼却的一个村子里住着一个"著名绅士"，"据说他姓吉哈达，又一说是吉沙达，记载不一，推考起来，大概是吉哈那"①。他"身材瘦削，面貌清癯"②，爱读骑士小说，整天沉浸在骑士侠义小说里，满脑子尽是些魔术、比武、打仗、恋爱、痛苦等荒诞无稽的故事。他十分迂腐，认为书上所写的都是千真万确的，于是想入非非，要去做个游侠骑士，"消灭一切暴行，承当种种艰险，将来功成业就，就可以名传千古"③。他把祖传下来的一套破盔甲找出来，擦了又擦，面甲坏了，他便用硬纸补上一个。他家有一匹瘦得皮包骨的马，他用了四天的工夫给它取了个高贵、响亮的名字——"驽骍难得"，"表明它从前是一匹驽马，现在却稀世难得"④。"他为自己的马取了这样中意的名字，也要给自己取一个，想了八天，决定自称堂吉诃德……因为要充地道的骑士，决定也把自己家乡的地名附加在姓上，自称堂吉诃德·台·拉·曼却。"⑤他还模仿古代骑士忠诚于某位贵妇人的传统做法，物色了附近村子上"一位像庄稼汉那么壮硕的农村姑娘"⑥阿尔东沙·罗任索作为自己的意中人，给她起名为杜尔西内娅·台尔·托波索，"杜尔西内娅"意思是"甜蜜或温柔"。他决心终身为她效劳。他又做了把长枪，胳臂上挎着盾牌，俨然一个骑士。

---

① 塞万提斯：《塞万提斯全集（第六卷）堂吉诃德（上）》，杨绛译，人民文学出版社1996年版，第12页。
② 同上书，第11页。
③ 同上书，第13页。
④ 同上书，第15页。
⑤ 同上。
⑥ 杨绛："译者序"，同上书，第10页。

堂吉诃德的第一次出游是单枪匹马，为时两天。

第一天，他在大路上看到一家客店，把它当作堡垒。店门中站着两个妓女，他以为她们是两位美貌的小姐或高贵的命妇；他又把店主当成了"堡垒长官"。他想起自己是一个未受封的骑士，便要求"堡垒长官"给他封赠。这位店主是一个爱开玩笑的人。他看出堂吉诃德有点疯傻，入店后又打了骡夫，怕再出乱子，便赶快满足了堂吉诃德的要求。店主叫一男孩子点了蜡烛，又叫两个妓女跟着。他自己则拿了一本账簿，要堂吉诃德跪在他的面前。然后，他对着账簿念念有词，在堂吉诃德颈窝上狠狠打了一掌，又用剑在他肩膀上使劲地拍了一下，再由一个妓女给他挂上剑，另一个妓女给他套上马刺，封赠仪式便算完成了。堂吉诃德爬起来，谢了"长官"，满心喜悦。

第二天，他听从"长官"的劝告，决计回家一趟，因为他必须置办行装，还要找个仆从。在一座林子里，他看到一个牧童被绑在树上，主人一面骂他丢了羊，一面用皮带狠命地抽打他。堂吉诃德路见不平，便拔刀相助，上前搭救了牧童，命令其主人——一个农夫——给孩子松绑，如数付给孩子工钱，并警告和恐吓了那农夫一番，农夫被吓得一一照办。但他走了之后，农夫把小孩重新绑在树上，狠狠地抽打了一顿。他遇见一伙商人，他把他们当作一队游侠骑士，挺枪跃马冲过去，对他们说："你们大家都得承认，普天下的美女，都比不上拉·曼却的女王、独一无二的杜尔西内娅·台尔·托波索！谁不承认，休想过去！"[1]结果，他被一个骡夫打下马来，躺在地上动弹不得。

一个去磨麦子的邻居发现了他，才把他搭救回家。堂吉诃德的朋友理发师尼古拉斯和神父贝罗·贝瑞斯认为堂吉诃德的疯狂行为是受了骑士小说的毒害。他们在堂吉诃德的外甥女和女管家的协助下，搜查了堂吉诃德的藏书室，把其中大部分的骑士书都扔到院子里烧了。但堂吉诃德顽固地认为："世上最迫切需要的是游侠骑士，而游侠骑士道的复兴，全靠他一人。"[2]

堂吉诃德的第二次游侠活动是在十五天之后。

他说服自己老实的邻居——一个又矮又胖、满脸胡子的农民桑丘·潘沙做仆

---

[1] 塞万提斯：《塞万提斯全集（第六卷）堂吉诃德（上）》，杨绛译，人民文学出版社1996年版，第33页。
[2] 同上书，第51页。

从。堂吉诃德允诺将来封他做海岛总督。桑丘家里很穷,正想出去碰碰运气,加上当仆从是赚工钱的,便答应了。之后,桑丘骑了一匹自家的骡子,跟在堂吉诃德的瘦马后面。两人一同出发了。

他们来到郊野,远远望见三十多架风车,这是西班牙农民借用风力推转石磨来磨麦子和饲料的。堂吉诃德却把它们当作三十多个巨人,对桑丘·潘沙说:"那边出现了三十多个大得出奇的巨人。我打算去跟他们交手,把他们一个个杀死,咱们得了胜利品,可以发财。这是正义的战争,消灭地球上这种坏东西是为上帝立大功。"[①]桑丘·潘沙反复说明那是风车,不是巨人。堂吉诃德不但不听,反而责备桑丘·潘沙胆小。他横托着长枪就向第一架风车扑去,用长枪刺进了风车的翅翼。刚好这时,起了一阵风,那风车把他的长枪折成了几段,堂吉诃德连人带马都被摔了出去。亏得桑丘上来搀扶,他才好不容易从地上爬了起来。当天,他们在林子里度过了倒霉了一夜。

第二天,堂吉诃德遇见了一帮人,后面还有一辆马车,车上是一位要到塞维利亚去的贵妇人。堂吉诃德把走在前面的两个戴面罩、撑阳伞的修士当成劫持公主的强盗。他提起枪冲了上去。一个修士从骡背上吓得跌了下来,另一个落荒而逃。接着,他和贵妇人的仆从比斯盖人大战一场。结果他的剑击中了比斯盖人的脑袋,贵妇人便连忙恳求堂吉诃德宽宏大量,手下留情,饶她仆从的生命。堂吉诃德爽快地答应了。这样,他取得了出游以来的第一次胜利。桑丘也由此对堂吉诃德佩服得五体投地,以为跟随了一位英勇的主人,不久就可以得到总督的封赠了。不久,他们到一家客店歇息。堂吉诃德又把客店看成是堡垒。晚上,他还把一个偷汉子的女仆,当作是钟情于他的"堡垒长官"的女儿。为此,他挨了女仆情人——一个骡夫——的一顿痛打。第二天,堂吉诃德离开客店时,因没付房钱,落在后面的桑丘被人们揪住了。他们把桑丘兜在床毯里,不停地向空中抛掷,像狂欢节耍狗那样耍他。堂吉诃德回马去救他,可店门被关上了。他隔着一堵墙头看着,急得要命。直到人们气力使尽,才把桑丘放了。之后,他们俩继续前行。大路上来了两群羊。堂吉诃德把公羊、母羊的叫唤,当成萧萧马嘶、悠悠角声、咚咚鼓响,把羊群看成是出现在他面前的左右两支军队。他便紧握长枪冲

---

① 塞万提斯:《塞万提斯全集(第六卷)堂吉诃德(上)》,杨绛译,人民文学出版社1996年版,第54页。

了上去，举枪乱刺，杀伤了不少的羊，他也被牧羊人用乱石打倒，还磕掉了三四颗牙齿。桑丘在一旁直揪自己的胡子，咒骂自己的倒霉，跟随了一个疯主人。等到牧羊人走后，他才上去，把堂吉诃德扶了起来，并抱怨堂吉诃德不该自招烦恼。堂吉诃德对桑丘解释说，他被魔法师作弄了；魔法师由于妒忌他的胜利，便把敌对的两军变成两群羊。晚上，堂吉诃德又冲散了一队送葬行列，因为他把车上的死人看作被害的骑士。

在一个山间，堂吉诃德听到一阵怪声，把它当作重要敌情的信号，吩咐桑丘在原地等他，他要单独去进行冒险。这时，天已黑下来了，桑丘吓得要命，觉得自己不能让主人离开，便暗暗地把堂吉诃德的马腿用绳子拴住，一头系在自己的骡子身上。于是，堂吉诃德鞭马前往，马只在原地打转；而他则以为自己又着魔了，便坐在马上一直等到天明。天亮后，桑丘悄悄地把绳子解了；他不愿意单独留下，便跟堂吉诃德沿着响声传来的方向寻去。他们来到一条溪边，发现响声原来是安装在那里的一台砑布机发出的。这时，天下起雨来。一位路过的理发师把铜面盆顶在头上遮雨。堂吉诃德一见，硬说铜面盆是骑士的头盔，举枪冲了上去。理发师以为是拦路抢劫的强盗，赶快跳下骡背逃走了。堂吉诃德夺得了铜盆，把它戴在自己的头上。桑丘把理发师的骡子牵过来，并把他的行囊收归己有。

堂吉诃德遇见一队被押送到海船上服苦役的犯人。他一一询问了他们被关押的原因，同情他们的遭遇，于是杀散了押送人，并把犯人全放了。可是，他和其中最凶的一个犯人希内斯起了冲突。堂吉诃德要希内斯把他行的善事报告给他的意中人杜尔西内娅，但希内斯不干，且揍了堂吉诃德一顿，剥去了他的衣服。堂吉诃德懊丧地对桑丘说："对坏人行好事，就是往海里倒水。"[①]为了躲避巡逻队的追究，堂吉诃德不敢走大路，和桑丘走进了一座深山。在那里，他们遇见了一个叫卡迪纽的青年。卡迪纽因爱人陆莘达被花花公子堂费南铎夺走而悲观失望，躲进深山，过着野人一样的生活。堂吉诃德受了启发，决定自己也要为意中人受苦，在深山过过修炼的生活。他打发桑丘回家去。这突如其来的决定使桑丘大为诧异，但他知道要改变堂吉诃德的想法是根本不可能的，便只好回家去。桑

---

① 塞万提斯：《塞万提斯全集（第六卷）堂吉诃德（上）》，杨绛译，人民文学出版社1996年版，第177页。

丘往回走，途中，在客店里遇见了堂吉诃德两位朋友——理发师尼古拉斯和神父贝罗·贝瑞斯。桑丘把堂吉诃德入山修炼的事告诉他们。他们便在一起商议如何把堂吉诃德弄回家。最后，他们定下一条计策——理发师化装成落难的贵妇人，神父化装成家丁，引堂吉诃德出山为贵妇人复仇，以达到骗他回家的目的。于是，桑丘便带路回去寻觅堂吉诃德。在山里，他们首先遇见了那位失恋青年卡迪纽，接着又遇见了一个女扮男装的姑娘多若泰。这是一个从家里逃出来的年轻漂亮的女子。原来多若泰受了花花公子堂费南铎的诱骗——堂费南铎先是答应要娶她，后来堂费南铎看上了陆莘达，便把多若泰抛弃了。神父一行很同情多若泰的遭遇。卡迪纽听到多若泰提起堂费南铎和陆莘达的名字，更是怒火中烧。这时，神父也把自己到山里来的目的及搭救堂吉诃德的事讲了出来，要他们一同寻找他的朋友。多若泰说扮演落难女子她更合适些。神父和理发师听了都很高兴，便叫多若泰扮成一位公主，伪称她的王国被奸贼篡夺了，请求堂吉诃德前去帮她复国。他们都扮作公主的随从。事情进行得很顺利，他们在山里找到了堂吉诃德，堂吉诃德也满口应许了"公主"的请求，认为这是他作为一名骑士义不容辞的职责。于是，他们离开了那座深山。堂吉诃德一行人借宿在一家客店里。店主也颇受骑士小说的影响。他把堂吉诃德安顿在一间房里，那儿堆放着许多装满红酒的酒袋。堂吉诃德惦记着替多若泰复仇的事，连做梦也在和公主的敌人巨人交战。他把酒袋当作巨人的头颅砍杀，结果红酒流了一地，但他认为那是巨人的血。店主知道后也无可奈何。

　　客店里来了一伙客人，押送着一个戴面罩的姑娘。那姑娘便是陆莘达。她被堂费南铎强迫结婚的那天原想自杀，后晕倒。堂费南铎在她身上搜到了刀子和绝命书，婚礼便没有进行下去。她被救醒后，逃进了修道院。可是，堂费南铎又把她找到了。现在，他正在把她从修道院押解回家。多若泰认出了堂费南铎，便向前求情，要他成全陆莘达和卡迪纽的婚事。最初，堂费南铎不肯。后来，他拗不过众人一致的劝说，终于同意了。这样一来，堂费南铎和多若泰也言归于好了。次日，众人在各自分开时想了一个处置堂吉诃德的办法：半夜里，人们冲进他的住房，把他捆绑起来装进一个木笼子里，然后把他放在牛车上，使他相信他已着魔了。神父和理发师把他押送回家，堂吉诃德随之结束了他的第二次游侠活动。

第二部主要叙述堂吉诃德的第三次出游。

堂吉诃德的第三次游侠活动开始于一个月之后。女管家用了六百个鸡蛋把他的身体调养好了。他从邻居参孙·加尔拉斯果学士那里打听到萨拉果萨城要举行一年一度的比武大会的消息。他想到那里去赢得荣誉，便和桑丘暗暗商量了一阵子，瞒着家人出发了。加尔拉斯果得知后，便装扮成"镜子骑士"，在半路拦截他。加尔拉斯果原想把堂吉诃德斗败，使他回家。可是，加尔拉斯果的马被绊了一跤，导致他掉落下马，让堂吉诃德取胜了。这一胜利使堂吉诃德得意非凡。他下决心要使衰亡的骑士道重新振兴，把扶弱锄强、救危济困当作自己应尽的职责。堂吉诃德在路上遇见一辆运送狮子的车。那狮子是献给皇上的。他不想在狮子面前示弱，便决定和狮子较量一番。他用长枪威逼管狮子的人把笼门打开。那狮子雄健威武，伸了伸腰，又张了张嘴巴。但它似乎对堂吉诃德的冒犯满不在乎，没有冲出笼门，而只是漫不经意地向四周看了一下，掉转身子，懒洋洋、慢吞吞地又在笼子里躺下了。堂吉诃德便吩咐管狮子的人打它几棍，让狮子发脾气跑出来。但管狮子的人不干，他说要是这样的话，他自己得先被狮子撕碎。他假意地夸奖了堂吉诃德一番，随即把笼门关上了。之后，堂吉诃德便给自己加了一个光荣称号"狮子骑士"。再后，他又帮一个穷小伙子巴西琉从有钱人那里夺回了心爱的美人季德丽亚。他和桑丘都受到了绝好的招待。

有一天，堂吉诃德在林子里遇到一对正在游猎的公爵夫妇。他们对堂吉诃德荒唐的行为早有所闻，所以当他们知道眼前出现的就是堂吉诃德和桑丘时，便想作弄他们一番。他们以隆重的迎接骑士的典礼，把堂吉诃德迎到自己的堡垒。公爵夫人尤其喜欢桑丘的有趣谈吐，便专门寻他开心。他们在夜间举办了一个大型的游猎会，暗中令仆从装扮成魔法师和堂吉诃德的意中人杜尔西内娅。魔法师把杜尔西内娅带到堂吉诃德面前，对堂吉诃德说，杜尔西内娅已着魔了，唯一解救办法是桑丘要承受三千三百鞭的鞭打，以惩罚桑丘曾欺骗主人。桑丘害怕鞭打，但他在堂吉诃德的恳求下，只好答应了。不过，他提出一个条件：鞭打不能一下子兑现，要在以后陆续偿清，否则，他受不了。随后，公爵的总管又化装成"三尾裙伯爵夫人"，恳求堂吉诃德上天去和魔法师战斗，因为魔法师把她这样一个有身份的夫人和她的女仆都变成满脸胡子的男人。堂吉诃德毅然答应了，但他担心上不了天。"伯爵夫人"说，他可以和他的仆从骑一匹神奇的木马去。在公爵的花园里，堂吉诃德和桑丘被蒙上眼睛，坐在一只大木马上。公爵叫人抬来几只大风箱，朝着他们拼命鼓风，弄出各种声响。堂吉诃德凭自己的想象，以为正在空中飞行去和魔法师作战。然后，公爵令人用亚麻点燃木马的尾巴。马肚子里装满了花炮之类的东西，立即一阵噼噼啪啪的爆炸，把堂吉诃德和桑丘都抛跌在地上。堂吉诃德睁开眼，看到人们都伏在地下，他的长枪插在一张白羊皮纸上。上面写着上天对他功绩的褒扬，说他已解脱了伯爵夫人的苦难。公爵夫妇装得十分惊讶的样子，把一场闹剧扮演得像真的一样。

公爵夫妇为满足桑丘的夙愿，假意封他为海岛总督，让他到自己的一块领地去上任。临行时，堂吉诃德郑重其事地对桑丘进行了一番训诫：要他"上应天意，下顺人情"[①]；在任职内要"尽量宽恕"，因为"仁爱比公正更有光彩"[②]；生活上要勤俭、朴素、清洁，不要贪睡。桑丘一一接受了，认为这些都是"金玉良言"。桑丘带着公爵的总管去上任。总管是受命来作弄他的。在桑丘到任那天，总管便安排了一批居民去告状，以各种难断的诉讼为难这位"总督大人"。但桑丘却把事情剖析得清清楚楚，决断得公正不阿，这大出人们所料。办案后，桑丘被送到一个富丽的官邸，饭厅里摆好了一桌供王公享用的盛馔。桑丘一进门，喇叭便"嘀嘀嗒嗒"地吹奏起来，四个小厮上来给他倒水洗手。桑丘又饥又累，入席便要用饭。他身旁站着一个手拿鲸鱼骨棍子的人，每当桑丘要动手去吃一盘菜时，他便把棍子迅速一指，上菜的小厮连忙上来把菜撤了下去。这样反复了十来遍，菜被撤光了，桑丘一口也没吃上。他气得直问那是在搞什么名堂。那拿鲸鱼骨棍子的人说，他是他的医生，他应当为他的健康负责。"总督大人"想吃的菜，正是他不能吃的。桑丘发火了，他说他做总督连饭菜都吃不上，这个官也不要了。人们见他发了这么大的脾气，才让他取食面包和葡萄。在任职期间，桑丘廉洁奉公，亲自制订法令，规定价格，不准贩卖粮食，严禁淫荡歌曲，把辖区治理得井井有条、无可挑剔。最后，总管导演了一场"外敌"入侵的把戏，要桑丘穿着盔甲去打仗。那盔甲又窄又长，把他折磨得半死。"外敌"

[①] 塞万提斯：《塞万提斯全集（第七卷）堂吉诃德（下）》，杨绛译，人民文学出版社1996年版，第298页。
[②] 同上书，第300页。

平息后,桑丘感到做总督真是不容易。他说自己"生来不是总督的料……一个人最好是干自己的老本行"①,于是弃官逃走了。他回到公爵住地,对公爵说:"我光着身子进去,如今还是个光身;我没吃亏,也没占便宜。我这个官当得好不好,那里有见证,可以让他们说。我解决了疑难,宣判了案件,经常饿得要死……"②

萨拉果萨城比武会逼近,堂吉诃德主仆便辞别公爵前往。在途中的客店,堂吉诃德得知一本名为"《堂吉诃德·台·拉·曼却》的第二部"的书抹黑了自己,非常愤怒,决计不到萨拉果萨比武而去巴塞罗那——那里也有比武。路上,堂吉诃德想去拦截一群斗牛。结果,主仆都被牛群冲倒,还遭到践踏,差点送命。末了,来了个"白月骑士",他指名要和堂吉诃德决斗,而且他们双方商定:谁输了便让对方发落。结果,"白月骑士"把堂吉诃德撞下马,斗败了他。"白月骑士"罚他回家去,一年之内不准外出。原来这个"白月骑士"不是别人,正是邻居参孙·加尔拉斯果学士装扮而成的。堂吉诃德不知就里,只好遵从约定,灰心丧气地往家走。在回家路上,桑丘在堂吉诃德的请求下偿清了三千三百鞭的鞭打,以便让杜尔西内娅脱离魔法。但他自个儿打自个儿,打得既轻,而且又作弊。他一面把鞭子抽在树干上,一面大叫,当作是打在自己的屁股上。堂吉诃德回到家,发了高烧,一连躺了六天,起不了床。在奄奄一息之际,他恢复理智,对围拢在他身旁的家人和朋友说:"我从前成天成夜读那些骑士小说,读得神魂颠倒;现在觉得心里豁然开朗,明白清楚了。现在知道那些书上都是胡说八道,只恨悔悟已迟。"③他表示"对骑士小说深恶痛绝"④,叮嘱他的外甥女"得嫁个从未读过骑士小说的人"⑤,否则就取消给她的财产继承权。说完,他便死了。

---

① 塞万提斯:《塞万提斯全集(第七卷)堂吉诃德(下)》,杨绛译,人民文学出版社1996年版,第380页。
② 同上书,第395页。
③ 同上书,第512页。
④ 同上书,第513页。
⑤ 同上书,第515页。

（二）人物形象

1. 堂吉诃德

堂吉诃德是一个十分生动而又十分复杂的艺术形象，其复杂性在于他作为骑士之道践行者的滑稽可笑和作为人文主义者精神的崇高伟大。

他的模样滑稽可笑。他明明是年过半百的干瘦老头，却偏要夸口，自称是一个武艺精通、天下少有的模范骑士。他的行为滑稽可笑。他耽于幻想，一切从主观出发，行为荒唐、鲁莽，总是单枪匹马地蛮干，结果是所做的这些事没有一件事不失败、贻笑于现实社会，而他却浑然不觉，依旧是自行其是。他在幻觉中把风车当作巨人，挺枪拍马冲去，却被风扇叶打得落花流水，半天不能动弹；明明被风车摔倒在地，却非说是中了魔法师的诡计；把客店当作堡垒、把妓女当成贵妇，受尽别人嘲弄；把理发师的铜盆当作魔法师的头盔，不顾一切地提矛杀去；把皮酒囊当作巨人的头颅，弄得满地狼藉；把羊群当作中了魔法师的魔法的军队，纵马大加杀戮；又莫名其妙地杀散押解囚犯的士兵，释放了囚犯，却被囚犯苦虐……这些行为不仅给别人造成伤害，而且往往弄得自己头破血流、遍体鳞伤。在一系列冒险生涯中，他被乱石打倒，磕掉了牙齿，削掉了手指，丢了耳朵，弄断了肋骨，但他仍然执迷不悟，一直闹到险些丢掉性命，才被亲友送回家。临终前，他醒悟过来，不许他唯一的亲人——外甥女——嫁给读过骑士小说的人，否则就剥夺她的遗产继承权。

堂吉诃德荒唐行为的出发点是高尚的，所奉行的是一种崇高的原则。他毫无自私打算，随时准备为了除恶而奉献出自己的一切。他立志要锄强扶弱、伸张正义，且具有奋不顾身、自我牺牲的精神。他大战风车，是因为他把风车当成危害人类的巨人；他解放苦役犯，是因为他把苦役犯看作是受苦的骑士。在荒唐的行为中，包含着他对被压迫者的同情、对封建专制暴政的反抗、对理想社会的向往。他尽管食物贫乏、衣服简陋，但充满了自我牺牲精神，这种精神伟大而又崇高。他热情而又温顺，从不怀疑他的理想（甚至在看见他那蠢笨肮脏的意中人时，仍然相信一定是魔鬼把她变成这样），而且具有坚强的道德观念。在关于骑士以外的话题上他表现得清醒而又深刻，明确而又富有哲理。如有关"黄金时代"的观点："古人所谓黄金时代真是幸福的年代、幸福的世纪！这不是因为我们黑铁时代视为至宝的黄金，在那个幸运的时代能不劳而获；只因为那时候的人还不懂得分别'你的'和'我的'。在那个太古盛世，东西全归公有……那时候……真诚还没和欺诈刁恶掺杂在一起。公正还有它自己的领域；私心杂念不像现在这样，公然敢干扰侵犯。法官心目里还没有任意裁判的观念，因为压根儿没有案件和当事人要他裁判。"①有关子女教育时的观点："父母有责任从小教导他们学好样，识大体，养成虔诚基督徒的习惯，长大了可以使双亲有靠，为后代增光。至于攻读哪一学科，我认为不宜勉强，当然劝劝他们也没有害处。假如一个青年人天生好福气，有父母栽培他上学，读书不是为了挣饭吃，那么，我认为不妨随他爱学什么就学什么。有些本领，学会了有失身份；诗虽然只供人欣赏而不切实用，会作诗却无伤体面……假如您儿子做讽刺诗毁坏人家名誉，您可以训斥他，撕掉他的诗。如果他像霍拉斯那样嘲笑一切罪恶，笔下也那么文雅，您就该称赞他。"②有关自由的观点："自由是天赐的无价之宝，地下和海底所埋藏的一切财富都比不上。自由和体面一样，值得拿性命去拼。不得自由而受奴役是人生最苦的事。"③他尽管最终发疯了，但其信念和真诚是动人的。他在被囚犯打得不能动弹时还毫不怀疑自己事业的胜利，有时带一点天真的自我欺骗，尽管其自我欺骗瞒不过桑丘，但也让人觉得可爱。

滑稽可笑与崇高伟大融汇在堂吉诃德身上，使得这一形象既具有喜剧性又具有悲剧性。

堂吉诃德的喜剧性主要表现在其在游侠中四个方面的错位。

其一，梦幻中的时代与现实世界的错位，即把现实世界当作了消逝了的骑士时代。堂吉诃德始终把自己置入骑士时代。他第一次游侠时，便把乡村客店当成堡垒，把店主当成堡垒的长官，把客店中的妓女当成贵族小姐，硬要店主封他为骑士。走出酒店，他遇见一队商人，他要商人承认农村姑娘杜尔西内娅是世界上第一美女，结果被商人打得趴在地上动弹不得。他还把风车当作巨人，把相对而

---

① 塞万提斯：《塞万提斯全集（第六卷）堂吉诃德（上）》，杨绛译，人民文学出版社 1996 年版，第 73—74 页。

② 塞万提斯：《塞万提斯全集（第七卷）堂吉诃德（下）》，杨绛译，人民文学出版社 1996 年版，第 113—114 页。

③ 同上书，第 406 页。

行的羊群当作双方正在冲杀的敌对军队，把理发师的铜盆当作魔法师的头盔，把盛红酒的皮袋当作巨人的头而挥剑乱砍，弄得红酒遍地流淌。不仅如此，堂吉诃德在法制观念上也严重脱离时代，在打杀官兵放跑了罪犯之后，桑丘劝他躲避，他不但不觉得把事情闹大了，反而指责桑丘："住嘴吧。游侠骑士可以杀人累累，哪有抓进法院的！你见过或读到过吗？"[①]可见其行为的滑稽可笑！

其二，头脑中主观任意的幻想与企图实现幻想的方式的错位。堂吉诃德的种种荒诞行为、不正确的方式，不仅没能打败他梦想中的"敌人"，反而把自己弄得头破血流。方式错位也表现了其喜剧的特征。

其三，梦想中的贵族骑士地位与其现实中的破落绅士地位的错位。堂吉诃德本是拉·曼却的穷绅士，却自命为贵族和骑士，并把假设当真实，要求别人也以贵族和骑士身份来看待他。他可以通宵不眠，站在屋外执矛守夜，可以在旷野和树林中风餐露宿，可以打杀官兵等。一旦把他的真实现状与骑士装扮加以比照，这种明显的身份错位必然要引起强烈的滑稽感。

其四，年轻骁勇的游侠骑士形象与年老羸弱的乡绅形象的错位。

堂吉诃德的悲剧性体现在他英雄式的高贵品质与他的不幸遭遇上。他忠于自己的信念，历经大小二十次冒险，扮着骑士去行侠仗义、除暴安良。他不同于中世纪的效忠封建主的骑士，他善良、正直，是一个有理想而敢于斗争的智者和战士。他献身骑士游侠是为了主持正义、消除世间的不平，是出于救世济人的责任感，动机高尚；但他又盲目蛮干，幻想用中世纪骑士游侠的方式去实现理想，结果每次出马都失利，最终只能成为主观愿望与冷酷现实碰撞的牺牲品，充满着令人心酸的悲剧因素。堂吉诃德的真诚和高尚的目的动机没能换回社会的平等，也没能实现人文主义的理想，而且他在现实面前一次又一次地失败。他的失败令人同情，使人产生痛感。堂吉诃德生活在16世纪资本原始积累时期的西班牙，却要执行12、13世纪英、法、德等国封建制度全盛时期的骑士道，误以为游侠生活可以同任何社会经济形式并存。他脱离现实，背离时代，满脑子的幻想，结果当然是行为的可笑、动机的落空。

---

① 塞万提斯：《塞万提斯全集（第六卷）堂吉诃德（上）》，杨绛译，人民文学出版社1996年版，第67页。

2. 桑丘

桑丘是劳动农民，也是堂吉诃德的忠实侍从。

他勤劳、善良、忠厚、老实、有责任心，能忍辱负重。他一年到头辛辛苦苦地为别人扛长工；为了能让儿子有钱上学、女儿能置得起嫁妆，他甘愿做堂吉诃德的随从；为了多赚几个钱，他满足主人的"疯傻"，承受三千三百多皮鞭的鞭打（尽管他没有真打）。

他头脑简单但不失聪明机智，胆小贪财但不失纯朴磊落，自私利己但不失善良忠厚，投机取巧但不失忠诚仗义，饱尝屈辱但不失自尊豁达，历尽艰险但不失乐观幽默。他能识破堂吉诃德的自欺欺人，巧妙地躲过三千三百多皮鞭的鞭打，他做"总督"时把问题剖析得清清楚楚，决断得公正不阿，执法如山，过去那种当官发财的欲望已经让位于革新政治的要求，俨然是一个贤明的政治家；当理发师受到堂吉诃德惊吓逃跑时，他"不失时机"地占有其财物；堂吉诃德将路上捡到的钱赏给他，他便喜笑颜开，"吻了堂吉诃德的双手谢赏"[①]；他把钱箱的每一个角落都搜遍，把鞍垫的"每一条缝都拆开，每一撮羊毛都理过，生怕忙中有错"，他找到一百多个金艾斯古多，感到"跟了这位好主人受到种种饥寒劳累，都不冤枉了"[②]；当他看到堂吉诃德煞费苦心地找失主，就很不乐意，希望"还是别白费力气，让我保留了那笔钱吧。原主将来自会出现，不用钻头觅缝地找。到那时候，大概钱也花光了"[③]。为了当上总督，他怂恿堂吉诃德抛弃心上人杜尔西内娅，改同"米戈米公娜公主"结婚；他听主人说不愿结婚时，非常生气，觉得太不像话了。

他对主人堂吉诃德总的来说是"忠心耿耿"的。每当堂吉诃德处于现实的危难关口，桑丘总是勇猛地冲上前去，丝毫也不怯懦胆小。如当一群牧羊人与堂吉诃德打架，并死死卡住堂吉诃德脖子时，桑丘勇敢地冲上前去，抓住牧羊人两肩，把他推倒在席面上，把对方踢得浑身青紫、满面流血；堂吉诃德释放囚犯时，幸亏桑丘的英勇善战，才及时砸碎了犯人枷锁，否则难以对付众多官兵。

[①] 塞万提斯：《塞万提斯全集（第六卷）堂吉诃德（上）》，杨绛译，人民文学出版社1996年版，第180页。
[②] 同上书，第183页。
[③] 同上书，第184页。

他幽默风趣,说话时大量使用成语和谚语,有时甚至滥用。

他也有不少弱点,如目光短浅、自私狭隘、贪图小利、好吃贪睡、胆小怕事等。他的游侠没有什么高尚的理想,也不为建立什么功勋,只是为了发一笔财,改变自己窘迫的生活;他经常骑在驴背上,"把褡裢袋里的东西取出来,慢慢儿跟在主人后面一边走一边吃,还频频抱起酒袋来喝酒,喝得津津有味,玛拉咖最享口福的酒馆主人见了都会羡慕"[1]。一看到财主卡麻丘婚宴上的山珍海味,桑丘口水直流,接过厨子送给他的鸡鸭,马上"狼吞虎咽",好像从未吃过东西似的;一旦酒足饭饱,他就倒头便睡,无论寒冬盛夏,也不管室内野外,睡得安安稳稳,又甜又香;堂吉诃德与众多的囚犯大战,他则躲在驴子后面,逃避袭击;当公爵在深更半夜弄出些妖魔鬼怪来戏弄他和堂吉诃德时,他很害怕;看到树林中点点鬼火和阴森惨厉的魔鬼号角,他"索索发抖",再加上可怕的炮声、枪声、呐喊声、车轮声,"吓破了胆,晕倒在公爵夫人的长裙边上"[2]。

但是,他本性善良,同情那些与他地位相仿而备受欺凌的人,在这一点上与堂吉诃德逐渐接近。他所重视的不是堂吉诃德游侠行为的本身,而是那种扫除人间不平的理想。随着故事的发展,他的正直、智慧和才干得到了充分的发挥,体现了劳动人民的优秀品德。他尽管在游侠过程中经常挨饿,可还是拿出面包、干酪送给无依无靠的牧童。当他看到一位老囚徒哭得很可怜时,忙"从怀里掏出一个当四的银瑞尔来周济他"[3]。他的同乡李果德要他一起回村,把埋藏的财宝挖出,并答应给他二百个金艾斯古多,他说:"我可以帮你干这件事,但是我一点不贪心……我不贪心,而且觉得帮助皇上的敌人就是叛逆,所以决不会跟你去。即使你不是答应我二百艾斯古多,而是当场给我四百,我也不去。"[4]他还引用俗语说:"保住应得之利,谈何容易;贪求非分之财,自己招灾。"[5]

他和堂吉诃德两人相互影响、互相感染,逐渐融为一个不可分割的整体。也许正因为如此,德国诗人海涅才曾认为堂吉诃德和桑丘合起来才是小说的真正主

---

[1] 塞万提斯:《塞万提斯全集(第六卷)堂吉诃德(上)》,杨绛译,人民文学出版社1996年版,第56页。
[2] 塞万提斯:《塞万提斯全集(第七卷)堂吉诃德(下)》,杨绛译,人民文学出版社1996年版,第253页。
[3] 塞万提斯:《塞万提斯全集(第六卷)堂吉诃德(上)》,杨绛译,人民文学出版社1996年版,第170页。
[4] 塞万提斯:《塞万提斯全集(第七卷)堂吉诃德(下)》,杨绛译,人民文学出版社1996年版,第388页。
[5] 同上书,第389页。

人公。

（三）主题

小说通过堂吉诃德主仆二人的游侠经历，讽刺和嘲笑了游侠骑士的荒谬行径，展示了16世纪末、17世纪初西班牙城镇乡村的时代风貌，描绘了当时社会政治、经济、宗教、道德、风俗等各方面的情况，揭露了封建政权、天主教会、王公贵族的黑暗腐败（如公爵夫妇，为了拿堂吉诃德主仆取乐，不惜花巨资制作奇装异服，组织仆人、奴隶，扮演成魔鬼、军队、落难的贵妇人等，捉弄堂吉诃德和桑丘）。小说揭示了广大人民备受剥削压迫的实情：桑丘·潘沙虽然十分勤劳能干，但仍不能使全家免受"忍饥挨饿"之灾；为了使心爱的儿子有钱上学、待嫁的女儿能置得起嫁妆，很讲实惠的桑匠才在堂吉诃德的"工钱"和"当总督"的诱惑下，出门冒险行侠；为了多赚几个钱，他不得不满足主人的"疯傻"，打自己三千三百多皮鞭——尽管他没有真打；牧羊的穷孩子安德瑞斯为了讨得工钱被主人打得皮开肉绽，九死一生，结果一文不得。小说表达了反对封建专制、向往自由幸福的人文主义思想；通过巴西琉和季德丽亚、卡迪纽和陆莘达等几对青年男女纯洁真挚的爱情故事，谴责了封建的婚姻制度和道德观念，歌颂了婚姻自主、男女平等、爱情自由忠贞的人文主义爱情观。

（四）艺术特色

第一，单线发展，大故事套小故事，使线索单纯而不单调，妙趣横生。

小说把人物放在一个个不同的情景之中，运用典型化的语言、行动以及反复、夸张的手法描写人物的荒唐行动，突出人物的性格特征和喜剧效果。同时，大胆地使用一些对立的艺术表现形式，如既描写平凡的生活琐事，又叙述奇特怪异的想象；既有朴实无华的生活场景，又有滑稽夸张的虚构情节；既有发人深思的悲剧因素，又有引人发笑的喜剧成分。

第二，以主要人物的游侠经历为线索，反映了当时广阔的社会生活。

小说虽然模拟骑士小说的写法，以堂吉诃德和桑丘的游侠经历为基本线索展开故事情节，但所写的人物和环境都有深刻的现实意义，是16世纪末、17世纪初西班牙社会生活的真实写照。小说随着主人公的足迹，描写了上至宫廷、堡垒，下至农舍、客店的极其丰富的社会生活，刻画了社会各个阶层的700多个人物，包括农民、牧羊人、市民、工匠、商人、理发师、僧侣、牧师、囚犯、强盗、店主、妓女、女佣、贵族、法官、总督、公爵、公爵夫人等形形色色的人物形象。

小说所描写的场面非常广阔，从贫苦的乡村到繁华杂乱的城镇，从荒野偏僻的小客店到豪华气派的公爵城堡，从平原到深山，从陆地到海岛，从大路到森林小径，一一写到。田地荒芜，百业凋零，社会满目疮痍，人民颠沛流离、生活在水深火热的痛苦之中，贪官污吏受贿、卖官鬻爵、荒淫腐朽，豪门穷奢极欲、纵情声色，统治者残酷暴虐。通过这些描写，揭露了西班牙王国的腐败黑暗以及表面强大而实际已经衰落的本质特征，表达了作者对平民百姓艰难处境的同情以及对贵族阶级腐败荒淫生活的愤慨，使读者对当时的西班牙有一个全面而深刻的认识。此外，小说通过堂吉诃德之口表达了作者对政治、经济、文化、道德、风俗等方面的看法。

第三，着重描写人物主观动机与客观后果之间的矛盾。

堂吉诃德是一个性格复杂的人物，在他身上，既有耽于幻想、脱离实际的骑士狂热，又有坚持正义、疾恶如仇、百折不挠的人文主义精神。大战风车和救囚犯这两个情节，突出反映了堂吉诃德的这种双重性格：高大旋转的明明是风车，但在他的眼中却幻化成巨人，他勇敢地冲上去搏斗，被摔得遍体鳞伤还执迷不悟，依旧自行其是——这些突出了他的"疯"。但是，他之所以要和风车作战，是因为风车在他眼中是危害人类的巨人，而为人类除害，正是他为自己规定的责任。同时，他之所以要释放苦役犯，是因为他认为"人是天生自由的，把自由的人当作奴隶未免残酷"[①]。他要为人类的自由平等而斗争。而且，当堂吉诃德一旦认定这是自己所追求的理想时，为了理想他又表现得是那样地执着、勇敢和奋不顾身——这便使他成为一个为理想而奋斗的勇敢的战士。这两个情节充分展示了堂吉诃德可笑又可悲、可乐又可敬的性格特征。

---

① 塞万提斯：《塞万提斯全集（第六卷）堂吉诃德（上）》，杨绛译，人民文学出版社1996年版，第174页。

第四，戏拟骑士小说。

戏拟（parody）是一种滑稽性的模仿，即将既成的、传统的东西打碎加以重新组合，赋予新的内涵。

小说戏拟了骑士小说的题材。小说写堂吉诃德饱读骑士小说之后，"走火入魔"，失去理性，决心去做个游侠骑士。他披上盔甲，拿起武器，骑马漫游世界各地，"把书上那些游侠骑士的行事一一照办"[1]，建立一些配得上他那位"美人"的功绩。

同时，小说戏拟了骑士小说的叙述方式和文体。比如堂吉诃德第一次出门游侠时得意满怀，一边走一边自言自语地说，要是他的伟大业绩传闻于世，一定会有写骑士小说的"大手笔"来记述他第一次"出马"的情形，那开头肯定应该是这样的："金红色的太阳神刚把他美丽的金发撒上广阔的地面，毛羽灿烂的小鸟刚掉弄着丫叉的舌头，啼声宛转，迎接玫瑰色的黎明女神；她呀，离开了醋罐子丈夫的软床，正在拉·曼却地平线上的一个个门口、一个个阳台上和世人相见；这时候，著名的骑士堂吉诃德·台·拉·曼却已经抛开懒人的鸭绒被褥，骑上他的名马驽骍难得，走上古老的、举世闻名的蒙帖艾尔郊原。"[2]

小说中还有骑士小说家们献给骑士的一些无聊的十四行诗和献词，堂吉诃德受封骑士时的可笑情景，以及他模仿小说中的骑士向妇女们献殷勤的繁缛礼节，每到生命攸关当口骑士们便向情人们念念有词地祷告的荒诞场面等，这些都是戏拟。

第五，语言具有鲜明独特的风格。

小说语言生动而富有表现力，有时庄重，有时诙谐，有时含蓄，有时明快。

小说采用了西班牙人民的口语形式，语言具有浓郁的民族风格，与它所要表现的内容和谐一体。

小说中各种人物的语言都有其独特的表达方式。如堂吉诃德学识广博，喜欢思考，爱发议论，谈吐比较斯文，语言规范，用词比较准确；桑丘是个普通农民，语言朴素自然，喜欢用一连串的民谚表达自己的看法，但有时候用得并不恰

---

[1] 塞万提斯：《塞万提斯全集（第六卷）堂吉诃德（上）》，杨绛译，人民文学出版社1996年版，第13页。
[2] 同上书，第17页。

当,用词也不准确;公爵夫妇的语言礼貌得体,女佣的语言粗浅啰唆,都与其身份相吻合。

小说大量使用了谚语或成语、俗语和歌谣。小说使用的谚语至少有250条,其中绝大部分集中在桑丘身上。他一张口就是谚语,就是他老婆和女儿也是谚语不离口,无怪乎神父说:"我看桑丘一家人天生都是满肚子成语(即谚语——引者注),开出口来,没一句不带成语。"[1]除了谚语之外,小说还使用了"人人都传诵,满街儿童都会唱"的歌谣,不仅使小说增添了诗的气氛,而且使小说通俗易懂,更容易被广大人民群众所接受。小说对民间语言的加工和提炼,不仅使小说充满了机智和幽默,感情自然,文笔生动流畅,具有浓厚的民族特色,而且为纯洁和发展西班牙语言做出了重要的贡献。

第六,具有现实主义的特色。

小说的情节不是旧骑士小说中因袭的荒诞的骑士传奇,而是现实中一个"书呆子"做"骑士梦"的故事;它所着力描绘的人物,不是神话中的形象,也不是王公贵族之流,而是社会下层的小绅士和劳动人民,因而增强了小说表现社会的功能及其表现的力度,从而具有现实主义的特色。

第七,采用对比手法。

堂吉诃德和桑丘主仆二人的形象,自始至终相互衬托,相互补充,形成了鲜明的对比。一个重理想一个讲实际,一个耽于幻想一个冷静理智,一个讲究献身一个着重实利;堂吉诃德的语言是当时西班牙官方社会的工整语式,而桑丘的语言则是朴素的、大众的劳动人民语言;两人一瘦一胖,一高一矮,一疯一傻,一智一愚,都造成强烈对比,甚至连堂吉诃德的瘦马和桑丘的灰驴也表现出主仆之间鲜明的阶层对比。

---

[1] 塞万提斯:《塞万提斯全集(第七卷)堂吉诃德(下)》,杨绛译,人民文学出版社1996年版,第361页。

第六章
《哈姆莱特》

一、作者简介

威廉·莎士比亚（1564—1616）于1564年4月23日生于英国中部艾汶河畔斯特拉福镇的一个富裕的市民家庭。其父约翰·莎士比亚从事皮革手套的制作和销售，于1565年被推举为镇参议员，后又于1568年当选为镇长。莎士比亚可能曾在当地"文法学校"学习过拉丁文和古典文学；由于家境日衰，大约14岁时辍学回家。1582年，莎士比亚与邻乡一个富裕自耕农的女儿安妮·海瑟薇结婚，之后，3个小孩先后出世，生活负担加重，于是，莎士比亚离开故乡，只身奔赴伦敦。据说到伦敦后，他曾当过戏院马厩里的看马人、剧场里的清洁夫、舞台后的提词人和舞台上的临时演员等。1590年，莎士比亚开始戏剧创作，并在剧坛逐渐崭露头角，从而引起了"大学才子"们的惊恐。为了取得贵族的资助、支持和保护，莎士比亚于1593和1594年，先后写了两首长诗（《维纳斯与阿多尼斯》《鲁克丽丝受辱记》）奉献给年轻的骚桑普顿伯爵。就在这期间，莎士比亚开始以演员的身份出入宫廷，先后参加"御前大臣"剧团和"王上供奉"剧团，并接连不断地入宫献演。随着演出和创作的成功，莎士比亚收入渐丰，便在故乡购置产业，并成为剧院股东。1596年,莎士比亚为其父亲申请获得了最低的贵族称号。1610年,莎士比亚回到故乡斯特拉福,但仍与剧团保持联系。至1612年,他一共创作了37个剧本、2首长诗和150首十四行诗。1616年4月23日莎士比亚去世。

关于莎士比亚的创作,按其思想和艺术发展的脉络,可分为三个时期:第一时期(1590—1600),历史剧、喜剧和诗歌创作时期;第二时期(1601—1607),悲剧和悲喜剧(又称阴暗喜剧)创作时期,亦为莎士比亚创作的高峰期;第三时期(1608—1612),传奇剧创作时期。

莎士比亚的剧作是其文学作品的主体,其中,历史剧共10部,主要源于霍尔编著的《兰开斯特与约克两大显贵家族的联合》和霍林希德编著的《英格兰与苏格兰编年史》,包括"两个四部曲"及另外两部独立的剧作:《亨利六世》(上、中、下三篇)和《理查三世》,《理查二世》《亨利四世》(上、下篇)和《亨利五世》,以及《约翰王》《亨利八世》;喜剧共10部,其共同风格是浪漫与抒情,所以被称为"浪漫喜剧"或"抒情喜剧",包括《错误的喜剧》《驯悍记》《爱的徒劳》《维洛那二绅士》《仲夏夜之梦》《威尼斯商人》《温莎的风流娘儿们》《无事生非》《皆大欢喜》《第十二夜》;悲剧共10部,包括《罗密欧与朱丽叶》《奥赛罗》《安东尼与克莉奥佩特拉》《泰特斯·安德洛尼克斯》《哈姆莱特》《科利奥兰纳斯》《裘力斯·凯撒》《李尔王》《麦克白》《雅典的泰门》,其中,《哈姆莱特》《奥瑟罗》《李尔王》和《麦克白》被公认为莎士比亚的"四大悲剧";悲喜剧(又称"阴暗喜剧"),共3部,包括《特洛伊罗斯与克瑞西达》《终成眷属》和《一报还一报》;传奇剧共4部,包括《泰尔亲王佩里克里斯》《辛白林》《冬天的故事》和《暴风雨》。

二、《哈姆莱特》

《哈姆莱特》是莎士比亚悲剧创作中最著名的作品,被许多莎评家视为莎士比亚全部创作乃至英国文艺复兴时期文学创作的顶峰。该剧可能取材于12世纪末丹麦编年史家萨克索·格兰玛狄克的《丹麦史》,原是一个典型的中世纪宫廷复仇故事。1576年,法国作家贝尔福雷的《悲剧故事集》中首次收有此故事的改写本。1594年英国还上演过关于哈姆莱特的戏剧。这个剧本已经失传,据一些学者推测,那是莎士比亚的先驱者托马斯·基德的作品。莎士比亚以这个剧本作为自己创作的蓝本。

(一)内容梗概

丹麦王子哈姆莱特在德国威登堡大学上学的时候,国内发生了意外事故:父亲暴死,叔父克劳狄斯占据了王位,母亲乔特鲁德在父亲死后两个月改嫁克劳狄斯;同时,挪威王子福丁布拉斯乘机发兵,想报杀父之仇,并夺回被割让给丹麦的土地。哈姆莱特应召回国参加克劳狄斯的加冕礼和婚礼。因为哈姆莱特总是把父亲当作偶像来崇拜,所以,最令他难受的倒还不是没能继承照理来说应由他继承的王位,而是母亲很快就忘记了她和他父亲的恩爱。在哈姆莱特看来,这桩婚事十分不正当,用"乱伦"两个字来形容是再恰当也不过了。悲痛和郁闷使年轻的哈姆莱特昔日惯有的快乐荡然无存。克劳狄斯和乔特鲁德想尽办法想让哈姆莱特快活起来,但哈姆莱特总是穿着黑色的丧服来表示他对其父亲的哀悼,甚至在新王举行结婚大礼的那一天仍旧身着丧服。虽然克劳狄斯宣称哈姆莱特的父亲是被一条蛇咬死的,但哈姆莱特认定克劳狄斯就是那条蛇,而且猜测乔特鲁德也有可能参与了谋杀。这些怀疑和猜测困扰着哈姆莱特,直到有一天他听说了鬼魂的事,整个宫廷阴谋才开始显露出轮廓。

哈姆莱特的好友霍拉旭和宫廷警卫马西勒斯曾在夜半看见过一个鬼魂,长得和哈姆莱特的父亲一样,乌黑的胡子略带些银色,穿着一套大家都很熟悉的甲胄,悲哀而且愤怒地走过城堡的高台。一到子夜他就来,哨兵对他讲话,他好像作出要说话的样子,但这时鸡鸣天亮了,他便消失了。当霍拉旭向哈姆莱特讲起此事时,哈姆莱特立刻相信了。他断定这是父亲的鬼魂,认为鬼魂这样出现一定不会是无缘无故的,说不定有什么冤屈的事要对人讲;尽管鬼魂一直没开口,但他认为鬼魂会对他说的;于是,他决定当天晚上和哨兵一起去守夜,以便见见那鬼魂。他见那鬼魂果然和霍拉旭等描述的一样。起初,他又惊奇又害怕,还祈求天神保佑他们,因为他不知道鬼魂是善是恶,更不知道它带来的是祸是福。可渐渐地,他觉得鬼魂并没有什么恶意,只是悲哀地望着他,好像很想跟他说话。于是，他便胆子大了起来，走向前去，望着与父亲无甚区别的鬼魂，情不自禁地喊道："君王，父亲！"他恳求鬼魂说说，为什么不好好地安息在坟墓里，却要离开那里出现在月光底下的高台上，怎样才能平息它不安的灵魂。鬼魂示意哈姆莱特跟它到人少僻静的地方去。霍拉旭等竭力劝阻哈姆莱特不要跟鬼魂去，生怕鬼魂露出狰狞的面目吓坏哈姆莱特。但哈姆莱特早就盘算着揭开父亲暴毙的秘密，怎肯放弃这样的机会？所以，他不顾霍拉旭等的阻止，跟着鬼魂走了。

在四处无人的地方，鬼魂打破了沉默，说他正是哈姆莱特父亲的鬼魂，他是被克劳狄斯害死的。当他照老习惯午后在花园里熟睡的时候，克劳狄斯偷偷溜进花园，把毒草汁灌进他的耳朵和眼睛里。那致命的毒草汁像水银一样流进了他全身的血管里，烧干了血液，并使皮肤到处长起硬壳似的疮。之后，克劳狄斯夺去其生命，篡夺其王位，霸占其妻子。鬼魂对哈姆莱特说，要是他确实崇拜和挚爱他父亲的话，就一定要向凶手复仇。鬼魂又喟叹说没想到恩爱多年的妻子居然如此寡廉鲜耻，轻易地就投入谋杀她丈夫的凶手的怀抱。但鬼魂又嘱咐哈姆莱特在复仇时千万不可伤害到他的母亲，要让上帝去裁决她，让她不安的良心时时刺痛就够了。哈姆莱特含泪听完了鬼魂的诉说，答应一切都将按鬼魂的吩咐去办，鬼魂这才放心地消逝了。

哈姆莱特立誓要把他所记得的所有事情，包括他从书本及阅历里学到的东西统统忘掉，只剩下鬼魂告诉他的话和要他做的事来支配他的脑子和身体。哈姆莱特把鬼魂之事告诉了霍拉旭和马西勒斯两人，并让两人发誓不说出去。他吩咐马西勒斯等对那晚上所看到的一切都要绝对地保守秘密。

在得知这个宫廷阴谋之前，精神的痛苦已使哈姆莱特的身体虚弱、精神颓唐，鬼魂揭开的秘密又在其心灵上增加了极其沉重的负担。哈姆莱特担心会引起克劳狄斯的注意，以为他知道了许多内情而要对付他，便存起戒心来。于是，他做出了一个决定：装疯——这样一来，克劳狄斯可能就不会认为他有什么图谋，也不会有什么猜忌了。而且，假装发疯不但可以巧妙地掩盖他内心中真实的不安，而且可以给他机会以冷眼窥视克劳狄斯的一举一动。自此，哈姆莱特在言语、服饰及各种行动上都装得疯疯怪诞。他装疯十分肖似，以致克劳狄斯和乔特鲁德都被他哄骗了过去。他们压根儿不知道鬼魂揭秘之事，所以，认为哈姆莱特的发疯除悲悼他父亲的逝世外，一定还有爱情的折磨，克劳狄斯和乔特鲁德甚至自作聪明地以为哈姆莱特是爱上了一位姑娘。

原来，在所有的变故发生之前，哈姆莱特确实爱上了一个叫做奥菲利娅的美丽姑娘，她是御前大臣波洛涅斯的女儿。哈姆莱特曾给她写过情书、送过礼物，有过许多热辣辣的爱情表白，正大光明地向这位纯洁美丽的少女求过爱，她也相信哈姆莱特所有的海誓山盟都是真挚的。自从定下装疯的计策后，哈姆莱特就故意显出一副对奥菲利娅非常冷酷无情的样子。但奥菲利娅并没有怎样怪他，只是觉得他的冷漠绝非他的本意，而完完全全是因为他的疯病。她认为哈姆莱特以前的高贵和睿智仿佛是一串美妙的铃铛能奏出非常动听的音乐，可是现在悲痛和忧郁损毁了他的心灵和理智，所以，铃铛只能发出一片刺耳的怪响。尽管哈姆莱特的复仇充斥了血腥味道，与求爱的罗曼蒂克很不相称；同时，在他看来，爱情这种悠闲的感情和他的责任也是格格不入的。可是，他有时仍情不自禁地思念起奥菲利娅。有一次，哈姆莱特突然觉得自己的冷酷没道理，便写了一封满篇狂热夸张辞藻的信给奥菲利娅，里面写道："你可以疑心星星是火把；/你可以疑心太阳会移转；/你可以疑心真理是谎话；/可是我的爱永没有改变。"①这狂躁的表现很符合他的疯癫的外表，但字里行间倒也不免稍稍露出一些儿柔情，好让这位好姑娘不能不承认他在心里仍然是深爱着她的。奥菲利娅把这封信拿给克劳狄斯看，于是，克劳狄斯和乔特鲁德便自以为知道了是什么才使聪明的哈姆莱特发疯的。乔特鲁德倒真心希望哈姆莱特是为了奥菲利娅的美貌才发起疯来的——如果真是那样，那么，奥菲利娅的温柔是可以让哈姆莱特恢复到原样的。

哈姆莱特的脑海里旦旦夕夕想的都是父亲的鬼魂，都是为父亲复仇的神圣命令。每天每时的拖宕在他看来都是罪恶的，都会破坏命令的神圣。但克劳狄斯整天有卫兵保护，且总是和乔特鲁德在一起，想要杀克劳狄斯是不容易的。另外，篡位者恰好是母亲现在的丈夫，这使他分外痛心，要真动起手来就更犹豫不决了。再说，他本来也认为把一个同类活活杀死，是讨厌而且可怕的。他长时期的忧郁和颓唐也使他摇摆不定、无所适从，所以，一直没能采取果断的行动。此外，他听说魔鬼是摇身百变的，或许它变成了他父亲的样子来叫他去杀人也未

---

① 莎士比亚：《莎士比亚全集（五）》，朱生豪等译，人民文学出版社 1994 年版，第 320 页。

可知。于是，他决定不能单凭幻象或鬼魂的指使去行事，一定要有真实的根据才行。

正当哈姆莱特犹豫不决的时候，宫里来了个戏班子。哈姆莱特以前很喜欢看他们演的戏，特别是其中一个演员表演特洛亚老王普里阿摩斯的被杀和赫卡柏的悲痛这样一段悲剧的台词，常令哈姆莱特感动不已。哈姆莱特亲自去向戏班子表示欢迎，说过去听了那段台词是多么地难以忘怀，并要求那个演员再表演一次。那个演员果然又活灵活现地演了一遍，演普里阿摩斯如何被人残忍地谋害，城池和百姓如何遭灾，赫卡柏如何像疯子一样地光着脚在宫里跑来跑去，本该戴王冠的头上蒙了一块破布，本该披着王袍的腰里却裹了一条毯子。这场戏演得非常逼真生动，观看的人也都以为他们看到的是真的事情而感动得流下了眼泪。哈姆莱特心里有些别扭：那个演员仅仅说了一段编造的台词，他便动起情来，为千年前的赫卡柏流下了同情的泪；可是，一个真正的国王，一个慈爱的父亲给谋杀了，他居然无动于衷，好像他已经忘了要复仇似的。他不由得自责。不过，这件事还是给了哈姆莱特一个启发：一出演得逼真的戏对观众的影响是巨大的，有些奸诈的凶手往往会在观看表演时由于场面和情节的相似而良心发现，当场招供自己所犯的罪行。那么，克劳狄斯是否也会这样呢？

于是，哈姆莱特决定叫这个戏班子在克劳狄斯面前表演鬼魂所说的谋杀场面，然后仔细观察克劳狄斯的神情反应，看他究竟是不是凶手。

哈姆莱特安排他们上演《贡扎古之死》，剧情是发生在维也纳的一件谋杀公爵的案件：公爵叫贡扎古，他的妻子叫白普蒂丝姐，贡扎古的侄子琉西安纳斯为了霸占贡扎古的家产在花园里毒死了贡扎古，并骗取了白普蒂丝姐的委身。但他让戏班子在演出时加了几段情节，并把戏名改成《捕鼠机》。

克劳狄斯和乔特鲁德及大臣都应邀前去看戏。克劳狄斯坐下来看戏时，哈姆莱特便坐在他旁边，好仔细地察看他的神情。那出戏的开头便是贡扎古和白普蒂丝姐的谈话：白普蒂丝姐再三向贡扎古表白她至死不渝的爱，说假如他先死了她决不会再嫁，如果哪一天她再嫁了便会招致报应；她还说是除了那些谋杀亲夫的毒妇，没有哪个女人会再嫁的。克劳狄斯和乔特鲁德在听到这段话时脸色顿时变了。而当剧情发展到琉西安纳斯把毒药灌进在花园里熟睡的贡扎古的耳里时，克劳狄斯再也看不下去了，装作身体不舒服的样子，忽然大喊点起火炬回宫，随即匆匆离开了剧场。由此，哈姆莱特断定鬼魂说的全是实话，绝非是他的幻觉。在这个一直困扰着他的疑问豁然得到了解答后，哈姆莱特感到很畅快，对霍拉旭说如今他的的确确知道他的父亲是被克劳狄斯谋害的。

  正当哈姆莱特盘算着该如何去报仇时，乔特鲁德派人叫他去后宫谈话。乔特鲁德是奉克劳狄斯之命去叫他的，克劳狄斯让乔特鲁德向哈姆莱特表明，他俩都很不高兴他刚才的举止（安排戏剧表演）。克劳狄斯担心出自母亲的天性，乔特鲁德会偏袒儿子，可能会隐匿一些他很想知道的话，所以就盼咐波洛涅斯躲在乔特鲁德内宫的帷幕后面。哈姆莱特在去见母亲的途中，窥见了克劳狄斯正在祈祷，本可趁机杀了他，但因怕在他祈祷时杀了他会使他的灵魂升上天堂，便没有下手。哈姆莱特到达后宫后，乔特鲁德先是很温婉地责备了他的举止行为，说他已经开罪于他的"父亲"克劳狄斯了。哈姆莱特在听到其母亲把"父亲"的称呼用在克劳狄斯身上时非常吃惊和生气，毫不客气地冲着乔特鲁德说："母亲，您已经大大得罪了我的父亲啦。"①乔特鲁德涨红着脸说他在胡说。哈姆莱特否认自己在胡说。乔特鲁德恼怒地说："你忘记我了吗？"哈姆莱特一声冷笑，"不，凭着十字架起誓，我没有忘记你；你是王后，你的丈夫的兄弟的妻子，你又是我的母亲——但愿你不是！"乔特鲁德勃然大怒："那么我要去叫那些会说话的人来跟你谈谈了。"②她的意思是要去找克劳狄斯或波洛涅斯。哈姆莱特想让乔特鲁德意识到自己的堕落，便抓住她的手腕不让她走，按住她让她坐下来。哈姆莱特的这种强横态度叫乔特鲁德十分害怕，担心他会疯狂地做出伤害她的事来，便大声嚷了起来。此时躲在帷幕后面的波洛涅斯惊恐万状地大喊道："救命！救命！救命！"③哈姆莱特以为是克劳狄斯藏在那里，便拔出佩剑向幕布后刺去。喊叫声戛然而止，哈姆莱特以为克劳狄斯一定死了。当他把尸体拖出来一看，却发现是波洛涅斯。乔特鲁德大声嚷着："你干了什么事啦？""多么鲁莽残酷的行为！"哈姆莱特回答说："残酷的行为！好妈妈，简直就跟杀了一

---

① 莎士比亚：《莎士比亚全集（五）》，朱生豪等译，人民文学出版社1994年版，第364页。
② 同上书，第365页。
③ 同上。

个国王再去嫁给他的兄弟一样坏。"①哈姆莱特想打开天窗说亮话，所以，就坦白地说：他认为对于父母的过错，做儿女的应尽量宽容；但这种过错如严重到一定的地步，那么连儿子也是可以严厉地责备母亲的。他责备乔特鲁德不该很快就忘记先王而投入凶手的怀抱，不该轻易就忘记对先王的誓言；如果这样的话，那足以让人怀疑女人的一切誓言，一切所谓的美德也会变得虚伪，婚约还比不上赌徒的诺言，宗教也只是玩笑的空话。他同时指出乔特鲁德的行为上愧于天下愧于地。为了让乔特鲁德更好地悔悟，哈姆莱特拿出两幅肖像，一幅是先王，一幅是新王。正当哈姆莱特问乔特鲁德怎么还能跟那个谋害了先王、窃取王位的凶手继续生活下去时，他父亲的鬼魂出现了，但只有哈姆莱特一个人能够看到。无论哈姆莱特怎么指出鬼魂所站的地方，乔特鲁德都不能看见。她很害怕地看着哈姆莱特对着空中说话，以为哈姆莱特仍旧在发疯。哈姆莱特问鬼魂来干什么，鬼魂说他是来提醒哈姆莱特不要忘记替他报仇的诺言的。鬼魂又对他说要去和他母亲说话，以免她因悲伤和恐惧而死掉。鬼魂走后，哈姆莱特恳求乔特鲁德不要以为是他疯了而把鬼魂引到人间的，真正使鬼魂出现的原因恰恰是她自己的罪过。他恳求乔特鲁德对上帝承认过去的罪孽，离开克劳狄斯；要是乔特鲁德以真正的母亲的样子来对待他，那他也会以真正的儿子的态度来祈求上苍保佑她。乔特鲁德终于被感动了，答应照他说的去做。

与乔特鲁德的谈话结束后，哈姆莱特的心情平静了一些。他看到不幸被他莽撞地杀死的波洛涅斯的尸体时，伤心地哭了，因为这是他心爱的姑娘奥菲利娅的父亲。波洛涅斯的死给了克劳狄斯对付哈姆莱特的借口。克劳狄斯本意是要把哈姆莱特杀死的，但怕拥戴哈姆莱特的百姓不答应，也怕遭到爱儿子的乔特鲁德的阻挠，所以决定把哈姆莱特驱逐出境。

克劳狄斯让罗森克兰兹、吉尔登斯吞两个大臣陪同哈姆莱特坐船去英国，以避免所谓的处分。当时的英国是向北欧强国丹麦纳贡的属国，克劳狄斯给英国朝廷写了封信，编造了一些理由，要他们把哈姆莱特处死。哈姆莱特认为劳狄斯在暗中搞鬼，于是在夜里偷偷从罗森克兰兹、吉尔登斯吞处拿到那封信，巧妙地把自己的名字擦掉，而换上罗森克兰兹、吉尔登斯吞的名字。不久，船受到海盗

---

① 莎士比亚：《莎士比亚全集·（五）》，朱生豪等译，人民文学出版社1994年版，第365页。

的袭击，哈姆莱特持剑杀上敌船，他自己的船却怯懦地溜之大吉。罗森克兰兹、吉尔登斯吞把他丢下，带着被哈姆莱特改过的信件急急忙忙跑到英国，后被英国处死。海盗俘虏了哈姆莱特，在得知其身份后对他十分客气，并在不久后就把他放了，希望他在朝中替他们说些好话。

在返回王城后，哈姆莱特碰上了奥菲利娅的葬礼。原来，在波洛涅斯死后，奥菲利娅受了很大刺激，精神也变得不正常起来，因为她没想到自己的父亲居然惨死在自己所爱恋的人的手里。她到处疯疯癫癫地跑，把一束束鲜花撒给宫里的女人们，说是在给她父亲举行葬礼；还时常唱一些爱情和死亡的歌儿，仿佛把以前发生的事情全都给忘记了。她喜欢痴痴地坐在一条小河边，那条小河的边上斜斜地长着柳树，叶子倒映在水面上。有一天，她趁人不备偷偷溜了出来，来到小河旁，用毛茛、荨麻、雏菊和长颈兰编结了一只小小的花环，然后，爬上一棵柳树，想把花环挂到伸向河中的柳条上。可是树枝一下折断了，奥菲利娅便带着她编的花环掉进了水里。她靠柔软的衣衫托着在水里浮了一阵，还断断续续哼唱几句不知是什么的曲儿，仿佛一点儿也没在意自己遭受的灭顶之灾，也仿佛她本来就是生活在水里的精灵一样。可是没多久，她的衣服就给河水浸泡得沉重了起来，她还没来得及唱完那支婉转的歌儿，就沉入水里。

当哈姆莱特回到王城时，奥菲利娅的哥哥、从法国回来的雷欧提斯正在为奥菲利娅举行葬礼，克劳狄斯、乔特鲁德和所有重要的朝臣都到了。一开始，哈姆莱特不知道他们在举行什么丧葬仪式，只是默默地站在一旁，不想去惊动大家。他看见他们按照处女葬礼的规矩，在奥菲利娅坟上洒满了芬芳的鲜花——花是由乔特鲁德亲自撒的；接着，雷欧提斯又喃喃地说，希望奥菲利娅的坟头上长出紫罗兰来，然后，又发疯似的跳进了奥菲利娅的坟坑，悲恸得死去活来，并且吩咐侍从拿土来堆在他身上，把他和奥菲利娅埋葬在一起。

看着这一切，哈姆莱特明白了葬礼是奥菲利娅的。他对奥菲利娅的炽爱又从心头涌起，他不能容忍一个作为哥哥的人悲哀到这个程度，因为他觉得自己对奥菲利娅的爱远远比四万个哥哥的爱加起来还要深；所以，他比雷欧提斯更为疯狂地跳进了奥菲利娅的坟坑。雷欧提斯认出哈姆莱特后就冲上前去，死命地掐住哈姆莱特的脖子，众侍卫赶紧上前才把他们拉开。葬礼之后，哈姆莱特向大家道歉说，他刚才的举止太鲁莽了；他解释说他不能容忍有谁为了奥菲利娅的死而显得比他哈姆莱特更悲伤。这样一来，两个青年似乎暂时讲和了。

可克劳狄斯不想放过哈姆莱特，于是利用雷欧提斯因父亲、妹妹之死而产生的内心愤懑，设奸计来谋害哈姆莱特，唆使雷欧提斯向哈姆莱特提出貌似友好的比剑挑战。哈姆莱特毫不犹豫地接受了这个看上去并无恶意的挑战，并且约定了比赛的日子。比剑的那天，宫中所有重要人物都在场，因为大家都知道哈姆莱特和雷欧提斯两人都精擅剑术，所以朝臣们都各自为两位"剑客"下了为数不小的赌注。照一般的规矩，这种友好的比剑应该用圆头不开刃的钝剑，但克劳狄斯却操纵了被仇恨所支配的雷欧提斯，让他使用一把涂了致命毒药的开刃尖头剑。所以，当哈姆莱特挑了一把钝剑时，他已坠入克劳狄斯的奸计。他一点儿也没怀疑雷欧提斯有什么不良企图，也没有检查雷欧提斯的剑。

比剑开始前，哈姆莱特向雷欧提斯道歉，作为自己误杀其父的一点补偿。雷欧提斯接受了他的道歉。比剑开始时，雷欧提斯心存犹豫，认为自己不能用剑刺哈姆莱特，于是，前两回合都让哈姆莱特胜利了；此时，克劳狄斯故意称赞哈姆莱特的胜利，大声喝着彩，频频为哈姆莱特的胜利干杯，还下了很大的赌注，赌并不占多少上风的哈姆莱特一定能赢。哈姆莱特因此向雷欧提斯挑衅，要求他使出全力。雷欧提斯心中微弱的复仇心又一次被点燃，在第三回合中，刺伤了哈姆莱特。在激烈比赛中，双方夺去了对方的剑，之后，哈姆莱特又在雷欧提斯身上留下了血痕，雷欧提斯因此倒地。

在这紧张的时刻，乔特鲁德惨叫了一声。原来，克劳狄斯特地给哈姆莱特准备了一杯有毒的酒，以便哈姆莱特比剑时喝下，从而毒死他。这是一条毒计——即便雷欧提斯的毒剑没能刺死哈姆莱特，那杯下了烈性毒药的酒也足以要哈姆莱特的命。但克劳狄斯事先没有告诉乔特鲁德，所以，当乔特鲁德喝下那杯酒而倒地时，克劳狄斯却说乔特鲁德是因为看到激烈的比赛而晕倒。

哈姆莱特顿时意识到这又是一个谋杀阴谋，便喝令卫士把门关起来，谁也不准外出，要查出究竟是谁干的。这时，垂死的雷欧提斯良心发现，将事情告诉了哈姆莱特。他叫哈姆莱特不用查谁是凶手了，元凶是克劳狄斯，他自己也给克劳狄斯的奸计给害了；他请求哈姆莱特原谅他，告诉哈姆莱特说剑头上涂了毒药，哈姆莱特活不过半个小时了，什么灵丹妙药都已救不了他。说完这一切，雷欧提斯便死去了。

哈姆莱特眼看自己快要死了，就拼起残存的力量猛地向克劳狄斯扑去，将毒剑刺入了克劳狄斯的胸膛，当即杀死了这个谋害他全家的凶手。哈姆莱特实现了他向鬼魂的诺言，让这个卑污的凶手遭到了报应。奄奄一息的哈姆莱特用最后一口气要求目睹这场悲剧的霍拉旭一定要坚强地活下去，要把全部秘密公之于众。当霍拉旭含着眼泪答应他一定忠实地这样做时，哈姆莱特便与世长辞了。

正在这时，远征波兰的挪威王子福丁布拉斯到达宫殿，霍拉旭和其余人都流着泪祈祷天使保佑哈姆莱特的灵魂。大家都觉得，要是哈姆莱特没死的话，一定会成为一个最尊贵、最得人心、最仁慈、宽厚的丹麦国王。

（二）人物形象

哈姆莱特是文艺复兴时期人文主义者的典型形象。他的典型性格的形成与发展，大致经历了四个阶段。第一阶段是"快乐的王子"阶段——此时，他在威登堡大学上学，受人文主义思想的影响；他有崇高的理想，对人类、对世界都有新的看法；他目光敏锐，思考深刻，又有高度的社会责任感。第二阶段是"忧郁的王子"阶段——此时，哈姆莱特和以克劳狄斯为首的罪恶势力展开了隐蔽的斗争，理想与现实脱节，敌我力量悬殊，复仇的前途曲折，重整乾坤的负担过重，这一切使他忧心忡忡，心事郁结。第三阶段是"延宕的王子"阶段——此时，哈姆莱特像一个思想家那样思考了许多哲学问题，却找不到答案；他对现实的认识越深刻，内心越痛苦，以至于陷入深深的思想危机，造成了行动上的延宕。第四阶段是"行动的王子"阶段——此时，哈姆莱特接受了严酷的现实教育，深刻剖析了自己的弱点，决心采取有效的行动，最后与克劳狄斯同归于尽。

哈姆莱特最基本的精神特征是忧郁。

剧作的帷幕拉开时，他给人的第一印象便是忧郁。但忧郁不是哈姆莱特的天性，而是他的理想与现实的矛盾、理想破灭的一种精神状态，父死、叔夺权、母改嫁，使他的精神受到打击。叔叔的阴谋，大臣的奉承，使他看到了现实的罪恶。正是这种现实，使他对世界和人类失去了信心。重振乾坤的艰难，复仇计划的无法实现，使他从根本上对自己的理想、信念产生怀疑与动摇。他的精神出现危机，陷入了忧郁状态。

哈姆莱特最突出的行为特征是犹豫和延宕。

当鬼魂说出了事情的真相时，哈姆莱特在无比震惊中说道："这是一个颠倒混乱的时代，唉，倒楣的我却要负起重整乾坤的责任！"[①]这句台词是理解哈姆莱特的关键，它表明哈姆莱特是一位有先进理想的人文主义者，其责任不单纯是为父报仇，而是要"重整乾坤"，要按照人文主义理想改革社会，消灭世界上的一切罪恶。可见，在"做什么"的问题上，哈姆莱特是明确的，只是在"怎样做"的问题上感到茫然。哈姆莱特看到了一个伟大目标，并自觉地担负着实现这一目标的重任，又不知道如何去行动，这就是哈姆莱特犹豫的原因所在。

哈姆莱特在行为上的延宕主要表现在替父复仇上。关于哈姆莱特行为延宕的原因，各家解释不一。

歌德认为哈姆莱特之所以延宕，是因为他性格软弱，意志力不强，难以承担如此重大的复仇任务；柯尔律治认为哈姆莱特过分耽于思考；叔本华认为哈姆莱特的延宕行为与他的厌世主义相关；弗洛伊德及厄内斯特·琼斯则认为是恋母情结在作祟……这些说法虽然也能部分解释哈姆莱特的行为，但均不够全面、充分。其实，哈姆莱特延宕的真正原因在于哈姆莱特作为一个人文主义者自身固有的局限：他虽然自觉地担负着按照人文主义理想来重整乾坤的任务，但又不知道如何去完成这一任务，时时感到自己无力去承担这样的任务；他虽然看到了一个伟大的目标，但在这个伟大目标面前，想要行动而不知如何行动。

那么，哈姆莱特为什么不能完成重整乾坤的重任，最后只能与敌人同归于尽呢？

从客观方面来看，是由于反动势力过于强大。哈姆莱特是封建社会内部出现的少数先进人物的代表，他的理想是进步的，他与克劳狄斯为首的宫廷集团的斗争，反映了文艺复兴时期先进人物为实现美好理想与社会恶势力所进行的斗争。然而，在那新旧交替的时代，旧的封建势力虽已腐朽但仍然占统治地位，资本主义原始积累造成的社会罪恶与封建势力交织在一起，造成了这个时代阴暗、充

---

① 莎士比亚：《莎士比亚全集（五）》，朱生豪等译，人民文学出版社 1994 年版，第 311 页。

满问题的一面。在这样的时代中，恶势力当道，美丑颠倒，人文主义的理想是不可能实现的，先进人物的斗争也必然遭到厄运。这种萌芽的先进力量与强大的恶势力之间的矛盾，构成了悲剧性的冲突。所以，哈姆莱特的悲剧是一个时代的悲剧。

从主观方面来看，哈姆莱特所代表的人文主义思想本身具有局限性。人文主义思想的核心是资产阶级个人主义，人文主义者追求的是个性解放、个性自由。哈姆莱特的思想亦如此。当理想与现实发生矛盾时，他便陷入精神痛苦之中，这种精神痛苦的内容是比较复杂的，一方面是为现实中罪恶的严重、理想的不能实现而痛心，另一方面也是为个人所遭到的不公平、个人在精神上受到的打击而感到难以忍受。哈姆莱特的思想局限更突出地表现在他脱离群众、孤军奋战，只想依靠个人的力量来完成改造社会的巨大任务。他同情人民，不赞成等级森严的封建关系，但这又是一种自上而下的恩赐式的感情。他相信开明君主政治，反对人民群众的暴力行动，认为下层人民敢于起来犯上作乱是不正常的。当他想到社会必须重新整顿的时候，头脑中只想到由"我"，即他个人，来担负这个重任，而从来没有想到宫墙以外的广大人民群众才是改革现实的根本力量。其实，老百姓爱戴他这位王子，对他寄予了希望。克劳狄斯正是顾虑到这一点才未对他下毒手的。老百姓对于克劳狄斯的反动统治也早已不能容忍。雷欧提斯为了个人报私仇，竟然一下子就能鼓动起一场暴动。但是，哈姆莱特却始终只看到个人的力量。他心目中的个人力量也就是上帝赐给的智慧和理性。因此，当他面对强大的社会恶势力、脱离人民群众而孤军奋战时，他是不可能不失败的。此外，哈姆莱特身上还存在不少旧思想的重担，这也束缚了他的思想和行动。他受宗教影响，相信教会关于天堂、地狱等一套迷信思想；他还有明显的宿命论观点，直到斗争的最后阶段还相信冥冥之中有一种力量决定了人的生死胜负，因此在决斗中采取了听天由命的态度。这些旧思想往往使他在斗争中贻误时机，消极被动。这些都说明哈姆莱特身上具备着过渡时期的先进人物的特色：既有进步社会理想的一面，又有本身幼稚阶段不可避免的弱点，而且免不了旧思想的束缚。哈姆莱特的意义和价值在于提出了现实世界不合理、必须改革这样一个根本问题，而不在于解决这个问题；在于他能勇敢地揭露世界上存在的种种罪恶，而不在于他如何去消灭这些罪恶。

（三）主题

作品通过哈姆莱特与克劳狄斯的斗争，一方面反映了人文主义的理想同封建黑暗现实之间的矛盾以及时代的先进力量与强大的社会恶势力之间的斗争，揭露了封建贵族地主阶级与新兴资产阶级之间进行的你死我活的斗争，批判了反动王权与封建邪恶势力的罪恶行径；另一方面歌颂了人文主义的理想人物，鼓舞人民与反动统治作不妥协的斗争。

（四）艺术特色

第一，情节复杂且跌宕起伏。

剧作的情节主要包括如下内容：一个鬼魂——哈姆莱特父亲的魂灵；一场戏中戏——剧作中插入的《捕鼠记》；两个国家——丹麦与挪威；两个家庭——哈姆莱特家与波洛涅斯家；三种复仇——哈姆莱特为父亲被谋杀篡权复仇，雷欧提斯为被哈姆莱特无意中杀死的父亲波洛涅斯和精神失常并落水身亡的妹妹复仇，福丁布拉斯为其在战场上比武丧生的父亲复仇；三种疯狂——哈姆莱特的装疯、奥菲利娅的真疯与小丑的亦疯亦狂；三组婚恋关系——哈姆莱特的父亲和母亲的婚姻关系，克劳狄斯和哈姆莱特的母亲的婚姻关系，哈姆莱特和奥菲利娅的恋爱关系；四种对立——想象与现实对立，人与社会对立，人与人对立，人与自我对立；四组误杀情节——英国国王误杀丹麦国王派出的信使，哈姆莱特先后误杀波洛涅斯和雷欧提斯，克劳狄斯误杀王后；五种死亡——哈姆莱特的父亲被害而死，波洛涅斯与哈姆莱特的母亲因误而死，奥菲利亚因疯溺死，哈姆莱特与雷欧提斯等因复仇而死，克劳狄斯因弄权而死。

并行交叉的复杂情节，加上广阔的社会场景，从宫廷到民间，从国内到国外，从陆地到海上，从人的世界到鬼魂世界，从外表世界到内心世界，从现实世界到戏剧（戏中戏）世界，使得《哈姆莱特》波澜壮阔，万象环生，像一面硕大光明的镜子极丰富生动地展示了一幅幅宏伟壮丽的人生画面。在情节的发展过程中，哈姆莱特性格中的优点和弱点都在发生作用，不断变化，构成了人物行动的根源，同时也是人物性格演变和剧中戏剧动作的推动力。

第二，在内外两重的矛盾冲突以及矛盾冲突的发展过程中塑造有血有肉的艺术形象。

哈姆莱特与克劳狄斯的斗争构成了哈姆莱特的外部冲突，激烈的内心斗争构成了哈姆莱特性格的内部冲突，二者相辅相成，互相推进。但是，剧作描写得最深刻动人的不是外部世界，而是主人公的内心冲突——这一冲突鲜明地表现在哈姆莱特的忧郁情绪上，特别是表现在复仇问题上延宕蹉跎、贻误时机。哈姆莱特的犹豫不决，表现在行动上的迟缓和延宕，他始终没有做出决断。复仇与改革，他都一拖再拖。

第三，充分发挥独白和旁白的作用。

在剧情和人物性格发展的关键时刻，剧作都安排独白或旁白来表现主人公的思想矛盾，表现他的思考、他的认识、他的自责、他的怀疑。在剧作中，独白和旁白这两种传统的戏剧手法成为展示人物内心冲突和性格演变的重要手段。

第四，广泛运用对比手法。

人物如哈姆莱特与雷欧提斯、乔特鲁德与奥菲利娅、新老国王、哈姆莱特与奥菲利娅等，情节如毒药在不同地方发挥的作用、两种疯狂、戏里戏外等，都构成了对比。

第五，人物个性化。

剧作中的人物，无论是主要人物还是次要人物，都性格鲜明，具有个性化特征。

克劳狄斯既具有暴君的特征，又具有阴谋家的狡诈和阴险。他是一个笑面虎、两面派：一面做出关心哈姆莱特的样子，许诺把王位传给他，把他看作自己的儿子；一面派人侦察他的行动和思想，千方百计地借他人之刀来杀他。克劳狄斯当面说为了他的安全，要他到英国去，背后却派人捎去密信，让英王在他上岸时立刻杀掉他；此计不成，又利用雷欧提斯为父复仇的机会，用毒剑、毒酒置他于死地。最后，克劳狄斯自己也死于毒剑之下。另外，克劳狄斯也有做贼心虚的时候，他在夺取王位后，总是感到恐惧和不安；见到哈姆莱特穿一身丧服，脸上便布满了愁云，心神不安，饮酒作乐时，总要派人监视哈姆莱特，生怕哈姆莱特做出什么大事来。

奥菲利娅是一个天真柔顺的女子，喜爱读书，追求自己的恋爱婚姻自主，但又很脆弱；她没有处世的经验，在复杂阴险的环境中夭折。她不像莎士比亚笔下的其他女性：既不像《奥赛罗》中的苔丝狄蒙娜那样痴情，甘受冤枉，至死无悔；又不像《李尔王》中考狄利娅那样绝口不说半句阿谀的话；也不像《威尼斯商人》中的鲍西娅那样有谋略，参与法庭的斗争；更不像《麦克白》中麦克白夫人那样有野心、残忍。

第六，台词高度书面化，凝练而富于哲理，华丽夸饰。

剧作语言多样化，有双行一韵、一行五音步的庄重的旧体剧诗，有自由活泼的无韵诗，有轻快的民间歌谣、俚谚，有滑稽的散文对话。

"人类是一件多么了不得的杰作！多么高贵的理性！多么伟大的力量！多么优美的仪表！多么文雅的举动！在行为上多么像一个天使！在智慧上多么像一个天神！宇宙的精华！万物的灵长！"[1]

"他一定会让眼泪淹没了舞台，用可怖的字句震裂了听众的耳朵，使有罪的人发狂，使无罪的人惊骇，使愚昧无知的人惊惶失措，使所有的耳目迷乱了它们的功能。"[2]

"生存还是毁灭，这是一个值得考虑的问题；默然忍受命运的暴虐的毒箭，或是挺身反抗人世的无涯的苦难，通过斗争把它们扫清，这两种行为，哪一种更高贵？死了；睡着了；什么都完了；要是在这一种睡眠之中，我们心头的创痛，以及其他无数血肉之躯所不能避免的打击，都可以从此消失，那正是我们求之不得的结局。死了；睡着了；睡着了也许还会做梦；嗯，阻碍就在这儿：因为当我们摆脱了这一具朽腐的皮囊以后，在那死的睡眠里，究竟将要做些什么梦，那不能不使我们踌躇顾虑。"[3]

第七，反映广阔的社会生活。

《哈姆莱特》是时代的缩影。悲剧广泛而深刻地反映了16世纪、17世纪之交的社会生活，从宫廷到家庭，从军人到老百姓，从深闺到墓地，从剧场到比

---

[1] 莎士比亚：《莎士比亚全集（五）》，朱生豪等译，人民文学出版社1994年版，第327页。
[2] 同上书，第337页。
[3] 同上书，第341页。

武场，涉及面广，人物众多。构成了莎士比亚戏剧的典型环境，即"福斯塔夫式背景"。

第八，体现悲剧观念的变化。

古希腊悲剧是人与公理、命运和外在自然的矛盾构成中心冲突，《哈姆莱特》则是想象与现实、人与社会、人与人、人与自我的斗争构成中心冲突。

第七章
《伪君子》

一、作者简介

莫里哀（1622—1673），原名让-巴蒂斯特·波克兰，莫里哀是其艺名。他是法国17世纪古典主义戏剧家，也是世界上数一数二的喜剧家。莫里哀家族世代经商，其父于1631年成为王室内廷陈设商，领王室内廷供奉衔。1635年，莫里哀进贵族子弟学校克莱蒙中学读书。1638年，其父亲为他办理内廷供奉职务的世袭权。1640年，其父为他买得一纸奥尔良大学法学士学位及律师职务，同时，让他到巴黎大学攻读法律。1642年，他作为王家室内陈设商，陪同路易十三到过纳尔本。1643年，他不顾当时的偏见，决定从艺（得到父亲支持），与女演员玛德莱娜·贝雅尔和她的哥哥建立"光耀剧团"，上演流行的悲剧，但竞争不过布戈涅剧团和玛雷剧团。1644年，他开始使用艺名莫里哀。光耀剧团和受到埃佩尔农公爵保护的杜弗雷斯纳剧团联合，从1645年至1650年在阿让、图鲁兹、阿尔比、卡尔卡索纳、南特、纳尔本巡回演出。1650年夏天，杜弗雷斯纳剧团也归莫里哀领导。从1650年至1658年，剧团以里昂为活动中心，在朗格多克省演出，包括蒙彼利埃、纳尔本、亚维农、格勒诺布尔、佩兹纳等城市，曾受到孔蒂亲王的支持和保护。孔蒂亲王成为冉森派教徒后，不喜欢喜剧。1658年，莫里哀只得来到鲁昂，获得国王弟弟的保护。他于当年10月回到巴黎，并得到路易十四的赏识，从此站稳了脚跟。在此后14年间，莫里哀完成喜剧30部，讽刺矛头直指教会、贵族和资产者。

莫里哀的创作大致分四个阶段。

第一阶段：奠基时期（1645—1658）。12年多的外省生活给他提供了观察领域，他同城市和农村形形色色的各阶层人物广泛接触，了解到他们的生活、风俗习惯和可笑之处。同时，他作为剧团领导和剧本的唯一提供人，不得不研究其他剧团特别是意大利人剧团的剧目和演技。意大利人剧团上演的都是喜剧，莫里哀也谙识传统闹剧。在这样的基础上，莫里哀才有可能改造喜剧。此时，莫里哀的喜剧大多是滑稽剧与情节喜剧。《冒失鬼》（1655）和《情怨》（1656）演出大获成功。1658年，莫里哀率团返回巴黎，在卢浮宫路易十四御前演出闹剧《多情的医生》，并获得成功。此后，剧团被允许在小波旁剧场演出。

第二阶段：开创时期（1659—1663），也是古典主义喜剧的开创期，主要是社会风俗剧。为了站稳脚跟，莫里哀设法博得路易十四的青睐，以嘲笑迂腐的社会风气揭开了自己新创作的序幕。《可笑的女才子》（1659）抨击了封建贵族的矫揉造作、附庸风雅，也因此而被禁演；在艺术上，该剧力求遵守符合古典主义的"三一律"。五幕诗体剧《太太学堂》（1662）是莫里哀的第一部大型喜剧，提出了妇女地位、女子教育、家庭关系等一系列问题，批判了封建社会对女性的压迫、束缚及愚化教育，呼吁了爱情、婚姻的自由。主人公阿尔诺耳弗年老、富有，相信金钱万能，可以购买一切。他想有一个百依百顺的妻子，便用钱买来年轻的阿涅丝。他给她灌输贤妻良母的道德观念和摩西十诫的宗教思想，想把她培养成为奴隶式的妻子。但阿涅丝爱上了青年奥拉斯，并冲破了阿尔诺耳弗的严密提防，和奥拉斯结了婚。该剧具有明显的现实精神，标志着法国古典主义喜剧的形成，并开欧洲近代社会问题剧之先河。该剧的成功使莫里哀获得国王的1000利弗年金，也获得了池座观众和布瓦洛等有识之士的极高评价，但也招致攻讦。顽固保守的贵族和教会人士攻击《太太学堂》轻佻、下流、淫秽、亵渎宗教，而池座观众和布瓦洛等有识之士却评价极高。布瓦洛甚至热情赞扬莫里哀的艺术才能，称赞《太太学堂》在欢笑中说出真理，在滑稽的对话中包含深刻的教诲。为了回答敌人的恶意攻讦，莫里哀于1663年接连写了两部反批评的喜剧《〈太太学堂〉的批评》及《凡尔赛宫即兴》，给予那些"侯爵"、宗教教育卫道士有力的回击，同时阐明了自己的艺术主张。与《太太学堂》的题材相类似的作品还有不少，如《斯卡纳赖尔》（1660）、《丈夫学堂》（1661）、《逼婚》（1664）等。《太太学堂》因将主题升华到社会问题的高度，反响格外强烈。莫里哀此时的喜剧顺应了路易十四的喜庆、娱乐要求，同时又符合国王抑制大贵族和教会的政策，所以能得到路易十四的支持。

第三阶段：全盛时期（1664—1668），也是成熟期，莫里哀写出了一系列重要剧作。《太太学堂》的风波刚刚平息，一场更大的风暴又接踵而至——《伪君子》一剧引发了一场长达六年之久的斗争。

五幕散文剧《唐璜》（1665）借用传说中西班牙大贵人唐璜的形象，塑造了一个社会群体，揭露和批判了贵人们在高贵优雅、风流倜傥的外表下所掩藏着的自私、邪恶、荒淫无耻、腐朽堕落、横行霸道。这部戏只演出了十五场就被勒令停演。

《恨世者》（又译《愤世嫉俗》，1666）塑造了一个高尚正直因而在贵族社会显得滑稽可笑的愤世嫉俗者的典型，抨击了贵族社会的庸俗无聊、自私自利、吹牛拍马、口是心非、欺世盗名、争名逐利等恶劣风习。

五幕散文剧《悭吝人》（又译《悭吝鬼》《吝啬鬼》，1668）取材于普劳图斯的剧作《一罐黄金》，但有很大的发展。它成功地刻画了资产者贪婪吝啬、嗜钱如命的丑恶本质。主人公阿巴贡具有资本主义发展初期资产者的敛钱方式和活动特点，是欧洲文学史上著名的吝啬鬼形象，他的名字已经成为吝啬鬼的代名词。剧作通过细节的积累来塑造他的吝啬性格：他克扣其子女的花费，吞没他们所继承的其母亲的遗产；他嫁女儿看中的是男方不要嫁妆；他用8个人的饭菜招待10个人；他不肯负担儿女的结婚费用，还要亲家给他做一套礼服；自己常常饿着肚子上床，以致半夜饿得睡不着觉，便去马棚偷吃荞麦。吝啬使他丧失了一切尊严，给整个家庭造成不幸。作为高利贷者，他显得非常狠毒：他要2分5厘利息，还要用破烂实物来顶替一部分现款。当他处心积虑掩埋在花园里的钱被人取走后,他呼天抢地,痛不欲生。他还有第二种激情,这就是他爱上一个无钱的姑娘。这种奇怪的爱情披露了他内心的另一种占有欲和追求享乐的欲望。在普劳图斯的《一罐黄金》中,主人公向亲子之情让步,而阿巴贡则寸步不让,吝啬和占有欲成了他的绝对情欲。

第四阶段:晚期(1668—1673)。他似乎一直忙于应付路易十四的娱乐要求,为宫廷的喜庆活动写剧,但仍然写出了优秀的风俗喜剧。

五幕散文剧《贵人迷》(1670)嘲讽了醉心贵族的资产者。据说,路易十四因土耳其苏丹的使者傲慢无礼,吩咐莫里哀写作此剧加以讽刺。不过,莫里哀显然并没有把这一内容作为重点。他着眼于暴发户汝尔丹力图改变社会地位的心理,同时抨击了破落贵族变成骗子的社会现象。家财万贯的汝尔丹一心想挤进贵族行列,过上流社会的生活。他学贵族言谈举止、鞠躬行礼、音乐舞蹈、穿着打扮,一切以附庸风雅为本。太太极为反感,他反而洋洋自得。招摇撞骗的道琅特伯爵投其所好,以"贵人"身份向他借了一万五千法郎,并让他参观自己的"贵妇人"。女儿吕席耳爱上英俊的贫民青年克莱翁特,汝尔丹坚决反对。后来,克莱翁特的仆人化装成土耳其皇太子翻译官前来拜见汝尔丹,并赐汝尔丹爵位,汝尔丹马上同意"土耳其皇太子"的求婚,居然还受了土耳其"武士"的爵位。有情人终成眷属,喜剧在盛大的芭蕾舞中结束。该剧不仅针砭时弊,鲜明地刻画了社会风俗,还深刻地剖析了人性的弱点和误区。

三幕散文剧《司卡班的诡计》(1671)塑造了机智和逾越了等级观念的仆人形象。与同时代的那些题材单调、形式陈旧、情节荒诞离奇、仅为引观众发笑的喜剧有很大的不同。剧作用喜剧的传统形式创造了新的风格,使戏剧情节的搭配自然流畅,穿插组合十分得体。剧作中主人公司卡班原是意大利喜剧中的一个定型人物,胆小怕事,无所作为,剧作则改变了他的性格,把他刻画成一个爱打抱不平、置性命于度外、机智灵活、睚眦必报的艺术典型,虽是粗人却不是小丑,虽出身平民但不卑贱。本是"下等人"的司卡班成了光彩照人的正面人物。司卡班为帮助两对年轻的情人(少主人及其朋友与他们的恋人)摆脱烦恼,积极为他们出谋划策,并设下圈套捉弄两个顽固的家长。他不仅花言巧语地从两个吝啬的老爷手里各骗到一笔钱给两个少爷,使他们各自的婚事化险为夷,如愿以偿,而且还施行诡计将说过他坏话的老爷（老主人皆隆特）骗进麻袋后再将他痛打了一顿。布瓦洛批评莫里哀在这部剧本中作了"人民的朋友"。闹剧的形式获得了深化，喜剧场面富有独到的观察和现实精神。这部喜剧直接影响了博马舍的《费加罗的婚姻》。

《女博士》（又译《女学者》，1672）批判了学究气的风气。

《没病找病》（又译《无病呻吟》，1673）揭露了觊觎财产的心理。上演此剧时，莫里哀已经心力交瘁，但为了维持剧团的开支，他不得不继续担任主角。演出三场后，他觉得异常不适，对他的夫人和他的学生、演员巴隆说："我这辈子只要苦乐有份，就算是幸福了，不过今天，我觉得异常痛苦。"他们劝他等身体好了再登台演出，他反问道："这儿有五十个人靠每天的收入过活，我若不演，他们该怎么办？"2月17日，他不顾肺病在身坚持演出，勉强把第四场演完，夜里十时回到家里咳破血管而死。一直仇恨他的巴黎大主教借口他死前未做忏悔，不准他葬入教堂公墓，后经路易十四干预，才允许将他葬在公墓围墙外埋葬自杀者的地方。据说，莫里哀去世后，路易十四曾问布瓦洛：在他统治期间，谁在文学上为他带来最大的光荣？布瓦洛回答："陛下，是莫里哀。"虽然莫里哀直到去世都未成为法兰西学院的院士，但法兰西学院的大厅里却立有他的一尊石像，底座上的题词是："他的光荣什么也不少，我们的光荣却少了他。"[①]

二、《伪君子》

《伪君子》（又译《答丢夫或者骗子》），五幕诗体剧，是莫里哀最优秀的喜剧，也是莫里哀喜剧中最受欢迎的剧目。三百多年来，这部剧在世界各地常演常新，长盛不衰：17世纪上演约200场，18世纪上演900场，19世纪上演1100—1200场，是法兰西剧院上演场次最多的剧目。但是，当初《伪君子》为了取得上

[①] 参见莫里哀：《伪君子》，赵少侯译，人民文学出版社1955年版；莫里哀：《莫里哀喜剧选（中）》，赵少侯等译，人民文学出版社1959年版；莫里哀：《喜剧六种》，李健吾译，上海译文出版社1978年版；郑克鲁主编：《外国文学史（修订版）上》，高等教育出版社2006年版；朱维之、赵澧主编：《外国文学史（欧美部分）》，南开大学出版社1985年版等。

演的权利却经历了六年（1664—1669）的艰苦斗争。

此剧起先是一出三幕诗体剧，于1664年5月12日在凡尔赛的游园会上演出。巴黎大主教向国王路易十四控告此剧"否定宗教"，次日国王谕令停止公演，有个本堂神父甚至要求判处作者火刑。1664年8月，莫里哀给国王写了第一份陈情表，指出嘲讽伪善完全符合喜剧移风易俗的要求，要求国王主持正义，但未能奏效。莫里哀不肯善罢甘休——既然不允许他公演，那么他便到私人府第演出。同时，为取得公演权利，莫里哀对剧本作了精心的修改，将披黑袈裟的答丢夫改为穿世俗服装的答丢夫，把剧名改为《骗子》，对一切可能授人以柄的地方都作了删节或改动，并改成五幕剧。之后，剧作在1667年8月5日公演，但在公演的第二天便接到巴黎最高法院的通知：继续禁演。莫里哀为此向国王呈交了第二份陈情表。但此时，所有的反动势力都联合起来反对莫里哀。巴黎大主教亲自出面，命人张贴榜文，宣布无论在公开或私人场合都严禁阅读或听人朗读此剧，否则取消其教籍。迫于情势，国王不便表态。莫里哀气得大病一场，剧院停演了七个星期。1669年，教皇颁布《教会和平》诏书，放宽宗教政策，《伪君子》得以正式开禁，于2月5日公演。莫里哀取消了以往所作的改动，仅保留了答丢夫的世俗身份；同年，《伪君子》刊印。

就写作背景而言，天主教教会在文艺复兴时期受到人文主义者的沉重打击，之后便转入反攻。宗教裁判所、监狱、火刑、疯人院都是压制自由思想和迫害进步人士的反动工具。很多进步人士遭迫害——伽利略被管制，布鲁诺被活活烧死，托克托·塔索被关入疯人院。而法国天主教则不仅以公开的形式支配着社会，而且还以隐蔽的方式进行罪恶活动。以大主教和王太后为首的许多王公贵族、高级僧侣，成帮结伙组成了"圣会"（又名"信士帮"）。这一机构的成员以慈善事业为幌子，伪装成虔诚的教士、良心导师，渗入居民家里，刺探、监视人们的思想言论，为宗教裁判所提供审讯材料；同时，还把魔爪伸向上层资产阶级，用控制富有的资产阶级的手段，同专制王权较量。伪善是天主教的显著特征，同时，也成了当时整个上流社会的风尚。《伪君子》一剧就是针对天主教的伪善而创作和演出的；同时，剧作也歌颂王权，并从丧失理性的恶果证明了理性的重要。

（一）内容梗概

答丢夫本是一个农村贵族，但由于挥霍无度，结果花尽了产业，以致穷得连双鞋子都没有，全身衣裳顶多值六十个铜子。他流落巴黎，成为一个游手好闲之徒。后来，他依靠自己在贵族社会中养成的一套欺骗、伪善的手腕，成了职业的宗教骗子。在巴黎，他偶遇了笃信宗教的富商奥尔恭。为了骗取奥尔恭的信任，他每天到教堂里去时都和颜悦色地紧挨着奥尔恭，双膝着地跪在奥尔恭正好看到的前面。他向天祷告时那种虔诚的样子，引得整座教堂的人都把目光集中到他身上。他像表演艺术家一样，时而长叹，时而闭目沉思，时而毕恭毕敬地吻着地。每当奥尔恭走出教堂时，他必抢先一步走在前面，为的是到门口把圣水递给奥尔恭。有时奥尔恭送点钱给他，他每次都把钱退还一部分；如果奥尔恭坚持不收回，那么他便当面把钱分给穷人。

奥尔恭被他伪装的对宗教的虔诚和苦修道行所感动，于是把他接到家中当成"上宾"和"精神导师"——吃饭时让他坐首席，顶好的菜留给他一个人吃。他打个嗝儿，奥尔恭便赶忙说："上天保佑你！"奥尔恭觉得他全身上下都有一种高尚的才德在放着光芒，是世界上跟上帝最亲近的人——这就是他举世无匹的财富。奥尔恭处处唯他的话是从，甚至妻子得病发烧也毫不在乎，心里只知关心他。同时，奥尔恭告诉了他一切秘密，甚至把一个装有危险性非常大的政治秘密文件的匣子也交给了他。而且，为使他成为自己家里的一员，奥尔恭竟不顾女儿玛丽亚娜同青年瓦赖尔已有婚约在先，强迫她嫁给他。奥尔恭的母亲柏奈尔夫人也称他是一位"道德君子"，甚至因为家人对他不恭而愤愤离家出走。

答丢夫骗取了奥尔恭及其母亲的信赖后便胡作非为起来，想把奥尔恭的续弦欧米尔也弄到手。他在进入奥尔恭的府第之后就觊觎欧米尔：别人对欧米尔表示好感，他就妒火中烧，醋意比奥尔恭本人还大；有谁向欧米尔抛个媚眼，他就向奥尔恭告密；他还要奥尔恭断绝一切情欲，其实是为了自己能乘虚而入。

当欧米尔为了玛丽亚娜的婚事来约他单独会面时，他以为时机已到，便按捺不住，急忙向欧米尔表示："这可是上天特殊的恩典，我也只想把我整个儿心灵呈献在您的眼前。"①他紧紧握住欧米尔的手指尖:"我的热诚已到了这样的地步……"②接着,他又把手放在欧米尔的膝上,觉得有点受责备,赶忙掩饰:"我摸摸您的衣服,这料子多么绵软!"③欧米尔将座椅推后,他就将座椅移近,摸欧米尔的帽子:"天啊!这花边可真细致……"④

欧米尔想尽量躲避他的亲热,便岔开话题谈起玛丽雅娜的婚事。当他被问及对玛丽亚娜的态度时,他说:"那不是我所追求的幸福,我所衷心希望的美妙的神奇幸福却在别处。"⑤欧米尔知道这"别处"的所指,就故意讽他一句:"这是因为世俗间的事物,您是任什么也不爱的。"⑥他马上表白:"我的胸膛里面关着的并不是一颗铁石的心。"⑦欧米尔再讽他一句:"在我看来,我总以为您是一心一意想着天上的事情,在这人世间,没有任何东西值得您留恋。"⑧于是,答丢夫就此发了两段长篇大论。前一段还有上帝、魔鬼、罪恶之类的话,后一段便直吐真情了:"……自从我一见您那光彩夺目人间少有的美貌,您便成为我整个心灵的主宰……倘若您肯用一种稍微和善一点的心情来体贴体贴您这不肖奴才的忧伤烦恼,倘若您肯大发慈悲来安慰我一下……那末,甜美的宝贝呀!我对您的虔诚一定是举世无匹的虔诚。"⑨他妄图马上实现他那卑鄙的目的,甚至说出:"秘密是靠得住永远不会泄露的。"⑩奥尔恭的儿子达米斯撞见了答丢夫的无耻行为,当场痛斥他,并向父亲告发。奥尔恭不信答丢夫会做这样的事,而答丢夫又伪善地乘机自我诅咒了一番,还请求离去。于是,奥尔恭又被他感动,并迁怒于儿子,认为儿子忤逆、毁谤圣贤。奥尔恭进而把儿子赶出家门,把儿子的财产继承权转让给答丢夫,并进一步地强迫女儿嫁给答丢夫。后来,欧米尔与

---

① 莫里哀:《莫里哀喜剧选(中)》,赵少侯等译,人民文学出版社1959年版,第248页。
② 同上。
③ 同上。
④ 同上。
⑤ 同上书,第249页。
⑥ 同上。
⑦ 同上。
⑧ 同上。
⑨ 同上书,第250页。
⑩ 同上书,第251页。

达米斯以及女仆桃丽娜等一起设圈套,让奥尔恭亲自听到答丢夫如何向她调情。她劝奥尔恭多躲在桌子底下,窥察答丢夫的行为。欧米尔在再次邀答丢夫密谈时,先叫答丢夫关上门,到各处去看看,免得被人捉住,然后用语挑逗。答丢夫一方面承认欧米尔对他说的话是把他从来没有尝过的一种芳香,川流不息地输进了他全身毛孔里,另一方面又说:"不过这颗心,请您准许它胆敢对于这种幸福还有点怀疑,因为我很可以把这些话当作是一种手段:无非是要我打破正在进行中的那个婚姻。跟您痛快说吧,如果不给我一点实惠、我一向所希望的实惠,来替这话做担保,使我的心能够永久相信您对我的好情好意,我是绝不能听信这么甜美的话的。"①欧米尔又说:"不过真的答应了您所要求的那件事,又怎能不同时得罪了您总不离口的上帝呢?"②答丢夫便卸却了平日戴着的假面具:"如果您只抬出上帝来反对我的愿望,那末索性拔去这样一个障碍吧,这在我是算不了一回事的。"③欧米尔提醒他看看奥尔恭是不是在走廊里,答尔丢夫说:"咱们俩说句私话,他是一个可以牵了鼻子拉来拉去的人……我已经把他收拾得能够见什么都不信了。"④这时,奥尔恭从桌下爬出,气愤地叫他马上离开。

但此时的答丢夫已取得了奥尔恭的财产继承权,而且掌握了他的那个装有政治秘密文件的匣子,便凶狠地对他说:"应该离开这儿的却是你;因为这个家是我的家,我回头就叫你知道,要叫你看看用这些无耻的诡计来跟我捣蛋,那叫瞎费心力……我有的是法子……来惩罚你们这些人,并且要替被侮辱的上帝复仇,叫那个要撵我出去的人后悔都来不及。"⑤答丢夫向国王告密,企图把奥尔恭推向绝境;但他打错了主意,国王英明公正,明察秋毫,下令逮捕了答丢夫,赦免了过去"勤王有功"的奥尔恭,解救了奥尔恭及其一家。

---

① 莫里哀:《莫里哀喜剧选(中)》,赵少侯等译,人民文学出版社 1959 年版,第 268 页。
② 同上书,第 269 页。
③ 同上。
④ 同上书,第 270—271 页。
⑤ 同上书,第 272 页。

（二）人物形象

1. 答丢夫

作为一个职业的宗教骗子，答丢夫总的性格特点是伪善、狡黠、凶狠，其中，伪善是其主导性格。他标榜清心寡欲，并道貌岸然，俨然是一个抛弃人间一切情欲的"圣徒"，但实际上是一个地地道道的好色之徒，如一方面盯着穿法国敞胸衣的女仆桃丽娜，另一方面又不等桃丽娜把话说完，就边从衣袋里掏出一块手帕边说："哎哟！天啊，我求求你，未说话以前你先把这块手帕接过去。"① "把你双乳遮起来，我不便看见。因为这种东西，看了灵魂就受伤，能够引起不洁的念头。"②——他说"遮起来""不便看见"这些话，是故作姿态，因为他并不是不想看的，而且早就看见过了，他这么说纯属虚情假意。"看了灵魂就受伤，能够引起不洁的念头"，倒是真话：这个用禁欲主义掩盖起来的头号淫棍，看见年轻美丽的侍女桃丽娜是不能不动淫念的。剧作由此戳穿了他的禁欲苦修的虚伪性。这里，真假并陈，由假到真过渡得不露一点儿痕迹。又如，他不仅企图得到奥尔恭的女儿，而且从一开始就垂涎于奥尔恭的妻子，在单独与其妻谈话时，按捺不住情欲的冲动，花言巧语地勾引她，做出与所扮演的角色身份绝不相容的种种丑事，并把自己的丑行说成是敬爱上帝的一种表现，竭尽诡辩之能事："一件坏事只是被人嚷嚷得满城风雨的时候才成其为坏事……如果一声不响地犯个把过失是不算犯过失的。"③他表面上是一个虔诚的天主教徒，一旦想要满足肉欲就索性把上帝拔掉，信与不信全凭卑劣目的而定。他装作不愿杀生，在祈祷时捉住一个跳蚤并将其弄死，事后又一直后悔不该生那么大的气，竟把它掐死，但又欲置奥尔恭于死地。他把自己装扮成一个不重物质享受的苦行主义者，实际上却贪图口福和安逸，如他给奥尔恭的印象是他"把全世界看成粪土一般"④，教导奥尔恭"对任何东西也不要爱恋"⑤，而他自己却好吃贪

---

① 莫里哀：《莫里哀喜剧选（中）》，赵少侯等译，人民文学出版社1959年版，第246页。
② 同上书，第245页。
③ 同上书，第270页。
④ 同上书，第220页。
⑤ 同上。

睡，不肯放过一点享受的机会，一顿饭能吃两只竹鸡，外带半只切成细末的羊腿，之后，回到卧室就躺在暖暖和和的床上安安稳稳地睡到第二天早晨。在这种"养身之道"的滋养之下，他长成一个又粗又胖的模样，红光满面，嘴唇红得发紫。他表面不爱财，但当奥尔恭受了他的骗、把儿子赶走、欲把财产继承权赠送给他时，他居然厚着脸皮接受下来，说什么："一切都是上帝的旨意，应该遵从。"①他狡黠、凶狠。当达米斯向奥尔恭告发答丢夫调戏欧米尔时，答丢夫面临险境但不惊不慌，先承认被揭发的丑事，又一再自责，转而巧妙地装出一副受了冤枉而又不愿意揭穿受冤枉的样子，从而迷惑了奥尔恭，使自己摆脱了困境。他使奥尔恭再次上当，剥夺了儿子的继承权，将财产继承权给了他。当他的伪装被彻底揭穿时，他便索性抛弃假面具，露出凶恶真相，拿出了流氓恶棍的招数。他利用法律，串通法院，要把奥尔恭一家赶出大门；他到宫廷告发奥尔恭，亲自带人来拘捕恩人。对这些罪恶的勾当，他也能找到冠冕堂皇的借口。他说："现在王爷的利益是我的头等重要责任。"②

答丢夫的这种经历并不是偶然的。随着封建制度的衰落，尤其是经过三十年宗教战争，整个贵族阶级的力量已经衰败，不少贵族都这样破落不堪，有的进京投靠国王，有的当盗匪沿路打劫，有的做小商贩，有的与资产者联姻求取财源，也有的像答丢夫那样走宗教这条路子，当良心导师。答丢夫正是依靠他在贵族社会中养成的一套欺骗、伪善的手腕，成了职业宗教骗子的。剧作通过答丢夫这一形象，集中概括了天主教会的伪善和封建贵族贪婪、凶残的本质，揭露了宗教的欺骗性和危害性。

2. 桃丽娜

桃丽娜是一个仆人。她是反对封建道德、揭露宗教伪善的主要人物，有着清醒的头脑和很强的洞察力。她最早识破答丢夫的伎俩和贪图金钱、贪恋女色的本性，知道他既想得到主人的财产又垂涎女主人。她对儿女婚事的理解确有真知灼见，认为爱情这种事是不能由别人强作主的；她对主人的顶撞义正词严："谁要把自己的女儿许配给一个她所厌恶的男子，那末她将来所犯的过失在上帝面前是

---

① 莫里哀：《莫里哀喜剧选（中）》，赵少侯等译，人民文学出版社1959年版，第258页。
② 同上书，第286页。

应该由作父亲的负责的。"①为了完全揭开答丢夫的真面目,让虔诚得近于愚蠢的奥尔恭迷途知返,她把全家人鼓动起来,同奥尔恭的专制作风和封建观念作斗争,同答丢夫作斗争。她是具有真正自由思想的人,积极支持年轻人争取恋爱婚姻的自主权。与剧中其他人物相比照,她充分地显示出劳动人民的聪明、勇敢、机智、灵活等优秀品质。

3. 奥尔恭

奥尔恭是一个资产者。他笃信宗教,思想保守,是一个具有浓厚封建色彩的富商。他愚昧轻信,具有形式主义的宗教狂热和宗法制的家长作风——这些都是当时法国资产阶级的典型特征。剧作把他写成一个受害者,意在对资产阶级进行劝导;剧作对他的保守性和妥协性的揭示、讽刺和嘲笑也是十分尖锐的。

4. 欧米尔

欧米尔聪慧机敏,贤淑贞洁,她对前房子女爱护备至,视同己出;为了让丈夫醒悟,她苦心设计让答丢夫上钩。她一举一动都具大家风范,很理性。

（三）主题

剧本通过答丢夫的形象,揭露了教会和贵族上流社会的伪善、狠毒、荒淫无耻和贪婪,批判了宗教伪善的欺骗性和危害性。

（四）艺术特色

第一,严格遵守古典主义的"三一律"。

首先,情节集中单纯,人物的行动一致,所有的情节都在于展现答丢夫的伪善面目。答丢夫的表现自始至终都是一样的虚伪和欺诈,最后,当奥尔恭斥责他忘恩负义时,他仍然极其虚伪地说他是为了维护王爷的利益。剧中所有人物的出场都紧紧围绕着主人公的行动。

其次,从开端柏奈尔夫人愤而离家直到剧末侍卫官到来,时间在一天之内——剧作谨守了时间一致的法规。

---

① 莫里哀:《莫里哀喜剧选（中）》,赵少侯等译,人民文学出版社 1959 年版,第 230 页。

最后，地点一致。剧情始终在奥尔恭家中展开，而剧作又充分地利用了这个室内的环境。达米斯藏在套间，奥尔恭躲在桌下，都是利用室内环境造成了关键性的情节。另外一些戏剧动作，如答丢夫的求欢、欧米尔的巧计，离开这个室内环境，也就无法令人相信。

第二，运用巧妙的手法来刻画答丢夫这一人物形象。

整个剧作的艺术构思都是为了塑造一种伪善的性格。剧作一方面从所要表现的主题出发，把主要的笔墨放在深刻揭露答尔丢夫伪善的真面目上，另一方面分寸把握得非常好，把伪君子与真正的有德之士区别开来，从而，减少公演的阻力。剧作为了塑造答丢夫的形象，集中笔力，以从间接介绍入手、再层层深入、让人物自我暴露的艺术表现手法来突现人物性格特征。全剧五幕三十一场，每一幕、每一场都围绕答丢夫伪君子形象的塑造这一中心来组织情节。剧本开头的整整两幕，答丢夫没上场，但通过其他人物的言谈和行动，间接地介绍了他的来历、身份，以在主人公上场后不再分散笔力。同时，剧本又通过不同的人对答丢夫两种截然不同的态度，造成一种悬念，让观众把注意力一下子集中在了这个人物身上。第三幕以后，答丢夫登场，剧作为他设计了一连串的言行，层层剥下了他伪善的画皮：他要手帕、两次勾引欧米尔、嫁祸于达米斯、妄图侵吞奥尔恭的家产等行为暴露了他阴险、狠毒的真面目。剧作不写答丢夫的成功而写他的失败，而写他在失败中如何嫁祸于人、转败为胜，这就更加突出了答丢夫的骗子形象，使观众产生出惊讶与畏惧的感情，从而，在喜剧中增添了悲剧色彩，加深了作品的社会意义。

第三，结构严整紧凑，层次分明。

根据戏剧冲突的发展过程，剧作大致分为三个部分：第一、二幕，答丢夫不出场，通过其他人物的活动侧面介绍答丢夫的性格，为他的上场做好准备；第三、四幕，正面揭发答丢夫的伪善和罪恶；第五幕，进一步地揭穿他的凶恶面目和危害性。

在描写这些场面时，剧作表现出了高超的艺术技巧。

歌德认为："像《达尔杜弗》（即《伪君子》——引者注）那样的开场，

世界上只有一次，像他那样开场，是现存最伟大最好的开场了。"[①]剧作通过柏奈尔夫人与一家人的争吵，一开场就吸引了观众，提出了矛盾——如何看待答丢夫。主要人物不在场，却处处都介绍这个人物，使得观众在他出场之前早已对他有所了解。这样，就可以在以后的几幕中集中笔墨揭露他的伪善本质，不再分散笔力。同时，通过争论，每个人的身份以及他们在这场冲突中的地位、态度，都自然流露出来。这可谓单刀直入，一举数得，不愧为大家手笔。

第一幕第四场也是有名的场次。奥尔恭从乡下回来，不关心正在生病的太太，只顾追问答丢夫的情况，他四次重复"答丢夫呢""真怪可怜的"这两句台词，造成了强烈的喜剧效果，把他对答丢夫入迷之深表现得淋漓尽致。

第三幕第二场，答丢夫上场：

答丢夫　（看见桃丽娜）劳朗，把我的鬃毛紧身跟鞭子都好好藏起来，求上帝永远赐你光明。倘使有人来找我，你就说我去给囚犯们分捐款去了。

桃丽娜　装这份儿蒜！嘴上说的多么好听！

答丢夫　你有什么事？

桃丽娜　我要对你说……

答丢夫　（从衣袋里摸出一块手帕）哎哟！天啊，我求求你，未说话以前你先把这块手帕接过去。

桃丽娜　干什么？

答丢夫　把你双乳遮起来，我不便看见。因为这种东西，看了灵魂就受伤，能够引起不洁的念头。

桃丽娜　你就这么禁不住引诱？肉感对于你的五官还有这么大的影响？我当然不知道你心里存着什么念头，不过我，我可不这么容易动心，你从头到脚一丝不挂，你那张皮也动不了我的心。

答丢夫　你说话要客气点，否则我立刻就躲开你。

桃丽娜　不用，不用，还是我躲开你吧，因为我只有两句话要对你说，就

[①] 转引自陈应祥、傅希春、王慧才主编：《外国文学（修订版）上册》，高等教育出版社1994年版，第135页。

　　　　　　　是太太这就下楼到这里来,请你允许她和你谈几句话。
　　答丢夫　　可以,可以。①

　　剧作用一个小小的动作(耍手帕)就揭穿了他的伪善嘴脸和卑污内心,手法之简练,真是惊人。

　　后面的几幕,剧作顺着答丢夫勾引欧米尔这一情节线索,让他自己一层层地脱下伪装,露出本性。剧作为他安排了两次不利的情势,更突出表现他手段之毒,用心之狠,强调了这类人物的危险与可怕,而这正是全剧的主题思想所要强调的地方。

　　第四,戏剧冲突本身带有许多悲剧性的因素。

　　剧作打破了古典主义悲、喜剧不能混淆的戒律。答丢夫的伪善所造成的后果实际是悲剧性的:年轻人的婚姻被破坏,奥尔恭几乎身败名裂,家破人亡。这些悲剧性的因素足以显示伪善者的掠夺本性,能激起人们对宗教统治的仇恨,使剧作取得了很好的思想艺术效果。

　　第五,喜剧手法的运用。

　　第四幕第五场奥尔恭藏在桌子底下是富于喜剧色彩的安排。答丢夫的表白愈是坦率就愈是令人发笑,因为观众知道他的话都让奥尔恭听到了。欧米尔既在对答尔丢夫讲话,又是在对奥尔恭讲话,而且为了让伪君子暴露,设法挑逗他,以便使奥尔恭觉悟。欧米尔和答丢夫在捉迷藏。可是这回奥尔恭倒是沉得住气,始终没有露面,急得欧米尔又是咳嗽,又是敲桌子,提醒奥尔恭她是在做戏。最后,奥尔恭等答丢夫出去张望之际钻了出来,藏在妻子背后,直到答丢夫动手动脚才迎上前去,让答丢夫吻个正着,至此喜剧效果也达到高潮。

　　除了常用的喜剧手法以外,剧作还运用了"重复"的手段。

　　词句重复——第一幕第四场桃丽娜向奥尔恭报告太太身体不适,奥尔恭却不关心,问道:"答丢夫呢?"桃丽娜回答,答尔丢夫身体好得过头,奥尔恭则说:"真怪可怜的!"②这样来回一连四次,喜剧效果强烈。第五幕第三场,桃丽娜见奥尔恭面对飞来的横祸束手无策时,感叹了一句:"他可真怪可怜的

---

① 莫里哀:《莫里哀喜剧选(中)》,赵少侯等译,人民文学出版社1959年版,第245—246页。
② 同上书,第218页。

呀！"①与前面奥尔恭的话相对应，既是同情，又有讽刺意味。

行为重复——第二幕第四场，玛丽亚娜、瓦赖尔两个年轻人说赌气话，但言不由衷。玛丽亚娜说她不知道怎么办，并反问他该怎样才好，瓦赖尔就赌气地劝她嫁给答丢夫。玛丽亚娜见他这样说，也跟他赌气说接受他的好意劝告。第三幕第六场，先是答丢夫下跪，表示自惭形秽，随之奥尔恭也下跪，显出被人牵着鼻子走，十分可笑。

局面重复——第三幕和第四幕奥尔恭和欧米尔为了答丢夫两次交锋，第二次是要让伪君子出丑。

假面具的多次脱下——答丢夫在剧作中有四次脱下假面具，两次面对奥尔恭，两次面对欧米尔。第一次在第三幕第三场，答丢夫自己承认戴着假面具，他不在说笑，但很滑稽。第二次在第三幕第六场，答丢夫把自己贬得一文不值，其实这是大实话，可笑的是奥尔恭不相信。还有第四幕第五场和第七场，答丢夫终于露出了他的真正意图。至此，出现了悲剧的因素，但莫里哀能化悲为喜，或以喜剧手法处理这些场面。

第六，笔墨极为简练。

全剧总共三十一场，奥尔恭在二十场中出现，而答丢夫的戏只有十场。全剧共1962行诗，奥尔恭占342行，而答丢夫只占290行。但是答丢夫的场次却是关键性的，他的性格塑造得非常鲜明。对这个中心人物所花笔墨之少在莫里哀的戏剧中是独一无二的，在世界戏剧史上也是罕见的。

此外，剧作善于向民间闹剧学习，吸收了许多生动活泼、富有生活气息的情节和技巧（如打耳光、家庭吵架、父亲逼婚、父子反目、桌下藏人、隔墙偷听等），增强了剧作的艺术效果。

---

① 莫里哀：《莫里哀喜剧选（中）》，赵少侯等译，人民文学出版社1959年版，第277页。

第八章
《浮士德》

一、作者简介

约翰·沃尔夫冈·歌德（1749—1832），诗人、戏剧家、小说家和思想家，是德国古典文学和民族文学的主要代表，"最后一个文艺复兴时代式的伟人"[1]，世界文坛上少数几位可被称作"恒星"的作家之一，恩格斯称之为"天才的诗人"，海涅称之为"世界的一面镜子"；同时，歌德还是"一位颇有建树的自然科学学者，他研究过建筑学、矿物学、解剖学、形态变化和颜色学、光学，写过许多篇自然科学论文……在1784年3月发现了人的颚间骨"[2]。

1749年8月28日，歌德出生于美茵河畔法兰克福的一个富裕市民家庭。父亲"学过法律，做过律师，曾在帝国政府任职"[3]；母亲是市长的女儿，"积极乐观，会编故事"[4]。1832年3月22日，歌德病逝，享年83岁。"他一生著作等

---

[1] 关惠文："总序"，歌德：《歌德文集（1）浮士德》，绿原译，人民文学出版社1999年版，第2页。
[2] 同上书，第1—2页。
[3] 同上书，第3页。
[4] 同上。

身，一部较完备的全集（如'苏菲版'）竟达一百四十三卷。"[1]总的来看，歌德一生的创作主要经历了四个时期。

1775年以前为文学创作的第一时期。

1765年，他进入莱比锡大学学习法律；1768年，因病辍学；1770年4月，转到斯特拉斯堡大学继续学习法律。1770年8月，他结识了狂飙突进运动的理论家赫尔德以及其他青年朋友，在赫尔德的影响下开始学习莎士比亚的戏剧和民间文学。莎士比亚作品所体现的时代精神和一扫陈规旧习的清新风格，民歌中奔放不羁的情感和自由灵活的形式，给了青年歌德以深刻启迪，由此，他写作了《野玫瑰》《五月之歌》等抒情诗。1771年8月6日，歌德获得了法学博士学位。他的博士论文题目是《论立法者》，在这篇论文中，歌德旗帜鲜明地提出了他对流行观点的批判。该文的第一个读者是歌德的父亲，他觉得歌德将通过这篇论文的发表和出版而名满天下。法学院院长埃伦开始时对歌德的论文赞不绝口，后来逐渐说论文可商榷的地方不少，再后来便改口认为论文的观点十分危险，不宜作为学位论文公开发表。最后，院里决定把歌德的论文交付答辩，而不作为博士论文公开出版。这样的安排让歌德的博士答辩轻松通过，但歌德父亲很失望。他一直希望歌德的论文能够正式印行，然后他可以在法兰克福向人们炫耀。歌德获得法学博士学位后返回了故乡。之后，他一面当律师一面从事创作，写作了一系列体现狂飙突进精神的作品，如《葛兹·封·伯利欣根》（1773）、《少年维特之烦恼》（1774）。前者被认为是德国第一部现实主义历史剧，突出了铁手骑士葛兹在反抗皇帝和领主、谴责暴虐的封建统治中所表现出的渴望自由解放的思想情怀；后者为一部书简体小说，是歌德根据本人亲身经历的爱情体验和友人的事件而写成的，通过青年维特与少女绿蒂爱情悲剧的描写，反映一个市民阶层的知识青年对等级偏见、封建习俗等鄙陋状态的不满，深刻地体现了德国狂飙突进运动时期的时代精神和德国资产阶级的特点。

歌德这个时期的生活与创作实践表明，此时，他是以追求个性自由、反对一切束缚为基础，以澎湃奔突的狂放激情为性格特征和美学特征的。他的狂放激情和自由意识与当时死气沉沉、等级森严的德国社会形成了巨大的矛盾。因此，他

---

[1] 绿原："译本序"，歌德：《歌德文集（1）浮士德》，绿原译，人民文学出版社1999年版，第1页。

的作品具有强大的艺术冲击力,他也成了所谓"狂飙突进运动"即德国资产阶级早期文学运动的旗手。

1775年至1794年为文学创作的第二时期。

1775年10月,在朋友的介绍下,歌德开始为魏玛公国执政卡尔·奥古斯特公爵效劳,以他私人顾问的名义正式参与魏玛公国的政治事务,从此开始了他在这个小公国担任要职的十年政治生活,史称"魏玛十年"。1776年6月,歌德被任命为枢密院顾问,1782年又被册封为贵族,且被任命为会计长官。接下来几年中,歌德先后担任过伊尔梅瑙矿山企业总监、筑路大臣、军备大臣等职务。歌德曾把自己从事实际工作看成是在"熟练人生"。然而,在庸俗鄙陋的现实环境中,他孜孜不倦从事实际工作的结果,实则使自己落入了与现实妥协、为封建王朝服务的境地。但也是在这种熟练人生的实际工作中,他早年所形成的以个性自由为核心、以狂放激情为特征的人生理想发生了动摇,促使一种追求"客观性"和富于理性意味的新的美学理想和艺术理想的形成,从而,创作了一些为数不多但十分精美的诗篇,如《对月》《流浪者的夜歌》《航海》《冬游哈尔茨山》《猎人的晚歌》《水上精灵之歌》《人类的界限》《无休止的爱》《伊尔梅瑙》《致丽达》《魔王》《渔夫》等。在他从政后期所写的作品中,已大大缩减了早期诗作的激情,流露出宁静、安详、克制的韵味。

1786年秋,为了摆脱繁重的政务和跳出鄙俗的生活环境,也为了逃脱同封·施泰因夫人的爱情纠缠,他化名为约翰·菲利普·米勒,悄悄地逃往意大利。意大利浓郁的古典文化气氛与他正在形成的新的文艺理想极为合拍。他研究意大利古代和文艺复兴时期的文化遗迹,研究自然科学,并在这里接受了当时著名的美学家温克尔曼(1717—1768)的美学观点,认为古代艺术体现了淳朴、静穆、和谐之美,是真正的艺术理想。同时,他还依据自己的人生阅历,认为在对解放的要求和对克制的需要之间必须进行细致的调解工作。这一切使他放弃了狂飙突进的思想。青年时代排斥客观、崇尚自我的个人激情,已开始让位于淳朴、现实的"古典主义"理想了。在这两年里,歌德重新焕发了创作活力,陆续完成了早在魏玛从政时已着手写作的一些作品,还写成了一些新作。

剧本《艾格蒙特》(1775—1787)虽然部分地保留着歌德在狂飙突进运动时

期的战斗激情,但反抗精神已明显下降。剧作反映了尼德兰市民对异族统治的憎恨,但美化了剧中的主角。主人公艾格蒙特试图以"勤恳工作,安分守己"的温和手段来实现人民的解放,既是歌德政治上妥协思想的体现,又是他此时逐渐开始形成的淳朴、宁静、和谐和富于理性的美学观的体现。在剧本《在陶里斯的伊菲革尼亚》(1775—1789)中,女主人公伊菲革尼亚成了歌德笔下"完美人性"的体现者,此剧从结构到语言标志着歌德创作风格和思想意识的转变。

1788年6月,歌德重返魏玛后,不再担负财务管理的重任,而以著名文学家的身份出任剧院、魏玛美术学院和耶拿大学的总监,把主要精力放在文艺创作和自然科学研究上。1789年他完成了始于意大利的剧作《塔索》,该作进一步表现了他的通过自我克制和与现实妥协来解决社会问题的思想。在此期间,歌德还用诗体写成了一些学术性的著作。1789年,法国大革命爆发,歌德起初欢呼这场革命,但随着革命的深入,他却转向憎恨、诋毁革命了。这是因为法国大革命的深入发展,愈来愈与歌德此时主张的"合乎自然、和平的发展、进化"的社会理想和主张淳朴、宁静、克制、和谐的艺术理想发生了矛盾。

这一个时期,歌德还完成了《罗马哀歌》以及《浮士德》的部分内容。

1794年至1805年为文学创作的第三时期。

1794年7月,歌德在耶拿结识了席勒,两人取得了"意想不到的一致",从此开始了两人合作的十年,开创了德国古典文学的繁荣时期。两人合作写诗,共同创办杂志,办魏玛歌剧院;两人的创作实践和艺术理论都倾向于以古代希腊罗马文艺为楷模,贯彻自由和人道精神,艺术上强调古典主义。1796年,两人共写了上千首批评性的警句诗。同时,两人还创作叙事谣曲,1797年因此在德国文学史上被认为是叙事谣曲年。1829年3月24日,歌德对他的秘书艾克曼说:"我和席勒订交,好像鬼使神差似的,本来可以早一些或晚一些被引在一起,但是我们正巧聚合在这个时候,我是从意大利旅行回来,他也开始倦于哲学的思考,这很有意义,对于两人都有很大的好处。"歌德在这十年间,先后写成了长篇小说《威廉·迈斯特》的上卷(第一部)《威廉·迈斯特的学习时代》(1796)、叙事长诗《赫尔曼与窦绿苔》(1797)等作品。《赫尔曼与窦绿苔》可以看成是歌德此时期政治思想、生活理想和艺术理想的总结。作品通过对法国大革命中一对青年男女爱情故事的描绘，不仅要在"叙事的坩埚中"分离出"纯人性的存在"，而且还用田园牧歌式恬静安适的场景来反对资产阶级革命所带来的混乱和灾难。作品采用古典牧歌体写成，艺术上闲适、舒缓、平和的风格取代了早年创作中激情澎湃的风格。

　　1805年之后是文学创作的第四时期。

　　进入19世纪之后，歌德的社会理想、人生理想和艺术理想再一次走向深化，开始了他第四阶段的创作。1805年，席勒去世，对歌德打击沉重。歌德研究空想社会主义思想家的著作，研究东方的文学与哲学，与众多思想家、艺术家密切交往。这一切，使歌德的艺术视野突破了德国的狭隘世界，更多地关注全欧洲乃至全世界的变化，并提出了"世界文学的时代已快来临"的思想。此时的歌德因其丰富的人生阅历和睿智的眼光，对宇宙、人生的探索和对理想的追求更加深入，创作向哲理化的深度开掘；作品的主旨转向了人与世界、灵与肉、成与毁以及事物发展的本质和规律的思考。歌德在稳重中透露出浓郁的探索追求的激情，在明澈恬淡中表现出聪明的智慧之光。这期间，歌德埋头写作，先后完成了长篇小说《亲和力》（1809），自传性作品《诗与真》（1811）、《意大利游记》（1816—1817），诗集《十四行体》（1807）、《西东合集》（1819），组诗《中德四季晨昏杂咏》（1827），小说《威廉·迈斯特》的第二部（下卷）《威廉·迈斯特的漫游时代》（1829）和《浮士德》第一部（1797—1808）、《浮士德》第二部（1825—1832）。这些作品充满了哲理性，展示了作家对于人生、历史、时代诸多关系和真谛的辩证思索。

　　《威廉·迈斯特》是歌德的仅次于《浮士德》的一部巨著，被认为是一部修养小说。与《浮士德》一样，主人公都是在不断追求中发展的形象，都是向往更广阔的天地和更高理想境界的追求者。其中，《威廉·迈斯特的学习时代》"尽管详尽而生动地描绘了当时的戏剧生活，形象地表现出了当时进步青年所追求的把剧院变成国民教育场所以代替教会的目标，但它的主要内容却是维廉的个人求索和发展"①，有重视实践的教育意义。《威廉·迈斯特的漫游时代》是歌德乌托邦式社会理想和教育主张的表达："维廉（即威廉——引者注）在《漫游时

---

① 关惠文："总序"，歌德：《歌德文集（1）浮士德》，绿原译，人民文学出版社1999年版，第10页。

代》里所从事的活动,全是为了他人,为了造福社会。他历尽千辛万苦,终于完成了塔楼兄弟会交给他的联合广大团体向美洲移民,以开创新的资本主义民主事业的任务。"①小说表面情节较为松散,但内部却有着一种隐藏的精神发展上的联系——第一部侧重于表现现实,第二部则更多运用象征和寓意来表达作者的理想。该作虽然总体成就不如《浮士德》,但在探索人与世界的关系、探讨人的发展的创作目的等方面,二者是较为一致的。

费兰茨·梅林(Franz Mehring)曾高度评价歌德,认为"别的国家固然有伟大的文学家,但歌德对于德国文化,好比太阳对于大地。尽管天狼星具有比太阳更多的光和热,然而照熟大地上的葡萄的是太阳,而不是天狼星"②。

二、《浮士德》

《浮士德》是一部诗体悲剧,是歌德的代表性作品,也是歌德一生思想和艺术探索的结晶。

诗剧取材于16世纪德国的一个民间传说。浮士德"原来是十五六世纪德国的炼金术师,在传说中有二人,因为浮士德的拉丁文写法 Faustus 含有'幸福的'之义,故为炼金术师和魔术师爱用作姓氏。其一为约翰尼斯·浮士德(Johannes Faust),生于斯瓦比亚的克纽特林根(Knüttlingen),住于威丁堡。他潜心魔术,过流浪生活,借恶魔之助,在威尼斯想作空中飞行而坠落受伤。另一人为盖奥尔克·浮士德(Georg Faust),他是一位占星家,在当时颇负盛名,但真正的古典学者却认为他是一个江湖骗子。他跟恶魔订约,结果落得悲惨的下场。关于以上二人的传说,有各种说法,最后又被认为是同一人。总之,历史

---

① 关惠文:"总序",歌德:《歌德文集(1)浮士德》,绿原译,人民文学出版社1999年版,第10页。
② 转引自董问樵:"译序",歌德:《浮士德(第二版)》,董问樵译,复旦大学出版社2001年版,第2页。
  本部分内容参见董问樵:"译序"(歌德:《浮士德》,董问樵译,复旦大学出版社2001年版)、关惠文:"总序"和绿原:"译本序"(歌德:《歌德文集(1)浮士德》,绿原译,人民文学出版社1999年版)、钱春绮:"题解"(歌德:《浮士德》,钱春绮译,上海译文出版社1989年版)、"歌德"(郑克鲁主编:《外国文学史(修订版)上》,高等教育出版社2006年版)等。

上有过一个浮士德,而在传说中却把各种魔术奇谈都牵强附会地集中到他的身上了"①。"1587年,施皮斯(J. Spiess)在美茵河畔法兰克福出版《约翰·浮士德博士的生平》(*Historia von D. Johann Fausten*),而作者的姓名不传。1599年,维德曼(G. Widmann)在汉堡出版浮士德的故事书。1674年,普非策尔(N. Pfitzer)将这本书加以改编。歌德在写'天上序幕'(即'天上序曲'——引者注)时,曾在魏玛图书馆借阅过。英国剧作家马洛(Christopher Marlowe)以德国民间故事为蓝本,于1588年写出《浮士德博士的悲剧故事》(*The Tragical History of Doctor Faustus*)。这是第一部浮士德剧本,剧中已承认浮士德为'阿波罗的骄傲的参天桂树'。德国启蒙作家莱辛(G. E. Lessing)试图把浮士德传说改写为市民阶级的戏剧。剧本草稿中的浮士德是个深思而孤独的、全心追求知识和真理的青年。最后天使向魔鬼申斥:'你们别高唱凯歌,你们并没有战胜人类和科学;神明赋给人以最高贵的本能,不是为了使他永远遭受不幸;你们所看见而现在认为据为己有的不过是一个幻影。'马洛的剧本可能为歌德所知悉,莱辛的草稿如何则不得而知。德国狂飙运动的一位知名的作家克令格尔(F. M. Klinger),于1791年写有'浮士德的生平、事业及下地狱'的长篇小说。书中的浮士德同魔鬼订约,是为了借助超人的魔力以控制或铲除世界上不公平的现象。"②

其中,《约翰·浮士德博士的生平》为一部通俗读物,全书共69章。在这部书中,浮士德是魏玛附近罗达一个农民家里的儿子。一个富有的亲戚供他在维腾贝格学习神学;最后,他成了一个星相家、数学家和医生。一天夜里,他用自己手指的血与魔鬼订立了契约,魔鬼答应为他服务24年,浮士德则须放弃基督教的信仰,把身体和灵魂都卖给魔鬼。浮士德和魔鬼谈论了很多关于天上和地狱的情况,讨论了宇宙的形成;他甚至升入星空,旅行于全欧洲的各个城市,也到过非洲和亚洲,见过教皇和苏丹;他在卡尔五世面前施展魔法,召来古希腊美女海伦;他和海伦一起生活过,海伦还为他生下了一个儿子;在与魔鬼订立的契约期满之日,他让他的学生陪他到维腾贝格附近的一个村子里;在半夜12点至1点之间,他和他的学生痛苦地分手,自己则躺在床上,人们在外边听到屋子里发出一

---

① 钱春绮:"题解",歌德:《浮士德》,钱春绮译,上海译文出版社1989年版,第739—740页。
② 董问樵:"译序",歌德:《浮士德(第二版)》,董问樵译,复旦大学出版社2001年版,第3—4页。

阵喧哗和呼救声。第二天清晨，学生们走进来，看见墙壁上满是血；浮士德已经从房中消失，只剩下他的眼睛和几颗牙齿。学生们发现他的尸体被抛在外面的粪堆上。下葬之后，学生们在维腾贝格发现了他写的"自传"，据说这就是后来的这部民间故事书。该作的宗旨是规劝人们不要行动鲁莽，轻率地与魔鬼打交道而出卖了自己。

在德国，人们还把浮士德的故事改编成木偶戏和各种戏剧上演。

歌德创作《浮士德》历经六十多年，1768—1775年创作了《初稿浮士德》（*Urfaust*），1788—1790年创作了《浮士德片断》（*Fragment*），1797—1808年创作了《浮士德》悲剧第一部（*Faust* I），1825—1832年创作了《浮士德》悲剧第二部（*Faust* II）。[①]

从全书的内容来看，《浮士德》涉及欧洲文艺复兴以来三百多年的思想历史演变，反映了欧洲摆脱中世纪思想桎梏、不断探索新的生活以及资本主义发展的漫长历程，总结了西方启蒙运动以来的事变以及作者个人长期的经验和体会。[②]

（一）内容梗概

《浮士德》共分两部，12111行；卷首有"献诗""舞台序幕"，前者是歌德的"念旧抒怀"，后者所表达的是歌德的文艺观和《浮士德》的写作意图，与剧情无关。

第一部包括序曲和25场，不分幕，包括浮士德的知识悲剧（书斋悲剧）和爱情悲剧，写浮士德在"小世界"中进行人生探索，主要是追求"官能的""感性的"个人生活的经历；第二部分为五幕，17场，包括其政治悲剧、艺术悲剧和事业悲剧，写浮士德在"大世界"中追求"事业的享受"。

"天上序曲"是剧作情节的开端，也是全剧的思想总纲。在天上，天帝（代表"善"本身）与魔鬼靡非斯陀（代表"恶"本身）就人的问题（人究竟是善还是恶，人在世界上是进取还是沉沦）发生了争论。天帝认为，人在努力追求的时

---

① 参见董问樵："译序"，歌德：《浮士德（第二版）》，董问樵译，复旦大学出版社2001年版，第3页。
② 同上书，第4页。

候难免迷误,但好人在黑暗中终会找到光明大道;靡非斯陀则认为,像浮士德这样的人是永远不会满足的,自己肯定能将浮士德诱入歧途。于是,天帝与靡非斯陀打赌,并认为在这一赌赛中,魔鬼终会失败服输。故事从打赌开始。

1. 知识悲剧

浮士德为了了解宇宙的秘密,在书斋里孜孜不倦地博览群书,钻研了中世纪的各种学问。可到了年过半百的时候,他发现自己所学的知识毫无用处,那个阴暗的书斋就像牢狱一般把自己与生动的大自然隔离开来。于是,他诅咒书斋,决心解脱掉一切"学枷慧梏",投身于实际生活,要承担人间的一切苦乐,要与风暴搏斗,即使在破舟中也不张皇。

但他并没有走出书斋,而是靠魔法来了解大自然的秘密,结果只见到一场幻景。他又默念符咒,召来了大自然生命力的象征——地祇。但当光焰万丈的地祇出现时,浮士德却感到害怕;地祇随即消逝,他在书斋中脱离实际去追求知识的行动也宣告完全失败。这种欲求而不可得的幻灭,引起了浮士德精神上更大的痛苦。

他想到自杀,幻想脱离尘世,向另一个世界去寻求出路。这时,传来的复活节的钟声与合唱声,使他想起了生机勃勃的大自然以及童年郊游时在大自然中自由呼吸的快慰。于是他便打消了自杀的念头,来到城郊。他看到了欣欣向荣的大自然,看到了自由愉快的人群。在那里,人都感到自己真正是一个人。浮士德在人群中受到尊敬,人们赞扬他父亲能济世救人。但是,那些称赞在浮士德听来就像是对他的嘲讽,于是,他感到自己那些脱离实际的学问不过是"杀人的金丹"。

回到书斋后,他开始翻译《圣经》,希望从中寻得启示。但是,《新约·约翰福音》中"原始有名"这句话与他的思想相抵触,他便改译成"原始有为"[①],强调实际活动的意义。此时,浮士德更渴望行动,渴望投身于实际生活。于是,靡非斯陀乘虚而入,规劝浮士德走向外界,并与他订了条约:靡非斯陀在浮士德生前供其驱使,但一旦浮士德获得"满足",说出"请停留一下,你

---

① 歌德:《浮士德(第二版)》,董问樵译,复旦大学出版社 2001 年版,第 65 页。

真美呀"①就得死,其灵魂就归靡非斯陀所有。这样,浮士德放弃了死气沉沉的书斋生活,开始走向现实。

通过浮士德在书斋中的这一段生活史,歌德回顾了文艺复兴以来资产阶级的觉醒过程,表现了他们反封建的斗争精神——阴暗的书斋象征着中世纪的牢笼。浮士德对中世纪死学问的否定,对恢复人与大自然的联系的要求,对万物之源、宇宙秘密的探求,概括了文艺复兴以来资产阶级思想家的战斗历程;而他对精神束缚的诅咒,他的那种冲破牢笼投身于实际生活的强烈愿望,则表现了狂飙突进运动时期歌德和一批先进青年的那种反抗当时整个德国社会的叛逆精神。书斋里的老学者浮士德,也带有德国资产阶级思想家的特征。浮士德不像法国启蒙主义者那样把反封建的意识转化为革命的行动,而是留在书斋里用脱离实际的办法从魔法和《圣经》中来求取解答,结果不是幻灭便是孤独地呼喊;即使当他自己高呼要投身于现实的时候,也没有能力走出书斋。歌德的伟大之处在于他看到了自己阶级的这种局限,强调了实际行动的意义,因而,让靡非斯陀把浮士德引出书斋,开始了新的探索。

"知识悲剧"部分出现的重要人物还有瓦格纳,他是浮士德的助教(助手)。浮士德与瓦格纳是一组对立的形象:浮士德向往大自然,瓦格纳则满足于脱离实际的书斋生活;浮士德追求更高的理想,瓦格纳则认为精神的快活就在于"逐册逐页地攻读简篇"②;浮士德在人群中感到自己对他们负有责任,瓦格纳则无视人民的愿望,把人民的欢乐看作是"粗暴"与"着魔"。显然,两者分别代表着进步与保守这两种不同的倾向。

2. 爱情悲剧

爱情悲剧写浮士德与葛丽卿的一场相爱在社会道德、宗教阴影、世俗习气笼罩下,最终以失败告终。

靡非斯陀与浮士德订约之后,便用官能享受引诱他堕落。他先把浮士德带到德国的市民社会——莱比锡的一家酒馆。一群大学生在那里大吃大喝、寻欢作乐,这种荒唐生活使浮士德感到厌恶。

---

① 歌德:《浮士德(第二版)》,董问樵译,复旦大学出版社 2001 年版,第 88 页。

② 同上书,第 58 页。

靡非斯陀再用爱情生活来引诱他。他先把浮士德带到巫厨，让浮士德喝了返老还童的药汁，恢复了爱情的欲求，使浮士德爱上了市民少女葛丽卿。纯朴的葛丽卿为了与浮士德幽会而把自己的母亲毒死，她的哥哥为了阻止她与浮士德的幽会而死于浮士德的剑下。她因有私生子而感到羞愧，最后神经错乱，并在神经错乱中溺死了自己的婴儿，被关进死囚牢。浮士德虽然偷进死囚牢想把她劫走，但被她拒绝——她甘愿领受死刑。

在"爱情悲剧"这个阶段，浮士德固然体验到官能的享乐，却更多地感受到了良心苛责的痛苦。爱情并没有使他获得满足，葛丽卿的悲剧也没有使他止步不前。

3. 政治悲剧

政治悲剧写浮士德进入神圣罗马帝国皇帝的宫廷，想在政治上有所作为；但由于所面对的是一个腐朽没落的封建王朝，所以，他虽然竭尽全力但最终仍然无济于事。

靡非斯陀使浮士德忘掉了葛丽卿的悲剧，并把他带到神圣罗马帝国皇帝的宫廷里。从此，浮士德开始了政治生涯。他一方面亲身体验了统治阶级荒淫腐朽的生活，另一方面依靠魔术发行纸币，帮助朝廷渡过了财政上的难关。但侍奉统治者并非浮士德的志趣所在，同样，政治生活并未能使浮士德感到满意。应皇帝的要求，浮士德用魔术使古希腊"千古男女的典范"的"海伦和巴黎斯"①的幻影出现在众人面前，供大家欣赏。当这对美男、美女相互爱恋时，浮士德情不自禁，将魔术钥匙触到巴黎斯身上。于是，精灵爆炸，化为青雾，浮士德也晕倒在地。至此，浮士德结束了他的政治生涯。

浮士德的这段经历概括了歌德本人及一些资产阶级思想家的亲身经验。18世纪，欧洲国家的封建制度已经面临崩溃，但是，许多启蒙主义者仍把改革社会的希望寄托在开明君主身上。伏尔泰、狄德罗都曾在封建宫廷做过官。德国的资产阶级更是由于它天生的软弱性而对封建统治者抱有妥协态度，就连他们当中最杰出的人物歌德，也摆脱不了这种鄙俗气而在魏玛为封建小朝廷服务了十年。不过，歌德从自己的经验中认清并否定了这条道路——通过浮士德的形象，他指出

---

① 歌德：《浮士德（第二版）》，董问樵译，复旦大学出版社 2001 年版，第 359 页。

为封建王朝服务不可能有所建树，在没落的封建朝廷里从政只能以悲剧告终。

4. 艺术悲剧

靡非斯陀把昏迷不醒的浮士德背回原来的书斋，书斋里一切如旧，但是时代已变。瓦格纳不再是迷信古书的学究，而是一个严肃的现实哲学家；他否定造化的至圣至神，敢于用理智来问津；他用近代的科学精神试验人造人。靡非斯陀帮瓦格纳把试验搞成功，造出了霍蒙苦鲁斯。装在玻璃瓶里的人造人霍蒙苦鲁斯看出浮士德的昏迷是由于梦想美女海伦（海伦的形象就是古典美的化身），于是，带领浮士德和靡非斯陀飞到古希腊神话世界。浮士德得到了巫女之助，感动了地狱的女主人，使海伦复回阳世。

浮士德已成为一个城堡主人，海伦惧为其夫梅纳劳斯所伤害而去投奔浮士德。于是，浮士德与海伦结合，生下儿子欧福良。欧福良继承了浮士德的永不满足、向往实际行动的性格，生来就无限制地去追求和高飞，越飞越高。当听到远方的人民为自由与独立而斗争的信息时，他如闻召令而向高处飞翔，想要投身于战斗，结果陨落在其父母的脚下。欧福良的形体随即消失，海伦悲痛欲绝，也随即在浮士德的怀抱中消失。她回到阴司，只留下白色的长袍和面纱。它们化为白云，把浮士德托起，飞回北方。

欧福良的形象是以英国诗人拜伦为原型塑造的。在这个形象中，歌德表示了他对拜伦的赞颂和悼念，同时，也表现了他对战斗精神的向往。这种精神正是歌德在德国现实中找不到、在自己身上也很缺乏然而又是他十分神往的东西。

欧福良的幻灭、海伦的消逝、浮士德追求理想美的悲剧，说明用古代美来消除现代丑的幻想的破灭；在浮士德的怀中只留下海伦的长袍和面纱，即古代艺术的美的形式，而美的力量、美的本身只是幻影而已。歌德在这里总结了历史经验，否定了通过艺术力量来改造社会现实的幻想。

5. 事业悲剧

浮士德立在高山之顶看到汹涌的大海，顿时产生了与大海争地的雄心——此时，他已100岁。国内也恰在此时发生叛乱，浮士德借助靡非斯陀之力，帮助皇帝平息了叛乱，因此，得到了海边的一块土地。浮士德率领人民着手改造自然，拟建立一个平等、自由的乐园。一对老夫妇的小屋阻挡了浮士德的视线，他让靡非斯陀去和老夫妇商量,用新的田产和他们交换,请他们搬走。但他们不同意,靡非斯陀便带着三个勇士将他们驱逐。房子的炭火被打翻,房子及菩提树、教堂等被烧,老夫妇葬身火中。靡非斯陀又利用战争、海盗和贸易三位一体的方法——早期资本主义的原始积累方法——发财致富,浮士德为此忧心忡忡。本来,贫乏、过失、忧愁、苦难四个妖女见浮士德追求不止就想予以阻止,但除了忧愁妖女外,其他妖女都无法接近浮士德。于是,忧愁妖女趁浮士德在忧心忡忡的时候对他吹了一口阴气,使他双目失明。但忧愁妖女只能吹瞎浮士德的双眼,而并不能阻止他内心对理想的探索。为了实现他的宏伟规划,他吩咐靡非斯陀多多招募工人,用各种方法,如"报酬、引诱甚而强逼"①。他听到铁锹和铁铲的声音,以为在开挖壕沟,实际上是靡非斯陀在为他掘墓。想到自己正在从事的伟大事业,浮士德感到十分欣慰,并得出了"智慧的结论":

> 人必须每天每日去争取生活与自由,
> 才配有自由与生活的享受!
> 所以在这儿不断出现危险,
> 使少壮老都过着有为之年。
> 我愿看见人群熙来攘往,
> 自由的人民生活在自由的土地上!
> 我对这一瞬间可以说:
> 你真美呀,请你暂停!
> 我有生之年留下的痕迹,
> 将历千百载而不致湮没无闻——
> 现在我怀着崇高幸福的预感,
> 享受这至高无上的瞬间。②

浮士德说出了"你真美呀,请你暂停"这句话,即他感到"满足"了。于是按照条约,他倒下而死,靡非斯陀如约去取他的灵魂。但就在那时,天界仙使飞

---

① 歌德:《浮士德(第二版)》,董问樵译,复旦大学出版社2001年版,第662页。
② 同上书,第663—664页。

来,撒下玫瑰花,化为火焰,驱走魔鬼,而将浮士德的灵魂拯救上天。因为按天帝的意志,谁能永远自强不息,谁就能最后得救。

浮士德征服大自然的成功,实际是歌德对19世纪初期资本主义生产蓬勃发展的现实的反映,歌德认为这是人类的一大进步。正像他对苏伊士运河、巴拿马运河开凿计划的赞颂一样,他也把浮士德的事业看成是创造人间乐园的伟大事业而加以热情的赞颂。浮士德灵魂的得救,表明歌德对浮士德不屈不挠、追求一生的一种价值肯定。

(二)人物形象

1.浮士德

浮士德既是人类积极精神的象征,又是当时欧洲先进知识分子的艺术反映;是一个自强不息、执着探索人生意义的形象。它的内涵极为丰富。

从哲学层面来看,浮士德是"肯定"精神的感性显现。他追求美的事物,不断探索人生的奥秘,飞向崇高的先人的灵境。

从道德和伦理学的层面来看,浮士德是"善"的代表,但所代表的善与天帝所代表的善又是有区别的。具体地说,浮士德是至善的体现物,只不过是在精神上感受着至圣至神。

从社会学的层面来说,浮士德体现出当时先进的资产阶级思想家的某些思想与行为特征。浮士德不满现状,渴望追求美好的理想,并不断付诸行动。他从追求知识开始,经历了感情迷惘、从政的尴尬与困境、求索古典美的幻灭,直到雄心勃勃地建造理想国土。在这一生的痛苦曲折经历中,浮士德表现出坚韧顽强、超乎常人的毅力和品格。在他不断得到与不断失去的人生过程中,他永不满足,永不示弱,探求不止,始终向上向善。他生命饱满、感受丰富。痛苦促使他深入思考,失败磨砺他的意志,内心不断地生出的种种意愿使他精力旺盛、永远开拓。这种不断地追求知识和真理、追求美好事物、追求崇高理想,自强不息、不断追求、不断进取、永不满足、积极向上的精神,构成了"浮士德精神"。他从一生经历所得出的教训中,否定现实中一切具体的丑恶的东西,批判中世纪的僵死教条和精神束缚,批判市民社会的保守丑陋,揭露封建王朝的政治腐败等,都是现实中某些先进人物行为的反映，是欧洲资产阶级上升时期那些渴望摆脱蒙昧、获取真知而勇往直前的优秀知识分子的写照，也是人类生生不息、不断向前的象征。这些因素融汇在一起，构成了浮士德作为人类积极精神象征的内涵，集中体现了当时资产阶级思想家的精神特点。因此，也可以说，浮士德是新兴资产阶级积极精神的代表。

浮士德的性格也是充满矛盾性的，而这种矛盾性又是在不断地发展过程中体现出来的。浮士德曾向学生瓦格纳坦然言之：

在我的心中啊，盘踞着两种精神，
这一个想和那一个离分！
一个沉溺在强烈的爱欲当中，
以固执的官能贴紧凡尘；
一个则强要脱离尘世，
飞向崇高的先人的灵境。[①]

他一方面受生命本能情欲的驱使，常常沉迷于名利、地位、权势、女人等现实欲求之中，玩世不恭，寡廉鲜耻；另一方面，又未被这些弱点和错误所淹没，而是一次又一次勇敢地超越自我，不断地走向新的里程。

这种灵与肉的矛盾，实际上是理智与情欲、进步与停滞、上升与沉沦的矛盾，是上升时期资产阶级两重性的表现，也是歌德眼中至善至恶矛盾在具体事物运动中的反映。在这种矛盾运动中，浮士德显示了其性格矛盾的主导方面。这种主导方面就是他具有的永不满足、勇于探索的实践精神——浮士德精神。例如，当他在书斋中翻译《圣经》时，他将《新约·约翰福音》中的"原始有名"，改译为"原始有为"，表明了他"要投入时代的激流"，"要追逐事变的旋转"[②]，要在时代的大潮中"飞向崇高的先人的灵境"[③]。正是在这种新认识中，他毅然地与靡非斯陀进行了赌赛，从而走出书斋，投身于现实生活。此后，

[①] 歌德：《浮士德（第二版）》，董问樵译，复旦大学出版社 2001 年版，第 58 页。
[②] 同上书，第 91 页。
[③] 同上书，第 58 页。

他为探索人生理想走过了漫长而曲折的道路，对自然、社会、人生都进行了探索和研究，终于在改造自然的斗争中获得了智慧的结论。

浮士德的探索是以悲剧而告终的——之所以如此，是因为终极的善是难以穷尽的，而人的追求能力则是有限的。浮士德虽然厌恶那些已有的生活，不断地追求更高远的目标，但最终也没有得到真正的满足。因此，浮士德的悲剧，说到底是一个追求者的有限能力与终极善的不可穷尽之间矛盾的悲剧。同时，这也表明了此时资产阶级思想家的历史局限性——因为在当时，歌德还不可能对历史的发展和人类的未来得出科学的结论。

浮士德的形象具有不朽的意义。"浮士德精神"显示了世界和人类在不断追求、不断幻灭的大循环中矛盾运动、超越自身的发展与进步，表明一个人在与外界的冲突中，尽管会有失败和灾难，尽管会有错误与迷失，但只要永远求索开拓，最终会找到人生的真理，为实现崇高的目标而奋斗。这种追求过程本身体现了真正的人生意义。

2. 靡非斯陀

靡非斯陀是抽象与具体相统一的消极、否定精神的象征和恶的代表。他以恶的面目出现，对世界万物和人类生活持否定态度，公然宣称：

> 我是经常否定的精神！
> 原本合理；一切事物有成
> 就终归有毁；
> 所以倒不如一事无成。
> 因此你们叫做罪孽、毁灭等一切，
> 简单说，这个"恶"字
> 便是我的本质。①

他在本质上是"作恶"，但具有"造善"的作用。他刚登场的时候，并不是一个令人感到恐怖的恶魔，而是一个身躯瘦弱、微微驼背、鹰钩鼻子的男子，脸上浮着嘲笑似的笑容。不过，他毕竟是一个恶魔，能够变成种种样子，变成龙犬

---

① 歌德：《浮士德（第二版）》，董问樵译，复旦大学出版社2001年版，第70页。

跟在浮士德身旁散步，或者变成旅行的学生待在浮士德的书房中。而在要与浮士德签订契约时，他又变身成西班牙的贵族。他从作恶的动机出发，诱惑浮士德沉沦，实际上却推动浮士德向上。因此，他是"作恶造善的力之一体"：既是浮士德发展的条件人物，又是独特的社会势力的代表；既是以反面人物身份作为歌德揭露社会罪恶的代言人，又有鲜明的个性；既是情欲的化身，玩世不恭、唯利是图、冷酷无情、奸诈狡猾、寡廉鲜耻、诱人堕落，又冷静、深沉、诙谐和机智，对社会现实的揭露与分析入木三分，还是一个彻底的虚无主义、悲观主义、颓废主义者。

靡非斯陀这一形象的内涵也是极为丰富的——它象征了歌德哲学思想中的"否定"。靡非斯陀既是天帝所代表的至极肯定的对立面，又是浮士德所代表的具体肯定的对立面。同样，靡非斯陀也代表了社会历史观上的"虚无"态度：从人生的意义上说，靡非斯陀代表了消极与停滞。在他看来，人的追求是毫无价值的，到头来一切努力都不过是虚妄之举。同时，靡非斯陀也有现实社会中一些恶徒的影子。他对葛丽卿悲剧的冷漠、对海疆土地上两位老人的残忍行为等都是现实社会中恶人行为的具体反映。由此可见，靡非斯陀是至恶与具体的恶之统一体，体现着"恶"的观念的概括性与广泛性。

靡非斯陀这个人物形象又是极其复杂的。在《浮士德》中，他与过去传说中的魔鬼有着显著的不同。他非常机智灵活，观察事物极其敏锐。他对当代的逻辑、法理学、神学、哲学、医学、消极浪漫主义诗歌及诲淫诲盗小说等的揭露淋漓尽致，对宫廷的荒淫、教会的贪婪、金钱的罪恶的批判一针见血。歌德还通过他的口，说出了"理论是灰色的，生命之树常青"等富于哲理性的格言——这体现了歌德对"恶"的理解的现代性和复杂性。因此，靡非斯陀具有独特的意义和价值。

首先，靡非斯陀与天帝构成了矛盾的统一体。作为至善的对立面，他与天帝一起，将浮士德作为赌赛的对象，在肯定与否定、至善与至恶的矛盾运动中，推动着浮士德一生不断地前进。

其次，浮士德执着地追求人生的真理，肯定实践的意义；而靡非斯陀则嘲笑一切，否定人生的价值。他同浮士德之间的关系，辩证地解释了恶的力量在人类社会和个人自身发展中的作用。靡非斯陀的两次打赌为的是证明人类必然堕落——正是因为有他这个"恶"的刺激，浮士德才走出了书斋。每当浮士德沉溺于尘世时，是靡非斯陀的"恶"使他奋进。所以，浮士德的追求如果没有靡非斯陀的帮助是无法实现的。

最后，靡非斯陀的恶并不等于"坏"，他对社会丑恶现象一针见血的讽刺和揭露，也起到了让浮士德明是非、近真理的作用。这样，歌德笔下的靡非斯陀便与黑格尔哲学观念中的"恶"一样，是历史发展的运动借以表现出来的形式，是"作恶造善的力之一体"。

（三）主题

第一，诗剧运用艺术象征的方式，在对立统一的基础上，表现了歌德对所理解的人类社会，特别是精神世界的矛盾运动形式及其发展演进过程的看法。

诗剧一开始描写了两场赌赛。

第一场赌赛发生在天上。在"天上序幕"中，歌德对神学体系中的"天帝"与"魔鬼"的内涵给予了革命性的解释。中世纪神学里以"三位一体"为特征的至高无上的天帝，在此坚信善的威力和"造化之功"，认为追求进取是人的本性。天帝在歌德的笔下已成了"至善"的化身，"至善"也成了创造天地万物、吞吐大荒的本原之一。而魔鬼对世界、对人生的看法则与天帝完全相反——他不相信历史的发展与进步，认为人必然堕落。这样，他所代表的"恶"就与天帝所代表的"善"构成了矛盾的统一体。这种描写，实则暗示出，在回答世界本原的问题时，歌德完全抛弃了中世纪的神学观点，把宇宙间的各种对立、社会上（包括精神领域中）的各种矛盾，都抽象为道德上的善与恶的斗争，看成是受至善至恶所制约的过程，是至善至恶矛盾的反映。

第二场赌赛发生在浮士德的书斋。刚刚与天帝打过赌的靡非斯陀来到人间，与浮士德签下契约。这种描写表明了歌德浓重的"泛神论"思想。在他看来，天帝是"至善"的，浮士德是具体的善的体现。这样，浮士德就从天帝与靡非斯陀之间抽象的赌赛物而变成了一个实体。由此，靡非斯陀也须以一个具体的恶的形象出现，从而使观念的东西形象化、具体化。从诗剧的描写中可以看出，浮士德在没有成为打赌对象之前，他只不过是封闭书斋中的一个行将就木的老翁，陷入了精神绝境，思想与性格没有什么大的发展。只有在善与恶的矛盾作用到他身上之后，情况才发生了根本性的改变。浮士德之所以处在不断追求和探索的前进过程中，根本原因在于他始终是受至善至恶矛盾制约的。

同样，歌德也看到了浮士德自身也是一个矛盾体，灵与肉、成与毁、上升与沉沦构成了他的内宇宙，有着向善和作恶两种可能。

由此可见，在《浮士德》中的天上赌赛、书斋赌赛和浮士德自身矛盾三个层次的描写中，歌德揭示了矛盾的普遍性与特殊性及其相互联系，显示出了他所理解的独特的世界矛盾运动过程：至善至恶（外化为具体的善恶体现物）的矛盾斗争作用于具体的矛盾体——人，而人又同时用自己的努力和创造追求着至善至美，以求最终达到向至善至美的回归。这样，歌德实际上运用形象化的方式，表达了他对社会、人生、精神发展的全新理解。歌德在《浮士德》中所表现的思想认识，达到了他那个时代的最高峰。他承认世界存在着不同层次的矛盾，揭示了诸种矛盾层次之间的关系及其矛盾作用方式，充满了辩证思想。但他又用善恶矛盾等属于观念形态的东西的辩证发展来解释人类社会的演进，在善与恶矛盾斗争的框架中解释人类精神的发展历史。这正是歌德唯心史观和辩证法思想的统一。

第二，诗剧用象征的手法，通过浮士德几个阶段的追求，对从文艺复兴到19世纪初三百年来欧洲新兴资产阶级的精神发展历程做了深刻的回顾与总结。

阴暗的书斋是中世纪精神牢笼的象征。浮士德从书斋中走出来，表示了歌德对中世纪思想体系的否定以及他要恢复人与自然联系的渴望，这既是人文主义思想家精神的写照，又是歌德早年反抗当时整个德国社会的叛逆精神的体现。浮士德厌恶莱比锡下层酒馆的放纵行为，与葛丽卿爱情生活终结，摆脱了低级的官能享乐和迷离的情欲，可以看作是对早期资产阶级"享乐人生"口号与主张的否定，同时也是对文艺复兴时期新兴资产阶级所作所为进行的评判。特别是浮士德与葛丽卿的爱情悲剧，也反映了浮士德自身所处的两难境地。安适、宁静的爱情生活使他感到幸福，但是，平庸的市民生活又违背他追求的本性。这一悲剧充分地说明，在德国当时的庸俗环境中，新兴的资产阶级是不能实现自己的生活理想和爱情理想的，这种生活也是不能禁锢新兴资产阶级代表人物的革命精神的。而歌德批判了为封建王朝服务的妥协道路，否定了向古典美去寻求出路和期望用艺术美来改造社会的幻想——这些都可以在17、18世纪的欧洲和德国找到蓝本。政治悲剧概括了歌德本人十年魏玛宫廷生活的体验和一些资产阶级思想家的经验。在18世纪欧洲一些主要国家封建制度已面临崩溃的时候，仍有许多启蒙思想家把改革社会的希望寄托在开明君主身上，寄托在为封建王朝服务时所做的改良上。歌德通过浮士德的政治悲剧，否定了这条道路。艺术悲剧集中有力地否定了17世纪古典主义者和18世纪下半叶德国一些思想家试图通过艺术来改造社会的主张。最终，浮士德肯定了改造自然这一事业的意义——他发动群众，移山填海，并得出了智慧的最后结论：

人必须每天每日去争取生活与自由，
才配有自由与生活的享受！①

他还指出：

我愿看见人群熙来攘往，
自由的人民生活在自由的土地上！②

他认为这是最美的刹那。这种试图通过劳动来建造一个"人民安居乐业，无害无灾"的人间乐园的思想，其实质是19世纪初期欧洲空想社会主义思想的反映。

可以说，浮士德人生探索的每一个阶段，都有现实的根据和时代精神发展的依据，都反映了欧洲和德国资产阶级思想家精神发展的某一个时期。歌德正是在这种历史的评判中显示出了他深邃的思想力量和敏锐的艺术眼光。

第三，诗剧表达了反封建反教会的思想。

德国当时分裂为三百多个封建国家，连年内战，民不聊生，关税重重，暴政累累，大大阻碍了资本主义的发展。在第二部第一幕"皇城"那一场中，首相、兵部大臣、财政大臣、宫内大臣都在向皇帝诉苦——这正暴露出当时国内的实

---

① 歌德：《浮士德（第二版）》，董问樵译，复旦大学出版社2001年版，第663页。
② 同上。

况。兵部大臣说：

> 当今乱世扰扰纷纷！
> 不是你死我活，便是我夺你争，
> 对命令充耳不闻。
> 市民躲进城濠，
> 骑士盘踞碉堡，
> 誓死抗拒官军，
> 把自己的势力保牢。
> 佣兵急不可待，
> 闹着要求发饷，
> 你若是扫数发清，
> 他们统统逃得不知去向。
> 你若是把大伙儿的要求革掉，
> 就好比去捅蜂巢；
> 士兵本应当保卫帝国，
> 却任其遭受抢劫和骚扰。①

教会贪得无厌，愚弄人民，而且上层往往掌握大权，宗教贵族与世俗贵族竞相压迫和剥削人民。在第一部"散步"那场中，靡非斯陀讽刺了教士诈骗财物的丑态：

> 母亲请来了一位教士，
> 教士还没有把话听完，
> 一见宝物便满心欢喜。
> 他说："这种想法真是不错！
> 谁能克制，才能收获。
> 教堂的胃口很强，

---

① 歌德：《浮士德（第二版）》，董问樵译，复旦大学出版社 2001 年版，第 293 页。

虽然吃遍了十方，

从不曾因过量而患食伤；

信女们功德无量，

能消化不义之财的只有教堂。"①

"《浮士德》第二部第四幕'敌方皇帝的帐幕'那场，描写大主教兼任首相，用宗教作烟幕以达到物质贪欲。当皇帝在'论功行赏'时他一再要求，勒索，得到的封赠最多。"②

第四，诗剧表达了人道主义思想。

"在艺术形象上，歌德的浮士德是莎士比亚的哈姆雷特的发展，两者有一脉相承的关系。浮士德在人道主义的深度和广度上，发展了哈姆雷特，但时间经过了200多年！哈姆雷特只肯定了人的价值：'人类是多么了不起的杰作，多么高贵的理性，多么伟大的力量……宇宙的精华，万物的灵长！……'但对于人生的意义，人的作用，只是用怀疑哲学的方式，提出'存在与不存在'是一个值得考虑的问题，而未予以解决。""浮士德则肯定人的作用，人生的目的在于行动，在于作出有益于社会的实践。所以浮士德开始就明白说出'原始有为'，'为'即是实践，通过实践而不断追求真理，最后领悟到人生的真谛，或如剧中所说'智慧的最后结论'是：'人要每天每日去争取生活与自由，才配有自由与生活的享受。'""浮士德悲剧中的人道主义所表现出来的进步性，是摆脱封建束缚和神权桎梏的思想，追求个性的自由解放。"③

但是诗剧同时又反映出了当时德国以及欧洲资产阶级先进思想家的历史局限性。

首先，诗剧回避了社会革命，仅把社会发展的过程归结为个性完善——从具体的善向至善复归，这是唯心史观的一种表现；仿佛可以不消灭现有的腐朽制度，不经过社会革命，就可以在旧基础上建立一个新世界，这实际上是歌德的一种不切实际的政治幻想在诗剧中的反映。

---

① 歌德：《浮士德（第二版）》，董问樵译，复旦大学出版社2001年版，第159页。
② 董问樵："译序"，同上书，第7页。
③ 同上书，第10—11页。

其次，浮士德虽然从改造大自然中看到了人类的远景，表达了用劳动来建立幸福乐园的理想，但没有认识到唯有社会革命、政治革命，才能创造出更为合理的社会。

最后，诗剧所表达的人道主义"也有其不可避免的局限性。西方启蒙时期的人道主义是和资产阶级个人主义不可分的。浮士德虽然反对封建压迫和束缚，不信神，反对教会的虚伪和禁欲主义，不断追求享受，从'感性的享受'到'事业的享受'，从所谓'小世界'进入'大世界'，尽量探索宇宙的奥秘，体验人生的广度和深度，以至于驰骋幻想，上天入地，然而究极说来，不过是自我的扩张。如果走到极端，就容易导致利己的权利思想"。此外，"剧中特别强调'爱'，包括两性之爱、泛爱及人神之爱。在作者笔下，爱的力量在人类社会中的作用，有如万有引力在宇宙中的作用。这是值得进一步分析研究的问题"[1]。

（四）艺术特色

第一，现实主义与浪漫主义相结合。

《浮士德》第一部表现了青年歌德狂飙突进的精神，第二部中则注入歌德中年和晚年的体会和经验，例如他在魏玛宫廷服务、游历意大利、研究古典艺术和自然科学、注意威尼斯和荷兰填海的努力及美国开凿运河的计划等；背景从天上、地下到人间，场面变幻莫测，形象光怪陆离，象征和比喻层见叠出，给人以迷离恍惚、目不暇接之感。现实主义与浪漫主义很好地结合在了一起。

第二，象征手法的运用。

诗剧主要是采用象征的手法写成的。《浮士德》的总体构成体现着歌德所理解的宇宙间的矛盾运动以及与人类关系的基本看法。而浮士德一生的发展，则象征着人类精神由低向高不断发展的渐进历程。歌德在《浮士德》中所表现的不是客观、具体的物质世界和现实生活，而是精神世界和精神演进过程。这也是导致全部悲剧具有鲜明的象征性的根本原因。

象征手法的运用，使得《浮士德》在艺术上达到了形象性与哲理性的高度统

---

[1] 董问樵："译序"，歌德：《浮士德（第二版）》，董问樵译，复旦大学出版社 2001 年版，第 11 页。

一，客观性与主观性的有机交融，艺术的传统性与现代性的密切结合。

《浮士德》用象征的手法来描写世界和塑造人物，使它们既是形象化的，又是富于哲理的。所谓形象化的，是指我们在诗剧中所看到的人物，均好像活生生地站在面前。例如，浮士德的苦闷、热恋、享受、追求，具有现实生活中常人的情感特征。学者书斋、下层酒寮、皇帝宫廷等，也富有鲜明具体的形象性。但诗剧中出现的人物，又不是现实生活中的人，浮士德与靡非斯陀的赌赛、上天入地的追求等又并非现实生活中可能发生的情节。歌德正是通过这些形象化的场景和人物的活动，展示了人类精神的演进过程，表现了人生的哲理和生活的哲理。《浮士德》是借助现实的形来反映时代的魂的。

客观性与主观性的有机交融在诗剧中主要体现为，现实主义因素和浪漫主义因素的相互交织、有机融合。诗剧对德国市民社会的描写，对封建朝廷荒淫无耻生活的描写，对瓦格纳、葛丽卿及"城门之前"那场中的城郊节日生活情景、乱七八糟的学术界及乌烟瘴气的"紫金城"等人物和场景的描写，都是真实而富有典型性的，基本上是现实主义的（葛丽卿的故事是歌德以当时发生在法兰克福的一桩溺婴案为基础写成的）。但是，《浮士德》全篇的构思又是具有幻想性的。诗剧中除了包含大量古代、中世纪的各种神话传说和幻想故事之外，还有大量情节极富浪漫主义特色，如有关浮士德因喝魔汤而变得年轻、远古希腊的旅行、海伦的形象、海伦与浮士德的结合以及瓦布吉司之夜、填海场景等的描写。可以说，浮士德一生的行动发展是遵从着歌德思想发展的逻辑而非现实生活的逻辑的——浮士德神话在这里并没有演成历史遗迹的展览。歌德驰骋自己的想象，为的是自由地表现三百年来资产阶级先进分子思想探索的历程。浮士德形象的塑造也在一定程度上体现了现实主义和浪漫主义的结合，在他身上所发生的一切，既有符合现实的事件、环境的，如书斋中的迷惘、情欲的诱惑、立志干大事业等，又有幻想的情节、虚构的环境，如与靡非斯陀的订约、返老还童、对海伦的迷恋等。歌德用幻想的情景、真实的生活，天上、地下，现实、古代，人类、靡非斯陀，交织出一幅瑰丽奇异的艺术图画。

在象征手法的高妙运用中，《浮士德》也达到了艺术的传统性与现代性的密切结合。歌德对传统的艺术方法（即遵从生活本身的发展规律和作家的主观情感逻辑）的理解和继承，达到了出神入化的程度。同时，诗剧在艺术上又具有明显的现代性。诗剧遵循"化丑为美"的现代美学观念，将靡非斯陀、福基亚斯（以"混沌之女"的丑陋外貌出现）等丑的东西作为审美对象加以表现，并赋予巨大美学价值，这实则是现代美学意识的滥觞。诗剧采用时空颠倒、混淆的手法对古今场景任意调动，使浮士德可以从年老变年轻，并能穿过时间隧道回到古代希腊，这一切实际上都是20世纪现代主义文学创作手法的端倪。在人物形象的塑造中，诗剧大量地采用了分身及变形的手法。例如，浮士德的"善"是天帝"至善"的外化——这便是分身手法塑造形象的成功试验。而靡非斯陀可以由恶魔变成狗、继而再变身为人；浮士德忽而为老年学者，忽而为年轻的探索者，变形手法的运用亦随处可见。

第三，运用多种诗歌艺术体裁和包容多种艺术形式因素，并将之有机地融为一体。

在整个诗剧中，有抒情诗、哲理诗、散文诗、叙事诗，也有感情纯朴、音韵优美的民歌——当时所出现的各种诗歌样式无所不包。诗剧又总是根据内容的需要，选择最恰当的诗体与韵律来作为表现手段的。"开头是自由韵体，后来逐渐转到牧歌体和抑扬格。作者应用韵律的变换来配合情节的进展和反映情绪的变化。例如海伦出场时，使用古希腊悲剧的三音格诗，随从人员使用古典的合唱。浮士德使用北欧古典的长短格五脚无韵诗。到了两人接近，海伦改用德国有韵诗。随着欧福良的出现，运用浪漫主义式的短行诗。到海伦消逝，又还用三音格诗，宫女侍从们都在八行诗中烟消雾散。歌德还努力使本剧成为音乐剧。第一部天上序幕，要用圣乐开始。第二部精灵的歌唱，要用竖琴伴奏。从欧福良诞生起，要用全体乐队伴奏，到挽歌以后，音乐才随着歌唱而完全停止。但在埋葬浮士德的一场中，又要有相应的音乐来伴奏天人之群的歌唱的声音。"[①] 同时，中世纪神秘剧、巴洛克的寓言剧、文艺复兴时期的假面剧、意大利的行会剧、英国舞台剧的大胆尝试、近乎现代活报剧的东西等文体，都融汇在其中了。但这些并非简单的堆砌与相加，而是水乳交融般地融汇在一起。

---

① 董问樵："译序"，歌德：《浮士德（第二版）》，董问樵译，复旦大学出版社2001年版，第13页。

第四，结构颇具匠心。

诗剧突破一切常规，没有贯穿首尾的情节线索，而是以浮士德探索理想为中心，跨越时空界限来结构全篇的。浮士德的五个生活阶段是用两个赌赛来引发的。

第一个赌赛是在"天上序幕"一节里发生在靡非斯陀和天帝之间的。靡非斯陀深信浮士德的追求最终会得到满足，浮士德最终会抛弃信仰，走上怠惰和堕落的道路。而天帝却坚信浮士德虽然在追求过程中必然会屡犯错误，甚至迷失方向，但会永远向上进取，最终还一定会走上正路。

第二个赌赛是在浮士德的书斋里。浮士德在绝望中对一切都感到心灰意懒。此时，靡非斯陀出现，劝他走出书斋到外面世界享受人生。靡非斯陀表示甘愿做他的仆人，供他一生使唤，条件是在他感到满足的那一天，他的灵魂就归靡非斯陀。但浮士德相信自己一生不会苟且偷安，向上进取的心灵永不会衰竭。于是，双方达成协议。

这两个赌赛从表面看来是用来引出浮士德此后一生的经历的，但实际上集中道出了《浮士德》所具有的哲理性主题思想。

通过对天帝和靡非斯陀的赌赛的描写，诗剧预示了人在追寻生存意义、进行创造性活动时难免会犯各种错误，甚至误入迷津；但人只要不断进取，最后总会回到正道并获救。

通过对靡非斯陀和浮士德的赌赛的描写，诗剧揭示出人在前进的路途上，不仅要与外界事物、人等发生碰撞，而且还要与自身展开剧烈的斗争。这种属于内心精神世界的矛盾冲突无时无刻不存在，要想战胜对方，就得先战胜自己、超越自己。

这两种不同精神的存在早在诗剧第二场"城门之前"中就已表现。这两种不同精神的冲突虽然是灵与肉的冲突，但又远非单纯的灵与肉的冲突。它们是积极与消极、肯定与否定、向上与堕落、善与恶、美与丑、诱惑与反诱惑等多方面的较量。从表面上来看，浮士德与靡非斯陀是正反两个人物，但实际上他们是一个人身上的两个方面、两种精神的体现。不过，浮士德与靡非斯陀之间的关系又并不像半个世纪之后英国小说家斯蒂文森的《化身博士》中所阐释的人性中的善与恶那样泾渭分明。诗剧并没有把靡非斯陀描绘成一个十足的恶的化身，相反，通过靡非斯陀敏锐的眼力揭露了当时社会上的种种弊病，从政治、宗教、殖民主义到大学的课程、唯心主义的哲学等的弊病；而且，诗剧明确指出天帝之所以允许靡非斯陀引诱浮士德，是由于靡非斯陀对浮士德会起到刺激作用，使浮士德不至于麻痹松懈。

第五，对比手法的运用。

从艺术结构上看，第一部从开阔的天界到狭隘的书斋，逐次展现出开朗的市民生活、生机勃勃的大自然、庸俗嘈杂的小酒店、优美娴静的爱情生活；第二部从光明灿烂的大自然而到混乱的"紫金城"，逐次展现清明典雅的古希腊、叛乱四起的没落帝国、和平劳动的理想之邦。诗剧就这样运用对比的结构形式展开情节，突出浮士德精神的发展及其曲折、复杂的探索过程。

从人物的关系看，浮士德和靡非斯陀、瓦格纳、葛丽卿都处于对比之中，瓦格纳的学究性、术士性，靡非斯陀的否定性、虚无性，葛丽卿的市民情趣等，在与浮士德的关系运演中更加突出了浮士德精神。

第六，风格多变。

在时空问题的处理上，诗剧没有受到任何束缚，时间和地点往往变化极大。语言风格也是常常变化多端，随着不同的人物、不同的场合，出现了严肃与轻松、明朗与隐晦、真诚与嘲讽等各种不同的丰富多彩的语言。诗剧在描写方面更有抒情、写景、叙事等各种不同的形式，不仅有古希腊式悲剧、中世纪神秘剧和英国戏剧等所使用的各种手法，而且还出现了类似20世纪表现主义戏剧的因素。诗剧的不断变化的格律，例如双行押韵体、自由体、八行体、三行隔句押韵体等则成了世界各国翻译家艺术造诣的试金石。

第七，注重刻画人物的内心世界。

为了塑造浮士德这一思想探索者的形象，诗剧把笔力重点放在了表现人物的精神活动方面，着力写他在不同时期、不同场合以及对不同事物的感受和想法，挖掘人物内心的矛盾。如"宫中宽广的前庭"一场，写浮士德听到死灵挖墓时铁锹声产生的感想，悟出"人必须每天每日去争取生活与自由，才配有自由与生活的享受"这样的人生哲理，把浮士德至死不休的精神体现到了极致。

第八,语言精练而又丰富多彩。

在语言上,诗剧运用精练的语言喻事、传神,表现人物的特征,不同人物所用的语言各不相同;诗剧语言有颂扬也有批判,有明喻也有影射,有辛辣的嘲笑也有无情的揭露,有感情真挚的民歌也有义理精微的格言,富有哲理性和抒情性。①

---

① 参见郑克鲁:《外国文学史(修订版)》,高等教育出版社 2006 年版,第 145—152 页。

第九章
《傲慢与偏见》

一、作者简介

简·奥斯丁（1775—1817），生于英国英格兰汉普郡斯蒂汶顿村，终身未婚。"她一共有五个兄弟，一个姐姐"①，父亲毕业于牛津大学，兼任两个教区的主管牧师。她"自幼和父母兄弟姐妹一起，住在父亲任职教区的牧师住宅里，过着祥和、小康、半自给自足的乡居生活。她早年只上过初等学校，主要受教于父亲和自学，从中获得广博的知识和良好的修养"②，"从小就读了李查逊、考柏尔、克拉伯等人的作品。她也爱读约翰生、司各脱、拜伦等人的著作，但特别推崇克拉伯（1753—1832），她有一次曾经说，如果她要嫁人，一定要做克拉伯太太，这因为克拉伯是18世纪末叶一个古典诗人，他的作品不带一点传奇文学的色彩，能够现实地刻画生活，特别是刻画当时农民的苦痛"③。"1801年，她父亲七十岁，把牧师职位让给她长兄，带着女儿们去巴斯休养。在以后

---

① 王科一："译者前记"，奥斯丁：《傲慢与偏见》，王科一译，上海译文出版社1980年版，第1页。
② 张玲："前言"，奥斯丁：《傲慢与偏见》，张玲、张扬译，人民文学出版社1993年版，第1页。
③ 王科一："译者前记"，奥斯丁：《傲慢与偏见》，王科一译，上海译文出版社1980年版，第1页。

的三四年中,他们全家曾到各处旅行,其中有一次曾经遭遇到一件很不幸的事情:据吉英(即简——引者注)的侄女珈罗琳事后的记载,当年吉英去德文郡(Devonshire)旅行时,曾结识一位绅士,很爱吉英,吉英也很爱他,不料事隔不久,那位绅士就去世了,吉英所以终身没有结婚,大概同这一次的遭遇不会完全没有关系。"[1]简·奥斯丁后迁居"南安普顿、乔顿等地,最后在温彻斯特养病,并逝世于此……她从十一二岁就开始文学习作,此后在平庸的家居生活中,一直默默无闻地坚持小说创作"[2]。1811年出版的《理智与感情》是她的处女作,随后她又接连发表了《傲慢与偏见》(1813)、《曼斯菲尔德庄园》(1814)、《爱玛》(1815)、《劝导》(1818)、《诺桑觉寺》(1818)。《理智与感情》《傲慢与偏见》和《诺桑觉寺》都写于18世纪90年代,通常算作她的前期作品,《傲慢与偏见》一般被视为前期代表作;《曼斯菲尔德庄园》《爱玛》和《劝导》,写于19世纪,属后期作品。《爱玛》被认为最有代表性,更有人认为其艺术价值甚至在《傲慢与偏见》之上。但是经过近两个世纪时间的考验,《傲慢与偏见》所拥有的读者,始终多于《爱玛》;而奥斯丁自己也认为《爱玛》在才智情趣方面,较《傲慢与偏见》略逊一筹。[3]

简·奥斯丁的小说所涉及的范围只是一个村镇上的三四家人,多以女主人公为主要角色,其他一些人物有贵族商贾人家的老爷、太太、少爷,以及他们在军队中供职的中青年亲属,还有当时社会上必不可少的教区牧师等;情节"大体不外乎居室壁炉前和会亲访友中有关婚姻、财产的闲谈,集市、教堂、舞会、宴饮等场合的蜂追蝶逐,谈情说爱,中途经过一连串'茶杯中'的小小波澜,最后总是男女主人公和其他对应男女纷纷来个'他们结了婚,以后一直很幸福'"[4]。

简·奥斯丁在自己狭窄有限的生活圈子里,以女性的敏感观察着、酝酿着,着力于人物性格的细腻刻画以及女主角与社会之间的紧张关系的分析,真实地描绘了她周围世界的小天地,尤其是绅士、淑女间的婚姻和爱情风波。其小说摆脱

---

[1] 王科一:"译者前记",奥斯丁:《傲慢与偏见》,王科一译,上海译文出版社1980年版,第2页。
[2] 张玲:"前言",奥斯丁:《傲慢与偏见》,张玲、张扬译,人民文学出版社1993年版,第1页。
[3] 参见上书,第1—2页。
[4] 同上书,第2页。

了18世纪的传统而接近于现代生活。从18世纪末到19世纪初,庸俗无聊的"感伤小说"和"哥特式传奇"充斥英国文坛,而奥斯丁的小说破旧立新,一反常规,"一般都认为《傲慢与偏见》是反《茜茜丽亚》(芬纳·伯纳著)的,《诺桑觉寺》是反《尤多尔夫》(瑞克里夫夫人著)的"①(《茜茜丽亚》《尤多尔夫》均为哥特式传奇——引者注)。正是这种现代性,加上她的机智和风趣,她的现实主义和同情心,她优雅的散文笔法、巧妙曲折的故事结构和细节,使其小说一反夸张戏剧性浪漫小说的潮流,格调轻松诙谐,富有喜剧性冲突,开朴素现实主义小说之先风,对读者具有磁铁般的吸引力。可以说,她善于在狭窄有限的场景中揭示生活的悲喜剧性,严肃地分析了当时社会和文化的性质和格调,忠实地记录了旧社会向现代社会的转变,从某些侧面深刻地反映了整个社会的发展与变化,从而于平凡中揭示了不平凡。她的小说尽管反映的广度和深度有限,但反映了时代的世态人情,对改变当时小说创作中的庸俗风气起了好的作用。同时,"由菲尔丁所建立起来的英国小说的古典类型(classical model)一直未能够保持下来,只有奥斯丁才成功地保持了菲尔丁这个标准"②。因此,奥斯丁的小说在18—19世纪英国小说的发展史上,实际上起着承上启下的重要作用。

二、《傲慢与偏见》

《傲慢与偏见》是奥斯丁最早完成的作品,她在1796年动笔,取名为《第一次印象》,1797年8月完成。"她父亲很喜欢《第一次印象》,曾写信给伦敦一个出版家凯德尔(Cadell),问他是否愿意接受出版,或让作者自费出版,结果竟被退回。"③于是,简·奥斯丁着手修订另一本小说《理智与情感》。在1805年她父亲去世后,她妈妈奥斯丁太太带着她和她姐姐卡珊德拉搬到南安普顿。直到1809年定居在其兄爱德华在乔顿的汉普夏庄园之后,她才再度认真提笔。《理智与情感》修订后,她自费出版,销路不错。于是,她重写了《第一次印象》,

---

① 王科一:"译者前记",奥斯丁:《傲慢与偏见》,王科一译,上海译文出版社1980年版,第7页。
② 同上书,第6页。
③ 同上书,第2页。

改名叫《傲慢与偏见》。

(一) 内容梗概

英国伦敦附近的某个小乡村里有一户人家——班纳特一家。班纳特先生是当地的一名乡村律师,家有五个待字闺中的千金——老大吉英美貌非凡,老二伊丽莎白聪明善良,老三曼丽严肃古板,老四吉蒂毫无主见,老五丽迪雅任性风流。班纳特太太整天操心着为女儿们物色称心如意的丈夫。当年轻、富有的单身汉彬格莱租下附近的尼日斐花园时,班纳特一家顿时为之激动起来。班纳特太太立即开始筹划该将哪个女儿许配给彬格莱,班纳特先生则指出,彬格莱对此事也许会挑三拣四。不久,班纳特先生正式到尼日斐花园去拜访。在尼日斐花园举办的一场舞会上,班纳特家的女儿们结识了彬格莱。出席舞会的还有彬格莱的朋友达西——他仪表堂堂,收入比彬格莱多许多,许多姑娘纷纷向他投去仰慕的目光。但他非常傲慢,认为她们都不配做他的舞伴,即使是班纳特家姑娘中最活泼、最聪慧的伊丽莎白。他甚至对彬格莱说:"她还可以,但还没有漂亮到能够打动我的心"[①]的程度,伊丽莎白由此对他顿生偏见,决定不去理睬这个傲慢的家伙。在舞会上较成功的是和蔼可亲的彬格莱和秀美动人的伊丽莎白及性情温和的吉英。伊丽莎白十分喜欢彬格莱。不久,彬格莱和他的妹妹珈罗琳与吉英成了朋友,达西对伊丽莎白稍稍随和了一些,两人甚至相互嬉谑、嘲弄起来。一天,吉英冒雨走访彬格莱兄妹,患重感冒病倒,只好留在尼日斐花园。伊丽莎白穿过泥泞的道路,步行三英里去看望并照料吉英。她到达时的狼狈相,为珈罗琳说长道短提供了话柄。而班纳特太太则将这一插曲看成是巩固吉英与彬格莱之间关系的大好机会。在伊丽莎白照料吉英期间,达西对她大献殷勤。珈罗琳争风吃醋,大发脾气。她对达西颇感兴趣,竭力破坏达西对伊丽莎白的好感,但未能成功。

在当时的英国,女儿可以继承财产,但由于班纳特家的财产特殊,只能由男性继承,故而班纳特家的女儿们仅能得到五千英镑作为嫁妆,班纳特家的家产将

[①] 奥斯丁:《傲慢与偏见》,王科一译,上海译文出版社1980年版,第12页。

由班纳特先生的表侄柯林斯继承。

柯林斯古板平庸又善于谄媚奉承，依靠权势当上了牧师；他也十分自负，多次谈到其女庇护人——富有而傲慢的咖苔琳·德·包尔夫人，即达西的姨母。咖苔琳夫人催促柯林斯结婚，她的话对他来说即是命令。于是，柯林斯便向伊丽莎白求婚，但举止浮夸，滑稽可笑，伊丽莎白便当即拒绝了。这使得她母亲很不高兴，却让喜欢她甚于其余女儿的父亲感到十分满意。遭拒绝后，柯林斯并不感到羞愧，再次向伊丽莎白求婚，但再次遭到她的拒绝。紧接着，他与伊丽莎白的女友夏绿蒂·卢卡斯订了婚。

附近小镇的民团联队里有个英俊潇洒的青年军官韦翰，人人都夸他，伊丽莎白也对他产生了好感。一天，他对伊丽莎白说，他父亲是达西家的总管，达西的父亲曾在遗嘱中建议达西给他一笔财产，从而体面地成为一名神职人员，但达西并没有按照其父亲的建议做。伊丽莎白听后，对达西产生恶感。由于不敢面对达西，韦翰没有参加一个舞会，因为他知道达西将出席那场舞会。伊丽莎白错误地理解了韦翰的动机，对达西的疑忌与日俱增。舞会后不久，彬格莱在珈罗琳和达西的劝说下，与珈罗琳突然离开尼日斐花园前往伦敦。伊丽莎白确信，珈罗琳因认为吉英配不上彬格莱，正竭力阻止他娶她。吉英表面上镇静地接受了这一关系的中断，但在不久去伦敦探望她的舅母嘉丁纳夫人时，又希望在那里能邂逅彬格莱。当伊丽莎白与吉英在伦敦会合时，她得知彬格莱从未看望过吉英。伊丽莎白相信，是达西故意不让彬格莱知道吉英在伦敦之事。3月，伊丽莎白在肯特郡去看望此时已嫁给柯林斯的夏绿蒂。她在心中对夏绿蒂蓦地涌起一股同情，意识到夏绿蒂只是因相貌平平，年龄日见增长，害怕成为老姑娘，过孤独、贫寒的生活，才不得已嫁给了柯林斯。在肯特郡小住时，伊丽莎白遇到达西的姨妈咖苔琳夫人，并被邀去她的罗新斯山庄做客。不久，她见到了来那里过复活节的达西。达西再次为伊丽莎白所吸引，便向她求婚，但因他态度傲慢，加上她之前便对他有严重偏见，她便拒绝了他，并谴责他不公正地对待她的姐姐和韦翰。达西默默无言地听她的指责，第二天痛苦地离开了她，临走时留下一封长信作了几点解释：他承认彬格莱不辞而别是他促使的，原因是他无法忍受她那粗俗而喜欢算计的母亲、轻浮而狂热地追求韦翰的丽迪雅以及平庸乏味的吉蒂、曼丽，担心吉英并非钟情于彬格莱,便劝说彬格莱放弃娶吉英;而韦翰说的却全是谎言,事实是韦翰把达西父亲建议给韦翰的那笔遗产挥霍殆尽,还企图勾引达西的妹妹乔治安娜与之私奔;同时,他认为吉英和伊丽莎白不同于其妹妹。尽管这封信对班纳特家的态度很傲慢,但它开始消除伊丽莎白对达西的偏见。伊丽莎白读信后十分后悔,既对自己错怪达西而感到内疚,又为母亲和妹妹的行为而羞愧,同时开始看清达西固有的诚实品性。第二年夏天,伊丽莎白随舅父、舅母到达西的庄园彭伯里,从达西的家仆那里了解到达西在当地很受人们尊敬,而且对其妹妹乔治安娜非常爱护。

伊丽莎白在树林中偶遇刚到家的达西,发现他的态度大大改观,对她的舅父、舅母彬彬有礼,渐渐地她对他的偏见进一步地消除了。正当其时,伊丽莎白接到吉英来信,告诉她丽迪雅与韦翰私奔了。早些时候,丽迪雅不顾伊丽莎白反对,执意前往白利屯,那里驻扎着韦翰所在的部队。伊丽莎白将丽迪雅与韦翰私奔之事告诉达西,并以为达西会更瞧不起自己。而令伊丽莎白愁上加愁的是,她已开始爱上达西。她觉得他将不会与她有任何往来,因为丽迪雅的行为证实了他曾说过的关于班纳特家平庸俗气的言论。但此时深深爱上了她的达西已秘密前往伦敦,在那里找到了丽迪雅和韦翰,不仅替韦翰还清赌债,而且赠给他一千英镑用于跟丽迪雅结婚。班纳特先生也出去寻找这对年轻人,但从伦敦徒劳而归。随后,丽迪雅回到家中,告诉伊丽莎白,达西出席了她的婚礼。伊丽莎白猜疑达西在这件事中起了作用,便写信给她舅母询问此事,她舅母的来信证实了她的猜疑,虽然达西曾让她舅母发誓对此事保密。自此以后,伊丽莎白往日对达西的种种偏见统统化为真诚之爱。

丽迪雅与韦翰离开后,彬格莱便在达西的陪同下返回了尼日斐花园。不久,彬格莱和吉英订了婚,班纳特夫妇满心欢喜。咖苔琳夫人希望达西娶她自己的女儿——一个冷漠、讨厌得可怜的姑娘,因而,在听到伊丽莎白已与达西订婚的传闻时大发雷霆,并驾临浪搏恩,盛气凌人地要求伊丽莎白放弃达西。伊丽莎白冷冷地告诉咖苔琳夫人,让她不要管闲事。当咖苔琳夫人告诉达西说伊丽莎白拒绝放弃他时,达西知道伊丽莎白已经改变了对自己的看法。受到这样的鼓舞,达西再次向伊丽莎白求婚,这次他态度谦卑、得体,于是,被愉快地接受了。至此,一对曾因傲慢与偏见而延搁婚事的有情人终成眷属；三个女儿出嫁后，班纳特太太满怀喜悦，班纳特先生则十分明达地等待再有求婚者上门。

（二）人物形象

1. 伊丽莎白

伊丽莎白是班纳特家的二女儿。

她具有反抗性。在当时的英国，男性只要有一定的资产就可以迎娶一位自己满意的太太，而女性在爱情与婚姻方面不具有自主权利，没有选择的余地，只能够凭借自身的外貌与家庭状况来进行婚姻的交易，伊丽莎白的母亲也按照这一风俗为每一个女儿考虑婚姻大事。伊丽莎白不遵守这样的婚恋风俗，坚定且勇敢地认为，自己的婚姻与恋爱不能受人摆布。同时，虽然她出身于中产阶级的家庭，可是由于父亲的遗产由远亲柯林斯继承，这在当时那样的社会里对她的婚姻来说确实是个不利的条件。她如果没有爱情的理想，只图生活安逸，那就大可一口答应柯林斯的求婚，坐享浪搏恩的遗产，但她毅然决然地拒绝了柯林斯的求婚；即使不接受柯林斯的求婚，她也应该乐意接受每年有万镑收入的达西的求婚，但她一开始斩钉截铁地拒绝了达西的求婚。

她有主见，追求人格独立、平等，注重尊严。她认为，婚姻应该基于爱情，而不是基于金钱与地位。所以，尽管达西富有，是当时许多年青女性心仪的对象，但是，当她以为他很傲慢、对她没有爱情时，她便拒绝了他的求婚；当柯林斯以"探囊取物"的心态向她求婚时，她认为他不是自己想嫁的人，对他说："你的求婚使我感到荣幸，可惜我除了谢绝之外，别无办法"，"你不能使我幸福，而且我相信，我也绝对不能使你幸福"[①]。

她爱憎分明、语言犀利。她直言指责达西的傲慢，指责达西破坏吉英和彬格莱的婚姻，指责达西侵犯了韦翰的权益（虽然这件事后来证明是韦翰编造的）；她以为达西恃"财"傲物，并因此厌恶达西，于是在达西向她求婚时不仅拒绝，而且这样说道："从开头认识你的时候起，几乎可以说，从认识你的那一刹那

[①] 奥斯丁：《傲慢与偏见》，王科一译，上海译文出版社1980年版，第125页。

起,你的举止行动,就使我觉得你十足狂妄自大、自私自利、看不起别人,我对你不满的原因就在这里,以后又有了许许多多事情,使我对你深恶痛绝;我还没有认识你一个月,就觉得像你这样一个人,哪怕天下男人都死光了,我也不愿意嫁给你。"①当她拒绝了柯林斯的求婚后,柯林斯以为她是害羞,"不屈不挠"地追求她,她便生气地说:"不瞒你说,先生,我既然话已经说出了口,你还要存着指望,那真太奇怪了。老实跟你说,如果世上真有那么胆大的年轻小姐,拿自己的幸福去冒险,让人家提出第二次请求,那我也不是这种人。我的谢绝完全是严肃的。"②

她机智灵活、坚强泼辣、威武不屈、蔑视权贵、敢怒敢言、敢作敢为、有胆有识。恬不知耻、倚仗势力而盛气凌人、阴险毒辣、蛮横无理的咖苔琳夫人特地跑到浪搏恩吓她,要她解除她与达西的婚约(其实他们那时还没有订婚),以便把自己的女儿德·包尔小姐许配给达西时,她断然拒绝,并"指出了达西和德·包尔小姐的那一段摇篮婚姻,固然谋事者在父母,然而成功与否,还得取决于当事人自己的意志;她指出咖苔琳夫人无权过问她的事,休想吓倒她;她还指出,只要做达西的太太会获得幸福,哪怕天下人都看不起她,她也不在乎"③。

伊丽莎白是她那时代的一个新女性,表征着社会进步的女性。

2. 达西

达西是一个富有、殷实的地主家的儿子,物质财富丰富。

他仪表堂堂。他"身材魁伟,眉清目秀,举止高贵","一表人材","比彬格莱先生漂亮得多"④。

他很傲慢。他在第一次参加与班纳特家女儿们相聚的舞会上,许多姑娘向他投去倾慕的目光,他却认为她们都不配做他的舞伴。"他承认班纳特小姐(即吉英——引者注)是漂亮的,可惜她笑得太多"⑤,对班纳特家姑娘中最活泼、最

---

① 奥斯丁:《傲慢与偏见》,王科一译,上海译文出版社1980年版,第219页。
② 同上书,第125页。
③ 王科一:"译者前记",同上书,第13页。
④ 同上书,第10页。
⑤ 同上书,第18页。

聪慧的伊丽莎白，他甚至对彬格莱说"她还没有漂亮到能够打动我的心"①的程度；他觉得向伊丽莎白求婚是委曲求全，是贬低了自己的身价，是违背了自己的意志。

他很深沉。他发觉伊丽莎白"那双乌黑的眼睛美丽非凡，使她的整个脸蛋儿显得极其聪慧"②时便对她着迷，想要了解她，关注她与别人的谈话，但一点都不表露；当他意识到自己开始喜欢伊丽莎白甚至是爱上了伊丽莎白时，他也丝毫都没有透露出他的感情；当他有了表白的机会——俩人单独待了半个小时，他聚精会神地看书，看都没看她一眼；明明是自己想请她跳舞，他却说成"你是不是很想趁这个机会来跳一次苏格兰舞"③。当他见到阔别多年的韦翰时，在班纳特小姐们的面前，他一句话不说，也没有向在场的小姐们打招呼，便转身离去；他深知韦翰的种种劣行，但不揭露，而只是认为时间长了人们会发现。

他坦率、真诚。他在向伊丽莎白求婚失败后这样对她说："要是我耍一点儿手段，把我内心的矛盾掩藏起来，一味恭维你，叫你相信我无论在理智方面、思想方面以及种种方面，都是对你怀着无条件的、纯洁的爱，那么，你也许就不会有这些苛刻的责骂了。可惜无论是什么样的装假，我都痛恨。"④这段话虽然让人觉得很刺耳，但也表现了他的坦率。他这样向伊丽莎白解释自己"恶习"形成的缘由："我虽然并不主张自私，可是事实上却自私了一辈子。从小时候起，大人就教我，为人处世应该如此这般，却不教我要把脾气改好。他们教我要学这个规矩那个规矩，又让我学会了他们的傲慢自大。不幸我是一个独生子（有好几年，家里只有我一个孩子），从小给父母亲宠坏了。虽然父母本身都是善良人（特别是父亲，完全是一片慈善心肠，和蔼可亲），却纵容我自私自利，傲慢自大，甚至还鼓励我如此，教我如此。他们教我，除了自己家里人以外，不要把任何人放在眼里，教我看不起天下人，至少希望我去鄙薄别人的见识，鄙薄别人的长处，把天下人都看得不如我。从八岁到二十八岁，我都是受的这种教养，好伊

---

① 奥斯丁：《傲慢与偏见》，王科一译，上海译文出版社1980年版，第12页。
② 同上书，第26页。
③ 同上书，第60页。
④ 同上书，第218—219页。

丽莎白,亲伊丽莎白,要不是亏了你,我可能到现在还是如此!我哪一点不都是亏了你!你给了我一顿教训,开头我当然受不了,可是我实在得益非浅。你羞辱得我好有道理。"①"这一段话不仅揭露了和批判了他自己封建地主的阶级出身所加于他思想意识上的毒害,挖掘了他自己傲慢的社会根源,并且指出了伊丽莎白和他的爱情基础"②,而且显现了他的坦率和真诚。珈罗琳想了解究竟是谁引起他的深思时,他非常坦率地说出是伊丽莎白。

他知错必改、从善如流。他在向伊丽莎白求婚遭到拒绝和指责后,自尊心受到从未有过的打击,深刻地意识到自己的品行需要改正。他在第二天写了一封长信给伊丽莎白,诚恳地解释了伊丽莎白所提到的三点问题。后来,他改正为人处世的傲慢态度,还成全韦翰和丽迪雅的婚事。

他善良、温和、慷慨、宽容、亲切。他明知韦翰品行不端,是个恶棍,但不揭露以使其难堪。韦翰是老管家的儿子,和他一起长大,他便给韦翰安排神职工作,但被贪财的韦翰拒绝。之后,他又给韦翰钱作为补偿。韦翰恩将仇报,想要拐骗他的妹妹,他得知此事后放过了韦翰。他对妹妹宠爱有加,悉心照顾。他资助韦翰和丽迪雅结婚。他为拆散彬格莱和吉英的婚姻而内疚,并向彬格莱说明了事情原委,鼓励他去见吉英,使两个人最终喜结良缘。他对下人极好,以至于他的管家奶奶这样评价他:"我一辈子没听过他一句重话,从他四岁起,我就跟他在一起了";"我就是走遍天下,再也不会碰到一个更好的主人。我常说,小时候脾气好,长大了脾气也会好;他从小就是个脾气最乖、肚量最大的孩子";"他不像目前一般撒野的青年,一心只为自己打算。没有一个佃户或佣人不称赞他。有些人说他傲慢;可是我从来没看到过他有哪一点傲慢的地方。据我猜想,他只是不像一般青年人那样爱说话罢了。"③

他有主见、执着、坚韧。他超越门第的界限,追求自己心仪的伊丽莎白,即使遭姨母的阻挠也不改初衷,并在第一次向伊丽莎白求婚失败后再次向她求婚。

达西是他那时代的一个新青年,一个表征着社会进步的青年。

---

① 奥斯丁:《傲慢与偏见》,王科一译,上海译文出版社1980年版,第409—410页。
② 王科一:"译者前记",同上书,第12页。
③ 同上书,第277—279页。

(三) 主题

小说描写了四门婚姻，尤其是达西和伊丽莎白的婚姻。

第一，"表现出了作者对婚姻的见解——哪些婚姻是幸福的，哪些婚姻是不幸福的；哪些婚姻是爱情的蓓蕾所开绽的幸福的花朵，哪些婚姻又是由于妇女迫不得已，把嫁人当作终身的衣食之计，委曲求全"。"作者从第十九章柯林斯向伊丽莎白求婚那一幕起，就通过伊丽莎白的口，说出了她自己对婚姻的正确见解，使我们看到那个时代里的坚强的女性对于男性中心社会，对于那些把女性当作附属品的卑劣愚蠢的男性，提出了怎样的反抗。"[①]为了财产、金钱和地位而结婚是错误的，而结婚不考虑上述因素也是愚蠢的——既不能为金钱而结婚，又不能把婚姻当儿戏；理想的婚姻非常重要，男女双方感情是缔结理想的婚姻的基石；理想的婚姻"既不是柯林斯心目中那种为'全教区树立一个榜样'的婚姻，也不是韦翰和丽迪雅那种凭着一时情欲冲动而轻率从事的婚姻，更不是费茨威廉那种要高攀阔小姐的婚姻（见第三十三章），她认为'没有爱情可千万不能结婚'"[②]，而应该是达西和伊丽莎白的那种"为天下有情人树立一个榜样"的婚姻。

第二，批判了封建门第观念。达西的傲慢实际上是地位差异的反映，只要存在这种傲慢，他与伊丽莎白之间就不可能有共同的思想感情，也不可能有理想的婚姻。伊丽莎白拒绝达西的求婚，固然是由于她对他的误会和偏见，但主要还是因为她讨厌他的傲慢。柯林斯是个传教士，"他趋炎附势，结交了一位有钱的女施主，便自以为了不起，自以为像伊丽莎白那样的姑娘，尽管有许多吸引人的地方，不幸财产太少，把许多优美的条件都抵消了，不会有另外一个人再向她求婚，他自己去求婚一定十拿九稳，马到成功，不料伊丽莎白给他的回答是：'我除了谢绝之外，别无办法。'因为'你不能使我幸福，……我也绝对不能使你幸福。'"[③]彬格莱追求门第比自己差得多的吉英及两人之间的婚姻也是对封建门

---

① 王科一："译者前记"，奥斯丁：《傲慢与偏见》，王科一译，上海译文出版社1980年版，第8页。
② 同上书，第13页。
③ 同上书，第8—9页。

第观念的一种批判。

第三，表达了女性要求人格独立和平等的观念。伊丽莎白对达西前后两次求婚的不同态度，实际上反映了女性对人格独立和平等权利的要求。"伊丽莎白所爱的达西不是那个傲慢无理的达西，而是那个戒除了傲慢、批判了那形成傲慢的社会根源，以真心诚意来对待爱情的达西！因此，这并不能算是伊丽莎白向达西屈服，而是达西的傲慢在爱情面前、在未来幸福的理想面前屈服！达西即使没有彭伯里的财产，伊丽莎白终于也可能嫁给他！"①

第四，揭示了18世纪英国妇女的悲惨命运。夏绿蒂平常也算是一个有见识的姑娘，而且和伊丽莎白是好朋友，却与柯林斯那种庸俗的男人结婚，对此，小说这样写道："大凡家境不好而又受过相当教育的青年女子，总是把结婚当作仅有的一条体面的退路。尽管结婚并不一定会叫人幸福，但总算给她自己安排了一个最可靠的储藏室，日后可以不致挨冻受饥。她现在就获得这样一个储藏室了。"②"这段话真是无比深刻、无比感人地写出了那个时代里妇女的悲惨命运！"③

第五，反映了18世纪末到19世纪初处于保守和闭塞状态下的英国乡镇生活和世态人情。"这部小说虽然主要篇幅都是谈婚论嫁，通常却不被视为爱情小说，而被称为世态（或风俗）小说。因为作家在这部书中是把恋爱和婚姻过程置于比一般言情小说略微宽广的社会环境中去处理的。恋爱、婚姻的男女双方当事人的活动，大多是开放性的、理性的、现实的，很少有通常言情小说的浪漫激情。通过婚姻恋爱当事人对事件的态度、认识以及相关人物的反应，读者可以看到当时中产阶级社会普遍的世态风习，诸如对社会和人生至关重要的婚姻与财产二者之间的关系、17世纪资产阶级革命之后英国封建等级制度瓦解过程中社会阶级关系和人际关系的变化，女性意识的觉醒等等。"④"联系这部小说的历史背景来看，它确实反映了当时英国平民资产阶级地位的升迁。"⑤

---

① 王科一："译者前记"，奥斯丁：《傲慢与偏见》，王科一译，上海译文出版社1980年版，第12页。
② 同上书，第143页。
③ 同上书，第9页。
④ 张玲："前言"，奥斯丁：《傲慢与偏见》，张玲、张扬译，人民文学出版社1993年版，第2—3页。
⑤ 同上书，第4页。

（四）艺术特色

第一，运用了喜剧手法和讽刺手法。

从18世纪末到19世纪初的英国，庸俗无聊的"感伤小说"和"哥特式传奇"盛行，《傲慢与偏见》一反这两类小说而接近于现代生活，运用了喜剧手法，即通过诙谐俏皮的语言、富有喜剧性冲突的情节来表达对生活的严肃批评，嘲讽了人们（如班纳特太太、柯林斯、达西、咖苔琳·德·包尔夫人等）身上隐藏的愚蠢自私、傲慢势利，探索了伊丽莎白从恋爱到结婚时自我发现的心理过程。

情景反讽是将反讽从语言层面扩展到小说的某一具体情节或场景中——故事情节的发展出乎读者意料，甚至与读者预期的情景截然相反，但却又在情理之中。比如，小说中的人物命运设置并没有按照人们的预期进行发展，他们的一些言行在特定场合由于智力、思想或认识方面的局限显得十分不合时宜，但这些人物本身又对此浑然不觉，结果事与愿违，从而产生反讽的效果。比如，达西为了遮掩丽迪雅与人私奔的丑闻，维护班纳特一家的名誉，主动拿出金钱帮助韦翰还债，并利用金钱促使本无意于娶丽迪雅的韦翰快速地与她完婚。两人完婚后就紧接着上演了一幕极具讽刺意味的闹剧。韦翰陪着丽迪雅大摇大摆地返回娘家，脸上挂满得意的表情，毫无愧疚之感；不仅如此，丽迪雅还在自己母亲和姐妹面前大肆地炫耀自己的婚姻："且想想看，我已经走了三个月了！好像还只有两个星期呢；可是时间虽短，却发生了多少事情。天啊！我走的时候，的确想也没想到这次要结了婚再回来，不过我也想到：如果真就这样结了婚，倒也挺有趣的。"[①] "噢，妈妈，附近的人们都知道我今天结婚了吗？我怕他们还不见得都知道；我们一路来的时候，追上了威廉·戈丁的双轮马车，我为了要让他知道我结婚了，便把我自己车子上的一扇玻璃窗放了下来，又脱下手套，把手放在窗口，好让他看见我手上的戒指，然后我又对他点点头，笑得什么似的。"[②]

"在《傲慢与偏见》中，奥斯丁的幽默和讽刺通过多种渠道，特别是通过本内特（即班纳特——引者注）太太和柯林斯先生这两个喜剧人物，达到了珠联

[①] 奥斯丁：《傲慢与偏见》，王科一译，上海译文出版社1980年版，第349页。
[②] 同上书，第350页。

璧合。英国小说中的幽默和讽刺，早在奥斯丁之前，就经斯威夫特和菲尔丁等大作家开创了基业，但是这些男性作家所代表的，是一种夸张、明快、一针见血的风格。奥斯丁的幽默和讽刺则应属于另一类型。她不动声色，微言大义，反话正说，令人常感余痛难消。奥斯丁在英国小说的幽默和讽刺传统中，无疑也曾亲手铺垫过一块重要的基石。"①

第二，语言别有韵味。

小说中的主人公以贵族、中产阶级为主，其受教育程度相对较高，他们所说的话与普通阶层相比具有一定的差异性，以完整的语言形式所表现。如在小说中，时常会出现"I do not"这一形式，而并非常规形式的缩写版，从这一方面可以看出，简·奥斯丁在人物形象塑造中的语言用法极为讲究。

小说所营造的是英国贵族与中产阶级之间的爱情故事，所表现出来的人物形象与其生活环境有着直接关系，不一样的语言用词能够准确表现一个人的受教育程度、家庭教养。小说注重用词精练准确，从而凸显小说中的人物设定及整体的真实性，使得人物形象更加立体丰满。

小说虽然只是平实地展示平凡生活中的平凡人物，描述他们普通的谈话、普通的行为举止，但流露出来的机智与幽默无疑给小说增加了不少魅力。人物的对话自然流畅、鲜明生动、风趣诙谐，且颇具个性。

"'精心选择的语言'和'机智幽默'代表了《傲慢与偏见》艺术形式方面的本质。"② "奥斯丁遣词造句的精练考究，恐怕只有细读原文才能尽情领略。英国的批评家曾说，《傲慢与偏见》中的叙述，像诗似的对仗匀整，富有节奏；它的对话，像剧似的自然流畅，妙趣横生。这部小说之所以浅显而不浅薄，流畅而不流俗，正是由于作家的字斟句酌，反复推敲，而非仅凭妙手偶得。奥斯丁自己也说过，她创作小说，像是用一支又尖又细的画笔，在小小的一块象牙上轻描慢绘。"③

---

① 张玲："前言"，奥斯丁：《傲慢与偏见》，张玲、张扬译，人民文学出版社1993年版，第5—6页。
② 同上书，第4页。
③ 同上书，第5页。

第三，运用多种手法刻画人物。

在分析《傲慢与偏见》中的角色刻画方法时，"著名文艺理论学家哈丁却将其角色刻画按照'素描'与'漫画'两种方法进行区分。其中，以'素描'手法刻画的人物犹如'素描'这一表述一般，行为、心理、身姿、动态都极为传神而逼真，作为诠释正能量的角色展现的皆是简·奥斯汀（即奥斯丁——引者注）本人的价值观与思想观；相对的，'漫画'手法打造的人物形象则极为滑稽，借助夸张与简化来达到的刻画效果，促使此类角色充满了消极市侩的反面意味，从而使其成为烘托正面角色的存在。"①如柯林斯，小说首先借班纳特先生之口向全家宣布将有贵宾来到，并宣读了他先前的来信，从信的措辞我们可以感觉到柯林斯的荒谬和怪异。柯林斯到来之后，小说描写了其的外貌："他是个二十五岁的青年，高高的个儿，望上去很肥胖，他的气派端庄而堂皇，又很拘泥礼节。"②小说还通过班纳特先生对他的评价、姐妹们对他的嘲笑来刻画他。在表现柯林斯荒唐时，小说主要是通过饭桌上的对话——柯林斯对咖苔琳夫人的赞不绝口。在柯林斯打算向班纳特家女儿中的一个求婚作为补偿时，他最先看中的是吉英，但是在班纳特太太的提醒下，他很快把目标转变成伊丽莎白。"柯林斯先生只得撇开吉英不谈，改选伊丽莎白，一下子就选定了——就在班纳特太太拨火的那一刹那之间选定的。伊丽莎白无论是年龄，美貌，比吉英都只差一步，当然第二个就要轮到她。"③

第四，使用了女性叙述视角。

从叙述角度来看，小说是以女性视角来叙述的——围绕班纳特家五个女儿的恋爱和婚姻来描写人物、展开故事。班纳特太太喋喋不休，吉英的大家风范，伊丽莎白的聪慧机智，丽迪雅的放肆嚣张，达西的高傲冷淡，彬格莱的温文尔雅，柯林斯的口若悬河……这些都通过频繁的舞会、喝茶、拜访等简单的生活场景铺陈了出来。小说的主要人物不仅都是女性，而且在小说中占据了主动的叙事地位。小说的前两篇始终是围绕女性人物形象来组织叙事结构——前十章主要以吉

---

① 康丽：《〈傲慢与偏见〉中男性人物形象的刻画解读》，《湖北函授大学学报》2016年第18期，第193页。
② 奥斯丁：《傲慢与偏见》，王科一译，上海译文出版社1980年版，第77页。
③ 同上书，第85页。

英为叙述重点,逐步展开小说叙事;后半部分则是以伊丽莎白为叙事的中心来叙述的。

第五,非聚焦型叙事视角与内聚焦型叙事并用。

小说前十章使用了非聚焦型叙事视角——这是一种传统的全知视角。由于叙述者似乎被赋予了一双上帝般的眼睛,因而这种视角可以居高临下而又从容地讲述故事,自由自在地全方位支配故事中的叙述对象,甚至有能力使小说内容变得通体透明而一览无余;与此同时,小说对伊丽莎白、吉英的叙述兴趣越来越浓。就在达西不由自主地爱上伊丽莎白而难以自拔之后,小说视角悄然发生了转换,纯粹的全知叙事退隐,限制性视角淡入,从小说中某一人物的角度进行叙述的内聚焦型叙事出现在非聚焦型框架之中。此时伊丽莎白不仅成了小说的中心和焦点,而且故事里的人物、事件主要由她去耳闻目睹和见证,转述的也大都是她自外部接收的信息和产生的内心冲突。而一般与她没有直接或间接联系的人物、事件被最大程度地遮蔽,整个叙述被尽可能地限制在她的感觉世界与心理意识里了。

第六,运用了现实主义方法。

"一般世态小说常常带有通俗浅显的特点,《傲慢与偏见》经过了两个世纪的阅读和批评,却能始终引起长盛不衰、雅俗共赏的兴趣,并对一代代后起作家发生影响,自然有其多方面的原因。从历史的角度看,《傲慢与偏见》和奥斯丁的其他小说,反映了她那个时代的世态人情,在英国小说史上开辟了写实的世态小说之先河。"[1]小说所描写的等级森严的社会现实、女性的社会地位等都是当时社会现实的反映。

第七,人物尤其是女性人物个性鲜明。

"奥斯丁在构筑这部小说引人入胜的故事情节时,总是以具有鲜明个性的人物的活动(包括外在动作和内心活动)为载体的。奥斯丁是一向公认的善于塑造形象的小说家,而且她塑造人物形象的重点不在外表,而在内心。英国20世纪著名小说家爱·摩·福斯特著名的'圆形人物'说,主要就是以奥斯丁的人物为例的。多半是作家本人的性别使然,奥斯丁小说中的女性人物,无论是数量

---

[1] 张玲:"前言",奥斯丁:《傲慢与偏见》,张玲、张扬译,人民文学出版社1993年版,第3页。

还是质量,往往都比男性为盛;而且每个人物都各有鲜明个性,少见雷同。在这方面,《傲慢与偏见》尤其显得突出。它的众多女性人物,从最重要的主人公伊丽莎白·本内特(即班纳特——引者注),直到极其次要的陪衬人物德伯格(即德·包尔——引者注)小姐,都有自己独有的特色。她们各自既具有时代特征,又因所体现的为作者透彻了解的人性而为世世代代的读者所认同。伊丽莎白这个女主人公,更是早已成为英国小说人物画廊中一个无可取代的女性形象。她那秀外慧中的个人素质,她那充满理性的爱情婚姻观念和实际选择,以及她最后所获得的圆满归宿,都充分表达了女作家本人对做人,对爱情婚姻以及对全部人生的理想。而伊丽莎白那种独立不羁,蔑视权贵,敢作敢为的表现,恰恰体现了当时的先进思想,使她成为小说中女性追求独立人格和婚姻自主权利的一名先锋人物。"①

---

① 张玲:"前言",奥斯丁:《傲慢与偏见》,张玲、张扬译,人民文学出版社1993年版,第3—4页。

第十章
《巴黎圣母院》

一、作者简介

维克多·雨果（1802—1885），法国重要诗人、戏剧家和小说家，浪漫主义运动的领袖。

雨果于1802年2月26日在贝藏松诞生，父亲是一个共和党人，在拿破仑部下从一个普通士兵被擢升为指挥官、将军，常年转战在意大利和西班牙的各地战场。母亲是个虔诚的保王党人。雨果在童年时代与两个哥哥随母亲在兵荒马乱中颠沛流离；由于童年时跟随着母亲，在政治上受到了母亲的影响，成为保王党的忠实信徒。当他父亲在波旁王朝供职后，全家就迁回了巴黎。雨果小小年纪便写诗作文，并流露出忧国忧民的思想，在16岁时就写出了《诗人在革命中》之类的作品。雨果和两个哥哥醉心于文学，合办刊物《文学保守者》。1817年，他参加图卢兹百花诗社的比赛获奖，名重一时的浪漫派先驱夏多布里昂将雨果誉为"神童"，雨果也表示要成为夏多布里昂，此外别无他志。雨果17岁时第一次在信中被恭敬地称为"文学家"，18岁写下颂歌《贝里公爵之死》，国王路易十八感动得老泪纵横，赐下500法郎的奖金。1822年，他出版《颂歌集》。1825年，他以

《加冕大典》献给查理十世，得到2000法郎的奖赏。1826年，他与浪漫主义诗人缪塞及剧作家大仲马等共同组织"第二文社"，提出了反对伪古典主义的文学主张，诗歌里开始出现反对封建复辟和歌颂民主革命的主题，1827年出版的《铜柱颂》缅怀拿破仑时代对封建君主国家的武功。1827年10月，雨果发表《〈克伦威尔〉序言》，旗帜鲜明地介入了当时的文学争论，站在要求冲破藩篱的新文学一边，向老朽的古典派发难。该作是法国浪漫主义文学的宣言书，雨果从此成为法国浪漫派的领袖。在该文中，雨果提出了一条新的美学原则：对照。1829年，雨果发表剧作《玛丽蓉·德洛尔姆》，这个剧作由于描写的是波旁王朝统治下发生的事而遭禁演。1830年2月25日，《欧那尼》正式上演，演出期间，浪漫派和古典派进行了激烈的斗争。首演时，浪漫派占了上风。斗争从第二场演出又重新开始，直至第四十三场，斗争从未中断过。最后，浪漫派的胜利终于确立，雨果因此名声大振，以至于圣伯夫用两句诗形容他的威望："我们在您面前就像芦苇折腰。您走过的风能将我们掀倒！"

19世纪20年代初，雨果写过两部小说《冰岛恶魔》（1823）和《布格-雅加尔》（1826），从中可以看出他受到英国哥特体小说以及司各特的影响。1828年，雨果起草了《巴黎圣母院》的大纲。

19世纪30年代至40年代，雨果主要从事诗歌和戏剧创作。他出版了5部诗集：《东方集》（1829），该诗集是具有巨大感染力的希腊组诗，赞美了希腊人民的民族解放斗争；《秋叶集》（1831），该诗集抒写了家庭和个人生活，由于妻子和圣伯夫发生暧昧关系，他的心灵阴影重重；《晨夕集》（1835），该诗集既抒发忧郁的情怀，又憧憬希望的到来；《心声集》（1837），该诗集回忆家庭生活，描绘大自然美景；《光与影集》（1840），该诗集记录了他与朱丽叶的爱情，扩大了大自然的题材。他创作了6部戏剧：《国王取乐》（1832）写的是法国文艺复兴时期的国王弗朗索瓦一世的轶事；《吕克莱斯·波基亚》（1833）描写一个女下毒犯的故事；《玛丽·都铎》（1833）描写16世纪英国女王的爱情纠葛；《安日洛》（1835）描绘16世纪意大利贵族的复杂感情关系；《吕依·布拉斯》（1838）是雨果戏剧创作的一个总结，主人公最后反抗和杀死了他的主人，是聪明的下层人民的体现者，这部诗剧具有古典式的纯粹和简洁，形象鲜明，风格高雅；雨果的戏剧创作以《城堡卫戍官》（1843）的失败而告终。

从19世纪40年代开始，雨果力图在政治上有所作为。1841年，雨果在经过多次努力之后被选入法兰西学士院。1845年，国王路易·菲利普任命雨果为法兰西世卿，即贵族院议员。在1848年2月革命后，雨果于同年的6月当选立法会议议员，成了"人民代表"。他虽坐在右派的议席上发言，却得到左派议席上的掌声。1851年12月，拿破仑三世称帝，雨果和战友们组织抵制活动，但失败了，于是逃到布鲁塞尔。1852年8月，他和家人避居在英国的小岛泽西岛上，1855年被英国政府驱逐，于是他迁往根西岛。但他念念不忘祖国，从他的房间可以遥望法国海岸。在布鲁塞尔逗留时，雨果已经开始写作《一桩罪行的始末》，于1852年8月写成论战性小册子《拿破仑小人》。1853年年底，雨果出版《惩罚集》，在诗集中预言第二帝国将要崩溃，并表示要战斗到底。1856年，雨果出版《静观集》，这是他对自己的生涯的总结和回顾，它汇总了各种抒情题材，并加以发展和完善，成为雨果抒情诗的高峰。诗人咏叹童年、爱情，抒发失女的悲痛，写出哲理的沉思，感情真挚，诗句铿锵。1859年，雨果轻蔑地拒绝了拿破仑三世的大赦，表示看不到这个政权的垮台是绝对不会踏上法兰西国土的。1870年9月，第二帝国覆灭。第三共和国成立后的第二天，他返回祖国。

雨果不仅是个政治诗人和抒情诗人，而且是个史诗诗人。他从1840年起就开始写作关于"人的诗歌"——《历代传说集》，于1859年出版（1877年、1883年出版第二、三集）。这是一部"神秘的伟大史诗"，不同于一般历史教科书上所记载的史实。该史诗既从《圣经》、神话和历史中撷取素材，又发挥诗人的想象，其中贯穿了雨果对人类不断进步的信心，体现了他对历史发展的乐观态度。

雨果写作《撒旦的结局》和《上帝集》要比《历代传说集》更早。《历代传说集》是人类的史诗，加上《上帝集》和《撒旦的结局》便可以合成宇宙的史诗。《上帝集》所表现的是人类对"上帝"的追求和探索；《历代传说集》所表现的是人类文明发展进程中善与恶的斗争及良心觉醒的过程；《撒旦的结局》所表现的是恶得到宽恕并消失，爱心最后统治世界。可见，《上帝集》和《撒旦的结局》主要是宗教的哲理和伦理诗，史诗的色彩并不明显。但是，这两首长诗

"视野之广阔,只有但丁和弥尔顿可与之相匹敌"[1]。

雨果在晚年出版了《林园集》(1865)、《凶年集》(1872)、《祖父乐》(1877)、《精神四风集》(1881),还有不少重要的遗诗,如《天主》《撒旦》等诗集。《凶年集》反映了雨果的爱国主义激情和深厚的人道主义精神。这部诗集具有丰富的史料价值:普法战争期间巴黎的被围、饥馑,巴黎公社的诞生、街垒战、失败,当局的镇压,都得到了颇为翔实的记载。

流亡期间是雨果创作最丰盛的时期,《悲惨世界》达到他小说创作的顶峰。如果说《悲惨世界》是一部人同社会搏斗的史诗,那么《海上劳工》(1866)则是一部人同自然搏斗的史诗,它是劳动的颂歌,也是人的颂歌。雨果把《海上劳工》的主人公称为"约伯和普罗米修斯的结合",他的劳动被升华为一种足以与巨大的自然力相颉颃,并战而胜之的伟大力量,他不屈不挠的意志被作者礼赞为人类不断进取的力量。

《笑面人》(1869)以17和18世纪之交的英国为背景,雨果站在共和主义的高度对贵族特权作了犀利的批判。主人公扭曲的笑容表达的是人类的悲痛,其爱情悲剧是社会不平等造成的一曲悲歌。

雨果的小说创作以《九三年》(1874)煞尾。这是一部具有哲理性的历史小说,反映了法国大革命斗争最激烈的年代风云变幻的风貌,展现了革命与反革命之间斗争的残酷性。

总的来看,雨果一生著作等身,在小说、诗歌、戏剧、散文(如《莱茵河游记》《见闻录》)、文艺理论及文艺批评(如《〈克伦威尔〉序言》《莎士比亚论》)等方面都成果累累。就多才多艺来说,在法国作家中,他是无与伦比的。同时,他还是一位社会活动家,其传奇经历增加了其形象的高大。1881年2月26日,在雨果巴黎寓所的窗外,六十万仰慕者走过,祝贺他80寿辰。1885年5月22日,雨果因患肺充血,不治逝世。在昏迷状态中,他吟出一个佳句:"此地白昼与黑夜在进行一场战斗。"6月1日,法国政府为他举行国葬,两百万人参加了隆重的葬礼,他的遗体安葬在巴黎的先贤祠中。法国《雨果传》的作者莫洛亚说:"一个国家把以往只保留给君王及将帅的荣誉给予一位诗人,这在人类历史上还

---

[1] 安德烈·莫洛亚:《雨果传(下)》,程曾厚、程干泽译,人民文学出版社1989年版,第527页。

是第一次。"①

二、《巴黎圣母院》

（一）内容梗概

1482年1月6日，法国巴黎正沉浸在主显节和愚人节的喧腾和热烈之中，人们从四面八方向旧城区涌去。聚集在通往司法宫的几条路上的民众尤其多，那里正在进行"愚人之王"的选举，谁长得最丑陋、笑得最怪最难看谁就当选。当大家把幸运的愚人之王带出来时，惊奇和赞赏到了最高点——"一个大脑袋上长满了红头发，两个肩膀当中隆起一个驼背，每当他走动时，那隆起的部分从前面都看得出来。两股和两腿长得别扭极了，好像只有两个膝盖还能够并拢，从前面看去，它们就像刀柄连在一起的两把镰刀。他还有肥大的双脚和可怕的双手"，"又矮又胖，身材的高度和宽度差不多是一样的"，"下部方正"，"四角形的鼻子"，"马蹄形的嘴巴"，"猪鬃似的红眉毛底下小小的左眼"，"完全被一只大瘤遮住了的右眼"，"像城垛一样参差不齐的牙齿"，"露出一颗如象牙一般长的大牙的粗糙的嘴唇"，"分叉的下巴"。"他虽然生得奇形怪状，却具有某种毅力、机智和勇气，他有一种令人望而生畏的神态。"②他就是巴黎圣母院的敲钟人伽西莫多。人们给他穿戴上用硬纸板做的王冠和假道袍，让他手持圭杖，坐在一乘有彩绘花纹的轿子上，按照习俗先在司法宫所有的回廊上绕行一周，然后到大街上和十字路口去游行。

司法宫内正拟上演圣迹剧，剧作的名字叫《圣母玛利亚的裁判》，作者是诗人甘果瓦。因为时间没到、红衣主教也没到，等待看戏的人嘈嘈杂杂。

在格雷沃广场上，街头以卖艺为生的吉卜赛女郎爱斯梅拉达带着小羊加里表

---

① 本部分内容参见陈敬容："译本序"（雨果：《巴黎圣母院》，陈敬容译，人民文学出版社1982年版）、程曾厚："总前言"（雨果：《雨果文集（第一卷）》，陈敬容译，人民文学出版社2002年版）、"雨果"（郑克鲁主编：《外国文学史（修订版）上》，高等教育出版社2006年版）等。

② 雨果：《巴黎圣母院》，陈敬容译，人民文学出版社1982年版，第51—52页。

演精彩的杂技。她正在一张随便铺在她脚下的波斯地毯上跳舞,她轻捷、飘逸、快乐,围观的民众很多,且都看得如醉如痴。

在人群中,有一个中年人,他虽不引人注目但与众不同。他睁着一双贪婪的眼睛直盯着爱斯梅拉达,嘴里却发出了冷漠得几乎无人能听得见的咒语,那神情着实令人望而生畏。他是巴黎圣母院的副主教克洛德·孚罗洛。克洛德·孚罗洛自幼受教会教育,如今已成为教会的头面人物和渊博的学者。他在公众面前总是一副严肃冷漠的面孔。他平常回避世俗的一切欢乐和享受,坚持过着禁欲生活。然而,自从见到爱斯梅拉达之后,他再也难以保持平静了——多年来压抑的情欲复苏了。他虽然明确地意识到这种欲望将把他引入深渊,但无法控制自己。于是,他发出罪恶的誓言:或者不惜一切来占有她,或者干脆置她于死地。最终,他选择了占有她。

在广场一角的塔内,隐修女居第尔因自己的女儿在15年前被吉卜赛人抢走,正用一种虔诚的、憎恶的声音呵斥着爱斯梅拉达,催着她快走,爱斯梅拉达为此深感惊骇和不安。

伽西莫多在被愚人之友会的会员们抬着到达格雷沃广场时,一下子成了人们关注的新热点。众愚人奋力挡住蜂拥过来的民众以保卫自己的王——愚人王伽西莫多。伽西莫多得意扬扬,但他在见到克洛德·孚罗洛后便温顺得像一头羔羊。

原来,在1467年,克洛德·孚罗洛出于怜悯之心,收养了巴黎圣母院门口的畸形弃儿,并为他取名伽西莫多。伽西莫多长大后,做了圣母院敲钟人。

伽西莫多懂事后,对克洛德·孚罗洛感恩戴德,唯命是从。傍晚时分,愚人节联欢高潮已过,人们渐渐散去。爱斯梅拉达带着她心爱的小山羊离开了狂欢的节日广场,甘果瓦则一直尾随着她。爱斯梅拉达走进广场的一条小巷时,克洛德·孚罗洛指使伽西莫多将她抢走。爱斯梅拉达奋力反抗,高声呼救。尾随爱斯梅拉达的甘果瓦急忙赶上去准备出手相助,但被伽西莫多那张可怖的面孔吓住了。

就在那时,国王的近卫弓箭队队长弗比斯带领他的士兵途经附近,闻讯赶到,解救了爱斯梅拉达,擒获了伽西莫多。克洛德·孚罗洛逃走。爱斯梅拉达被弗比斯英俊的容貌和解救她的行为所打动,在问过弗比斯的姓名后,便飞快地跑回了流浪人和乞丐们的聚集地——"圣迹区"。

"圣迹区"集中了大量乞丐、无赖及流浪汉等,他们装成各种残废外出乞讨行窃，回区后即恢复正常，仿佛突然因"圣迹"而治愈一般，该区因而得名。

爱斯梅拉达在那里具有很大的魔力。她回到那里时，男女乞丐都温柔地排列着，他们凶狠、阴沉的脸色会因见到她而开朗起来。愚人节那天她回到那里时，"圣迹区"的大王克洛潘正在审判甘果瓦——原来，甘果瓦在跟踪爱斯梅拉达时误闯了"圣迹区"。按"圣迹区"的法律，甘果瓦将被绞死，除非有人愿意嫁给他。

爱斯梅拉达为了搭救甘果瓦的生命，毅然决定嫁给甘果瓦，并摔瓦罐为证。因瓦罐被摔为四片，他们的婚期便为四年。之后，甘果瓦每天早晨和爱斯梅拉达一起出去，在大街小巷卖艺，每天晚上又和她一道回来，然后被锁在她那间小屋里睡觉，而不准接近她的身子。甘果瓦觉得这种生活挺甜蜜的，很适合思考问题。

爱斯梅拉达和甘果瓦结婚之后的第二天，伽西莫多接受了预审官孚罗韩·巴尔倍第昂的一场所谓"审讯"。预审官是一个聋子，但他从不让别人知道他是聋子，他掩饰得很好，并自以为得意。小说以幽默的笔调写道："一位预审官只要装出在倾听的样子就行了，这位可敬的预审官是很符合这个条件的——严格审判最为紧要的条件，因此任何声音都打扰不了他。"[①]在审伽西莫多时，他又如法炮制，但他不知道伽西莫多也是个聋子。于是，聋子对聋子，上演了十分可笑的一幕。预审官从头问起，什么名字？年纪？职业？等等。伽西莫多听不到，所以不回答。但预审官以为伽西莫多回答了他所有的提问，就义正词严地历数了伽西莫多的"罪行"，并问书记官把犯人的话记下没有，结果引起哄堂大笑。预审官不知哄堂大笑的缘由，以为是伽西莫多狡辩，便按照审判的套路斥责伽西莫多藐视法庭，并滔滔不绝地说了一通。这时，总督进来了。他不是聋子，他质问伽西莫多所犯罪行。这次，伽西莫多答话了，却是牛头不对马嘴："伽西莫多。"总督很生气，大声斥责伽西莫多，而伽西莫多以为总督又在问他，就又答："圣母院的好敲钟人。"总督更气了，威吓他，伽西莫多还以为总督在问话，再答："到圣马丁节我就该满二十岁了。"[②]因为伽西莫多答非所问，总督怒判他街头

---

① 雨果：《巴黎圣母院》，陈敬容译，人民文学出版社1982年版，第225页。
② 同上书，第230页。

示众和绑在广场上的刑台——转盘——上接受鞭刑。书记官告诉预审官，伽西莫多耳聋，预审官以为有新罪状，判示众增加一个小时。

克洛德·孚罗洛路经此地，目睹此景，虽然知道伽西莫多为什么受刑，但为了保全自己竟无动于衷，听之任之。伽西莫多看见了人丛中的克洛德·孚罗洛，心头一喜，但克洛德·孚罗洛却慌忙逃避了他的目光。

一个多小时过去了，伽西莫多口渴难忍，向士兵和围观的民众高喊要水，回答他的却是一片戏弄和辱骂。这时，爱斯梅拉达拨开众人，走上刑台把挂在胸前葫芦里的水送到伽西莫多的嘴边，伽西莫多感动得掉下了眼泪。

克洛德·孚罗洛得不到爱斯梅拉达就开始陷害她，向宗教法庭指控爱斯梅拉达是一个会施魔术的女巫。

而爱斯梅拉达自那日被弗比斯救后就爱上了他。一天，克洛德·孚罗洛无意中发现那两个年轻人将在一家小旅店秘密幽会，便乔装改扮藏到隔壁的暗室里。弗比斯到旅店的小楼上时，爱斯梅拉达正坐在床边等着他。当他们热烈地吻抱时，弗比斯把系在身上的匕首交给爱斯梅拉达，爱斯梅拉达顺手把它抛出窗外。恰巧这把匕首落在正在窗外窃听的克洛德·孚罗洛的眼前。当那对情人再次热烈拥抱时，克洛德·孚罗洛拾起匕首，把它刺进了弗比斯的后背，然后逃走。

爱斯梅拉达吓得昏了过去，并被巡夜的兵卒紧紧围住。法庭宣布爱斯梅拉达是害人的女巫，是她指使黑衣魔鬼行刺弗比斯的。于是，爱斯梅拉达被判处绞刑。当天夜里，克洛德·孚罗洛秘密地来到爱斯梅拉达被关押的地牢，跪在爱斯梅拉达的面前，坦白是自己刺伤弗比斯的，并毫不掩饰地向她表达了他的爱意和内心的痛苦，还要带她逃走。爱斯梅拉达却将他痛骂出门。

第二天临刑前，克洛德·孚罗洛独自来到郊外发泄他疯狂的情绪。伽西莫多敲钟之后，在塔楼上看到了克洛德·孚罗洛神色紧张地注视着圣母院门前的广场。穿着白色死刑犯袍子的爱斯梅拉达站在夜间匆忙搭起的绞刑架下，绞索套在脖子上，平静地等待着行刑的时刻。伽西莫多把爱斯梅拉达抢进了巴黎圣母院。行刑的士兵惊魂甫定，目瞪口呆地看着伽西莫多独自一人劫持了法场。因为圣母院有避难权，士兵们便不敢擅自入内。伽西莫多把爱斯梅拉达安顿在一间小屋里。他担心自己丑陋的样子会吓坏爱斯梅拉达，就给她一只金属的小口哨，并告诉她在需要他时可以吹口哨召唤他。他怀着一种混合着感激、同情和尊重的情感，无微不至地照顾和保护着爱斯梅拉达。

为了爱斯梅拉达，伽西莫多违抗了他一向敬若神明的克洛德·孚罗洛，又去找爱斯梅拉达一直念念不忘的伤愈了的弗比斯。但弗比斯是一个放荡子弟，对爱斯梅拉达不屑一顾。

不久，法院决定要不顾圣母院的避难权强行进去逮捕被污称为"女巫"爱斯梅拉达。克洛德·孚罗洛叫甘果瓦代替爱斯梅拉达去死，甘果瓦不愿意。克洛德·孚罗洛便想出一个计划，即叫"圣迹区"的乞丐们突袭圣母院。"圣迹区"的乞丐、流浪者们到达后，伽西莫多不明真相地全力抵抗，从圣母院教堂顶上抛下准备用来修理教堂的各种建筑材料，造成流浪人的大量伤亡。伽西莫多在乞丐被镇压后发现爱斯梅拉达不见了。

原来，在那天夜里，爱斯梅拉达害怕再次被捕，被甘果瓦和黑衣人骗上了船。上岸后，爱斯梅拉达发现黑衣人是克洛德·孚罗洛。他威胁爱斯梅拉达，要她在绞刑架与他之间选择。爱斯梅拉达宁死不屈服。爱斯梅拉达痛骂克洛德·孚罗洛，让他滚开。这激怒了他，他便将爱斯梅拉达交给痛恨她的居第尔，自己去叫军警。居第尔当初丢失女儿时，身边留下一只绣花小鞋，另一只小鞋在女儿那儿，小鞋上贴着写有"此鞋若成对，母女重相会"①文字的羊皮纸。在失去小女儿以后，居第尔带着那只小鞋跑遍各地寻找，结果没找着，便在绝望的情况下皈依宗教，住进了活棺材——"老鼠洞"，当了修女。此时，居第尔将失去女儿的怒火都倾向爱斯梅拉达。但当她拿出自己珍藏的小鞋时，爱斯梅拉达也从脖子上挂着的荷包里取出一只小鞋。小鞋上也贴着一张羊皮纸，上面也写有"此鞋若成对，母女重相会"的文字。居第尔发现爱斯梅拉达竟是自己15年前丢失的女儿。居第尔把爱斯梅拉达藏进"老鼠洞"，母女俩沉浸在骨肉团聚的欢乐里。此时，克洛德·孚罗洛喊来监狱长和军警包围了"老鼠洞"。居第尔骗过了他们，使他们相信爱斯梅拉达已经逃走。但是当爱斯梅拉达听到弗比斯的声音时，忍不住冲出窗口，暴露了自己，于是，落入了追捕的官兵之手。居第尔竭力去抢回爱斯梅拉达，不幸头触石板而死。伽西莫多爬上了钟塔，发现爱斯梅拉达将被绞死，并

---

① 雨果：《巴黎圣母院》，陈敬容译，人民文学出版社1982年版，第544页。

看见克洛德伸长脖子,全神贯注地观看着,脸上有魔鬼般的笑。

伽西莫多明白了一切,便愤怒地将克洛德推下钟塔。他亲眼看着克洛德跌下去,又远远地看见爱斯梅拉达的身子吊在绞刑架上,在她的白衣服里作临死的痛苦的颤抖。这时,他从心底里发出了一声呜咽:"啊,都是我爱过的人呀!"[①] 爱斯梅拉达的尸体被人们放在隼山的墓窖里,伽西莫多找到她之后,静静地躺在她身旁。两年或18个月后,人们发现了两具尸体,一具畸形的男子紧紧地抱住一具女尸。当人们试图把它们分开的时候,它们化成了灰尘。

(二)人物形象

1.爱斯梅拉达

爱斯梅拉达是一个可爱的少女,是"圣迹区"的一颗无瑕之璧。她美丽出众,走到哪里都像太阳一样散发着光芒,灿烂夺目,使人不知她究竟"是凡人,是仙女,还是天使"[②]。她不仅具有美的外貌,而且有美的心灵。她纯洁、善良,不仅富于同情心,还富有舍己救人的侠义心肠。她一出场,就两次救人。甘果瓦深夜误入乞丐的聚居地,按乞丐"王国"的规矩,如果没有女人愿意和他结婚,他就会被绞死。她尽管根本不认识他,但毫不犹豫地决定和他结婚,并完成了和他摔罐成婚的仪式,从而解救了他。抢劫过她、面目可憎的伽西莫多被绑在刑台上示众,饱受干渴如焚的折磨,她毫无顾忌地在众目睽睽之中踏上标志耻辱的石阶,温柔地给他送去了救命的甘泉。她真诚地同情别人的不幸,一片赤忱地救人于危难,显示了她水晶般纯净的心灵。她热情、开朗而又温柔、腼腆,靠卓越的才艺自食其力,在长期的流浪中守身如玉、白璧无瑕,充分表现了她的自尊自爱。她真诚、忠贞而又刚毅、果敢。她对爱情有自己的向往:那是两个人合成一个,即一个男人和一个女人合成一个天使,那是天堂。但她误把花花公子弗比斯的逢场作戏当成了真正的爱情,并对他忠贞不渝、至死不变,从未想到过海誓山盟中还有负心和背叛。她临死还深情地呼唤着弗比斯的名字,其纯真令人心痛

[①] 雨果:《巴黎圣母院》,陈敬容译,人民文学出版社1982年版,第570页。
[②] 同上书,第67页。

欲裂。对克洛德·孚罗洛，她恨入骨髓，仇恨这个带给她灾难的幽灵。临刑前，克洛德·孚罗洛以生为条件引诱她就范，她狂怒地回答："永远不能！任什么也不能把我同你结合在一起，哪怕是地狱！滚吧，该死的东西！永远不能！"[1]这表现了她性格中刚毅与果敢的一面。但这个纯洁、美丽的姑娘最终却被无辜地绞杀了，惨死在封建专制和教会势力所编织的双重罗网之中。她不肯满足克洛德·孚罗洛的淫欲，克洛德·孚罗洛便利用宗教迫害她，又利用法律置她于死地。

小说通过对她的这些卑劣的陷害、恶毒的阴谋、野蛮的残害，深刻地揭露了教会、法庭、军队、国王所组成的国家机器狰狞可怖的真面目。临死时，她悲愤地喊道："全世界都有白天，为什么他们只给我黑夜呢？"[2]这是对摧残、吞噬她的社会的血泪控诉。她的无端毁灭，揭示了封建专制统治者和教会势力是如何残害一条纯洁的生命的，激起了人们对封建专制和教会势力罪恶的极大愤恨。

2. 伽西莫多

伽西莫多是巴黎圣母院的敲钟人。他是一个弃儿，残损的身体、奇丑的外貌，使他在人们的轻蔑、戏弄与欺凌中长大。爱对他来说是一个陌生的字眼，"他从周围发现的只是憎恨，他也学会了憎恨"[3]。他拾起别人用来伤害他的武器，变得冷漠、凶狠、粗暴。只有听到圣母院那神圣的钟声时，他凶狠、丑陋的脸上才会露出笑容，显示他尚有人的感情。在这个世上，他只对一个人言听计从，那就是收养他的克洛德·孚罗洛。他用深厚、热情、无边的感激来报答他，甚至为了克洛德·孚罗洛去凶暴地抢走爱斯梅拉达，并因此而遭鞭笞——这显露了这个外表冷漠可怕的人内心的纯真，只不过美好的感情长期被扭曲变形罢了。

他纯洁高尚。当他在烈日下示众时，没有人理会他求水的哀号，而曾遭他绑持的爱斯梅拉达却将水送到了他嘴边，解除了他的干渴，也抚慰了他的心灵。这个从未感受过人世温暖的畸形人第一次认识了善与美，流下了生平第一滴眼泪——人性在爱的感召下，在这个丑陋的人身上终于复活。于是，他要用全身心

---

[1] 雨果：《巴黎圣母院》，陈敬容译，人民文学出版社1982年版，第380页。
[2] 同上书，第370页。
[3] 同上书，第172页。

来回报爱斯梅拉达。他是聋子，但他感觉到了那不公正的判决。他用全部智慧和力量，把她抢了出来，甚至亲手处死收养他的恩主——克洛德·孚罗洛。当他高举起爱斯梅拉达，高喊着跑向圣母院的钟楼时，他是胜利者。这个微不足道的敲钟人，粉碎了警官、法官、刽子手和国王的权力，粉碎了淫邪的教会势力，显示了正义的力量。此时，内在的美使他丑陋的容颜熠熠生辉。对伽西莫多内在的纯洁高尚，小说有十分动人的描绘——伽西莫多用整个生命去爱、去保卫爱斯梅拉达。他谦卑，富于自我牺牲精神。他唯恐自己的丑陋吓着她，小心地躲开她的视线，默默地保护着她、照顾着她。他对她说："我很丑，不是吗？可别看着我，只要听我说话就行了。"①他担心她再被抓去，便嘱咐她："不管白天还是黑夜，都不要走出教堂一步，一出去你就会遭殃，人们会把你杀死，我也就只有死去。"②朴素的语言，流露出他的深情。最后，当他清算了克洛德·孚罗洛的罪行之后，他找到了爱斯梅拉达的尸骸，紧紧拥抱着她的尸骸随她而去了。这悲惨的结局既是对善、美的挽歌和对仁爱的赞歌，又是对不容无辜人民生活下去的专制制度的无声抗争。

3. 克洛德·孚罗洛

克洛德·孚罗洛是巴黎圣母院的副主教。他有一副虔诚的外貌：光秃秃的额头、紧蹙的眉毛、低垂的头颅与阴郁的神情。表面的虔诚却掩蔽着毒如蛇蝎的内心。看起来他的生活清苦、刻板、严肃，可是在圣母院顶楼的密室里，他却在狂热地寻求点石成金的妙方："假若我炼出了黄金……那么法兰西国王就会是克洛德而不是路易了。"③这暴露出他极大的野心。他标榜禁欲主义，躲避女色，甚至摒弃一切尘世欢乐，实际上却是一个十分卑劣肮脏的色情狂。他拼命追求爱斯梅拉达，不惜采用种种卑鄙下流的手段，妄图占有她。他既阴险又狠毒，引诱不成就抢劫，抢劫不到就化装跟踪，乃至设置恶毒的圈套，一手制造了骇人听闻的"巫术案"，并亲自向法庭控告爱斯梅拉达，又操纵法庭判她死罪，用绞刑架来

---

① 雨果：《巴黎圣母院》，陈敬容译，人民文学出版社1982年版，第421页。
② 同上。
③ 同上书，第197页。

逼她就范，还公然无耻地说："在它和我当中你可以选择一个。"①

通过对克洛德·孚罗洛的揭露，小说有力地揭示了天主教会的黑暗和反人民的本质。不过，克洛德·孚罗洛不是生来就淫邪、虚伪、凶残——他原本有着"善良的灵魂"，收养畸形弃儿伽西莫多。他在公众面前展示的一直是一副严肃冷漠的面孔，回避世俗的一切欢乐和享受并且坚持过着禁欲生活。但在爱斯梅拉达的美貌面前，他撕下了面具，露出了本性。情欲在他身上不但没有升华，反而发展为一种可怕的占有欲和一种可怕的毁灭力量。为得到爱斯梅拉达，他不惜拦路抢劫、暗中行刺，甚至阴险地嫁祸于人，从一个原本拥有"善良的灵魂"的人变成了一个道貌岸然而又严厉阴郁的僧侣。宗教禁欲主义和神秘主义压抑了他作为一个人的正常感情，压抑的感情在美丽的爱斯梅拉达面前表现为一种变态的情欲。教义和自我惩罚也终未排解他这种不正常的激情。而那被宗教扭曲了的人性终于毁灭了他人，也毁掉了他自己。克洛德·孚罗洛的表里不一表现了整个僧侣阶层的堕落，小说通过这一形象，揭露和批判了教会的罪恶。

4. 路易十一

路易十一既是维护国家统一的元首，又是虚伪、狡猾、残忍、胆小、吝啬而又装腔作势的暴君。他瘦小病弱，穿一件毛领脱光了毛的斜纹布外套，戴一顶用最坏的黑布缝成的又旧又脏的帽子。他以节约为标榜，宫廷最细小的开支他都亲自过目，一笔一笔查问，唯恐多付出一个索尔。但他又不惜巨资制造刑具绞架，豢养大批走狗以维护自己的统治。他很少到巴黎来，因为他觉得他周围的暗门、绞架和苏格兰的射手都还不够多，即使来也是住在戒备森严的巴士底监狱以保安全。他时时谨慎地提防着封建割据势力与他分庭抗礼，努力巩固自己的集权统治。他憎恨封建割据削弱了他的权力："天知道！那些在我们这里当路政官、审判官、统治者和主人的家伙究竟是怎么回事？是谁让他们时时刻刻收通行税，谁让他们把法庭和刽子手安置在每条路口……法国人会因为看见那么多刑台就以为有同样多的国王呢！……荣耀的上帝是否乐意在巴黎除了国王之外还有另一个路政官，除了大理院之外还有另一个司法机关，在这个帝国里除了我之外还有另一位帝王！……法兰西只有一个国王，一个领主，一个法官，一个有权处斩

---

① 雨果：《巴黎圣母院》，陈敬容译，人民文学出版社1982年版，第537页。

刑的人，像天堂里只有一个上帝一样！"①当平民造反时，他误认为是攻打法官府第，为可以假手老百姓去打击分散王权的封建势力而欣喜若狂："好！我的百姓们！好极了！推翻那些假冒的领主！干你们的吧！进攻！进攻！打倒他们，杀掉他们，绞死他们！啊！你们都想当国王吗，大人们？干吧，老百姓，干吧！"②他故意不派兵前去救援。可是，当他听说群众暴动是造他的反时，他立即现出狰狞的面目，深陷的眼里露出凶光，发出"砍碎他们……把那些歹徒统统砍成碎块……给我杀吧，杀吧"③和"杀尽百姓，绞死女巫"④的歇斯底里的呼号，狡猾的狐狸顿时变成一只恶狼。正是他调集军队屠杀了大批暴动的群众，绞死了爱斯梅拉达。这暴露出封建专制最高统治者极为残暴的本质。

（三）主题

小说以巴黎圣母院为主要场景，描写了爱斯梅拉达、伽西莫多及克洛德·孚罗洛三个主要人物之间错综复杂、曲折离奇的故事，揭露了专制制度和教会这两个反动力量互相勾结、残害人民的骇人听闻的暴虐行为和无恶不作的反人民本质，热情地歌颂了下层人民的优秀品质和斗争精神，对他们的遭遇寄予了深切同情，传达了人民反封建、反教会的强烈愿望。小说不仅揭露教会势力与官府沆瀣一气、控制司法、陷害无辜的罪行，而且揭露了封建专制法律的暴虐与虚伪。小说借观看审判的甘果瓦之口说："我们可会看见这些穿长袍的家伙吃人肉了。这种场面总是老一套！"⑤一语道破了法律残害人民的本质。

爱斯梅拉达遭无端诬陷却有口不能辩，在阴森可怖的牢狱中，受尽惨无人道的酷刑的折磨，最后被送上绞架。这一过程揭露了专制机器把一个无辜少女吞噬下去的血淋淋的罪行。封建统治是如此残暴黑暗，正如爱斯梅拉达绝望中所诅

---

① 雨果：《巴黎圣母院》，陈敬容译，人民文学出版社1982年版，第504页。
② 同上。
③ 同上书，第518页。
④ 同上书，第519页。
⑤ 同上书，第350页。

咒的那样："这真是地狱！"①在那里要给一个人定罪，根本不需要什么事实，也绝不容人辩护。貌似庄严的宣判，实际却荒谬绝伦。爱斯梅拉达被诬为女巫，会耍杂技的小羊也成为耍巫术的罪犯被推上审判席。对伽西莫多的审判则完全是一场闹剧——预审官是一个聋子，可是他却装模作样地审问另一个聋子伽西莫多，于是，答非所问，牛头不对马嘴，最后出现了胡乱定罪的极其荒唐可笑的场面。小说以嬉笑怒骂的方式，揭露了法庭审判的虚伪性和专制机器的暴虐性，它是不容任何无辜者申辩的，就跟聋子的审问一样对事实充耳不闻。王宫大厦的查案官、大理院的书记官、国王的特别律师、王室宗教法庭的检察官等，这些专制机器的帮凶们"没有一个礼拜不煮死伪币制造者，不绞死女巫，或是不烧死异教徒"②，这是专制王朝暴政的实录！

同时，小说描写了"圣迹区"，表达了对人民的热烈赞颂和无限希望。这是一个由流浪汉、乞丐、卖艺人、小偷等处于社会最底层的人所组成的"王国"，是由缺衣少食、备受歧视与凌辱的人们组成的社会。这一群人的处境揭示了社会的畸形与不公，反映了人民遭受的苦难。尽管他们言语与行为都十分粗野，却并不缺乏对人的同情与互助。他们豪爽慷慨，为了救助别人甚至可以牺牲生命。这个"王国"有自己的"国王"、自己的准则和自己的法庭。对触犯了他们戒律的人，他们也进行审判。审判过程虽然古怪离奇，但却十分纯朴，没有逼供、矫饰与虚伪。甘果瓦受审与爱斯梅拉达受审形成鲜明对比。这里的审判井井有条，允许辩护、允许以行为（表演了会偷钱即可免罪）为自己开脱，每一道程序都严肃认真、一丝不苟。小说还着力描写了他们的一次壮举——为了营救自己的阶级姊妹爱斯梅拉达，他们敢于向专制国家发起挑战，武装起来去攻打圣母院这一被视为神圣不可侵犯的地方。他们愤怒地斥责王权与教会狼狈为奸，并向巴黎大主教发出最后通牒："假若你的教堂是神圣不可侵犯的，我们的妹妹同样是神圣不可侵犯；假若我们的妹妹不是神圣不可侵犯的，那你的教堂也不是神圣不可侵犯的哪。因此我们劝你把那位姑娘交还给我们，假若你愿意救你的教堂，不然我们就要把她带走，还要抢劫你的教堂，那就更好啦。我为此竖起我的旗帜宣誓。但愿

---

① 雨果：《巴黎圣母院》，陈敬容译，人民文学出版社1982年版，第356页。
② 同上书，第386—387页。

上帝保佑你,巴黎大主教!"[①]人民怒吼了!这群穿着破衣烂衫的流浪人,以惊人的纪律组织起来,拿着镰刀、矛、锄头、棍棒,勇敢地向王权和教会宣战。他们的斗争声势浩大、英勇顽强,显示了人民群众反封建的巨大威力,使国王、主教及其鹰犬们胆战心惊。这一中世纪人民斗争的壮烈场面影射了法国大革命推翻波旁王朝的壮伟气势。它是作家资产阶级民主主义激情的反映,体现了强烈的时代精神。

(四)艺术特色

第一,古代和异国题材的采用。

在小说里,雨果以浪漫主义的笔调,给读者描绘了中世纪时巴黎的五光十色的景象:高大的哥特式建筑、此起彼伏的屋脊、纵横交错的街道、散布在街头的刑场绞架和阴森森的巴士底狱、巍峨壮观的巴黎圣母院、阴森神秘的祈祷室、法庭草菅人命的审判、怪厅中奇特的会议……再加上愚人节和主显节的热闹场面、吉卜赛女郎优美而迷人的异国舞蹈,构成了一幅色彩浓艳的时代风俗画,使小说充满了浪漫主义气氛。在这种气氛中,作者安排了吉卜赛女郎爱斯梅拉达被迫害致死的情节,也就更加突出了作者对社会黑暗面的控诉。

第二,丰富的想象和偶然的巧合。

为了更加激起读者对残暴的封建统治的憎恶,小说以其浪漫主义手法安排了爱斯梅拉达的生母终于找到了自己的女儿这一戏剧性的情节。母女欢乐的重逢马上就要变为悲痛欲绝的死别,这个因多年失去自己的女儿而几乎疯狂的母亲又要目送无辜的女儿被处以绞刑。

小说借甘果瓦的口轻蔑地称王宫大厦的查案官、大理院的书记官、国王的特别律师、王室宗教法庭的检察官等为"公羊""野猪""鳄鱼""黑猫",把法庭开庭比喻成"法官们吃人肉"等,都是极富有想象力的。

另外,伽西莫多一个人在圣母院的抵抗,他与爱斯梅拉达两个可怜的人的尸骨一被分开就化为灰尘,以及乞丐王国中甘果瓦和爱斯梅拉达的"结婚"等,都

[①] 雨果:《巴黎圣母院》,陈敬容译,人民文学出版社1982年版,第473页。

是一种想象的巧合,现实生活中是不可能有的,它充满了夸张和怪诞,完全是作者奇特想象的产物。

第三,对照原则的运用。

对照原则是雨果浪漫主义美学思想的核心。在雨果看来,对照不仅仅是一个技巧问题,而是全面、鲜明、突出地反映生活的一个原则,因为生活中的万事万物本身就是在对照中互为依存的,"丑和美并存,畸形和优雅相邻,滑稽在崇高的反面,恶和善并列,影和光同行"①。"在称之为'浪漫主义'的时期,一切表明:滑稽和美的契合是密切而又富于创造性的。"②"作为崇高的对立面,作为对比的手段……滑稽是自然界可能向艺术提供的最丰富的源泉。"③整部《巴黎圣母院》,从某种意义上讲,是一部"对照"的巨著:

克洛德·孚罗洛陷害吉卜赛少女,路易十一屠杀平民,这些悲惨的事情都发生在神圣而庄严的巴黎圣母院旁边。这种对照写法,更有力地揭示了封建统治的丑恶。

小说围绕爱斯梅拉达的故事穿插了三对次情节:两个王朝,两个国王,两种法庭和审判。对照以路易十一为首的贵族和教会的封建王朝,小说描写了一个以克洛潘为首的乞丐和流浪者的"圣迹区"——乞丐王朝。对照路易十一的伪善、残暴,小说描写了克洛潘爱护"子民"的行为。前者的法庭随心所欲,胡乱审判,致使爱斯梅拉达含冤而死;后者的法庭在审判甘果瓦的时候尚能尊重人权,公正严明。这样,上层社会和下层社会之间善恶自然分明。

小说在塑造人物时对照原则运用得最好,尤其是在塑造爱斯梅拉达的时候。以伽西莫多的奇丑对照爱斯梅拉达的奇美,由此突出了后者外表的美。克洛德·孚罗洛的伪善和爱斯梅拉达的真诚相对照,由此写尽了后者心灵的美。爱斯梅拉达与克洛德·孚罗洛对照,一个纯洁善良,一个却卑鄙无耻;与弗比斯对照,一个忠贞真挚,一个却轻浮放荡;与甘果瓦对照,一个义重如山,一个却义薄情淡;由此突出了前者品性的高洁。在对待爱斯梅拉达时,伽西莫多与克洛

---

① 雨果:《〈克伦威尔〉序》,《雨果文集(第十一卷)》,程曾厚译,人民文学出版社2002年版,第12页。
② 同上书,第21页。
③ 同上书,第17页。

德·孚罗洛相对照,一个是高尚的情,一个是卑劣的欲;与弗比斯相对照,一个是以死相随,一个是始乱终弃;与甘果瓦相对照,一个是以涌泉报滴水之恩,另一个却是恩将仇报。

  为了突出每个人的特点,小说把人的内心与外表对照来写。克洛德·孚罗洛道貌岸然,内心却毒狠无比;表面上过着严肃、清苦、刻板的生活,标榜高尚的德行,摒弃世俗的生活,甚至对节日的狂欢也表示反感和厌弃,而内心里却贪求女色,几次想占有爱斯梅拉达的肉体,对享乐充满妒羡,对世人满怀恶意。伽西莫多是一个外表奇丑而心灵高尚的"下贱人"。伽西莫多不仅驼背,而且面部奇丑,但对爱斯梅拉达却一往情深,一直在忠实地守护她,帮助她。他的心灵是美好的。弗比斯外表英俊潇洒,内心却肮脏丑陋。在第九卷的"陶罐和水晶瓶"一节中,小说用对比的手法描写爱斯梅拉达痴情地在屋顶跪着呼喊弗比斯的名字,而弗比斯此时正与孚勒尔·德·丽丝小姐幽会。一个在屋顶上痴痴地从白天跪到晚上,而另一个却与别人在阳台上谈笑调情——这既是爱斯梅拉达的痴情与弗比斯的薄情的对照,又是弗比斯外表英俊潇洒与内心却肮脏丑陋的对照。

  就这样,整个作品充满各式各样的对照,美丑、善恶在各个地方交错地出现,从而使作品的主题得到了深化。人们也从这种种对照中,得到更深层的认识。

第十一章
《红与黑》

一、作者简介

司汤达（1783—1842）原名马里-亨利·贝尔[①]，是法国现实主义文学的奠基者之一。他一生经历了法国资产阶级革命、拿破仑帝国、波旁王朝复辟和七月革命等重大历史事件。他生活在法国由封建专制国家转变为资产阶级国家的大动荡时代，其生平和创作大体可以分三个时期：早期（1783—1814）、王政复辟时期（1814—1830）和七月王朝时期（1830—1842）。

司汤达于1783年1月23日诞生于法国东南部的格勒诺布尔。父亲谢吕班·贝尔是"律师世家的中产阶级，思想极其保守"[②]。母亲昂丽埃特·加尼翁是意大利人的后裔，能阅读但丁和阿里奥斯托的原作。司汤达7岁丧母，由外祖父加尼翁医生抚养成人。加尼翁是伏尔泰的信徒，所以，司汤达从小接受了启蒙思想影响，憎恨专制，酷爱自由，拥护资产阶级革命，以雅各宾党人自

[①] 司汤达本是德国一个小镇的名字，1817年作者发表著名的游记《罗马、那不勒斯和佛罗伦萨》时，首次使用这一笔名，之后专用这一笔名；司汤达又译斯丹达尔。

[②] 张英伦："译本序"，司汤达：《红与黑》，郝运译，上海译文出版社1989年版，第5页。

居。1796年，他进家乡所在地的中心学校学习。这是一所新型的学校，他在这里接受进步的教育。他喜欢数学，他的数学老师格罗是雅各宾党人，经常对他讲述法国大革命的事迹。1799年，他中学毕业后到巴黎，准备投考综合工科大学，"任陆军部秘书长的表兄达律将军安排他在部里工作。1800年、1806年和1812年，他三次跟随拿破仑大军南征北战"①。他亲眼看到拿破仑军队解放在奥地利统治下的意大利后受到人民热情欢迎的情况。在意大利期间，他接触到文艺复兴时期优秀的艺术，培养起对艺术的兴趣。1801年12月，他因病辞去军务，回到巴黎，开始读书生活，准备从事写作。他大量地阅读启蒙哲学著作和文学作品，特别是接受了18世纪唯物主义哲学家爱尔维修的伦理思想的影响。在文学上他推崇莎士比亚，开始形成现实主义文艺思想。他还特别注意研究人的性格和心理，这对他以后创作中精确的心理分析的形成产生了影响。1806年，他重返拿破仑军队，直到1814年，随拿破仑大军征战欧陆，先后参加过德国、奥地利战役，并在拿破仑政府中担任皇家领地德国占领区总管、皇室动产和不动产审核员等职。这种经历使他熟悉当时的军事和政治。1812年，他随军到莫斯科，亲眼看到莫斯科的大火，经历了法军的溃退。他对拿破仑十分崇拜，"他把《意大利绘画史》（1817）献给这位'法兰西最杰出的伟人'"②，肯定拿破仑在保卫资产阶级革命成果、打击欧洲封建势力方面的英雄业绩；但他也看到拿破仑的局限，"在《意大利绘画史》和《拉辛与莎士比亚》（1823—1825）中，他也对拿破仑'忘掉自己公正的和深得民心的理想，重又赐封贵族'等错误加以批评"③，批评他的独裁统治、拿破仑战争的野蛮以及由此引起的民族矛盾、对法国人民负担的加重。1818年4月，随着拿破仑的失败，司汤达结束了他的军人生涯。军队生活给他留下极深刻的印象，对他的思想和创作产生重要的影响。

1814年，波旁王朝复辟后，司汤达"被扫地出门"，他对波旁王朝复辟封建统治的倒行逆施和对外屈膝投降的行为很不满，称波旁王朝为"发臭的烂

---

① 张英伦："译本序"，司汤达：《红与黑》，郝运译，上海译文出版社1989年版，第5页。
② 同上书，第6页。
③ 同上。

泥"。他对神圣同盟军队在巴黎掠夺文物的行为尤为愤慨。于是，他侨居意大利，其中大部分时间住在米兰。当时意大利重新沦为奥地利的附庸，封建王朝和教皇政权复辟，民族解放运动蓬勃发展，浪漫主义思潮兴起。意大利的浪漫主义文学运动在政治上反对外族统治，争取民族独立和祖国统一，成为民族解放斗争的一部分。司汤达同情意大利的民族解放斗争，与烧炭党人有密切联系，积极写文章参加浪漫主义文学运动。1821年，烧炭党人起义失败，司汤达因与烧炭党的关系密切，被奥地利当局驱逐出境。他很珍惜在米兰的这段生活，经常以米兰人自命，而且希望死后自己的墓碑上刻上"米兰人"字样。在意大利期间，司汤达开始创作，主要是写关于绘画、音乐和旅游方面的作品，如音乐家传记《海顿、莫扎特、梅托斯太斯的生平》（1815）、《意大利绘画史》（1817），游记《罗马、那不勒斯和佛罗伦萨》（1817）等。同时，他开始着手《拿破仑传》的写作，宣传拿破仑的历史功绩（这部传记到1837年才写完，在司汤达死后出版）。1821—1830年，他基本上住在巴黎，在此期间也去过伦敦。他仍然是波旁王朝的激烈反对者，经常与进步作家、艺术家在自由派的文艺沙龙里评议时事，公开批评波旁王朝的反动政策，反对复辟封建制度。这种革命思想集中表现在他的创作里，使他的作品具有深刻的社会批判性。这是司汤达创作上的重要时期，他写了政论、文艺评论、传记、小说等多种形式的作品，其中，重要的有文学评论集《拉辛与莎士比亚》（1823—1825）、长篇小说《阿尔芒丝》（1827）、短篇小说《瓦尼娜·瓦尼尼》（1829）、长篇小说《红与黑》（1830）等。

　　19世纪20年代，法国古典主义和浪漫主义派别之间围绕拉辛与莎士比亚孰优孰劣展开了论战。古典主义者以拉辛为旗帜，浪漫主义者以莎士比亚为旗帜。司汤达参加了这场论战。他反对古典主义，提倡浪漫主义，发表《拉辛与莎士比亚》。这部文学评论集包括两部分。第一部分写于1823年，共三章："为创作能使一八二三年观众感兴趣的悲剧，应该走拉辛的道路，还是莎士比亚的道路？""笑"和"浪漫主义"。第二部分写于1825年，假借古典主义者和浪漫主义者通信的形式，批驳当时法兰西学士院对浪漫主义的攻击，同时"通过设想的散文体五幕悲剧《从厄尔巴岛归来》再次肯定了拿破仑的事业"①。司汤达对古典主义和浪漫主义有自己的见解。他认为古典主义因循守旧，盲目模仿古人，古典主义者是为祖先写作的，各时代无能的模仿者都是古典主义者。但是，司汤达对文学史上的古典主义大师是尊敬的，没把他们列入古典主义者之中。他把表现自己时代的作家称为浪漫主义者，认为他们的创作面向今天，使今天的观众感兴趣。他把拉辛也列入浪漫主义中，因为他的创作反映了他那个时代法国的风尚。

司汤达提出"文艺应像一面镜子"的著名主张，认为：文学要适应时代的发展而变化，新文学的任务是艺术地反映当代生活，为现实斗争服务。他反对模仿，认为即使对莎士比亚也不应该直接去模仿，而是要学习他观察、研究、反映时代的方法，即描写现实生活中真实的细节和表现人类激情的方法。他的这种主张，实质上就是后来被称为现实主义的创作原则。《拉辛与莎士比亚》也因而被认为是第一部现实主义理论著作，对法国现实主义文学的发展有着重大影响。

《阿尔芒丝》是司汤达的第一部小说，副题是"1827年巴黎一个沙龙的若干场面"。小说的情节以查理十世即将通过赔偿法案（波旁王朝拿出10亿法郎对在大革命中受损失的贵族进行赔偿）为背景。阿尔芒丝是贫穷的贵族少女，过着寄人篱下的悲惨生活。她和贵族青年奥克塔夫相爱，两人都对贵族社会不满。如果赔偿法案通过，奥克塔夫将成为富有的继承者，贵族社会也将对他另眼相看，但也由此酿成他与阿尔芒丝的爱情悲剧。奥克塔夫的舅舅为霸占他的财产而全力破坏他的婚姻，致使奥克塔夫服毒自杀，阿尔芒丝进了修道院。小说通过阿尔芒丝和奥克塔夫的爱情悲剧，揭露和批判贵族复辟势力维护自己阶级特权的荒谬行径以及他们的反动和丑恶。可以看到，司汤达的小说创作一开始就反映现实生活，把主要的批判矛头指向贵族阶级。小说对人物的心理活动作了细致的描写，表现出司汤达独特的心理分析艺术。

《瓦尼娜·瓦尼尼》以当时的社会生活为题材。主人公彼特罗是烧炭党首领。他在越狱时受伤，为躲避追捕，误入公爵家里，受到公爵的掩护。公爵小姐瓦尼娜·瓦尼尼和他秘密相爱。但是彼特罗为祖国的解放事业而牺牲个人爱

---

① 张英伦："译本序"，司汤达：《红与黑》，郝运译，上海译文出版社1989年版，第8页。

情，离开瓦尼娜，密谋再次起义。瓦尼娜的爱情是自私的，她要把彼特罗占为己有，就向政府告了密，烧炭党人因此被捕，彼特罗自动投案。当他知道事情的真相时，愤怒地和瓦尼娜决裂。小说歌颂了意大利烧炭党人忠于祖国的自我牺牲精神。该小说后来收在短篇小说集《意大利遗事》中。

1830年，司汤达发表他的代表作《红与黑》。

1830年7月，由小资产阶级中的进步分子首先发难，举行了声势浩大的群众性集会和示威游行，巴黎工人区也自发举行武装起义，查理十世逃亡，七月革命结束了波旁王朝。革命胜利果实被大资产阶级窃取，拥立王室旁支奥尔良公爵路易·菲利普继承王位，称七月王朝（1830—1848），法国政权由地主贵族阶级转到大资产阶级即金融资产阶级手中。司汤达对代表金融资产阶级统治的七月王朝非常不满，指责路易·菲利普是一个"最无赖的国王"。但为经济所迫，他不得不以自由派的身份出任国家官职。他先被任命为法国驻意大利特里雅斯特的领事。奥地利当局因他激进的政治态度而不同意这项任命，他被改任驻西维达-维基雅的领事。司汤达在该地受到教皇密探的监视。他自感"这无疑是流放"，郁郁不得志。在工作之余，他大量地写作，写有回忆录和自传性作品、长篇小说《吕西安·娄凡》（又名《红与白》，未完成）和不少中短篇小说，这些中短篇小说后来收在《意大利遗事》中。1839年开始创作的最后一部小说《拉米埃尔》未完成。他后期最重要的作品是长篇小说《巴马修道院》（1839）。

《巴马修道院》以1796—1830年的意大利为背景。巴马是意大利北部一个小公国。主人公法布里斯和他的姑母吉娜都是拿破仑的崇拜者。法布里斯听到百日政变的消息后，偷偷跑到法国投奔拿破仑，但被当作奥地利间谍关进监狱。出狱后糊里糊涂碰上滑铁卢战役，目睹拿破仑军队的惨败。他回到意大利后，由于哥哥告密，被政府当作革命党人追捕，从此葬送了他的贵族前程。吉娜和巴马首相莫斯卡有爱情关系，设法帮助法布里斯从教会方面谋求前程，让他当上巴马的副主教。法布里斯误杀了人，被判死刑，关进要塞监狱。他在狱中与监狱长的女儿克莱莉娅相爱。吉娜和克莱莉娅帮助他越狱，但是，法布里斯不愿离开克莱莉娅，又自动投案回监狱。被释放后，他当上红衣主教。克莱莉娅与别人结婚后仍与法布里斯保持情人关系，最终忧郁而死。法布里斯进了修道院，一年后死去。吉娜不久也去世。这部小说通过法布里斯一生的经历和他理想幻灭的过程，真实地反映了19世纪前期欧洲政治风云变幻的局势、宫廷的阴谋和斗争，抨击封建专制统治的残暴与反动，从而，揭露神圣同盟统治时期欧洲的黑暗与腐朽，表现出强烈的反封建思想。小说塑造了众多栩栩如生的人物形象，深入细致地描写他们的心理活动，对战争场面和宫廷生活场景的描写也十分出色。它是19世纪法国现实主义文学的杰作，也是司汤达生前被认可的唯一作品，它一出版就受到巴尔扎克的称赞。

司汤达的身体一向不好，常常头痛、昏眩，患有痛风症、肾结石。从1840年初起，他时常患失语症，记不起最常用的字。1841年5月15日，他因脊椎充血而面部局部麻痹。1841年11月，司汤达请假回巴黎。1842年3月22日晚上7点，司汤达突然中风，倒在巴黎的大街上，几小时后死去。①

二、《红与黑》

《红与黑》是司汤达的代表作，被公认为19世纪法国和欧洲现实主义文学的奠基作，也是世界文学史上经典作品之一。

"1830年11月15日，司汤达的长篇小说《红与黑》在法国巴黎问世以后，在毗邻的德国和遥远的俄罗斯立即引起两位文学天才的注目。耋老的歌德认为它是司汤达的'最好作品'，并称赞作者的'周密的观察和对心理方面的深刻见解'；青年托尔斯泰'对他的勇气产生了好感，有一种近亲之感'。""而在本国，《红与黑》却遭到不折不扣的冷遇。批评家圣佩韦讥讽作家笔下的人物尽是些'机器人'；报纸评论几乎同声谴责据信应由作者负责的小说主人公于连的

---

① 本部分内容参见张英伦："译本序"（司汤达:《红与黑》，郝运译，上海译文出版社1989年版）、"英文版导读"（司汤达:《红与黑》，许渊冲译，重庆出版社2008年版）、"译本序"（司汤达:《红与黑》，张冠尧译，人民文学出版社1999年版）、"译本序"（斯丹达尔:《红与黑》，闻家驷译，人民文学出版社1988年版）、"谁是'少数幸福的人'？——代译者序"（斯丹达尔:《红与黑》，郭宏安译，译林出版社1993年版）、"斯丹达尔"（郑克鲁主编:《外国文学史（修订版）上》，高等教育出版社2006年版）等。

'道德的残忍'。公众对这部小说也十分淡漠,初版只印了七百五十册,后来依据合同又勉强加印几百册,纸型便被束之高阁。""但是,司汤达最了解自己作品的价值。他一再坚称:'我将在1880年为人理解。''我所看重的仅仅是在1900年被重新印刷。''我所想的是另一场抽彩,在那里最大的彩注是:做一个在1935年为人阅读的作家。'"①

"小说的题目《红与黑》究竟应该作何解释呢?这是一个半世纪以来人们一直在探究的一个谜。关于这个书名,已经提出的说法五花八门。比较普遍的一种看法,认为'红'指红色的军装,'黑'指教士的黑袍。此外,也有人认为:'红'是指法国大革命和拿破仑战争的英雄时代,'黑'是对卑鄙可耻的复辟时代的蔑视;'红'象征于连的力量,他羡慕苍鹰的力量和它的我行我素,'黑'象征身陷囹圄的于连幻想的破灭;'红'与'黑'是赌盘上区别输赢的标志……""《红与黑》是个象征性的书名。正像后世的象征主义者所说的,它成了'面纱后面的美丽的双眼',若隐若现,更增加了它的魅力。既是象征,人们本来是尽可以通过自己的体会,在意向上充实它的含义的。但是,具体地指定'红'代表红色军装、'黑'代表教士黑袍,却显然不能成立。整本《红与黑》,写到军队处只出现过拿破仑龙骑兵'披着白长披风',而绝无'红色军装'出现,这不是偶然的。拿破仑的部将极少有身穿红色军装的,这一点可由维尔奈的名画《枫丹白露的诀别》为证,在那幅画上,拿破仑的部将们聚集在这位行将前往厄尔巴岛的皇帝周围,竟无一人身着红衣;而复辟王朝对红色是讳莫如深的。至于教士黑袍,那不是于连追求的目标,他羡慕的是年薪二三十万法郎的红衣主教。那种认为'红'与'黑'和赌博的输赢相联系的解释,更是牵强。我们知道,司汤达是以唯物主义哲学家的严肃态度来处理于连的失败的,这里丝毫不牵涉什么'机运'。从两种力量的对立和斗争的意向上理解'红与黑',相比之下倒是更合乎情理的。""能不能有一个比较贴近又比较可靠的解释呢?应该说可以。司汤达本人为人们提供过帮助,在《吕西安·娄凡》的手稿中,谈到他为这部新作考虑的另一个名字《红与白》时,他写道:'《红与白》,或者《蓝与白》,为了使人联想起《红与黑》,并且

---

① 张英伦:"译本序",司汤达:《红与黑》,郝运译,上海译文出版社1989年版,第1页。

给记者们一个启示：'红'，共和党人吕西安。'白'，保王党少女沙斯特莱。'司汤达关于'红'与'白'的解释，与服装无涉，而是根据两位主人公政治思想的对立。循着这一启示，我们可以说，《红与黑》中的'红'指以其特殊的方式反抗复辟制度的小资产阶级叛逆者于连，'黑'指包括反动教会、贵族阶级和资产阶级在内的黑暗势力。这一理解，不但贴近作品的故事内容，而且切合这部小说的主题思想。"[①]

（一）内容梗概

《红与黑》写查理十世统治时期平民青年于连·索雷尔个人奋斗和最后失败的故事（故事从1825年前后开始，到七月革命前夕终结）。

法国南部小城维里埃尔市出身小业主——锯木场场主——家庭的青年于连·索雷尔好学深思但不喜欢体力劳动，因而，受到父兄的虐待。但这个有着一张漂亮而又苍白面孔的青年人并不甘心接受自己的命运，他终日野心勃勃，想着出人头地。他崇拜拿破仑，曾怀抱野心，志在立功沙场，30岁当上将军。但为适应波旁王朝复辟时期的气候，他改变初衷，希望做一个年薪二、三十万法郎的红衣主教。他在他的表亲、拿破仑时代的外科军医那里学习拉丁文和历史，在谢朗神父那里学习神学。"为了赢得老本堂神父谢朗的欢心，他把拉丁文的《新约》熟记在心；他也背得出德·迈斯特先生的《论教皇》这本书"[②]。

保王党德·雷纳尔市长为显示自己的地位和提高自己的声望，决定雇用于连·索雷尔担任他三个儿子的家庭教师。德·雷纳尔、接近自由党人的贫民寄养所所长瓦尔诺、副本堂神父玛斯隆是维里埃尔三巨头，他们既互相勾结又互相争夺。出于虚荣心，瓦尔诺企图从德·雷纳尔手中夺走于连。德·雷纳尔唯恐失掉于连，只得对他百般迁就。而跻身于上流社会的于连对周围环境有一种天然的仇恨和恐惧，时时感到自尊心受到伤害。为了报复德·雷纳尔的傲慢自

[①] 张英伦："译本序"，司汤达：《红与黑》，郝运译，上海译文出版社1989年版，第24—26页。
[②] 同上书，第27页。

负，也为了向上流社会证明自己的价值，他决心征服并占有德·雷纳尔夫人，而德·雷纳尔夫人出于同情和关怀也慢慢爱上了他。在德·雷纳尔夫人的安排下，于连参加了迎接国王驾临维里埃尔的仪仗队，并充当陪祭教士参加圣骸瞻拜典礼，这使他大出风头。德·雷纳尔夫人的小儿子斯塔尼斯拉斯的一场重病中断了于连牧歌式的爱情生活。德·雷纳尔夫人认为斯塔尼斯拉斯的病是天主对她的不贞的一种惩罚，即使是在斯塔尼斯拉斯病愈以后，她也再不能保持内心的宁静。

正当德·雷纳尔夫人心里的幸福感与犯罪感互相交织的时候，女仆埃莉莎在长久的猜想中肯定了女主人与家庭老师的爱情，便向瓦尔诺告密，瓦尔诺当天就给德·雷纳尔寄去一封匿名信，揭发其妻与于连的私情。德·雷纳尔夫人略施小计使德·雷纳尔相信这不过是瓦尔诺出于嫉妒而对于连的诬陷，德·雷纳尔也宁愿相信她是无辜的，因为他的妻子将来能从她的姑母那儿继承一笔巨额遗产，如果把妻子赶出家门，他将失去那笔巨额遗产。

在这种尴尬的情况下，谢朗神父要于连离开维里埃尔到贝藏松神学院学习。由于谢朗神父的大力推荐，也由于于连自己表现出的才能，神学院院长皮拉尔神父对于连另眼看待。毕业后，他被任命为神学院教师。在伪善的神学院里，于连始终保持沉默，假装虔诚，以保护自己，但仍被其他修道士嫉恨，并身不由己地卷入教派斗争。冉森教派的皮拉尔院长赏识于连，一心想夺取院长职位的耶稣会德·弗里莱尔代理主教就一味排挤打击于连。在教派斗争之中，皮拉尔辞职，随后应巴黎大贵族德·拉莫尔侯爵之约，前往巴黎近郊一个富裕的教区任职。为不使于连受耶稣会迫害，他把于连介绍给拉莫尔侯爵做私人秘书。在去巴黎之前，于连潜回维里埃尔，夜间由窗户进入德·雷纳尔夫人卧室与她告别。她再次屈服于爱情。

于连作为拉莫尔的助手，在拉莫尔府处理日常事务。他凭借勤勉、谨慎和能干博得了拉莫尔的信任和欢心。与此同时，在贵族社会的熏陶中，他逐渐熟悉了巴黎生活的艺术。拉莫尔的女儿，高傲的玛蒂尔德对她所属的阶级的庸俗无聊的生活早已感到厌倦。一次，她偶然听到于连对上层社会的抨击，不禁对他产生了兴趣和好感。而于连对她的态度则是彬彬有礼的、冷淡的，这更刺激了她，于是，决意要征服他。

拉莫尔日渐把于连视为心腹，委派于连前往伦敦执行一项外交任务，使他获得更多的社会经验，并借此送给他一枚勋章，满足了他的虚荣心。

出于浪漫的幻想和表现出自己的不同凡俗，玛蒂尔德置社会习俗等级偏见于不顾，写信向于连表达爱慕之情，接着又约请于连在明亮的月光下攀登长梯从窗口爬进她楼上的房间。于连对这送上门来的爱情将信将疑，为了不被耻笑为懦夫，他在采取了种种防范措施之后，应约前往。彼此经过一番试探，玛蒂尔德成了于连的第二个情妇。

喜怒无常的玛蒂尔德很快就为自己失身于出身微贱的于连悔恨不已。被失恋折磨着的于连在愤怒中拔剑相问，这种勇敢的行动中所表现出的激烈的感情再次打动了玛蒂尔德，他们一度言归于好。但不久玛蒂尔德又厌恶他，并不加掩饰地侮辱他。

正当于连万分痛苦之时，拉莫尔召他去为一个极端保王党人的秘密会议担任记录，会议内容主要是讨论如何恢复绝对君权制。会后，拉莫尔要求于连将所讨论的要点烂熟于心，然后潜往英国向某公爵汇报。于连冒着生命危险，成功地完成了任务。在这次执行任务的过程中，于连遇到一个过去在伦敦的老相识科拉索夫，并向他倾吐了自己爱情上的波折。他劝于连用嫉妒重新唤起玛蒂尔德的爱情。

于连回到巴黎后，立即付诸实施，他摆出一副对玛蒂尔德无所谓的样子，向故作正经的孀居的德·费尔瓦克元帅夫人大献殷勤，把科拉索夫为他准备好的现成情书抄寄给德·费尔瓦克元帅夫人，逐渐引起她的回应。这一策略果然降伏了玛蒂尔德，使她重新坠入情网。

玛蒂尔德把自己怀孕的事告知拉莫尔。拉莫尔勃然大怒，但在爱女的坚持下，不得不做出让步，赠送给他们金钱和田产，并弄了"一份给于连·索雷尔·德·拉维尔内骑士的轻骑兵中尉的委任状"，"让他在二十四小时内动身，到他那个团的所在地斯特拉斯堡去报到"[①]。同时，他制造舆论，把于连说成是被拿破仑放逐到于连所成长的那个山区里的一个大贵人的私生子。

---

① 司汤达：《红与黑》，郝运译，上海译文出版社1989年版，第564页。

正当于连志得意满、对前途满怀憧憬之时，德·雷纳尔夫人在教会及忏悔教士的逼迫之下——她向教士忏悔过自己的爱情——写信给拉莫尔，指控于连是专门靠引诱良家妇女，以猎取财富和地位的骗子。于是，拉莫尔断然中止了婚约。这使于连已经得到的一切毁于一旦。于连无法承受这个打击，便匆匆赶到维里埃尔，买了两支手枪，走进教堂，对准正在祈祷的德·雷纳尔夫人连开两枪。于连当即被捕，被送往贝藏松监狱，以谋杀罪被起诉。

玛蒂尔德为营救于连四处奔走，企图通过与耶稣会教士的谈判达成交易，使于连无罪释放。对此，于连无动于衷，他对玛蒂尔德的感情已经随着他的野心的消失而消失了。他在得知德·雷纳尔夫人并没有受到致命的枪伤，并仍在关切着他后，为自己的行动感到深深的懊悔。他在孤独中也发现自己仍在爱着德·雷纳尔夫人——这是他唯一真正爱着的女人。

在法庭上，于连并不为自己辩解，而是慷慨陈词，指出"事实上我不是受到与我同等的人的审判"[①]。这时以已升为贝藏松省省长的瓦尔诺男爵为首的陪审团，最后判了于连蓄意杀人罪，判处死刑。玛蒂尔德和德·雷纳尔夫人分别来监狱看望于连，并且千方百计要救他出去。然而，狱中的于连已非昨日的于连——他经过反躬自省，认识到社会黑暗不可动及、人生空幻不可救。大彻大悟后的于连放弃了上诉的机会，拒绝了情人们的营救。他终于心情平静地走上了断头台，此时，他才23岁。于连被行刑之后，玛蒂尔德穿着一袭黑衣，怀抱着他的头招摇过市。在于连死后三天，德·雷纳尔夫人抱吻着她的孩子们离开了人世，伤心过度而死。

（二）人物形象

1. 于连·索雷尔

于连·索雷尔出身卑微，深受歧视。他出生于维里埃尔市的小业主家庭，父亲的金钱观念很重，要三个孩子都在锯木场干活，为他赚钱；但于连体弱且喜欢读书，干不了体力活，便常受到父兄打骂。于连在社会上又因出身低微而

[①] 司汤达：《红与黑》，郝运译，上海译文出版社1989年版，第611页。

受歧视，因此沉郁、孤独、自卑，感情内向，时时感到一种受压抑的痛苦。

他很叛逆。不堪忍受父兄的打骂，他几次想离家出走。跻身上流社会复杂阴险的环境中，他感到极端的仇恨和恐惧，用异常警觉的眼光观察着周围的一切，寻找歧视他、伤害他的敌人，揣摩自己受侮辱、受损害的蛛丝马迹，以至往往自寻烦恼，或明争，用自尊和骄傲作为反抗的武器（如在德·雷纳尔家），或暗斗，奉答尔丢夫为导师，借虚伪以求生存、求发展（如在贝藏松修道院和巴黎）。当市长把他当仆人一样训斥时，他眼里露出复仇的目光，愤然地回击道："没有您，我照样能活下去"①。他认为市长侮辱了自己，便勾引市长夫人。他一到拉莫尔府就感到自己如同到了"阴谋和伪善的中心"②，认为那里出入的贵族是些"名声显赫的坏蛋"③，他们生活奢侈、才能平庸、敌视平民，于是，继续反抗等级歧视，维护自己人格的尊严。最后，他为了不向自己的敌对阶级屈服，毅然决然地走向绞刑架。

他聪明、博闻强记，有过人的才华。他能够在非常有限的时间里和非常差的条件下学好、掌握外科军医学所教的拉丁文和历史知识、谢朗神父所教的神学知识，能够把拉丁文的《新约》熟记在心，背得出德·迈斯特的《论教皇》。

他热情大胆、积极进取、自负。在卢梭的《忏悔录》和拿破仑英雄事迹的影响下，他构筑了自己的理想世界。他渴望自己能像拿破仑那样凭自己的才能从下级军官成为"世界的主人"，并经常默默地做着这个"英雄梦"。于是，他想从军，走拿破仑的道路；但在王政复辟时期，这条路被堵死了。不过他并不死心，而是宁愿冒九死一生的危险也得发财。他看到"一些四十多岁的教士，他们有十万法郎的年俸，也就是说，相当于拿破仑手下那些著名的师长的三倍"④，于是就选择教会作为他向上爬的阶梯，想当教士。

他敏感、孤傲、自尊心强。他不愿当奴仆，宁死也不与奴仆一起吃饭。在德·雷纳尔家当家庭教师期间，他特别在意德·雷纳尔对他的态度，在意自

---

① 司汤达：《红与黑》，郝运译，上海译文出版社1989年版，第79页。
② 同上书，第295页。
③ 同上书，第329页。
④ 同上书，第32页。

己是否被低看。他憎恨有钱人，鄙视庸俗无能、满身铜臭的德·雷纳尔，骂剥削贫民孤儿以自肥的瓦尔诺是"社会蠹贼"。他有正义感，同情贫民，但又看不起下层人民。他以显示自己的才能来提高自己的身价，用高傲来对抗等级歧视。德·雷纳尔的等级观念很重，他的粗暴和傲慢刺伤了于连的自尊心，于连便以占有其夫人的方式进行反抗和报复。玛蒂尔德后悔自己失身于他，便疏远他，他感到自尊心受到损伤；为了征服玛蒂尔德，他听从老相识科拉索夫的指点，耍手段征服玛蒂尔德。

他虚伪、善变，善于委曲求全。他虽然根本不信神，明知《新约》和《论教皇》毫无意义，但为了向上爬，还是把它们背得滚瓜烂熟。他与德·雷纳尔夫人的关系最初的出发点是对贵族的征服和报复，但德·雷纳尔夫人的美貌和纯真的感情使他很快真的爱上了她。在德·雷纳尔这个敌视拿破仑和自由思想的家庭里，他为保护自己而掩饰自己真实的思想，甚至把最崇拜的拿破仑的像也烧掉。初出茅庐时他不善于伪装，行为不谨慎，往往在热情的支配下做出鲁莽的行动。与德·雷纳尔夫人的私情败露后，他不得不离开德·雷纳尔家。当时有两条出路摆在他面前：一条是和女仆埃莉莎结婚，婚后过小康的家庭生活；另一条是与朋友富凯合伙做木材生意，经商致富。但是，这两条路都不能满足他强烈的出人头地的虚荣心，于是经过再三考虑，便打算通过做主教来实现出人头地的理想。为了能当上主教，他到贝藏松神学院学习。神学院阴森可怖，如同人间地狱。学生没有行动的自由，甚至不允许有自己的思想。修道士是一些利欲熏心、阴险的伪君子，彼此间尔虞我诈，搞秘密侦探和阴谋诡计。他的信被扣压，行李被秘密搜查，言行受到监视。他厌恶这环境，但又要在这环境中求得发展。他认为在狼的社会里，必须先把自己变成狼，才能和他们相咬。于是，他收起高傲，学会谨慎，变得更加虚伪、自私，伪装虔诚与顺从，孜孜不倦地学习神学，并最终博得皮拉尔院长的欢心，被提拔为神学课的辅导教师。玛蒂尔德出于浪漫的想法，约他幽会。他把她的约会视为贵族们搞的圈套。但是，他认为荣誉重于生命，为了证明自己不是懦夫，在作了周密的安排后就勇敢地赴约。他把和上流社会的相处看作是一场战斗，战斗的目的是满足自己的虚荣心、名利感。因此，一旦目的达到，他对上流社会的敌对情绪就一变而为感恩戴德，如在得到拉莫尔赏给他的一枚勋章后，他便感激涕零地宣誓："必须按照给我勋章的政府的方针行事。"①在参与极端保王党人的秘密会议时，他想到："我至少是给卷进了一桩阴谋……即使有危险，为了侯爵我也应该去冒，甚至去冒更大的危险。"②之后，他又遵照拉莫尔的指示，把情报秘密送到国外。随着环境的诱迫，阅历的增长，他的野心愈来愈膨胀，手段愈来愈卑劣，以致背叛自己的出身，卖身投靠。如果说他占有德·雷纳尔夫人是为了报复寄人篱下的屈辱，是向德·雷纳尔的挑战，也是对自己意志力量的一种考验，那么他与玛蒂尔德的爱情除了是为了报复贵族对他的轻蔑以外，更多的是出于利害的深谋远虑，即凭借权势、显贵的社会关系作为靠山，以保障既得的利益，进而牟取更多的利益。他用尽心机去维系这功利主义的爱情关系。认识到贵族资产阶级"只是一些在犯罪时有幸没有被当场抓获的坏蛋……判我死刑的瓦尔诺对社会要比我有害一百倍"③，他们对平民存在根本的敌视以后，他恢复了反抗精神，宁死也不接受统治阶级的恩惠和轻蔑，拒绝忏悔，拒绝上诉，在法庭上慷慨陈词，说自己受到的是贵族资产阶级的惩罚；他们并不管他犯罪的严重程度，就是要把他处死，想借他来惩戒出身微贱而"大胆地混入有钱人高傲地称为上流社会的圈子里"④的年轻人。

总的来看，于连是一个具有双重人格和双重精神的人物：他有理想，又自甘堕落；生性正直，又常常说谎欺骗；有时勇敢，有时卑怯；有时热情，有时冷酷；有时天真烂漫，有时老谋深算；既有反抗精神，又很容易屈服；既憎恨贵族的卑劣，又羡慕他们的地位和优厚的待遇，并不惮玷污自己的双手；既看重别人的善良正直，又信奉虚伪的道德观；既崇拜拿破仑，又能随意改变自己的奋斗方向，屈从封建势力，走一条截然相反的道路；既热衷于向上爬，又愤然选择了死亡，不肯向卑污的现实让步……这一切在他的性格逻辑里得到统一。他是从顽石下面弯弯曲曲生长起来的一株美好的植物，正如他死前对自己所说："我在

---

① 司汤达：《红与黑》，郝运译，上海译文出版社1989年版，第352页。
② 同上书，第476页。
③ 同上书，第631页。
④ 同上书，第611页。

这儿，这间黑牢里，是孤独的；但是我过去在世上，并不是生活在孤独中；我有过强有力的职责观念。我为自己规定的职责，不管对不对……曾经像一棵结实的大树的树干，在暴风雨中我依靠在它上面。我有过动摇，站立不稳。我毕竟是一个凡人……但是我并没有被卷走。"①

于连这一人物形象反映了复辟时期小资产阶级既反抗又妥协的动摇态度，揭露了波旁王朝复辟时期社会风尚对青年一代的腐蚀摧残，具有很高的典型意义。

2. 德·雷纳尔夫人

德·雷纳尔夫人是法国波旁王朝复辟时期的一个妇女。

她出身于贵族门第。她是一个家族产业的继承人，从小在修道院长大，像公主一样受到众人的奉承，虔诚守教。

她很美丽。"她身材高高，体格匀称，曾经是这个山区的人公认的当地的美人儿。她具有一种纯朴自然的神情，举止里透露出青春活力；在一个巴黎人眼里，这种充满纯洁和生气的、天真无邪的美，甚至可能激起愉快的情欲冲动的念头。德·雷纳尔夫人如果知道自己能取得这种成功，一定会感到非常羞愧。她的心中从来没有丝毫卖弄风情，或是装腔作势的想法。富有的贫民收容所所长瓦尔诺先生，据说曾经向她献过殷勤，但是毫无收获，这给她的贞洁罩上了一片夺目的光辉，因为这位瓦尔诺先生，个子高，年纪轻，体格十分健壮，脸色非常红润，蓄着又浓又黑的大颊髯，是外省称为美男子的那种举止粗鲁、老脸皮厚、嚷嚷咧咧的人。"②

她很单纯。她16岁时嫁给了贪图她美貌和财产的德·雷纳尔。在结婚的最初几年里，她向丈夫倾诉内心的苦恼，但常常招致丈夫一阵粗鲁的笑声。久之，她便认为世上所有的男人都像丈夫一样是粗鲁的，除了钱、地位和荣誉外，其他的什么都漠不关心。城里的女人则都认为她是一个傻子，因为她从没有对她丈夫耍手腕，也不要求她丈夫从巴黎或贝藏松为她买漂亮的帽子，只要让她一个人安静自由地在自己花园里漫步，就心满意足别无所求了。她有生以

---

① 司汤达：《红与黑》，郝运译，上海译文出版社1989年版，第634页。
② 同上书，第17—18页。

来从来没有体验过爱情，而在她的心目中，爱情意味着下流无耻的淫荡生活，夫妻的关系就是那么一回事，根本没有什么甜蜜的关系。她生性腼腆、内向，自己的心里话从不向别人说。

她随和、谦逊。她虽然既是富有的继承人，又是市长夫人，但总随和、谦逊，曾被维立埃尔城的丈夫们引为楷模来教育自己的妻子。

她很慈爱。从结婚到于连到来之前，她把全部的心思都放在自己的孩子们身上，时刻关注她的孩子们，关心他们的健康，关心他们的安全，他们的小病、欢乐、痛苦等占据着她的全部心灵。当丈夫为了名誉要给孩子们请一个家庭教师时，她一想到这个陌生人就感到局促不安，因为她想到这个陌生人会为了职责要经常出现在她和孩子们之间，而她又已习惯了孩子们睡在自己的卧室里。她早上看见孩子们的小床被搬进家庭教师的那间房时，禁不住眼泪汪汪。小儿子发烧时，她虽正与于连热恋着，但因认为自己与于连相恋冒犯了上帝，从而连累了孩子，便要求于连离开她，觉得小儿子发烧是天主对她的一种惩罚。为了孩子的病能好，她愿意牺牲自己及情人于连，愿意向丈夫坦然承认自己和于连的恋情。

她富有同情心，勇敢、执着地追求爱。在没有认识于连之前，她一直生活在平静的贤妻良母式的生活中。于连到她家后，她先是同情这个年轻俊秀的平民，后是由衷地欣赏他。于连很伪善，很善于伪装自己：既善于展示自己，又善于隐藏自己。她产生了一个人的小小成就远比其社会地位更重要、更长远，一个英武有力、刚毅果敢的车夫比一个满脸胡须、善吹、风流的凶恶的龙骑兵更具有英雄气概的想法；她相信于连比她的表兄弟们更高贵，尽管他们大都是豪门子弟，而且还是官衔显赫。她随即把同情倾泻在他身上，进而爱上了他，甚至憧憬着有一天她在成为寡妇后嫁给于连。于连枪击她之后，她不但没有怨恨于连，反而还买通了监狱看守，让他们优待于连，她自己则作为一个已婚之妇冒着丧失名誉的危险，为了营救于连而四处奔走。为了爱情，她不顾世俗的目光，给陪审员写信，不顾丈夫的反对到监狱去看于连，甚至愿意抛头露面去跪在国王查理十世的脚下请求他特赦于连。

她很机智。女仆埃莉莎把于连与她的恋情告诉了贫民收容所所长瓦尔诺，瓦尔诺随即写匿名信给德·雷纳尔。当德·雷纳尔正在考虑如何处理这件事时，她与于连合作，伪造了一封瓦尔诺的信，并凭借自己的口才和表演成功地使德·雷纳尔相信那是一封诬告信，从而化险为夷。在于连去巴黎当拉莫尔侯爵的秘书之前，她冒着极大危险与他幽会，甚至把他藏在自己家里。夜幕降临的时候，她冒着极大的危险去偷食物给他吃，被德·雷纳尔发现后又把他藏在沙发下面，并适时地用衣服盖住于连的帽子。

（三）主题

第一，小说揭示了法国波旁王朝复辟时期的时代风貌。

小说故事发生在三个地方：小城维里埃尔、省城贝藏松的神学院和首都巴黎的德·拉莫尔侯爵府。这三个地方概括了当时法国的风貌。

小说展现的"首先是整个法兰西社会的一个典型的窗口——小小的维里埃尔城的政治格局。贵族出身的德·雷纳尔市长是复辟王朝在这里的最高代表，把维护复辟政权、防止资产阶级自由党人在政治上得势视为天职。贫民收容所所长瓦尔诺原是小市民，由于投靠天主教会的秘密组织圣会而获得现在的肥差，从而把自己同复辟政权拴在一起。副本堂神父玛斯隆是教会派来的间谍，一切人的言行皆在他监视之下，在这王座与祭坛互相支撑的时代，是个炙手可热的人物。这三个人构成的'三头政治'，反映了复辟势力在维里埃尔独揽大权的局面。而他们的对立面，是为数甚众、拥有巨大经济实力的咄咄逼人的资产阶级自由党人。……这两个阶级、两种势力的政治斗争，的确在维里埃尔城到处激烈地进行着。那些有钱的印花布制造商不只是每天早晚'在咖啡馆里宣传平等'；他们还在自己办的报纸上、在市议会中，向复辟当局发起进攻。而复辟当局则主要依恃手中的权力蛮横行事：他们无端惩罚阅读《立宪新闻》的老百姓，强行安排自己的人任市长第一助理，挫败了一位工业家的竞争。国王驾到维里埃尔为两派的争斗提供了新的契机，从仪仗队的组成问题便各不相让。这次国王的驾幸和参拜遗骨，显然是对地方封建势力的一个支持，'像这样的日子一天就足以挫败一百期雅各宾党报纸所做的工作'。但是，白天的仪式刚刚完毕，'晚上，在维里埃尔，自由党人想出了一个理由来张灯结彩，比保王党人辉煌百倍'。司汤达一方面向人们描述保王党势力的横行无羁,一方面又让人们得出这样的结论:握有经济实力的资产阶级,在政治上也定将是最后的胜利者。《红与黑》成书于1830年七月革命以前,司汤达竟像是洞悉了历史运动的这一必然趋向。……在一次众议院改选中,德·雷纳尔先生受到自由党人的拥护,脱离保王党,因而被撤去市长职务;瓦尔诺则作为内阁提出的候选人,保王党立场激烈得可爱,于是顶替了德·雷纳尔的市长职务,受封为男爵,后来不但当上众议员,还被任命为省长,真是青云直上。通过一个贵族和一个小市民在历史运动中的互相'换位',司汤达充分表现了复辟王朝时期阶级斗争的错综复杂。不过,应该指出的是,无论就出身还是就'发达'的方式而言,瓦尔诺在本质上都是一个资产阶级暴发户"[1]。

省城贝藏松神学院是社会的另一个缩影。它像监狱一样阴森可怖,行李要经过仔细搜查,信件往往被扣压。神父、学生都互相倾轧,虚伪做作笼罩着一切。由于院长和副院长有矛盾,选择谁做自己的忏悔神父就成了重要抉择,关系到依附哪一派之事。于连因是院长的宠儿而受到院长死对头的打击,凭着他的才智本可以在同学中独占鳌头,但发榜时却名落孙山。神父诱使于连赞扬维吉尔、贺拉斯等不敬神的作家,背诵他们的诗篇,可那个神父却突然变了脸色,劈头盖脸地指责于连在无用和有罪的研究中浪费时间。

巴黎德·拉莫尔侯爵府是上层社会的写照。侯爵府是巴黎上流社会的活动中心之一,也是阴谋和伪善的中心。德·拉莫尔侯爵是个精明干练的政治家,复辟王朝的红人。他上通宫廷,得到国王恩宠;下连省城和小城,是贝藏松最富有的地主。他召开包括公爵、内阁总理、红衣主教、主教、拿破仑的叛将等人参加的会议,妄想把法国拉回到绝对君主时代,甚至与国外反动势力勾结,企图引狼入室,干预政局。他与弗里莱尔主教虽然同属于反动的耶稣教派,但为了一块地产还是与之斗了六年。

从外省到巴黎,统治者都把有关拿破仑的一切视作洪水猛兽,连他的《回忆录》也不许阅读;一般人则怀念拿破仑时期的辉煌战功。

第二,小说揭露和批判了波旁王朝复辟时期的腐败、黑暗,揭示了贵族与平

---

[1] 张英伦:"译本序",《红与黑》,郝运译,上海译文出版社1989年版,第12—13页。

民及资产阶级之间的尖锐矛盾。

德·雷纳尔市长是外省贵族的代表,兼有贵族的狂妄和资产者的贪婪。他因镇压革命有功而当上市长。他意识到办实业的重要,在拿破仑时代就办起了工厂。妻子出轨后,他本想与妻子离异,但因妻子是富有的女继承人,便忍气吞声。

乞丐收容所所长瓦尔诺贪污穷人的钱款,克扣囚犯的口粮。他的家散发着偷来的钱的气味和俗不可耐的奢华。他靠管理穷人的福利把财产增加了两三倍,飞黄腾达,步步高升,做到省长。

金钱势力渗透到社会各个角落,"唯利是图"成为社会风气。钱能打通各种关节,人人都想着如何捞钱,没有人不腐蚀别人,又被别人腐蚀。德·雷纳尔的夫妻关系、于连的父子关系,都是金钱关系。于连的父亲在与市长谈判时就很精明,捞到了便宜。于连入狱后,他去探监,指责于连的行为;但当于连提起自己攒了些钱时,他马上改变了态度,他竟然要于连还给他预支的伙食费和教育费。在神学院,人们崇拜和追逐金钱,拉莫尔利用职务上的方便大搞证券投机活动,牟取暴利。

在这样的社会背景下,贵族与平民及资产阶级的矛盾异常尖锐。维里埃尔市市长的第一助理职位空缺,当局支持本市最热心的人物出任,一个有钱的工业家出来竞选,这件事使当地保王党人紧张不安。德·雷纳尔深感在维里埃尔市被自由党人包围着,"自由党人变成了百万富翁,他们渴望掌握政权,他们会利用一切作为他们的武器"[1]。贵族总是害怕罗伯斯庇尔会卷土重来,甚至德·雷纳尔夫人"那个社交圈子里的人们一再重复说:特别是因为有了这些受过太良好的教育的、下等阶层的年轻人,才有重新出现罗伯斯庇尔的可能"[2]。在巴黎,拉莫尔府里充满紧张的气氛,"他们在每一道树篱后面都看到一个罗伯斯庇尔和他的死刑犯押送车"[3]。拉莫尔认为如果不赶快扑灭革命,"王位,祭坛,贵族,到明天都有可能消灭","在出版自由和我们作为

---

[1] 司汤达:《红与黑》,郝运译,上海译文出版社1989年版,第126页。
[2] 同上书,第121页。
[3] 同上书,第301页。

贵族的存在之间,是一场生死斗争"。①玛蒂尔德的哥哥警告她说:"要好好当心这个精力如此旺盛的年轻人……如果革命重新开始,他会把我们全都送上断头台。"②

第三,小说揭露和批判了波旁王朝复辟时代的整个社会制度。

"于连自称'平民''农民的儿子''木匠的儿子''工人的儿子''仆人''工人''农民',实际上,他的父亲已经由农民发迹为锯木厂主,他本人又先后在谢朗神父、德·雷纳尔夫人那里和神学院里受到教育,他属于小资产阶级的行列。儿童时代,他看见拿破仑的威武的骑兵从本乡经过,便发狂地热望进入军界。那时,平民青年尽可以披挂上阵,'不是阵亡,就是三十六岁当上将军'。拿破仑就是绝好的榜样。但是在复辟时代,一切都变了,没有财富,没有高贵的出身,就没有出头之日。历史为于连这一代青年设置下的就是这样的共同处境:他们被养育在英雄的时代,却不得不在门第和金钱主宰的时代里生活。很早就同反动家庭决裂的司汤达,曾得以在拿破仑大军中施展才干,两相比较,他深知复辟王朝在新一代青年面前耸立起的是怎样的壁垒。通过困扰着于连的出路问题,他响亮地提出的,正是复辟时代整个社会制度已经成为社会发展的严重障碍这一根本性问题。"③

第四,小说揭露和批判了反动教会。

在小说中,教会权力极大,连治安法官也怕得罪年轻的副本堂神父;圣会可以随意指挥拍卖,分配职位和烟草局;代理主教势力很大,刺探民众家庭的秘密,以颁发奖章的办法取得案件的胜诉;教士是利欲熏心、阴险自私的伪君子和密探。玛斯隆神父控制着维里埃尔市的实权,秘密监视着市长、谢朗神父和他们认为可疑的人;弗里莱尔代理主教掌握贝藏松省各种职位的任免权,能操纵法庭的判决,他的间谍网监视着一切人;在最高层的秘密会议上,最后做出重要决策的是红衣主教,教会权重一时。瓦尔诺投靠教会,步步高升;于连结怨修道会,处处受到他们的阻挠和打击。

---

① 司汤达:《红与黑》,郝运译,上海译文出版社1989年版,第483页。
② 同上书,第396页。
③ 张英伦:"译本序",同上书,第15—16页。

小说"紧扣着教会的要害——它在封建复辟中扮演的罪恶角色。通过发生在维里埃尔的一系列事件,他向我们指出,复辟时代后期,宗教的反动气焰如此嚣张,构成了不折不扣的'宗教专政'。本堂神父谢朗因为带领《狱情报》编辑阿佩尔了解贫民收容所和监狱的真相,便被教会撤销教职;治安法官得罪了省里派来的玛斯隆副本堂神父,差点儿丢掉饭碗;通过听取忏悔,教会掌握每个人的秘密,控制每一个家庭。最阴森可怕的是圣会,这个教会的秘密政治组织,网罗了各色各样心怀叵测的人,从贫民收容所所长到市长家的仆人。教会的横行霸道在法国随处可见。在里昂市郊,惯守本分的圣吉罗只因每年施舍给穷人两三百法郎,而没有把钱奉献给教会组织,便被搅得无法安身。在贝藏松,代理主教德·弗里莱尔组织起严密的圣会网,'他的那些送往巴黎的报告使法官、省长,甚至驻防军队的将级军官都感到胆颤心惊'。在司汤达称为整个小说的'最精彩的部分'里,贝藏松神学院的丑恶内幕被揭露无遗,那里,宗派相煎,密探猖獗,虚伪排挤正直,欺诈胜过善良,毋宁说是一所阴谋家的专门学校。在描写秘密会议的章节里,司汤达对积极参与反革命密谋的教会提出了最严重的指控。《红与黑》对教会的一切描写都基于这样一个认识:宗教是阶级斗争的工具,它是为阶级斗争服务的;并且始终着眼于复辟王朝时期教会在政治生活中的特殊地位和作用,这就使它的揭发带有鲜明的时代特点,抨击达到极强的力度"。"'阴谋和伪善的中心'巴黎,是司汤达笔下整个复辟王朝政治画卷的中心,而秘密会议又是这中心的核心,在这次会议上,贵族阶级和教会的要人们策划请求英国出钱,俄、奥、普出兵,而在法国由教会组织起一个武装的政党与之配合,把反对派一举歼灭。"①

第五,小说批判了封建门阀制度,大胆肯定平等自由的恋爱和婚姻,讴歌了资产阶级个性解放。

小说重点描写了于连的两次爱情。

一次是于连与德·雷纳尔夫人的爱情。德·雷纳尔夫人是个纯朴、真诚、不做作的女子,她与其丈夫之间并无爱情。德·雷纳尔是个大男子主义者,在他眼里只有金钱、贵族门第,妻子是丈夫的附属品。他与妻子没有感情交流。

---

① 张英伦:"译本序",司汤达:《红与黑》,郝运译,上海译文出版社1989年版,第14—15页。

德·雷纳尔夫人在于连身上发现了平民阶级的优异品质：具有进取心，自尊心强，不愿屈服于贵族，聪明能干，感情炽烈，一旦尝到了爱情便投身其中。她爱上于连的行动是对封建婚姻的反叛。于连最初把自己对德·雷纳尔夫人的"行动"看作"战斗"和自己作为平民的"责任"，是对市长对他蔑视的报复。但他最终受到德·雷纳尔夫人热烈纯真的爱情感染，对她产生了相应的爱情。他与德·雷纳尔夫人之间的爱情是基于平等的。他认为："如果是与孩子们的教育有关的事，她可以对我说我命令您。但是回答我的爱情时，她必须认为我们之间是完全平等的。没有平等就不可能爱……"①

还有一次是于连与玛蒂尔德的爱情。玛蒂尔德是一个蔑视贵族婚姻观点的侯门小姐。她看不起德·克鲁瓦泽努瓦侯爵和德·吕兹子爵等有身份、有财产的贵族青年，厌倦了贵族圈子封闭、保守的风气。别人越是对她低声下气，她越是不屑一顾。她欣赏于连之处，正是他没有奴颜媚骨，受到19世纪启蒙思想的熏陶而表现出自由思想，且有才识胆略。另外，她愿意放弃贵族门第与于连结合，不顾自己的名誉跑到维里埃尔四处活动，为搭救于连而不遗余力，即使她的行动中有着矫情的成分，她的表现也是违反贵族阶级的道德准则和行为规范的。于连对玛蒂尔德的爱情掺了较多的理智成分和目的。他企图对那些贵族青年挑战，并通过玛蒂尔德向上爬。他的内心对玛蒂尔德缺乏真正的爱情，因为他并不喜欢她的性格。然而，他的野心支配了他的行动。

"在《论爱情》一书中，司汤达曾把爱情分为热情之爱、趣味之爱、肉体之爱和虚荣之爱。他鄙视纯肉体之爱，认为'唯有热情之爱能使人幸福'。德·雷纳尔夫人的'心灵的爱情'大约就是他所谓的'热情之爱'，而德·拉莫尔小姐的'头脑的爱情'则近于'虚荣之爱'。看来正因为如此，于连终于被德·雷纳尔夫人的纯真之情所融化，而与玛蒂尔德在感情上始终存在隔膜。""不过，尽管这两个贵族女性的爱情方式迥然不同，一个深沉，一个狂热，她们在这两个根本点上却是一致的，那就是：对本阶级的厌恶，对封建门阀制度的叛逆。温良柔弱的德·雷纳尔夫人要冲破封建道德的束缚，必须有很大的勇气；大家闺秀德·拉莫尔小姐不顾一切地嫁给一个平民，尤需有冒天下

---

① 司汤达：《红与黑》，郝运译，上海译文出版社1989年版，第106页。

之大不韪的精神。从这个意义上说,她们对于连的爱都带有壮烈的意味,而且令人感到某种英雄的气息。""至于于连,他的爱情道路也是他小资产阶级个人反抗的道路。不论在与德·雷纳尔夫人还是在与德·拉莫尔小姐的恋爱中,于连身上的'公民的热情',即他作为一个平民青年要求在恋爱和婚姻获得平等地位的热情,都远远超过恋人的柔情。他一次次追求德·雷纳尔夫人,或者出于他平民的'责任',或者为了嘲弄德·雷纳尔市长,或者因为要减轻她对他这个刚离开锯木厂的可怜工人十之八九会有的'轻蔑'。他要博取德·拉莫尔小姐的爱,是想证明平民子弟的他比贵族的公子哥儿们更有被爱的价值。这种平民青年的自尊心、进取心,乃是时代给他的爱情生活打下的烙印。当时,没有这种向统治阶级偏见挑战和斗争的热情,就不可能有爱情的平等自由。应该指出,于连在恋爱中有一些不择手段的低劣做法,例如用给德·费尔瓦克夫人寄假情书的方法刺激德·拉莫尔小姐。但依然有必要从总体上肯定,于连的两次恋爱,在复辟时代特定的历史条件下,具有小资产阶级争取个性解放和平等自由的积极意义。"[①]

(四)艺术特色

第一,注重写实,真实性强。

"司汤达曾说:'除了几何学以外,只有一种推理方式,那就是通过事实来推理。''用事实来证实,是最好的证实。'他总是把真实性放在第一位。对他来说,尊重事实,意味着一方面要'摹仿自然',尊重通过观察在'广阔的天地里'发现的'事物的比例','不带成见'地'如实反映',另一方面要'善于选择真实','描绘出每件事物的主要特征','把主要特征陈述得更鲜明'。"[②]

《红与黑》重要的情节和人物都是有原型的。小说的构思最早始于1828年。1828年初的一天,1827年12月的"几期《法庭公报》对伊泽尔省重罪法院正在审

[①] 张英伦:"译本序",司汤达:《红与黑》,郝运译,上海译文出版社1989年版,第19—20页。
[②] 同上书,第21—22页。

理的一桩刑事案件的报道映入他的眼帘。那案情大致是这样的：现年二十五岁的安托万·贝尔德是布朗格村一个马掌匠的儿子。他身体孱弱，不适合体力劳动，但在学习方面却颇有天分，村里好几位头面人物便设法帮助他进身教会。当地的本堂神父收留了他，教他学文化。1818年，他进入了格勒诺布尔市的小修院。1822年，他因患病而中断学习，经那位本堂神父介绍，受雇为米肖先生的一个儿子的家庭教师。我们从报道中看到，年轻的家庭教师在法庭上一口咬定和比他年长十一岁的米肖夫人发生恋情。因而米肖先生把他扫地出门。此后，他两次找到工作，可是不久都被辞退。他重又寻求走教会的道路，也均遭拒绝。他把自己的厄运归罪于米肖夫妇。1827年7月的一个星期日，他潜入布朗格村的教堂，先向米肖夫人，后向自己，连开两枪，两人都重伤倒在血泊中"①。司汤达在《罗马漫步》中谈到的巴黎木匠拉法格杀死企图用金钱勾引他妻子的资产者。司汤达从拉法格身上看到了"闪光"的东西：上层阶级的人们，似乎已失去了伟大感情和行动能力，而在下等阶级那里却保留了这一切。

　　小说将这两件事合在一起，并把作家的经历和感受融合进去。小说最初名为《于连》，作家在创作小说时听说查理十世让极端保王派波里涅克组阁，阴谋废除1814年通过的宪法，恢复君主专制制度，便把这个政治阴谋写进小说，即下卷第二十一至二十三章所写的秘密会议。小说在卷首引用法国资产阶级革命家丹东的名言："真实，严酷的真实！"在下卷的第二十二章里，借一个出版者的口说："如果您的人物不谈政治……就不再是1830年的法国人，您的书也就不像您指望的那样是一面镜子了。"②1830年5月，小说校印期间，作家把书名改为《红与黑》，并加上副题"一八三〇年纪事"。总的来看，小说"就是司汤达根据对波旁复辟王朝社会现实的亲身体察所作的真实描绘，作家从纷繁复杂的事物中提炼出最本质的事物，不仅创造了社会各阶级具有代表性的人物典型，而且如实地反映了各种势力的比例，以及它们在历史运动中的消长"③。

---

① 张英伦："译本序"，司汤达：《红与黑》，郝运译，上海译文出版社1989年版，第3页。
② 同上书，第477页。
③ 同上书，第22页。

第二，注重在典型环境中塑造典型性格。

小说根据"有利可图"的原则，描写了森严恐怖的外省小城维里埃尔、钳制自由思想的贝藏松神学院、阴谋伪善且弥漫着紧张的政治斗争气氛的巴黎拉莫尔府这三个具体环境，三者之间由德·雷纳尔、瓦尔诺、弗里莱尔、皮拉尔、拉莫尔等人之间错综复杂的关系形成一种内在的有机联系，从局部和整体上，从逐渐变化的社会关系中，写出了波旁王朝后期各种尖锐的冲突和动荡不安的时代风貌。小说中的人物都是时代的产儿，人物性格是在与特定环境的矛盾中形成发展的。

小说通过于连性格形成史，具体描写了三个不同的环境。先是乌烟瘴气、龌龊不堪的维里埃尔城。贫民寄养所所长瓦尔诺这样"对当地的那些食品杂货商说：'把你们中间最愚蠢的两个给我；'对那些法律界人士说：'把你们中间最无知的两个指给我；'对那些医生说：'把最招摇撞骗的两个告诉我。'他把各行各业中最厚颜无耻的人聚集在一起，对他们说：'让我们一起来统治吧。'"[①]然后是阴森可怖的贝藏松神学院。那里表面是上帝的场所，实际上尔虞我诈。最后是政治中心巴黎，弥漫着政治阴谋和腐败，以及森严的等级关系和对下层平民的警惕与敌意。这三种环境由下至上，从外省到京城，构成了复辟时期法国社会生活的基本面貌。小说还描写了资产阶级革命时期民主思想的影响，复辟时期平民受压的处境，尖锐复杂的阶级关系等。小说就是在这样的典型环境来塑造于连的。于连的英雄主义热情、虚荣心，他的反抗性、个人奋斗的道路，他的妥协和虚伪，都是这特定历史环境的产物，是当时各种社会风气影响的结果。也就是说，人物与环境自始至终紧紧联系在一起，从而充分地表现了人物性格形成的社会基础。小说也由此在于连的身上概括了19世纪20年代法国小资产阶级青年的性格特征。

对德·雷纳尔夫人、德·玛蒂尔德的描写也如此。德·雷纳尔夫人虽然生长在贵族之家，但在精神上不属于这个营垒。她并不看重爵位和财富。她自幼在耶稣圣心会的女修道院受教育，培养了一颗殉情于上帝的心，不矫饰、不虚荣，仪态风致，为人行事完全出于自然。16岁那年，在她还不懂得人生和爱情时，就

---

① 张英伦："译本序"，司汤达：《红与黑》，郝运译，上海译文出版社1989年版，第184页。

嫁给了德·雷纳尔，婚后长年生活在偏僻的山村小镇，被封闭在小家庭中，思想感情一直被禁锢着。这一以门第、财产的利益为基础的封建婚姻，埋下了她终生不幸的种子。她的丈夫德·雷纳尔除了对金钱、权势、勋章的贪欲之外，对别的一切都麻木不仁，包围着她的也全是群利欲熏心的行尸走肉，以致她以为天下的男人都是这般粗鲁、迟钝、鄙俗。因此，她虽然并不爱她的丈夫，但也并不对他求全责备。她只把全部的爱倾注在孩子们身上。年到30岁时，于连闯进了她的生活。第一次见面，于连漂亮的外貌和羞怯的稚气赢得了她的好感和同情（可以说，这是出自一种母性的本能）。在以后朝夕相处的日子里，于连的智慧、才能、清白、慷慨、高尚等愈来愈吸引了她，他大胆做出的爱情表白很自然地唤醒了她内心深处沉睡着的柔情。她才认识到她的丈夫从来没有爱过她，也对她没有丝毫的怜惜。爱情催开了她的生命之花。她的爱真挚、深沉、强烈，她在爱情中找到了幸福，尽管它是短暂的，结局是不幸的，但对她说来却是永恒的。爱情给了她智慧和勇气。心怀嫉妒的瓦尔诺向德·雷纳尔投寄匿名信，揭露她和于连的暧昧关系，她镇定自若地设计欺骗德·雷纳尔，帮助于连摆脱困境。即将前往巴黎的于连从贝藏松赶回维里埃尔向她告别，她不顾仆人的怀疑，不顾丈夫随时会闯进屋来的危险，把于连留在她身边一夜两天，最后掩护他离去。德·雷纳尔夫人的爱情意味着对本阶级的背叛。然而，她毕竟是在宗教的氛围中生活和成长的贵族妇女。上层社会的道德观念和宗教意识直接地、深深地影响着她。当爱情向她召唤时候，她不自觉地回避过、抗拒过。虽然她终于屈服于它，但是随着感情向前发展，它和道德之间的冲突也愈来愈剧烈。她渴望现实生活的幸福，又虔诚地笃信虚无的天主；感到爱情的欢乐，却也惨痛地惊呼：“啊！伟大的天主！我看见了地狱。多么可怕的酷刑啊！我是罪有应得。”[①]她鄙夷上流社会的虚伪，又以传统观念作为判断自己行为的标准。这使得她在维护自己的爱情权利的斗争中，自始至终承受着巨大的精神压力。从把儿子患病认作是上帝对自己的惩罚到离开人世，她一直生活在热情和负罪感两种感情交替的折磨中。爱情在她身上唤起的只是对人类美好感情的一种体验，作为一个温柔贤淑、束缚于旧观念的封建贵族妇女，她没有也不可能具有自觉的个性解放的要求，没有也不可能有明显的

---

① 司汤达：《红与黑》，郝运译，上海译文出版社1989年版，第148页。

反抗意识。因此,她最后回到皈依宗教的老路,成为祭坛上的牺牲品。她因向教士忏悔了自己的爱情而被诱骗写了诽谤信,亲手把于连送进监狱。对此,她无限悔恨。在她身上,宗教和教士的阴谋完成了它刽子手的任务。

德·玛蒂尔德是朝廷重臣德·拉莫尔的千金。庸俗无聊、死气沉沉的贵族沙龙,公子哥儿们的曲意奉承,千篇一律的爱情表白,使她烦闷、厌倦,她需要英雄气概和冒险行动来填补精神上的空虚。她渴望创造奇迹,她甚至认为:"只有死刑判决才能使一个人与众不同……这是唯一买不到的东西。"[1]她向往着她16世纪的祖先曾经有过的那种传奇式的爱情,那种不顾世俗偏见的豪情壮举。于是,她选中了于连作为自己的情人。她从于连身上看到的是其坚定的性格、强有力的意志、蕴蓄着的无穷活力。这些是懦弱无能的贵族子弟完全不具备的。她还从于连身上看到在下一次革命里她将要扮演的角色。于连使她倾倒,而于连对她的追求报以冷淡和恭敬,这更大大刺激了她。在于连身上,她第一次遇到一颗拒绝屈服于她的高傲的心,一个她无法驾驭的灵魂。她自认为爱上了于连,并以敢于投身于一个平民男子而自豪——她把这爱情看作是自己对社会和自己家庭的一场勇敢的挑战。她把于连想象成一个丹东,她爱这个丹东,但是一旦满足了罗曼蒂克的冒险,回到现实的考虑后,贵族小姐的阶级意识又使她为"爱上一个仆人"[2]而悔恨不已。她的贵族的傲慢时时与于连唯恐受嘲弄、受轻视的平民自尊心发生冲突,成为他们获得真正爱情幸福的不可克服的障碍。经过几个回合的斗争,于连终于以假意追求德·费尔瓦克元帅夫人为手段战胜了她。她赏识于连的骄傲,却绝不允许他骄傲到可以轻视她的地步。由于只关心自己在生命的每一瞬间去做轰轰烈烈的事业,玛蒂尔德甚至把于连将被处死视为她的"乐趣"和新的生活内容,上下奔走,使出浑身解数为于连请命,从而获得了极大的满足。最后的捧头送葬十分鲜明地表现出她那种浪漫和歇斯底里的个性特征。可以设想,在结束这出悲喜剧之后,她会很快开始另一场冒险,继续从刺激中寻求乐趣。

玛蒂尔德和于连都是社会的叛逆者,都不甘心被平庸的生活吞噬,一心想充当生活中的强者。他们互相吸引又互相排斥,互相爱慕又互相戒备,彼此企图征

---

[1] 司汤达:《红与黑》,郝运译,上海译文出版社1989年版,第360页。

[2] 同上书,第465页。

服对方以求得心理上的满足。与其说他们是一对情人,毋宁说他们是人生战场上的对手。

第三,心理描写出色。

"司汤达倾心的是人的'灵魂的辩证法'。""当有人询问司汤达的职业时,他严肃地答道:'人类心灵的观察者。'我们从《红与黑》中可以看到,对人物的思想、感情、情绪、心理活动的描述,亦即对人物内在世界的描述,成了司汤达塑造人物性格的至关重要的手段,如果没有内心描述,他笔下的人物都会立即枯萎。不难想象,假若于连在握住德·雷纳尔夫人的手时没有想到这是他的'职责',假若于连看到瓦尔诺之流花天酒地而不由心底发出愤慨的诅咒,假若于连在死牢里不做那些深邃的思考,他这个人物的形象定然面目全非。泰纳赞誉司汤达是'古往今来最伟大的心理学家'。司汤达对人的心理的研究的确精到,他不仅看透了人物的心灵,而且看到他们行动和感觉的心理法则。爱伦堡精辟地指出:'玛蒂尔德任何时候都不会重复德·雷纳尔夫人的心理活动。'不仅如此,《红与黑》中的每一个重要人物,都有着与他们的出身、职业、气质、际遇相联系的,构成他们性格的基本特征的许多心理细节。"①

小说的心理描写有如下特点:

首先,善于从人物灵魂深处发掘人物行为举止的动机和惟妙惟肖地描绘某种感情的细致变化,准确地写出了人物在各种境遇里的精神活动。

如对于连的描写,他冷静,长于观察、思考、分析、反省。人与人之间的金钱盘算,教会的罪恶阴谋,封建贵族的腐朽、权诈,无一不在他内心激起各种各样的反应。小说剖析了于连的内心世界,展示了他在理想和现实矛盾中的挣扎——包括他的丑恶,从而揭露了现实,并具有了丰富的批判内容。

小说写于连反对当家庭教师,他心想:"宁可放弃这一切……也不能让自己堕落到跟仆人们在一起吃饭。我的父亲会强迫我;宁可死。我有十五法郎八个苏的积蓄,我今天夜里就逃走;抄小路我用不着害怕遇见宪兵,有两天就可以到贝藏松;在那儿我入伍当兵;如果需要的话,我到瑞士去。但是那样一来

---

① 张英伦:"译本序",司汤达:《红与黑》,郝运译,上海译文出版社1989年版,第22—23页。

就不会再有前途,对我说来不会再有雄心壮志,不会再有能通往一切的教士职业。"①这段心理描写,表现了他反抗和妥协的矛盾性格与向上爬的决心。

于连在德·雷纳尔家里感到压抑和气愤,但一到大自然中就心情舒畅。他在山上看到雄鹰在高空展翅飞翔,羡慕它的力量和高傲,把它看作拿破仑命运的象征,由此又感慨人类的渺小、无能。他的这种心理状态,揭示出他要做一个强有力的大人物的内心世界,赋予他的进击和失败以丰厚的内涵,从而增加了其力度和分量。

于连对玛蒂尔德的爱情的心理活动是很复杂的,既有平民的自尊心和虚荣心,又有爱情的欢乐和失恋的痛苦。小说写他赴约之前,先是高兴,然后是疑虑重重,最后想到要维护自己的荣誉。在这过程中,有感情的激动,也有冷静的思考和安排,心理描写非常细致,表现出于连经过神学院的磨炼,已不是鲁莽的青年了——他的性格发展了。

又如,对德·雷纳尔夫人和玛蒂尔德的描写,她们感情发展也都写得自然真实,似乎出乎意料,却完全合乎情理。

德·雷纳尔夫人是温柔纯洁的少妇,因为爱自己的孩子们,才有意去了解家庭教师的性格、生活,同情他、爱护他,心底多年被压抑的爱的感情逐渐苏醒了,从不合法的婚外爱情中尝到了真正的人生幸福;与此同时,又由此而引起宗教、道德和感情的剧烈冲突,以致时而惶惑不安,时而惊喜不已,时而反躬自责,时而自我解嘲、自我安慰……这些刻画赤裸裸地托出了一颗历尽苦难和折磨的心。

玛蒂尔德是一个傲视众人又满怀罗曼蒂克幻想的少女。她从惊世骇俗、创造奇迹的强烈愿望出发,制造了一场以观念和理智为基础的爱情。关于她怎样被于连的冷漠所刺激而采取主动进攻的姿态,当于连被征服后她又怎样感到对他厌弃,以及在贵族意识、英雄主义、自我价值的追求、脆弱的优越感、虚荣、任性等各种因素作用下对于连感情的起伏变化,都表现得淋漓尽致。

小说很少把人物孤立起来,用大段的内心独白表现人物。小说主要是在活生生的生活里观察和摹写人物的心理活动,人物自然也就是活生生的了。如德·雷

---

① 司汤达:《红与黑》,郝运译,上海译文出版社1989年版,第26页。

纳尔察觉妻子与于连的私情，一时怒火中烧，甚至想："我幸亏没有女儿，不管我将采取什么方式，我惩罚母亲都不会损害到我的孩子们的前程，我可以在这个小农民和我妻子在一起的时候抓住他们，把他们俩都杀死；在这种情况下，这件事的悲剧性也许可以使它不至于成为笑柄。"①他也想过把妻子和于连赶出大门，但随即想到贝藏松省城里住着妻子富有的姑母，而妻子正是她的财产继承人，这便使他踌躇。当妻子暗示她日后将拥有的一大笔财富时，德·雷纳尔更坚定了自己对这件事的态度：只怀疑而不必去证实。甚至后来妻子和于连的关系完全被证实后，他也不曾有过离婚的念头。他心甘情愿地做一个被欺骗的丈夫。他和一切资产阶级分子一样，关注的只有金钱的得失。

其次，在微妙的心理描写中贯注着充实的社会历史内容。

如，小说上卷第九章"乡下的一个夜晚"写于连决心把紧紧握住德·雷纳尔夫人的手，作为一次冲破等级壁垒的壮举，一种英雄的责任去完成。这时的于连还是个涉世不深的年青人，置身于贵族家庭，对自己的命运前途带着沉重的压抑感，充满戒心敌意。他一方面处处提防、谨慎小心，一方面要满足自己高傲不驯的人格要求和对于上流社会的报复心，以致他把德·雷纳尔夫人作为一个必须与之决斗交锋的仇敌来看待。小说细致入微地描叙当天晚上那个决定性的时刻将要到来之际，于连的畏怯、惶恐以及他对自己的激励和恼怒，他的犹豫、等待、焦灼，从而生动地突出了他那既渴望又害怕、既兴奋又痛苦的巨大的心理压力和过分紧张的感情，并用他在终于完成自己的"责任"之后的轻松、愉快等来反衬这种压力和感情。于连经常用他与德·雷纳尔夫人的爱情来衡量自己的价值。他的喜悦和悲哀，纯洁的感情和阴暗庸俗的心理，极其真实地交织在一起，充分表现出他在敏感、自尊下包藏着的深深的自卑感。

再如，与玛蒂尔德的情场风波，更多地表现了于连思虑缜密、谨慎行事、务求实际的性格，以及那种担惊受怕、又惊又喜的心理状态。在这位贵族小姐面前，他最初是披上一件冷漠和蔑视的铠甲保护自己。因为玛蒂尔德的"爱情"对他说来是一个危险的未知领域，得到玛蒂尔德，他将受益无穷，同时也要担极大的风险。从对情书的处置、应约幽会的前前后后到后来欲擒故纵的策略，无处不

---

① 司汤达：《红与黑》，郝运译，上海译文出版社1989年版，第159页。

是他那种兴奋、喜悦、害怕、痛苦等各种情绪融结在一起的反映，以致这虚虚实实、真真假假的爱情变成了一场艰苦的搏斗。

在微妙的心理描写中贯注着充实的社会历史内容对于人物形象塑造的鲜明性和情节展开的真实性、丰富性等都大有裨益。

再次，心理描写紧密配合着人物的行动而展开。

如在上卷第九章"乡下的一个夜晚"，在德·雷纳尔家的花园里，他已感到德·雷纳尔夫人对他的好感，但由于对等级关系的极度戒备，他误以为是德·雷纳尔夫人对他的戏弄，但又不能退却，认为去征服对方才是自己的责任。于是，他暗地里订下计划，要在几点钟握住夫人的手。在这之前，一直是他紧张、激烈、矛盾的思考，做什么、为什么、怎么做等。这无疑给于连的行动提供了充足的理由，并突出了他的高傲、自卫、进攻性的性格。如在上卷第三十章"野心勃勃的人"中，于连的心理活动是紧紧围绕着他与德·雷纳尔夫人幽会的行动展开的。一系列复杂细致的心理活动，既是他行动的原因，又是他行动的过程，更是他行动的结果。在下卷第四十四章中，小说则正面揭示了于连经历过巨大变故之后的内心世界。于连是波旁王朝复辟时期无权而受压的小资产阶级青年的典型。他的爱憎、追求和最后失败的命运，对于这一时期被排斥于政权之外的中下层资产阶级青年来说是典型的。于连对使他这样的平民被剥夺了上升机会的现存制度是不满的，本能地要反抗它。他有着平民的意识，蔑视封建贵族的权威，而鄙夷资产阶级暴发户，并且对统治阶级进行了报复性的绝望的反抗。但于连的反抗是时刻与他对现实的妥协结合在一起的，终因个人主义性质而失败。当于连所追求的飞黄腾达、财富和地位都得到了满足，他便成了统治阶级手中的工具。但统治阶级为了确保权力永远平安地在其手中，对一切出现在他们圈子中的非贵族分子都投以怀疑的目光，一俟有机会就把他们清除出去。于连所遭遇的正是这一命运。小说的结尾，于连在引颈受戮之前，开始了十分艰苦的剖析与自我批判。在法庭上他一方面反省自己的堕落，一方面慷慨陈词、痛斥社会，尖锐地指出他的失败是统治者借以严惩那敢于蔑视及染指他们权力的青年。这时，于连性格的反抗性又回到他的身上，他的深刻的思索成为他反抗精神最后的闪光。于连的思考，一方面丰富了人物形象，另一方面深化了小说的主题。正是在行动中，小说揭示出于连既真诚又虚伪、既矛盾又勇敢的复杂的性格特征。于连最后的思考，表现了他对社会的失望和对个人命运的迷惘，极大地丰富了于连形象的思想意义。

最后，心理描写开创了现实主义内倾性的方向。

小说的心理描写通常十分简短，却是多种多样的。有时是作者以客观的态度表现人物对环境压迫的直接反应。如于连受到市长的侮辱，德·雷纳尔夫人为了安慰他，对他特别照顾，他却想："这些有钱人就是这样：他们侮辱了一个人，接着又以为只要假惺惺地来几下，就可以完全弥补过去了！"[1]于连的这些思索反映了他对贵族的本能反感。有时是作者的分析。如于连捏住德·雷纳尔夫人的手以后，小说这样写道："头一天夜里使得幽会变成一次胜利，而没有变成一次快乐的那种笨拙态度，幸好这一天他几乎完全没有了。"[2]因为于连当时心中并没有产生爱情。有时是人物代表作者说话。如玛蒂尔德听到于连对皮拉尔神父说，他同侯爵一家吃饭实在难受，宁愿在一家小饭馆吃饭，她便对于连产生一点敬意，心想这个人不是跪着求生的，像这个老神父那样。又如于连这样审视玛蒂尔德："这件黑连衫裙更加突出了她的美丽的身材。她有王后的风度。"[3]这句话其实是作者的看法。有时作者干脆现身说法，如小说这样写道："'伪善'这个词儿使您感到惊奇吗？在达到这个可怕的词儿以前，年轻农民的心灵曾经走过很长的一段路程呢。"[4]这是对于连内心的一种分析。又如，于连同德·雷纳尔夫人初次见面时，他的内心活动与作者的议论交叉进行。小说一面描写于连想吻德·雷纳尔夫人的手，不想当懦夫，一面又分析他知道自己是个漂亮的小伙子，感到气足胆壮起来。这种心理描写显示出惊人的客观性，与浪漫派作家强烈的主观性截然不同。

第四，语言简约、质朴。

"为了把读者的注意力最大限度地集中到人物的内心世界上来，司汤达有意识地把对客观物质世界的描写加以最大限度地削减。他在《拉辛与莎士比

---

[1] 司汤达：《红与黑》，郝运译，上海译文出版社1989年版，第52页。
[2] 同上书，第116页。
[3] 同上书，第376页。
[4] 同上书，第30页。

亚》中举了一个很雄辩的例子：一个情敌在大街上夺去你心爱的人的心，要你说出此人这时戴的领带是什么颜色，是不近情理的。另外，在他看来，'描写一个中世纪农奴的服装和铜项链，要比描写人类心灵的运动更轻而易举'。因此，他完全忽略人物的衣着，正像他在化名文章中直言不讳的，他'让读者完全不知道德·雷纳尔夫人和德·拉莫尔小姐穿的连衫裙的式样'。对人物外貌的描写同样轻视，他笔下的奥克塔夫、于连、法布里斯都是'细长的身材''黑色的大眼睛''鬈曲的头发'。自然景物的描写也少得出奇。只有在衬托于连的胸怀时，作者才难得地挥洒笔墨去形容'从他头顶上的那些巨大岩石间飞起来'的一只雄鹰在'静悄悄地盘旋着'。""为了突出人物的内心世界，司汤达不仅要尽量减少物质世界的干扰，而且也强调把内心活动写得尽量简洁。""出于同样的原因，司汤达竭力主张'使形式所占的部分'尽可能'菲薄'，使风格缩小到'零度'。他甚至轻视文笔，认为一个完美的作家要能使人们读过他的作品之后只记得意思而不复忆及个别词句。他就是努力这样做的。为此，他不仅嗜读十八世纪启蒙作家的简洁的散文，而且每天早晨背诵几页《民法》。司汤达小说语言的简约、质朴，甚至到了干枯的程度，《红与黑》的读者不难获得深刻的印象。"[①]

小说用白描手法写事状物，素洁修净，明白如话，没有离奇烦琐、故弄玄虚的情节，也没有矫揉造作。小说只是以最直接的方式传达出作家一种对现实人生的直接印象；同时，冷静地保持着作家与他的人物的距离，控制着作家的感情，尽量避免直接评论人物、事件，造成一种客观、冷峻的色调，只用生活本身来说服、打动读者。

第五，塑造了众多的人物形象。

除了于连，小说还塑造了诸多人物形象，如德·雷纳尔夫人和玛蒂尔德，她们是一组相对照的女性形象——前者纯洁、热烈而不矫饰，虽充满母爱，又保存着少女般的天真，在产生爱情之后有过一番挣扎，但终究受到宗教的束缚而听人摆布；后者敢于冲破门当户对的婚姻观念，喜欢标新立异，与众不同，既不能容忍别人驾驭，反复无常，又拜倒在"英雄"的脚下，是一个新型的贵族少女。此

[①] 张英伦："译本序"，《红与黑》，郝运译，上海译文出版社1989年版，第23—24页。

外，德·雷纳尔、瓦尔诺、老索雷尔同是拜金主义者，市侩气十足，但德·雷纳尔多一分高傲和愚蠢，瓦尔诺多一点飞扬跋扈，老索雷尔更显狡黠和锱铢必较……同类人物的个性各有不同。

第六，结构完整严密。

小说以于连的个人奋斗史为"经"，以他与德·雷纳尔夫人、德·拉莫尔小姐的恋爱生活为"纬"，辅之以三个典型环境，前后衔接自然顺畅，条理清晰，形成一个有机的艺术整体。于连从维里埃尔市到贝藏松神学院再到巴黎贵族社会，由偏僻外省到首都，由小到大，由低到高，线索和层次非常清楚。这种逐层升高的结构方式与于连的向上爬道路构成有机联系。通过于连的经历，真实细致地反映了19世纪20年代后期的社会风貌。

同时，小说显示了从传统的封闭结构向现代开放结构过渡。小说继承了亨利·菲尔丁《汤姆·琼斯》的布局手法，以于连的爱情、追求为发展线索，重点描写了他在小城、省城、巴黎和监狱的四个场景；又克服了《汤姆·琼斯》拖沓的弊病，主干明显，疏密得当。小说摆脱了纯粹按照时间延续安排情节的格局，向着"空间"长篇小说过渡。小说表现的是1830年这样一个特定时代的空间的心灵变化，时间、地点的迅速变换，人物的忽隐忽现呈现出现代因素。如于连在得知德·雷纳尔夫人的揭发信后，从巴黎赶到小城，至少三四天，甚至一周，亢奋情绪很难持续。小说便只得注重"拓展""空间"——这一情节形成的时空上多层化，使小说平添了现代小说"心理结构"的特征。

第十二章
《叶甫盖尼·奥涅金》

一、作者简介

亚历山大·谢尔盖耶维奇·普希金（1799—1837），俄罗斯民族文学奠基人，俄罗斯文学第一位获得世界声誉的诗人，俄罗斯文学"黄金时代"的代表，俄罗斯浪漫主义的杰出代表，俄罗斯现实主义的奠基人，"俄罗斯诗歌的太阳"。普希金出生于莫斯科一个古老而逐渐衰落的贵族家庭，父亲和伯父都是社会的上层人物，母亲是阿比西尼亚人的后代。他自幼由法籍家庭教师培养，据同代人回忆，普希金儿时的法语比俄语讲得流利，8岁即用法文写诗；童年在充满文学的氛围中度过——父亲和伯父都爱好文学，家中有非常丰富的藏书，农奴出身的奶妈阿琳娜·罗季昂诺芙娜不但用乳水哺育了他，而且用民间文学和人民语言的养料培育了他。

其生平和创作大致可分为六个阶段。

皇村学校读书时期（1811—1817）：普希金12岁进彼得堡皇村学校，在那里，结识了十二月党人的伊万·普欣、后来成为著名诗人的安东·杰尔维格男爵、性格狂热的维利亚姆·丘赫尔别凯以及恰达耶夫等驻扎在皇村学校附近的一些军官,接受了启蒙主义和民主主义的思想,在诗歌创作上表现出超众的才华,写出了著名的抒情诗《皇村的回忆》。这一时期的创作以歌颂爱情与友谊为主。

彼得堡生活时期(1817—1820):1817年从皇村学校毕业后,普希金到外交部任职,被授予十等文官的官衔,开始了彼得堡生活时期。他熟悉了京城的贵族上流社会生活,又和十二月党人有了密切的交往并接受了他们的影响,写出了一组抨击暴政、歌颂自由的诗(《自由颂》《致恰达耶夫》《乡村》等),影响极大。彼得堡总督下令警察局长搜查他的住宅,查缴他的手稿,沙皇亚历山大一世决定把他流放到西伯利亚或囚禁在白海孤岛上的索洛维茨基修道院。幸亏受茹科夫斯基和卡拉姆津等人的保护,他才只是流放到南俄。

南俄流放时期(1820—1824):在南俄,他继续和这儿的十二月党人接触。在南俄奇丽的自然景色、流放的生活处境和拜伦作品的影响下,他创作了一组著名的南方叙事诗,包括《高加索的俘虏》《巴赫切萨拉伊的泪泉》《强盗兄弟》《茨冈》等,并开始创作诗体小说《叶甫盖尼·奥涅金》。

米哈伊洛夫斯克村的流放生活(1824—1826):由于和上司关系恶化、当局又查获他的信件有冒犯上帝的言辞,沙皇给诗人以更严厉的惩罚,即放逐到诗人母亲的领地米哈伊洛夫斯克村,由地方政府、教会及父母三重监督。诗人在米哈伊洛夫斯克村开始了流放生活。他有机会接触农民,有时间研究历史和写作,于是创作了历史剧《鲍里斯·戈都诺夫》和《叶甫盖尼·奥涅金》前六章。

"波尔金诺之秋"时期:1830年秋,普希金为了处理结婚前的财产,来到世袭领地波尔金诺,因疫病流行、交通受阻而在此逗留三个月,这是普希金创作最丰产的阶段。先后写成诗体小说《叶甫盖尼·奥涅金》《别尔金小说集》(包含《射击》《暴风雪》《棺材匠》《驿站长》《村姑小姐》5个短篇)、长诗《柯洛姆纳的小屋》、30多首抒情诗、小说《戈留兴诺村的历史》、一些评论性文章以及《吝啬的骑士》《石客》等4个小悲剧等。

晚期(1832—1837):1831年,普希金与娜塔丽亚·冈察洛娃成婚,不久迁居彼得堡。普希金妻子的姿色引起沙皇的注意。为了接近她,1834年,沙皇尼古拉一世赐予普希金"宫廷近侍"。当时普希金已经是三十五岁的著名诗人。"宫廷近侍"应当授给年轻人,而授给普希金实际上对他是一种侮辱。普希金对此感到非常愤怒。与此同时，上流社会里的恶人对诗人横加诽谤，恶意损害诗人的名誉。他们怂恿荷兰公使格凯伦的义子、法国波旁王朝的亡命者丹特士侮辱普希金。在1836年11月间，普希金接到了称他为"乌龟团副团长及会史编修"的匿名信。矛盾迅速激化，决斗不可避免。为维护自己的荣誉，普希金向丹特士提出决斗的挑战。1837年2月8日，普希金在决斗中身负重伤，两天后（2月10日）去世。普希金在这一时期完成的作品主要有：《杜勃洛夫斯基》（1832）、《青铜骑士》（1833）、《普加乔夫史》（1833）、《渔夫和金鱼的故事》（1833）、《死公主和七勇士的故事》（1833）、《黑桃皇后》（1834）和《上尉的女儿》（1836）。[①]

二、《叶甫盖尼·奥涅金》

《叶甫盖尼·奥涅金》是普希金的主要代表作品，也是俄罗斯文学史上第一部现实主义的诗体长篇小说，在俄罗斯文学史上具有非常重要的意义，同时，还是整个欧洲较早的批判现实主义作品。"普希金于1823年5月9日在基什尼奥夫开始写作小说的第一章"[②]，初稿"结束于1830年9月"[③]，定稿时间是1831年11月。"它总结了作者1831年以前的全部创作经验，以后普希金就转入了散文写作。"[④]

---

① 本部分内容参见高莽："普希金与他的创作"（普希金：《普希金全集（1）抒情诗》，乌兰汗等译，浙江文艺出版社1997年版）、冯春："题解"（普希金：《普希金文集：叶甫盖尼·奥涅金》，冯春译，上海译文出版社1991年版）、"普希金"（郑克鲁主编：《外国文学史（修订版）上》高等教育出版社2006年版）等。

② 冯春："题解"，普希金：《普希金文集：叶甫盖尼·奥涅金》，冯春译，上海译文出版社1991年版，第394页。

③ 普希金：《普希金全集（4）诗体长篇小说、戏剧》，智量、冀刚译，浙江文艺出版社1997年版，第2页。也有文献称："初稿在1830年秋完成于波尔金诺。"（普希金：《普希金文集、叶甫盖尼·奥涅金》，冯春译，上海译文出版社1991年版，第392页。）

④ 丁鲁："《叶甫盖尼·奥涅金》与诗歌翻译"，普希金：《叶甫盖尼·奥涅金》，丁鲁译，译林出版社1996年版，第1页。

"普希金曾列出一个表,内容包括九个章节的目录和暂定的题目,并且把全书分为三部。表中注明了各章节写作的日期和地点……后来他删去第八章(《旅行》)。他把这一章中的某些诗节移到下一章,即现在的第八章。他把1831年10月5日在皇村写成的奥涅金给达吉雅娜的信收入这一章。普希金从完稿中删去原第八章……除了准备发表的九章,普希金还处理了不准备发表的第十章。普希金在这一章里记录了十二月党人的活动。1830年10月19日普希金在波尔金诺焚毁了第十章,但事先把这一章用秘密符号记在一些零星纸片上,其中有一张流传下来,内容是头十六节的头四行(有删节)。此外还保存了该章三节诗的草稿(不完整)。其余的都散失了,散失的还有《奥涅金的旅行》(第八章)中写到诺夫哥罗德居民的诗节。""普希金在生前就开始发表小说的各(疑似'个'——引者注)别章节。第一章发表于1825年2月15日……第二章于1826年10月问世,第三章发表于1827年10月……第四和第五章在1828年2月1日左右同时发表……第六章发表于同年3月末……此后问世的只有两章:1830年发表第七章,1832年1月发表最后一章。整部小说的单行本于1833年3月问世。"①

(一)内容梗概

彼得堡贵族青年叶甫盖尼·奥涅金在社交界胡混了八年后,厌倦了空虚无聊的贵族生活,为继承伯父的遗产而到乡村。在那个乡村,他结识了浪漫主义青年诗人连斯基,并与之成为好友。通过连斯基,他结识了女地主拉林娜一家。他因性格豪放、思想偏激而引起了拉林娜家的长女达吉雅娜的炽烈爱情——因为后者对乡村贵族地主生活很冷漠,她自以为和奥涅金有思想感情共鸣。达吉雅娜热情地给奥涅金写信表达自己对他的爱慕之情,但遭到了奥涅金婉言而又坚决的拒绝——他说自己不宜享受家庭幸福。连斯基出于一片诚意而请奥涅金和自己一同去参加达吉雅娜的命名日的庆祝宴会。在宴会上,奥涅金看到达吉雅娜的痛苦表情和那些来庆贺的贵族地主的庸俗无聊,便迁怒于硬要他来的连斯基,于是,故

---

① 冯春:"题解",普希金:《普希金文集:叶甫盖尼·奥涅金》,冯春译,上海译文出版社1991年版,第392—394页。

意地向连斯基的未婚妻——达吉雅娜的妹妹——奥尔加大献殷勤,在舞会上缠住她不放,结果激起了连斯基的恼怒,连斯基向他提出了决斗的挑战。在决斗中,他打死了连斯基。随后,奥涅金怀着悔恨的心情远走漫游,而爱恋他的达吉雅娜在失望之余经不住老母亲的恳求和眼泪的感动,顺从命运的安排嫁给了一位老将军。几年之后,奥涅金漫游归来,在彼得堡上流社会的一次交际活动中又遇见达吉雅娜。此时的达吉雅娜已从一个纯朴的农村少女出落成了上流社会"女神"般的贵妇人。奥涅金为虚荣心所驱使,神魂颠倒,拼命追求达吉雅娜。而达吉雅娜则真诚地告诉他:"我爱您(何必用假话掩饰?),/可是我现在已经被嫁给别人;/我将要一辈子对他忠贞。"[①]

(二)人物形象

1. 奥涅金

奥涅金是小说中的男主人公,是19世纪俄罗斯文学中的第一个"多余人"形象。"奥涅金出身贵族,养尊处优,有很高的智慧和教养;他对当时俄国的现实不满,愤世嫉俗,玩世不恭。但是他又生性懦弱,既不能和生活中的恶正面对抗,也不能挺身而出,对社会做出什么积极的贡献"[②];既没有明确的信念,又没有有用的知识;既不安于现状,想干点有意义的事情,但又脱离实际,脱离人民;不了解自己,也不了解世界;找不到自己在生活中的位置,只是在苦闷中游荡……他之所以这样,是19世纪20年代贵族阶级的生活方式和教育所致。贵族的生活和教育所给予他的,不是有用的知识、工作的毅力和对人民的了解,而只是出入上流社会、取悦太太小姐、与人钩心斗角的那一套为人之道:

> 起初一位法国太太把他伺候,
> 后来一位法国先生前来替代;
> 孩子虽是淘气,却也可爱。
> 阿贝先生是个穷法国人,

[①] 普希金:《叶甫盖尼·奥涅金》,智量译,人民文学出版社1985年版,第275页。
[②] 智量:"前言",同上书,第1—2页。

> 他为了不让这孩子吃苦,
> 教他功课总是马马虎虎,
> 不用严厉的说教惹他烦闷。
> 顽皮时只轻轻责备一番,
> 还常常带他去夏园游玩。①

这种教育和生活方式给予奥涅金的是会说法国话,懂得上流社会交际的礼节:

> 他无论是写信或是讲话,
> 法语都用得非常纯熟;
> 他会轻盈地跳玛祖卡舞,
> 鞠躬的姿势也颇为潇洒;
> 还缺什么呢?大家异口同声
> 说他非常可爱,而且聪明。②

他会装腔作势、谈情说爱:

> 奥涅金,按照许多人的评议,
> (这些评论家都果断而且严厉),
> 还有点儿学问,但自命不凡;
> 他拥有一种幸运的才干,
> 善于侃侃而谈,从容不迫、
> 不疼不痒地说天道地,
> 也会以专门家的博学神气
> 在重大的争论中保持沉默,
> 也会用突然发出的警句火花

---

① 普希金:《叶甫盖尼·奥涅金》,智量译,人民文学出版社1985年版,第8—9页。
② 同上书,第9页。

把女士们嫣然的笑意激发。①

他的真正的天才的表露，
他从少年时便为之操劳、
为之欣慰、为之苦恼，
把它整日里长挂在心头，
成天价懒洋洋满怀忧愁、
念念不忘的，却是柔情的学问。②

他很早便学会虚情假意，
会隐瞒希望，也会嫉妒，
会让你相信，也会让你猜疑，
会装得憔悴，显得愁苦，
有时不可一世，有时言听计从，
有时全神贯注，有时无动于衷！
沉默无声时，神情多么惆怅，
花言巧语时，多么热情奔放，
写情书时又多么轻率随便！
就为一件事而活，爱情专一，
他是多么地善于忘却自己！
眼神多么地急速，情意缠绵、
羞怯而又大胆，并且有几回，
还噙着几滴听话的热泪。③

　　他的这种性格和教养，使他从容地应付上流社会的交际，在上流社会获得成功。然而，上流社会的空洞生活不能长久吸引聪明的奥涅金。他曾接触过西方资产阶级思想，读过亚当·斯密的经济学著作、卢梭的启蒙著作和拜伦的自由诗

---

① 普希金：《叶甫盖尼·奥涅金》，智量译，人民文学出版社 1985 年版，第 10 页。
② 同上书，第 12 页。
③ 同上书，第 13 页。

篇，厌倦了上流社会的空洞生活。他抛弃了享乐，把自己关在家里，想寻求有意义的生活，找新的出路。然而，贵族的生活和教育，使他没有毅力，一事无成：

> 他如今已不再花天酒地，
> 他闭门家中坐，深居简出，
> 一边打呵欠，一边著书。
> 他想写一点儿东西——只是
> 不懈的劳动他感到难挨；
> 他笔下一个字也写不出来，
> ……
> 他坐下来——想学点别人的聪明，
> 这个目的倒是值得夸奖；
> 书架上摆满了成排的书，
> 他读来读去，什么道理也读不出：
> 有的枯燥乏味，有的胡诌骗人；
> ……
> 陈旧的东西早已经衰老，
> 新东西也都哼着旧的腔调。
> 他便把书抛开，像抛开女人一般，
> ……①

他想从事农事改革，却又缺少勇气，更缺少求实精神和对农奴的真诚关心：

> 独自住在自己的领地上，
> 只不过为了要消磨时间，
> 我们的叶甫盖尼首先便想
> 制定出一套新的条款。
> 隐居的圣人在自己的荒村里，

---

① 普希金：《叶甫盖尼·奥涅金》，智量译，人民文学出版社 1985 年版，第 33 页。

> 采用较轻的地租制，用它代替
> 古老的徭役制度的重负，
> ……①

结果，他被所有守旧的邻居们看成是一个"最危险的怪物"。

奥涅金的这种性格特征，在他对待友谊和爱情的态度中也有明显的表现。他出于无聊而去挑逗奥尔加，事后又后悔；他在内心认为不应当接受连斯基决斗的挑战，可是又惧怕贵族圈子里的非议，于是，最后怀着矛盾的心情杀死了这个在乡间唯一的好友。在俄罗斯贵族青年男女的生活中，爱情占有突出的乃至是中心的地位。他们的爱情生活又集中地展示出他们的精神世界——上流社会的陋习和偏见浸染着奥涅金，使他失去了对人的信任，不能理解什么是真正的爱情。在上流社会里，爱情是跟尔虞我诈、装模作样、玩弄心计、彼此引诱、相互捉弄、钩心斗角等连在一起的。这种"爱情"使奥涅金堕落，又使他厌倦；使他失望，又使他思想混乱、感情麻木。因此，当达吉雅娜的情书摆在他面前时，他就呆呆地放过了获得个人幸福的机会。他能够感受到达吉雅娜是纯真的、高尚的；然而，他却无力去抓住这个幸福的时机。因为他没有能力去理解达吉雅娜全部的精神世界，相反，他还用支配着他的上流社会的偏见去曲解真诚爱他的这个少女，误以为她与许多普通的太太、小姐一样，她的爱情的表白也是出于一时的冲动，因此，他这样对她说：

> 年轻姑娘飘浮不定的幻想
> 会一时一时地更替变换，
> 正如同每一年到了春天，
> 树木都要换一次新绿。
> 显然这全由上天安排。
> 将来您定会重新恋爱：
> 只是……把握自己，这很必须；
> 并非人人都了解您，像我一样，

---

① 普希金：《叶甫盖尼·奥涅金》，智量译，人民文学出版社1985年版，第51页。

缺乏经验会造成不幸的下场。①

奥涅金的爱情悲剧是他人生悲剧的一个组成部分。

奥涅金之后，俄罗斯文学中又出现19世纪30年代的毕巧林（莱蒙托夫《当代英雄》）、40年代的罗亭（屠格涅夫《罗亭》）、50年代的奥勃洛摩夫（冈察洛夫《奥勃洛摩夫》）等"多余人"。不过，不同时代的"多余人"形象又各有自己的时代特征。

2. 达吉雅娜

达吉雅娜是小说中的女主人公，19世纪20年代优秀贵族妇女的典型，"19世纪俄国文学中品位最高的一个女性形象"②，"俄国生活……的一个'理想'。作家称她为'我可爱的女幻想家'和'我的可爱的理想'。这个淳朴、高尚、纯洁而又美丽的女性身上，体现着俄罗斯人民和俄罗斯民族的品质与力量，她是一个'具有俄罗斯灵魂的姑娘'"③。她生长于僻静的乡村，奶妈的知心话，淳朴的民间风尚，动人的民间故事，以及理查逊、卢梭等的小说等，常常影响着她的心灵，使她的精神世界远高于她周围的人们，"超越狭隘的自我，必要时能够牺牲个人利益，以求达到一种更高层次的人生境界"④，也使她看不惯农奴主的暴行，难以适应周围的环境。

> 她忧郁、沉默、孤傲不群，
> 像只林中的小鹿，怕见生人，
> 她在自己的爹妈身边，
> 仿佛领来的养女一般。⑤

正是在这样的情况下，她遇见了奥涅金，发现了他远远高于当地贵族青年的精神境界。然而，她的爱情也不能不是一个悲剧。

---

① 普希金：《叶甫盖尼·奥涅金》，智量译，人民文学出版社1985年版，第119—120页。
② 智量："前言"，同上书，第3页。
③ 同上。
④ 同上。
⑤ 同上书，第65页。

如果说，奥涅金的爱情悲剧，主要是因为他深受贵族世界的消极影响，因而不能理解真正的爱情，那么，达吉雅娜的爱情悲剧主要是由于她接受了来自人民的良好影响，形成了善良、崇高、坚强的性格，可是能配得上她的爱的人物在当时的俄罗斯生活中还没有出现。如果说奥涅金是不幸失去了达吉雅娜，那么达吉雅娜则是不幸接受了一个自己不爱的公爵丈夫。

达吉雅娜在品德和智慧方面高于奥涅金。她"宁肯放弃她的爱情和幸福，也要忠实于自己做人的原则……作为一个女性，那个时代并未向她提出什么斗争和献身的要求，而她却能够以其自己的方式，在她所具有的条件下，表现出自己对现实社会的反抗来，并且做出了极大的自我牺牲"[①]。她在那个时代，发现了自己不幸的地位，而且完全理解这种不幸。她的母亲把她送上了贤妻良母的道路，她成了莫斯科一个公爵的夫人。她的品德、智慧和丈夫的显赫地位，使她成了上流社会中引人注目的贵妇人：

> 一位贵妇正向女主人走来，
> 她后面跟着个显赫的将军。
> 她一点儿不显得冷淡，
> 她从容不迫，矜持寡言，
> 她对谁都不用傲慢的目光，
> 也不怀有哗众取宠的欲望，
> 她毫无这类小户人家的做作，
> 毫无鹦鹉学舌之类的花样……
> 她的一切都纯朴而且安详，
> ……[②]

> 无论她心头多么困惑，
> 无论她觉得怎样惊奇，
> 无论她感到怎样诧异，

[①] 智量："前言"，普希金：《叶甫盖尼·奥涅金》，智量译，人民文学出版社1985年版，第3页。
[②] 同上书，第249—250页。

> 她却丝毫也没露声色:
> 她依然保持着原有的风度,
> 弯腰鞠躬时也娴雅如故。①

她是一个令人仰慕的对象,却又是一个不幸的人。应当说,她比奥涅金更不幸,因为她完全理解自己的不幸,同时,又知道自己的幸福是什么、在哪里,伸手可取却又不能去取。她所珍视的,是纯朴的乡间生活和真实的爱情:

> 对于我,奥涅金,这豪华富丽,
> 这令人厌恶的生活的光辉,
> 我在社交旋风中获得的名气,
> 我的时髦的家和这些晚会,
> 都算得了什么?我情愿马上
> 抛弃这些假面舞会的破衣裳,
> 这些乌烟瘴气、奢华、纷乱,
> 换一架书,换一座荒芜的花园,
> 换我们当年那所简陋的住处,
> 奥涅金啊,换回那个地点,
> 在那儿,我第一次和您见面;
> ……②

> 对于可怜的达尼娅来说,
> 怎么都行,她听随命运摆布……
> 我便嫁给了我这个丈夫。
> 我求您离开我,您应该如此;
> 我了解:您的心中有骄傲,
> 而且也有正直的荣耀。
> 我爱您(何必用假话掩饰?),

---

① 普希金:《叶甫盖尼·奥涅金》,智量译,人民文学出版社1985年版,第252页。
② 同上书,第274页。

可是我现在已经被嫁给别人；
我将要一辈子对他忠贞。①

她对自己的处境和奥涅金的苦苦追求，都有清醒的认识。她说：

……可是如今
为什么您对我这般热恋？
为什么您苦苦地把我紧追？
是不是因为，在这上流社会，
如今我不得不去抛头露面？
因为我如今有名而且有钱？
因为我有个作战受伤的丈夫，
我们为此得到宫廷的宠幸？
是不是因为，如今我的不贞
可能会引起所有人的注目，
因此，可能为您在社会中
赢得一种声名狼藉的光荣？②

达吉雅娜善良、淳朴、聪明、坚强，有着明确而切实的生活理想；然而，其生活理想是不能实现的，其悲剧是时代的悲剧。

（三）主题

小说通过奥涅金的足迹所至，广泛地描绘了19世纪20年代俄罗斯城乡生活的真实画面。彼得堡和莫斯科的上流贵族社会充满着虚伪、矫揉造作，豪华外表之下显示出腐化的本质；乡村地主的社交集会和平凡的日常生活，也像都市贵族一样庸俗、堕落，只不过在表现形式上更加粗野、露骨而已。老奥涅金一生的生

---

① 普希金：《叶甫盖尼·奥涅金》，智量译，人民文学出版社1985年版，第275页。
② 同上书，第273页。

活内容就是"跟女管家吵架,/打打苍蝇。或是对窗出神"①;达吉雅娜的母亲由少女变成农奴主后就是"管理账目、送农奴去充军;/每逢星期六洗一次澡,生了气把丫鬟痛打一顿"②。青年贵族所受的教育多是脱离俄罗斯实际的贵族化教育,既无助于他们思想的进步,又不能培养他们的社会生活能力;贵族妇女或者投身于纸醉金迷的社交生活,或者听从命运安排,都无法自主婚姻与爱情。同时,小说还描绘了俄罗斯古老的生活习俗和明媚动人的大自然景色等,再现了那个时代的风貌,尖锐地提出正在觉醒的贵族知识分子的出路问题。

(四)艺术特色

第一,浪漫主义与现实主义相结合。

"这部作品的基调是现实主义的。奥涅金厌倦了上层社会生活之后,不是像一些浪漫主义作品中那样到大自然中去寻找自由,而是风尘仆仆地去继承伯父的遗产。此外,作品中对社会生活和各种场面,对人物和他们的习性等等,也都是用现实主义笔触来描写的。"③"《叶甫盖尼·奥涅金》前四章写于十二月党人起义之前,基调比较明朗;从第五章起,调子变得阴郁、低沉起来,故事也越来越向悲剧性的结尾发展。这些正是时代气氛的反映。"④"这部作品真实反映现实生活"⑤,在再现社会生活的广度和深度上、典型性格的塑造上、环境和场景的描写上都达到了当时俄罗斯文学的最高水平,从而成为俄罗斯现实主义文学的主要奠基作品之一。别林斯基说:"普希金的诗体小说(《叶甫盖尼·奥涅金》),跟格利鲍耶陀夫当时的天才作品《聪明误》一同给俄罗斯的新诗歌和俄罗斯的新文学奠定了坚固基础。"⑥

同时,小说充满了浪漫主义情调。"普希金于1823年11月4日从南方给他的

---

① 普希金:《叶甫盖尼·奥涅金》,智量译,人民文学出版社1985年版,第50页。
② 同上书,第70页。
③ 丁鲁:"《叶甫盖尼·奥涅金》与诗歌翻译",普希金:《叶甫盖尼·奥涅金》,丁鲁译,译林出版社1996年版,第3页。
④ 同上书,第1页。
⑤ 智量:"前言",普希金:《叶甫盖尼·奥涅金》,智量译,人民文学出版社1985年版,第4页。
⑥ 季莫菲耶夫主编:《俄罗斯古典作家论(上卷)》,人民文学出版社1958年版,第138页。

朋友维亚柴姆斯基公爵写过一封信,其中谈到在他构思《叶甫盖尼·奥涅金》时所想到的这部作品应有的艺术特点。他说:'这不是一部长篇小说,而是一部"诗体长篇小说"。'他同时强调指出,这两者之间有着'……惊人的,异常的,极度的,大得不得了的……差别。'作家本人的这句话对我们启发很大。我们知道,在当时俄国文坛,长篇小说一般被认为是属于现实主义范畴的,而诗歌则属于浪漫主义范畴。作家这句话不仅告诉我们,他写这部作品是运用了现实主义和浪漫主义相结合的创作方法,而且告诉我们,用这样的方法写出的作品与其他长篇小说是多么的不同。"[①] "《叶甫盖尼·奥涅金》的浪漫主义特点首先表现在形象体系的配置上。如果说奥涅金形象主要体现了作品的现实主义的一面,那么达吉雅娜形象则主要体现了它的浪漫主义的一面。达吉雅娜在作品中是作为一个在真和善的基础上树立起来的美的理想而出现的。她是一个超乎现实之上的形象。普希金把自己对女性美的一切憧憬和想望都集中地表现在她的身上。我们看见,达吉雅娜从出生到长大,到恋爱、结婚……她在生活中每一环节上的表现、感受、反应都和周围其他的女性不同。在她的头顶上似乎有一圈令她显得与众不同的神圣的光辉……" "作品中凡是有达吉雅娜出场的章节中,作家都大量使用浪漫主义文学所惯用的抒情手法,描写了不少风俗、梦境……作家在描写这个人物时,摆脱了许多现实主义文学中描写人物所必须有的细节,比如,作品中甚至连达吉雅娜丈夫的姓名都没有提到过,也没有一行诗写到她婚后的家庭生活。达吉雅娜所做的那些事情(比如,主动给男性写信求爱,一个人独自漫游等),是当时的大家闺秀都不会也不敢去做的。这显然不是……现实主义的手法。作家极力想通过这个人物来传达的,是他自己心目中的希望与追求,是他主观的创作意图和需要。因此,达吉雅娜这个形象便具有了相当程度的单纯性和理想性,而正是这个形象的这种浪漫主义性质,使她,也使整个作品,拥有了不同凡响的光芒。" "浪漫主义文学的一个特点是崇尚大自然。从奥涅金和达吉雅娜两人与大自然的不同关系上,我们也可以看出这两个形象所体现的不同的艺术创作方法。作品中全部的自然之美都集中地表现在与达吉雅娜有关的事物和场景中。她本身的容貌、性格、思想、感情、爱好、习惯,以及她的朴素的名字,都

[①] 智量:"前言",普希金:《叶甫盖尼·奥涅金》,智量译,人民文学出版社1985年版,第4页。

体现出一种超凡脱俗的意味……她生在农村，长在农村，她对城市中的声色犬马感到厌烦，即使到了莫斯科的上流社会里，她依然终日思念着她的恬静的溪流、牧场，思念她奶娘墓地上的一抔黄土。作家在这个人物身上集中地歌颂了大自然，把大自然的纯真完美作为体现人类品格与理想的最高标准……《叶甫盖尼·奥涅金》中那些描写达吉雅娜在农村环境和大自然中的场景，充满着浪漫主义的热情与向往……""在《叶甫盖尼·奥涅金》的总体艺术氛围中所浸透的那种作家的主体意识，也是作品浪漫主义创作方法的重要表现。在这部作品里，普希金时时都在以他崇高的精神世界与他所描绘的丑恶现实相对抗。这种自觉的对抗给诗人的灵感以自由驰骋的力量和畅抒胸怀的诗情。……在这部作品中，你处处可以见到一个生动明朗的'我'的形象，《奥涅金》中的这个'我'，和一般小说中第一人称的故事叙述者不同，它是原原本本的作家自己，它毫无隐讳地把普希金自己的立场观点展示出来，表现出作家的亲疏爱憎与喜怒哀乐，同时也倾诉他的友谊、爱情和他种种的人生遭遇与体验，甚至表达他的文艺观点。作家通过这个毫无掩饰的'我'，把自己交织进作品的形象体系中……"①于是，小说便贯穿着诗人自己的形象，贯穿着"作者的声音"，大量的多角度多层次的"抒情插笔"：抒情插笔有27处，随时插笔多达50处。有时，小说以抒情主人公的身份出面与读者进行轻松而无拘束的交谈，诗人与作品中的人物触景生情，互通声气；同时，诗人为小说中的人物的命运时而感叹，时而讥讽，时而调侃，时而谴责。抒情插话的开阖自如，变化无穷，扩大了作品的容量，深化了作品的内涵，加强了作品的感染力。

"《叶甫盖尼·奥涅金》与俄罗斯民间口头文学的紧密联系也是它浪漫主义特色的一种表现。小说中大量的细节采自俄国民间习俗与传说，这些主要都围绕达吉雅娜形象而出现。达吉雅娜在浴室中的占卜，她的那场奇异的梦，她与奶娘的一场对话，她在自然美景中女神似的漫游，以及她所听到的女仆们采摘果子时所唱的歌……这些篇章都共同烘托出一种美妙的诗情画意。"②

第二，"诗体小说是小说，也是诗，它的贯穿作品整体的外在诗歌特征，是

---

① 智量："前言"，普希金：《叶甫盖尼·奥涅金》，智量译，人民文学出版社1985年版，第5—6页。
② 同上书，第7页。

由它的格律形式来体现的"①。

"它所使用的格律是作家专门为写这部书而创造的。这一独特的格律被文学史家命名为'奥涅金诗节'。"②"'奥涅金诗节'规定：长诗中的基本单元是诗节，每一诗节中包含十四个诗行，每一诗行中包含四个轻重格音步，每音步两个音节；这十四个诗行中，结尾为轻音者（阴韵）占六行，每行九个音节（最后一个轻音音节不构成音步）；结尾为重音者（阳韵）占八行，每行八个音节；阴阳韵变换的规律和诗行间押韵的规律之间又有严格的配合，这十四行诗的押韵规律是：ababccddeffegg，即：第一个四行为交叉韵，第二个四行为重叠韵，第三个四行为环抱韵，最后两行又是重叠韵；而其阴阳韵变换的规律（用每行不同的音节数目表示）则是：98989988988988。这两者交织在一起，再加上每行诗中四音步轻重格的节奏起伏，便共同形成了每个十四行的诗节中固定不变的优美的音韵与格调。《叶甫盖尼·奥涅金》整部作品共有四百二十多个诗节（另外还有一些别稿）。除了由于内容需要，书中的一篇献词、两封书信、一首民歌和别稿中的几节'奥涅金的笔记'另有特点之外，全诗都是严格按照这一'奥涅金诗节'的格律规定一贯到底的。这样，《叶甫盖尼·奥涅金》这部作品便具有了一种它所独有的，非常工整、和谐、严密的艺术形式，读来绵绵不绝，优美而舒展，好似一条均匀起伏而又汹涌畅流的、宽阔的、滚滚向前的诗的大河，既有其不断反复的基调，又谨守其严格的内在规律，承载着它的变化万千的情节，不断地向前发展。它极其富有节奏感和音乐性，饱含深沉诱人的魅力，给你一种扣人心魄、引人入胜的享受。"③

第三，完美和谐的复线对比结构。

小说打破了此前流行的单线结构，采用了独特的复线对比结构。首先，男女主人公两条线索双向推进，相反相成，构成对比。其次，抒情主人公与男女主人公构成复线，形成对照。再次，作品中人物的多重对比，既有奥涅金的冷漠与连斯基的热情、达吉雅娜的精神丰富与奥尔加的头脑简单以及男女主人公之间的对

---

① 智量："前言"，普希金：《叶甫盖尼·奥涅金》，智量译，人民文学出版社1985年版，第7页。
② 同上。
③ 同上书，第8页。

比，又有奥涅金、达吉雅娜、连斯基等个性突出、思想觉醒者的"智慧的痛苦"与奥尔加毫无个性、满足现状的平庸的幸福的对比。这些强烈的对比使人物的性格更加突出和鲜明，给人以难忘的印象。

第四，语言色彩丰富。

"《叶甫盖尼·奥涅金》这部作品把叙事和抒情结合在一起，杂以尖锐的议论，语言色彩丰富（作者在书前题词中自己戏称为'俚言俗语夹杂着高雅文体'），行文海阔天空"[1]，实际上熔铸了拜伦诗体小说的抒情、议论与莎士比亚的叙事，且巧于裁断，自成一体。同时，小说把诗的精炼、含蓄和散文的流畅、朴素天衣无缝地结合起来，炉火纯青，从而，创造出典范的俄罗斯语言。

第五，人物形象典型且丰富。

除奥涅金、达吉雅娜等具有典型性的人物形象外，小说还塑造了其他一些人物形象。作品以嘲讽的笔调勾画了形形色色的地主形象："肥壮的布斯佳可夫"[2]，"曾是个不安分的暴徒，/是赌棍党羽里的一位头目，/酒店的喉舌，浪荡子的领袖，/如今他是既朴实、又善良，/是他整个家族的独身家长，/和气的地主，可靠的朋友"[3]的扎列茨基，"脑满肠肥的普（布）斯佳可夫"，"顶呱呱的地主"葛沃斯金，"鬓发斑白的斯考青宁"[4]，"县城的浪荡子"彼杜什科夫[5]……作品以诚挚的同情描绘了一些女奴形象，如善良、温顺的奶妈，美丽、勤劳的农奴少女等。

第六，描绘的画面广阔。

小说所描绘的画面极其广阔——城市、乡村、社会、自然、地主、农民，都有真实而生动的描绘，反映了当代全社会的风貌。因此，别林斯基称《叶甫盖尼·奥涅金》为"俄罗斯生活的百科全书和最富于人民性的作品"。

---

[1] 丁鲁："《叶甫盖尼·奥涅金》与诗歌翻译"，普希金：《叶甫盖尼·奥涅金》，丁鲁译，译林出版社1996年版，第4页。

[2] 普希金：《叶甫盖尼·奥涅金》，智量译，人民文学出版社1985年版，第175页。

[3] 同上书，第177页。

[4] 同上书，第161页。

[5] 同上书，第162页。

第十三章
《简·爱》

一、作者简介

夏洛蒂·勃朗特（1816—1855），出生于英国北部约克郡的哈沃斯。父亲是当地圣公会的一个穷牧师，母亲是家庭主妇。夏洛蒂·勃朗特在兄弟姐妹中排行第三，有两个姐姐、两个妹妹和一个弟弟。两个妹妹，即艾米莉·勃朗特（排行第五）和安妮·勃朗特（排行第六），也是著名作家——她们三人一起在英国文学史上有"勃朗特三姐妹"之称。1821年，即她5岁时，母亲便患癌症去世。父亲收入很少，全家生活既艰苦又凄凉。哈沃斯是个山区，荒凉偏僻，年幼的夏洛蒂和弟妹们只能在沼泽地里游玩。好在父亲是剑桥圣约翰学院的毕业生，学识渊博，常常教子女读书，指导他们看书报杂志，还给他们讲故事。这是自母亲去世后孩子们所能得到的唯一的乐趣，同时也给夏洛蒂以及两个妹妹带来了最初的影响，使她们从小就对文学产生了浓厚的兴趣。1824年，姐姐玛丽亚和伊丽莎白被送到哈沃斯附近的柯文桥一所慈善学校去读书。这家慈善学校专收穷牧师的女儿，伙食很差，孩子们在星期天还要冒着凛冽的寒风走许多路去教堂做礼拜。不久，夏洛蒂和妹妹艾米莉也被送去那里。由于条件恶劣，学校里流行斑疹伤寒，玛丽亚和伊丽莎白都染上此病，被送回家后不久便死了。两个姐姐的去世对夏洛蒂是个极其沉重的打击，她后来在《简·爱》中塑造的那个可爱的小姑娘海伦·彭斯，就是纪念玛丽亚的。这之后，父亲不再让夏洛蒂和艾米莉去那所学校，但那里的一切已在夏洛蒂的心灵深处留下了可怕的印象。夏洛蒂回到家里后，生活又像过去一样，但她和妹妹们的兴趣却更加广泛了。她们一起学音乐、弹琴、唱歌、画画，而最使她们感兴趣的却是学习写作，四个孩子还办了个手抄的刊物——《年轻人的杂志》。勃朗特一家一向离群索居，夏洛蒂姐妹自幼性格孤僻，在哈沃斯这个孤寂的村落里，她们所能找到的唯一慰藉，就是面对荒野任凭想象力驰骋，编写离奇动人的故事。夏洛蒂14岁时就已写了许多小说、诗歌和剧本，据她自己开列的书单，她共写了22卷之多，每卷60到100页。这些习作尽管还很幼稚，但已表现出相当厚实的文学素养和丰富的想象力。这样的习作，可以说为她往后在文坛上一举成名作了充分准备。15岁时，夏洛蒂进入伍勒小姐在鹿头办的学校读书。几年后，她为了挣钱供弟妹们上学，又在这所学校里当教师。她一边教书，一边继续写作，但至此还没有发表过任何作品。1836年，也就是在她20岁时，她大着胆子把自己的几首短诗寄给当时的桂冠诗人骚塞，然而得到的却是这位大诗人的一顿训斥。骚塞在回信中毫不客气地对她说：文学不是妇女的事业，在英国没有女作家的地位，她没有特殊的才能。夏洛蒂很伤心，但并没有因此而丧失信心，仍然默默地坚持写作。1838年，夏洛蒂离开伍勒小姐的学校。1839年和1841年，她两次到有钱人家当家庭教师，但每次都只有几个月的时间。因为家庭教师在当时是受歧视的，她忍受不了歧视。也就是在这两年里，有人向她求婚：一次是她一个女友的哥哥，另一次是一位年轻的牧师。但是，这两次求婚都被她拒绝了，原因是她认为他们并不是真正爱她，只是按传统娶个妻子而已。夏洛蒂和艾米莉都不愿离开家到外面去谋生，但仅靠父亲的收入又无法生活，于是她们便想在本村办一所学校，教当地孩子读书，这样也许能维持生计。她们想教法语，可她们的法语并不好。这时，在她们家里帮助照料家务的姨妈拿出她所有的积蓄，让她们到布鲁塞尔去攻读法语。她们便进了布鲁塞尔的一所法语学校。这所学校是由贡斯当丹·埃热夫妇办的，并由埃热先生亲自教授法语。埃热先生的法国文学造诣很深，勃朗特姐妹俩在他的教诲下，仅用一年时间，就掌握了法语基础知识，还阅读了大量法国文学名著，了解了各种流派作品的风格和艺术特点。但是，对夏洛蒂来说，在布鲁塞尔的一年间，给她留下最深刻印象的却是埃热先生本人。他不仅学识渊博，聪明过人，还有一种对年轻女子非常有吸引力的男人味，即容易激动，有点粗鲁，但十分率直、爽快。夏洛蒂内心已爱上这个有妇之夫，但始终没有明确表露。埃热先生对她的"心思"则全然无心，所以，她就把这种"心思"一直压在自己心里。后来，她不但在《简·爱》中生动地描写了这种"心思"，而且在1853年出版的《维莱特》里，也插叙了这段经历。姨妈病危时，两姐妹不得不赶回英国。后来，夏洛蒂又回到这所学校做了一段时间的教师。从布鲁塞尔回国后，夏洛蒂便和两个妹妹一起开始筹办学校，还挂出了"勃朗特姐妹学校"的招牌。可是，她们万万没有想到，在几个月里竟然没有一个学生来报名入学，等来的只是上门收税的官员。办学的理想破灭了。夏洛蒂觉得，写作也许还有出路。1845年秋天，她偶然看到艾米莉写的一本诗集，便想到她们三姐妹可以合出一本诗集；于是，她们在商量之后，每人拿出一些诗合在一起，用去世的姨妈留下的钱自费出版了一本诗集。她们没有署真名，而是分别用了三个假名：柯勒·贝尔、埃利斯·贝尔和阿克顿·贝尔。尽管她们的诗写得很美，但没有引起人们的注意，出版后只卖掉了两本。但是，不管怎么说，诗集的出版对她们来说总是一件大事，她们的创作热情受到了激励，于是，她们又开始埋头写小说。这时，夏洛蒂已三十岁。她花了将近一年时间，写成一部长篇小说，取名《教师》；妹妹艾米莉和安妮则分别写了长篇小说《呼啸山庄》和《艾格妮丝·格雷》。她们把三部小说一起寄给出版商。不久，出版商回复她们：《呼啸山庄》和《艾格妮丝·格雷》已被接受，但《教师》将被退回。这对夏洛蒂来说可是个不小的打击。但她不但没有退缩，反而憋着一股气又开始写另一部长篇小说。这就是《简·爱》。《简·爱》中的人物和情节，大多是她在生活中经历过或者非常熟悉的，甚至男主人公发疯的妻子的故事也是她在伍勒小姐的学校里听说过的。她充满激情，所以写作进度很快，不到一年就脱稿了。出版商审读稿子后，认定它是一部杰作，决定马上出版，并在两个月后出版了，而《呼啸山庄》和《艾格妮丝·格雷》此时还在印刷之中。不久，三姐妹的三部作品全部问世。对此，当时的英国文坛大为震惊——因为三姐妹的三部长篇小说都非常出色，尤其是《简·爱》（初版时作者署名为柯勒·贝尔）。大街小巷都在谈论这部小说，人们还到处打听和猜测作者到底是谁。勃朗特三姐妹出了名，为全家带来了欢乐。但是不久，家里就发生了一连串不幸事件。1848年9月，她们的弟弟患病去世。三个月后，艾米莉染上结核病，接着去世。小妹妹安妮也染上此病，染病后拖了五个月便离开了人间。夏洛蒂深受打击，她只有全身心投入写作，才能暂时遗忘内心的悲痛。她埋头写长篇小说《谢利》，于1849年8月完成，10月出版。《谢利》使她再一次获得巨大成功。这之后，她去了伦敦。在伦敦的几年里，她结识了不少作家，其中最有名的是萨克雷和盖斯凯尔夫人。萨克雷对她的作品评价很高，而她则把《简·爱》第二版题献给萨克雷，以表示对他的敬意。盖斯凯尔夫人成了她的挚友，两人过往甚密。后来，盖斯凯尔夫人为她写了一本传记，忠实而生动地记录了她的一生。1852年，她的父亲的助手副牧师阿瑟·贝尔·尼古拉斯向她求婚。尽管她父亲并不同意，但她认为尼古拉斯是真心爱她的，她自己也喜欢尼古拉斯，于是，说服了父亲，在1854年6月和尼古拉斯结婚。在此期间，她还完成并出版了长篇小说《维莱特》。他们的婚后生活相当幸福。夏洛蒂在照顾丈夫和父亲之余，仍花大量时间从事写作，创作长篇小说《爱玛》。可是，命运多舛，只过了6个月幸福的家庭生活，《爱玛》也仅写完两章，她就一病不起。六个月后的一天，她和丈夫到离家数英里的荒原深处观看山涧瀑布，归途中遇雨受寒，此后便一病不起。最后，因迟迟不愈的感冒导致肺结核，夏洛蒂在1855年3月31日去世，是年39岁。

夏洛蒂·勃朗特虽然一生仅写了四部小说——《教师》《简·爱》《谢利》和《维莱特》，其中《教师》还是在她去世后才出版的，但在文学史上却有着相当重要的地位。在她的小说中，最突出的主题就是女性要求独立自主的强烈愿望。这一主题可以说在她所有的小说中都相当突出地表现了出来，而将女性的呼声作为小说主题在她之前的英国文学史上是不曾有过的，她是表现这一主题的第一人。此外，她的小说还有一个特点，那就是人物和情节都与她自己的生活息息相关，具有浓厚的抒情色彩。

女性主题加上抒情笔调，这是夏洛蒂·勃朗特创作的基本特色，也是她对后世英美作家的影响所在。后世作家在处理女性主题时，都不同程度地受到她的影响，尤其是关心女性自身命运问题的女作家，更是尊她为先驱，并把她的作品视为"现代女性小说"的楷模。①

二、《简·爱》

《简·爱》是夏洛蒂·勃朗特的成名作，也是她的代表作。小说一问世，立刻引起当时英国文学界的普遍关注。小说家萨克雷写信给出版商说："《简·爱》使我非常感动，非常喜爱。请代我向作者致意和道谢，她的小说是我能花好多天来读的第一本英国小说。"《西敏寺评论》评介本书说："肯定是这一季度的最佳小说，……值得仔仔细细地读第二遍。"②鉴于评论界的推荐，读者争先恐后地阅读这部小说，致使第一版很快就销售一空，不久便出了第二版。《简·爱》既是一部深受行家称道的杰作，又是一部深受大众欢迎的"畅销书"。

（一）内容梗概

《简·爱》的副标题为"一部自传"，故事情节由女主人公简·爱以第一人称"我"叙述。

简·爱出生于一个穷牧师家庭，幼年时父母因伤寒病相继去世，便被寄养在盖兹海德府——她舅父母家里。舅父里德先生去世后，她由舅母里德太太监护。里德太太是个褊狭、自私的贵族妇人。她原本不愿意养育简·爱，但里德先生临终时逼迫她，她便答应下来。简·爱在盖兹海德府备受歧视和虐待。里德太太有三个孩子：女儿伊丽莎·里德和乔奇安娜·里德，儿子约翰·里德。他们都歧视简·爱，嫌她穷，视她为"靠人养活的人"。简·爱从小有一种倔强不受辱的性

---

① 本部分内容参见祝庆英："译本序"（夏洛蒂·勃朗特：《简·爱》，祝庆英译，上海译文出版社1980年版）、"勃朗特姐妹"（郑克鲁主编：《外国文学史（修订版）上》，高等教育出版社2006年版）等。

② 转引自祝庆英："译本序"，夏洛蒂、勃朗特：《简·爱》，祝庆英译，上海译文出版社1980年版，第1页。

格——当她受约翰·里德欺侮时，她骂他是个残酷的坏孩子，像个杀人凶手和罗马皇帝。为此，她被里德太太关进一间阴森森的红房子。之后，里德太太又把她送进劳渥德一家私人开办的公益学校去寄宿。简·爱临出门对里德太太说："我声明，我不爱你……世界上我最恨的人就是你。""你不是我的亲属，我很高兴。我这一辈子永远不再叫你舅妈。我长大以后也决不来看你；要是有谁问我，我怎么爱你，你又怎么待我，我就说，我一想起你就恶心，你对我残酷到了可耻的地步。"①

劳渥德公益学校收留的都是些孤儿，生活环境和条件都极差。学校只关心用宗教信条束缚孩子的思想，而不关心他们的生活。孩子们吃的是烧煳的稀饭和叫人恶心的食物。一次伤寒病蔓延，80个儿童竟病倒45个。孩子们稍有过失，便遭到严厉的处罚和凌辱。简·爱的好朋友海伦·彭斯经常受到教员史凯契尔德的责骂和鞭打，但彭斯始终一声不吭地忍受着。简·爱不能理解彭斯这种羔羊般的驯服，并对她说："要是大伙儿对残暴的人都一味和气，一味顺从，那坏人可就要由着性儿胡作非为了；他们就永远不会有什么顾忌，他们也就永远不会改好，反而会变得越来越坏。当我们无缘无故挨打的时候，我们应该狠狠地回击；我肯定我们应该回击——狠狠地回击，教训教训打我们的那个人，叫他永远不敢再这样打人。"②但彭斯深受学校宗教意识的毒害，认为简·爱这套理论是异教徒和野蛮族的主张，基督徒和文明民族决不承认。她告诉简·爱应当爱自己的仇人，不要与人作对。学校总监布洛克尔赫斯特先生是个瘦长的男人，像一尊黑色的大理石像，人们都害怕他。有一天，他带着太太、女儿来视察学校。他把学校里孩子们过着吃不饱、穿不暖的生活，称作是要培养他们"吃苦、忍耐、克己"的习惯。而他自己的女儿却打扮得花枝招展——她们穿着昂贵的皮衣，戴着当时流行的灰色獭皮帽，上面还插着鸵毛。布洛克尔赫斯特太太则裹着一条贵重的貂皮边丝绒披巾，额前还戴着法国假髻发。简·爱不小心打破了一块写字的石板，被布洛克尔赫斯特看见了。他当众羞辱她，说她是个坏孩子，是个忘恩负义的人，要别的孩子疏远她，并要求同学们不让她加入他们的游戏，不要和她说话。这样一

---

① 夏洛蒂·勃朗特：《简·爱》，祝庆英译，上海译文出版社1980年版，第41页。
② 同上书，第69页。

来，孩子们都避开简·爱，只有彭斯接近她、安慰她。简·爱把自己的委曲和里德太太对她的苛刻待遇，原原本本告诉女教师谭波尔小姐。谭波尔小姐便召集全体学生，宣布简·爱并没有过错，消除了简·爱和孩子们间的隔阂。一年夏天，彭斯患肺结核病被隔离了。简·爱偷偷地去看望她，并和她同床睡了一晚。第二天，人们发现彭斯已死了，简·爱还熟睡着——她的脸靠着海伦·彭斯的肩膀，她的胳臂搂着她的脖子。

简·爱在公益学校度过了八年窒息而又刻板的生活——六年做学生、两年当教师。后来，她最喜欢的教师谭波尔小姐和人结婚了，搬到一个遥远的州里去了。简·爱也产生了离开劳渥德的念头。她在报上登出广告，要去教授私馆。没过几天，一位叫菲尔费克斯的太太复信给她，聘请她到桑菲尔德去一个地主家当家庭教师。桑菲尔德是个美丽的田庄，有一座三层的绅士住宅，顶上绕着雉堞。宅子的前沿为灰色，屋前有一块草坪，还有一排结实有节的老荆棘，枝茎粗得像橡树一样。这使人联想起这宅子的命名的来源——桑菲尔德，意为荆棘场。再向前就是一座小山，房顶和树木掩映着的小村落，散布在山的一边。教堂的旧塔顶俯瞰着房屋与大门之间的土阜。菲尔费克斯太太是这庄园的管家。她是一个上了年纪的小女人，戴着寡妇帽，穿着雪白的棉布裙子，态度很和气。她把简·爱迎接到家里，并告诉简·爱，主人罗切斯特外出旅行去了。她的任务是给一个在法国出生的女孩阿黛勒授课。简·爱在桑菲尔德舒适和安静地过了一夜。第二天，她看到了她学生——一个大约七八岁的小女孩，身体弱，脸色苍白，一头鬈发垂到她的腰间。简·爱学过法语，便以法语和她交谈起来。然后，菲尔费克斯太太带简·爱参观主宅子。房子既古老又宽敞，三楼有几间又窄又暗的房子，两排小黑门全闭着。当简·爱轻轻地走着时，突然从那里面传来一声怪笑。菲尔费克斯太太解释说大概是仆人发出的笑声。一个冬日的下午，简·爱到邻近村子去给菲尔费克斯太太寄信。在通向小山的一条小路上，她遇见了一个骑马的男子，那马在冰上滑了蹄，把主人摔了下来。那人是个中等身材的中年男子，胸部很宽，黑黑的脸，严肃的面孔，忧愁的容颜。由于他扭伤了筋，他的眼睛和皱拢的眉毛都显得气愤的样子。简·爱帮他上了马——他就是桑菲尔德的主人罗切斯特。第二天，罗切斯特整天忙着，料理他农业上的事务。晚上，他召见了简·爱。她感到他行为有点怪癖，而且严厉。"他那严厉的嘴、下巴和下颚——对，这三样都很严厉。"①他那方前额，因为黑头发横垂显得更方了。他问了简·爱在劳渥德学校的生活，并让她弹了一会琴，便打发她走了。菲尔费克斯太太告诉简·爱，罗切斯特正遭受家庭烦恼的折磨，经常心神不定，过着一种不稳定的生活。一天，罗切斯特和简·爱谈话，他对她说："你细细地看我，爱小姐……你认为我漂亮吗？"简·爱直率地回答说他不漂亮。罗切斯特喜欢她那爽快的性格，对她说："你的样子就像个nonnette。你坐在那里，两只手放在前面，眼睛老是盯着地毯（顺便提一下，除了尖利地盯着我的脸，譬如说就像刚才那样），你显得古怪、安静、庄严和单纯。人家问你一个问题，或者说句什么话，叫你非回答不可，你就冒出一句直率的回答，它即使不算生硬，至少也是唐突的。你这是什么意思？"②他把自己一部分的身世告诉她。他说阿黛勒是法国舞女塞莉纳·瓦朗的女儿。塞莉纳曾是他的情妇，后来抛弃他，把并非他女儿的阿黛勒交给他抚养。罗切斯特的身世和不幸遭遇引起简·爱的同情。晚上，简·爱睡觉时又听到一声怪笑。接着，罗切斯特的卧室着火了。简·爱冲进他的房去，把火扑灭了，拯救了正在熟睡中的罗切斯特。简·爱以为这笑声和纵火是三楼所住的缝衣妇格莱思·普尔太太所为，她甚至怀疑罗切斯特和这位缝衣妇有什么暧昧的关系。罗切斯特的一批贵族朋友要暂时住进桑菲尔德，仆人们忙于张罗和打扫房间。那些贵族客人打扮得很阔气，而且很骄傲。他们成天吃喝玩乐，唱歌打球，把简·爱当作保姆，瞧不起她。其中有一位美丽的英格拉姆小姐和罗切斯特特别亲热。他们到来的那天，简·爱亲眼看到，英格拉姆小姐和罗切斯特并肩骑着马。她高高的身材，大而明亮得像珠宝一样的眼睛，还有一头黑玉般的鬈发，人们都称她为女王。仆人们都在议论，主人要和她结婚了。简·爱感到一阵难过。她认为如果他们真的要结婚，自己则要和"两只老虎——嫉妒和失望，决一死战了"③。因为她已暗暗地爱上了罗切斯特。一个姓梅森的商人从西印度群岛归来，来看罗切斯特。当天夜里，简·爱听到从三楼传来呼救的喊声，住在桑菲尔德的贵族客人

---

① 夏洛蒂·勃朗特：《简·爱》，祝庆英译，上海译文出版社1980年版，第153页。
② 同上书，第169—170页。
③ 同上书，第243页。

都惊醒过来，问发生了什么事。罗切斯特掩饰说，这是仆人发疯发出的叫喊，要大家不必惊慌，回房去安睡。然后，他要简·爱陪他到三楼去。在那里，简·爱看到白天来的商人梅森躺在血泊里，他刚被人刺伤和啃咬过。罗切斯特叫简·爱给这位垂危的伤者揩去血迹，他自己则跳上马车去请医生。天亮前，梅森被送走了。临别时，梅森交代罗切斯特要好好照看那刺伤他的人。这人是谁呢？罗切斯特并不肯告诉简·爱。

里德太太的儿子约翰因赌钱花光了财产，自杀了。里德太太气得患了重病，派车夫接简·爱到她家去。里德太太向简·爱认错，责备自己未遵守丈夫的嘱托把简·爱当作自己的子女一样地抚养；在公益学校流行伤寒病时，她盼望简·爱病死；后来，她又藏匿了简·爱的叔叔给她的一封信，这封信是通知简·爱做他的财产继承人的，而她却回信说简·爱死了。里德太太把心里的秘密一一说了出来，并认为简·爱是她命中注定的苦难。之后她便死去了。

简·爱回到桑菲尔德。罗切斯特向她求婚。他把英格拉姆小姐和简·爱作了比较，认为英格拉姆小姐并不是因为爱情而嫁他，而是为了他的财产；简·爱则要纯洁得多。他对简·爱说："对于只是以容貌来取悦于我的女人，在我发现她们既没有灵魂又没有良心——在她们让我看到平庸、浅薄，也许还有低能、粗俗和暴躁的时候，我完全是个恶魔；可是对于明亮的眼睛，雄辩的舌头，火做的灵魂和既柔和又稳定、既驯服又坚定的能屈而不能断的性格，我却永远是温柔和忠实的。"①他说他可以不顾世人的议论而娶简·爱，要像娶贵族小姐一样给她钻石珍宝，把她打扮得"像个花坛般光彩夺目"②，并要给她一半田产。简·爱并不贪图这些财宝，回答道："我要你的一半田产有什么用呢？你以为我是个放高利贷的犹太人，想在田地上找个好的投资吗？我宁可要你完全跟我推心置腹。既然你让我进入你的心，那你总不会把心里话瞒着我吧？"③简·爱对罗切斯特的爱情不敢十分相信。她在管家菲尔费克斯太太的"参谋"下，有意惹恼他，回避他，直到她感到罗切斯特是一片真心而不是欺骗时才答应嫁他。但在

---

① 夏洛蒂·勃朗特：《简·爱》，祝庆英译，上海译文出版社1980年版，第339页。
② 同上书，第350页。
③ 同上书，第341页。

结婚前一天,她的结婚面纱被人撕成两半。简·爱问罗切斯特这是谁干的,但罗切斯特不肯告诉她。婚礼在附近的一个教堂举行。正当结婚仪式进行到一半时,那位先前在桑菲尔德被人刺伤的梅森带了律师布里格斯匆匆从伦敦赶来,阻挠了婚礼的举行。他揭发罗切斯特家里有一个活着的妻子,即他的妹妹伯莎·安东瓦内达·梅森。原来,梅森是罗切斯特的内兄。按当时英国的法律,重婚是不许可的,婚礼被停止下来。简·爱挨了当头一棒,这事罗切斯特一直是瞒着她的。罗切斯特在年轻时,由父兄作主娶了商人约纳斯·梅森之女为妻。婚后,他才知道那女子患有癫痫症。罗切斯特为了贵族的名誉和面子,把妻子带回田庄,藏匿在三楼,并专门派了女仆格莱思·普尔太太照料她,对外人隐而不宣。简·爱来到的第二天所听到的怪笑声和罗切斯特房间的失火事件,都是出自她之手。罗切斯特请求简·爱不要离开他,他们结婚不成,可以一同到国外去生活。但简·爱拒绝了,她不愿意做他的情妇。在一个凄凉的夜晚,她悄悄地从罗切斯特的家里出走了。简·爱由于走时匆忙,身上没有多带钱,便遭到饥饿和寒冷的威胁。她在荒野里徘徊了两天两夜,然后到了一片沼泽地里的一个村子。正在守丧的牧师圣约翰·里弗斯收留了她。圣约翰有两个妹妹——黛安娜和玛丽,他们的父亲不久前中风死了。他们的家境很贫困,客厅里的设备很简陋,但很整洁,旧式椅子非常光亮,胡桃木的桌子像镜子一样。圣约翰先生有着修长的身材,一张希腊式的脸,"一个十分挺直的、古典式的鼻子,一张雅典式的嘴和下巴",又大又蓝、有着褐色的睫毛的眼睛,"跟象牙一样洁白的高高的额头"[1]。简·爱患了三天热病,圣约翰兄妹三人轮流照看着她。病好后,简·爱不愿过寄食的生活,要求参加工作。那时,圣约翰为穷人子弟开办了一所小学,简·爱便担任了那所乡村小学的校长。

圣约翰是个虔诚的宗教徒。他把自己的一生献给了上帝,认为自己神圣的职责是"要把知识传播到无知的王国,要用和平代替战争,用自由代替束缚,用宗教代替迷信,用渴望天堂来代替害怕地狱"[2]。他准备到印度去传教,正和工厂主的女儿奥立佛小姐恋爱,但认为奥立佛小姐不是吃苦耐劳的人,不能成为他的

---

[1] 夏洛蒂·勃朗特:《简·爱》,祝庆英译,上海译文出版社1980年版,第452页。
[2] 同上书,第491页。

事业的合作者。而简·爱却是个"勤劳的、有条理的、精力充沛的女人"①,因此,要求她成为他的妻子和助手。简·爱对此感到为难。简·爱的叔父爱先生死了,遗下二万英镑的财产给简·爱。在交谈中,简·爱知道爱先生是圣约翰的舅父,她和他们是姑表兄妹关系。简·爱不愿独得遗产,便把它均分成四份,给圣约翰和他的妹妹各人一份。在婚姻问题上,简·爱和圣约翰进行了一场辩论,圣约翰一再向她解释,"他希望结婚,不是为了他自己,而是为了他的职务",并说她"是为了工作——而不是为了爱情才给创造出来的"②。简·爱反对这种不是为了爱情而是为了传教需要的结合,反驳说:"既然我不是为了爱情给创造出来的,那我也就不是为了结婚才给创造出来的。"③她拒绝了圣约翰的求婚。

之后,简·爱得到罗切斯特遭受灾祸的消息。为了证实它,她亲自到桑菲尔德去了一次。她看到房舍已被烧为平地,人们告诉她,这场大火是罗切斯特的疯妻放的。放火后,她跳楼自杀;罗切斯特为了救她,被倒塌的房子压伤,截掉了一只胳膊,双目也失明了。他和马车夫搬到一个偏僻的地方——芬丁庄园——去居住。阿黛勒小姐被送进学校。罗切斯特已彻底破产了。

芬丁庄园是一幢古老的大楼,位于一座森林的深处,原是罗切斯特的父亲在狩猎季节住宿的地方,颇为简陋。在一个细雨的黄昏,简·爱赶到芬丁庄园,准备与罗切斯特重修旧好。虽然她要作出牺牲,但她认为从罗切斯特那里可以得到真正的爱情,而这正是在圣约翰那里缺少的。罗切斯特提醒她说:"你是个独立的人了?一个有钱的人了?"④但她已下定决心留下。罗切斯特由于得到简·爱的爱,便不再责怪自己的命运和上帝,而是对上帝表示了极大的虔诚。简·爱也感到很幸福:"因为我完全是我丈夫的生命,正如他完全是我的生命一样。"⑤他们在这人世的偏僻的一隅过着和平宁静的生活。后来,罗切斯特在伦敦医好了一只眼睛,简·爱生下了一个男孩。圣约翰到印度去传教了。他的两个妹妹黛安娜、玛丽先后结了婚,她们和简·爱保持经常的往来。

---

① 夏洛蒂·勃朗特:《简·爱》,祝庆英译,上海译文出版社1980年版,第492页。
② 同上书,第546页。
③ 同上。
④ 同上书,第571页。
⑤ 同上书,第593页。

（二）人物形象

1. 简·爱

简·爱较之此前小说中的女性，是一个新型女性。

简·爱是一个出身贫苦的孤儿，一个平民女子，一个家庭女教师。小说以这样一个人物作为主人公，而不是以传统小说中那种无病呻吟的上流社会的小姐作为主人公，这在当时确属新型。

这一形象代表着19世纪正处于萌芽状态的欧美女性运动，表达了来自女性，尤其是出身贫寒的平民女性内心的强烈愿望，即要求与男性平等，捍卫自己独立的人格与尊严，以及自由地表现自己的爱憎。她从小父母双亡、寄人篱下，受着与同龄人不一样的待遇：舅母的嫌弃，表姐的蔑视，表哥的侮辱和毒打。但她并没有绝望，没有在侮辱中沉沦，也没有自卑，并大胆地爱上贵族罗切斯特。当她以为罗切斯特要娶英格拉姆，而又想把她留在桑菲尔德时，她怒气冲冲地说："你以为我是一架自动机器吗？一架没有感情的机器吗？能让我的一口面包从我嘴里抢走，让我的一滴活水从我杯子里泼掉吗？你以为，因为我穷、低微、不美、矮小，我就没有灵魂没有心吗？你想错了！——我的灵魂跟你的一样，我的心也跟你的完全一样！要是上帝赐予我一点美和一点财富，我就要让你感到难以离开我，就像我现在难以离开你一样。我现在跟你说话，并不是通过习俗、惯例，甚至不是通过凡人的肉体——而是我的精神在同你的精神说话；就像两个都经过了坟墓，我们站在上帝脚跟前，是平等的——因为我们是平等的！"①在婚礼举行时得知罗切斯特已有妻子后，她又果断地离开了他，不像传统的下层女子那样，甘愿充当上流社会男子的情妇甚至玩物。后来，当爱上帝胜过爱人类的圣约翰向她求婚时，她又断然拒绝，并不执念于感激之情而委屈顺从。最后，在罗切斯特的疯妻已死、罗切斯特双目失明时，她主动向他表白了自己的爱情，并和他结婚。正如她自己所说："在跟和我自己的性格相反的独断严酷的性格打交道的时候，在绝对服从和坚决反抗之间，我一生中从来不知道有什么折中的办法。

---

① 夏洛蒂·勃朗特：《简·爱》，祝庆英译，上海译文出版社1980年版，第329—330页。

我总是忠实地绝对服从,一直到爆发,变为坚决反抗为止。"①所有这些都显示出简·爱对女性人格尊严的追求。而这种对女性自身人格尊严和独立性的追求,正是当时处于觉醒之中的新女性的特征。

她不仅具有新女性的共性,同时又极具个性——如果没有丰满的个性,或者说共性不是从个性中表现出来的话,那么简·爱就不可能成为一个不朽的形象。

简·爱聪明而谦逊、倔强而善良、沉静而热烈。这些个性表现在她的童年生活中,如在舅母家,10岁的她面对舅母、表兄妹的歧视和虐待,已经表现出强烈的反抗精神。骄横残暴的表哥约翰把她看做丫头一样,她不畏强暴,怒斥他:"你这男孩真是又恶毒又残酷!……你像个杀人犯——你像个虐待奴隶的人——你像罗马的皇帝!"②接着她与他扭打起来。当舅母嚷着叫自己的孩子远离她时,她高喊:"他们不配跟我在一块儿。"③当她被囚禁在空房中时,想到自己所受到的虐待,从内心发出了"不公正"的呐喊。她和舅母发生了争吵,舅母以为凭其地位可以吓倒她,她毫不畏惧,谴责道:"别人以为你是个好女人,可是你坏,你狠心。"④在公益学校,她的反抗性格更为鲜明,与她的朋友海伦·彭斯忍耐顺从的性格形成了明显的对比。海伦·彭斯虽遭迫害却信奉"爱你的仇人",在宗教的麻痹下没有仇恨,只有逆来顺受;而简·爱对冷酷的校长和摧残她们的教师深恶痛绝。她对海伦说:"我要是换了你,我就讨厌她;我就向她反抗;她要是用那个教鞭打我,我就把它从她手里夺过来,当着她的面把它折断。"⑤这充分表露了她不甘屈辱和不向命运妥协的倔强性格。她的这种倔强也在她和罗切斯特的关系中强烈地表现出来,"初次和罗切斯特见面,她显示了不亢不卑的风度。在对罗切斯特还不了解的时候,她保持了一贯的反抗精神"⑥。她从不因为自己是个地位低下的家庭教师而在罗切斯特面前奴颜婢膝,但又极其理智而有教养。她多次陷入理智与感情的矛盾,从理智压抑感情到感情迸发,又

---

① 夏洛蒂·勃朗特:《简·爱》,祝庆英译,上海译文出版社1980年版,第525页。
② 同上书,第7页。
③ 同上书,第30页。
④ 同上书,第42页。
⑤ 同上书,第67页。
⑥ 祝庆英:"译本序",同上书,第8页。

到理智与感情趋于统一，经过一系列内心冲突之后才真正体现出她崇高、优美而感人的性格特征。

简·爱友好坦率。她对罗切斯特的感觉是："他态度随便，我也就不再痛苦地觉着拘束；他用来对待我的那种既正直又热诚的友好坦率使我想接近他。有时候我觉得他仿佛是我的亲戚，而不是我的主人。"[①]她不加杂任何私念地爱罗切斯特，在得知罗切斯特的疯妻之事后毅然决然地离开他，在罗切斯特遭难残废后又毅然决然地与之结婚。她虽然满怀对圣约翰的感激之情，但在世界观和生活观等问题上坚持立场，直言表达自己的异议，直接拒绝与之结婚。

简·爱有理想、有追求，而且对生活有清醒的自我意识，这势必与传统社会发生冲突，因此，她又是一个反抗者的形象。这不仅表现在恋爱和婚姻方面她敢于冲破阶级鸿沟和蔑视社会习俗，而且还表现在其他各个方面，譬如，她大胆反抗当时的家庭教育和所谓的"学校教育"：在里德太太家，她拒不做小绵羊式的"好姑娘"；而在公益学校里，她多次顶撞蛮横无理的院长和学监，即便遭到无情惩罚也不屈服。

此外，在宗教信仰方面，她也是个大胆的反抗者。她不愿嫁给圣约翰，因为她认为上帝并不能给她带来幸福。当圣约翰责备她不爱上帝时，她很干脆地回答说，她只相信能为人间带来幸福的上帝。这种对传统教育以及宗教信仰的怀疑和抗拒态度，充分反映出新女性与传统社会之间的冲突，同时也表现出她勇敢无畏的反抗精神。

简·爱是一个性格坚强、朴实、刚柔并济、独立自主、积极进取的女性，她自尊、自重、自强，对于自己的人格、情感、生活、判断、选择有坚定理想和执着追求。

2. 罗切斯特

罗切斯特是桑菲尔德庄园主，拥有财富和强健的体魄。他虽然富有，但很不幸。年轻时，他受父兄的欺骗娶了疯女人伯莎·安东瓦内达·梅森，那女人常常吼叫。他虽非常厌恶她，但由于强烈的责任心和当时的一些要求，不能抛弃她。他为了追求新的生活而到欧洲各国旅游，但一直都没有找到自己的心上人，并

---

① 夏洛蒂·勃朗特：《简·爱》，祝庆英译，上海译文出版社1980年版，第191页。

频频受骗。他在决心认真地生活后,便回到了桑菲尔德庄园,认识了家庭女教师简·爱,爱上了她,并向她求婚。但已婚的事实被揭发,婚礼被迫终止。随后,简·爱离开他,他不由得悲痛欲绝。疯狂的妻子纵火,他为救妻子而失去一条胳膊和一只眼睛,另一只眼睛也失明了。他虽对空虚无聊的贵族生活感到极度的厌烦,但又无法摆脱;虽对上流社会的贵妇人嗤之以鼻,但又得在家里开舞会接待她们。他表面上冷漠、顽固、愤世嫉俗、盛气凌人、喜怒无常、性格阴郁,与周围的一切格格不入,但心地善良,有一种男子汉气概。他身体强健,虽不算很英俊,但面孔十分坚毅,有一头浓密的黑鬈发和一双又大又亮的黑眼睛。

如果说简·爱是觉醒的新女性的典型的话,那么,罗切斯特则是一个典型的叛逆贵族的形象。

(三)主题

第一,小说表达了个性解放、男女平等的思想,歌颂了基于个性解放、男女平等思想基础上的爱情。

《简·爱》问世之际,"英国资产阶级政府为了分裂工人运动,表面上采取了某些改革的措施。比如通过了女工实行十小时工作制的法案,但是妇女在社会上的地位并没有改善,并没有获得平等的权利;即使是经历了三次高潮的宪章运动,吸引了成百万的工人和劳动群众参加争取自身权利的斗争,也没有能提出男女平等问题"[1]。英国妇女的地位更没有改变,依然处于从属、依附性的地位,女子的生存目标就是要嫁入豪门,即便不能生在富贵人家,也要努力通过婚姻获得财富和地位。女性职业的唯一选择是当个好妻子、好母亲。以作家为职业的女性也会被认为是违背了正当女性气质,会受到男性的激烈攻击。从夏洛蒂姐妹的作品当初都假托男性化的笔名出版一事,可以想见当时的女性作家面临着怎样的困境,也可以想象她们是多么渴望男女平等。基于此,小说通过对简·爱一生的故事,尤其是她与罗切斯特的爱情故事,表达了个性解放、男女平等、妇女摆脱男子的压迫和歧视等思想,歌颂了基于个性解放、男女平等思想基础上的爱情。

---

[1] 祝庆英:"译本序",夏洛蒂·勃朗特:《简·爱》,祝庆英译,上海译文出版社1980年版,第6页。

简·爱认为爱情应该建立在精神平等的基础上，而不应取决于社会地位、财富和外貌，只有男女双方彼此真正相爱才能得到真正的幸福。在追求个人幸福时，简·爱表现出异乎寻常的纯真、朴实的思想感情和一往无前的勇气。对罗切斯特，她并没有因为自己的仆人地位而放弃对幸福的追求。她的爱情是纯洁高尚的，她对罗切斯特的财富不屑一顾。她之所以钟情于他，就是因为他能平等待人，把她视作朋友，与她坦诚相见。

对罗切斯特说来，简·爱犹如一股清新的风，使他精神为之一振。罗切斯特过去看惯了上层社会的冷酷、虚伪，简·爱的纯朴、善良和独立的个性重新唤起他对生活的追求和向往。因此，他能真诚地在简·爱面前表达他善良的愿望和改过的决心。

简·爱同情罗切斯特的不幸命运，认为他的错误是客观环境造成的。尽管他其貌不扬，后来又破产了，并成了残废，但她看到的是他内心的美和令人同情的不幸命运，所以最终与他结婚。

小说通过罗切斯特两次截然不同的婚姻经历，批判了以金钱为基础的婚姻和爱情观，并始终把简·爱和罗切斯特之间的爱情描写为思想、才能、品质与精神上的完全默契。

小说表达了人最美好的生活是人的尊严加爱的观念，小说的结局给女主人公安排的就是这样一种生活。这样的结局过于完美，甚至这种圆满本身标志着肤浅，但罗切斯特的庄园毁了，罗切斯特自己也成了一个残疾人，正是这样一个条件，使简·爱不再在尊严与爱之间矛盾，而同时获得满足。她在和罗切斯特结婚的时候是有尊严的，当然也是有爱情的。

简·爱是个不甘忍受社会压迫、勇于追求个人幸福的女性。无论是她的贫困低下的社会地位，还是她那漂泊无依的生活遭遇，都是当时英国下层人民生活的真实写照。小说把一个来自社会下层的觉醒中的新女性作为主人公，并对她为反抗压迫和社会偏见、为争取独立的人格和尊严、为追求幸福生活所作的顽强斗争加以热情歌颂，这在当时的文学作品中是难能可贵的。一个有尊严和寻求平等的简·爱——这个看似柔弱内心却极具刚强韧性的女子，也因为这部作品成为无数女性心中的典范。

第二，小说批判了披着宗教外衣残害儿童的教育制度。

"在这个学校里，孩子们受冻挨饿，还要遭到挨打、罚站、剪头发等凌辱。伙食是恶劣的，生活环境不合卫生，'半饥半饱，感冒又没有及时治疗，这就注定了大部分学生要受到传染；八十个姑娘中，一下子就病倒了四十五个。'结果是斑疹伤寒夺去了好些孤儿的生命。这哪里是慈善机构，这是人间地狱。作者强烈地批判了这种披着宗教外衣残害儿童的教育制度。她特别塑造了布洛克尔赫斯特这样一个道貌岸然的伪君子的形象，他满口仁义道德，实际上是杀害海伦·彭斯的凶手，他标榜惩罚肉体以拯救灵魂，实际上却克扣经费，中饱私囊。夏洛蒂满怀悲愤的心情描写了海伦·彭斯的悲惨命运，这样一个聪明可爱的女孩竟成了劳渥德学校的牺牲品。作者曾进过这类的慈善学校，可是小说显然以那个学校为原型而又添加了英国当时其他类似的学校的情况，因此它就显得更为集中，更为生动。"①

第三，小说表达了类似中世纪传奇中常见的寻找"圣杯"的主题。

简·爱先后生活的四个地方——盖兹海德府（舅母家）、劳渥德学校、桑菲尔德庄园、圣约翰家，凸现了西方古典文学中"人生如旅"的基本架构。罗切斯特的桑菲尔德庄园意为"荆棘地"，有受难、抵御诱惑等喻义。而在穷家庭教师和雇主恋爱的浪漫故事中，小说则表达了类似中世纪传奇中常见的寻找"圣杯"的主题。

简·爱寻找的"圣杯"是什么，历来有许多不同阐释，如追求精神归宿、信仰的至高无上，或追求个性的解放，或以女性原则净化原始情欲世界、使之进入文明等。

女权主义批评在前人认识的基础上又赋予它以两性之争的政治意义，在简·爱与罗切斯特之间不仅看到了"爱"，而且看到了征服与被征服的关系。小说中的伯莎·安东瓦内达·梅森这一人物尤其引起关注——关在楼顶的疯女人和小简·爱被关在红房间几乎致疯的情节被看成同一母题的回旋重复与强化。伯莎的纵火倾向和折磨着简·爱的内心怒火也有同一指向。所以，可将伯莎看成简·爱的性格中为社会所不容的另一个侧面，而简·爱的人生之旅必须"直面"

---

① 祝庆英："译本序"，夏洛蒂·勃朗特：《简·爱》，祝庆英译，上海译文出版社1980年版，第7—8页。

这一隐秘的自我,才能达到身心体魄的健康。

其实,是因为女权主义做出了不同于传统意识的关于女性自我和主体性的界定,才会这样看待伯莎。与当时其他许多作家一样,夏洛特也往往将与纵欲有关的想象安到东方人或西印度人身上,这在一定意义上说明了英国人对"自我"与"他者"的构想。或者说,更值得关注的是,为何在当时的文学中会出现伯莎式的无话语权的、处于负面形象地位的"刻板形象"。

(四)艺术特色

第一,现实主义色彩浓重。

夏洛蒂·勃朗特在写《简·爱》时实际上受到了当时流行的浪漫小说、甚至18世纪哥特式小说的影响。譬如,小说中简·爱和罗切斯特的爱情被表现为一种超社会的神奇激情,这显然具有浪漫色彩;而桑菲尔德庄园则被描写得既阴森又神秘,很容易使人联想到哥特式小说中幽灵出没的城堡。有材料表明,夏洛蒂·勃朗特从小就喜欢浪漫小说和哥特式小说,所以其影响便很自然地在她的创作中显露出来。

但是,《简·爱》从总体上说则是一部现实主义小说,原因有二:其一,小说塑造了简·爱和罗切斯特这两个具有社会典型意义的人物形象;其二,除桑菲尔德庄园之外,小说中的其他环境描写不仅是现实的,而且具有典型性,如有关简·爱在舅母家里的生活、在公益学校里的遭遇以及她和牧师圣约翰的关系等的描写,都是对当时英国社会生活的如实描写。而其中最具典型意义的,是对公益学校的描写。夏洛蒂·勃朗特自己进过为穷人开办的寄宿学校,那里虽不是公益学校,但情形大体相同,因此,她对当时英国所谓的"儿童教育"有着切身体会。这种"教育"实质上是摧残儿童,而这一切,在小说中就是通过对劳渥德公益学校的描写集中地表现了出来。虽然对这一丑恶现实的揭露并非只有《简·爱》,如在狄更斯等人的小说中也有类似描写,但《简·爱》用第一人称来叙述,同时又饱含着强烈情感,因此,对孤儿遭受摧残的心理状态的反映更为细腻、真实和动人,从而加深了对这一现实的揭露和控诉。

第二,使用"内外对照法"来刻画人物。

小说对罗切斯特的刻画是将他傲慢的外表和温柔的内心构成对照。随着简·爱逐渐透过他的外表了解到他的内心,逐渐从怕他到最后爱他,他的形象在读者心目中也越来越丰满,越来越吸引人。这样不仅使他们曲折而有点离奇的爱情显得非常可信,而且也使读者为他们的命运所感动。他爱简·爱,而且希望和她结合并开始一种新的生活。但是,只要他的疯妻存在,他的愿望就无法实现,因为简·爱不会屈从。反之,如果简·爱屈从于他,那么简·爱也就失去了新型女性的全部魅力。这里,疯女人可以说是贵族社会的一种象征,只有当"它"自己毁灭了自己之后,罗切斯特才能最终获得"解放",才能与简·爱结合而创造一种全新的生活。

第三,采用了《神曲》式的艺术构架。

简·爱经历了地狱(盖兹海德、劳渥德)的烤炙,净界(桑菲尔德、沼泽地)的净化,最后到达可大彻大悟的天国这一理想境界,与罗切斯特结合并诞生了象征新生的下一代。

第四,运用了渲染、噩梦、幻觉、预感来营造地狱的气氛,构筑了寓言式的环境。

小说情节一波三折,同时制造出一种阴森恐怖的气氛,而又不脱离一个中产阶级家庭的背景,非常引人入胜。

在盖兹海德府,简·爱从生活中感觉到了"一种阴森森的、地下墓穴般的气氛"[①],看到时隐时现的"幽灵",而压抑恐怖、令人毛骨悚然的"红房子"则几乎成了地狱的化身。在劳渥德,"疾病就这样成了劳渥德的居民,死亡呢,是它的常客;它的围墙内满是阴郁和恐惧;房间和过道里蒸腾着医院的气味,药和香锭徒然地挣扎着要盖住死亡的臭气"[②]。对简·爱来说,无疑是刚跳出火坑,却又被投进了一个更为可怕的地狱。在桑菲尔德,疯女人像鬼魂一样频频出现,暴风骤雨不断袭击桑宅。

为了赋予一部普通的爱情小说以经典意义和神话的内涵,作者反复引用《圣

---

① 夏洛蒂·勃朗特:《简·爱》,祝庆英译,上海译文出版社1980年版,第123页。
② 同上书,第96页。

经》、神话、史诗、古典名著、历史典故、莎士比亚的著作等的相关内容。尽管小说中对桑菲尔德庄园的描写带有俗套的哥特式小说痕迹，小说的大团圆结局也似有庸俗之嫌，但那是当时读者的嗜好，夏洛蒂·勃朗特不可能不考虑读者的这种普遍要求。

总之，《简·爱》是一部反映19世纪英国现实生活的不可多得的艺术杰作。

第十四章
《德伯家的苔丝》

一、作者简介

  托马斯·哈代（1840—1928），1840年6月2日出生于英格兰西南部多塞特郡郡会多切斯特附近的上波克罕普敦村。他的家庭原先是显贵的伯爵，到了19世纪时衰败了[1]。父亲原系石匠，后成为包揽建筑的工头，颇有音乐才能，曾做过一个教堂乐队的队长。母亲是"一位女仆出身的普通家庭主妇，但是贤达明智，颇注重子女教育。少年哈代在故乡的普通学校毕业后，因无力进大学深造，便跟随本地一建筑师学徒。在文学和哲学上，他受到当地著名语言文学家威廉·巴恩斯的熏陶，开始写作诗歌。他还业余自修拉丁文和希腊文，并接受了达尔文的进化论思想，成为宗教上的怀疑论者"[2]。此外，他还在剑桥大学的古典学者莫尔的指导下读了大量的古希腊罗马的文学作品。1862年，他到伦敦的亚瑟·布鲁姆菲尔德的建筑事务所工作。1863年，他参加英国皇家建筑学院举行的论文比赛，其

---

[1] 参见蓝仁哲："诗人哈代和他的诗（译序）"，哈代：《托马斯·哈代诗选》，蓝仁哲译，四川文艺出版社1987年版，第2页。
[2] 张玲："译本序"，哈代：《德伯家的苔丝》，张谷若译，人民文学出版社2003年版，第5页。

论文《论现代建筑花砖及红土陶材的运用》在比赛中获奖。1856年,他目睹了一次绞刑示众,这次经历后来成为他创作小说《德伯家的苔丝》的素材。他的兴趣先是在诗歌方面。他在伦敦当学徒期间,购买了大量书籍,如《韵律词典》《英国文学指南》以及众多诗人的作品,用心研读,练习写作。他从1865年至1867年共写诗30余首,但是一首也没有发表,后转而尝试写作小说。1865年,他在《钱伯斯杂志》上发表了第一篇作品——幽默故事《我怎样为自己建造房屋》。1868年1月,他完成了名为《穷人和贵妇》的小说初稿,但在梅瑞狄斯建议下,他没有发表这部小说。"1871年……出版第一部小说《非常手段》。"[1]1898年,哈代出版了他的第一部诗集《维塞司诗集》。20世纪开始后,哈代成为英国当时最著名的作家。1909年,他出任英国作家协会主席。1912年,他的妻子爱玛病逝,他十分悲伤,写了100多首诗悼念她。1914年,他与35岁的儿童文学作家佛洛伦丝·爱米丽·达格代尔结婚。哈代一生没有上过大学,但是在晚年,英国最著名的牛津、剑桥等5所大学纷纷授予哈代荣誉博士学位。他的许多作品被改编成戏剧上演,影响遍及欧美。1927年底,哈代感到身体不适,从此身体日渐衰弱。1928年1月11日晚,哈代在自己设计的麦克斯门寓所逝世,享年88岁。哈代死后,人们尊重他希望把自己葬于祖先墓群中的愿望,又照顾各界人士希望把他葬在威斯敏斯特教堂的要求,最后取出哈代的心脏葬于作家的家乡,遗体火化后安放在威斯敏斯特教堂的诗人角。

哈代的文学创作分为小说创作和诗歌创作两个时期——在19世纪创作小说,在20世纪创作诗歌。

哈代把自己的长篇小说分为三类:"传奇与幻想小说""机敏和经验小说""人物和环境小说"。他的最重要的小说都归在第三类中,包括《绿荫下》《远离尘嚣》《还乡》《卡斯特桥市长》《林中人》《德伯家的苔丝》《无名的裘德》。除长篇小说外,哈代还写过很多中短篇小说,中短篇小说集有《维塞司故事集》(1888)、《一群贵妇人》(1891)、《生活轻嘲集》(1894)、《一个改变了的男人》(1913)、《晚餐及其他故事》(1913)等。"哈代的小说,

---

[1] 蓝仁哲:"诗人哈代和他的诗(译序)",哈代:《托马斯·哈代诗选》,蓝仁哲译,四川文艺出版社1987年版,第3页。

大多以他故乡所在英格兰西南部地区的村镇作为背景,这一带正是英国古代维塞司王国建国之地,哈代遂沿用古名,统称他的小说背景为'维塞司'。哈代小说的人物,多以这一带地区普通男女作为原型,他们的言谈,也常采用当地方言,这些小说因而极富地方色彩和乡土气息。由于哈代长期生活在故乡村镇,他熟悉和了解普通人民,思想感情与他们息息相通。正是由于这位作家与小人物具有天然联系,他的小说才充满了对这些人的至诚尊重和深切同情,对他们的厄运才饱含着那样强烈的悲愤。"[①]

哈代早期的诗歌简洁、真挚,情景交融,富有想象,意境深远,虽然没有发表,但是其中仍然不乏优秀之作,如《无色的音调》《深思的少女》等。除《维塞司诗集》外,他的诗集还有《今昔诗集》(1901)、《时光的笑柄》(1909)、《即事讽刺诗集》(1914)、《瞬间梦幻集》(1917)、《晚期抒情诗集》(1922)、《人生小景》(1925)、《冬天的话》(1928)等。哈代的诗题材广泛,内容丰富:既有抒情写意的杰作,如《深思的少女》,又有叙事写景的名篇,如《在沙格荒原》《一个荡妇的悲剧》。他的诗主题多样:有的诗揭露战争的残酷野蛮,表现反战的思想,如《圣·塞巴斯蒂安》;有的诗描写人的喜怒哀乐的情感,揭示复杂的内心世界,如《她在他的葬礼上》;有的诗讽刺上流社会的虚荣,如《穿裘皮大衣的贵妇人》;有的诗探索哲理,寻找人生真谛,如《未出生者》;有的诗讽刺宗教,如《造物主的哀叹》。除创作了大量的抒情诗外,哈代还创作了两部诗剧:《列王》(1904—1908)和《康沃尔皇后的悲剧》(1923)。《列王》是一部篇幅宏大的史诗剧,可以同《浮士德》相媲美。《列王》共分3卷,19幕,130场,剧情在1805至1815年的时间跨度中展开,剧中的人物除了中心人物拿破仑外,还包括众多的政治活动家和统帅,欧洲的军队和人民。剧中描写的事件涉及欧洲众多国家,如英国、法国、意大利、奥地利、西班牙、俄罗斯、普鲁士、比利时等。[②]

---

① 张玲:"译本序",哈代:《德伯家的苔丝》,张谷若译,人民文学出版社2003年版,第5—6页。
② 本部分内容参见张玲:"译本序"(哈代:《德伯家的苔丝》,张谷若译,人民文学出版社2003年版)、蓝仁哲:"诗人哈代和他的诗(译序)"(哈代:《托马斯·哈代诗选》,蓝仁哲译,四川文艺出版社1987年版)、"哈代"(郑克鲁主编:《外国文学史(修订版)上》,高等教育出版社2006年版)等。

二、《德伯家的苔丝》

（一）内容梗概

在群山环抱的美丽而幽静的布蕾谷的马勒村居住着约翰·德北一家。德北是一个乡下小贩，做着一点小买卖，全家九口人主要靠一匹老马耕种点土地来勉强维持生活。

五月末的一个傍晚，在通往马勒村的路上，崇干牧师告诉德北一个没用的消息，他考证出德北原是当地古老的骑士世家德伯氏的嫡系子孙。德北生性懒惰，又好喝酒，一得知自己出身名门，竟然飘飘然做起贵族美梦，并因饮酒过量而影响到第二天的工作——不能正常地亲自驾马车，把装有蜂蜜的蜂窝送给凯特桥的零售商人。于是，他17岁的女儿苔丝由弟弟亚伯拉罕做伴，代替他送蜂窝。在困倦中，她赶的马车与邮车相撞，老马王子被撞死，全家的生活来源没了着落。

苔丝为此感到痛苦和羞愧，为了帮助家庭摆脱生活困境，她听从了母亲的安排，去纯瑞脊一个有钱的德伯老太太那里认亲。德伯先生是英国北方的一个商人。他发财后，一心想在英国南方安家立业，做个乡绅。因此，他从博物馆里挑了"德伯"这个古老姓氏，冒充世族乡绅。这些情形，苔丝和她的父母一点也不知道。

德伯太太是个性格怪僻的瞎眼老太婆。她的儿子亚雷有二十多岁，是个花花公子。他一看见美丽的苔丝，便打下了占有她的主意。他要苔丝去他家养鸡场养鸡。苔丝在纯瑞脊养鸡，完全受亚雷的驱使。她对他充满疑惧，处处拒绝他的殷勤，却无法回避他。九月一个星期六的晚上，苔丝和她的同伴赶完集后返回村子。途中，一群喝醉酒的女人肆意辱骂苔丝。苔丝又羞又恼，一心想赶快离开这群人。远远跟着的亚雷骑马上前，要苔丝上马离开，她不假思索地跨上了亚雷的马。他俩骑着马跑了一阵，亚雷早把马引向了远离纯瑞脊的岔道。

三更半夜，他们已经来到英国很古老的一片树林围场。树林里昏暗多雾，根本辨不清方向和道路，苔丝十分恐惧，她想独自走回去，但这是办不到的。苔丝坐在一堆树叶上，亚雷去辨路。等他摸黑回来时，他绊着了一样东西——那模糊的灰白色正是穿着白色衣服躺在干树叶上的苔丝。亚雷伏身下去，他的脸触到她的脸。她正睡得很沉，睫毛上的眼泪还没干呢。昏暗和寂静笼罩了周围……他占有了她。

苔丝又气又恨，一个月后，挎着一个沉重的篮子，毅然离开了纯瑞脊，顺着山路往家走。苔丝回家后，把这件可怕的事情告诉了母亲，母亲唯一不安的是亚雷不打算娶她，苔丝欲哭无泪。很快村里传开了有关苔丝的消息，她的受辱不仅没有得到同情，反而受到耻笑与指责。为了躲避舆论与人群，苔丝不出家门，只有等天黑以后，她才跑到树林里面，只有在最孤独的时候才好像最不孤独，才能体验到一种心灵上的自由。苔丝发现自己的身体发生了可怕的变化；不久，一个小生命来到了她的身边，但没过多久，孩子也死去了。这时，她清楚地认识到：自己前面是一条漫长而崎岖的路，得自己一个人去跋涉，没有人同情，更没人帮助。想到这儿，她十分抑郁，恨不得面前出现一座坟墓，自己一头钻进里面去。她常常问自己，女人的贞洁真是一次失去了就永远失去了吗？一切有机体都有恢复原状的能力，为什么单单处女的贞洁就不能呢？她决定离开这个知道她的过去、使她感到窒息的家乡，到一个陌生的地方去开始她的新生活。

又一个春天来临了，苔丝第二次离开家，到塔布篱牛奶厂当了一名挤奶的女工。这里风景如画，苔丝的心情十分愉悦。在这里，她认识了一个年轻人安玑·克莱。安玑·克莱是一个低教派牧师的儿子，他不愿继承父业做牧师而想务农当场主。他在牛奶厂学习挤奶技术，发现不爱言语的苔丝有许多与别的乡下姑娘不同的地方，并很快钟情于她。他觉得苔丝是一位美丽而天真无邪的少女，认定只有她是最完美的，于是，注意她、接近她。他们不断地相会，而且每天总是在那朦胧的晨光、那紫罗兰或在粉红色的黎明时刻。因为挤奶必须很早起床，而起得最早的差不多总是他们两个。他们来到室外，空旷的草原上一片幽渺迷茫，晓光和雾气混合不分，使他们深深地生出一种遗世独立的感觉，好像他们就是亚当和夏娃。在共同的劳动生活中，他俩逐渐产生了恋情，而且渐渐地像火一样炽热。安玑·克莱对苔丝的爱情改变了他对生活的设想，他要放弃家里为他安排的门当户对的婚姻，娶苔丝这个内心充满诗意的大自然的女儿为妻。苔丝虽然心里十分爱安玑·克莱，可是过去的失身之事压得她透不过气来，内心十分痛苦。她几番想把过去的事告诉安玑·克莱，话到嘴边又咽了回去。苔丝背上了沉重的十字架,她觉得如不把自己的过去告诉安玑·克莱,对他来说就是一种欺骗。因此,在临近结婚的前几天,她鼓起勇气用写信的方式向安玑·克莱说明往事。她把信塞进安玑·克莱门里,听凭他的定夺。谁知这封信塞进了地毯下,安玑·克莱没有看见。结婚那天,苔丝从地毯下发现了信,失望地毁掉了它,但也决定在当天晚上告诉安玑·克莱。新婚的夜晚,他们来到租借的新房,那是苔丝祖宗的一座邸宅。在苔丝还没告诉安玑·克莱自己过去的事情前,安玑·克莱先说出了他的一段往事。他曾在伦敦"跟一个素不相识的女人,过了四十八点钟的放荡生活"①。安玑·克莱刚说他有罪恶要向苔丝坦白时,苔丝立刻就原谅了他。她听了安玑·克莱的讲述后,感到了一种说不出的轻松和喜悦,觉得自己犯下的罪过并不比丈夫的大。但万万没有想到,在苔丝说出了自己的遭遇时,安玑·克莱却不原谅她。他翻脸无情,讥讽苔丝是没落贵族的后裔,乡下女人,不懂什么叫体面。任凭苔丝怎样哀求,他都无动于衷。安玑·克莱本来有先进的思想,善良的用意,是最近二十五年以来这个时代里出产的典型人物,虽然他极力想以独立的见解判断事物,但是一旦事出非常,他还是成见习俗的奴隶。他遗弃了苔丝,独自一人上巴西去了。苔丝陷入了孤独之中,默默地忍受、等待,希望有一天能和安玑·克莱重修旧好。她为了保全安玑·克莱的名誉,回娘家后不愿对父母说出丈夫出走的事,对外也隐瞒自己是安玑·克莱太太的身份。她把安玑·克莱留给她的生活费都补贴了家里,自己生活无着,四处流浪打短工。

  冬天,苔丝独自一人走在通往高原农场的路上。她穿着一件女工服,半个脸用一张手帕包裹着,眉毛已被拔掉。过路人见了她的长相,都禁不住吓一跳。苔丝满眼含泪地对自己说:"从此以后,我永远要往丑里装扮,因为安玑不在我跟前,没人保护我。他从前本是我的丈夫,但是现在却离开我走了,再也不会爱我了,不过我还是一样地只爱他一个人,恨所有别的男人,我愿意别的男人,都拿白眼看我!"②她到棱窟槐干活,受尽白眼和欺凌,被东家派到地里干男人的粗重活。她在风驰电掣般的打麦机前不停地供麦捆,累得喘不过气来,但她忍耐着,等待安玑·克莱的消息,希望有一天能重归于好。

---

① 哈代:《德伯家的苔丝》,张谷若译,人民文学出版社2003年版,第268页。
② 同上书,第329页。

与安玑·克莱分手一年后，苔丝听到一个教徒在讲道，那教徒即亚雷·德伯。亚雷过去满口秽言秽语，如今却满口仁义道德，对此，苔丝感到恶心。亚雷见了苔丝后，说苔丝的美丽引诱他放弃宗教、重新堕落，于是把他的讲道、教义统统抛开，又跑到农场对苔丝纠缠不休。苔丝愤怒地用皮手套打他的耳光。但亚雷并不甘休，他凶狠地威胁道："你记住了，我的夫人，你从前没逃出我的手心儿去！你这回还是逃不出我的手心儿去。你只要作太太，你就得作我的太太！"①苔丝受不了沉重的体力活和亚雷无休止的纠缠与威胁，给安玑·克莱写了封情辞恳切的长信，哀求他来救她脱离苦海。与此同时，与苔丝一起做工的女友玛琳和伊茨也给安玑·克莱写了一封信，希望他赶快回来保护苔丝。远在巴西的安玑·克莱吃了不少苦头，害了一场热病，务农的理想破灭了。他也开始追悔过去，并认识到自己对苔丝的行为不公正，太残忍。虽然苔丝过去被恶人玷污了，但她的品德却是高尚的。安玑·克莱认识了自己的过错，于是，从巴西返回英国寻找苔丝，决心与她重归旧好。但当他回到英国之后，几经周折，在一所海滨公寓找到苔丝时已经太晚了。原来苔丝在父亲去世后，家里的住屋被收，母亲和弟妹们栖身无所，衣食无着。等不到安玑·克莱的回信，为了解脱母亲、弟弟、妹妹们无处安身、无经济来源的困境，在亚雷金钱诱逼、花言巧语之下，苔丝又落入他的圈套，充当他的情妇。安玑·克莱看到这种情况，黯然离开了。安玑·克莱的归来使苔丝万分痛苦，她觉得自己的一生都被亚雷毁了。在绝望中，她用切肉的刀子杀死了亚雷，追上离去的安玑·克莱。两人避开大路，躲避追捕，在荒野的一所空房子里度过了他们婚后最幸福的几天。后来，他们来到石柱林立的异教神坛。疲乏的苔丝躺在祭坛上，对安玑·克莱说，希望他能在自己死后娶妹妹丽莎·露为妻。追捕他们的警察没过几天就发现了他们，苔丝看到这些陌生人，并不惊慌，因为这是她预料中的事情，也知道自己已经和安玑·克莱团圆过了。她站起来，安安静静地对那些人说："我停当啦，走吧。"②安玑·克莱遵照苔丝的嘱托，带着苔丝的妹妹丽莎·露，开始了新的生活。

---

① 哈代：《德伯家的苔丝》，张谷若译，人民文学出版社 2003 年版，第 387 页。
② 同上书，第 458 页。

（二）人物形象

1. 苔丝

苔丝是一个农村姑娘，出身贫苦。在接受了一些当地农村小学最初步的教育之后，她从十四五岁就开始在饲养场、牛奶场和农田劳动。

她很美丽。少女时，她说话时"颊上的羞晕，一直红到满脸和满脖子"[①]。"童年的神情，在她的面貌上，仍旧隐隐约约地看得出来……虽然看来身材高壮，面貌齐整，像个成年女子，但是实在有的时候，她十二岁上的样子，在她那两颊上能看到，她九岁上的神情，在她那闪烁的眼睛里能辨出，就是她五岁上的模样，也还时时在她那唇边嘴角上，轻轻掠过。"[②]失身后，她"差不多由头脑简单的女孩子，一跃而变为思想复杂的妇人了。她脸上带出来沉思深念的象征，语言里也有时露出来凄楚伤感的腔调。她的眼睛长得越发大起来，越发有动人的力量。她长成了一个早已应该叫做是所谓的'尤物'了；她的外表，漂亮标致，惹人注目"[③]。失身于亚雷时，她"美丽的一副细肌腻理组织而成的软縠明罗，顶到那时，还像游丝一样，轻拂立即袅袅；还像白雪一般，洁质只呈皑皑"[④]。与安玑·克莱谈恋爱时，在安玑·克莱的眼里，她"是一片空幻玲珑的女性精华——从全体妇女里化炼出来的一个典型仪容"[⑤]。

她纯洁、善良、质朴、宽厚、心灵手巧、勤劳，始终保持着劳动人民的美德，从未感到自己的贫苦农民出身是什么耻辱。她的父母在得知她家是古老贵族后裔后，都有些得意忘形。她父亲一高兴就跑到酒店喝酒去了，脑子里充满不切实际的幻想。而她却十分冷静，不愿改姓贵族祖宗"德伯"的姓，而宁愿姓自己的平民父亲"德北"的姓。她说即使崇干牧师证明她父亲是骑士的后代，她也认为自己是农民出身。"所有那种足以自夸的美貌，大半都是她母亲传给她

[①] 哈代：《德伯家的苔丝》，张谷若译，人民文学出版社 2003 年版，第 21 页。
[②] 同上书，第 22 页。
[③] 同上书，第 122 页。
[④] 同上书，第 89—90 页。
[⑤] 同上书，第 159 页。

的。"① "她第一次离家谋生时,是一个晶莹无瑕的少女,她毫无父母那种联宗认亲的虚荣和嫁给阔人的侥幸心理,只希望凭自己的劳动赚钱糊口,弥补家中死去老马的损失。"② 她第二次去德伯家时,她母亲想的是德伯家的少爷能娶她,她由此当一个阔太太,因此,一定要给她打扮。可是她想的只是去干活儿,早起穿上了平常日子的衣服。她17岁就挑起了家庭生活的重担,惦记的是半夜两点就起床赶着车把蜂蜜送给凯特桥的零售商人。

她勇敢、刚强,富于反抗精神。有了私生子,遭到周围人的歧视,她需要极大的精神和意志力量来承受这种压力。安玑·克莱出国以后,她经受了无数的折磨,一个人在极端困难的情况下挣扎着。当时私生子一般难得公开受洗,苔丝却大胆代行牧师职责,擅自给她濒临死亡的婴儿施洗。"她第一次逃离亚雷·德伯,从纯瑞脊回到家乡的路上,看到路边用血红色书写的宗教教条训诫'不要犯(奸淫)',就脱口而出:'呸,我不信上帝说过这种话。'由此刻到她私自给非婚生婴儿洗礼,苔丝在思想上对世俗成见陋习和教会已经开始怀疑,尽管此时她还相信有上帝和地狱存在,并未彻底摆脱宗教迷信观念。随后,'陷淖沾泥'的苔丝离群索居,在默默承受身心的创痛之中,思想上那种离经叛道的变化也日益深刻。这正是她与这种成见陋习及其对自己的影响长期较量的战果。到苔丝第二次离家,与安玑·克莱相爱并决心与之结合,直至她历尽波折,最后亲手杀死亚雷·德伯,与安玑·克莱潜逃,这全部过程清楚地说明,苔丝对世俗成见陋习的态度是从怀疑到否定,直到反抗,最后以自己年轻的生命付出了高昂的代价。"③ 她对自己长期所受的痛苦、所遭受的折磨和屈辱以及命运对自己的不公正,进行了大胆的、强烈的抗议。

她很坚强。她虽遇到过为数众多的困难,但从不自暴自弃,即使是在棱窟槐干着力所不及的牛马活,也从不求人施舍。当亚雷奸污她后,她毅然回到自己的老家,宁愿忍受失身女人的耻辱,而不愿和一个自己不爱的人生活在一起,即使他能够提供给自己优厚的物质享受。"甫为新妇,即遭遗弃,父母友邻对她疏远

---

① 哈代:《德伯家的苔丝》,张谷若译,人民文学出版社2003年版,第27页。
② 张玲:"译本序",同上书,第3页。
③ 同上书,第4页。

冷淡，议短论长，恶棍农夫对她欺辱剥削，流氓恶少对她继续纠缠，而她那命运与感情的唯一依托安玑·克莱却又对她冷若冰霜，而且长期音讯杳然……"[1]但她没有对生活灰心丧气，没有苟且偷生，更没有堕落。

她很真诚。她爱安玑·克莱，同他结婚，也不是因为他有钱，地位比自己高，而是因为他善良，具有新思想，能够超越财产、地位、信仰、知识等外在屏障与她真诚相爱。而且，她对他的爱也非常深挚。当母亲劝她不要把失贞的事告诉他时，她却由于不愿欺骗他而和盘托出。在他离开她后，她一心一意地维护着他的声誉，不愿说他一句坏话，耐心地等待着他的回心转意。她杀死亚雷，实际上既是用自己的行为向安玑·克莱证明自己的清白，又是向自己证明自己的清白。

她具有自我牺牲的精神。她身处逆境，备受艰辛，却"时时关心父母弟妹的生活，她之苦斗挣扎，更多地还是为了父母亲人，因此只是在父死家破，一家老小无处安身，甚至露宿街头的情况下……才被迫答应与她平生最憎恶的人同居"[2]。当她和三个女友同时爱上安玑·克莱时，她想到自己曾失过身，便"满心打算牺牲自己，替她的伙伴帮忙"[3]，成全她们任何一个与安玑·克莱的爱情，表现出一种慷慨侠义的气度。

2. 亚雷·德伯维尔

亚雷·德伯维尔是一个富商的儿子。他虽姓德伯，但德伯并不是他的真姓。其父母来自英国北部，认为德伯是已经灭绝了的古老世家之姓，所以就在自己的本姓后面加上德伯这一姓。

他很邪恶。他自称撒旦，恬不知耻地对苔丝说："你就是夏娃，我就是那个变作下等动物的老坏东西，跑到园里来诱惑你。"[4]他并不是一个完整意义上的人，而只是人的一部分。

他轻狂、好色、下流、自私、狡猾、卑鄙。他与许多女子有暧昧关系，在遇

---

[1] 张玲："译本序"，哈代：《德伯家的苔丝》，张谷若译，人民文学出版社2003年版，第4—5页。
[2] 同上书，第5页。
[3] 同上书，第170页。
[4] 同上书，第406页。

到苔丝之前,所有的女人对他来说只不过是可以为他提供快乐的工具。见到苔丝后,他觉得在苔丝身上有"某种东西"始终让他搞不懂,被她迷住,以至于强奸了她。随着时间的流逝,他对苔丝的感情加深了,但他太多地考虑自我,成为自我主义的俘虏。苔丝所具备的品质对他构成了一种威胁,所以,他除了毁掉她,别无他事可做。他利用苔丝的贫穷,假冒母亲的名义骗她去饲养家禽;利用高速驾车来吓唬她,占她的便宜;在围场趁她筋疲力尽的时候奸污了她;以后又乘人之危,利用她一家老小无家可归之机霸占了她。

他虚伪、强横。尽管他也曾浪子回头,做过一个极端狂热的福音传教士,但他的转变只是暂时的。在他重新见到苔丝的美丽之后,他的转变消失了:他不仅纠缠苔丝,而且责备苔丝引诱了他、陷害了他。

3. 安玑·克莱

安玑·克莱是一个低教派牧师的儿子,也是一个"具有'现代思想'雏形的知识分子"[①]。

他受到现代哲学思想的影响,不愿接受父亲为自己选择的职业——当牧师"为上帝服务",而决心以务农为业,替人类服务、增光。他把求知的自由看得比丰衣足食还重要,厌恶现代的城市生活,蔑视社会的习俗和礼法,跑到乡下学习农业技术。"他对于社会的习俗和礼节,开始显出非常不注意。他越来越把地位、财富这一类物质方面的优越不看在眼里。"[②]"作为乡村虔诚牧师的儿子,他仅在本乡受过一般教育,后在博览杂收中对社会科学和自然科学均有所涉猎。按照他的自白,他厌恶那种'血统高于一切'的贵族偏见,认为人应该以自己的知识道德而受到尊重。他与自己从事教职的父兄大不相同,不仅在思想上'极力想要以独立的见解判断事物',而且在实际行动上也极力摆脱中产阶级家庭的规范,自己探索新的生活道路……克莱不愿做牧师,毅然放弃进大学深造的机会,与农业劳动者为伍(尽管是短暂的),他的思想也从而进一步发生变化,对女子的看法,也在一定程度上脱离了中产阶级的偏见,认为'一个阶级里贤而智的女子,和别的阶级里贤而智的女子,真正的差别比较小;一个阶级里贤而智的

---

① 张玲:"译本序",哈代:《德伯家的苔丝》,张谷若译,人民文学出版社2003年版,第7页。

② 同上书,第143页。

女子，和同一个阶级里恶而愚的女子，真正的差别比较大'。这正是他能与社会地位卑微的苔丝热烈相爱，并拒绝本阶级的贞德淑女而娶苔丝为妻的思想基础。"①

他发自内心对苔丝的赞美，是他对蕴含于普通人民中的真、善、美的认识；他对苔丝的爱情的追求，实际上是对自由的追求；他拒不服从父母对他的婚姻的安排而坚持娶苔丝为妻，是他争取自我解放的一种努力。但是，"在爱情婚姻方面，他虽然'有先进的思想，善良的用意'，但在真正考验到来的时候，'却不知不觉还是信从小时候所受的训诫，还是成见习俗的奴隶'和帮凶。因此，他在新婚之夕听到苔丝坦白身世后，虽然自身也并不'纯洁'，却不肯对苔丝报之以同样的宽宥，进而还将她遗弃"②，斥责苔丝是一个不懂事的乡下女人，从来都不懂得世事人情。

"克莱是参与酿制苔丝悲剧的人，同时他自己又是悲剧的当事人。哈代立足于发展，最后使这个人物发生了转变：克莱远离了他那成见深重的国家，去到原始蛮荒的巴西腹地，在比较纯朴自然的环境中，在不断追忆往昔与苔丝耳鬓厮磨的种种情景中，本性纯洁的苔丝复苏了，被世俗成见歪曲了的苔丝淡化了，克莱的转变完成了。这样的转变，看来比较合情合理。小说家在这里作如此安排，既是对克莱过去遗弃苔丝的批判，也是对世俗成见的进一步批判。苔丝杀人出走，与克莱前隙冰释，潜逃途中又与克莱绸缪缱绻，凡此种种描述，更是对世俗成见的大胆挑战。从安玑·克莱的整个形象塑造来看，他也真实自然，具有特定的时代色彩。"③

（三）主题

第一，小说揭示了英国整个农民阶级向工人阶级转化的过程及其在这个过程中遭到的悲剧性命运。

崇干牧师对德伯家的考古发现，从历史的角度说明苔丝一家具有古老的自

---

① 张玲："译本序"，哈代：《德伯家的苔丝》，张谷若译，人民文学出版社 2003 年版，第 6—7 页。
② 同上书，第 7 页。
③ 同上。

然基础，说明了苔丝毁灭的历史必然性。苔丝在替父亲送装有蜂蜜的蜂窝时撞死了老马这件事使苔丝一家人最终丧失了赖以生存的经济基础，迫使苔丝不得不走上一条无产阶级的路。苔丝到所谓的本家亚雷·德伯家去养鸡是她走向工人阶级的第一步。她到亚雷家养鸡对自己一生命运的影响是十分重大的，因为她不仅在这儿失去了被资产阶级道德所重视的童贞，而且更重要的是，她从这儿开始逐渐变成了一个依靠出卖劳动力挣工资的农业工人。苔丝离开亚雷后又到塔布篱奶牛场当一名挤奶女工，到棱窟槐农场做种地的工人，从而成为无产阶级队伍中的一员。为了获得微薄的工资收入，她必须忍受残酷的剥削和压迫，在极其艰苦和恶劣的环境中工作。农场的资本主义关系带来了大机器生产，也把工人带入一个更加悲惨的境地。苔丝从养鸡场养鸡到农场种地的苦难历程，典型地代表着整个农民阶级向工人阶级转化的过程及其在这个过程中遭到的悲剧性命运。

第二，小说揭露和批判了英国资产阶级道德的虚伪、宗教的伪善。

小说通过安玑·克莱揭露、批判了资产阶级道德的虚伪。安玑·克莱在不知道苔丝的失身的历史的时候，对苔丝一片至诚，真心相爱。那时，在他眼里苔丝的脸简直是从全体妇女里提炼出来的典型仪容，她的身材在全英国也很少有。然而，当苔丝对他讲述了自己过去的不幸后，安玑·克莱便斥责苔丝、抛弃苔丝，从而重新陷入资产阶级虚伪道德的泥坑。

小说通过亚雷揭露、批判了宗教的伪善。亚雷沉溺于声色犬马，利用苔丝的穷困和缺乏社会经验，设下圈套引诱她，最后把她奸污了。他理应受到谴责和惩罚，但不仅没有受到谴责和惩罚，反而后来还道袍加身，当上了传道的牧师。再次见到苔丝后，他恶性复发，纠缠苔丝，责备苔丝引诱了他、陷害了他。小说由此淋漓尽致地揭露了亚雷的伪善，并把他道德的伪善和宗教的伪善联系起来，以此揭露宗教的本质，揭示了苔丝的毁灭与宗教的联系。

第三，小说揭露和批判了资产阶级政治制度的反动性，表明下层阶级的小人物在社会中是不可能获得公正的。

小说在描写资产阶级生产关系的特点的时候，并没有停留在苔丝到养鸡场养鸡、到奶牛厂挤奶或到农场种地这些表面现象上，而是通过这些现象强调苔丝的命运与资产阶级制度的联系。小说写出了苔丝命运的典型性和社会性质，指出苔丝的悲剧是由资本主义社会制度造成的。最后，16个警察逮捕了苔丝，这正是资本主义社会制度发挥作用的象征。

小说在结尾总结苔丝的历史时写道："'典刑'明正了，埃斯库罗斯所说的那个众神的主宰，对于苔丝的戏弄也完结了。"①这句话里的典刑（justice，即死刑）有"双关"和"隐喻"之义，在制造古希腊式的命运悲剧气氛的同时，对资产阶级法律的不公道、非正义给予了讽刺和谴责。亚雷罪不至死，苔丝的惩罚显然过当，她也为此付出了生命；但谁也无法否认那惩罚是正当的，是纯洁无辜对淫邪奸诈的反击。在资本主义社会里，法律制度都是以维护剥削阶级的利益和承认压迫人民的权力为前提的，是为巩固其反动统治服务的。苔丝被判处死刑证明了资产阶级政治制度的反动性，表明下层阶级的小人物在社会中是不可能得到公正的。小说清楚地揭示出造成苔丝悲剧的社会根源，指出她是被资产阶级的社会制度毁灭的，从而把她的悲剧意义上升到了为广大劳动人民要求人权和对整个资本主义制度进行揭露和控诉的高度。

第四，小说揭露和批判了英国下层民众的庸俗、浅薄、愚昧。

苔丝的家庭原属于在当时农村不受欢迎的岌岌可危的阶层。苔丝的父亲是贫苦的乡下小贩，懒散无能、愚昧虚荣；母亲过去是挤奶女工，满脑子虚荣，庸俗浅薄。这样的两个人却有六个孩子，家庭负担的沉重可想而知。同时，多嘴的牧师带来了有关她的贵族家庭历史的消息，让她的父亲多喝了几杯，不能按时送货。她只好和弟弟去送货，于是闯了大祸——弄死了老马"王子"，从而开启了她悲剧的序幕。也就是说，苔丝的悲剧在某种程度上来说与其父母及牧师的庸俗、浅薄、愚昧直接相关——苔丝是一个普普通通的农村姑娘，若不是因为他们的庸俗、浅薄、愚昧，她本可以跟别的农村姑娘一样平安地度过她的一生。

第五，小说批判了苔丝的性格弱点。

苔丝的悲剧与她性格的弱点也是分不开的。苔丝过于单纯。她的失身，亚雷是罪魁祸首，但要不是她一时情急大意，对亚雷不设防，亚雷也无可乘之机。苔丝性格矛盾，敢于大胆反抗社会的不公正，但又不能彻底摆脱传统道德对自己的羁绊。苔丝明白自己是社会暴力和伦理道德的受害者，但在受到乡里人非议的

---

① 哈代：《德伯家的苔丝》，张谷若译，人民文学出版社2003年版，第460页。

同时，又认为自己是"有罪"的。当她按照传统的贞操观来衡量自己的清白与否时，她实际上比别人更不能忘记自己的"耻辱"。她远离亲人和故乡去塔布篱，为的就是要忘记自己的过去。与安玑·克莱的相爱使她感到幸福，但又更多地感到内心痛苦的折磨，无法卸掉背在自己身上沉重的十字架。被安玑·克莱抛弃后，她仍认为是自己的罪过，毫无怨言，默默忍受命运加在身上的不公平。小说由此揭示了苔丝性格的矛盾性和悲剧性，也在更深的层次上表现了传统道德观念对苔丝精神的毒害。

第六，小说揭露和批判了传统的妇女贞操观。

苔丝悲剧的产生与当时那种简单的妇女贞操观直接相关。"按照世俗的成见陋习，苔丝失身后，或顺水推舟甘当亚雷·德伯的姘妇，或想方设法进而使他们的关系合法化，方为良策，而苔丝却坚持宁可作令人侧目的'不正派女人'而不作无爱情的结合"①，毅然决然地离开亚雷。要苔丝跟她不爱的人谈情说爱，硬要他娶她，她做不到；要她跟他混下去，她更做不到，于是只好离开。苔丝的选择实质上是用纯朴的逻辑对传统的贞操观念的一种否定，表现了她本性的纯洁。但是纯洁的人却又往往易受传统观念的影响。在奶场，苔丝一再拒绝安玑·克莱的求爱，就是因为这种传统观念在作怪，而这又再一次表现了苔丝的悲剧在于她的纯洁及对安玑·克莱的爱上，因为她爱得纯真，她要求的也是纯真的爱。为了追求不含丝毫杂质的爱情，她宁可因此而失去爱情，这就是苔丝的高贵选择。然而，她的选择严重地打击了她自己。冷酷而严峻的现实迫使她做了最痛苦的决定，放弃了自己的爱情，把自己当作牺牲品，换取了家人的温饱。她做了不纯洁的事，正因为她的心地太纯洁。等到安玑·克莱归来时，她已成为亚雷的俘虏。此时的她在精神上已经死去，她的存在只是为了家庭。正当她因安玑·克莱的出现大为震惊、痛苦不堪时，亚雷偏又咒骂起安玑·克莱来。她长期积聚的冤苦、仇恨爆发了，她一跃而起把刀子插进了亚雷的心脏。她保卫了她深爱着的人，也痛痛快快惩罚了那蹂躏、欺骗、毁了她一生的人。

第七，小说揭示了命运的神秘莫测。

苔丝的一生都充满着偶然性和命定的色彩。她家身世莫名其妙地被发现、

---

① 张玲："译本序"，哈代：《德伯家的苔丝》，张谷若译，人民文学出版社2003年版，第4页。

老马的死、违心去亚雷家认本家并遭奸污、与安玑·克莱结婚前夕给他的信被插入地毯下面、去爱姆寺访安玑·克莱之父老克莱先生未遇而在归途中偶遇亚雷等,仿佛在她人生的每一个时期,都有偶然因素出现,从而一步步地将她推向悲剧的结局。同时,一些神秘的事情不时出现,如安玑·克莱请完一个姑娘跳舞之后,才意识到应该请另一姑娘——苔丝;当两人热恋时,苔丝想到这一点就不是滋味,舞会上的交臂错过似乎预示了两人一生的交臂错过。在苔丝与安玑·克莱结婚的日子,一只公鸡突然过响啼叫,令人惴惴不安,担心会出现不吉利的事情——这似乎暗示了安玑·克莱的婚姻蕴含着不幸。当苔丝与安玑·克莱要乘坐婚车时,苔丝"把车端量了好久",对许多事"心惊胆战",说:"这辆车仿佛我从前见过,仿佛跟它很熟。真怪啦——一定是我梦见过它。"①据传说,苔丝家的祖先曾在马车里犯过罪,因而,其后代总是看见那辆车的样子或听见那辆车的声音。苔丝的悲剧命运似乎既是家庭遭诅咒的后果,又是祖先犯罪传统的延续。当苔丝再次与亚雷相遇时,他们一起走过"十字架"所在地。传说过去有个犯人被绞死之前被人把手钉在那根石柱上。这似乎预示了因苔丝与亚雷再次相遇而导致的被绞的命运。在苔丝的生命即将结束的日子里,她疲惫地躺在石板上休息,那是人们祭神时供奉祭品的地方。苔丝的一生仿佛就是一件牺牲品被供奉在命运的祭坛上。这些似乎也都在表明苔丝的悲剧是命定的,难以解脱的。

(四)艺术特色

第一,现实主义特色鲜明。

小说对英国整个农民阶级向工人阶级转化的过程及其在这个过程中遭到的悲剧性命运的揭示、对英国资产阶级的道德的虚伪和宗教的伪善的批判、对资产阶级政治制度的反动性的揭露,都是对时代的反映,真实性强。小说的主人公苔丝是一个在典型环境中的典型人物。《德伯家的苔丝》"所写的塔布篱牛奶场里苔丝那三位亲密女友,哈代曾说,他少年时代,就常为乡亲邻里中像她们一样的女孩子代写情书"。"哈代塑造这些人物,虽然常以他所熟悉的真实人物为本,但

---

① 哈代:《德伯家的苔丝》,张谷若译,人民文学出版社 2003 年版,第 255 页。

也并非'依样画葫芦',他们都是由许多人物综合、提炼、再创造而成。哈代对一个来访人谈到苔丝时曾说,一日黄昏,他正在乡间独自漫步,路遇一位赶车姑娘,哈代作为小说家,当即为其质朴美丽的形貌神态强烈吸引,以后就将她'摄入'自己的作品;而根据当代英国一位哈代的传记作者罗伯特·吉廷斯研究,苔丝的遭遇,有一部分正是取自哈代祖母的经历。"[①]小说里"那些背景的描写,都根据的是实在的地方。有许多风景和古迹,就用的是它们现在的真名字;例如布莱谷(或布蕾谷)、汉敦山、野牛家、奈岗堵、达格堡、亥司陶、勃布砀、魔鬼厨房、十字手、长槐路、奔飞路、巨人山、克利末利路、悬石坛之类都是……像湃寺、蒲利末、波伦鼻勒、司塔特、扫色屯之类——都明明白白地用真名字"[②]。有些地名也是有蓝本的:"'沙氏屯'就是沙夫氏堡,'司徒堡'就是司徒寺·新屯,'卡斯特桥'就是道寨,'梅勒寨'就是沙勒堡,'大平原'就是沙勒堡平原,'围场镇'就是鹳溪,'围场'就是鹳溪围场,'爱姆寺'就是毕阿寺,'王陴'就是陴可·瑞基,'绿山'就是芜堡山,'井桥'就是芜勒桥,'丝台夫路'就是哈夫路,'奈兹勒堡'就是亥兹勒堡,'布锐港'就是布理港,'棱窟槐'就是靠近奈岗堵的一块农田,'谢屯寺'就是谢波恩,'米得勒屯寺'就是米勒屯寺,'阿伯绥'就是绥阿伯,'爱夫亥'就是爱飞昔,'头恩镇'就是陶屯,'沙埠'就是布恩末,'温屯寨'就是温寨等等。"[③]

第二,景物描写与心理描写细腻。

景物描写不仅是人物活动的背景,而且富于感情和生命。

小说一开始,在五月的春光下,少女们在草地上唱歌跳舞,白色的长裙,五颜六色的花束,青春的活力,使"群山环抱、幽静偏僻"的布蕾谷充满生机,富有诗意。秀美的景色与节日气氛衬托着苔丝的纯洁、天真、美丽。苔丝刚到芙仑谷,所见到的是辽阔的草原、清凉的河水、无数的牛羊。一想到"没有人再拿含着恶意的眼光看她"[④],她异常高兴。她迎着南风,往前跳着走去,"她的希望

[①] 张玲:"译本序",哈代:《德伯家的苔丝》,张谷若译,人民文学出版社2003年版,第6页。
[②] 哈代:"原书第五版及后出各版序言",同上书,第7页。
[③] 同上。
[④] 同上书,第127页。

之心和太阳射出之光两相融合，仿佛幻化出一团光辉的氛围，把她环绕"[1]。这里由情入景，情景交融，淋漓尽致地渲染了苔丝长期被压抑后获得解脱的心理。

对黑夜的描写在小说中占很大比重，苔丝生活中的悲惨事变往往伴随着沉沉的黑夜而发生。苔丝来到棱窟槐那个地狱般的农场工作时，那个地方的鸟儿又瘦又秃，像鬼怪一般。在这块贫瘠的土地上，伴随着苔丝的，经常是潮湿、寒气和风雪，这使她的生活显得格外凄惨和痛苦。小说中对自然和环境的描写，都同小说的主题和基调处于一致和协调之中，从而，达到了内容与形式的统一。

小说对自然环境的描写，同人物的命运、小说的主题结合得很紧。

苔丝在采一种叫作"爵爷和夫人"的花蕾时犹豫地谈道："我的生命，好像是因为没有碰到好机会，都白白地浪费了。"[2]她想要知道为什么太阳在好人和歹人身上同样的照耀。安玑·克莱并不知她曾遭污辱的过去，只是用不着边际的语言劝慰。随后，小说细致地描写了安玑·克莱走后苔丝的心情：她还在那儿站了一会儿，满腹心事地把最后一个花蕾剥开，于是，忽然又从梦想中醒了过来，不耐烦地把那个花蕾和所有的"爵爷和夫人"都一齐扔在地上。她想起自己刚才那种傻头傻脑的样子，对自己起了一阵厌恶之感。同时，她内心深处，涌起了一种使她激动的热情。这表现了苔丝没有被人理解的懊恼和对安玑·克莱所代表的纯情世界的隐秘向往。

小说注重在矛盾冲突中刻画心绪流程，表现人物复杂的心态和丰富的精神世界。

苔丝第二次离开家乡时抱定了不再嫁人的决心。她在牛奶场与安玑·克莱的朝夕相处，心中虽然对他产生了爱慕之情，但又无时无刻不在压抑它。面对安玑·克莱的表白，她激动、兴奋。而对他的求婚，她又百般拒绝，心中充满着忧伤、焦虑，内心常处在"绝对的快乐"和"绝对的痛苦"的挣扎中。在答应了安玑·克莱的求婚后，她常常为自己所遭到的耻辱感到惊惶，既想告诉安玑·克莱又害怕告诉他。可以说，与安玑·克莱相爱的整个过程中，她心里始终交织着幸福、痛苦、恐惧、悔恨、屈辱等各种感情。人物处在矛盾情感的漩涡中，显得极

---

[1] 哈代：《德伯家的苔丝》，张谷若译，人民文学出版社2003年版，第127页。

[2] 同上书，第154页。

为真实、丰满和可信。①

第三，故事紧凑，结构严谨。

小说"章节工整、人物精简，故事始终紧密围绕女主角的活动发展，情节与形象配合有致，几乎很难找见烦冗累赘之处。全书中有限的主要人物当中，地位仅次于苔丝的自然是安玑·克莱。小说开始时他只走了过场，但他的活动却一直坚持到尾声，因此他仍堪称一个贯彻始终的人物"②。在苔丝悲惨的一生中，亚雷对苔丝的奸污与玩弄，安玑·克莱对她的爱慕与遗弃，苔丝的忍辱与复仇以及最终的逃亡和被当局"明正典刑"，前后几个阶段的安排井然有序，结构巧妙。同时，主要人物和次要人物布置得十分合理，各得其所。③

第四，对比手法运用得当。

与苔丝相对的主要反面人物是亚雷，而安玑·克莱身上也存在着与苔丝对立的性格特点。亚雷同安玑·克莱之间有着对比的关系，亚雷后来成为"回头人"纯属伪善，而安玑·克莱的回头则有其必然。安玑·克莱的两个哥哥同安玑·克莱形成对比；莱蒂·蒲利、玛琳和伊茨·秀特三个姑娘衬托了苔丝；而安玑·克莱家的邻居梅绥·翔特小姐的出现，在艺术上更是十分必要，因为安玑·克莱这样的一个"公子"不可能遇到乡下姑娘。苔丝受雇的两个地点塔布篱和棱窟槐也是对比：塔布篱的环境比较温和，苔丝和安玑·克莱的爱情在这里得以成功；但苔丝被遗弃后来到棱窟槐，碰上凶恶的主人，人物的命运同环境特点正相协调。

第五，偶合与预兆的设置恰到好处。

"《苔丝》中的偶合与预兆，则运用自如，恰到好处。那些偶合，使整个故事更加紧凑，引人入胜；那些预兆则多能发人联想，渲染气氛。这也正是《苔丝》比哈代的其他作品艺术上更加成熟的一个方面。"④

---

① 参见郑克鲁主编：《外国文学史（修订版）上》，高等教育出版社2006年版，第306页。
② 张玲："译本序"，哈代：《德伯家的苔丝》，张谷若译，人民文学出版社2003年版，第6页。
③ 参见郑克鲁主编：《外国文学史（修订版）上》，高等教育出版社2006年版，第306页。
④ 张玲："译本序"，哈代：《德伯家的苔丝》，张谷若译，人民文学出版社2003年版，第8—9页。

第十五章
《玩偶之家》

一、作者简介

亨利克·易卜生（1828—1906），是挪威的杰出戏剧家。1828年3月20日，易卜生出生于挪威东南海滨小城斯基恩。父亲是木材商，母亲是一个笃守教律的虔诚派教徒；他有六个兄弟和一个妹妹。家道殷实，属当地的商业贵族集团，1836年，受国际市场风潮的影响而破产。1843年，易卜生到格利姆斯达的一家药房当学徒。在药房学徒期间，易卜生学习了拉丁文、希腊文，阅读各种书籍，包括莎士比亚、歌德和拜伦等的作品，并且学习写诗，所写的诗大多为充满浪漫幻想和感伤情绪的抒情诗。19世纪中叶的欧洲是一个风云变幻、革命浪潮风起云涌的时代。易卜生深受影响，与青年朋友们一起集会，讨论欧洲局势，探讨挪威的前途；他发表演说，反对普鲁士武装侵略丹麦，号召斯堪的纳维亚半岛的丹麦、瑞典、挪威三国团结一致，抵抗普鲁士；他写诗、编剧，抨击时弊，歌颂民族自由与民族解放，作品有诗歌《给马扎儿》《醒醒吧，斯堪的纳维亚人》等。1848年至1849年，易卜生写下了他的第一部戏剧《凯蒂琳》，发表于1850年。1850年，易卜生又写成独幕剧《诺尔曼人》和诗歌《磨坊主之子》，两部作品均取材于台里玛克州的传说。1850年3月,易卜生到挪威首都克里斯替阿尼遏(现名奥斯陆)投考大学,未被录取。从此,他留在首都从事报刊编辑工作和文学创作活动,并积极参加挪威小资产阶级社会主义者马尔库斯特列恩所领导的工人运动。1852年,他已是小有名气的诗人、剧作家和评论家,被卑尔根剧院聘为编剧,随后到丹麦哥本哈根皇家剧院观摩,接着又去了德国和意大利学习。剧院于1853年上演了他的《圣约翰之夜》,1854年上演了《勇士坟》,1855年上演了《厄斯特罗特的英格夫人》,1856年上演了《苏尔豪格的宴会》,1857年上演了《渥拉夫·利列克朗》。1857年,他被挪威剧院聘为经理。剧院于1857年上演其《海尔格伦的海盗》,演出获得了成功。1862年,剧院破产,他借债度日,创作《爱的喜剧》。1863年,易卜生的又一部民族历史剧《觊觎王位的人》发表。1863年,普鲁士和奥地利联军占领了丹麦的领土。易卜生认为,丹麦、挪威、瑞典三个国家在历史上唇齿相依,不可分割;丹麦被侵略,挪威决不应该袖手旁观。但挪威政府出于对自己利益的考虑按兵不动。易卜生对此非常失望,加上他长期以来精神忧郁,以及在挪威剧院破产后一直没有工作,于是在1864年愤而出国。离开挪威以后,他去过意大利、丹麦、埃及、德国、法国等许多国家。他曾有两次回挪威小住,其他大部分时间住在意大利的罗马和德国的德累斯顿。在周游各国的过程中,他了解了各种社会现象,进一步扩大了眼界,他以关注全人类的目光看世界,形成了自己的人道主义观——也就是后来人们所称的"易卜生主义"。1866年,他创作《布朗德》,这是他旅居国外(罗马)的第一个创作成果。该作原本是易卜生1862年在挪威时所写的一部史诗,到意大利以后改编为诗剧。布朗德是一个牧师,为了追求理想、追求真理,舍弃了个人的一切,带领人民勇敢地前进,直至停止呼吸。这是一个充满浪漫色彩的悲剧英雄,这部剧作奠定了易卜生在欧洲文坛上的声誉。1867年,他创作《培尔·金特》,主人公培尔·金特的性格与布朗德相反。他没有崇高的理想,没有固定的生活原则,成天浑浑噩噩,无所事事,是典型的挪威小市民的形象。培尔·金特经历奇特,富有浪漫色彩。《布朗德》和《培尔·金特》是两部紧密结合的作品,塑造了为追求理想追求精神自由而一往无前的英雄,揭示了市侩的生活原则及心理。评论家认为,这两部是易卜生由浪漫主义转向现实主义的作品,体现了过渡时期创作的特性。1869年易卜生发表了《青年同盟》,它以挪威当时的现实生活作为题材,是易卜生一系列社会问题剧中的第一部。主人公青年律师史丹斯戈是一个投机政治家。为了达到向上爬的目的,他不择手段。他在当地组织了"青年同盟"党,以此作为他向上爬的阶梯。同时,他遵循"一切从他的政治需要出发"的原则,一方面在公开场合用激烈的言辞大谈革命,大肆攻击旧势力,一方面又在暗地里与旧势力勾勾搭搭。为了他的政治目的,他甚至一次又一次地改变他的婚约,把婚姻也作为他达到政治目的的一种手段。在全剧中,史丹斯戈耍尽了政治手腕,平步青云。易卜生在这部戏中,把道貌岸然的所谓的"国会议员""部长""人民领袖"等的真面目揭示了出来,描写了这些政治家们是如何利用善良的人们来达到他们的目的。这部剧作一出版,立即遭到某些人的激烈反对。当然,易卜生是绝不会因为有人反对而改变自己的创作原则的。《青年同盟》的问世,表明易卜生的创作从历史剧过渡到现代剧。易卜生将以敏锐的眼光注视现实社会,指出现实社会所存在的问题以引起人们的注意。1874年,易卜生返回挪威,作短期停留。1877年,易卜生又一部相同题材的作品问世,那就是《社会支柱》,这也是一部揭露挪威现实社会、抨击政客的作品。主人公博尼克是个船厂主,受过良好的教育,有一个幸福美满的家庭,妻子贤惠,儿子聪颖。博尼克精明能干,事业发达,道德高尚,受人尊敬,被公认为当地的"社会支柱"。其实,博尼克是一个唯利是图的奸商,一个道德败坏的小人。他的轮船公司从事货物运输工作,为了获取更大的利润,他不造新船,而是从邻国买旧船,然后粉刷一新后出航。这样的旧船危险性非常大,常常会发生翻船死人的事件。不过,博尼克是不会在意的——他只在意他能否拿到巨额的保险金。与史丹斯戈一样,婚姻也只是他达到个人私欲的一部分。为了获取钱财,他解除与未婚妻的婚约,转而娶了未婚妻的姐姐,因为未婚妻的姐姐获得了一笔遗产。他勾搭女演员生下一个私生女后,又让妻弟约翰承担责任。十五年后,约翰从美国回来,博尼克害怕丑事被揭露,为了保全自己的名声竟设计毒害约翰。与《青年同盟》相比,《社会支柱》涉及的社会生活面更大一些,触及了资本主义经济发展、家庭伦理道德、法律、美洲新大陆开发等诸多方面,说明作家的视角越来越宽,看问题也越来越深刻。1882年,《人民公敌》出版,易卜生对资本主义的批判由此到达高峰。主人公斯多克芒是个尊重科学、富有正义感的医生。他发现他工作的浴场受到污染，成了疾病的发源地，于是写了一份报告给市长——他的哥哥彼得。市长与浴场的股东出于利益不同意改建浴场，并且威胁斯多克芒。斯多克芒不退缩，坚决与腐朽的势力作斗争。结果在群众大会上，他被公认为是"人民公敌"。在这出戏中，易卜生猛烈地抨击了现存社会——他以浴场象征现存社会，而这个社会正在毒害人民。他借剧中人说："咱们现在是靠着贩卖肮脏腐败东西过日子！咱们这繁荣的社会整个儿建筑在欺骗的基础上！"斯多克芒是易卜生所塑造的又一个理想人物。与布朗德不同的是，他没有生活在他的绝对精神之中，而是生活在实实在在的现实生活之中，他所面对的也是现实生活中所存在的问题；因此，《人民公敌》一剧的现实性也是显而易见的。1879年易卜生完成了《玩偶之家》，1881年写成了《群鬼》。《玩偶之家》与《群鬼》是描写家庭伦理的姐妹剧。这两部剧揭开了资产阶级家庭温情脉脉的面纱，把资产阶级家庭中的夫妻关系、家庭伦理道德、妇女地位等现状明明白白地展现在读者与观众面前。在易卜生早期的创作中便有一些表现婚姻恋爱题材的作品，如《爱的喜剧》；不过，那时的作品往往取材于民间故事，仅仅停留在表现男女的恋爱与婚姻的过程。把家庭问题作为社会问题的一部分，这在易卜生是第一次，在世界戏剧舞台上也是第一次。因此，这两部作品在易卜生的创作中占据很重要的地位。易卜生的社会问题剧发扬了现实主义精神，广泛地反映了现实生活的许多方面，深刻地揭示了资本主义社会的腐朽、虚伪、丑恶，批判了资本主义社会中的拜金主义、享乐主义、唯利是图、尔虞我诈，肯定了与资本主义种种丑恶现象作斗争的人物与行为。易卜生不仅要使观众从他的戏剧中获得美感，而且要让观众通过他的戏剧中窥到现实社会真实的一面，从而关注社会。易卜生对资本主义的批判是有力的，但他只停留在提出问题，而没有提出解决问题的方法。《人民公敌》中的斯多克芒在"精神胜利"中得到了安慰，娜拉离开了虚伪的家庭到哪里去，易卜生略而不提。这是易卜生社会问题剧的不足之处。1871年易卜生出版了他的诗集《亨利克·易卜生诗集》。易卜生的创作是从诗歌开始的，他早期的剧作是诗剧，后期的散文剧中也有不少的段落是用诗的形式写成的。不过，其诗歌的成就远远不及其戏剧的成就。

1884年，他在首都担任外交官，同年被派往美国，在挪威驻华盛顿使馆任职。在国外旅居期间，易卜生还写成了《皇帝与加利利人》（1873）、《野鸭》（1884）、《罗斯莫庄》（1886）、《海上夫人》（1888）、《海达·高布乐》（1890）等作品。1891年易卜生夫妇回到了祖国，定居克里斯替阿尼遏。晚年的易卜生对社会的观察越加深刻，但始终没能找到从根本上解决问题的方法。所以，他越是看到问题，越是感觉痛苦。再加上回国以后没几年，妻子苏珊娜病故，他本人也病魔缠身，于是，他陷入精神痛苦之中。易卜生晚年的作品有：《建筑师》（1892）、《小艾友夫》（1894）、《约翰·盖勃吕尔·博克曼》（1896）、《咱们死人醒来的时候》（1899）。这些作品除了继续对资本主义进行批判以外，还表达了对幸福生活的向往、对家庭亲情的眷恋，这可能是与易卜生晚年总是感觉孤独，感叹自己失去了许多美好时光有关。他1900年中风，此后长期卧病，于1906年5月23日去世，终年78岁。为感谢易卜生对挪威文化，也是对世界文化所做的贡献，挪威为易卜生举行了国葬。

纵观易卜生一生的创作，大约可分为三个时期。

1868年以前：民族浪漫主义时期，主要创作具有历史性、哲理性的戏剧以及抒情性极为强烈的诗歌。易卜生早期的剧作和诗歌充满民族奋发精神与浪漫主义激情，幻想丰富、个性突出、冲突尖锐。在这一时期的浪漫主义作品中，也显示了历史现实主义倾向。剧作多取材于挪威及斯堪的那维亚的历史故事，歌颂了为民族与人民而献身的英雄，体现了易卜生对挪威民族的热爱与关注。此外，其作品用挪威语写成，从而为挪威语言文化的创建与发展做出了贡献。

1869—1883：易卜生戏剧创作的鼎盛时期，这个时期的杰出成就是现实主义的社会问题剧。他提出一连串重大的社会问题，如反对封建的传统道德，扫除资产阶级的市侩意识，争取民族独立，提倡个性自由，主张妇女解放等，目的在于引起广大群众注意，进行社会改革。这对当时脱离现实、过分追求作品艺术精巧的戏剧舞台来讲，无异于一种革命，它使戏剧进一步贴近生活，发展了欧洲乃至世界戏剧的现实精神和批判性。

1884—1899：这一阶段的作品倾向于人物的心理描绘，象征主义的成分较多，人生哲学的探讨与戏剧人物的心理剖析进一步深化，人道主义的批判精神与愤世嫉俗的悲观情绪交错在一起，如《野鸭》《罗斯莫庄》《海上夫人》《海达·高布乐》《建筑师》《小艾友夫》《约翰·盖勃吕尔·博克曼》《咱们死人醒来的时候》等。这些剧作与上一阶段的剧作一样，仍有揭露社会问题的一面，只是悲观情绪有时削弱了批判力量，但也表现了剧作家的新的思想动向——他对自己过去剧作中的人物所追求的理想表示怀疑，并且进行了自我评析。一系列重要的戏剧人物充分地表明剧作家世界观的深化与复杂化——特别突出孩子的形象、女性的形象和知识分子的形象，比如，九岁的男孩艾友夫（《小艾友夫》）、海达和泰厄（《海达·高布乐》）、艾梨达（《海上夫人》）、艾勒（《约翰·盖勃吕尔·博克曼》）等。[①]

"易卜生，像莎士比亚和莫里哀，是在舞台实践中受过艰苦锻炼的。在戏剧题材和艺术方面，他都是一位革新者。他的最好的现实主义戏剧没有多余的人物或是不必要的情节，对话简洁生动，轻易不用独白和旁白，布局极平凡，没有单纯追求舞台效果的惊奇场面，然而戏剧内容却能引人入胜，激动观众的思想感情。另一个特点是，他的戏剧的开始往往是在开幕前早已形成的冲突的结局，而戏剧的结局又往往可以构成另一个戏剧的开始。""易卜生给近代戏剧开辟了一个新纪元。他自己的剧作以及他对于近代戏剧的影响都是独一无二的。"[②]

二、《玩偶之家》

《玩偶之家》是易卜生的一部社会问题剧作，是一部有关妇女问题的杰作，也是其最重要的一部作品，又译《娜拉》《傀儡家庭》。

1856年，在《苏尔豪格的宴会》上演获得成功以后，易卜生结识了苏珊娜。苏珊娜喜爱文学，并能创作，与易卜生志同道合。与易卜生结婚后，为了家计，苏珊娜不得不放弃了自己的爱好。1864年易卜生离开挪威时是一个人先走的，苏

[①] 以上内容参见王忠祥："易卜生和他的文学创作"（易卜生：《易卜生文集（第一卷）》，多人译，人民文学出版社1995年版）、潘家洵："译者序"（易卜生：《易卜生戏剧四种》，潘家洵译，人民文学出版社1958年版）、"易卜生"（郑克鲁主编：《外国文学史（修订版）上》，高等教育出版社2006年版）等。

[②] 潘家洵："译者序"，易卜生：《易卜生戏剧四种》，潘家洵译，人民文学出版社1958年版，第14页。

珊娜带着幼小的孩子,独自面对如狼似虎的债主,日子过得相当艰难。与苏珊娜的共同生活,使易卜生对妇女的艰难有了直观的感受。

易卜生的《布朗德》一剧出版后,有一个女士读了以后大受感动,给易卜生寄来了她写的续集,由此,易卜生认识了这个女子劳拉·基勒。她爱好文学,重感情,初期婚姻生活十分美满。后来,其丈夫基勒得了肺结核,医生劝她让她丈夫去南部欧洲疗养,否则病情不但会加重,且有性命危险。她瞒着丈夫向友人借了一笔钱,为了推迟债期又伪造了担保人签字,丈夫病治好后,知道真相,大发雷霆,谴责她的所作所为败坏了他的名誉,毁了他的前途。她的一片深情所得的是如此报应,她便精神失常,丈夫则又提出离婚。基于基勒的这些经历,易卜生萌发了写《玩偶之家》的想法。

此外,自从开始写"社会问题剧",易卜生以深邃的目光观察社会,洞察社会的弊病,发现貌似平等、自由的社会其实是一个男权的社会,妇女是没有地位的。妇女作为人的权利是被扼杀了的。家庭是社会的细胞,妇女问题其实也是社会问题的一个方面,因此,通过一个家庭所发生的故事来剖析社会,也是易卜生创作的必然。

(一)内容梗概

为了替丈夫海尔茂治病,也为了不让病中的父亲和丈夫担心,娜拉伪造父亲的签字向在律师事务所里做事、现在在合资股份银行做小职员的柯洛克斯泰借了1200块钱,并陪同丈夫到意大利疗养,最终挽救了丈夫的生命。但是,按照当时的法律,妇女无权借债,娜拉的丈夫生病了,她便冒她父亲的名借债;娜拉的父亲死于9月29日,而娜拉冒她父亲之名签字的日期却是10月2日。为了不使丈夫烦恼,娜拉一直保守自己冒她父亲之名签名之事;为了还债,她到处想办法,生活上省吃俭用,还找了一些抄写工作。她虽然生活清苦,但感到很满足。娜拉之所以这么做,是因为多年以来,她自以为海尔茂是爱她的。八年后,海尔茂当上合资股份银行经理,娜拉的老同学林丹太太在丈夫死了以后生活很艰难,便想在海尔茂所在的银行里谋一个职位,娜拉乐于帮忙。海尔茂正打算解雇自己手下的职员柯洛克斯泰,便答应了林丹太太的要求。柯洛克斯泰向娜拉求情,娜拉说情无效。为了报复，柯洛克斯泰把娜拉的秘密写信告诉了她丈夫。在面临危险的时候，娜拉以为会发生"奇迹"：她的丈夫会勇敢地挺起宽阔的胸膛来保护她。但是"奇迹"没有发生。海尔茂在家中是一个大男子主义者，在社会上是资产阶级道德、法律和宗教的维护者。从表面上看，他是个"正人君子""模范丈夫"，似乎很爱妻子，为了表白自己对妻子的"爱"，他曾声称希望发生一场巨大的灾难以使他有机会显示出他是一个"男子汉大丈夫"；但实际上他只是把娜拉当作一件装饰品，一件私有财产，对于他来说真正重要的是他的名誉、地位。所以，在知道娜拉借债之事后，他生怕此事影响其前程和名誉，便怒斥娜拉是"坏东西""伪君子""下贱女人"，破坏了他的"一生幸福"[1]，还扬言要剥夺她教育子女的权利，要对她进行法律、宗教制裁。对此，娜拉彻底失望了。林丹太太是柯洛克斯泰的旧情人。柯洛克斯泰在林丹太太的感化下主动地退回了那份冒名签字的借据，说先前不该那样做，并向娜拉表示歉意。海尔茂看到自己的名誉没有危险了，前途也保住了，便对娜拉又变得温存亲热起来，快活地叫道："娜拉，我没事了！"[2]"你在这儿很安全，我可以保护你，像保护一只从鹰爪子底下救出来的小鸽子一样。"[3]他对娜拉装出一副笑脸，像平常一样称她是自己的"小鸟儿""小松鼠""我的孩子"，宣称自己已经"宽恕"了她。但娜拉已看透了海尔茂的极端自私和虚伪，知道丈夫关心的只是他的地位和名誉，所谓的"爱""关心"只是拿她当玩偶，于是不再信任他，并对保护这家庭关系的资产阶级法律、道德、宗教提出了严重怀疑和激烈批判，随后毅然离开了那个"玩偶之家"。

（二）人物形象

娜拉表面上是一个未经世故的青年妇女，一贯被丈夫唤作"小鸟儿""小松鼠"，看起来无忧无虑，但实际上是"一个热爱生活、热爱家庭、热爱并且崇拜

---

[1] 易卜生：《易卜生文集（第五卷）》，潘家洵译，人民文学出版社1995年版，第195—196页。
[2] 同上书，第197页。
[3] 同上书，第198页。

丈夫、有勇气牺牲自己的女人"①。

她"每临大事有静气",有很强的办事能力,善良、坚强,能忍辱负重。在林丹太太责备她胡乱花钱时,她伸出食指指着林丹太太说:"'娜拉,娜拉'并不像你们说的那么不懂事。"②"你们都以为在这烦恼世界里我没经过什么烦恼事。"③为了挽救丈夫的生命,也为了给生命垂危的父亲省却烦恼,她瞒着丈夫冒她父亲之名向人借债。在丈夫病倒、家庭陷入危难时,她没有一筹不展或惊慌失措,而是坦然面对:一方面勤俭节约,另一方面里里外外"一把手"地干活,最后,让丈夫痊愈,也还清了借债,从而让整个家庭度过了危难。她冒他人之名借债在当时是犯法之事,因此,柯洛克斯泰利用她的借据上的假签字,对她进行威胁、恐吓:"要是我拿这张借据到法院去告你,他们就可以按照法律惩办你。"她则毫不畏惧,铿锵有力地说:"我不信。难道法律不许女儿想法子让病得快死的父亲少受些烦恼吗?难道法律不许老婆搭救丈夫的性命吗?"④同时,为了不对丈夫造成负面影响,她打算独自承担责任,甚至打算牺牲性命。在自己遇到危难的时刻,她希望丈夫挺身而出,毅然把责任承担起来,但是又害怕海尔茂真的为她献出自己。在被"不讲理的法律"逼得走投无路而丈夫又落井下石时,她没有气馁,而是直面。在发现自己为之作出牺牲的丈夫竟是一个虚伪而卑劣的市侩后,她不是气急败坏或垂头丧气,而是勇敢地离开。

她倔强、富有反抗精神。在发现丈夫是一个市侩,认识到自己婚前不过是父亲的玩偶,婚后不过是丈夫的玩偶,从来就没有独立的人格后,她毅然决然抛弃丈夫和孩子,从囚笼似的家庭出走了。当海尔茂说她"你不了解咱们的社会"⑤时,她激昂地回答说:"我一定要弄清楚,究竟是社会正确,还是我正确。"⑥"我知道大多数人赞成你的话,并且书本里也是这么说的。可是从今以

---

① 潘家洵:"译者序",易卜生:《易卜生戏剧四种》,潘家洵译,人民文学出版社1958年版,第10页。
② 易卜生:《易卜生文集(第五卷)》,潘家洵译,人民文学出版社1995年版,第127页。
③ 同上书,第131页。
④ 同上书,第148页。
⑤ 同上书,第203页。
⑥ 同上。

后我不能一味相信大多数人说的话,也不能一味相信书本里说的话。"① 对于麻痹人民的精神鸦片——宗教,她更不把它放在眼里,宣称:"我真不知道宗教是什么。"② 对于资本主义社会的法律,她深恶痛绝,宣称:"国家的法律跟我心里想的不一样……我不信世界上有这种不讲理的法律。"③

(三)主题

第一,剧作表达了中小资产阶级妇女要求自由独立、维护人格尊严等愿望,并对现存的资本主义制度表现了某种程度的怀疑、否定和批判。

娜拉是一个具有民主思想倾向的妇女。她同海尔茂的决裂是她用民主思想进行反抗的必然结果。

第二,剧作探讨了资产阶级的婚姻问题。

首先是在资产阶级家庭中妇女处于什么地位的问题。从剧作中娜拉和海尔茂的关系能够看出,海尔茂所代表的男性高居于女性之上。娜拉与丈夫已结婚八年,是三个孩子的母亲了,然而在家庭中所处的是玩偶的地位——虽然海尔茂口口声声称娜拉为"我的小鸟""小宝贝""小松鼠""我的孩子",一再声称爱娜拉,但实际上他从未以平等的身份对待过她,她在他所代表的男性权威面前不过是服从者。在经济上,她没有独立权;在生活中,她也没有取得与丈夫平等的地位。起初娜拉并不自知,但最终认识到自己在家庭中可悲的地位:结婚前属于父亲,结婚后属于丈夫,"像个要饭的叫花子,要一口,吃一口"④。她进而明白:自己除了对丈夫和孩子负有责任外,还有别的同样神圣的责任,就是"我对自己的责任"⑤。

其次是资产阶级社会拥有特权的男性自私、虚伪本质的问题。娜拉伪造保人签字暴露之前,海尔茂对她海誓山盟。可是,一旦那件事给他带来麻烦,他便

---

① 易卜生:《易卜生文集(第五卷)》,潘家洵译,人民文学出版社1995年版,第202—203页。
② 同上书,第203页。
③ 同上。
④ 同上书,第200页。
⑤ 同上书,第202页。

立即露出了他的本来面目。在解雇柯洛克斯泰一事上，海尔茂的自私也得到充分的暴露。他之所以要解雇柯洛克斯泰，表面上是因为柯洛克斯泰有过伪造签字的过错，实际上是因为对方与他是大学同学，对他的情况过于熟悉，老是随便叫他的小名，影响他在其他人面前的威严；同时，也是因为柯洛克斯泰在业务上高出他，对他构成了威胁。

最后是妇女的出路问题。在认清自己只不过是一个玩偶之后，娜拉离家出走了——她要到社会中去弄清楚"究竟是社会正确，还是我正确"[①]。在最后一幕中，娜拉的谈话可以被视为一篇"妇女独立宣言"[②]。娜拉从幼稚的和谐到复杂的矛盾、从耽于幻想到幻想破灭、从安于玩偶之家到坚决出走的过程是妇女觉醒的苦难的历程。当然，出走了的娜拉走向何方，她未来的生活道路怎么走，剧作没有回答。从历史唯物主义观点来看，娜拉要真正解放自己，当然不能一走了之，妇女解放当然不仅仅在于摆脱或打倒海尔茂之流及其男权中心的婚姻关系。娜拉要挣脱海尔茂的控制，绝不能单凭一点反叛精神，而必须首先在经济上争取独立的人格。娜拉在觉醒前之所以受制于海尔茂，正由于海尔茂首先在经济上统治了她。关于出走了的娜拉走向何方，她未来的生活道路在哪里，剧作虽然没有给出回答，但也有所暗示——娜拉可以像林丹太太那样去找工作。

（四）艺术特色

第一，矛盾冲突不断，高潮迭起。

剧作所叙述的故事，是从圣诞前夕娜拉准备圣诞礼物到娜拉出走，时间跨度不大，涉及人物也不多，但全剧矛盾冲突不断，高潮迭起。海尔茂与娜拉之间是一对矛盾，海尔茂与柯洛克斯泰是一对矛盾，娜拉与柯洛克斯泰之间是一对矛盾，林丹太太与柯洛克斯泰之间也是一对矛盾。娜拉买回圣诞礼物引出海尔茂升职是个高潮，签字一事败露是一个高潮，柯洛克斯泰退回字据是一个高潮，娜拉出走又是一个高潮。矛盾交叉，关系错综。时而矛盾尖锐，时而峰回路转，情节

---

① 易卜生：《易卜生文集（第五卷）》，潘家洵译，人民文学出版社1995年版，第203页。
② 潘家洵："译者序"，易卜生：《易卜生戏剧四种》，潘家洵译，人民文学出版社1958年版，第9页。

曲折，有很强的戏剧效果。

第二，情节安排巧妙。

剧作选择的切入点是已有签字一事而离事情的败落还有一段时间，然后在情节发展过程中，用倒叙的方式交代过去所发生的事，时间被安排在圣诞节前后三天之内，这样的情节安排的好处一是使观众从容地进入戏剧的高潮之处；二是使整部剧作情节紧凑，毫无拖沓之感；三是突出节日的欢乐气氛和家庭悲剧之间的对比，以柯洛克斯泰因被海尔茂辞退、利用借据来要挟娜拉为他保住职位这件事为主线，引出各种矛盾的交错展开；四是让女主人公在这短短三天之中，经历了一场激烈而复杂的内心斗争，从平静到混乱，从幻想到失望，最后完成自我觉醒的过程，取得了极为强烈的戏剧效果。

阮克大夫对于丰富娜拉的性格起到了画龙点睛的作用。剧作首先致力于对娜拉性格的刻画。如，娜拉在海尔茂面前展现的是"小松鼠"、孩子般的幼稚天真，在阮克大夫面前表现出的是一个女人真实、成熟的一面。在娜拉、海尔茂两个人之间是娜拉依赖海尔茂，而海尔茂只把她当作解闷的玩偶；在娜拉和阮克之间，是阮克大夫依恋娜拉。娜拉能够洞悉阮克大夫对自己的需要，她心里明白并从容地享受着这种爱，这不是出于简单的虚荣。对于性格中存在着强烈的自我意识却找不到机会证明自我价值的人来说，有时候被需要就是被证明存在。娜拉需要这种存在感，而且阮克不会站在家长的角度否定娜拉，不会像海尔茂那样动不动就教育她。和阮克大夫在一起的空气是自由自在的，是由她主导的，所以，她喜欢同阮克大夫在一起，在两人的关系上也经常会不失体面地带给阮克大夫一些模糊的肯定和鼓励。阮克大夫对情节的一个重要帮助是让我们看到了娜拉内心挣扎的过程。当娜拉欠下债务时，阮克大夫有钱也很愿意帮助她，但是她宁可自己辛苦工作也绝不向他求助。她不能利用阮克对自己的好感做金钱的交易，可见，娜拉是个视尊严如命的人。往事败露迫在眉睫的时候，娜拉想尽一切办法掩饰，她甚至试图对阮克大夫调情以寻求他的帮助。阮克大夫一激动就将自己的爱慕之情和盘托出，这样，娜拉再向他借钱就意味着一种交易。她不想在情感上对阮克大夫有任何亏欠，这实在有伤她的尊严。同时，这也意味着对她的丈夫不忠，有悖于她为丈夫、为爱而牺牲的初衷。所以，她最后没要他做什么。这条路断了，娜拉想到了自杀。这些情节展现的是人物不断思考、选择的过程，这使得人物的性格更加细致生动了。

如果去掉林丹太太和阮克大夫这两个人物，让娜拉对伪造借据的事无计可施，剧情直接发展到事情暴露导致娜拉和海尔茂的正面冲突，也还是具有戏剧性的。但是，最有活力的人物关系的因素却变得简单多了，人物的动作也就因此不会像原来那样有力。我们看不见娜拉在整个事件中一边害怕败露一边又渴望奇迹、在试图挽救的行动中心灵的挣扎，就不会洞见娜拉性格中的多面性，那么，在最后一场娜拉滔滔不绝地与海尔茂争论时，这一突然获得的自觉意识便会令人觉得不可信，戏剧的艺术感染力就被大大削弱了。

情节完整，前后呼应。"《玩偶之家》的结尾正是从第一幕就开始了的娜拉和海尔茂之间的性格冲突发展的必然结果，同时又给人们留下了'娜拉出走后会怎样？'的担心和思考。如果只有前者而没有后者，结尾没有向着未来发展和延伸的感觉，观众是不会感到满足的。"①

第三，巧用伏笔。

剧作常常在情节发展的过程中，在观众不经意时，为下文埋下伏笔。例如当戏开场时，海尔茂建议娜拉为自己买一件圣诞礼物，娜拉提出要现钱。海尔茂指责娜拉会花钱，娜拉笑着说海尔茂不知道她的花费。这一场戏是在欢乐的气氛中进行的，作者给观众勾勒的是一个幸福的家庭。但在这短短的一段话中，作者至少还蕴含了四层意思：娜拉要现钱；娜拉现钱的用处海尔茂是不知道的；对于海尔茂不知道她钱的用处，娜拉是很得意的；这个家庭的经济权掌握在男主人手中。当情节发展到高潮时，观众会发现，矛盾冲突的发生不是偶然的，在刚刚开幕时，剧作已向观众交代了矛盾冲突必然发生的原因……像这样的伏笔在戏中不少。

第四，"把当时社会的'日常生活'搬上了舞台"。

"易卜生以前的戏剧，大多以一个观众并不熟悉的、充满传奇或激变的故事为戏剧的核心。易卜生则把当时社会的'日常生活'搬上了舞台。《玩偶之家》的开头描述故事发生的时空环境时写道：'一间屋子，布置得很舒服很雅

---

① 郑克鲁主编：《外国文学史（修订版）上》，高等教育出版社2006年版，第395页。

致，但并不奢华。后面右边，一扇门通到门庭。左边一扇门通到海尔茂书房。两扇门中间有一架钢琴。左边中央有一扇门，靠前一点，有一扇窗。靠窗有一张圆桌，几把扶手椅和一只小沙发。右墙里靠后，又有一扇门，靠墙往前一点，一只磁火炉，火炉前面有一对扶手椅和一张摇椅。侧门和火炉中间有一张小桌子。墙上挂着许多版画。一只什锦架上摆着瓷器和小古玩。一只小书橱里放满了精装书籍。铺着地毯。炉子生着火。'这段描述，看起来很平常，但在易卜生时代的戏剧创作上有着革命性的意义。在以往的戏剧中，故事发生的时空环境往往与平常百姓的日常生活距离甚远。《玩偶之家》的大幕一开启，观众看到的不是王宫，不是奇山异水，而是生活中随处可见的'小康之家'。娜拉买圣诞树、吃甜食，以及海尔茂对娜拉'乱花钱'的责备都令观众感到生活里似曾见过。接下来出现的客人如林丹太太、阮克医生等也不带任何传奇色彩，是许多家庭都可以看到的平常人物。英国剧作家萧伯纳在论及莎士比亚与易卜生的区别时说：'在易卜生开始写剧本的时候，剧作者的技术已经收缩为只是布局设景的技术。他们的理论是，布局越新奇，戏剧越好。易卜生的看法恰好相反，他认为布局越家常平凡，戏剧越有趣味。莎士比亚把我们自己搬上舞台，可是没把我们的处境搬上舞台。例如，我们的叔叔轻易不谋杀我们的父亲，也不能跟我们的母亲合法结婚；如果不遇见女巫，我们的国王并不经常被人刺死而由刺客继承王位；我们立据借钱时也不会预测割肉还账。易卜生补做了莎士比亚没做的事。易卜生不但把我们搬上舞台，并且把在我们自己处境中的我们搬上舞台。剧中人的遭遇就是我们的遭遇。'也就是说，易卜生在设置戏剧的情境时，力求接近人们的日常生活，让看戏的人感到熟悉亲切，容易同剧中人认同。这是易卜生在设置戏剧情境时与其前辈之不同，也是他对现实主义戏剧的重要贡献。"[①]

第五，设置了巧妙的"戏剧动作"。

"虽然言语也是动作之一，但如果没有相应的形体动作相配合，就不能够充分体现舞台艺术的特点和优点。《玩偶之家》结尾的戏剧动作是一声门响。观众听到的是声音，但很容易联想到那扇'门'。'门'在这个地方具有了象征意义：关门不仅意味着娜拉决然离开了海尔茂这个家，而且'门'是以男权为特征

[①] 郑克鲁主编：《外国文学史（修订版）上》，高等教育出版社 2006 年版，第 392 页。

的社会与作者理想中的新生活之间的界限。'关门'意味着娜拉人生观念上的跨越，也意味着一种充满陌生感的模糊的新生活的诞生。这种象征性的意义，扩展了这部戏剧的内涵，包括着一些作者在写作时都未必料到的意蕴。"[1]

第六，人物"精炼"。

出场人物不多，除保姆、佣人和孩子外，只有五个人物，但每一个人都具有推动情节发展、突出主题的作用。

第七，人物对话出色。

剧作中的人物对话非常出色，既符合人物性格和剧情发展的要求，又富有说理性，有助于揭示主题，促使读者或观众对剧作提出的社会问题产生强烈的印象，对后来现实主义戏剧的发展产生了很大的影响。

第八，在结构上深受古典主义三一律的影响，情节单纯、结构紧凑、悬念有力，并采用了第四堵墙的室内布景。

---

[1] 郑克鲁主编：《外国文学史（修订版）上》，高等教育出版社2006年版，第395页。

第十六章
《安娜·卡列宁娜》

一、作者简介

列夫·尼古拉耶维奇·托尔斯泰（1828—1910）是俄罗斯现实主义文学家中最伟大的代表。"美国作家亨利·詹姆斯把托尔斯泰比作'大象'，比作'天然湖'。"[①]他的文学创作活动从19世纪50年代到20世纪头十年，持续了将近六十个春秋，大致可分为三个时期。

早期：从出生到20世纪50年代末期。托尔斯泰于1828年9月9日出生在俄罗斯亚斯纳亚·波利亚纳一个古老的贵族家庭里。两岁时母亲去世，9岁时父亲去世；之后，他在姑母的监护下长大。早年，他在家庭中接受的是贵族式的启蒙教育，1844年进入喀山大学东方语文系，因学习成绩不佳，第二年又转到法律系。1847年，在读大学二年级的时候，他离开了喀山大学，自动退学回到自己的世袭庄园。他一面自学各种学科的知识，一面亲理农事，并企图通过改革以缓解农民与地主的关系，但这种改革却因得不到农民的理解而以失败告终。在灰心失望的

[①] 陈燊："总序"，列夫·托尔斯泰：《列夫·托尔斯泰文集（第一卷）》，谢素台译，人民文学出版社1987年版，第26页。

情况下，他在莫斯科上流社会过了一段懒散、荒唐的生活，同时也在心烦意乱、焦虑不安中思索着道德上纯洁完善的问题。1851年他随兄到高加索服军役。在高加索的六年生活中，他曾在克里米亚参加保卫塞瓦斯托波尔的战争，并担任炮兵连长。在军务之余，他大量阅读文学作品和历史著作，并开始了文学创作。1852年，《现代人》杂志发表了他的第一部作品——中篇小说《童年》。之后，他又完成了《少年》和《青年》。托尔斯泰的道德学说在这三部曲中已经萌芽，其创作中的批判倾向、探索精神、心理分析的特色也已经开始显示出来。1855—1856年所创作的《塞瓦斯托波尔故事》开创了俄罗斯文学描写战争的现实主义传统，同时，在发扬三部曲道德和心理探索特点的基础上，显示出史诗式的叙事风格，初步展露出后来构思《战争与和平》的创作才情。1855年，他离开塞瓦斯托波尔，回到了彼得堡，结识了当代著名的文学家和文学批评家涅克拉索夫、冈察洛夫、屠格涅夫、车尔尼雪夫斯基等人。1856年，他回到庄园从事农事改革，但以失败告终。在农事改革失败后的1857年，托尔斯泰带着苦闷矛盾的心情到德国、法国和瑞士考察。他在综合了这次旅行感受的基础上，写出了短篇小说《琉森》，1857年还发表了《一个地主的早晨》，第一次明确地表现了自己一生最关心的问题：地主和农民的关系的问题。1859年他离开《现代人》杂志，从彼得堡回到故乡的庄园，创办学校，把教育视为社会改良的重要途径。

中期：20世纪从60年代初到70年代末。1862年9月，他与莫斯科名医别尔斯的女儿索菲亚结婚。婚后生活幸福，这减轻了他精神上的苦闷，也激发了他的创作热情。1863年，他停止办学，潜心研究历史和从事文学创作，企图在历史和道德的研究中找到解决俄国社会问题的答案，发表了中篇小说《哥萨克》，描写了贵族青年奥列宁的精神探索。奥列宁厌倦了大城市贵族的无聊生活，因而来到哥萨克中间，想成为一个自由的人，做一个哥萨克。但是，由于他不肯，也不能抛弃贵族的恶习和偏见而跟普通人格格不入，最后只好一走了之，人民也不再记得他。1863年至1869年，他创作了长篇小说《战争与和平》。1869年9月，因事途经阿尔扎玛斯，他深夜在肮脏的旅馆中首次体验到了忧虑与死亡的恐怖。此后，这种恐怖频繁地向他袭来，打破了他先前宁静的心境。1873年到1877年间，他创作了《安娜·卡列宁娜》，流露出危机感和悲观情调，其主人公们的内心矛盾往往得不到解决，有时甚至还会造成灾难，充满了悲剧成分。

晚期：20世纪70年代末到托尔斯泰逝世。20世纪70年代末、80年代初，托尔斯泰的世界观发生了一个根本性的变化。他跟贵族地主阶级决裂了，并从贵族地主阶级的立场转到了宗法制农民的立场上。托尔斯泰世界观的转变体现在他的文艺思想和文艺创作中。他以变化后的观点重新检查了他以前的全部文学活动。他在《那么我们到底应该怎么办？》一文中，指出了过去的文学艺术危害人民的性质。从这种立场出发，他片面地否定了自己以前的文学活动。他在19世纪80年代转向了以向人民宣扬道德为主要内容的作品，写了一些扬善惩恶的小故事，如《天网恢恢》等。八九十年代所写的一些比较大的作品也包含训诲的性质，如《伊凡·伊利奇之死》《黑暗的势力》《克莱采奏鸣曲》《文明的果实》等。1889—1899年，他完成了长篇小说《复活》，彰显了托尔斯泰晚年的思想和艺术的特征。这部作品表明此时托尔斯泰的现实主义发展到了高峰，发展到了"撕毁一切假面具"的地步。他否定沙皇的国家，否定沙皇俄罗斯的官办教会，否定地主土地占有制，对俄罗斯的政治和经济等制度、对地主和资产阶级的罪恶进行了无情的揭发和批判。他对俄罗斯的官办教会欺骗实质的嘲笑激怒了俄罗斯宗教院。1901年，宗教院开除了托尔斯泰的教籍，并通令全国各教堂，每年在一个礼拜天做礼拜的时候，牧师必须把"邪教徒和叛教分子"托尔斯泰伯爵隆重地诅咒一番。剧本《活尸》的主题，跟《复活》关系较密切。在1894年写的中篇小说《哈吉穆拉特》中，他嘲笑了沙皇尼古拉一世和山民首领沙米里两个专制暴君，赞美了普通士兵和山民。在19世纪的最后几年里，托尔斯泰还写了《莫泊桑作品序》（1894）和《艺术论》（1898），总结了自己的艺术经验，批判了颓废派和自然主义。

晚年，托尔斯泰不仅宣扬其宗教道德学说，而且身体力行。他热烈地号召人们实行平民化，放弃一切生活特权，并在1910年10月28日离家出走。1910年11月20日，他在阿斯塔波沃车站因患肺炎病故，享年82岁。

托尔斯泰以自己一生的辛勤创作，登上了当时欧洲批判现实主义文学的高峰，同时以自己有力的笔触和卓越的艺术技巧辛勤创作了"世界文学中第一流的作品"，因此被列宁称颂为具有"最清醒的现实主义"的"天才艺术家"。

托尔斯泰思想中充满着矛盾，这种矛盾正是俄国社会错综复杂的矛盾的反映，是一个富有正义感的贵族知识分子在寻求新生活过程中的清醒与软弱、奋斗与彷徨、呼喊与苦闷的生动写照。

托尔斯泰的作品纵然有消极和空想的东西，但仍不失为世界进步人类的骄傲，他已被公认是全世界的文学泰斗。列夫·托尔斯泰被列宁称为"俄国革命的镜子"。马原认为托尔斯泰是小说史上争议最少的作家。这里所说的争议最少，指的是他在文学史上的地位。也就是说，你可以喜欢或不喜欢托尔斯泰的作品，但似乎无人能够否认他一位杰出思想家和第一流小说家的地位。[1]

二、《安娜·卡列宁娜》

《安娜·卡列宁娜》构思于1870年，1873年动笔写作，1877年完成。小说最初选择的女主角的原型是作者农庄邻近的一个地主比比柯夫的女管家安娜·斯捷潘诺夫娜·皮罗戈娃。初稿里的娜娜——安娜的前身——采用了皮罗戈娃的外貌特点和部分经历：皮罗戈娃先与比比柯夫姘居，后又被他遗弃，于1872年卧轨自杀。女主角后以普希金的长女玛利亚为原型。而在1877年写成的定稿中，小说重心转移，主要写农奴制改革后俄罗斯资本主义发展所产生的灾难性后果，贵族阶级家庭关系的瓦解和道德的败坏，贵族地主在资产阶级紧逼下趋于没落以及农村中阶级矛盾的激化。安娜由最初构思中的"失了足的女人"，变成了一个品格高雅、敢于追求真正的爱情与幸福的"叛逆女性"。

小说的初稿仅用五十天时间就完成了，然而，托尔斯泰对它很不满意，他又花费了几十倍的时间来不断修改它，前后进行十二次大的改动，迟至四年之后才正式出版。出版时，小说废弃的手稿厚达一米多。

---

[1] 以上内容参见陈燊："总序"（列夫·托尔斯泰：《列夫·托尔斯泰文集（第一卷）》，谢素台译，人民文学出版社1987年版）、草婴："译本序"（《托尔斯泰中短篇小说选》，草婴译，上海译文出版社1986年版）、"列夫·托尔斯泰"（郑克鲁主编：《外国文学史（修订版）上》，高等教育出版社2006年版）等。

（一）内容梗概

奥布隆斯基公爵是一个爱"梳妆打扮"的风流美男子，有五个孩子，因与他家从前的法国女家庭教师有暧昧关系而与妻子多莉吵翻。这时，他的朋友康斯坦丁·德米特里奇·列文从乡下来到莫斯科。他是一个有三千俄亩土地的地主，性格安静而羞怯，蓄着鬈曲胡须，体格强壮，宽肩，戴着羊皮帽子。每到一个陌生的地方，他总是东张西望，或者像小孩子一样涨红了脸。他自称是一个"乡下人"。他和奥布隆斯基是大学的同学。他这次来到莫斯科是要向多莉的妹妹基蒂·谢尔巴茨卡娅求婚的。

基蒂是谢尔巴茨基公爵的第三个女儿，在交际场中很出风头。弗龙斯基正在追求她，但他对她实际上只限于调情，并无意与她结婚。基蒂想象与弗龙斯基结合将会有幸福的远景，但又感到列文对她的爱更诚实；母亲要她嫁弗龙斯基，父亲则更中意列文；最后，她自己选择了弗龙斯基。

"弗龙斯基是基里尔·伊万诺维奇·弗龙斯基伯爵的儿子，是彼得堡贵族子弟中最出色的典范……非常有钱、漂亮、有显贵的亲戚，自己是皇帝的侍从武官，而且是一个十分可爱、和蔼的男子。但他还不只是一个和蔼的人……他同时也是一个有学问的人，而且聪明得很"[①]，活跃于莫斯科社交界。他是一个身体强壮、黧黑的男子，身材不十分高。他的整个容貌和风姿，从他的剪得短短的黑发和新剃的下颚一直到他那宽舒的、崭新的军服，都是既朴素又雅致的。他获得了基蒂的垂青。他去莫斯科车站接母亲，在那里遇见了去接妹妹安娜·卡列宁娜的奥布隆斯基。

安娜是为了调解哥嫂纠纷而去莫斯科的，与弗龙斯基的母亲同车由彼得堡而至，在火车站与弗龙斯基邂逅。此时，弗龙斯基22岁，安娜26岁。安娜的高雅风姿和笑容中蕴含的一股被压抑的生气使弗龙斯基为之倾倒。弗龙斯基在安娜面前表现了"不平凡的行为"，如他把200卢布捐赠给了被火车压死的护路工的妻子。

谢尔巴茨基公爵家举行盛大的舞会。基蒂打扮得很漂亮。她想象着这天弗

---

① 列夫·托尔斯泰：《列夫·托尔斯泰文集（第九卷）》，周扬译，人民文学出版社1992年版，第54页。

龙斯基要正式向她求婚了。安娜也被邀参加了舞会。在基蒂眼里,安娜是那样的出众和迷人。不仅如此,安娜内心还有"另一个复杂的、富有诗意的更崇高的境界,那境界是基蒂所望尘莫及的"①。

在舞会上,基蒂发现弗龙斯基和安娜异常亲热,这使她感到很苦闷。安娜不愿看到基蒂痛苦,劝慰了兄嫂一番,便回彼得堡去了。弗龙斯基知道后追踪而去,与安娜同车而行。安娜心神不宁,却又兴奋。在彼得堡车站,由安娜介绍,弗龙斯基认识了她的丈夫阿列克谢·亚历山德罗维奇·卡列宁。卡列宁是彼得堡官场的头面人物——他醉心于功名,短短八年时间,就从省长升到"政府的部里……一个最主要的职位"②。弗龙斯基到彼得堡后,住在同僚彼得里茨基中尉家,他参加一切能与安娜会面的上流社会的舞会和宴会,并在一次宴会上向安娜表白了爱情。他们两人单独在一起时间过长,引起上流社会的流言蜚语。卡列宁根本不懂什么是倾心相爱的感情——他是一个基督徒,认为他与安娜的结合是神的意志。他警告安娜要注意社交礼仪,遵守妇道,注意社会的舆论,明白结婚的宗教意义,以及对孩子的职责。这种官腔和说教反而使安娜关闭了对他的心扉。安娜认为卡列宁是虚伪的,他并不在乎妻子和人相好,而是"别人注意到这个,这才使他不安了"③。卡列宁是一架凶狠的机器,安娜说:"八年来他……摧残了我的生命,摧残了我身体内的一切生命力——他甚至一次都没有想过我是一个需要爱情的、活的女人……他……动不动就伤害我,而自己却洋洋得意。"④与弗龙斯基的相识,唤醒安娜过去从来没有体验过的、沉睡的爱情。在克拉斯诺村举行的赛马大会上,弗龙斯基是赛马选手之一。上流社会的人都来看热闹,连沙皇、全体朝臣也来了。在比赛开始时,弗龙斯基跑在最前头,但他由于骑术上的错误,把马脊骨折断了。他从马上摔了下来。安娜情不自禁地大叫了一声,随即泪流如雨,整个胸部都在颤抖着抽泣,因而大受上流社会小姐、太太们的指责。卡列宁认为这有失体统,便提前退场,把她领走了。在回家的路上,安娜再也忍

---

① 列夫·托尔斯泰:《列夫·托尔斯泰文集(第九卷)》,周扬译,人民文学出版社1992年版,第97页。
② 同上书,第20页。
③ 同上书,第198页。
④ 同上书,第392页。

受不住卡列宁的平静与伪善，公开承认了她与弗龙斯基的关系，坦言道："我爱他，我是他的情妇，我忍受不了你，我害怕你，我憎恶你……随便你怎样处置我吧。"①卡列宁考虑着怎样对付眼前发生的事。他考虑了决斗，但又怕死；想到离婚，又怕损名誉。最后，他决定"不能因为一个下贱女人犯了罪的缘故而使自己不幸"②。他告诉安娜，要保持夫妇关系，不要割断那由神联系起来的纽带；一切维持现状，"严格地遵守外表的体面"③，不许在家里接待弗龙斯基。

列文遭基蒂拒婚后，感到羞愧，回到乡下从事他的农业计划和农业著作。他实地参加劳动，和农民一道去割草。而基蒂也因弗龙斯基的背信弃义病了。她的父母便带她出国旅行。回国后，她和多莉一起搬到乡下——叶尔古绍沃——去住。那里距列文的田庄很近。但列文自尊心很强，并没有去看她。列文和一些地主正在讨论土地与农奴的问题。列文对农奴解放不感兴趣，并认为农民不应受教育。他想调整劳动者与土地的关系，把土地租给农民耕种，即以租佃关系代替旧的工役制。他反对资本主义在俄国的发展。为此，他决定到西欧去进行一番考察，以便撰写他的农业改革的论文。

弗龙斯基去看安娜，恰好在她家门口遇到了卡列宁。卡列宁并未拦阻他。弗龙斯基把这事告诉给安娜。安娜说："他不是男子，不是人，他是木偶。谁也不了解他；只有我了解。啊，假使我处在他的地位，像我这样的妻子，我早就把她杀死了，撕成碎块了，我决不会说：'安娜，ma chère！'他不是人，他是一架官僚机器。"④"他不是人，而是一架机器，当他生气的时候简直是一架凶狠的机器。"⑤

安娜怀了孕，分娩时又患产褥热，几乎死去，病危时拍电报给到边远省份去调查的卡列宁。卡列宁匆匆赶回，但心里希望妻子早点死掉。安娜在昏迷中呼唤卡列宁的名字，请求他宽恕，并希望他与弗龙斯基和好。卡列宁出于基督徒的感情答应了她的要求，饶恕了正在他家里的弗龙斯基。"宽恕敌人"的念头使卡

---

① 列夫·托尔斯泰：《列夫·托尔斯泰文集（第九卷）》周扬译，人民文学出版社1992年版，第286页。
② 同上书，第376页。
③ 同上书，第287页。
④ 同上书，第484页。
⑤ 同上书，第256页。

列宁感到快慰,他主动叫弗龙斯基留在安娜身边。安娜最终并没有死,并生下了她和弗龙斯基的女儿。由于卡列宁的令人吃惊的宽厚行为,弗龙斯基感到卡列宁崇高、正直,而自己则卑劣、渺小,并想到安娜与卡列宁是会重新和好的。想到安娜的爱情和自己的前途是那么的渺茫,绝望、羞耻、负罪感使他举起手枪自杀,但没有死。伤好后,他会见了安娜。死而复生的安娜和弗龙斯基的爱情更加炽热,于是,安娜不等离婚便离开了家,弗龙斯基离开了军队,两人一起到国外旅行。

在奥布隆斯基家举行的宴会上,列文和基蒂彼此消除了隔阂,互相爱慕起来。不久,他们结了婚。基蒂亲自掌管家务,列文撰写农业改革的论文。他们新婚的生活过得十分美满幸福。卡列宁自安娜离家出走后,感觉人人都蔑视他、嘲笑他。只有老朋友利季娅·伊万诺夫伯爵夫人去给他料理家务。不久,卡列宁得到沙皇政府颁发给他的一枚亚历山大·涅夫斯基勋章,于是,他感到一切晦气都消失了。安娜和弗龙斯基在欧洲旅行了三个月。在这期间,安娜感到自己是幸福的,但她的幸福是以失去名誉和儿子的代价换来的。归国后,她没有回家,而是住在旅馆里。这时,她十分思念自己的儿子谢辽沙。她想象儿子在父亲这块冷冰下是得不到温暖的,于是,在儿子生日那天不顾一切地撞进自己住了九年的房子。在育儿室,她看到了儿子。她激动异常,母子俩紧紧拥抱,难分难舍。直到卡列宁走进育儿室,安娜才不得不匆匆离去。从此,安娜永远失去了心爱的儿子。

安娜和弗龙斯基返回彼得堡,遭到冷遇,旧日的亲戚朋友拒绝与安娜往来,使她感到屈辱和痛苦。弗龙斯基被重新踏入社交界的欲望和舆论的压力所压倒,与安娜分居,尽量避免与她单独见面,同时还禁止安娜参加社交活动和看戏。安娜对弗龙斯基的行为感到很难过,并责问弗龙斯基。在一次社交晚会上,安娜受到卡尔塔索夫夫人的公开羞辱。回家后,弗龙斯基便抱怨和责备安娜,说她不听从他的劝告。为了避免不愉快之事的再度发生,他们搬到弗龙斯基的田庄上居住。田庄经过一番整顿,设备很完美,有育婴室、医院、马厩,一切都带有英国风味。弗龙斯基要安娜和卡列宁正式离婚,安娜答应了,但又担心儿子将来会看不起她。三个月过去了,离婚仍无消息。他们的感情已不像以前那么融洽了。安娜想尽各种办法去博得弗龙斯基的欢心——弗龙斯基正是欣赏她这一点。奥布隆斯基邀列文去看他的妹妹安娜。列文被安娜的风姿所吸引，认为安娜身上有一切好东西，"除了智慧、温雅、端丽以外，她还具有一种诚实的品性"[①]。她那在瞬间由悠闲恬静而又优美端丽突然变为好奇、气愤和傲慢的神情，她的美貌、聪明和良好的教养，都深深打动了他，使他在依依不舍地离她而去时，"又望望那幅画像和她的姿影，他感到对她产生了一种连他自己都觉得惊讶的一往情深的怜惜心情"[②]。回家后，列文把自己的印象和会面的情形告诉给基蒂，基蒂感到气愤和嫉妒。

奥布隆斯基受安娜的委托去向卡列宁提出离婚的要求。卡列宁拒绝了，他认为他不能违反基督教和神的意志。同时，他又告诉奥布隆斯基：谢辽沙已长大，在他的亲自教育下，谢辽沙已学会了对母亲的憎恨。安娜要求弗龙斯基把爱情集中在自己的身上，可是弗龙斯基对她越来越冷淡。他常上俱乐部去，把安娜一人扔下。安娜要求弗龙斯基说明，假如他不再爱她了，也请他老实说出来。结果，弗龙斯基大为光火。另一次，安娜追问弗龙斯基，他的母亲是否要为他说亲事，两人又发生了口角。弗龙斯基提醒安娜，不要诽谤他母亲。安娜认识到弗龙斯基也是一个虚伪之徒，因为他并不爱自己的母亲。他们整整闹了一天的别扭。晚上，安娜称病，弗龙斯基没有去看她，她感到灰心，想到了死。第二天，弗龙斯基要到母亲那里去，安娜向他暗示他会后悔的。但弗龙斯基置之不理。安娜见弗龙斯基走了，叫仆人去追他回来，自己要向他承认错误，但火车已开了。安娜准备自己坐车去找他。她想象着弗龙斯基现在正和他母亲及他喜欢的小姐谈心。她回想起她和弗龙斯基的这段生活，弗龙斯基已明白地表现出对她厌倦了，爱她的热情也过去了……她跑到车站，在候车室里，她接到弗龙斯基的来信，告诉她那晚十时他才能回来。这时，她朦胧中想起他们第一次的相见以及当时一个护路工被轧死的情景。这仿佛暗示了她的归宿，于是，她决定不再让弗龙斯基折磨了，向正在驶来的火车扑倒下去。生命的火焰熄灭了，她的痛苦也永远摆脱了。卡列

[①] 列夫·托尔斯泰：《列夫·托尔斯泰文集（第十卷）》，周扬、谢素台译，人民文学出版社1992年版，第937页。

[②] 同上。

宁参加了安娜的葬礼,并把安娜和弗龙斯基生的女孩带走了。弗龙斯基受到良心的苛责,他以志愿兵的身份报名去塞尔维亚同土耳其作战,但愿求得一死。列文的生活过得很平静,似乎很幸福,但并没有得到真正的幸福。他在农业上的各种设想常常失败,农民不信任地主;他幻想建立一种股东联营方式,使农民和地主同样得益,达到以利害的调和和一致来代替互相仇视,但各种新方法、新措施都无效。他不知道该如何生活,苦恼得几乎自杀。最后,他想起一次和农民费奥多尔闲谈时,听到的几句话:福卡内奇是一个诚实的老头子,他活着是为了灵魂,他记着上帝。于是,他恍然大悟,决定走信仰上帝的路。这样一来,他便感到生活中的一切都有意义起来了,不再烦恼了。他们一家与奥布隆斯基一家经常往来,讨论着各种问题。

(二)人物形象

1. 安娜·卡列宁娜

安娜·卡列宁娜是留里克王朝的后裔,半个莫斯科和彼得堡都是她家的亲戚朋友。可她很不幸,从小父母双亡,寄居在姑母家里,在不懂爱情的时候由姑母介绍给已进入中年、身为省长、比她大二十岁的卡列宁。

她端丽、聪慧、典雅、质朴、活跃、单纯、沉静、从容、高贵、坚强、执着。"她那穿着朴素的黑衣裳的姿态是迷人的,她那戴着手镯的圆圆的手臂是迷人的,她那挂着一串珍珠的结实的脖颈是迷人的,她的松乱的鬈发是迷人的,她的小脚小手的优雅轻快的动作是迷人的,她那生气勃勃的、美丽的脸蛋是迷人的。"[①]一双浓密的睫毛掩映下的眼睛中,"有一股压抑着的生气流露在她的脸上……仿佛有一种过剩的生命力洋溢在她整个的身心,违反她的意志,时而在她眼睛的闪光里,时而在她的微笑中显现出来。她故意地竭力隐藏住她眼睛里的光辉,但它却违反她的意志在隐约可辨的微笑里闪烁着"[②]。但长着一对讨厌的扇风耳、肥头大耳的卡列宁,野心勃勃,虚伪透顶,"只贪图功名,只

---

① 列夫·托尔斯泰:《列夫·托尔斯泰文集(第九卷)》,周扬译,人民文学出版社1992年版,第112页。
② 同上书,第83页。

想升官,这就是他灵魂里所有的东西"①,"至于高尚理想,文化爱好,宗教热忱,这些不过是飞黄腾达的敲门砖罢了"②。而且他的确也一帆风顺,短短八年时间,就从省长升到政府要职。他最关心的是如何打败自己的政敌,巩固自己的官场地位;他官气十足也理性十足,根本不关心妻子的感情生活,以至于同妻子谈话的时候,也像起草他最喜爱的公文一样,先写下一个大纲,然后摇头晃脑念上一遍,简直就同向女秘书训话一样枯燥。这对于人格高洁并以感情为第一生命的安娜来说,无异于地狱般的煎熬。两人结婚后,安娜从未体会到爱情的滋味。尽管如此,安娜仍然压抑着内心的痛苦,与他过了八年苦闷虚伪的生活,还生了儿子谢辽沙。她到莫斯科,在火车站与近卫军军官弗龙斯基邂逅,被他的风采深深地吸引了;同时,她的高雅风姿和笑容中蕴含的一股被压抑的生气使弗龙斯基为之倾倒。弗龙斯基唤醒了她晚熟的爱情——她渴望自由而大胆的爱,不愿像贝特西·特维尔斯基公爵夫人那样在家宴上接待情人。贝特西·特维尔斯基公爵夫人起初对安娜和弗龙斯基的感情是赞同的,因为她认为那只是贵族男女之间寻常的寻欢作乐与调情,并不有伤风化,也不会损伤正派人的体面。然而,当她知道安娜可以为了与弗龙斯基相好而抛弃家庭、置丈夫与儿子于不顾的时候,贝特西·特维尔斯基公爵夫人和她的社交界便认为安娜违反了封建社会的礼法,对安娜关闭了所有的社交界的大门。整个上流社会都在轻视安娜,嘲笑安娜,把安娜看成是堕落的不道德的坏女人,认为安娜大逆不道……就这样,安娜便被冷漠的上流社会"放逐"了。同时,安娜也"自我放逐"了,不愿接受丈夫的建议仍然与之保持表面的夫妻关系、偷偷与情人往来,而是冲出家庭与弗龙斯基结合。她鄙视贵族男女堕落虚伪的生活,在剧院里她向整个社交界抬起了高傲的惊人美丽的头,从而失去了一个贵族妇女在社交界的一切地位和权利。不过,尽管如此,她始终不悔自己选择的道路,声称:"假使一切再从头来,也还是会一样的。"③

---

① 列夫·托尔斯泰:《列夫·托尔斯泰文集(第九卷)》,周扬译,人民文学出版社1992年版,第278页。
② 同上。
③ 列夫·托尔斯泰:《列夫·托尔斯泰文集(第十卷)》,周扬、谢素台译,人民文学出版社1992年版,第725页。

安娜也有矛盾的一面：一方面，她接受了个性解放的影响，勇敢地追求爱情，昂起骄傲的头，宣称自己是幸福的女人；另一方面，她用贵族传统的人生价值观来看待自己的爱情，承认自己是"有罪的女人""坏女人"[1]。在国外、在弗龙斯基的庄园里，她体验到了幸福，但又觉得那种幸福是不可原谅的，内心无法平息因丢弃母亲的天职及由此失去爱子而产生的悲伤。她爱得那样深切，却又爱得那样痛苦；觉得自己酿造了一切罪过，又觉得一切罪过吞噬了她。她一生只爱谢辽沙与弗龙斯基这两个人，如她对多莉说："我只爱这两个人，但是难以两全！我不能兼而有之，但那却是我唯一的希望。如果我不能称心如愿，我就什么都不在乎了。随便什么，随便什么我都不在乎了。"[2]邂逅弗龙斯基之前，她把所有的爱都倾注在谢辽沙的身上。他是她生活的全部意义，她全身心地爱着他，甚至连离开他一刻都不行。在爱上弗龙斯基之后，她勇敢地挑明自己对自由爱情与独立的要求，甚至这样对他说："你要明白自从我爱上你以后，在我一切都变了。在我只有一件东西，一件东西——那就是你的爱！有了它，我就感到自己这样高尚，这样坚强，什么事对于我都不会是屈辱的。我为我的处境而感到自豪，就因为……我自豪……自豪……"[3]"一切都完了……除了你我什么都没有了。请记住这个吧。"[4]但是，她实际上变成了攀附在弗龙斯基这棵树上的一条青藤。树倒藤亡，一旦失去他的爱，她便走投无路——既不可能回到丈夫家里，又不可能继续这种难堪的同居生活。她年轻的身躯便奔向了飞驰的车轮，一颗美丽的灵魂便在瞬息之间灰飞烟灭。她渴望弗龙斯基尊重她的感情，把她当作朋友和知己，而非情妇；但她没有意识到、更不知如何才能争取到这种平等与恒久的爱情，所做的一切努力实际上都是事倍功半或无济于事：她极力投他所好，每天都精心打扮，借以弥补双方年龄的差距；不愿意生孩子，借以保持苗条的体形；甚至还勉为其难地爱上了养马和体育运动，为的是培养同对方的共同语言……但这些最终仍然堵不住弗龙斯基日益膨胀的功名心，以致双方不断地闹别扭，公

---

[1] 列夫·托尔斯泰：《列夫·托尔斯泰文集（第九卷）》，周扬译，人民文学出版社1992年版，第428页。
[2] 列夫·托尔斯泰：《列夫·托尔斯泰文集（第十卷）》，周扬、谢素台译，人民文学出版社1992年版，第857页。
[3] 列夫·托尔斯泰：《列夫·托尔斯泰文集（第九卷）》，周扬译，人民文学出版社1992年版，第425页。
[4] 同上书，第202页。

开承认感情完全冷淡了,并且弗龙斯基不顾安娜的坚决反对,一定要进城去请母亲在财产委托书上签字,而把她冷落在一边。她的灵魂一直受到折磨,而孤注一掷、囿于自我的对弗龙斯基的爱又不可能得到相应的感情反响,于是她绝望了。她在临终前满含怨愤地喊出:"这全是虚伪的,全是谎话,全是欺骗,全是罪恶!"[①]愈是临近悲剧的结局,她内心矛盾冲突就愈是复杂、深刻、尖锐。她一会儿恨得那么深沉,一会儿又爱得那么热烈;一会儿表现得很坚强勇敢,一会儿又显得很软弱怯懦;一会儿觉得自己有一千个理由值得骄傲,一会儿又感到自己屈辱卑下;一会儿期待得那么殷切,一会儿又失望得那么可怜;一会儿充满了生的欢乐,一会儿又幻想着死的恐怖……她的内心永远充满了惊涛骇浪。她像一只迷途的羔羊,一切都被弗龙斯基操纵在手里,甚至在每一次口角之后都吓得浑身发抖。她总是希望把爱情与"合法"联系起来,希望把代表"合法"的卡列宁同代表爱情的弗龙斯基合二而一。她便不停地做噩梦,"梦见两人同时都是她的丈夫,两人都对她滥施爱抚"[②]。她的矛盾源于她对生活、对自己目前处境的迷惘与恐惧,她的生活、她的信仰和她的追求都找不到一个平衡的支点,她找不到前进的方向。她本能地反抗一切,又本能地忍受着一切的冲击。她爱得愈深便愈没有安全感。

  如果说安娜从前在跟卡列宁的关系上犯了一个可怕的错误,那么,她后来在与弗龙斯基的关系上又犯了一个更大的错误。她对弗龙斯基估计过高,期望过大,以为他能带她逃离"虚伪与欺骗"的社会,但她大错特错了——他带给她的永无止境的痛苦矛盾与恐惧,远远超过他带给她的生之欲望与欢乐。

  安娜是一个敢于向上流社会提出挑战的叛逆女性。在易卜生的《玩偶之家》以前,欧洲文学作品中没有任何一个女性具有像安娜这样的反叛性——简·爱最终回到罗切斯特身边,屠格涅夫按传统道德标准塑造理想女性,普希金笔下的达吉亚娜恪守着没有爱情的婚姻,巴尔扎克把欧也妮送上了归于传统的道路……而安娜是义无反顾的,最后也不愿回到沉闷的生活中去,以死抗议没有爱情的婚

[①] 列夫·托尔斯泰:《列夫·托尔斯泰文集(第十卷)》,周扬、谢素台译,人民文学出版社1992年版,第1025页。

[②] 列夫·托尔斯泰:《列夫·托尔斯泰文集(第九卷)》,周扬译,人民文学出版社1992年版,第203页。

姻，抗议这个毁灭真情的社会专制制度。安娜是女性觉醒和妇女解放过程中一个不可缺少的环节。

2. 弗龙斯基

弗龙斯基是一位洋溢青春活力的青年。他接受了个性解放时代潮流的感召，有一定的民主思想。他也有许多的优点，如为人慷慨，把父亲留下来的绝大部分遗产都让给了哥哥；对下层人民也表现出一定的同情，如在火车站看到一名护路工被火车轧死了，便给了副站长两百卢布，赠给护路工的妻子。他对安娜的爱情尽管时冷时热，但不乏真诚，否则，聪明的安娜就不会把人生的希望捆绑在他身上。但是，他作为上流社会花花公子的高级标本，游戏人生，耽于享乐，整个思想观念都打上了上流社会的深深烙印。他根本不可能改变自己根深蒂固的贵族生活方式，整日沉迷于游猎、骑马、赌博。他有时候劲头十足，鼓动安娜离开丈夫，与他重新开始新的生活，或者与他一起逃到国外去当寓公。可是，他回过头来仔细一想，便清楚地明白还是避免那样做为好——因为功名是他从小就梦想的。当他看到自己的同学谢尔普霍夫斯科伊挂上了耀眼的将军肩章，而自己却是一个可怜巴巴的骑兵大尉，于是妒忌得眼睛流血，抱憾不已，为自己的爱情而后悔。后来，他愈加感到委屈，觉得自己为安娜牺牲得实在太多，为了爱情而把本可以辉煌一番的前途给毁了。谢尔普霍夫斯科伊狠狠地教训这位昔日的老同学说："女人是男子前程上的一个大障碍。爱上一个女人，再要有所作为就很难了。"① 这句话显然对弗龙斯基产生了决定性的影响，他羞愧得涨红了脸。由于他觉得自己付出的代价太大，对安娜的爱情也就冷淡下来。不过，他也的确真诚地爱过安娜，对安娜的死感到极其悲痛。"他的变得苍老的、充满痛苦的面孔像石化了一样。"② 整整六个星期，他对谁也不说话，几乎不吃东西。他报名当志愿兵上前线，在战场上毁灭自己无谓的生命。可见问题并不在于他不爱安娜，而是他无法理解安娜的严肃爱情，双方人生价值观的差距实在太大了。

---

① 列夫·托尔斯泰：《列夫·托尔斯泰文集（第九卷）》，周扬译，人民文学出版社1992年版，第418页。
② 列夫·托尔斯泰：《列夫·托尔斯泰文集（第十卷）》，周扬、谢素台译，人民文学出版社1992年版，第1039页。

3. 列文

列文是一个庄园贵族青年。

他很有思想。在年过三十、感到有建立家庭的需要时，决定到莫斯科向他青年时代就喜爱的基蒂求婚。而当时基蒂正迷恋着弗龙斯基，便拒绝了他。随后，他回到乡下，埋头从事农业改革，希望以此忘却个人生活上的失意。他尝试养育优种牲畜，引进农业机器，但总不能得到应有的效益。

他很朴实。他在农村常与农民一起劳动，向往过一种全新的生活，像农民一样朴实。

他很执着。在得知基蒂曾大病一场、在国外疗养后即将回来，他又焕发了对她的爱，再次向她求婚，并获得成功。婚后，他们住在庄园里，过着看起来美满的生活；但是，他最终并没有得到真正的幸福：他为贵族阶级的自甘败落而忧心忡忡；他研究劳动力在农业生产中的作用，制定不流血的革命方案，探讨人生的目的，但却毫无出路；他在农业上的各种设想常常失败，农民不信任地主；他幻想建立一种股东联营方式，使农民和地主同样得益，达到以利害的调和与一致来代替互相仇视，但各种新方法、新措施都无效。他不知道该如何生活，苦恼得几乎自杀，最后从一个老农那儿得到了启示："为了肚皮活着是错误的，应该为了真理，为了上帝而活着。"[①]

罗曼·罗兰指出：列文不仅体现了托尔斯泰看待事物的既保守又民主的观点，而且列文和基蒂的恋爱以及他俩婚后的头几年生活，就是作家自己家庭生活回忆的搬演。同样，列文哥哥之死也是托尔斯泰对自己的哥哥德米特里之死的痛苦追忆；而小说的尾声则是作者本人趋向精神革命的过渡。

除安娜、列文、弗龙斯基外，小说中值得关注的人物还有不少，如基蒂、卡列宁、奥布隆斯基等。

（三）主题

第一，小说揭露和批判了19世纪上半叶俄罗斯上流社会的黑暗、腐败、

[①] 列夫·托尔斯泰：《列夫·托尔斯泰文集（第十卷）》，周扬、谢素台译，人民文学出版社1992年版，第1066页。

邪恶。

　　安娜之死虽然有多方面的原因，但最重要的原因是俄罗斯上流社会的黑暗、腐败、堕落。偷情苟合在彼得堡上流社会是人们津津乐道的事情，可是，安娜和弗龙斯基的爱情却遭到了上流社会的唾弃。其原因却并不在于他们的行为是不道德的，而是相反——因为他们的行为对彼得堡上流社会虚伪、不道德的生活构成了挑战，因为他们违反了上流社会的"游戏规则"。当时，彼得堡的上流社会虽然是一个男盗女娼的渊薮，但是，维持表面上的"体面"却是人人信守的法则。而安娜却在从赛马场回家的路上向丈夫坦白了自己与弗龙斯基的私情，并且要求与丈夫离婚。这种"离经叛道"的行为当然为上流社会所不容，更为卡列宁所不容。为了不影响自己仕途发达，也为了惩罚她，他坚决不离婚，并且不让她得到自己心爱的儿子。同时，在强大的社会压力下，弗龙斯基对安娜的爱情也动摇了。他开始频繁出入贵族议会，并渐渐将安娜的爱情视为束缚。所以，当听说弗龙斯基的母亲正为他择亲的时候，她终于绝望了。儿子与情人，她生命的两大支柱相继坍塌，她的生命也就到了尽头。

　　紧紧包围安娜的上流社会有三个集团：第一个是以卡列宁为首的官僚集团，代表政界，惯于采用法律与专制来迫害进步的人们；第二个是以利季娅·伊万诺夫伯爵夫人为首的虔信宗教的贵妇人集团，代表宗教界，"和一切教会和教派的最高权威都保持着亲密关系"①，时常运用宗教力量来压迫安娜；第三个是以贝特西·特维尔斯基公爵夫人代表的年轻贵族妇女集团，代表社交界，她们男盗女娼，荒淫无耻，只是因为一只手牢牢地抓住了宫廷，才不至于堕落到娼妓的地位。她们向安娜关闭了社交界的大门，使得安娜无人可谈，无处容身，陷入了空前的孤立。这三个集团组成了密密的罗网，封锁着安娜的一切出路，最后把安娜逼得自杀。由于卡列宁是个权位显赫的高官，以致上流社会的男男女女们都争先恐后地为他效劳，自告奋勇充当迫害安娜的走卒。在这类官本位的社会态势下，勇敢而柔情的安娜已经无路可走了。她提出离婚，却没有人理睬；她提出带走儿子，却受到冷冰冰的拒绝；甚至她去戏院里看看戏，也受到贵妇人群起而攻之的起哄，遭受了终生难忘的侮辱。由于上流社会手段无所不用其极，势力又无孔

---

① 列夫·托尔斯泰：《列夫·托尔斯泰文集（第九卷）》，周扬译，人民文学出版社 1992 年版，第 295 页。

不入，安娜便像一只陷入网中的小鸟一样东躲西藏，最后还是逃脱不了灭亡的命运。

小说以令人信服的艺术力量表现了安娜的死是其必然的结局：小说把安娜的命运写成一个悲剧，体现了生活自身的逻辑。安娜的命运很值得同情，更值得我们认真地思索。她被逼上绝路，是社会的罪过；她的死，更是对黑暗、腐败、邪恶社会的一个反抗。

第二，小说表达了作者对现实的思考。

小说是以家庭婚姻为基本单位而展开情节的，表达作者对现实的思考。小说主要涉及了四种婚姻或爱情答案——卡列宁夫妇、安娜和弗龙斯基、奥布隆斯基夫妇、列文与基蒂，每一个答案都意味着罪恶和灾难。安娜是唯一经历了两种不同婚姻（爱情）形式的人物。在安娜的性格中，激情和活力是其基本的内涵，正是一种压抑不住的活力使美貌纯洁的基蒂相形见绌；正是一种被唤醒的激情使她与卡列宁的婚姻、彼得堡习以为常的社交生活，甚至包括孩子谢辽沙都黯然失色。

第三，小说寄寓了作家对当时伦理道德准则的思考。

小说以肯定的笔触描写了安娜对自由爱情的追求，对真挚诚恳的向往，对自身人格解放的渴求。她甚至为此而不惜宁为玉碎、不为瓦全，在她身上，寄寓了作家对当时动荡的俄国社会中人的命运和伦理道德准则的思考。

第四，小说展现了"一切都已颠倒过来，而且刚刚开始形成"[①]的时代特点。

小说的悲剧氛围、死亡意识、焦灼不安的人物心态，正是人物与有损人的尊严的环境发生激烈冲突的产物。在这个意义上，安娜的悲剧正是其性格与社会环境产生尖锐冲突的必然结果。

第五，小说歌颂了人的生命力，赞扬了人性的合理要求。

小说对安娜生命力赞美似的描写实际上是对人的生命力的一种歌颂。她接受了个性解放的影响，勇敢地保卫自己神圣的爱情权利，体现出英雄般的勇气和令人战栗的人格力量，她那"我要爱，我要生活"的强劲呼声，不仅回响着时代的

---

① 列夫·托尔斯泰：《列夫·托尔斯泰文集（第九卷）》，周扬译，人民文学出版社1992年版，第439页。

召唤,而且也是对人性的合理要求的一种呼唤。

(四)艺术特色

第一,完整严密的情节结构。

首先,两条平行的情节线索互相呼应,男、女主人公的对映关系独特,具有深刻的内在联系。

小说有两条平行的情节线索。一条是以安娜、卡列宁、弗龙斯基为主构成的与彼得堡上流社会相联系的线索,写安娜不爱卡列宁而爱弗龙斯基并离开家庭,为此遭到上流社会的鄙弃,后来又受到弗龙斯基的冷遇,终于绝望而卧轨自杀。这条线索展示了封建主义家庭关系的瓦解和道德的沦丧。一条是以列文、基蒂为主构成的与宗法制农村紧密联系的线索,写列文和基蒂的恋爱,以及列文的经济改革与精神探索。这条线索反映了资本主义势力侵入农村后地主经济面临危机的情景,揭示出作者执着地探求出路的痛苦心情。

安娜和列文之间既不形成矛盾冲突,又几乎没有实际联系,他们的对映是更为内在的。如在寻求自己的理想生活时,安娜重感情,而列文重理智;安娜的追求表现为"灵"与"肉"的尖锐冲突,而列文主要是精神上的深刻矛盾;安娜在资本主义文明的深渊里沉沦并以悲剧告终,列文则在宗法制农村庄园中找到出路,得到幸福。小说以此为对映基础,展开了人物的两条逆向的生活道路。但在社会大动荡的时代里不愿随波逐流,严肃地对待人生,按照自己的理想选择生活道路,这是安娜与列文的共同之处,也是小说中两条主要情节线索的一个内在联系点。列文在小说里还起着衬托安娜、解释安娜的作用。在小说里,凡是好人几乎都同情、喜欢安娜,但真正欣赏安娜精神世界的不是别人而是列文。列文发现安娜"闪烁着幸福的光辉和散发着幸福的神情"[①],自己幸福也希望别人幸福——这是安娜心灵的要求也是列文追求的人生目标。在这种深层意义上的对照,列文的情节线可以说是安娜情节线的继续和延伸。

---

① 列夫·托尔斯泰:《列夫·托尔斯泰文集(第十卷)》,周扬、谢素台译,人民文学出版社1992年版,第937页。

两条平行线索由以奥布隆斯基、多莉为主的中间线索贯穿起来，形成一种圆拱形结构；三条线索相互对应、参照，勾勒出三种不同类型的家庭模式和生活方式。

其次，在对映体结构中，注意连缀人物的纽带作用。

小说在处理对映体结构形态时，特别注意连缀人物的纽带作用。小说中担任这一作用的是奥布隆斯基，尽管他不是中心人物。

奥布隆斯基在小说中地位特殊，作为一个生于显赫的官宦世家的贵族，他与上流社会关系密切，半个莫斯科和彼得堡都是他的亲戚朋友；作为一个破产的作风浪荡的"自由派"贵族，他又与知识界人士、商人、金融家及至社会上的"三教九流"有着广泛的接触。同时，他与小说中所有的主要人物都有着不一般的关系：安娜是其妹妹，卡列宁是其妹夫，列文是其挚友，基蒂是其妻妹……由于处在如此特殊的位置，奥布隆斯基充当反映人物命运发展和情节推移的纽带是极为合适的。

小说一开始就由奥布隆斯基引出"一片混乱"的时代基调，接着又通过安娜的电报和列文的来访引出对映体双方：安娜为调解兄嫂关系而来，却为自己带回了家庭分裂和悲剧命运的潜伏危机；列文向基蒂求婚失败，回庄园开始新的生活。对映双方以各自内在的力量开始了不同的生活道路，众多的人物和广阔的生活现象分别在两条主线中得到展现。同时，奥布隆斯基在结构中穿梭往来，时而出现在安娜线中，成为安娜、弗龙斯基和卡列宁之间的中间人，时而又在列文线中露面，推动列文和基蒂关系的发展；他常常活跃在都市的上流社会，又不时到外省的农村庄园；他促成了安娜与列文唯一的一次会面，也是他的电报触发了安娜临死前与弗龙斯基最激烈的一次争吵。

奥布隆斯基的活动不仅使两个对映体之间的结构密度明显增大，而且还提供了一个充分显示对映效果的观察点：安娜充满感情色彩地追求真正的爱情生活与列文认真、理智地探索生活的真理；安娜线所显示的都市上流社会的病态生活与列文线所表明的乡村庄园的健康生活；安娜命运中逐步加深的险象迭起的危机与列文生活道路上虽有波折但日益明朗的家庭幸福……这些不同层次的对映内容通过奥布隆斯基的串联而不断显现出来，使读者获得了一个完整而又强烈的印象，整个多层次的布局也随之出现了清晰的脉络。就结构意义而言，奥布隆斯基无疑是作家为连缀对映双方特意设计的一个形象；如果没有这个形象，对映体的结构作用就不能发挥，整部小说结构的完整性也会受到严重影响。

最后，通过主人公生活遭遇的鲜明对照，小说巧妙地把平行发展的两条线索连成一个有机的整体——基蒂因弗龙斯基对她的负心正悔恨交加，安娜却因弗龙斯基对她的追求而兴高采烈；弗龙斯基因恋爱成功正满怀喜悦，列文却因求婚失败而深感痛苦；基蒂终于在乡下和列文结了婚，安娜却抛弃家庭和弗龙斯基出国旅游去了。

第二，深刻细腻的心理描写。

小说注重描写作为人物心理活动现实基础的日常生活。

小说注重以生活的形式来反映现实，在广阔的现实生活基础上，表现人物性格发展及其心理活动。小说中人物的性格发展、心理变化与生活进程几乎是平行的。日常生活以及其中发生的各种事件、矛盾、人际关系等构成了人物心理活动的现实基础，而人物的心理活动，既是他/她生活逻辑发展的必然结果，又是他对/她客观现实生活的一种主观反映；既是小说所具体刻画出来的人物的心理状态，又是作家对客观现实生活的一种主观反映。如多莉去看望安娜时，在从列文庄园到弗龙斯基庄园的途中，有一段思考自己的全部生活的那段内心独白。多莉是一位贵族妇女，婚后把所有精力都花在养育儿女上。众多的儿女、拮据的经济、丈夫的不忠使她心力交瘁。但她心地善良，原谅了丈夫，仍然承担着一个妻子和母亲的责任。她真诚地同情妹妹基蒂，想极力促成她和列文的结合。她对安娜的遭遇表现出充分的理解。这样的一个妇女，当她摆脱了家务，在旅途中有时间从各个不同方面回顾自己一生的时候，所想的当然主要还是自己的孩子以及由此生发出来的一系列问题。她先是为孩子们在她外出时能否得到很好照顾而忧心忡忡；继而考虑到今年应该添置的服装和其他家务事；再后来想到一个妇女在怀孕、分娩、喂奶、养育孩子过程所受的可怕的痛苦，为了使孩子不成为坏蛋要付出的心血，感到自己的一辈子也就这样完了；最后觉得"人人都活着，人人都享受着人生的乐趣"，只有她像是从监狱里、从一个苦恼得要把她"置于死地的世界里释放出来"①的，心事重重。为什么要压抑自己的欲望呢？于是，"最热情的和想入非非的风流韵事涌现在"②她的想象里。这一切对于多莉来说是那样的自然，任何人处在她的地位都可能产生这些想法和心理活动。

小说通过心理描写生动地展现人物内心世界的丰富。

小说所描绘的心理是处于常态中的人们的心理，几乎写出了人类生活中可能出现的各式各样的心理感受。如安娜在儿子生日前对他的思念。为了见儿子一面，她做了许多准备；见面时，她非常激动，上气不接下气叫着他的名字，用贪婪的目光打量着他的模样，抚摸着他身上的每一个部分，却一句话也说不出来，眼泪把她哽住了。再如，列文去公园溜冰场见基蒂时，感到"园里弯曲的、枝叶纷披的老桦树……的树枝都被雪压得往下垂着，看上去好像是穿上崭新的祭祀法衣"③。这实际上正是列文准备向基蒂求婚时紧张庄重心理的写照。列文求婚成功后，觉得商店、行人、景物、天气全都变得和蔼可亲，全都在向他微笑、祝贺，这也正是他那极其温柔快乐心情的反映。

安娜自杀前极度紧张、复杂的思想斗争更典型。她忽而希望，忽而绝望；忽而幻想她到了那个车站后给弗龙斯基写一封信，信里写些什么；忽而幻想他不了解她的痛苦，反而向母亲诉说他处境的苦恼；忽而想生活还是会幸福的，她很爱他又很恨他……小说把她内心的爱与恨、信任与猜疑、绝望与期待、自尊与妥协等矛盾而复杂的思想写得惟妙惟肖。

小说通过描写人物话语直接展示人物的内心世界。

当安娜已经接受弗龙斯基的爱情以后，她就再也不能容忍自己原来的"虚伪与欺骗"的生活处境了。她勇敢地向丈夫和旧生活决裂，她在内心说道："我知道我不能再自欺欺人了，我是活人，罪不在我，上帝生就我这个人，我要爱情，我要生活。而他现在怎样呢？要是他杀死了我，要是他杀死了他的话，一切我都会忍受，一切我都会饶恕的；但是不，他……"④

---

① 列夫·托尔斯泰：《列夫·托尔斯泰文集（第十卷）》，周扬、谢素台译，人民文学出版社1992年版，第813页。

② 同上书，第814页。

③ 列夫·托尔斯泰：《列夫·托尔斯泰文集（第九卷）》，周扬译，人民文学出版社1992年版，第37页。

④ 同上书，第392—393页。

她是一个正直而不放荡的女人，她追求真挚的爱情。她用内心的声音慢慢重复地对弗龙斯基说："爱……我所以不喜欢那个字眼就因为它对于我有太多的意义，远非你所能了解的。"①

小说用叙述的形式展现心理活动的辩证过程。

小说注重描绘人物心理变化、发展的全过程，作者的叙述、对人物心理的分析是描绘心理的主要手段。如安娜在与儿子见面后，看她与弗龙斯基生的可爱的小女孩，她更加清楚地觉得，她对她的感情如果同她对谢辽沙的感情相比，那简直说不上是爱了。她想着儿子说的话，想着他的眼神，想着她永远地同他分离。她打开嵌着谢辽沙照片的颈饰，用弗龙斯基的照片替下儿子的照片，进而想到弗龙斯基，想到他如果不再爱自己怎么办……小说以叙述的形式表现了安娜那种痛苦、绝望、害怕的心理发展过程。

内心独白也是小说经常使用的手段之一，但通常总是与作者的叙述结合在一起的。人物在进行内心独白时，作者似乎仍然紧紧地伴随着自己的人物，左右着他。如赛马以后，安娜向卡列宁坦白了她和弗龙斯基的关系，卡列宁坐在回彼得堡的马车里考虑处理和安娜的关系问题。卡列宁的内心独白和作者对他的心理描述是平行的。在卡列宁的一段独白之后便是作者的叙述，说明他当时的情绪或明确一些模糊的想法。卡列宁设想了各种解决的办法之后，确定了一个原则是："我不应当不幸，但是她和他却不应当是幸福的。"②

接着，作者剖析了他当时的情绪："不单希望她不能称心如意，而且唯愿她为她犯的罪而受到应有的惩罚。他自己没有承认这种感情，但是在他的内心深处，他却渴望她同为破坏了他的内心平静和名誉而受苦。"③托尔斯泰这样处理叙述和内心独白的关系，使他的心理分析具有叙述性和客观性的特点。

当然，托尔斯泰的心理描写有时流于琐碎和非理性，这也是应该注意的。

小说既"写人物的精神探索或紧张时刻，也写平常状态中的内心过程"，"有时表现人物的内心矛盾与斗争，有时揭露人物的表里不一，但都有其内在

---

① 列夫·托尔斯泰：《列夫·托尔斯泰文集（第九卷）》，周扬译，人民文学出版社1992年版，第191页。
② 同上书，第379页。
③ 同上书，第379—380页。

的一致性","善于在繁多而杂乱的心理中选取最有意义、最典型的部分,他的心理描写较之陀思妥耶夫斯基远为简洁"。"写心理过程,他经常通过内心独白。"①"许多地方像通常的心理小说,直接通过动作、手势和表情等。在赛马一场,安娜拿着望远镜'老盯住一个地方','脸色苍白而严峻','痉挛地紧握着扇子',沉默而'屏息',最后是'大声惊叫','像一只给抓住的鸟儿乱蹦乱跳':寥寥几个镜头,她的心理过程历历在目。"②

作者把前意识和下意识带入小说,使独白具有"偶然性、错乱、断断续续、半吞半吐和任何的跳跃"③。如:"'接到我的信他会多么得意和高兴啊!但是我会给他点颜色看看的……油漆味多么难闻啊!他们为什么老是油漆和建筑?'……她立刻奇怪这两位姑娘为什么微笑。'大概是爱情!她们还不知道这是多么难受、多么卑下的事哩……林荫路和儿童们。三个男孩子奔跑着,玩赛马的游戏。谢廖沙!我失去了一切,我找不回他来了。……'"④又如:"'……他这么起劲地对那个人讲些什么呢?'她望着两个过路的人,这样想。'一个人能够把自己的感受告诉别人吗?……'看见一个肥胖红润的绅士乘着车迎面驶来,她想,他把她当成了熟人……'他以为他认识我。但是他和世界上其他的人一样,同我毫不相识哩。连我自己都不认识我!我就知道我的胃口,正像那句法国谚语说的。他们想要吃肮脏的冰激凌……'她心里想,看见两个男孩拦住一个冰激凌小贩……'我们都愿意要甘美可口的东西。如果没有糖果,就要不干净的冰激凌!基蒂也一样,得不到弗龙斯基,就要列文。而她嫉妒我,仇视我。我们都是互相仇视的……'她想着忽然笑起来。但是马上又回想起她现在没有可以谈笑的人了。'……一切都是可恨的。晚祷钟声响了……这些教堂、这些钟声、这

---

① 陈燊:"总序",列夫·托尔斯泰:《列夫·托尔斯泰文集(第一卷)》,谢素台译,人民文学出版社1987年版,第33页。
② 同上书,第34页。
③ 同上。
④ 列夫·托尔斯泰:《列夫·托尔斯泰文集(第十卷)》,周扬、谢素台译,人民文学出版社1992年版,第1013页。

些欺诈……无非是用来掩饰我们彼此之间的仇视……'"① "这里安娜思绪的凌乱和跳跃，都是由眼前外界事物引起的联想和回忆，一切下意识都和她的意识互为表里，是她在紧张时刻，所有的悔恨和省悟以及对社会、对弗龙斯基的深恶痛绝等情绪纷至沓来、一齐涌向心头的表现。"②

第三，生动传神的肖像描写。

小说在描写安娜时，一反作家其他作品中朴实无华的语言，竭力使用最绚丽的辞藻，通过弗龙斯基的眼睛、基蒂的眼睛、多莉的眼睛、列文的眼睛精心塑造安娜，使这个贵族少妇成为世界文学中无与伦比的美丽形象。

弗龙斯基在车站上初次邂逅安娜，从她那亮晶晶的眼睛和笑盈盈的樱唇中掠过，仿佛她身上洋溢着过剩的青春不由自主地忽而从眼睛的闪光里、忽而从微笑中透露出来。基蒂见到安娜，就为她倾倒，觉得她不像上流社会的贵夫人，也不像是个有八岁孩子的母亲，要不是她眼睛里有一种使基蒂吃惊和倾倒的既时而显得严肃又时而显得忧郁的神情，凭她动作的轻灵、模样的妩媚，基蒂会觉得她是一个二十岁的姑娘——她十分淳朴自然，毫不做作，但在她的内心里却另有一个感情丰富而又诗意盎然的超凡脱俗的世界。多莉看到安娜热恋弗龙斯基时的神态又是另一番景象：双颊和下巴上分明的酒窝，嘴唇的优美线条，荡漾在整个脸上的笑意，眼睛里闪烁着光芒，动作的优美和灵活，说话声音的甜美和圆润，就连她回答韦斯洛夫斯基时半是嗔怪半是撒娇的媚态，这一切都使人神魂颠倒。一向都是正人君子的列文在乡下看到安娜的画像时也为之着迷，觉得这不是画像而是一个活生生的女人，披着一头乌黑的鬈发，光着肩膀和胳膊，嘴唇上挂着若有所思的微微笑意，并且用她那双使人销魂的眼睛扬扬得意而又脉脉含情地望着他；等他见到安娜的庐山真面目时，更是情不自禁地赞叹她的绝世美貌。

在小说中，肖像描写不仅展示了人物的一般性格特征，而且还展示了人物性格的发展过程。安娜的系列肖像体现着安娜性格的发展，体现着安娜爱情故事的

---

① 列夫·托尔斯泰：《列夫·托尔斯泰文集（第十卷）》，周扬、谢素台译，人民文学出版社1992年版，第1017—1018页。
② 陈燊："总序"，列夫·托尔斯泰：《列夫·托尔斯泰文集（第一卷）》，谢素台译，人民文学出版社1987年版，第35页。

起伏，体现着安娜的幸福和悲哀，充分体现了现实主义塑造人物形象、表现人物内心世界的完整性方面的威力。

为了突出人物的不同心态，小说还着力描写了性格化的人物面部表情，这在肖像描写中显得与众不同。比如，卡列宁脸上总是"冷淡""冰冷冷""严峻"的表情，活画出他内心的冷酷和自私。列文经常"脸红"和"羞涩"。奥布隆斯基对所有的人都现出"像杏仁油一样有缓和镇定的作用"[1]的"微笑"。安娜刚一出场时，由于渴求自由和爱情，所以脸上显露出一股"压抑着的生气"[2]；后来，她由于对爱情的失望，进而对生活也感到绝望和厌倦，则经常"眯缝着眼睛"。

---

[1] 列夫·托尔斯泰：《列夫·托尔斯泰文集（第九卷）》，周扬译，人民文学出版社1992年版，第573页。
[2] 同上书，第83页。

第十七章
《红字》

一、作者简介

纳撒尼尔·霍桑（Nathaniel Hawthorne，1804—1864），美国心理分析小说的开创者，美国文学史上首位写作短篇小说的作家，被称为美国19世纪最伟大的浪漫主义小说家。他1804年7月4日出生于新英格兰地区马萨诸塞州的萨勒姆镇（"耶路撒冷"的简称[①]）。其家原属一名门望族，世代的家族成员都是虔诚的清教徒。霍桑一家后来中落，以航海为业，从事西印度地区的贸易，到纳撒尼尔父亲这一代境遇更大不如前。在他四岁时，做船长的父亲害黄热病客死于荷属圭亚那（今苏里南）；母亲带着三个孩子和家中仅有的一点积蓄投奔住在缅因州的娘家兄长，在兄长家度过了默默守寡的一生。父亲的去世和母亲的寡居对霍桑童年时代的生活产生了很大的影响。

1813年，霍桑不幸伤了脚，随后待在家中养伤近三年。他很少到户外活动，过着一种孤独、封闭式的生活。他从不去教堂，但喜欢在礼拜日打开窗户，站在

[①] 参见胡允桓："一代巨匠 传世佳作——简谈霍桑及其作品"，霍桑：《霍桑小说全集（1）》，胡允桓译，安徽文艺出版社2000年版，第4页。

窗帘后面观看男女老少做礼拜。他意识到清教伦理对人性的压抑和对幸福生活的摧残，但又无法彻底摆脱他从小就耳濡目染的这种文化传统。在养伤的近三年中，他阅读了大量的书籍。由于脚受伤，他直到1819年才又去学校读书。1821年，他在亲戚资助下进入波多因大学学习。在信奉自由精神的大学环境中，他热衷于各种活动，与同班学友朗费罗（后来成为美国大诗人）、富兰克林·皮尔斯（后来出任美国第十四届总统）建立了毕生的友谊。1825年，他大学毕业，回到家乡萨勒姆，重新开始与世隔绝的隐居生活。1839年，他在有势力的同窗的帮助下谋到一份政府差事，任波士顿海关的司磅员。在海关工作的两年，他并没有感到快乐——他只是迫于生活上和经济上的压力才不得不在海关供职的。1841年，他离开了海关，用积蓄买到布鲁克农场的成员身份，前往参加知识与体力劳动相结合、思想家与劳动者相结合的实验。因为劳动时间太长，写作时间太少，他在农场只待了六个月就扬长而去。1842年，他与索菲·阿米莉亚·皮博迪结婚，移居马萨诸塞州的康考德。他与邻居爱默生、梭罗、阿尔科特等人结下友谊。

1837年，霍桑出版了首部短篇小说集《重讲一遍的故事》。1845年以后，霍桑进入创作的成熟期。1846年，他推出第二部短篇小说集《古屋青苔》，"这些短篇，风格以优雅、别致见称，如他自称是'偏僻山谷中带有苍白色彩的花朵'。出版后，引起了读者的注意"[①]，但此书只给他带来微薄收入，于是，霍桑再度寻求政界朋友帮助，得到一份政府公职，任萨勒姆海关的检验官，任职三年就放弃了工作。1848年总统换届，不同的政党上台，随之更换了一大批政府官员，霍桑也在其中——1849年，一场政争使他失去了职务。他经历了一段心身的煎熬，最后静下心来，开始创作《红字》。1850年，《红字》出版，它是美国文学发展史上的首部象征主义小说，霍桑因该小说被评论界称为"出生于本世纪的最伟大作家"，亨利·詹姆斯、爱伦·坡、赫尔曼·麦尔维尔等文学大师都深受《红字》的影响。《红字》的收入使霍桑摆脱了贫穷，他便告别故乡，举家迁往马萨诸塞州西部伯克县的伦诺克斯。在伦诺克斯，霍桑杰作频出——《七个尖角阁的房子》（1851）、《福谷传奇》（1852）等出版。1852年，为同窗富兰克林·皮尔斯竞选总统，推出人物传记《富兰克林·皮尔斯传》，该作品得到

---

① 洪怡："译本序"，纳撒尼尔·霍桑：《红字》，侍桁译，上海译文出版社1981年版，第1页。

皮尔斯赞赏。富兰克林·皮尔斯当选总统后，任命霍桑出任美国驻英国利物浦总领事。四年届满后，他又在意大利旅居了两年。1853年他发表童话《乱树丛故事》。霍桑任职期间（1853—1857），他充分领略了英国的风土人情，将旅途印象载入《英国笔记》（死后由其妻整理发表）及散文集《我们的老家》（1863年发表）。1858年，他赴法兰西和意大利旅行，写成《法国与意大利笔记》和小说《玉石雕像》（1860年发表）。《玉石雕像》以意大利为背景，是霍桑创作的最后一部完整的小说。1864年，儿女夭折，他身心交瘁，于5月19日在新罕布什尔州的普利茅斯去世，5月23日安葬于康考德他生前最乐于散步的松树林中的美丽的"睡谷"墓园，他的墓碑由一块简单的石头做成，上面只刻着"霍桑"。

"霍桑的作品几乎都以新英格兰殖民时期的生活为背景，这是美国东部沿海的几个州，英国早期移民定居于此。……他的作品主要不是表现社会的风俗习惯，而是刻画人们的思想冲突和心理活动；同时表现了宗教在人们思想上和生活上的烙印，宗教对人的精神的摧残，对人性、人权的压抑，造成了人的精神世界的复杂矛盾……在作品中，霍桑从人性论出发，用抽象的形式和象征的手法来探索资本主义社会发展所产生的问题。通过揭露清教徒的宗教伪善、上层分子的虚伪道德，也不自觉地暗示了自己时代的种种弊病——建立在资产阶级冷酷金钱关系上的社会制度的不合理性、到处泛滥的金钱拜物教、人欲横流、旧的道德观念的不适用和新的道德观念的虚伪性等。"[①]

霍桑的"创作思想是清教徒意识、超验主义影响和神秘主义的结合"[②]。对霍桑的创作思维有着直接影响的是他对家族历史以及宗教的了解：霍桑的祖上来自英格兰地区的望族，世代都是虔诚的加尔文教信徒。两代前辈曾是马萨诸塞州政教合一权力机构中的要人：一位是马萨诸塞殖民地议会的首任议长，名叫威廉·哈桑，以参与迫害辉格党而臭名昭著；另一位是他的叔叔，名叫约翰·哈桑，曾任地方法官。

1692年，在马萨诸塞的萨勒姆镇发生了历史上著名的"驱巫案"。当时的萨勒姆镇流行着一种类似癫痫病的传染病，有人诬告此系女巫作祟。在西方的一

---

① 洪怡："译本序"，纳撒尼尔·霍桑：《红字》，侍桁译，上海译文出版社1981年版，第2页。
② 同上。

些国家里存在着这样一个传统观念,即"女巫"是魔鬼撒旦的同伙,她们从撒旦那儿得到了一种超自然的力量,专门在人间干传播疾病、杀害婴儿等勾当。萨勒姆镇是加尔文教势力较强的地方,加尔文教为了消除异端,以此为理由同辉格党进行了争夺宗教权势的斗争。此案牵连甚广,有200多人被捕,150人被监禁,10人以上受到绞刑。实际上这是一次宗教迫害,遇难者中有不少是无辜的居民。霍桑的叔叔约翰·哈桑在事件中充当法官,并以他的宗教狂热及残酷无情而著称于世。

霍桑通过对整个家族历史的了解,特别是他对祖先17世纪30年代从英格兰到北美殖民地大陆以及后来的发家过程所作的研究和考证,比较全面地了解到这个家族的发展历史和18、19世纪新英格兰地区的社会状况。当时的社会正值资本主义经济飞速发展初期,社会结构发生着重大的变化和调整。在霍桑看来,技术的进步和机器的使用不但不能改善社会的道德面貌,反而使人陷入更深的"罪"的漩涡,成为"恶毒的精灵"。为此,他对眼前所发生的一切感到不理解。他曾经接触过超验主义,并且参加过超验主义者兴办的布鲁克农场,但他又以漠然的态度看待爱默生等人的活动,甚至还表示反对。他对任何社会改革方案都不感兴趣,甚至对当时美国社会的重大问题也持谨慎的态度。他的这种保守态度以及对社会的不理解反映在他根深蒂固的清教徒宗教意识之中。当时社会上出现的激烈的宗教派别斗争以及这种斗争所涉及的道德观念对他的作品产生了重大的影响;而且在他的许多作品里,他都直接或间接地抨击了加尔文教毒害人的宗教狂热以及摧残人性的宗教戒规。但在他的思想深处仍然以具有浓厚宗教色彩的善恶观念来看世界,把他不能理解的、由于资本主义发展所引起的新的社会矛盾统一归结为一个抽象的"恶"。在他看来,一切社会问题、人与人之间的矛盾、犯罪现象等的根源不在社会物质生活当中,而是由于世界上固有的一种"恶"造成的——这是加尔文教教义中关于"原罪"、内在的"堕落"等观念对他思想的影响所致。在他看来,解决一切社会问题都需要从"恶"入手,都要从内部进行挖掘,因为一切抽象、神秘的"恶"都是造成社会问题的根本原因。

霍桑对先辈们的行为极不认同,痛恨他们的做法,为他们的暴行感到羞愧和深深的自责,这促使他于1830年后在自己的姓氏Hathorne里加进一个w,变成

Hawthorne，以表示他和罪孽深重的祖先不同。

1825年至1837年，在故乡度过的十二年对霍桑以后成为作家产生了重要影响。在那段时间，霍桑热衷于探索家乡的历史，他看完了当地图书馆里的每一本书，熟悉了家乡萨勒姆古镇的古老的历史，尤其是巫术时代。他研读有关英格兰的历史文献，同时从事小说创作。他的绝大部分作品以殖民地时期残酷的宗教统治为背景，描写了人们的精神世界、思想意识矛盾和在宗教主义压迫下的悲惨遭遇。他看到了宗教狂热和宗教教条给人们所带来的影响，看到了宗教对人性的摧残。

在马萨诸塞地区，宗教与人们的生活联系非常紧密，宗教渗透于生活的各个方面。宗教甚至等同于法律，具有至高无上的权威和效力，但清教思想的严酷统治以及狂热的宗教崇拜在某种程度上又是对人的尊严的一种残酷践踏。萨勒姆是一个加尔文清教主义氛围十分浓厚的地方，科学不发达，当地人愚昧，有大量的富于神奇色彩的民间传说和神话故事。同时，人们崇尚催眠术，巫术活动在那里滋生蔓延。加尔文清教主义对霍桑产生了很大的影响，极大地影响了霍桑认知世界的方式。

霍桑生活的时代虽然清教思想已不再是新英格兰的主导力量，但是清教对美国人的生活和思想影响却是深远的，霍桑的性格与清教思想水乳交融——清教思想影响了他的思考方式和看问题的态度，使他从清教主义的角度来观察人和世界；他对清教主义有着深刻的思考和认识，对清教中的一些积极的因素，如早期美国的清教徒们身上所具有的开拓进取、坚韧不拔的精神，是持肯定态度的。但另一方面，清教思想中的禁欲主义以及清教对人性的压迫又是他所不赞同甚至是批判的；从对美国的历史了解中，他深刻地把握了清教主义对美国历史产生的影响，看到了清教主义在维护统治方面所起到的积极作用，对清教主义的一些话题，比如人与上帝的关系以及人与宗教的关系、人性中的善与恶以及人们的道德准则很关心和关注，但也看到了过于严苛的统治和规范在某种程度上又使人丧失了最初的本性。

超验主义也对霍桑产生了影响。19世纪欧洲的浪漫主义思潮漂洋过海，到达北美洲，与当地的清教主义思想结合，产生了对后来美国形成重大影响的超验主义哲学。超验主义哲学认为宇宙间存在一种理想的超验主义实体，超越于科学和经验之外，人们可以通过直觉把握它；人通过直觉可以认识真理，在一定范围之内人就是上帝；它摒弃了加尔文教派以"神为中心"的观点，反对理性，崇尚直觉，提倡人文精神，主张个性解放，强调个人的价值；它对当时的社会，尤其是对欧洲占统治地位的神学思想产生了很大的影响。超验主义促进了美国的思想文化解放，也影响了美国的文学，成为美国文学中不可缺少的一部分。超验主义所处的美国文学时期被称为"美国的文艺复兴"时期。该时期的文学以深刻的哲学思想为底蕴，强调精神的至高无上和精神的绝对感知，对传统的宗教进行反驳，代表人物有拉尔夫·沃尔多·爱默生（Ralph Waldo Emerson）、亨利·戴维·梭罗（Henry David Thoreau）等。霍桑虽然不是超验主义的狂热追随者，但与爱默生、梭罗等的关系都非常的密切，在日常生活中和他们的交往也是愉快的，因此，实际上是受到了超验主义的影响的。[1]

二、《红字》

《红字》出版于1850年。

（一）内容梗概

《红字》"以殖民时期的严酷教权统治为背景，描写了北美殖民地新英格兰发生的一个恋爱悲剧"[2]。

在17世纪中叶一个夏天的早晨，一大群波士顿居民拥挤在监狱前的草地上，庄严地、目不转睛地盯着牢房门。随着牢门的打开，一个怀抱三个月大的婴儿的

---

[1] 以上内容参见胡允桓："一代巨匠 传世佳作——简谈霍桑及其作品"（霍桑：《霍桑小说全集（1）》，胡允桓译，安徽文艺出版社2000年版）、洪怡："译本序"（纳撒尼尔·霍桑：《红字》，侍桁译，上海译文出版社1981年版）、苏福忠："译本序"（霍桑：《红字》，苏福忠译，上海译文出版社2011年版）。

[2] 洪怡："译本序"，纳撒尼尔·霍桑：《红字》，侍桁译，上海译文出版社1981年版，第3页。

年轻女人缓缓地走到了人群前。她的胸前佩戴着一个鲜红的A字，耀眼的红字吸引了所有人的目光。她就是海丝特·白兰太太。她由于被认为犯了通奸罪而受到审判，并要永远佩带那个代表着耻辱的红字。

在绞刑台上，当州长贝灵汉和约翰·威尔逊牧师以威逼利诱的方式让她说出孩子的父亲到底是谁时，她以极大的毅力忍受着屈辱，忍受着人性所能承担的一切，凝视着站在身旁的年轻牧师丁梅斯代尔深沉而忧郁的眼睛。这时，在人群中，她看到了一个相貌奇特的男人：矮小苍老，左肩比右肩高，正用着阴晦的眼神注视着她，这个男人就是她失散了两年之久的丈夫罗格·齐灵窝斯——一个才智出众、学识渊博的医生。当他发现她认出了他时，他示意她不要声张。罗格·齐灵窝斯的眼里燃烧着仇恨的怒火，他要向海丝特·白兰及她的情人复仇，并且相信自己一定能够成功。

海丝特·白兰被带回狱中之后，罗格·齐灵窝斯以医生的身份见到了她，但海丝特·白兰不但没有说出孩子的父亲是谁，反而坚定地说："你永远也不会晓得了！"①她向他坦言，她从他那里从来没有感受到过爱情。罗格·齐灵窝斯威胁海丝特·白兰不要泄露他们的夫妻关系，否则，他会让她的情人名誉扫地——毁掉的不仅仅是他的名誉、地位，甚至还有他的灵魂和生命。海丝特·白兰答应了。

海丝特·白兰出狱后，带着自己的女儿珠儿靠着针线技艺维持着生活。她们离群索居，那鲜红的A字将屈辱深深烙在了海丝特·白兰的心里。珠儿长得美丽脱俗，有着倔强的性格和充沛的精力，她和那红字一起闪耀在世人的面前。在那个清教徒的社会里，她们是耻辱的象征，但也只有她们是鲜亮的。

丁梅斯代尔不仅年轻俊美，而且学识渊博，善于辞令，有着极高的禀赋。他有着极深的宗教造诣，在教民中有着极高的威望。自从海丝特·白兰受审以来，他的健康日趋羸弱，敏感、忧郁与恐慌弥漫了他的整个思绪。他常常夜不能寐地祷告，每逢略受惊恐或是突然遇到什么意外事件时，他的手就会拢在心上，先是脸上一阵红潮，然后便是满面苍白，显得十分苦痛。这一切罗格·齐灵窝斯看在眼里，对他产生了浓厚的兴趣，并以医生的身份与他形影相随。

---

① 洪怡："译本序"，霍桑：《红字》，侍桁译，上海译文出版社1981年版，第27页。

随着时间的推移，珠儿渐渐长大，她穿着母亲为她做的红天鹅绒裙衫，奔跑着，跳跃着，像一团小火焰在燃烧。这耀眼的红色使清教徒们觉得孩子是另一种形式的红字，是被赋予了生命的红字！贝灵汉州长和神父约翰·威尔逊认为珠儿应该与母亲分开，因为她的母亲是个罪人，没有能力完成使孩子成为清教徒的重任。但是，海丝特·白兰坚决不同意，她大声说珠儿是上帝给她的孩子，珠儿是她的幸福，也是她的折磨，是珠儿叫她还活在世上，也是珠儿叫她受着惩罚。如果他们夺走珠儿，海丝特·白兰情愿先死给他们看。海丝特·白兰转向丁梅斯代尔，希望他能够发表意见。丁梅斯代尔面色苍白，一只手捂住心口，那双又大又黑的眼睛深处，在烦恼和忧郁之中还有一个痛苦的天地。他认为珠儿是上帝给海丝特·白兰的孩子，应该听从上帝的安排；如果她能把孩子送上天国，那么孩子也就能把她带到天国，这是上帝神圣的旨意。这样，珠儿才没有被带走。

　　这一切都被饱经世故的罗格·齐灵窝斯看在眼里，他一点点地向丁梅斯代尔内心逼近。他像观察病人一样观察丁梅斯代尔，一方面观察丁梅斯代尔的日常生活，看他怎样在惯有的思路中前进；另一方面观察他被投入另一种道德境界时所表现的形态。他尽量发掘丁梅斯代尔内心的奥秘。随着时间的推移，罗格·齐灵窝斯渐渐地走进了丁梅斯代尔的心里，并向他的灵魂深处探进。

　　一天，丁梅斯代尔正在沉睡，罗格·齐灵窝斯走了进来，拨开了他的法衣，终于发现了丁梅斯代尔一直隐藏的秘密——他的胸口上有着和海丝特·白兰胸前所佩戴的红字一样的红字；他将两臂伸向天花板，一只脚使劲跺着地面，以这种非同寻常的姿态放纵地表现他的狂喜。他精心地实施着他的复仇计划，利用丁梅斯代尔敏感、富于想象的特点，抓住他的负罪心理，折磨他的心灵。他把自己装扮成可信赖的朋友，让对方向他吐露一切恐惧、自责、烦恼、懊悔、负罪感。那些向世界隐瞒着的一切内疚，本可以获得世界的博大心胸的怜悯和原谅的，如今却要揭示给他这个内心充满了复仇火焰的人，让他得偿复仇之夙债。而此时的丁梅斯代尔对罗格·齐灵窝斯却没有任何的怀疑，虽然他总是会感到有一种恶势力在紧紧地盯着自己，总有一种不祥的预感，由于他不把任何人视为可信赖的朋友，因此，当敌人实际上已出现时，他也辨认不出。就在他饱尝肉体上的疾病的痛苦和精神上的摧残的同时，他在圣职上却大放异彩，取得了辉煌的成就。公众的景仰更加加重了他的罪恶感，使他的心理不堪重负。终于，在一天漆黑的夜里，他梦游般走到了市场上的绞刑台上，发出一声悲痛的嘶喊。海丝特·白兰和珠儿刚刚守护着一个人去世，恰巧从这里经过。他已处于崩溃的边缘，精神力量已经到了无能为力的地步。一种悔罪感使他邀请她母女俩登上了绞刑台，海丝特·白兰握着孩子的一只手，他握着孩子的另一只手，他们共同站在了绞刑台上。就在他这么做的瞬间，似有一般不同于他自己生命的新生命的激越之潮，急流般涌入他的心房，冲过他周身的血管，仿佛那母女俩正把她们生命的温暖传递给他半麻木的身躯，三人构成了一条闭合的电路。此时，天空闪过了一丝亮光，丁梅斯代尔仿佛看见天空中出现了一个巨大的字母"A"。这一切都让跟踪而至的罗格·齐灵窝斯看到了，这使得丁梅斯代尔极为恐慌。但是罗格·齐灵窝斯却说丁梅斯代尔患了夜游症，并把他带回了家。丁梅斯代尔就像一个刚刚从噩梦中惊醒的人，心中懊丧得发冷，便听凭那医生把自己领走了。

珠儿已经七岁了。海丝特·白兰此时所处的地位已同她当初受辱时不完全一样了。如果一个人在大家面前有着与众不同的特殊地位，而同时又不影响任何公共或个人的利益，她就最终会赢得普遍的尊重。海丝特·白兰从来与世无争，只是毫无怨尤地屈从于社会的最不公平的待遇；她也没有因自己的不幸而希冀什么报偿，也不倚重于人们的同情。于是，在因犯罪而丧失了权利、被迫独处一隅的这些年月里，她大大地赢得了人心。她除了一心一意地打扮珠儿外，还尽自己所能去帮助穷人，用宽大的心去包容一切。人们开始不再把那红字看作是罪过的标记，而是当成自那时起的许多善行的象征。

在这几年里，许多人都发生着变化。罗格·齐灵窝斯变得更加苍老了，海丝特·白兰原来印象最深的是他那种聪慧好学的品格、那种平和安详的风度，可这些如今已经荡然无存，取而代之的是一种急切窥测的神色，近乎疯狂而又竭力掩饰，而这种掩饰使旁人益发清楚地看出他的阴险。海丝特·白兰请求罗格·齐灵窝斯放过丁梅斯代尔，不要再摧残他的灵魂了。但是，丁梅斯代尔的痛苦、复仇的快乐已经冲昏了罗格·齐灵窝斯的头脑，他决定继续实施自己的阴谋。他要慢慢地折磨丁梅斯代尔，复仇已经成为他生活唯一的目的。海丝特·白兰决定将罗格·齐灵窝斯的真实身份告诉丁梅斯代尔。

在一片浓密的森林里，海丝特·白兰见到了丁梅斯代尔。他们互诉衷肠，述说着几年来心底的秘密。他们受着同样的痛苦和煎熬，同样受着良知和道德的啮噬。丁梅斯代尔告诉她，虽然他的胸前没有佩带红字，但是，同样的红字在他的生命里一直燃烧着。此时，海丝特·白兰才意识到牺牲掉牧师的好名声，甚至让他死掉，都比她原先所选择的途径要强得多。她告诉丁梅斯代尔罗格·齐灵窝斯就是她的丈夫，她是为了丁梅斯代尔的荣誉、地位及生命才隐瞒了这个秘密。丁梅斯代尔痛楚地把脸埋在双手之中。海丝特·白兰劝丁梅斯代尔离开这里，到一个没有人认识的地方去，到一个可以避开罗格·齐灵窝斯双眼的地方去。她愿意和他开始一段新的生活：过去的已经一去不复返了，现在又何必去留恋呢？丁梅斯代尔犹豫着，他要么承认是一名罪犯而逃走，要么继续充当一名伪君子而留下。但他的良心已难以从中取得平衡。为了避免死亡和耻辱的危险，以及一个敌人的莫测的诡计，丁梅斯代尔决定出走。

　　海丝特·白兰的鼓励及对新生活的憧憬，使丁梅斯代尔重新有了生活的勇气和希望。刚好有一艘停泊在港湾的船三天之后就要到英国去，他们决定坐这艘船返回欧洲，一切都在顺利地进行着。他们每天都被这种新的希望激励着、兴奋着，丁梅斯代尔决定在演讲完庆祝说教后就离开。新英格兰的节日如期而至，丁梅斯代尔的演讲也按计划进行着。海丝特·白兰和珠儿来到市场，她的脸上有一种前所未见的表情、特殊的不安和兴奋："你们最后再看一次这个红字与佩戴红字的人吧！"[①]她想："可是再过一会儿，她便不在你们的掌握之中了！再过几小时，那深深的神秘的海洋，便会把你们放在她胸上燃烧着的符号，永远吞没了去！"[②]这时，那艘准备开往英国船只的船长走了过来，他告诉海丝特·白兰，罗格·齐灵窝斯将同他们同行。海丝特·白兰彻底绝望了。

　　丁梅斯代尔的演讲取得了空前的成功，但随后他变得非常衰弱和苍白。他步履踉跄，内心的负罪感及良心的谴责最终战胜了他出逃的意志。在经过绞刑台的时候，他挣脱罗格·齐灵窝斯的羁绊，在海丝特·白兰的搀扶下登上了绞刑台。他拉着珠儿，在众人面前说出了在心底埋藏了七年的秘密，他就是珠儿的父亲，

---

① 纳撒尼尔·霍桑：《红字》，侍桁译，上海译文出版社1981年版，第175页。
② 同上。

他扯开了法衣的饰带,露出了红字。在众人的惊惧之声中,这个受尽蹂躏的灵魂辞世了。

罗格·齐灵窝斯虽然把复仇当作他生活的唯一目的,但当他胜利后,他扭曲的心灵再也找不到依托,他迅速枯萎了。不到一年,他死了,他把遗产赠给了珠儿。不久,海丝特·白兰和珠儿也走了。红字的故事渐渐变成了传说。许多年以后,在大洋的另一边,珠儿出嫁了,过着非常幸福的生活。而海丝特·白兰又回到了波士顿,胸前依旧佩戴着那个红字。这里有过她的罪孽、有过她的悲伤,也还会有她的忏悔。又过了许多年,在一座下陷的老坟附近,又挖了一座新坟。两座坟共用一块墓碑。上面刻着这么一行铭文:"一片黑地上,刻着血红的A字。"①

(二)人物形象

1.海丝特·白兰

海丝特·白兰是"有形的红字"②。她"出身于没落的世家,父母贫穷而正直"③。

她一生不幸。她美丽,但在还不懂得爱情的年代就嫁给了一个身体畸形、伪善、年纪比她大得多的学者、术士罗格·齐灵窝斯。丈夫终日沉湎于书章典籍,对她缺乏关心体贴,两人的性格、旨趣不合。她实际上苦不堪言、无法忍受下去。后来,丈夫在长达两年的时间里音讯全无,最后传来他葬身大海的噩耗。孤苦无依的她便与才貌相当、德高望重的年轻牧师丁梅斯代尔相爱,并孕育了女儿珠儿,从而成了不合理制度下的罪犯。

她很勇敢。她热爱生活,追求爱情和幸福生活,反抗狭隘和虚伪的宗教信条,挑战政权、夫权,与自己心仪的牧师丁梅斯代尔相爱,鼓动丁梅斯代尔和她一同逃跑。尽管身带红字,成为整个社会习俗和制度的敌人,但她无所畏惧。

---

① 纳撒尼尔·霍桑:《红字》,侍桁译,上海译文出版社 1981 年版,第 209 页。
② 胡允桓:"一代巨匠 传世佳作——简谈霍桑及其作品",霍桑:《霍桑小说全集(1)》,胡允桓译,安徽文艺出版社 2000 年版,第 10 页。
③ 同上。

"在过去的许多年间,她都从这种疏远的眼光来看待人类的制度以及教士和立法者所设置的一切;她批评牧师的丝带、法官的黑袍、颈手枷、绞架、家庭或教会,简直没有什么敬畏的念头,倒是和印第安人的感觉差不多。"[1]她以自己的服饰和神态向人们展现着自己的平静和高傲,不屈不挠且有尊严地活着。在丁梅斯代尔临终前发表发自肺腑的演讲时,她不惧众人的异样眼光,坦然地走出来,站在他的身边。

她很坚强。即使备受蹂躏,她也不说出女儿的父亲到底是谁。受罚后,她在远离市镇的海边小屋离群索居,孤寂地生活,不向世俗和权势屈服。尽管不得不以干针线活养活她自己和女儿,但她毫不气馁,以干针线活养活她自己和女儿。

她忠于爱情、执着。与丁梅斯代尔相爱之事败露后,"她被迫终身佩戴红字,为了爱人的名声,她独自承担了全部罪责与耻辱。出于对他的眷恋之情,她不但在他生前不肯远离他所在的教区,就是在他死后,仍然放弃了与女儿共享天伦之乐的优越生活,重返埋有他尸骨的故地,重新戴上红字,直到死后葬在他身边,以便永远守护、偎依着他"[2]。

她善良、冷静、乐观、自尊自爱。丈夫潜到美国,不公开与她的关系,却要暗中察访她的同犯。他用旁敲侧击的办法,刺探丁梅斯代尔内心的秘密。她眼看丁梅斯代尔承受着莫大的痛苦,被折磨得奄奄一息,便在森林中和他相会,约他一同逃往欧洲。戴上红字后,她不仅不怨天尤人、以恶报恶,反而处处克己助人。同时,她自尊自爱,最终赢得人们的谅解、宽宥。

她有妥协性。她没有完全摆脱宗教思想的羁绊,对宗教的反抗又不彻底,具有妥协性。她有追求美好爱情和幸福生活的欲望和勇气,但无法完全摆脱宗教思想对她的束缚和禁锢。

"在作者的笔下,海丝特远不只是个争取爱情自由与个性解放的女性,她还汲取了'比红字烙印所代表的罪恶还要致命'的精神,把矛头指向了'与古代准则密切相关的古代偏见的完整体系——这是那些王室贵胄真正的藏身之地',称

---

[1] 纳撒尼尔·霍桑:《红字》,侍桁译,上海译文出版社1981年版,第148页。
[2] 胡允桓:"一代巨匠 传世佳作——简谈霍桑及其作品",霍桑:《霍桑小说全集(1)》,胡允桓译,安徽文艺出版社2000年版,第10页。

得起是一位向愚昧的传统宣战的斗士了。"①

2. 丁梅斯代尔

丁梅斯代尔是"无形的红字"②。他是"一个毕业于牛津大学的高才生，献身宗教是他从小确立的志向。从老英格兰来到新英格兰，他一路激情，一路名声，成了当地教会宣讲教义的明星，拥有各阶层各个年龄段的崇拜者（'粉丝'）。他的事业貌似神圣、伟大，实际上只是一种虚妄社会的需要；他以为是响应社会，实际上被社会所利用"③。

他很虚伪。他貌似对清教极其虔诚，他的一言一行完全按照教义来行事，然而还是忍不住与海丝特相爱。

他怯懦、优柔寡断。与海丝特存在私情并有了珠儿后，他没有勇气和海丝特一起站在刑台上公开承认自己的罪行，不能接受自己背叛虔诚信仰的事实，不敢承受违反宗教教规带来的严重后果，害怕受到公众的谴责和谩骂，在得知罗格·齐灵窝斯的真实身份后求海丝特·白兰让他振作、给他指点迷津……他内心清教徒的道德观念、严厉的宗教教规、虔诚的宗教信念、对海丝特和珠儿的亏欠和内疚感、公开忏悔的愿望与懦弱的天性之间的冲突纠结在一起，让他不停徘徊于善与恶之间。他宁愿痛苦地躲在假面具后流泪自责，悲痛度日，承受着精神和肉体的双重折磨，用皮鞭抽打自己、绝食、彻夜下跪，在自己胸前刺烙出一个火红的"A"字。他"最终虽然以袒露胸膛上的'罪恶'烙印，完成了道德的净化与灵魂的飞升，但他始终没有勇气承认自己爱的正当，更谈不到与旧的精神彻底决裂"④。

他很无能。"他在从事神圣、伟大的事业，即宣讲经文，拯救众生灵魂，可他本人的灵魂无法自救。一个职业宗教活动家，却被不安的灵魂折腾得睡不好

---

① 胡允桓："一代巨匠　传世佳作——简谈霍桑及其作品"，霍桑：《霍桑小说全集（1）》，胡允桓译，安徽文艺出版社2000年版，第10页。
② 同上书，第11页。
③ 苏福忠："译本序"，霍桑：《红字》，苏福忠译，上海译文出版社2011年版，第4页。
④ 胡允桓："一代巨匠　传世佳作——简谈霍桑及其作品"，霍桑：《霍桑小说全集（1）》，胡允桓译，安徽文艺出版社2000年版，第11页。

觉,只得夜游,像一个没有着落的幽灵。"①长期不断的自我鞭挞和自我折磨,逐渐地耗尽了他痛苦和可悲的生命,以至于他才三十来岁却总把一只手按在胸口上,面无血色,走路需要拄了拐杖。最后,在精神和肉体都濒于崩溃之际,他鼓起勇气站出来,公开了自己的罪行,用最后一丝力气展示了胸口上的红字,并随即倒在海丝特的怀里死去。

3. 罗格·齐灵窝斯

罗格·齐灵窝斯是"红字的制造者"②。"他本来是一个纯粹而正直的人,具备一个学者和医生的眼光,看得出人肉体的疾病往往与精神息息相关,却因为仇恨心理变成了一个魔鬼"③,彻底沦为一个置人于死地的狠毒、邪恶之徒。

他自私、心底阴暗、龌龊。他年事已高、面容苍白、性格阴沉、身材畸形,却娶年轻美貌的海丝特为妻,这既违背了自然法则又违背了海丝特的心愿。同时,他这么做不为爱情,而只是让海丝特来温暖他将近熄灭的孤独而凄凉的生命之火,得到心灵的抚慰。

他深沉、虚伪、阴暗、邪恶。在他那丑陋的外貌和畸形的身体中所隐藏的是他丑陋和畸形的灵魂。为了复仇,他想尽了一切办法。他表面上看沉静文雅,内心却邪恶无比。当他发现了丁梅斯代尔和海丝特的私情后,他以医生的身份,并伪装成一个最可信赖的朋友,出现在丁梅斯代尔面前,随时随地跟踪着可怜的丁梅斯代尔,表面上关心他、和他谈心、帮他排忧解难,实质上是打探他内心的隐秘,在他心中掘进,"仿佛一个矿工在探寻黄金……仿佛掘墓人在挖掘坟墓"④,对他进行精神迫害和折磨。他"由被害者堕落成了'最坏的罪人',不但在失去复仇这一生活目标时结束了自己的生命,而且死后也不会得到新生"⑤。

---

① 苏福忠:"译本序",霍桑:《红字》,苏福忠译,上海译文出版社 2011 年版第 5 页。
② 胡允桓:"一代巨匠 传世佳作——简谈霍桑及其作品",霍桑:《霍桑小说全集(1)》,胡允桓译,安徽文艺出版社 2000 年版,第 11 页。
③ 苏福忠:"译本序",霍桑:《红字》,苏福忠译,上海译文出版社 2011 年版,第 6 页。
④ 纳撒尼尔·霍桑:《红字》,侍桁译,上海译文出版社 1981 年版,第 78 页。
⑤ 胡允桓:"一代巨匠 传世佳作——简谈霍桑及其作品",霍桑:《霍桑小说全集(1)》,胡允桓译,安徽文艺出版社 2000 年版,第 11 页。

不过，他最后也有人性的复归。当他百般努力地把丁梅斯代尔折磨得生不如死并最终走上刑台的时候，他并没有因为达到了报复的目的而感到快乐。相反，他陷入沮丧，没有了生活下去的目标和动力，不到一年便萎缩而亡。他把自己的全部遗产赠给珠儿。

4. 珠儿

珠儿是"活的红字……既是'罪恶'的产物又是爱情的结晶"[①]。

她可爱奔放，像一个天使，一颦一笑，举手投足都闪烁着一种希望的光芒和生命的光辉，带给人冲破清教束缚的希望。虽然自小被社会所抛弃，跟着母亲受到众人的歧视、嘲讽和迫害，但她桀骜不驯、充满活力。这种桀骜不驯、充满活力是自觉的、先天的，足以超越任何社会、时代的束缚。

她很美。她的美和野性的反叛同罗格·齐灵窝斯的丑形成强烈的对比：博学多识的罗格·齐灵窝斯丑陋不堪，而作为母亲罪恶象征的珠儿则仍保持着自然人的纯真；她是"天使"，代表着希望。

"珠儿的性格类型更是抽象的、不可捉摸的，书中往往用一道光、一朵花、一只鸟来作为比喻。她的天性是有强烈的感情的，能使人爱，也能爱人，然而由于环境的不适应，使得她表现为野性不驯。她的美丽、她的浓烈的色彩，都是和她的内心、她的性格上的变幻莫测相称的……珠儿的性格有倔强，也有温柔，小小年纪就表现出一种对充满逆境的世界的认识，同时训练自己与之斗争。珠儿幸福的命运的最后作用，是在书的开头就显示了的，是爱与希望的象征。"[②]

（三）主题

第一，小说揭露了19世纪资本主义发展时期美国社会典法的残酷。

"全书以耻辱的红字为线索，通过女主人公海丝特·白兰的悲惨遭遇，反映了加尔文教（清教）殖民统治的黑暗，他们不过是用道德的欺诈和宗教的严酷当

[①] 胡允桓："一代巨匠　传世佳作——简谈霍桑及其作品"，霍桑：《霍桑小说全集（1）》，胡允桓译，安徽文艺出版社2000年版，第11页。

[②] 洪怡："译本序"，纳撒尼尔·霍桑：《红字》，侍桁译，上海译文出版社1981年版，第7—8页。

作他们野蛮行为的掩饰而已。"①海丝特从人的天性的角度出发,追求爱,追求人生的完整意义,却先是被关押,后是被带上标志着耻辱的红字,孤苦伶仃地生活,最后眼睁睁地看着自己的爱人死去。宗教势力、政治势力以及罗格·齐灵窝斯所代表的恶势力从不同的角度迫害、凌辱海丝特,导致了其深重的人生悲剧。

第二,小说"着重探讨了爱与恨的关系"②。

"作者对善与恶有其独特的看法。他认为美丽、健康是天性的善,神圣是道德上的善;丑陋、死亡是天性的恶,罪恶是道德上的恶。他用蔷薇象征美、善(蔷薇是'甜蜜道德的花卉'),用监狱象征死亡,以及认为最大的敌人是恶等。霍桑把他不能理解的、由于资本主义发展所引起的新的社会矛盾,统统归结为一个抽象的'恶',这是具有浓厚宗教气氛的善恶观念,是加尔文教义中关于'原罪'、内在的堕落等观念对他的影响。他认为任何社会问题的解决,都要从这个无所不在的'恶'入手,内在世界一旦净化,外部世界的许多罪恶都会自行消失。""《红字》这本书中,刑台是个关键的地点。起初白兰抱着珠儿站在刑台上受罚;后来白兰、牧师、珠儿夜间站在刑台上忏悔;最后牧师死在刑台上。此后,罪恶得到了解脱。从这里可以看出霍桑不否认基督福音中主要的部分:'人能从罪恶中拯救出来',宣扬人人为善的基督教义。"③

第三,小说歌颂了由海丝特所体现的"善"。

在小说中,海丝特是一个崇高道德的化身。她不但感化了表里不一的丁梅斯代尔,同时也在感化着充满罪恶的社会。海丝特身边聚拢了许多被侮辱、被损害的人,他们在她那里寻求安宁和抚慰。

第四,小说批判了社会上充斥着的"恶"。

"《红字》中所描写的加尔文教对人们心灵的摧残,清教徒特别是其上层分子的虚伪的道德,政教合一的政权,是造成这场恋爱悲剧的社会根源。因此,这个故事不仅仅是个人恩怨之争,而是体现了一种社会现象,作者对这种社会现象

---

① 洪怡:"译本序",纳撒尼尔·霍桑:《红字》,侍桁译,上海译文出版社1981年版,第3页。
② 胡允桓:"一代巨匠 传世佳作——简谈霍桑及其作品",霍桑:《霍桑小说全集(1)》,胡允桓译,安徽文艺出版社2000年版,第12页。
③ 洪怡:"译本序",纳撒尼尔·霍桑:《红字》,侍桁译,上海译文出版社1981年版,第5—6页。

是具有批判精神的。书中除了暴露公开的、法律上的罪之外,又揭示了道德上的恶,罪恶根深蒂固,与社会共存。"①

第五,小说歌颂了"母性"。

在小说中,母性是规训海丝特身上令男性恐惧的反叛力量的工具。作为私生女的珠儿既是"罪孽"的化身,又揭露和惩罚着海丝特,完成了字母A的功能;在林中相会一节,海丝特扔掉了社会强迫她戴上的象征罪孽的红字。然而,珠儿却以拒绝承认她是母亲相要挟,逼迫她把红字重新戴在胸前;但母性又是一种伟大的慈悲的力量,支持着海丝特活着。海丝特虽然勇敢地对抗清教社会,但在教育珠儿的时候,还是希望珠儿能够被吸纳进现存的社会体制中。她对珠儿的爱,使得她不愿意看到珠儿和她一样,被排斥在社会之外,孤独地生活。因为珠儿的存在,海丝特没有能够成为公开挑战男性社会制度律法的反叛者:"母性的柔和的影响""逐渐平静"海丝特性格中"那些不安定的因素"②。在母性的作用下,海丝特不仅拥抱自己的孩子,而且拥抱所有受苦受难的人。她用绣品换来的所得,给穷人送上钱物;她不仅给珠儿缝制衣物,而且给镇上的穷人缝制御寒的服装。她成了圣母玛利亚式的角色,在她的身边聚拢了许多被侮辱、被损害的人,他们在她那里寻求安宁和抚慰。她变成了整个小镇的代表人物,体现了父权社会所需要的隐忍、克制、牺牲、博爱等女性气质中神性的一面。

(四)艺术特色

第一,叙事精妙。

《红字》的叙事是以一个不愿承担叙事责任的全知叙事者的视角或无限制视点展开的。全知叙事者不想明显地表露同情犯通奸罪的女主人公,让自己与她保持一定的情态距离,回避用"我"的身份把要讲的故事直接告诉读者,而是把"我"隐藏在"我们"背后。"在我们故事开端"的这个"我们"只是形式上的全知叙事者,他既不是故事中的人物,也很少表明自己的观点。很多情

---

① 洪怡:"译本序",纳撒尼尔·霍桑:《红字》,侍桁译,上海译文出版社1981年版,第6页。
② 同上书,第45页。

况下，《红字》叙事者还运用内在叙事策略，利用故事人物的视角来表达情感态度。

小说的叙事结构就故事情节而言是不完整的。故事不是从海丝特与丁梅斯代尔相爱的起点和过程开始，而是从中间开始，随后的叙事中也并没有对他们通奸之事的来龙去脉作任何叙写，而是更多地描写阴森恐怖的监狱、刑台、森林等场景。虽然《红字》叙写了四个人物，但它从根本上只有一个叙事或情节。当然，象征性场景成为小说的特色。借助从中间开始的叙事结构和不完整的故事情节，叙事者可轻易地绕过婚外情题材对故事的正面干扰，从而给读者造成《红字》不是婚外情故事的假象，但事实上却颠覆了正统的道德价值观。叙事距离本身并不是小说创作的目的，而是让小说与读者之间保持一种审美距离，从而增强小说艺术感染力和提高艺术品位的手段。

第二，多用象征。

"《红字》一书的重大成就之一，是书中无处不在的象征手法。"[①] 小说中的"象征"主要体现在"红色"和"A"字上。

红色是一种能引起人们无限联想的颜色，在小说中它更是得到了充分的渲染，展示出了各种丰富的内涵。红色是血与火的颜色，是生命、力量与热情的象征。火是人类生活的光热之源，而爱情之火则是人类的生命之源。小说中的红色象征着海丝特与丁梅斯代尔之间纯洁、美好、热烈的爱情，这种爱是正常的家庭和社会生活的基础，是人类得以生生不息繁衍下去的正当条件，在任何发育健康的社会里都是被尽情讴歌的对象。然而，在严酷的清教思想的统治下，真理往往被当作谬误，人性被扭曲，该赞美的反而被诅咒，象征爱情之火、生命之源的红色被专制的社会作为耻辱的标记挂在海丝特胸前。

红色——"猩红"（scarlet），在小说中也是罪的象征。它与罪的联系最早源于《圣经》。《圣经·启示录》第十七章中所描写的那个"大淫妇"就身穿猩红的衣裳，她的坐骑也是一只通体写满亵渎之词的猩红兽。从此，猩红色就带上了堕落、淫荡和罪恶的含义。在小说中，给海丝特戴上猩红的"A"字就等于给她贴上了一个"淫荡"的标签。

---

① 苏福忠："译本序"，霍桑：《红字》，苏福忠译，上海译文出版社2011年版，第7页。

红色还可以是火刑的隐喻。海丝特和丁梅斯代尔二人既是那种在中世纪被施以火刑的异教徒，又是那种在地狱的熊熊烈火中备受煎熬的两个负罪的灵魂。红红的火焰在小说中转化为红红的"A"字，代表了基督教的精神净化和永恒惩罚。

在基督教文化传统里，红色又表征着耶稣及其追随者所流的殉道之血。海丝特始终佩戴着红色"A"字，而年轻的牧师则在胸口上刻了血字"A"，他们一次次地登上刑台，使人联想到祭坛上淌着鲜血的羔羊，它以自己的苦难、鲜血甚至生命向世人昭示着一条解脱罪恶、走向上帝和天堂的光明大道。

字母"A"是贯穿全书的主线，也是最典型的象征。与红色相比，小说的中心即字母"A"的象征意义就更是多姿多彩，且层出不穷。它的内涵随着情节和人物的发展变化而变化，因观察者立足点的不同而各异，展现出游移和飘忽的特性。"A"是字母表中的第一个字母，意味着开始，而据基督教的教义，开始即是堕落，是无人得以幸免的原罪。世界之原初即是堕落；人类的祖先亚当和夏娃是因为偷吃禁果犯了罪，才被逐出伊甸园，开始了苦难的尘世生活的；生命之初始也是堕落，亚当和夏娃的子子孙孙都承袭了原罪，人人生而有罪。丁梅斯代尔的名字亚瑟（Arthur）与亚当（Adam）一样都以"A"开头。小说从海丝特和丁梅斯代尔二人犯了通奸罪开始，并以让海丝特佩戴"A"字上刑台为开场戏，正是暗示了"开始即是堕落"这一具有普通意义的命题。在清教徒看来，海丝特生性淫荡，是个不洁之妇，把代表通奸罪（Adultery）的"A"字戴在她胸前，是要折磨、羞辱、惩罚这个上帝的罪民。他们自认为这样做便是忠实地捍卫了上帝的戒律，却未曾想到自己同时也犯一个更严重的罪，即自认为上帝。他们假借上帝的权力对同类进行了终极审判，以人的权威亵渎了真正的神权。"A"字究竟象征着谁之罪过、谁之堕落，不能不引起人们的深思。

"以A字母为象征的主旋律，监狱、教堂、绞刑架、总督的过厅、森林、天空、流星、溪水、青苔老树、阳光、游行队伍、选举讲演、坟墓等，都发挥了各自本身意义之外的象征意义。为了取得象征手法在表达上的力量，霍桑在汉字十五六万字的篇幅中，统共使用了六百七十五个感叹号；为了把意义表达得更深一层，统共使用了四百九十七个破折号；为了把多层含义表达得更细一些，统共使用了四百九十三个分号。"①

第三，心理描写传神。

"《红字》在心理描写方面颇具传神之笔。它所以拥有广大读者，令人喜爱，也与此有关。霍桑在刻画人物心理时，能挖掘出内在的象征的价值；同时注意环境的衬托、景物的比喻，色彩气氛交相辉映，把抽象无形、变幻莫测的心理，写得有征兆可寻，有端倪可察。""作者把人心比作蜿蜒的洞穴，把创作比作在这个洞穴中掘进，以发现那隐秘的'恶'。《红字》的故事实际上就是层层深入揭示人物内心的过程。""例如书中把牧师精神的沉沦、心灵模糊的恐怖、身处斗室的疑虑等写得入木三分。牧师深夜去刑台忏悔这一场，作者把他描写得像一个梦游病者。驱使他到这里来的，乃是到处追逐他的'悔恨'的冲动，它的同胞姊妹、与之结不解缘的伴侣是'卑怯'。每当一种冲动逼迫他快要把一切都宣布出来时，后者就用战栗的紧握的手把他拉了回去，可怜的不幸的人呀！从这里也可看到牧师的心灵一直得不到安宁。他在善与恶之间摇摆，终于耗尽了生命力。""海丝特·白兰是遭受着妇女所能遭受的最恶劣的刑罚了，她孤立于耻辱的魔术圈中。在刑台上受罚时对过去生活的遐想，在海边小屋'赎罪'的凄苦生活，红字给予她的沉重、烫人的烙印，这些在她心理上都有详细的描写。"②

第四，注重运用反讽。

反讽是《红字》中的一个典型修辞手法。小说的题材本身就是一种反讽。学识渊博而虔诚的年轻牧师丁梅斯代尔与一位已婚妇女海丝特发生恋情是对当时扼杀人性和人间爱情的清教权势和信条的极大讽刺。清教信徒们都把丁梅斯代尔看成是"圣洁的典范"，把他幻想成是上帝传递智慧、责难和恩典的传声筒，他们永远想不到他会犯"原罪"。这就产生较大的悬念和反差，使读者期待的与实际发生的形成心理落差，产生审美距离，从而强化了审美和讽刺效果。

第五，人物性格复杂。

《红字》中四位主要人物的性格都具有多重性。

尽管作者本人、故事人物海丝特和丁梅斯代尔都认定罗格·齐灵窝斯是真

---

① 苏福忠："译本序"，霍桑：《红字》，苏福忠译，上海译文出版社2011年版，第7页。
② 洪怡："译本序"，纳撒尼尔·霍桑：《红字》，侍桁译，上海译文出版社1981年版，第6—7页。

正的犯人,但从小说内容本身看也未必尽然。他本人也是受害者:他被出轨。最后,他将在英国和美国的大笔遗产给了妻子与他人所生的女儿。

虽然丁梅斯代尔最终承认罪过并死在刑台上,也未得到人们的斥责,但我们不能不说他的人品中有虚伪和罪恶的一面。

珠儿有时是天使,有时是恶魔。在林中相会一节,海丝特扔掉了社会强迫她戴上的象征罪孽的红字,然而,珠儿却以拒绝承认她是母亲相要挟,逼迫她又把红字戴在了胸前。珠儿的异类性不断提醒着海丝特的罪过,正如海丝特所说:"她是我的幸福!——然而也同样是我的苦恼!珠儿叫我活在世上!珠儿也给我惩罚!……她就是那个红字,只是她能惹人爱,同时也赋有千万倍的力量来赎偿我的罪恶!"①

对海丝特,人们更多的是给予同情,因为她需要用一生来补偿她的罪责。但在佩戴红字"A"以赎罪方面,海丝特一方面诚心悔过,善始善终;另一方面却表现出始终不屈的叛逆心理。她的忏悔与反抗一直交织滋生,有时让人难辨彼此。

第六,层次清楚,脉络清晰,结构平衡匀称。

"美国学者亚历山大·埃里奥特这样说:'这本书的结构像一出戏,开场、中心和尾声,都在殖民地波士顿公共广场上的颈手枷台上演出。'……全书共二十四章,从时间上看,前六章为一个单位,以后的十八章,都发生在七年之后。从内容上看,前六章仍然是一个单位,主要引出剧中的人物,尤以女主人公赫斯特·普林(即海丝特·白兰——引者注)的出场最著名。七章到十二章是一个单位,剧中主要人物的相互关系和冲突逐渐展开,罗杰·奇林沃思(即罗格·齐灵窝丝——引者注)身体畸形,学识高深,以复杂的复仇心理和行为窥探迪梅斯戴尔(即丁梅斯代尔——引者注)牧师的内心世界,堪称美国文学史上的一种典型。十三章到十九章,剧中人物的性格描写深入而细化,情节因此颇具戏剧性,普林的坚强和坚韧、迪梅斯戴尔牧师的激情和怯懦、小波儿(即珠儿——引者注)的怪异和开朗,都写出很高水平。二十章到二十四章,以迪梅斯戴尔牧师在公众面前承担责任并死去,写出了悲剧性高潮,又用最后短短一章,给了一

---

① 纳撒尼尔·霍桑:《红字》,侍桁译,上海译文出版社 1981 年版,第 62 页。

个阴郁的诗意的传奇般的结尾。基本上六章为单位算一幕戏,每一章为一场次,四幕悲剧的结构很平衡,很匀称。作为一部长篇小说,《红字》具备这样的结构,不同凡响。"①

第七,环境描写细腻。

"在环境的描写上,也起到了渲染周围气氛和故事的情调的作用。监狱是文明社会的黑花,这一比喻是匠心独运的,我们在这里认识到这种象征的运用。在监狱门前,用忧郁的色彩描写其黑暗,用橡木大门、粗铁钉形容其严峻、牢固,当时的风俗人情从这种灰色或黑色的情调下反映出来;这个故事的悲惨结局,也是用黑暗来体现的。"②

小说"充满浪漫主义色彩,浮想联翩,异军突起,想象力十分丰富,充满着热情和理想。同时文风简洁、沉着,脉络清楚,井然有序,故事的展开如花瓣的舒展那样自然而毫不费力"③。

---

① 苏福忠:"译本序",霍桑:《红字》,苏福忠译,上海译文出版社2011年版,第7—8页。
② 洪怡:"译本序",纳撒尼尔·霍桑:《红字》,侍桁译,上海译文出版社1981年版,第8页。
③ 同上。

第十八章
《了不起的盖茨比》

一、作者简介

弗朗西斯·司各特·菲茨杰拉德（1896—1940），美国小说家，20世纪美国最杰出作家之一。1896年9月24日生于美国中西部明尼苏达州圣保罗市一个小商人家庭。他早年随父母去美国东部，在纽约州和新泽西州等地生活和学习；父亲失去工作后，又随之返回西部老家。他家境不佳，全靠亲戚的资助才上了东部一所富家子弟的预科学校，因自己是在富家子弟学校里的穷孩子而自惭形秽、痛苦万状。1913年秋，他又在亲戚的资助下进入贵族学府普林斯顿大学。他在学校里热衷于写作和社交活动，且雄心勃勃，幻想有朝一日成为声名显赫的作家，偕同美貌的金发女郎出没于灯红酒绿的社交场合。他曾对他的同学、后来美国文学的著名评论家埃德蒙·威尔逊说："我想要成为当今最伟大的作家之一，你不想吗？"而且据说他说这话时是很严肃的。1917年，美国参加第一次世界大战，菲茨杰拉德应征入伍，当了一名步兵少尉，但没有被派往欧洲战场，而是送到南方亚拉巴马州的蒙哥马利市近郊的军营里受训。在此期间，他认识了一名法官的女儿姗尔达。她被认为是当地的美女，在她身上有着南方名门淑女的许多特点。他们很快坠入爱河，但姗尔达自幼备受宠爱，娇生惯养，过惯了富足优雅的生活，唯我独尊，追求纸醉金迷生活，爱慕虚荣。当她知道他无力让她过上舒适奢华的生活时，她拒绝了他的求爱。这件事给了他很大的打击。1919年，他退伍后去了纽约，决心要挣大钱，赢回姗尔达。一开始，他白天在一家广告公司工作，晚上伏案写小说。后来，他干脆辞去了工作，回到父母身边，闭门写作，完成了他的第一部长篇小说《人间天堂》。据说当邮递员送给他出版社决定采用他的书稿的通知时，他欣喜若狂，在街上狂奔，拦截过往的汽车，他要把这一消息告诉他的至亲好友。1920年3月26日小说正式出版，并大获成功。他随即去南方，在4月3日与姗尔达结婚。婚后，夫妻俩长期侨居欧洲。受妻子的影响，他生活阔绰，沉迷于社交活动，花天酒地，纵情享乐。他们在纽约的公共喷泉池里游泳，坐在出租车的车顶上去参加宴会，与酒店里的侍者打架，甚至在餐桌上跳舞，成为巴黎和纽约社交界的"名人"。这种狂热的生活不仅影响了他的健康和创作，而且也使他经常入不敷出，以至于为了挣钱挥霍，他不得不去写一些他自己也为之感到羞耻的作品。继《人间天堂》之后，他又出版了《美丽的不幸者》（1922）、《了不起的盖茨比》（1925）和《夜色温柔》（1934）和短篇小说集《爵士时代的故事》（1922）、《所有悲伤的年轻人的故事》（1926）等。《了不起的盖茨比》出版后虽然受到了不少好评，但没有带给他预期的报酬，因为书的销量还不及他前两部小说的一半，所得的稿酬刚够他还清对出版社的债款。在此后的两年里，他很少写东西，用他自己的话说，那个时期他"有的是没完没了的宴会，唯独没有工作"。在走投无路的情况下，他于1927年去了好莱坞，靠编写电影脚本来维持生计。1930年，姗尔达患上了精神病，随后便经常住院治疗，医疗费高昂。他不堪负担，借酒消愁，结果嗜酒成癖。1934年，他出版了他的第四部小说《夜色温柔》。该小说受到评论界的冷遇，他从此一蹶不振。1940年，他虽已病体支离，但精神振作，立志要写一部杰作，即小说《最后的大亨》，但只写出了六章，就在圣诞节前四天因冠心病猝发而结束了悲剧的一生。

　　第一次世界大战以后，元气未伤的美国进入了历史上一个短暂的空前繁荣的时代。在短篇小说《五一节》的开场白里，菲茨杰拉德用生动的形象和欢快的节奏描绘了那个时代醉人的气氛。他说："这是美国历史上最会纵乐、最炫丽的时代,关于这个时代将大有可写的。"他所大写特写的正是这个时代,并且把它命名为"爵士时代"。因此,人们往往称他为"爵士时代"的"编年史家"和"桂冠诗人"。

菲茨杰拉德不仅纵情参与了"爵士时代"的纵酒宴乐,而且完全融化在自己的作品中。他栩栩如生地重现那个时代的社会风貌、生活气息和感情节奏。同时,他又能冷眼旁观,体味"灯火阑珊,酒醒人散"的怅惘,用严峻的道德标准衡量一切,用凄婉的笔调抒写了战后"迷惘的一代"对于"美国梦"感到幻灭的悲哀。

菲茨杰拉德被称为20世纪"20年代富人的分析家"。他向往"富人生活中所具有的奇妙动人的自由和魅力",但他也清醒地认识到美国社会上富豪与普通人之间的鸿沟——富人仅仅因为富就自以为天生高人一等。他的小说描写富人们的趣味:贪图精美的汽车、考究的服饰,喜爱豪华的住宅和流光溢彩、美酒佳人的场面,擅长写有钱而自私的漂亮女子——她们把男人们的感情玩弄于股掌之间。

作为一个文学艺术家,菲茨杰拉德最引人瞩目的特色是他那诗人和梦想家的气质和风格。在小说创作方面,他受到了俄罗斯作家屠格涅夫、法国作家福楼拜、英国作家康拉德的影响,但他最为之倾心的作家却是英国浪漫主义大诗人济慈。他把自己和济慈划归同一种类型:"成熟得早的才华往往是属于诗人类型的,我自己基本上就是如此。"

菲茨杰拉德用一个早熟诗人的慧眼观察世界,敏锐地感受体验人生。在他百读不厌的济慈名诗《希腊古瓮颂》里,诗人为古瓮上不受时间影响的青年男女发出的"永远美丽""永远年轻"的歌唱饱含着朱颜易逝、好景不长的悲哀,这也正是年轻的小说家的悲哀,是他参悟人生的起点。他小说里的主要人物都是既年轻又美貌,但又注定要在苦海里沉沦的。他的小说仿佛总沉浸在时间流逝所唤起的哀思中。美国文学评论家马尔科姆·考利曾说:"他老想着时间,就像他是在一间摆满日历和时钟的房间里写作。"

菲茨杰拉德擅长画梦。他的小说赋予传统的"美国梦"以"爵士时代"的节奏和内容。他构造情节和塑造人物的枢纽是他们的梦,他塑造了一系列有罗曼蒂克精神、善于做梦的男人,如德克斯特、安森、狄克、盖茨比等。他们梦想财运亨通，梦想得到心爱的女人，这种梦想是那么执着、痴迷，可是最后总是以破灭而告终。

菲茨杰拉德的风格凝练而富有浓郁的抒情气息。他从来不凭借细节的铺陈和堆砌，而善于抒发每一个特定细节内在的感情和诗意。这在现代美国小说家中是自成一格的。如盖茨比的旧欢黛西从出场就以她那妩媚动人的声音使尼克陶醉，使读者"如闻其声，如见其人"。

1925年4月，《了不起的盖茨比》在纽约出版，著名诗人兼文学评论家T.S.艾略特立刻称之为"美国小说自从亨利·詹姆斯以来迈出的第一步"[①]。海明威在回忆菲茨杰拉德时写道："既然他能够写出一本像《了不起的盖茨比》这样好的书，我相信他一定能够写出更好的书。"

《人间天堂》问世以后的十几年中，菲茨杰拉德红极一时。他的长篇小说受到好评，他的短篇小说在最时髦的杂志上发表。20世纪30年代后期，他的声名一落千丈，在他去世之前，他的书已无人问津了。直到他死了十多年以后，他的作品在美国和西欧才重新引起人们的重视，同时，评论家也对他做出了新的高度评价。马尔科姆·考利把《了不起的盖茨比》列为美国最优秀的十二部小说之一。他的评传的作者、美国学者阿·密兹纳说："虽然有着许多明显的缺点和错误，但是从某些方面看，他的一生是英雄的一生。"他的小说生动地反映了20世纪20年代"美国梦"的破灭，展示了大萧条时期美国上层社会"荒原时代"的精神面貌。

菲茨杰拉德的一生及其作品都充分说明，他是美国"爵士时代"的代言人，是20世纪30年代最具代表性的作家。他既有成功与辉煌的一面，又有苦涩和失意的一面，曾被称为"失败的权威"。他的生命交织着雄心和现实、成功和失败、得意和潦倒、纵情和颓丧、爱情和痛苦、美国文明和欧洲文明的矛盾、东部和西部的冲突、梦想和幻灭。这一切都在他的小说里表现得淋漓尽致，而其中最有代表性的便是《了不起的盖茨比》。

---

① 姚乃强："前言"，《了不起的盖茨比》，姚乃强译，人民文学出版社2004年版，第7页。

二、《了不起的盖茨比》

20世纪末,在美国学术权威评选出的百年英语文学史上最好的一百部小说中,《不起的盖茨比》名列第二。

(一)内容梗概

尼克是美国中西部城市卡拉韦世家的后裔,因为厌倦了中西部的生活和向往上层社会,便到繁华的纽约当证券交易人,并在市郊长岛西埃格村租了一套小屋。一天,尼克开车去拜访住在小河对岸的豪华的东埃格村的汤姆·布坎南、黛西夫妇。黛西是他的远房表妹,汤姆·布坎南是他的大学同学,一位非常有钱的纨绔子弟,曾经是纽黑文有史以来最伟大的橄榄球运动员之一。尼克见到了美丽的黛西和她的闺蜜乔丹·贝克,并深为汤姆·布坎南住宅的奢侈豪华而感叹。晚餐时,汤姆·布坎南接到一通电话,黛西与他吵了起来,但在尼克面前装作愉快的样子。乔丹·贝克偷偷告诉他汤姆·布坎南在纽约有了情妇,尼克感到他们的婚姻并不幸福。尼克开车回到西卵的住处,看到了住在旁边豪华的盖茨比公馆。他的邻居盖茨比先生,正隔海凝望。

一天,尼克和汤姆·布坎南搭火车去纽约,汤姆·布坎南突然把尼克拉下火车见了他的情妇梅特尔。她是修车行老板威尔逊的太太,一位有夫之妇。汤姆·布坎南带着尼克和梅特尔四处寻欢作乐,到纽约的繁华地带参加舞会。汤姆·布坎南和梅特尔在毒品和酒精的刺激下,完全忘了身在何处。

尼克的邻居盖茨比是个有些神秘的富翁,他的住所每晚都举行盛大的宴会。一天清早,尼克收到了去盖茨比家参加宴会的邀请。尼克在私下听到不少关于盖茨比的传闻,有人说他杀过人,有人说他是战争英雄……尼克被这个神秘的富翁所吸引,并最终见到了他。第二天,盖茨比拜访了尼克,两人一起喝酒、飙车,渐渐熟了起来,盖茨比向尼克透露了自己的身世。他曾经是一名少尉军官,参加过第一次世界大战,战争结束后他通过非法贩卖私酒而积聚大量财富。他在年轻时曾与黛西相恋,但因战争被调往欧洲,于是,与黛西分手。当年的黛西以为盖茨比是一位背景不凡的年轻军官才投入他的怀抱的,但盖茨比坚信是金钱让黛西背叛了心灵的贞洁，于是，从那时起立志要成为富翁。

盖茨比追随黛西而到纽约，为了吸引黛西的注意力而在黛西家的对面买下了豪华别墅——盖茨比公馆，每晚在别墅举行大型酒会，试图以此复活他们之间已失去的感情。而黛西不仅早已嫁给了富家公子汤姆·布坎南，而且与之生了一个女儿。一次偶然机会，盖茨比知道尼克是黛西的表兄，请他帮忙让他与黛西会面，并许以金钱作为回报。尼克回绝谢礼，但为盖茨比的痴情所感动，便去拜访黛西，转达盖茨比的心意。黛西为了寻求刺激，答应与盖茨比在尼克家会面。盖茨比精心布置尼克家，紧张地等待黛西的到来。那次幽会之后，他们又频繁地幽会。黛西在与盖茨比相会中时时有意挑逗，盖茨比昏昏然任她随意摆布，并天真地以为过去那段情有了如愿的结局。实际上，黛西早已不是旧日的黛西，她不过将他们的那种暧昧关系当作一种刺激。尼克对此有所察觉，但为时已晚——真正的悲剧此时悄悄地启幕。

一次幽会时，盖茨比劝说黛西离开汤姆·布坎南，并许诺给黛西更奢侈的生活。黛西开始犹豫不决，后来答应了盖茨比。然而，当盖茨比与她一起向汤姆·布坎南摊牌时，她打断了盖茨比将要说出的话，并和汤姆·布坎南离开。汤姆·布坎南对盖茨比的企图有所察觉，指出盖茨比的钱来路不正，骂他永远低贱——这戳到盖茨比的痛处。黛西担心自己未来的生活，抛弃了盖茨比。一天，黛西在心绪烦乱的状态下开车，撞死了汤姆·布坎南的情妇梅特尔。慌忙的黛西立刻告诉了盖茨比，盖茨比为保护黛西，承担了责任。

尼克以为真的是盖茨比开车撞死了梅特尔，质问他并骂他是胆小鬼，但从盖茨比的话语中察觉到是盖茨比在为黛西顶罪。但此时黛西已打定主意抛弃盖茨比，便与汤姆·布坎南一道密谋车祸之事并嫁祸于他。威尔逊在得知妻子被车撞死后伤心欲绝，怒气冲冲找到了汤姆·布坎南。汤姆·布坎南却告诉威尔逊是盖茨比撞死了梅特尔。威尔逊听信了汤姆·布坎南的挑拨，愤怒无比，闯入盖茨比的家，从后背开枪打死了盖茨比。但盖茨比至死都没有发现黛西脸上嘲弄的微笑。

盖茨比的死讯迅速传开，一批又一批的警察、摄影师和新闻记者在盖茨比家的前门口来来往往。在盖茨比的葬礼上，尼克打电话给汤姆·布坎南和黛西，希望黛西能出席，但所得到的是二人准备去欧洲旅行的消息。尼克四处打电话给曾受过盖茨比款待的人，但没人来参加盖茨比的葬礼。最后，只有盖茨比的父亲、尼克和戴猫头鹰眼镜的先生送别了盖茨比。尼克目睹了世人的薄情寡义，深感厌恶，于是怀着一种悲愤的心情，远离喧嚣、冷漠、空洞、虚假的大都市，黯然回到故乡，把盖茨比的故事写成了书。

（二）人物形象

1. 尼克

尼克是小说主人公盖茨比的近邻、黛西的远房表兄、汤姆的大学同学、黛西的密友乔丹·贝克的恋人，他既是小说的叙事者，又是小说中的一个人物，"美国梦"破灭的见证人。

他有"上进心"。他来自芝加哥，被纽约繁华的景象所吸引，到纽约学习证券生意，充满着幻想，打算一展宏图。与众多去纽约打拼的年轻人一样，他对上层社会渴望而向往。在收到盖茨比的邀请函后，他兴致勃勃参加了盖茨比的盛大舞会。

他正直，富有正义感和同情心，与人为善，宽容大度，诚实守信，因此成为人们乐于倾诉衷情的对象和与之交心的朋友，甚至许多性格乖戾的人都乐意向他敞开心扉。在与他相处的过程中，盖茨比也愿意把自己的经历和内心的矛盾告诉他。

他重友谊、讲义气。在答应帮助盖茨比见黛西时，他回绝了盖茨比的利益回报，说自己只是帮个忙而已；在得知盖茨比驾车肇事后，他见到盖茨比后第一句话就是质问盖茨比的逃逸行为，愤怒地骂他是个胆小鬼；盖茨比死后，他打电话给汤姆·布坎南和黛西，所得到的是二人去欧洲旅行的消息；随后，他四处打电话给曾受过盖茨比款待的人，但没人去参加盖茨比的葬礼；他为此而愤怒，独自为盖茨比发丧，之后离开了纽约，与那个浮华的世界决裂。

他头脑清醒。他一度为黛西的闺密乔丹·贝克所倾倒，也曾惊叹于并欣然享受纽约上流社会的奢华生活；但随着盖茨比的死，他清醒地认识到了爵士时代这种享乐主义生活方式下人们精神的空虚与人性的堕落，认识到喧嚣的美国东部的生活如同美丽的肥皂泡般空虚的本质，看清了乔丹只不过是另一个被金钱腐蚀了的黛西，彻底厌倦了所谓上层社会的生活。在故事的最后，他大声地喊出了自己的心声："他们（指汤姆等人——引者注）那一伙全放在一块都比不上你（指盖茨比——引者注）。"[①]最后，他回到家乡继续过传统道德下平静的生活。

2. 盖茨比

盖茨比是一个寒门子弟。

他有抱负、行动力强。他认为自己与众不同，与父母也不同，甚至不承认是父母的儿子，而认为自己是上帝之子，要为上帝的事业效劳，把自己想象成为基督一样的人物。他在十七岁时把原来的名字詹姆斯·盖兹改为杰伊·盖茨比大概就有这种含义，据说杰伊·盖茨比是英语"Jesus, God's boy"（耶稣，上帝之子）发音的变体；在确定发财的目标之后，他便付诸行动，不择手段地挣钱，甚至不惜干非法之事，并最终暴富。

他很正直。他鄙视上流社会，不愿意与上流社会的代表人物同流合污。

他纯真、憨直、专情专义、执着甚至偏执。他把黛西·布坎南当作爱和美的化身追求，是出于纯粹的爱。爱上黛西·布坎南后，他便对她始终"一片冰心在玉壶"，在黛西早已移情别恋、他自己也清楚地听出"她话音里充满了金钱"[②]后仍不改初衷，一如既往地追求她，希望能与她重温旧梦。为了获得她的注意，他不惜挥金如土地举办豪华宴会，宴会的场所有喷泉、舞蹈、杂耍、美酒、音乐，甚至还有泳池，仿佛集结了那个年代纽约所有的浮华。在黛西答应相见后，他把尼克的家布置得花团锦簇；在等待着黛西出现的一分一秒中，他不停地走动，显得局促不安。在与黛西相见时，"当黛西洁白的脸贴近他的脸时，他的心越跳越快。他知道他跟这个姑娘亲吻，便把他那些不可言喻的憧憬与她的生命气息永远结合在一起了。他的心像上帝的心一样要专一，绝不可驰心旁骛。因此他等着，再倾听一会儿那已经在一颗星上敲响的音叉。然后，他亲吻了她。经他的嘴唇一碰，她就像一朵鲜花一样为他绽放，于是这个理想的化身就完成了"[③]。黛西开车撞死了梅特尔，他为了保护黛西，不惜替她顶罪。当尼克质问盖茨比

---

① 菲茨杰拉德：《了不起的盖茨比》，姚乃强译，人民文学出版社2004年版，第130页。
② 同上书，第102页。
③ 同上书，第94页。

时，他很自然地承认了那个女人是他撞死的。

他有勇气和责任心。黛西出事后，为了保护黛西，他主动承担罪责；因担心黛西受到汤姆·布坎南的非难，他彻夜不眠，守候在她窗下，时刻准备为她挺身而出，而将自己的安危置之度外。

他天真、善良、自卑、敏感、脆弱。他出身贫寒，父母都是平民，但他隐瞒和否定自己的过去，对别人说："我是中西部的富家子弟——家里人全过世了。我在美国长大，而在英国牛津受的教育，因为我家祖祖辈辈都在那里受教育多年。这是家族的传统。"[①]他认为黛西离开他是因为他的贫穷，并不怪罪黛西，因而不择手段地获取财富。他既不惜堕落以赚昧心钱，又想保持清白以求问心无愧；当汤姆·布坎南揭穿他的老底时，他激动、愤怒，表情扭曲。

他庸俗、愚昧。他虽然在海上经历过冒险，在战场上勇猛地冲杀过，但认为奖章虽代表着荣誉，但不能给他带来金钱。他对上流社会及其代表人物缺乏清醒的认识。"他的梦似乎近在咫尺，唾手可得，几乎不可能抓不住的。他不知道那个梦已经远他而去，把他抛在后面，抛在这个城市后面那一片无垠的混沌之中，在那里合众国的黑色原野在夜色中滚滚向前伸展。"[②]"他的梦幻超越了她，超越了一切。他以一种创造性的激情投入了这个梦幻，不断地增光添彩，用迎面飘来的每一根绚丽的羽毛加以缀饰。"[③]然而，"他的痴情是不切实际的，他太看重黛西的美貌和旧情，他没有认识到上流社会的极端卑鄙和自私，他是一个脱离现实耽于幻想的人。从一开始他就献身于一种'庸俗的、华而不实的美'，对这种美的献身注定到头来要落个一场空。此外，盖茨比有着几分中西部人的'傻气'，许多富人经常到他家白吃白喝，只是想显示自己的高贵身份，根本没有友情可言，可是盖茨比还是花费巨资宴请他们，慷慨大方"[④]。

他意志薄弱、为富不仁。他虽然鄙视上流社会，不愿意与上流社会的代表人物同流合污，但又千方百计爬进上流社会，甚至为此不择手段，不惜违法，并为

---

① 菲茨杰拉德：《了不起的盖茨比》，姚乃强译，人民文学出版社2004年版，第56页。
② 同上书，第152页。
③ 同上书，第81页。
④ 郑克鲁主编：《外国文学史（修订版）下》，高等教育出版社2006年版，第61页。

自己拥有财富、能与上流社会的代表人物"并驾齐驱"而沾沾自喜。

他外强中干。他"并不是什么'上帝之子',他具有的只是某种'了不起'的品质,即为自己误导的梦想顽强拼搏的意志。他和黛西的丈夫汤姆·布坎南都拥有财富,两人的不同之处是他至少用他的财富去追求一种'美',并竭尽全力去得到它。然而,他没有赢得它,最后,乔治·威尔逊,也就是汤姆情妇的丈夫在黛西夫妇的合谋和挑唆下杀死了盖茨比。他的梦想彻底破灭了"[1]。

盖茨比是一个较好地体现了"爵士时代"的时代精神的人物,实际上是资本的化身。他有着一种典型的资本性格,他的逻辑也完全是一种资本逻辑;他既是一个资本病的受害者,又是一个资本病的传播者,是战后美国资本疯狂的真实写照。

3. 黛西

黛西是一个资产阶级小姐。

她以享乐为人生最高目标,没有思想,没有情操,浅薄,百无聊赖,无所事事。最初与盖茨比相逢时,她以为盖茨比有前途,能够给她提供丰厚的物质享受,便和他谈情说爱;当遇到比盖茨比更"优质"、更现实的汤姆·布坎南时,她便移情别恋于汤姆·布坎南;当盖茨比暴富后试图与她重续旧情时,她为了寻求刺激,也认为他能让自己获得物质享受,便与他约会。

她虚伪、狡黠、势利、卑鄙龌龊。她外表温文尔雅,但内里俗气、利欲熏心,善于利用自己的美貌和悦耳的声音来获取男人的青睐。"她说话的声调高高低低带有无穷无尽的魅力,那里有金钱的叮当声,铙钹击打的响声。"[2] "虽然她也曾爱过盖茨比,为不能与盖茨比结合而痛苦过,但盖茨比的贫穷让她犹豫退缩。当有钱有势的汤姆出现时,黛西撕毁了盖茨比的情书,嫁给汤姆。尽管她结婚那天哭得像个泪人儿,但金钱的力量还是胜过了爱情的力量。而在第二次选择中,黛西虽然为盖茨比的忠诚和执着所感动,对丈夫的粗俗和不忠也深感失望,但她没有勇气离开更富有的汤姆,害怕失去稳固的社会地位,更愿意依附于传统的富豪阶层,她同意嫁祸于盖茨比,进一步暴露了她的龌龊心灵。盖茨比死后,

---

[1] 姚乃强:"前言",菲茨杰拉德:《了不起的盖茨比》,姚乃强译,人民文学出版社2004年版,第5页。
[2] 同上书,第102页。

她与丈夫逃之夭夭，不闻不问。"①

她怯懦、冷漠、寡情。她当盖茨比与她一起向汤姆·布坎南摊牌时，她犹豫不决。这种犹豫表现出她不敢迈出改变优越现状的一步，即使她十分清楚盖茨比对她的爱要超出汤姆·布坎南不止十倍百倍。她的迟疑表现出她复杂的心境，她喜欢盖茨比奢华的生活，但她对盖茨比缺乏了解，不清楚盖茨比钱财的来路，也不清楚这种奢华的生活是否可以一直持续下去。因此，在盖茨比做出过激举动后，她选择了退却；甚至在盖茨比帮她承担了车祸中的命案后，她也没有给他打一个电话；盖茨比死后，她避之唯恐不及，与汤姆·布坎南去欧洲旅行。

4. 汤姆·布坎南

汤姆·布坎南，是美国最富有的大家族之一的继承人，是一个地地道道的纨绔子弟，除了休闲娱乐就是纵情声色。当尼克走进他的陈列室时，里面都是他在大学时所夺得的体育荣誉，但此时他已经沉浸在温柔乡中了。娶了黛西还不够，他还要在外面花天酒地，与情妇勾搭，参加一些豪华的私密舞会、吸毒、纵酒⋯⋯

他狡诈、阴险、狠毒。当盖茨比在黛西面前和他摊牌时，他揭发了盖茨比不光彩的财路，并指出盖茨比只是一个小喽啰。同时，他猛戳盖茨比的痛处，指出盖茨比出身的低微是他凭奋斗无法改变的，从而激怒盖茨比，使盖茨比怒不可遏地举起了拳头，失去了风度，也失去了黛西的信任。在黛西出车祸撞死他的情妇后，他又嫁祸于盖茨比。在盖茨比被不明真相的威尔逊开枪射杀后，他不仅对自己一手导演的命案没有丝毫悔意，反而与黛西去旅行——这实际上是一种幸灾乐祸。

5. 梅特尔

梅特尔是修车行老板威尔逊的妻子，汤姆·布坎南的情妇。

她粗俗不堪、矫揉造作。她"那张脸谈不上多美或有多少姿色，但一眼就看出她有一股活力，仿佛她全身的神经在不停燃烧"②。她梦想有朝一日能过上等人的生活，仅因为自己的丈夫不是上等人就背叛他，转而与汤姆·布坎南勾搭成

---

① 郑克鲁主编：《外国文学史（修订版）下》，高等教育出版社2006年版，第61—62页。
② 菲茨杰拉德：《了不起的盖茨比》，姚乃强译，人民文学出版社2004年版，第25页。

奸。而她在汤姆·布坎南心中，也只不过是他发泄的对象、一个玩物而已。她实际上是另外一个盖茨比，即发迹之前的盖茨比：他们都有着强烈的愿望要进入上流阶层，都试图通过一个非正常手段得到自己所要的——梅特尔背叛自己的丈夫去充当汤姆·布坎南的地下情人，盖茨比编造自己的出身背景以欺骗手段得到黛西的爱情。而当黛西知道真相后就选择离开盖茨比，这也预示着梅特尔绝对不可能因汤姆·布坎南而跻身上流社会——她提到黛西的名字都会招来汤姆·布坎南的一记耳光。他们各自充当了一对特权夫妇的玩偶，只不过是其无聊生活的一点点缀而已；但他们却都没有意识到这点，对特权阶级缺乏真正的认识，只看到其温文尔雅的外表，而未见其冷酷无情的内心。梅特尔惨死于车祸也预示着盖茨比的悲惨结局，他们皆因黛西而死，不同的是梅特尔被黛西亲自驾车撞死，而盖茨比是代黛西受过而死。两个人物在故事中两两映衬，你中有我，我中有你。

6. 威尔逊

威尔逊是修车行老板。

他卑微猥琐，毫不起眼。"他长着一头黄头发，无精打采，脸色苍白"[①]，辛劳地经营着一家汽车修理行，时不时与有钱人汤姆·布坎南套套近乎，巴望着能从他那得到一些生意来维持自己的生计。

他呆滞木讷，寒酸窘迫。妻子轻视他，与别人勾勾搭搭；汤姆·布坎南把他当傻子一样戏弄，并居心叵测地在他面前搬弄是非，以致酿成惨剧。

他与盖茨比有诸多相似点。他们都来自下层社会，都饱尝生活的艰辛，骨子里都始终保持着单纯、善良的天性。他们对爱情执着专一，对生活充满希望。盖茨比把失去黛西的原因简单归结为贫穷，所以努力赚钱，并愿意倾其所有来赢回黛西的心，可是他的付出换来的却是黛西的玩弄与背叛；威尔逊则整日忙碌于自己的车行，为生计奔波，得不到片刻的休闲与放松，努力实现心中美好的蓝图，深爱着妻子和家庭，巴望着能在赚足够的钱后搬到西部过更好的生活，可妻子背叛了他。在得知妻子出轨后，他受到巨大打击而病倒；为了挽回妻子的心、保住家庭，他把妻子锁起来；妻子惨死后，他悲痛欲绝，并拿出男子汉的气概为妻子报仇，结果因轻信了汤姆·布坎南的卑鄙谎言而让盖茨比当了替罪羊——了结

---

① 菲茨杰拉德：《了不起的盖茨比》，姚乃强译，人民文学出版社2004年版，第24页。

了盖茨比的生命，从而完成了盖茨比的悲剧（同时，了结了自己的生命，从而完成了自己的悲剧）。这个看似意料之外的结局无疑使盖茨比的悲剧更具震撼力：盖茨比的一生就是抛弃与被抛弃的一生，从他十七岁改名开始他就抛弃自己的出身、家庭，继而反复地被黛西所抛弃，为他的食客所抛弃，最终为以威尔逊为代表的自己的阶层所抛弃，从而完成了他的悲剧——他成了一个没有归属的人。

威尔逊与其妻子的经历同时也预示着，如果盖茨比和黛西结婚的话，黛西不过是另外一个梅特尔而已，盖茨比则将成为另一个威尔逊。因为黛西和梅特尔同样都是爱慕虚荣，贪图享受，追求刺激；她们的名字分别是两种花的名称，这也预示了她们风流招摇、水性杨花的本性。

7. 乔丹·贝克

她很虚伪。在初次相识时，在尼克的眼中，一身白衣的乔丹·贝克是一个看起来十分漂亮、可爱甚至有几分神秘的女性。给尼克留下深刻印象的还有她的"冷漠""傲慢"和"玩世不恭"，一种似乎与她的年龄、更与她的职业极不相符的气质。随着小说情节的进一步发展，这一层神秘的面纱被轻轻地揭开，乔丹·贝克那"厌烦而高傲的面孔"后面所隐藏的东西一一显现，从而暴露出她那美丽迷人的外表之下的一颗丑恶、扭曲的灵魂。

她阴暗卑下、不择手段、缺乏诚信。她"不诚实到了无药可救的地步……不能忍受处于劣势，而又不心甘情愿……在年纪很轻的时候就开始耍弄花招"[①]。对于一名运动员来说，比赛时的公平、公正和公开是其最基本的职业道德——当然，这也是做人的最起码的要求。但无论是在比赛的球场上还是在人生的竞技场上，这些道德规范都与作为一个高尔夫球运动员的她没有丝毫的关联。相反，欺骗才是她所信奉的制胜的法宝。她通过欺骗来满足自己对于成功的强烈的渴望，来抵制自己可能面临的不利局面。所以，在参加自己的第一个重要的高尔夫球锦标赛时，在半决赛一局里，她就曾把球从一个不利的位置移到一个有利的位置。这就是她在其运动员生涯的重要时刻的一块非同寻常的敲门砖，似乎欺骗是她的所谓变不利为有利的唯一途径。而此事件以一个球童收回了他的话及另一个见证人承认自己可能搞错了而告平息，也让人们不禁怀疑其中的玄机和她所使用的手

---

① 菲茨杰拉德：《了不起的盖茨比》，姚乃强译，人民文学出版社2004年版，第51页。

段。在感情问题上，乔丹·贝克也"不能忍受处于劣势"。在与尼克分手时，习惯于掌握主动、处于优势的她愤愤然于尼克先甩了她，因为这样的结果使她处于被动与不利。为了变不利为有利，她又抛出了自己惯用的欺骗伎俩，谎称和另一个人订了婚，想借此使自己能成为情场上的赢家。

（三）主题

第一，小说再现了美国"爵士时代"真实世界的原本色彩，表现了"美国梦"的破灭。

小说的故事发生在美国的"爵士时代"，即20世纪20年代，那是美国历史上一个短暂而特殊的时代。在那个时代，美国资本主义蓬勃发展，从农业文明迅速进入了工业化的现代社会。同时，在一战后期参战的美国大发战争财，加上政府实施"自由放任"的经济政策，当时美国国内经济形势一片大好。汽车、电器设备、家庭机械、加工食品和成衣开始进入家庭，给不少美国人的生活带来前所未有的舒适。地产交易、股票市场特别活跃，一些投机家在这类赌博性行业中一夜之间暴富。财富的多少成了评判一个人成功与否的标准，人们开始了盲目地赚钱，赚"快"钱，赚更多的钱，追逐变富裕，变得更富裕……"美国梦"便应运而生："所谓的'美国梦'是一种信念，也是一种欲望，一种梦幻，认为在这块充满机会和财富的土地上，人们只要遵循一组明确的行为准则去生活，就有理由实现物质的成功。这组行为准则在18世纪就体现在富兰克林、杰弗逊、爱迪生、卡内基等人的言行中。"[1]

同时，美国国内腐败丛生，社会问题层出不穷，"如贩卖私酒，黑帮猖獗，农民背井离乡，涌向东部大城市，农业社会的败落，工业化和城市化的恶果显露，道德被打上金钱的烙印，物欲横流、享乐至上、政治上趋向极端的保守主义"[2]。社会两极分化明显，穷人干着最辛苦的工作，三餐温饱都成问题，富人挥霍如土……"美国梦"便随之破灭了。

---

[1] 姚乃强："前言"，菲茨杰拉德：《了不起的盖茨比》，姚乃强译，人民文学出版社2004年版，第4页。
[2] 同上。

小说中人物虚浮的生活其实也就是"美国梦"及其破灭的真实反映。"在盖茨比父亲珍藏的那本被他儿子翻烂的《牛仔卡西迪》书的封底前页上，盖茨比年轻时写下的作息时间表和自勉的箴言实际上就是富兰克林、卡内基等人的教诲和梦想。"①人们尽情狂欢，挥金如土，好像只有这样的生活才是有意义的，人们没有了目标，没有了理想，整日就在金钱的算计、生活的奢靡上下功夫；无论是纯真的爱情、受人尊敬的地位，都以金钱来衡量；一个人无论多么优秀，评判他成功与否的标准就是他是否家产丰厚。盖茨比一夜暴富，实现了"美国梦"，但突然毙命、人财两空则是"美国梦"的烟消云散。

"'美国梦'的幻灭是20世纪以来美国文学中的一个重要主题，德莱塞的《嘉莉妹妹》、杰克·伦敦的《马丁·伊登》都是表现这一主题的力作，但是嘉莉妹妹和马丁·伊登是被美国梦中的物质层面的东西异化了，而盖茨比富于浪漫主义的理想，他向往的是超越物质层面的精神享受——纯洁的爱情。盖茨比的梦想有两个：一是'发财梦'，二是'爱情梦'，前者是手段，后者是目的，没有前者就没有后者。这两个梦对盖茨比来说是'物质和精神的和谐统一而不可分割的'，它是传统的美国梦的具体体现。但是盖茨比并不懂得，美国20世纪的发展状况与传统的美国梦相悖。杰弗逊的《独立宣言》中宣扬个人拥有不可剥夺的对自由、对幸福的追求权利，无论贵贱，人人都有成功的机会，推崇那些靠个人奋斗而发达起来的人，不赞同那些靠继承上辈财富而富有的人。可是现实中的美国情况并非如此，仅仅有钱是不够的，因为在美国的上流社会中，不仅有财富大小的差异，还有'新'（暴发户）与'老'（世族），稳定的财产与流动的收入，西部与东部等众多的矛盾与差异。汤姆夫妇在美国代表着富裕的，靠继承上辈财富为基础的上层阶级，他们带着无比的优越感藐视'暴发户'盖茨比，因为盖茨比是靠个人奋斗发家致富的，缺少使他跻身上流社会的举止和背景，因此汤姆有一次公然称盖茨比为'从无名之地而来的无名小卒'，并含沙射影地说盖茨比的钱'来路不正'，这便取消了盖茨比成为上层阶级的资格，也是导致黛西抛弃盖茨比的一个重要因素。好像开放、民主的美国社会实际上关闭了起来。盖茨比就生活在这样一个物质高度发达而精神价值丧失的美国，生活在传统的美国梦已

---

① 姚乃强："前言"，菲茨杰拉德：《了不起的盖茨比》，姚乃强译，人民文学出版社2004年版，第4页。

支离破碎的时代,然而,他无视这一事实,仍然盲目地追寻,抱着自己的幻想不放,因而他的悲剧是不可避免的。"① "他的死暴露了世态之炎凉,人情之冷漠。像这样一个天真纯情的新富在激烈的竞争中很难长期维持下去,他的成功如同流星一样闪过,他在爱情和生活中碰壁,最后导致毁灭不是偶然的。他的死既是一个新富的沉落,又映照出社会道德的沦丧,从中隐约可以看到强烈震撼社会的经济大地震即将到来的预兆。"②

第二,小说揭示了美国东部和西部的差距和冲突。

"小说的另一个重要主题是作者……运用象征的手法揭示了美国东部和西部的差距和冲突。这一主题贯穿在全书的各个部分,从人物到背景,从故事的起始、发展到结局都展示了两者之间的矛盾。作者是通过叙事人尼克·卡拉韦来表述这一主题的。尼克本人、杰伊及一度为他的女友的乔丹·贝克,还有汤姆和黛西全都来自中西部,这个中西部不是我们一般想象里的中西部——一个以农业生产为主的中西部,而是在东西交界地带布满大小城镇的中西部。'这就是我的中西部,'卡拉韦若有所思地说道,'不是麦田,不是草原,也不是瑞典移民的荒凉村镇,而是我青年时代那些激动人心的还乡的火车,是严寒的黑夜里的街灯和雪橇的铃声……'卡拉韦继续说道:盖茨比和他的朋友们都是西部人,'也许我们具有某种共同的缺陷使我们微妙地难以适应东部的生活。'尽管东部有许多吸引人的东西,但是生活在那里的西部人总是如履薄冰,如临深渊。所以,卡拉韦决定回去,回到老家去,在草原城市里虽然他不能飞黄腾达,至少能生存下去。显然这是一个强烈的反讽。尼克当初离开中西部老家是因为'那里似乎处于世界的边缘,一片不毛之地'。但是在小说的结尾,他要回去的那个地方却成了他能够找到思想上和道德上平衡的地方。菲氏凸显了东部和西部之间的分化和对立。在更深的层次上,这里的东部不仅指美国以纽约为代表的东部,而且还涵盖了菲氏经常出没和眷恋的欧洲及其文明;同样这里的西部也不只是地理概念上的西部,它代表着美国工业化以前初民们的生活准则和道德风貌。因此,一边成了代表来自欧洲的诡诈和腐败的集散地,一边成了代表源自边疆的纯朴和憨厚的保留

---

① 郑克鲁主编:《外国文学史(修订版)下》,高等教育出版社2006年版,第60页。

② 同上书,第61页。

地。尽管小说的结局带有抚昔怀旧的情调,但是作家菲茨杰拉德,像其他20年代重要的作家一样,都清楚地看到随着美国工业化和城市化进程的完成,原来的价值观念和生活准则都必须改变。菲氏通过盖茨比'梦想'的破灭宣告了旧的生活方式的破产。不管他的梦想如何高尚,带有'美国梦'的特色,但它是荒诞的。富兰克林和杰弗逊等人的训导在现代化的大潮冲击下已经显得苍白无力,不仅不适用于盖茨比遭受失败的东部,也不适用于尼克要回去的西部,因为作家告诉我们在城市里无美可言,而出自盖茨比的柏拉图式自我观念中的美也是不可企及的。"[1]

第三,小说揭露和批判了金钱对人的异化。

从表面上看,黛西是一个淑女,美丽动人,浑身散发着芬芳,即使是结婚生女之后也丝毫不减当年的形象——这让盖茨比为她痴迷。实际上,在完全融入现实的金钱社会之后,黛西成了丈夫汤姆·布坎南的附庸与翻版,成了一个自私自利、冷酷无情、虚伪浮华的女人。在与汤姆·布坎南结婚之后,黛西之所以重新投入盖茨比的怀抱,是因为盖茨比拥有巨额的财富,而不是因为她留恋当年纯真的爱情。因而,在危险来临的时候,她惊恐万分,毫不犹豫地抛弃了盖茨比,让他充当自己的牺牲品。因为在黛西的内心世界里,金钱战胜了爱情,自私自利战胜了道德与良心。

第四,小说批判了浮华的上流社会和人性的丑陋。

黛西和汤姆·布坎南的冷漠与自私揭露了资本主义社会人与人之间不平等,显现了城市浮华后面的人性丑恶。金钱至上、阶级森严,人们得不到真正的爱情和幸福,只能抹杀了人性的纯真,使善良的人变得虚伪,也使自私的人更加猖獗。

(四)艺术特色

第一,欲抑先扬。

小说"采用了欲抑先扬的方法。小说先慢慢蓄势,通过盖茨比梦幻的眼睛来

---

[1] 姚乃强:"前言",菲茨杰拉德:《了不起的盖茨比》,姚乃强译,人民文学出版社2004年版,第5—6页。

极力渲染黛西的美丽可爱，使读者产生错觉，以为她是美好的化身，然后以黛西在车祸后的表现作为猛然的一击，将读者心目中建立起来的偶像大厦轰然推倒，把黛西虚伪的真面目暴露出来，这比一开始就指出她的外美内丑有事半功倍的效果"①。

第二，叙述视角独特。

小说中的尼克·卡拉韦"既是叙事者，又是故事中的人物。有了这样一个'身兼二职'的人物，菲氏在写作时获得了更大的创作空间，也使作品具有更大的客观性，效果更集中。尼克不只描述了他亲身的所见所闻，叙述了盖茨比的身世遭际，同时在叙述过程中也发现了自己。小说一开始他引述了他父亲对他的一句忠告：不要轻率地对别人评头论足。在故事开展的整个过程中，他只记事，而不作评论。他对盖茨比本人及其生活态度一直抱着矛盾的心态，既吸引又反感，使他'既身在其中又身在其外，对生活的变幻无穷和多姿多彩，既感到陶醉又感到厌恶'。但是在故事结束时，他站到了盖茨比这一边。他对盖茨比作出了自己的判断。他赞美他，认为汤姆等等一伙人都比不上他。这种叙事者的双重身份又可以使作家充分运用各种目睹的形象来表达深层的思想感情……董衡巽先生把菲氏的这种叙事手法称之为'双重看法'。他指出：'这种又融合又有距离的表现方法使得蕴藏在形象里的思想感情具有多种层次，不同的读者可以有不同的体会，不同的时代也会作出不同的解释。'董先生又引用美国文学评论家麦·考利对这种'双重视角'作的一个非常形象的比喻，说菲氏写的小说'像是他亲身参加的一次舞会，自己翩翩起舞，同最漂亮的姑娘跳着探戈，同时又站在舞厅外面，像一个从中西部来的小男孩，鼻子贴在舞厅的玻璃窗上，向里张望，心里嘀咕这门票要多少钱一张……'"②

"小说巧妙地运用'第一人称有限叙事视角'，每部分的叙述都打破了叙事视角的常规。最著名的例子是主人公盖茨比的出场。到第21页，盖茨比才出现，可是连个正面的肖像描写都没有，只是一个侧面的模糊身影，他为什么长时间地看着那盏绿灯？作者采用了第一人称叙事情境的有限视角来叙述，那盏使盖茨比

---

① 郑克鲁主编：《外国文学史（修订版）下》，高等教育出版社2006年版，第62页。
② 姚乃强："前言"，《了不起的盖茨比》，姚乃强译，人民文学出版社2004年版，第7页。

发抖的绿灯不是一盏普通的灯,而是盖茨比心爱的情人黛西家的灯,他那么深情地伸出胳膊想要得到的是黛西的芳心,这一切都是到'我'造访黛西家时才揭开谜底的。"①

同时,这一叙事视角与全文的抒情风格相和谐,并为使用夹叙夹议的手法创造了条件。叙事人还可以回避开一些不必要用全能角度描写的事件,故意将盖茨比的背景弄得模模糊糊,让读者去用想象来充填、创造,一方面增加了盖茨比身上的神秘成分和故事的浪漫、抒情色彩,另一方面也像摄影师故意放大光圈让人物背景不清,以使肖像给人的印象更明晰、更深刻。

第三,注重运用象征。

"在《盖茨比》一书中,每一件事物都具有象征的意义,从盖茨比的豪宅到在那里举行的通宵达旦的狂欢晚会,从矗立在灰土谷广告牌上艾克尔伯格的蓝眼睛到黛西家码头上的绿色灯光,从女主人公洁白的裙子到她的金铅笔,再到她嗓音里钱币的叮当声……无一不使读者浮想联翩,叹为观止。""就小说的背景而言,有两对主要地点:东埃格村和西埃格村,纽约市和灰土谷。东埃格村是传统富人的居住区,布坎南家就在那里,那是一座英王乔治殖民地时期的深宅大院;西埃格村则是后来开发的。盖茨比住的那座豪华别墅,原先是由一个暴发户建造和居住的,盖茨比为了黛西重金买下并仿效欧洲的风格进行了修葺装饰。两者隔着一个海湾对峙着,'一交锋便撞得粉身碎骨'。这个冲撞代表了新旧两种财富拥有者之间,梦想和现实之间的激烈冲突。位于长岛和纽约之间的灰土谷则是普通老百姓的荒原,资本主义工业化留下的恶果,住在那里的乔治·威尔逊为往来于纽约和长岛之间的汤姆之辈修车加油,最后拱手把自己的妻子和生命都交付给了肉欲和暴力。纽约的象征意义是不言而喻的,尼克在那里的一家金融公司工作,而具有讽刺意味的是这家公司的名字叫'诚记信托公司'……东、西埃格村,埃格(egg)在英语里是'鸡蛋'之意,它表示脆弱易破,不堪一击。""在小说众多的象征中,最值得注意的是艾克尔伯格医生的那双眼睛。他俯视着菲氏描绘的那个死气沉沉、道德败坏的世界。他是一名眼科医生,是在给自己做广告。然而他从未开业,因此这双眼睛是不可矫正的盲目的标志,是一

---

① 郑克鲁主编:《外国文学史(修订版)下》,高等教育出版社 2006 年版等,第 62 页。

种欺诈行为,而不是如威尔逊想的那样是上帝的标志。正如黛西的声音和她家码头上的绿色灯光不是希望的标志,那声音里充满的是铜臭味,那灯光在茫茫的大雾里是看不到的。这双眼睛是小说的主要象征,因为小说里的主要人物都是盲目的,他们看不清自己和周围的人和事,他们的行动都是盲目的。盖茨比看不清黛西的空虚和丑恶,却把她作为美的化身来追求;黛西在盖茨比要她明确申明她从未爱过汤姆之前,她对汤姆和盖茨比的感情都是盲目的;汤姆对于自己的虚情假意和伪善则更是茫然无知。他猛然一拳,把梅特尔打得血流满地,就因为她敢于提及他妻子的名字。可怜的梅特尔在她死之前,一直把乔丹误以为是黛西,把汤姆看成是把她从灰土谷里拯救出去的救世主,最后她盲目地冲向他的汽车。事实上,驾驶车的是黛西,坐在她身边的是盖茨比,而不是汤姆。在最后的盲目行动中,作者又让艾克尔伯格的那双眼睛出现了。威尔逊把这双眼睛看做正义判决的标志,义无反顾地去执行上帝的判决。结果他错杀了盖茨比。这些人物全是盲目的,而这种盲目全来自他们盲目的欲望,而正是盲目的欲望制造了各种不同形式的'美国梦'。在整部小说中,唯独尼克是有视力的,但是他经过了很长的时间才慢慢看清周围的人和事。""盖茨比葬礼那天除了他父亲、尼克和那个戴猫头鹰眼镜的先生外,别无他人,真是'曲终人不见',但是小说给人的震撼和感染则'余音绕梁'。"①另外,黛西也具有象征的意义。"在盖茨比眼里,黛西代表着完美和幸福,是集青春、金钱和地位于一体的象征,是他梦寐以求的一切理想的化身。"②

第四,语言精美。

小说"'……文笔玲珑剔透,<u>丝丝入扣</u>,光彩夺目。没有陈词滥调,句子流畅通达,如行云流水,熠熠发光,又变化无穷。显然每一行都灌注了作者的智慧和艰辛。……明眼人一看就知道这既是一部美轮美奂的天才之作,又是经过辛勤劳作完成的。'……用爱尔兰小说家詹姆斯·乔伊斯的话说,它是真正用英语写的为数不多的小说之一。作者在使用语言上表意精细,效果强烈,很少有同类的

---

① 姚乃强:"前言",菲茨杰拉德:《了不起的盖茨比》,姚乃强译,人民文学出版社2004年版,第7—9页。

② 郑克鲁主编:《外国文学史(修版订)下》,高等教育出版社2006年版等,第60—61页。

作品可与它相媲美。不用说那些已经深深印在读者记忆中的段落，如尼克看到盖茨比站在海边遥望黛西家码头上绿色灯光的那一段；又如盖茨比举行宴会的种种场景及与会者各色人物的脸谱都描写得栩栩如生，惟妙惟肖；还有盖茨比和汤姆在酒店摊牌时的争吵，以及结尾时尼克几段咏叹调式的独白等，精彩纷呈，字字珠玑，回味无穷。无怪乎有评论家说，《盖茨比》全书是精心创作的散文典范，还具有抒情诗般的精确和华美。"①小说的"行文没有19世纪传统小说的冗长繁缛，也没有当时已萌芽的现代主义的奇奥艰深，它简洁流畅，诗意盎然，而又不乏幽默"②。

"小说文笔优美，得益于比喻、拟人化等修辞手法的运用，而且不落俗套。例如描写夕阳的余晖离开贝克小姐的身上：'每一道光都依依不舍地离开了她，就像孩子们在黄昏时分离开了一条愉快的街道那样。'写满身尘土、毫无生气的威尔逊走向办公室：'他的身影马上就跟墙壁的水泥色打成一片了。'这句话形象地揭示了这个人物的本质。叙述者'我'有点爱上了贝克，但'我'较羞怯，'而且满脑子清规戒律，这都对我的情欲起着刹车的作用'，这里的拟人手法令人耳目一新，写出了'我'的拘谨和循规蹈矩。"③

第五，注重运用隐喻。

小说的隐喻既多又精妙，如"汤姆和贝克小姐，两人前后相隔几英尺暮色，漫步走回了书房"④，"她的这句话就像当晚的菜肴一样从包办宴席人的篮子里随手捞出来的"⑤等，这些语句总是能让人细细品味，其中透露着的浅浅淡淡的幽默也总是能让人会心一笑。

小说在使用隐喻时有两点颇为突出：

其一，用事物来隐喻。

小说用盖茨比的公馆隐喻爵士时代的美国。盖茨比的公馆的富丽堂皇代表的是当时美国社会的经济发展水平。那里每天都有宴会举行，反映了当时美国社会

---

① 姚乃强："前言"，菲茨杰拉德：《了不起的盖茨比》，姚乃强译，人民文学出版社2004年版，第6页。
② 郑克鲁主编：《外国文学史（修订版）下》，高等教育出版社2006年版，第64页。
③ 同上书，第63页。
④ 菲茨杰拉德：《了不起的盖茨比》，姚乃强译，人民文学出版社2004年版，第18页。
⑤ 同上书，第38页。

中享乐人群的生活。盖茨比的心中也有自己的一个"美国梦",他为了昔日的情人开始发愤图强,构筑起自己的金钱王国。在那里,人们尽情挥霍,而且那里成为一个追名逐利、尔虞我诈的场所,其中的大多数人都有自己的小心思,表面上是一片随和,但在暗地里却在较量着谁的金钱更多、谁的地位更高。这也是当时美国社会的一个真实现象,在经济快速膨胀的过程中,人们已经忘却了初心,被金钱蒙蔽了双眼。

小说用飞蛾来隐喻"食客"。"在他的蓝色花园里,男男女女像飞蛾一般在笑语、香槟酒和星光之中来回晃悠。"[①]飞蛾喜欢灯光,晚上灯光一亮,它们就飞来,绕着灯光寻找食物;灯光一灭,它们又飞走了。飞蛾的这一特征揭示出盖茨比家宴会上各色食客的本质。

小说用黛西家附近的那盏绿灯隐喻盖茨比个人奋斗的理想、希望、目标、方向。"他(指盖茨比——引者注)以一种奇怪的方式朝幽暗的海面伸出双臂。虽然我离他很远,我十分肯定他在颤抖。我不由向海边望去,那里除了一盏绿色的灯之外,什么也没有。灯光微弱又遥远,也许那是一个码头的尽头。"[②] "灯光微弱又遥远",预示着这梦本是遥不可及的,虚幻的。

其二,用人名来隐喻。

小说根据人物的个性特征来选取名字,用名字来突出人物的个性化特征。如黛西,其英文是"Daisy"(雏菊)。雏菊在人们的印象是中是一种很宁静淡雅的形象。可黛西却是一个崇尚金钱的人,是物质社会中的一个典型代表。她既是汤姆·布坎南的妻子,又是盖茨比的梦中情人。她周旋在盖茨比和汤姆·布坎南之间,曾经为了金钱背叛了纯洁的爱情,后来又为了追求刺激背叛了自己的丈夫。由此可见,她的精神生活已经处于一种十分匮乏的状态,甚至是一个心灵十分阴暗的人。小说显然是用黛西这个名字来隐喻、反讽黛西的人品。

第六,注重运用反讽。

小说的许多隐喻语言就是反讽艺术的载体,如上文提到的"黛西"这个人名。

[①] 菲茨杰拉德:《了不起的盖茨比》,姚乃强译,人民文学出版社 2004 年版,第 35 页。

[②] 同上书,第 22 页。

在进行反讽的时候,小说总是能够使用很准确的词语对人物的精神特征进行描绘。比如在对梅特尔这个人物进行描绘的时候,小说就使用了反讽。尼克、汤姆·布坎南及他的情妇梅特尔一起搭乘火车到纽约,到达纽约之后,小说写道:"在一条阴沉的、回声隆隆的车道旁,她放过了四辆出租车,然后选了一辆淡紫色的、有着灰色座套的新车,驶进灿烂的阳光中去。"①这句话看起来比较平常,但有十分强烈的反讽色彩。梅特尔本来只是一个修车铺的老板娘,来到纽约这样的大城市,想把自己表现得像一个贵妇人一样,她选择车辆的细节就反映出她的这种虚荣心。到了公寓之后,她又开始对四周进行扫视,一副女王回宫的神气,抱着她的小狗和其他采购来的东西,趾高气扬地走了进去。从这些描绘中可以看出,梅特尔已经全然忘记了自己的身份,真的将自己当成一个贵妇人。然而,她并不知道自己其实只是汤姆·布坎南的一个玩物而已。

此外,小说中还使用情境反讽艺术,将反讽的语言扩展到一个相对独立的场景中。这种反讽手法能够将当时美国社会上的那种虚荣、尔虞我诈的生活表现得淋漓尽致。比如,盖茨比生前与死后的场景:生前,他的公寓中总是人声鼎沸;但在他的葬礼上,却除了他父亲、尼克和那个戴猫头鹰眼镜的先生外,别无他人。那些食客根本没有记住盖茨比这个人,受过他的恩惠,却不会来见他最后一面,由此可以看出当时社会上人们之间的冷漠。

第七,构思精妙。

"小说构思精妙,结构紧凑,一环扣一环,经常到关键处欲言又止,设置悬念,特别是盖茨比的身世,宾客们众说纷纭,作者运用这种巧妙的表现方式,创造了一种强烈的气氛,使盖茨比的形象更加神秘,刺激了读者的好奇心。"②表面上看,小说中一切都是匆忙、凌乱、不可思议的,但仔细琢磨一下就会发现,一切又都是从容、规整、合情合理的。它处处体现出作家极高的剪裁与构思的本领。貌似纷繁无序的现代生活一经作家巨椽之笔点化,便成了有机结合的整体,显得层次鲜明,冲突集中。小说用金钱和美女作为生活中冲突的推动力,推动着主要情节的展开,在一浪高过一浪的冲突中把人物推向读者,展现出他们的

---

① 菲茨杰拉德:《了不起的盖茨比》,姚乃强译,人民文学出版社2004年版,第26页。
② 郑克鲁主编:《外国文学史(修订版)下》,高等教育出版社2006年版,第62页。

性格、行为、灵魂。小说把盖茨比和黛西之间的爱情作为一条主线，牢牢抓住了读者。

第八，注重通过对比来刻画人物性格。

汤姆·布坎南在漫不经心中表现出稳健、凶狠、精于算计和搏杀，是美国富人特权阶层的代表。盖茨比则与他不同，是那个时代的一个典型的矛盾人物，优雅中透出憨拙，精明中显出"乡巴佬"的愚蠢。他既狠心，又善良；既时时为财富的占有而自豪，又时时为自己的穷苦出身而自卑；既不惜堕落以赚昧心钱，又想保持清白以求问心无愧；既鄙视上流社会和它的代表人物，又千方百计爬进上流社会、与上流社会的代表人物"打成一片"……所有这一切导致了他的毁灭。黛西是个世俗佳丽，她和头脑里满是幻想的盖茨比形成鲜明的对照。此外，尼克的诚实和乔丹·贝克的虚假、威尔逊的疯狂和盖茨比的恬静等也形成了对照。小说在不同性格人的对比中、在同一个人性格的几个不同方面的对比中，赋予了人物形象以真实感人的力量。

第九，结尾点睛之笔，呼应主题和题目。

小说的结尾这样写道："我们奋力搏击，好比逆水行舟，不停地被水浪冲退，回到了过去。"[①]这揭示了美国梦的真相，繁华过后是泡沫的破灭。不过，盖茨比虽然追梦失败了，但是直至他生命的最后一刻，依旧怀抱着希望，他心中的绿灯也从未熄灭。逆水行舟或许终会被推向原点，但追寻的过程，那个为了求得心中一个答案而牺牲了自己、奉献了自己的盖茨比，才真正能称得上"了不起"。

---

① 菲茨杰拉德：《了不起的盖茨比》，姚乃强译，人民文学出版社 2004 年版，第 152 页。

后　记

　　本书是在讲义的基础上撰写而成的，不过，与讲义大异其趣——讲义的内容要丰富得多，但也庞杂乃至杂乱得多。在撰写时，为了有点新意，起初打算模仿王富仁先生的《〈狂人日记〉细读》或蓝棣之先生的《现代文学经典：症候式分析》中的篇章，但随后考虑到本书服务的对象是大学低年级、非文学专业的学生，便写成了这"模样"。当然，本书并不仅仅适合大学低年级、非文学专业的学生阅读，也适合普通的文学爱好者翻看。

　　书稿写成后，郝韵之、潘榕璇、周经雨、杨心怡、钱雪莹、张聿辰、郭思嘉、隋姗珊、成昱、戴思婕、谭雯嘉、吴婧婵、布加那提、潘朵朵、刘芳妤、刘鸣泽、孙群群、王凌岳、邢威、卞文欣、索朗卓玛、曲玉轩、马琳、张可伊、杨嫘弘、郭子文等同学以十分严肃、认真的态度阅读了部分内容，并提出宝贵的意见，同时，自身能力也得到了相当大的提高，在此，特向他们致以感谢，也祝贺他们学业大进！另外，本书是在讲稿的基础上撰写而成的，而讲稿又有点"旁征博引"——研读了能找到的所有外国文学教科书，聆听、观看了能找到的所有外国文学教学视频，因而一些内容或直接或间接地来自前人或他人，但当时并没有想到会成书的，便未能注明出处。同时，讲稿的撰写历时颇长——长达数十年，因而在成书时，部分内容的出处无从查考。因此，本书可能有一些内容，应该注明出处但又没有注明。在此，向前人和他人特致感谢！

本书得以出版，首先归功于李小牧先生。李先生在学术上引领着庞大的团队，以耀眼的德才、人品、文品、丰仪为人师表（我会以另外的文字加以记录），在百忙之中亲自过问此书的出版——要不是他，本书是难以出版的！此外，还归功于曲鑫女士、李洪波先生——二位为本书的出版付出了实实在在的努力！在此，谨向他们特致感谢！我也还要特别感谢郑承军、王成慧、江新兴等，他们高风亮节、大公无私、勤政为民，均在我工作急需帮助的时候慷慨相助。

　　最后，我要特别感谢高等教育出版社原资深编辑、"文科元老"吴学先女士——她是正宗的专家，且极为繁忙，但拨冗为我"呐喊助威"，实在令我感动！

外国文学经典解析

尊敬的老师：

您好！

为了方便您更好地使用本教材，获得最佳教学效果，我们特向使用该书作为教材的教师赠送本教材配套参考资料。如有需要，请完整填写"教师联系表"并加盖所在单位系（院）公章，免费向出版社索取。

北京大学出版社

教 师 联 系 表

教材名称	外国文学经典解析		
姓名：	性别：	职务：	职称：
E-mail：	联系电话：	邮政编码：	
供职学校：	所在院系：		（章）
学校地址：			
教学科目与年级：	班级人数：		
通信地址：			

填写完毕后，请将此表邮寄给我们，我们将为您免费寄送本教材配套资料，谢谢！

北京市海淀区成府路 205 号
北京大学出版社外语编辑部　朱房煦
邮政编码：100871
电子邮箱：zhufangxu@pup.cn

邮 购 部 电话：010-62752015
市场营销部电话：010-62750672
外语编辑部电话：010-62754382